D0209112

LA
QUÍMICA

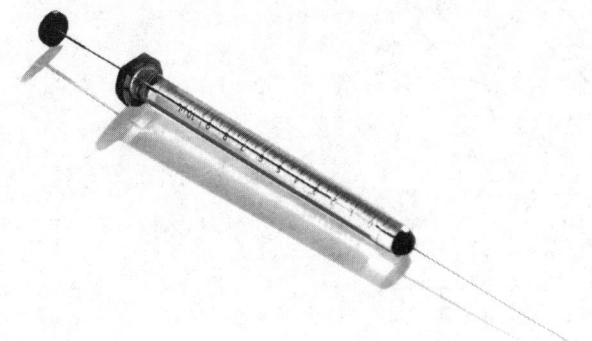

LA
QUÍMICA

STEPHENIE MEYER

Traducción de
Manu Viciano

Título original: *The Chemist*
Primera edición: febrero de 2017

© 2016, Stephenie Meyer
© 2017, Penguin Random House Grupo Editorial, S.A.U.
Travessera de Gràcia, 47-49. 08021 Barcelona
© 2017, de la presente edición en lengua castellana:
Penguin Random House Grupo Editorial USA, LLC.
8950 SW 74th Court, Suite 2010
Miami, FL 33156
© 2017, Manuel Viciano Delibano, por la traducción

Adaptación de diseño de la cubierta original de
Mario J. Pulice: Penguin Random House Grupo Editorial
Fotografías: Kelly Campbell

Printed in USA – Impreso en Estados Unidos

ISBN: 978-1-945540-18-9

Penguin
Random House
Grupo Editorial

*Este libro está dedicado a Jason Bourne y a Aaron Cross
(y también a Asya Muchnick y Meghan Hibbett
por su animada complicidad en mi obsesión)*

1

La tarea de aquel día se había vuelto rutinaria para la mujer que en ese momento se hacía llamar Chris Taylor. Se había levantado mucho antes de lo que habría querido para desmantelar y guardar sus medidas de precaución nocturnas. Era un auténtico incordio colocarlo todo por las noches para luego tener que desmontarlo a primera hora de la mañana, pero no merecía la pena arriesgar la vida por permitirse un momento de pereza.

Después de cumplir con aquel deber cotidiano, Chris se había metido en su discreto sedán —ya algo viejo, pero sin ningún daño importante que lo hiciera fácil de recordar— y había pasado horas y más horas conduciendo. Había cruzado tres fronteras importantes y una ingente cantidad de líneas secundarias en el mapa, e incluso después de alcanzar la distancia planeada, rechazó varios pueblos por los que iba pasando. Uno era demasiado pequeño, otro solo tenía una carretera de entrada y otra de salida y el siguiente daba la sensación de recibir a tan pocos forasteros que sería imposible no llamar la atención, por mucho empeño que hubiera puesto en camuflarse para no destacar. Tomó nota de algunos lugares a los que quizá quisiera regresar otro día, como una tienda de material para soldadura, una de excedentes militares o un mercado agrícola. Pronto volvería a ser temporada de melocotones y debería hacer acopio.

Por fin, a última hora de la tarde, llegó a una localidad ajetreada que nunca había visitado. Incluso la biblioteca pública parecía estar bastante concurrida.

Chris prefería utilizar las bibliotecas si era posible. Lo gratuito era más difícil de rastrear.

Aparcó junto a la fachada occidental del edificio, fuera del alcance de una cámara colocada encima de la entrada. Los ordenadores del interior estaban todos en uso y había algunos grupitos esperando a que alguno quedara libre, por lo que decidió echar un vistazo a los libros y recorrió la sección de biografías a la caza de cualquier material relevante. Descubrió que ya había leído todo lo que pudiera servirle de algo. Después localizó lo último de su escritor de novelas de espías favorito, un excombatiente de la fuerza de operaciones especiales de la Armada, y cogió también otros libros del mismo estante. Mientras buscaba un buen asiento para esperar, tuvo una punzada de remordimiento por lo despreciable que era robar en una biblioteca. Pero hacerse el carné allí quedaba descartado por distintos motivos, y cabía la posibilidad de que algo que leyera en aquellos libros le sirviese para permanecer más a salvo. La seguridad siempre estaba por encima del remordimiento.

No es que no fuese consciente del noventa y nueve por ciento de sinsentido que entrañaban sus lecturas, ya que era extremadamente improbable que cualquier cosa extraída de la ficción tuviera algún uso real y concreto para ella, pero hacía mucho tiempo que había devorado los ensayos basados en información real. A falta de nuevas fuentes de primera clase que investigar, se tenía que conformar con las últimas de la lista. No tener nada que estudiar la volvía más propensa al pánico de lo normal. Y, de hecho, en su último botín había encontrado un consejo que parecía práctico y que ya había empezado a incorporar a su rutina.

Se acomodó en una desgastada butaca que había en una esquina apartada, desde la que se veían bien los puestos de ordenadores, y fingió leer el primer libro de su pila. Por lo esparcidas en la mesa que algunos usuarios de los ordenadores tenían sus pertenencias —uno incluso se había quitado los zapatos—, supo que tardarían en marcharse. El puesto más prometedor era el ocupado por una adolescente con libros de referencia amontonados y cara de agobio. La chica no parecía estar consultando sus redes sociales, sino apuntando los títulos y autores que iba proporcionándole el motor de búsqueda. Mientras esperaba, Chris mantuvo la cabeza gacha sobre su libro, que sujetaba con el brazo izquierdo doblado. Usando la cuchilla oculta en su mano derecha, separó con destreza el sensor magnético adherido al lomo del volumen y lo dejó escondido en el hueco entre el cojín y el brazo de la butaca. Aparentando desinterés, pasó al siguiente libro de la pila.

Chris ya estaba preparada, con las novelas desmagnetizadas y metidas en su mochila, cuando la joven dejó su sitio para buscar más libros de referencia. Sin levantarse de golpe ni dar señales de prisa, Chris ya estaba en la silla antes de que ningún otro aspirante esperanzado se diera cuenta siquiera de que había pasado su oportunidad.

La acción de comprobar su e-mail normalmente le llevaba unos tres minutos.

Después de hacerlo, tendría otras cuatro horas (si no se veía obligada a tomar rutas evasivas) para llegar a su hogar provisional. Y luego, por supuesto, tendría que volver a instalar sus salvaguardas antes de poder dormir por fin. Los días de e-mail eran siempre días largos.

Aunque no había ninguna conexión entre su vida actual y aquella cuenta de e-mail —nunca repetía la misma dirección IP ni mencionaba lugares o nombres propios—, en el instante en que terminara de leer y, si la ocasión lo requería, responder a su correo, saldría por la puerta y dejaría el pueblo a toda velocidad para poner tanta distancia entre ella y aquella ubicación como fuera posible. Por si acaso.

«Por si acaso» se había convertido en el mantra de Chris sin ella pretenderlo. Llevaba una vida de preparación excesiva pero, como se recordaba a sí misma a menudo, sin tanta preparación no podría llevar ninguna vida en absoluto.

Lo mejor sería no tener que correr riesgos como aquel, pero el dinero no iba a durarle para siempre. En general buscaba empleos de poca monta en alguna cafetería familiar, a ser posible que llevara las cuentas a mano, pero esos trabajos solo le proporcionaban lo suficiente para cubrir las necesidades básicas: comida y alquiler. No llegaban para sus adquisiciones más costosas, como identidades falsas, material de laboratorio y los diversos compuestos químicos que acumulaba. En consecuencia, mantenía una presencia ligera en internet, encontraba algún cliente adinerado de vez en cuando, y hacía todo lo posible para evitar que esos trabajos llamaran la atención de quienes querían poner fin a su existencia.

Los últimos dos días de e-mail no habían ofrecido ningún resultado, por lo que al ver un mensaje dirigido a ella se alegró... durante las dos décimas de segundo que tardó en procesar la dirección del remitente.

l.carston.463@dpt11a.net

Ahí estaba, la auténtica dirección de correo de Carston, una dirección cuyo rastro se podría seguir fácilmente hasta llegar a los antiguos patronos de Chris. Mientras se le erizaban los pelillos de la nuca y la adrenalina inundaba su cuerpo —«Corre, corre, corre», parecía gritar desde sus venas—, una parte de ella fue todavía capaz de reaccionar con boquiabierta incredulidad a tanta arrogancia. Siempre subestimaba lo increíblemente descuidados que podían llegar a ser.

«Todavía no pueden estar aquí», razonó para sí misma a pesar del pánico, mientras su mirada barría la biblioteca en busca de individuos demasiado anchos de hombros para sus trajes negros, cortes de pelo militares o cualquier persona que estuviera acercándose a su posición. Alcanzaba a ver su coche a través de la hoja de la ventana y no daba la sensación de que nadie hubiera trasteado con él, pero lo cierto era que tampoco había estado vigilándolo con demasiada atención.

Así que habían vuelto a dar con ella. Pero no tenían forma de saber dónde decidiría consultar el correo. Esa elección la dejaba siempre al azar, con un celo casi religioso.

En aquel preciso instante, habría saltado una alarma en algún despacho pulcro y anodino, o quizá en varios despachos, tal vez hasta con luces rojas parpadeantes. Sin duda habría algún proceso informático de alta prioridad establecido para rastrear la dirección IP que estaba utilizando. Ya estarían a punto de movilizar efectivos. Pero incluso si usaban helicópteros, y ellos contaban con los recursos para hacerlo, Chris aún disponía de unos minutos. Tiempo suficiente para ver qué quería Carston.

El asunto del correo era: ¿Cansada de correr?

«Menudo hijo de puta».

Lo abrió. El mensaje no era largo.

Nuestra política ha cambiado. Te necesitamos. ¿Serviría de algo una disculpa oficial? ¿Podemos reunirnos? No te lo pediría si no hubiera vidas en juego. Muchas, muchas vidas.

Siempre le había caído bien Carston. Parecía más humano que muchos otros trajeados que trabajaban para el departamento. Algunos de ellos, sobre todo los que llevaban uniforme, directamente daban miedo. Lo cual casi con toda seguridad era un juicio hipócrita por su parte, dado el trabajo que había desempeñado.

Así que por supuesto que habían hecho que fuese Carston quien estableciera el contacto. Sabían que estaba sola y asustada y habían enviado a un viejo amigo para despertarle una sensación cálida y agradable. Era de sentido común, y con toda probabilidad habría sabido ver la jugada incluso sin ayuda, pero tampoco venía mal haber leído acerca de una treta similar en una novela que había robado.

Se permitió una respiración profunda y treinta segundos de pensamiento concentrado. Debería haber puesto el foco de su reflexión en su siguiente acción, es decir, abandonar la biblioteca, el pueblo y el estado a toda prisa, y valorar si eso era suficiente. ¿La identidad que estaba empleando seguía siendo segura o debía mudarse de nuevo?

Sin embargo, ese foco fue desplazado por la traicionera idea de la oferta de Carston.

«¿Y si…?».

¿Y si de verdad tenía delante la forma de que la dejaran en paz? ¿Y si su certeza de que estaba ante una trampa surgía solo de la paranoia y de haber leído demasiadas novelas de espías?

Si el trabajo era lo bastante importante, quizá a cambio le devolvieran su vida.

Poco probable.

Pero, aun así, no tenía sentido fingir que el e-mail de Carston se había perdido.

Respondió del modo en que suponía que esperaban que lo hiciera, aunque solo se había formado en su mente el bosquejo más básico de un plan.

Estoy cansada de muchas cosas, Carston. Podemos vernos donde hablamos por primera vez, dentro de una semana a mediodía.

Si veo que te acompaña alguien, desapareceré y blablablá. Ya sabes cómo funciona esto. No hagas ninguna idiotez.

Se levantó y con el mismo movimiento echó a andar, con unas zancadas largas y fluidas que había perfeccionado con el tiempo, pese a sus cortas piernas, para parecer mucho más despreocupadas de lo que eran. Contaba los segundos en su cabeza, estimando el tiempo que le llevaría a un helicóptero llegar desde Washington D.C. a aquella biblioteca. Por supuesto, podían dar el aviso a las autoridades locales, pero no era su estilo habitual.

No era su estilo habitual en absoluto, pero aun así… Chris tenía la sensación infundada pero incómoda y acuciante de que quizá empezaran a cansarse de su estilo habitual. No les había dado los resultados que esperaban, y no eran personas que se distinguieran por su paciencia. Estaban acostumbrados a obtener lo que querían y en el preciso momento en que lo querían. Y llevaban ya tres años queriendo verla muerta.

El e-mail representaba, sin duda, un cambio de política. Si es que de verdad era una trampa.

Tenía que suponer que lo era. Ese punto de vista, esa forma de descifrar su mundo, era el motivo de que siguiera respirando. Pero había una minúscula parte de su cerebro que ya había empezado a albergar una necia esperanza.

El juego al que jugaba no tenía apuestas muy altas, lo sabía bien. Solo una vida. Solo su vida.

Y aquella vida que había conservado pese a lo abrumador del desafío era eso y nada más que eso: vida. Pelada y básica a más no poder. Un corazón latiendo y un par de pulmones expandiéndose y contrayéndose.

Estaba viva, sí, y había tenido que luchar mucho para mantener ese estado, pero en algunas de las noches más oscuras llegaba a preguntarse por qué peleaba exactamente. ¿La calidad de la vida que estaba llevando merecía tanto empeño? ¿No sería relajante cerrar los ojos y no tener que volver a abrirlos nunca más? ¿Acaso la nada, negra y vacía, no era un poco más digerible que el terror incansable y el esfuerzo constante?

Si no había respondido con un sí y optado por cualquiera de las salidas pacíficas e indoloras que tenía siempre a mano era solo por su extrema competitividad. Le había dado buen uso en la facultad de Medicina y había pasado a ser lo que la mantenía con vida. No iba a dejarles ganar. De ningún modo les pondría en bandeja una solución tan fácil a su problema. Lo más probable era que al final acabaran con ella, pero aquellos malditos iban a tener que luchar. E iban a sangrar también.

Estaba ya en el coche y a seis manzanas de distancia del acceso más próximo a una autovía. Llevaba una gorra de béisbol negra sobre el cabello corto, unas gafas de sol negras de hombre que le tapaban casi toda la cara y una sudadera holgada que disimulaba su delgadez. A ojos de un observador distraído, tendría todo el aspecto de un varón adolescente.

Quienes la querían muerta ya habían sangrado, y Chris se descubrió sonriendo de pronto al volante mientras lo recordaba. Era extraño lo cómodo que le resultaba matar en los últimos tiempos, lo satisfactorio que lo encontraba. Había desarrollado una vena sanguinaria, lo que resultaba irónico si se veía todo en perspectiva. Los seis años que había pasado bajo la tutela del departamento ni por asomo habían estado cerca de erosionarla, de hacer que disfrutara con su trabajo. Pero tres años a la fuga habían alterado muchas cosas.

Sabía que no disfrutaría matando a un inocente. Estaba segura de no haber cruzado esa línea y de no ir a cruzarla nunca. Algunos compañeros de profesión —excompañeros, en realidad— eran auténticos psicóticos sin paliativos, pero ella quería creer que justo por eso no se les daba tan bien como a ella. Tenían la motivación equivocada. Su repulsión por lo que hacía era lo que le daba el poder para hacerlo como nadie.

En el contexto de su vida a la fuga, la motivación para matar era la victoria. No ganar la guerra entera, solo una pequeña batalla cada vez, pero ganar al fin y al cabo. El corazón de otra persona dejaría de latir y el suyo seguiría bombeando. Alguien iría a por ella y, en vez de una víctima, encontraría a un depredador. A una araña de rincón, invisible tras su trampa de tela.

En eso la habían convertido. Se preguntó si su logro los enorgullecía o si solo lamentaban no haberla pisoteado con la suficiente fuerza.

Cuando hubo recorrido unos kilómetros por la interestatal, empezó a tranquilizarse. Su coche era un modelo muy popular, había miles de vehículos idénticos en la misma autovía, y cambiaría las matrículas robadas tan pronto como encontrara un lugar seguro donde parar. No había nada que la relacionara con el pueblo que acababa de dejar atrás. Había pasado dos salidas y tomado la tercera. Si tenían intención de bloquear la autovía, no tendrían ni idea de dónde hacerlo. Seguía oculta. De momento, seguía a salvo.

Por supuesto, conducir derecha hasta casa quedaba completamente descartado después de lo ocurrido. Le llevó seis horas volver, desviándose por distintas autovías y carreteras secundarias sin dejar de comprobar que no la siguiera nadie. Cuando por fin llegó a su casita alquilada, el equivalente arquitectónico de una tartana, ya estaba medio dormida. Se le ocurrió preparar café, sopesó los beneficios de la estimulación cafeínica contra el lastre de una tarea adicional y optó por tirar adelante solo con sus últimas reservas de energía.

Subió agotada los dos desvencijados escalones del porche, evitando automáticamente la zona podrida a la izquierda del primero, y abrió los cerrojos dobles de la puerta de acero de seguridad que había instalado la semana después de llegar allí. Las paredes, hechas de madera, yeso, contrachapado y revestimiento de vinilo, no le proporcionaban el mismo nivel de seguridad, pero estadísticamente los intrusos atacaban la puerta en primer lugar. Los barrotes de las ventanas tampoco eran obstáculos insalvables, pero bastarían para convencer a un ladrón aleatorio de que buscara otro objetivo más fácil. Antes de girar el pomo, tocó el timbre. Fueron tres pulsaciones rápidas que habrían parecido una sola y continua a cualquiera que estuviese mirando. Las finas paredes solo alcanzaron a amortiguar un poco la melodía de los cuartos de Westminster. Cruzó la puerta deprisa… y conteniendo el aliento, por si acaso. No oyó el crujido apagado del cristal roto, así que soltó el aire mientras cerraba la puerta a sus espaldas.

El sistema de seguridad de la casa estaba todo diseñado por ella. Los profesionales a los que había estudiado al principio tenían sus propios métodos, pero ninguno sus habilidades especializadas, como tampoco las tenían los autores de las diversas novelas que había pasado a usar como un no muy convincente material de referencia. Todo lo demás que le había hecho falta saber era fácil de encontrar en YouTube. Unas piezas de una lavadora vieja, una placa computadora comprada en internet, un timbre nuevo para la puerta y otro par de adquisiciones diversas le habían bastado para montar una trampa consistente.

Pasó los cerrojos y accionó el interruptor más cercano a la puerta para encender las luces. Estaba en el mismo panel que otros dos interruptores. El del centro no hacía nada. Pero el tercero, el más alejado de la puerta, estaba conectado al mismo cable de señal de bajo voltaje que el timbre. Al igual que ese dispositivo y la puerta, el panel de interruptores era décadas más nuevo que cualquier otra cosa que hubiera en la pequeña estancia que hacía de sala de estar, comedor y cocina al mismo tiempo.

Todo parecía seguir como lo había dejado: los mínimos muebles baratos —nada lo bastante grande como para que un adulto pudiera esconderse detrás— y los estantes y la mesa vacíos, sin ningún cuadro ni adorno. Estéril. Chris sabía que, incluso con el piso de vinilo en colores aguacate y mostaza y el techo de gotelé, aquello seguía recordando un poco a un laboratorio.

Quizá fuese el olor lo que daba esa sensación. La sala estaba higienizada hasta tal extremo que un intruso probablemente atribuyera a limpiadores químicos aquel olor a tienda de materiales para piscina. Pero solo si lograba entrar sin disparar el sistema de seguridad. Si lo activaba, no tendría tiempo de captar demasiados detalles de la estancia.

El resto de la casa consistía únicamente en un dormitorio y un cuarto de baño pequeños, dispuestos en línea recta desde la puerta principal a la pared del fondo, el trayecto despejado del todo para no tropezar con nada. Apagó la luz para ahorrarse luego el camino de vuelta.

Cruzó la única puerta que daba al dormitorio, siguiendo su rutina como una sonámbula. La persiana veneciana dejaba entrar la suficiente luz —el neón rojo de la gasolinera de enfrente— como para no encender la del cuarto. En primer lugar, cogió dos de las largas almohadas de plumas de la cabecera del colchón doble que ocupaba casi toda la habitación, y las recolocó componiendo la forma aproximada de un cuerpo humano. Después metió las bolsas con autocierre llenas de sangre falsa para Halloween en las fundas de las almohadas. De cerca, la sangre no era muy convincente, pero esas bolsas estaban pensadas para un atacante que rompiera la ventana, apartara la persiana y disparara desde fuera. A la media luz del neón, no podría apreciar la diferencia. Lo siguiente era la cabeza, para la que empleaba una máscara que también había comprado en las rebajas post-Halloween. Era la caricatura de algún politicucho de tres al cuarto, pero el color de la piel había quedado bastante realista. La había rellenado para darle la forma aproximada de su cabeza y le había cosido una peluca morena barata. Lo más importante era el diminuto cable que subía a través del somier y el colchón, oculto entre las hebras de nailon. Otro cable similar atravesaba la almohada en la que reposaba la cabeza. Chris extendió la sábana y la manta y les dio unas palmaditas para alisarlas antes de unir los extremos pelados de los dos cables. Era una conexión muy tenue. Con que acariciara levemente la cabeza o moviera un poco el cuerpo hecho de almohadas, los cables se separarían sin hacer ruido.

Dio un paso atrás y repasó el señuelo con los ojos entrecerrados. No era su mejor obra, pero sí parecía que hubiera alguien dormido en la cama. Incluso aunque un intruso no creyera que se trataba de Chris, tendría que neutralizar al durmiente antes de poder buscarla.

Estaba demasiado agotada para ponerse el pijama, así que se limitó a quitarse los vaqueros anchos. Bastaría con eso. Cogió la cuarta almohada, sacó el saco de dormir de debajo de la cama y los notó más pesados y aparatosos de lo normal. Los llevó a rastras al reducido cuarto de baño compacto, los tiró en la bañera y redujo al mínimo el cuidado de la higiene. Aquella noche solo tocaba lavar los dientes, no la cara.

La pistola y la máscara antigás estaban bajo el lavabo, ocultas detrás de una pila de toallas. Se puso la máscara en la cabeza, ajustó las correas, tapó la entrada del filtro con la palma de la mano e inhaló por la nariz para comprobar el sellado. La máscara se pegó a su cara como debía. Siempre lo hacía, pero ni la costumbre ni el agotamiento habían logrado nunca que Chris se saltara su rutina de seguridad. Dejó la pistola en la jabonera de pared, de fácil alcance sobre la bañera. La pistola no era su recurso favorito: aunque disparaba bien en comparación con un civil sin entrenamiento, no estaba a la altura de un profesional. Sin embargo, era una opción necesaria, porque algún día sus enemigos comprenderían en qué consistía su sistema de seguridad y ese día sus atacantes también llevarían máscaras antigás.

En realidad, lo raro era que su truco la hubiera salvado durante tanto tiempo.

Con un filtro de absorción química sin abrir sujeto al ti-
rante del sujetador, regresó al dormitorio con dos pasos rápidos.
Se arrodilló junto a la rejilla de ventilación que había en el suelo, a la derecha de la cama que no había utilizado nunca. Puede
que la rejilla no tuviera tanto polvo como debería, y que los dos
tornillos superiores solo estuvieran apretados hasta la mitad y
faltaran los dos inferiores, pero estaba segura de que nadie que
mirase por la ventana se fijaría en esos detalles o entendería qué
significaban en caso de hacerlo. Probablemente Sherlock Holmes era la única persona de la que no temía un intento de asesinato.

Soltó los tornillos superiores y sacó la rejilla. A cualquiera que mirara en el interior del conducto de ventilación le resultarían evidentes dos cosas. La primera, que el fondo del conducto estaba sellado, por lo que ya no funcionaba. La segunda,
que había un gran cubo blanco y una batería que seguramente
no pintaban nada allí abajo. Destapó el cubo y al instante la
saludó el mismo olor químico que impregnaba la sala principal,
tan familiar que casi ni lo notó.

Extendió el brazo hacia la oscuridad de detrás del cubo y
sacó primero un artilugio pequeño y enrevesado con una bobi-
na, brazos metálicos y finos cables, luego una ampolla del tamaño de su dedo y, por último, un guante de goma para limpieza. Situó el solenoide —el dispositivo que había reciclado de
una lavadora vieja— de forma que sus brazos quedaran medio
sumergidos en el líquido incoloro del cubo. Apretó los párpados
con fuerza dos veces, intentando ponerse en alerta para la parte
más delicada. Enfundó su mano derecha en el guante, soltó el
filtro del sujetador y lo sostuvo en la mano izquierda. Con la
mano enguantada, insertó la ampolla en las ranuras que había
taladrado en los brazos metálicos con ese propósito. La ampolla quedó justo por debajo de la superficie del ácido, con el
polvo blanco de su interior inerte e inocuo. Pero si se interrum-

pía la corriente que circulaba por los cables tan levemente unidos sobre la cama, eso haría que el solenoide se cerrara y rompiera el cristal. El polvo blanco se convertiría en un gas que no era ni inerte ni inocuo.

Era, a grandes rasgos, el mismo dispositivo que tenía montado en la sala principal, solo que con un cableado más sencillo. Esa segunda trampa la armaba solo para dormir.

Devolvió el guante a su sitio, cerró la rejilla y, con una sensación que no era lo bastante intensa para llamarla alivio, regresó con paso cansado al cuarto de baño. La puerta, igual que la rejilla, podría haber puesto sobre aviso a alguien tan detallista como el señor Holmes, porque los revestimientos de goma blanda que había en sus bordes no eran nada habituales. No aislarían del todo el cuarto de baño del dormitorio, pero le darían más tiempo.

Medio se metió y medio se dejó caer en la bañera, en un derrumbamiento a cámara lenta hacia el mullido saco de dormir. Le había costado bastante acostumbrarse a dormir con la máscara puesta, pero esa noche no le dedicó ni un solo pensamiento mientras cerraba los ojos, rendida.

Se introdujo en su capullo de plumón y nailon y se removió hasta notar el duro recuadro de su iPad contra los riñones. Estaba conectado a un alargador alimentado por el circuito de la sala principal. Si la corriente fluctuaba en aquel circuito, el iPad vibraría. Chris sabía por experiencia que era suficiente para despertarla, incluso estando tan cansada como aquella noche. También sabía que podía tener el filtro que seguía en su mano izquierda, abrazado contra el pecho como un osito de peluche, abierto y enroscado a la máscara antigás en menos de tres segundos, aun estando semidormida, a oscuras y conteniendo el aliento. Lo había practicado muchísimas veces y lo había puesto a prueba en las tres emergencias que no habían sido simulacros. Había sobrevivido. Su sistema funcionaba.

Incluso agotada como estaba, obligó a su mente a repasar las desgracias del día antes de permitirse sumergirse en la inconsciencia. Era una sensación espantosa, como el dolor de un miembro fantasma, inexistente pero real de todos modos, saber que la habían vuelto a encontrar. Tampoco estaba satisfecha con la respuesta que había dado al e-mail. Se le había ocurrido el plan demasiado impulsivamente como para estar convencida de su validez. Y, para colmo, requería que actuara más deprisa de lo que le gustaba.

Chris conocía la teoría: en ocasiones, si se cargaba contra el pistolero, era posible sorprenderlo desprevenido. Su jugada favorita siempre era la huida, pero en esa ocasión no veía remedio a la alternativa. Quizá lo viera al día siguiente, después de reiniciar el cerebro.

Rodeada de su telaraña, durmió.

2

Mientras esperaba a que se presentara Carston, pensó en las otras ocasiones en que el departamento había intentado matarla.

Barnaby —el doctor Joseph Barnaby, su mentor y el último amigo que había tenido— la había preparado para el primer intento. Pero incluso con toda la previsión, planificación y paranoia profundamente enraizada de Barnaby, ella había salvado la vida por pura suerte, que llegó en la forma de una taza adicional de café solo.

Hacía tiempo que no dormía bien. Ya llevaba seis años trabajando con Barnaby y, poco después de la mitad de ese período, el doctor le había revelado sus sospechas. Al principio ella no había querido creer que pudieran estar fundadas. Solo estaban haciendo el trabajo que les ordenaban, y haciéndolo bien. «No puedes considerar esto como una situación a largo plazo —le insistía Barnaby, aunque él había pasado diecisiete años en la misma división—. La gente como nosotros, los que tenemos que saber cosas que nadie quiere que sepamos, termina volviéndose un inconveniente. No hace falta que hagas nada mal. Puedes ser todo lo fiable que quieras. Son ellos quienes no son de fiar».

Y eso trabajando para el bando de los buenos.

Las sospechas habían ido concretándose y se habían transformado en planes, que a su vez evolucionaron en preparación física. Barnaby era un firme defensor de la preparación, aunque al final no le hubiera servido de nada.

El estrés había empezado a aumentar en los meses previos, a medida que se aproximaba la fecha del éxodo y, como era de esperar, ella no dormía bien. Aquella mañana de abril se había bebido dos tazas de café en vez de la única que solía tomar todos los días para activar el cerebro. Esa taza de más, añadida a una vejiga menor que la media en su cuerpo menor que la media, había dado como resultado una doctora corriendo hacia el servicio, demasiado apurada para fichar al salir, en lugar de sentada frente a su escritorio. Y allí había estado mientras el gas letal inundaba el interior del laboratorio, procedente de los conductos de ventilación. Barnaby, en cambio, había estado en el lugar exacto donde se suponía que debía estar.

Sus chillidos fueron el último regalo que le hizo, su última advertencia.

Los dos habían estado convencidos de que, cuando llegara el golpe, no les caería en el laboratorio. Demasiado alboroto. Los cadáveres solían despertar sospechas, de modo que los asesinos listos intentaban apartar de sí ese tipo de pruebas tanto como les fuera posible. No atacaban cuando tenían a la víctima en el salón de su propia casa.

Nunca debería haber subestimado la arrogancia de quienes la querían muerta. A ellos les traían sin cuidado las leyes, porque se llevaban demasiado bien con quienes las dictaban. También debería haber respetado más el poder que posee la estupidez pura y dura para sorprender completamente a una persona inteligente.

Los siguientes tres intentos habían sido más directos. Profesionales autónomos, suponía, dado que todos trabajaban en solitario. Solo hombres hasta el momento, aunque siempre cabía la posibilidad de que enviaran a una mujer más adelante. Uno había intentado dispararle, otro apuñalarla y otro partirle el cráneo con una palanca. Ninguna tentativa había dado resultado porque la violencia se había ejercido contra almohadas. Y a continuación sus atacantes habían muerto.

El gas invisible pero muy corrosivo había llenado en silencio la pequeña habitación en unos dos segundos y medio, después de que se interrumpiera la conexión entre los cables. Transcurrido ese tiempo, al asesino le quedaba una esperanza de vida de unos cinco segundos, en función de su altura y peso. Y no eran cinco segundos placenteros.

Su mezcla casera no era lo mismo que habían utilizado para acabar con Barnaby, pero se le parecía un poco. Era la forma más sencilla que conocía de matar a alguien con tanta rapidez y dolor. Y era una fuente renovable, al contrario que muchas de sus armas. Lo único que necesitaba era una buena cantidad de melocotones y una tienda de productos para piscinas. Nada para lo que fuese necesario tener acceso a compuestos restringidos o siquiera una dirección postal, nada que sus perseguidores pudieran rastrear.

La cabreaba muchísimo que se las hubieran ingeniado para encontrarla otra vez.

Ya había despertado furiosa el día anterior, y las horas de preparativos solo habían conseguido enfadarla más.

Se había obligado a echarse una siesta y luego había conducido toda la noche en un vehículo adecuado, alquilado usando la endeble identidad de una tal Taylor Golding y una tarjeta de crédito recién obtenida bajo el mismo nombre. Por la mañana, había llegado temprano a la ciudad en la que menos quería estar, y eso había hecho ascender su ira al siguiente nivel.

Había devuelto el coche en una oficina de Hertz cercana al aeropuerto nacional Ronald Reagan y luego cruzado la calle hacia otra empresa para alquilar un segundo coche con matrícula del Distrito de Columbia.

Seis meses antes, habría reaccionado de otro modo. Habría recogido sus posesiones de la casita que tenía alquilada, habría vendido el vehículo que tuviera en ese momento en Craigslist, habría comprado otro pagando en efectivo a algún particular que no llevara registros y habría conducido sin rumbo unos días hasta encontrar alguna ciudad de tamaño medio que le diera buena impresión. Luego habría empezado de nuevo el proceso de mantenerse con vida.

Pero seis meses antes no había albergado aquella esperanza estúpida y retorcida de que Carston estuviera diciendo la verdad. Era una esperanza anémica. Lo más seguro era que, por sí misma, no hubiera bastado como motivación. Había otra cosa, la tenue pero irritante preocupación de haber pasado por alto una responsabilidad.

Barnaby le había salvado la vida. Una y otra vez. Cada vez que había sobrevivido a un nuevo intento de asesinato, era porque él la había avisado, la había educado, la había preparado.

Si Carston le había mentido, y estaba convencida al noventa y siete por ciento de que así era, si le estaba tendiendo una emboscada, entonces todo lo que había dicho era mentira. Incluso la parte de que la necesitaban. Y si no la necesitaban, significaba que habían encontrado a otra persona que hiciera su trabajo, otra persona tan hábil como lo había sido ella.

Quizá la hubieran reemplazado mucho tiempo antes, quizá incluso hubieran asesinado a toda una ristra de empleados desde entonces, pero lo dudaba mucho. El departamento contaba con fondos y acceso, pero de lo que siempre andaba corto era de personal. Hacía falta tiempo para localizar, reclutar y entrenar a un empleado como Barnaby o ella misma. Las personas que tenían esa clase de habilidades no crecían en tubos de ensayo.

Ella había tenido a Barnaby para salvarla. ¿Quién salvaría al chaval atontado que habían reclutado después de ella? El nuevo o la nueva sería alguien brillante, como lo había sido Chris, pero incapaz de percibir el elemento más importante de todos. Olvídate de servir al país, olvídate de salvar vidas inocentes, olvídate de las instalaciones a la última y la ciencia puntera y el presupuesto ilimitado. Olvídate del salario de siete cifras. ¿Qué tal si te centras en que no te asesinen? Seguro que quien ahora ocupaba su antiguo puesto no tenía ni idea de que su supervivencia estaba en entredicho.

Ojalá tuviera algún modo de advertir a esa persona. Incluso si no podía permitirse el tiempo que Barnaby había dedicado a ayudarla. Incluso aunque pudiera ser solo con dos frases: «Así es como recompensan a la gente como nosotros. Prepárate».

Pero esa no era una opción.

Dedicó la mañana a hacer más preparativos. Se registró en el Brayscott, un hotel pequeño y moderno, con el nombre de Casey Wilson. La identidad que usó no era mucho más convincente que la de Taylor Golding, pero había dos líneas telefónicas sonando cuando se acercó al mostrador y la recepcionista no le prestó mucha atención. Al ser temprano, había habitaciones disponibles, le dijo la empleada, pero Casey tendría que pagar un día más si entraba antes de las tres. Aceptó el coste adicional sin quejarse y la recepcionista puso cara de alivio. Sonrió a Casey y la miró de verdad por primera vez. Casey contuvo una mueca. En realidad daba lo mismo que la chica pudiera recordar su rostro, porque iba a hacerse más que memorable en la siguiente media hora.

Casey empleaba nombres andróginos a propósito. Era una de las estrategias que había entresacado de los archivos de casos que le iba pasando Barnaby, algo que hacían los espías de verdad y que además era de sentido común, tanto que a los escritores de ficción también se les había ocurrido. La idea era que, si alguien registraba el hotel buscando a una mujer, empezaría por los nombres específicos de mujeres en el registro, como Jennifer o Cathy. Quizá necesitaran una segunda pasada para llegar a las Casey, las Terry y las Drew. Y todo el tiempo que pudiera ganar era bueno. Un minuto adicional podía salvarle la vida.

Casey negó con la cabeza cuando un diligente botones se ofreció a cargar con su maleta y la llevó rodando ella misma hasta el ascensor. Mantuvo la cara apartada de la cámara que había encima de la botonera. Cuando estuvo en su habitación, abrió la maleta y sacó de ella un maletín grande y un bolso negro con cremallera. Aparte de esos dos objetos, la maleta estaba vacía.

Se quitó la chaqueta que daba un aspecto profesional a su fino suéter gris y sus pantalones negros y la colgó. El suéter llevaba alfileres a la espalda para ajustarlo al cuerpo. Retiró los alfileres y dejó que la prenda se abombara, transformando a Casey en una persona más menuda y quizá un poco más joven. Se quitó el pintalabios y casi toda la sombra de ojos antes de comprobar el efecto en el gran espejo que había sobre el tocador. Más joven, y también más vulnerable, porque el suéter holgado sugería que estaba ocultándose en él. Pensó que bastaría.

Si el hotel hubiera estado dirigido por una mujer, habría cambiado otro par de cosillas y quizá añadido unos cardenales falsos con sombra de ojos azul y negra, pero el nombre de la tarjeta que había en el mostrador era William Green y Casey no creía que hiciera falta dedicarle más tiempo.

La incomodaba que no fuese un plan perfecto. Habría querido disponer de otra semana para revisar todas las repercusiones posibles, pero era la mejor opción que había podido llevar a la práctica en el tiempo del que disponía. Quizá la treta fuese demasiado elaborada, pero era demasiado tarde para replanteársela.

Llamó a recepción y preguntó por el señor Green. La conectaron al instante.

—Aquí William Green. ¿En qué puedo ayudarla?

La voz era cordial y hasta demasiado afectuosa. Tuvo la inmediata imagen mental de un hombre con aspecto de morsa, bigote poblado incluido.

—Hum, sí, espero no molestar…

—No, claro que no, señorita Wilson. Estoy aquí para ayudar en todo lo que pueda.

—Sí que necesito ayuda, pero a lo mejor le suena un poco raro… Es difícil de explicar.

—No se preocupe, señorita. Seguro que algo podré hacer. —Su tono era de una confianza absoluta, y Casey se preguntó qué clases de peticiones extrañas había tenido que atender en su carrera.

—Ay, Dios —titubeó—. Mejor lo hablamos en persona. —Hizo sonar la frase como una pregunta.

—Cómo no, señorita Wilson. Por suerte, estaré disponible dentro de quince minutos. Tengo el despacho en la planta baja, doblando la esquina desde el mostrador. ¿Puede acercarse?

Con voz trémula y aliviada, respondió:

—Sí, muchísimas gracias.

Metió sus cosas en el armario y contó con esmero los billetes que necesitaba de la reserva del maletín. Se los guardó en los bolsillos y esperó trece minutos. Bajó por la escalera para evitar las cámaras de los ascensores.

Cuando el señor Green la hizo pasar a su despacho sin ventanas, la divirtió comprobar que su imagen mental no andaba tan desencaminada. No llevaba bigote —de hecho, no tenía nada de pelo salvo un leve asomo de cejas canosas—, pero por lo demás era un hombre muy amorsado.

No le costó esfuerzo hacerse la asustada, y hacia la mitad de su relato sobre un exnovio maltratador que le había robado su herencia familiar, supo que lo tenía en el bolsillo. El director se encrespó de forma muy varonil, como con ganas de ponerse a despotricar sobre los monstruos que pegan a mujercitas, pero logró contenerse con solo unas pocas promesas del estilo de «Nosotros cuidaremos de usted» y «Aquí está a salvo». Lo más seguro era que hubiera querido ayudarla incluso sin la generosa propina que le dio, pero daño tampoco iba a hacer. El director se comprometió a contar el plan solo a los empleados que fueran a intervenir en él, cosa que ella le agradeció efusivamente. Él le deseó suerte y se ofreció a avisar a la policía, si podía servir de algo. Casey le confesó afligida lo inútiles que le habían resultado la policía y las órdenes de alejamiento en el pasado. Insinuó que podía ocuparse del asunto ella sola, siempre que contara con la ayuda de un hombre grande y fuerte como el señor Green. Halagado, el director se marchó con paso vivo para prepararlo todo.

No era la primera vez que jugaba aquella carta. Había sido una de las primeras sugerencias de Barnaby cuando empezaron a pulir los detalles de su plan compartido. Al principio Casey se había resistido a la idea, ofendida de algún modo intangible, pero Barnaby siempre había sido un pragmático. Ella era bajita y mujer, lo que, en la mente de muchos, le asignaba el eterno papel de desamparada. ¿Por qué no aprovecharse de ese prejuicio? ¿Por qué no hacerse la víctima para evitar serlo?

Casey volvió a su habitación y se cambió con la ropa que llevaba en el maletín, reemplazando el suéter por una camiseta negra ajustada con cuello de pico y añadiendo un grueso cinturón negro con elaborados diseños en cuero. Todo lo que se quitara tenía que caber en el maletín, porque iba a abandonar la maleta y jamás regresaría a ese hotel.

Ya iba armada, porque nunca salía sin adoptar ciertas precauciones. Pero antes de marcharse pasó al modo de alerta máxima en su protección personal y se armó literalmente hasta los dientes… o más bien hasta el diente, insertándose una falsa corona llena de algo mucho menos doloroso que el cianuro pero igual de mortífero. Si era un truco viejo y manido era porque funcionaba. Y, a veces, el último recurso disponible era escurrirse para siempre de entre las garras del enemigo.

El bolso grande y negro tenía dos adornos de madera en la parte alta del asa. Contenía sus joyas especiales, en cajitas acolchadas.

Todas eran piezas únicas e irreemplazables. Nunca volvería a poder acceder a herramientas ornadas como aquellas, por lo que las atesoraba con sumo cuidado.

Había tres anillos, uno de oro rosa, otro de oro amarillo y un último de plata. Todos tenían púas minúsculas ocultas bajo ingeniosas trampillas rotatorias. El color del metal indicaba de qué sustancia estaba impregnado cada aguijón. Sin complicaciones, como sin duda esperaban de ella.

Luego estaban los pendientes, que siempre manipulaba con cautela y delicadeza. No correría el riesgo de ponérselos para la siguiente parte del recorrido, sino que esperaría a acercarse más a su objetivo. Una vez puestos, tenía que fijarse en cómo movía la cabeza. Parecían simples esferas de cristal, pero eran tan finas que podía agrietarlas una nota muy aguda, sobre todo porque estaban sometidas a presión interior. Si alguien la agarraba del cuello o la cabeza, el cristal estallaría con un suave chasquido. Ella contendría el aliento, que podía mantener durante un minuto y cuarto sin esforzarse, y cerraría los ojos a ser posible. Su atacante no vería la necesidad de imitarla.

Al cuello llevaba un guardapelo de plata bastante voluminoso. Destacaba mucho y atraería la atención de cualquiera que conociese su auténtica identidad. Sin embargo, no tenía nada de letal: era solo un señuelo para disimular los auténticos peligros. Contenía la foto de una niña pequeña y bonita de cabello suave y pajizo. Su nombre y sus apellidos iban escritos al dorso, y parecía el recuerdo que podría llevar encima una madre o una tía. Pero esa niña concreta era la única nieta de Carston. Con un poco de suerte, si ya era demasiado tarde para Casey, su cadáver lo encontraría un auténtico policía que, al no poder identificarla, tendría que seguir esta pista y llevar el caso de su asesinato justo hasta la puerta del lugar al que de verdad correspondía. Lo más probable era que no hiciese ningún daño a Carston, pero quizá le complicara un poco las cosas, quizá le hiciera sentirse amenazado, preocupado por si Casey había difundido más información en alguna parte.

Porque ella sabía lo suficiente de desastres ocultos y horrores confidenciales como para hacer mucho más que incomodar a Carston. Pero incluso ahora, tres años después de su primera condena a muerte, seguía resistiéndose a la idea de ser acusada de traición y a la muy real posibilidad de desatar el pánico. No había forma de predecir cuánto daño podían hacer sus revelaciones, de qué maneras podían herir a ciudadanos inocentes. Así que Casey se había conformado con hacer creer a Carston que se había atrevido a algo tan imprudente; quizá con los nervios le diera un aneurisma. Era un hermoso colgante lleno de gotitas de venganza, para hacer más llevadero haber perdido la partida.

La cadenita de la que pendía el colgante, en cambio, sí que era mortífera. Proporcionalmente a su tamaño tenía misma la tensión de rotura que los cables de acero galvanizado que se usaban en los aeropuertos y fuerza más que de sobra para estrangular a una persona. La cadena se cerraba con imán, no con hebilla, porque Casey no tenía ninguna intención de dejarse atrapar por su propia arma. Los embellecimientos de madera en el asa del bolso tenían ranuras en las que encajaban los extremos de la cadena. Después de ajustarse, las maderas actuaban de agarraderas. La fuerza física no era su primera opción, pero al menos resultaría sorprendente. Estar preparada para ejercerla le sería ventajoso.

Bajo los elaborados relieves de su cinturón de cuero negro se ocultaban varias jeringuillas a resorte. Podía sacarlas una por una o activar un mecanismo que haría sobresalir todas las agujas a la vez si un atacante se abalanzaba sobre ella. Las distintas sustancias no combinarían demasiado bien dentro de su cuerpo.

Llevaba hojas de bisturí con el filo encintado en los bolsillos.

Puñales de zapato al uso, uno que salía hacia delante y otro hacia atrás.

Dos esprays etiquetados como «Gas pimienta» en el bolso, uno auténtico y el otro relleno de algo que provocaba una debilidad más permanente.

Una linda botella de perfume que liberaba gas, no líquido.

Lo que parecía un tubo de bálsamo labial en el bolsillo.

Y varias otras opciones divertidas, por si acaso. Todo eso, además de lo que había preparado por si sucedía lo improbable y tenía éxito: una botellita de goma amarilla chillona y con forma de limón, cerillas y un extintor de viaje. Y dinero, mucho dinero. Se guardó la llave de tarjeta en el bolso; ella no iba a regresar a aquel hotel pero, si todo iba bien, otra persona lo haría.

Cuando llevaba puesta la armadura completa, como entonces, tenía que moverse con cuidado, pero había practicado lo suficiente para caminar con aplomo. La tranquilizaba saber que, si alguien le impedía medir tan bien sus movimientos, saldría peor parado que ella.

Al bajar, llevando el maletín en una mano y el bolso negro al hombro, saludó con la cabeza a la recepcionista con quien se había registrado. Subió a su coche y lo llevó hasta un concurrido parque cercano al centro de la ciudad. Dejó el coche en la parte norte del aparcamiento de un centro comercial contiguo y se metió andando en la arboleda.

El terreno le era bastante conocido. Había unos aseos cerca de la esquina sudeste, hacia los que se dirigió. Como esperaba, a media mañana de un día lectivo, estaban vacíos. Del maletín sacó otra muda de ropa. También había una mochila enrollada y algunos accesorios más. Se cambió, embutió la ropa usada en el maletín y luego lo metió junto con el bolso en la gran mochila desplegada.

Cuando salió de los servicios, ya no resultaba identificable a primera vista como mujer. Anduvo encorvada hacia el extremo sur del parque, dejando sueltas las rodillas y concentrándose en anular el delator contoneo de sus caderas. Aunque no parecía que hubiera nadie mirándola, siempre convenía comportarse como si lo hubiera.

El parque empezó a llenarse hacia la hora de comer, como Casey había esperado. Nadie prestó atención al chaval andrógino que, sentado en un banco a la sombra, tecleaba como loco en su móvil. Nadie se acercó lo suficiente para ver que el teléfono estaba apagado.

En la otra acera, enfrente del banco, estaba el restaurante donde le gustaba comer a Carston. No era el lugar que ella había propuesto para el encuentro. Además, faltaban cinco días para la cita.

Desde detrás de sus gafas de sol de hombre, los ojos de Casey recorrieron las aceras. Quizá su plan no funcionara. Tal vez Carston hubiera cambiado de costumbres. A fin de cuentas, los hábitos eran peligrosos, igual que sentirse a salvo.

Había repasado los consejos sobre disfraces que ofrecían tanto los informes reales como las novelas, centrándose siempre en los que parecieran más de sentido común. No te pongas una peluca rubia platino y tacones altos solo por ser morena y bajita. No hay que pensar en lo opuesto, sino en pasar desapercibida. Piensa en lo que llama la atención (por ejemplo, las rubias con tacones de aguja) y evítalo. Utiliza tus puntos fuertes. A veces, lo que crees que te resta atractivo puede mantenerte con vida.

En su época de normalidad, le había molestado tener una figura casi de chico. Ahora se valía de ella. Si se ponía un jersey suelto y unos vaqueros desgastados un par de tallas más grandes, cualquiera que estuviese buscando a una mujer podría pasar por alto al chico. Llevaba el pelo corto y fácil de ocultar bajo una gorra de béisbol, y las capas de calcetines dentro de unas Reebok demasiado grandes le daban el aire desmañado del típico varón adolescente. Si alguien se fijaba en su rostro, podría captar algunas discrepancias. Pero ¿por qué iba a fijarse nadie? El parque estaba llenándose de personas de todas las edades y sexos. Casey no destacaba, y nadie que estuviera buscándola esperaría encontrarla allí. No había vuelto a Washington desde que el departamento intentó asesinarla por primera vez.

No era especialista en lo que estaba haciendo, salir de su telaraña y cazar, pero al menos era algo en lo que había pensado de antemano. Casi todos sus actos cotidianos normales requerían solo una pequeña parte de su atención e inteligencia. El resto de su mente siempre estaba trabajando en posibilidades, imaginando distintas situaciones, y el resultado era que, allí sentada en el parque, se notaba algo más confiada. Estaba operando a partir de un mapa mental trazado a lo largo de muchos meses.

Carston no había cambiado de costumbres. Exactamente a las doce y cuarto, se sentó frente a una mesita de metal delante de su cafetería. Había escogido la que quedaba por completo a la sombra del parasol, como ella había esperado. Carston había sido pelirrojo y, aunque apenas le quedaba pelo ya, seguía teniendo la piel delicada.

La camarera lo saludó con una mano, señaló con el mentón la libretita que llevaba en la otra mano y volvió al interior. Así que Carston solía pedir siempre lo mismo. Otra costumbre letal. Si Casey lo hubiera querido muerto, podría haberlo conseguido sin que él se enterara siquiera de que había estado en la ciudad.

Se levantó, guardó el móvil en el bolsillo y se echó la mochila al hombro.

La acera pasaba por detrás de un montículo con árboles. Allí Carston no podía verla. Era el momento de cambiar de disfraz. Modificó su postura. Se quitó la gorra y el jersey que llevaba por encima de la camiseta. Se apretó el cinturón y enrolló un poco los bajos de los vaqueros, al estilo *boyfriend*. Reemplazó las Reebok por unas bailarinas con suela deportiva que llevaba en la mochila. Lo hizo todo fingiendo desinterés, como si tuviera calor y quisiera quitarse algo de ropa. Hacía el tiempo adecuado para ello. Quizá los transeúntes se sorprendieran de ver a una chica bajo las prendas masculinas, pero dudaba que alguien retuviera el momento en la memoria, ya que el parque era toda una galería de estilos mucho más radicales. El sol siempre hacía salir a la gente rara de Washington.

Volvió a ponerse el bolso negro al hombro. Comprobó que no la miraba nadie y dejó la mochila detrás de un árbol apartado. Si alguien la encontraba, no contenía nada sin lo que no pudiera vivir.

Más o menos convencida de que no la veían, se colocó una peluca y luego, por fin y con mucho cuidado, se puso los pendientes.

Podría haber hablado con Carston disfrazada de chico, pero ¿para qué revelarle ningún secreto? ¿Para qué permitirle relacionarla con el chaval que había estado vigilándole? Eso en caso de que hubiera reparado siquiera en su presencia, claro. Quizá volviera a necesitar pronto el disfraz, así que no le interesaba desperdiciar ese personaje. También podría haber ganado tiempo presentándose con el mismo traje que llevaba al salir del hotel, pero si no hacía cambios en su apariencia, su imagen capturada por las cámaras de seguridad del establecimiento podría relacionarse sin problemas con las grabaciones de cualquier cámara pública o privada que estuviera apuntándola en ese instante. Al dedicar tiempo de más a su apariencia, había cercenado tantos nexos como era posible y, si alguien intentaba encontrar al chico, a la ejecutiva o a la visitante que ahora daba un paseo por el parque, el rastro sería difícil de seguir.

Vestida de mujer, tenía más fresco. Dejó que el viento suave le secara el sudor acumulado bajo el jersey de nailon y luego cruzó la calle.

Llegó hasta Carston desde su espalda, siguiendo el mismo recorrido que había hecho él unos minutos antes. Ya tenía la comida en la mesa, un sándwich de pollo a la parmesana, y parecía absorto del todo en consumirlo. Pero Casey sabía que a Carston se le daba mejor que a ella aparentar ser algo que no era.

Se dejó caer en la silla frente a él con discreción. Carston tenía la boca llena cuando levantó la mirada.

Casey sabía que era un buen actor. Daba por hecho que Carston intentaría ocultar su auténtica reacción y mostrar la emoción que deseara antes de que ella pudiera atisbar la primera. Como no dio la menor señal de extrañeza, supuso que lo había pillado completamente por sorpresa. Si hubiera esperado que se presentara, habría fingido que la repentina aparición de Casey lo dejaba boquiabierto. Pero lo que hizo, observarla desde el otro lado de la mesa sin abrir más los ojos y sin dejar de masticar al mismo ritmo, era su forma de ahogar la sorpresa. Estaba segura casi al ochenta por ciento.

Casey no dijo nada. Se limitó a sostenerle la mirada inexpresiva y dejar que terminara de tragar el bocado de su sándwich.

—Supongo que era demasiado fácil que nos viéramos cuando habíamos quedado —dijo Carston.

—Demasiado fácil para tu francotirador, desde luego.

Lo dijo con voz animada y el mismo volumen que había empleado él. Si alguien los oía, se lo tomaría como una broma.

Pero los demás grupos sentados en la terraza estaban charlando y riendo a viva voz, y la gente que pasaba por la acera iba escuchando sus auriculares o sus teléfonos. A nadie le importaba lo que acababa de decir, salvo a Carston.

—Eso no fue cosa mía, Juliana. A estas alturas, seguro que ya lo sabes.

Ahora le tocó a ella ahogar la sorpresa. Hacía tanto tiempo que nadie la llamaba por su nombre real que le sonó como el de otra persona. Después del primer sobresalto, sintió una leve oleada de placer. Era bueno que su propio nombre le sonara ajeno. Significaba que estaba haciendo las cosas bien.

Los ojos de Carston se alzaron hacia su evidente peluca (que en realidad era de un color bastante parecido al del pelo de Casey, pero que a él le haría pensar que ocultaba algo muy distinto). Al instante se obligó a volver a fijar la vista en los ojos de ella. Se quedó otro momento esperando su respuesta pero, al no recibirla, habló de nuevo, midiendo sus palabras.

—Los… individuos que decidieron que debías… retirarte han caído en desgracia. Ya desde el principio no fue una decisión popular, y los que siempre nos opusimos a ella ahora no obedecemos órdenes de esos individuos.

Podía ser cierto. Probablemente no lo fuera.

Carston respondió al escepticismo que leyó en su mirada.

—¿Has tenido algún… encuentro desagradable estos últimos nueve meses?

—Vaya, y yo aquí pensando que ya jugaba al escondite mejor que vosotros.

—Se acabó, Julie. Han terminado entrando en razón.

—Me encantan los finales felices. —Sarcasmo a paletadas.

Carston hizo una mueca, herido por sus palabras. O fingiendo estarlo.

—No tan feliz —dijo despacio—. En un final feliz, no me habría puesto en contacto contigo. Te habríamos dejado tranquila lo que te queda de vida. Y te quedaría mucha, en la medida en que dependiera de nosotros.

Ella asintió como si estuviera de acuerdo, como si se lo creyera. En los viejos tiempos, siempre había pensado que Carston era justo lo que aparentaba ser. Había sido el rostro visible de los buenos durante mucho tiempo. En ese momento, de un modo extraño, casi le resultaba divertido estar intentando descifrar el significado real de sus palabras, como en un juego.

Solo que también estaba esa vocecilla que preguntaba: «¿Y si no fuese un juego? ¿Y si fuese cierto y pudieras ser libre?».

—Eras la mejor, Juliana.

—El mejor era el doctor Barnaby.

—Sé que no vas a aceptarlo, pero Barnaby nunca tuvo tu talento.

—Gracias.

Carston enarcó las cejas.

—No por el cumplido —se explicó ella, sin variar el tono animado—. Gracias por no intentar convencerme de que murió por accidente.

—Fue una mala decisión motivada por la paranoia y la deslealtad. Si alguien está dispuesto a traicionar a su compañero, siempre verá a ese compañero como alguien que haría lo mismo. La gente deshonesta no cree que existan personas sinceras.

Casey mantuvo el rostro inexpresivo mientras escuchaba.

En los tres años que llevaba a la fuga, nunca había revelado ningún secreto que conociera. Nunca había dado a sus perseguidores el menor motivo para considerarla una traidora. Incluso mientras intentaban matarla, se había mantenido leal. Y al departamento no le había importado lo más mínimo.

Tampoco es que les importaran demasiadas cosas. Se distrajo un momento con el recuerdo de lo cerca que había estado de lo que buscaba, de lo lejos que podría haber llegado en su principal cauce de investigación y creación a esas alturas si no la hubieran interrumpido. Por lo visto, aquel proyecto tampoco les importaba.

—Pero ahora son los deshonestos los que han metido la pata —siguió diciendo Carston—, porque no hemos encontrado a nadie tan bueno como tú. Qué narices, no hemos encontrado a nadie ni la mitad de bueno que Barnaby. Siempre me sorprende que la gente olvide lo escaso que es el verdadero talento.

Se quedó callado, a todas luces confiando en que hablara ella, esperando que le preguntara algo, que revelara algún signo de interés. Casey se quedó mirándolo educadamente, como alguien miraría al desconocido que le prepara la cuenta en una caja registradora.

Carston suspiró y luego se inclinó hacia ella, con repentina determinación.

—Tenemos un problema. Necesitamos esa clase de respuestas que solo tú puedes proporcionarnos. No tenemos a nadie más que pueda hacer este trabajo. Y esta vez no podemos cagarla.

—Es asunto vuestro, no mío —respondió ella.

—Te conozco bien, Juliana. Te importan los inocentes.

—Me importaban. Podría decirse que esa parte de mí murió asesinada.

Carston hizo otra mueca.

—Juliana, lo lamento mucho. Siempre lo he lamentado. Intenté detenerlos, y no sabes cuánto me alivió que te escurrieras de entre sus dedos. Todas las veces que te escurriste de entre sus dedos.

Casey no pudo evitar sentirse impresionada de que estuviera reconociéndolo todo. Sin negativas, sin excusas. Nada del esperado «Fue solo un desafortunado accidente de laboratorio». Nada del «No fuimos nosotros, sino unos enemigos del Estado». Nada de cuentos, solo una admisión directa y sin rodeos.

—Y ahora todo el mundo lo lamenta. —Carston bajó la voz, obligándola a prestar mucha atención a sus palabras—. Porque no estás con nosotros y va a morir gente, Juliana. Miles de personas. Cientos de miles.

Se quedó callado mientras ella pensaba. Casey se tomó unos minutos para examinar las palabras de Carston desde todos los ángulos posibles.

Ella también bajó la voz, pero se aseguró de no dejar traslucir ningún interés ni emoción. Solo enunció un hecho evidente para que la conversación avanzara.

—Sabéis de alguien que posee información crucial.

Carston asintió con la cabeza.

—No podéis eliminar a esa persona porque entonces otros sabrían que estáis al tanto de su existencia. Lo cual aceleraría cualquiera que sea el curso de acción que preferiríais que no se diera.

Otro asentimiento.

—Estamos hablando de algo grave, ¿verdad?

Un suspiro.

Nada ponía tan nervioso al departamento como el terrorismo. A ella la habían reclutado antes de que el polvo emocional se asentara en el agujero donde se habían alzado las Torres Gemelas. Impedir el terrorismo siempre había sido el componente principal de su trabajo y la mejor justificación para llevarlo a cabo. La amenaza del terrorismo también había pasado a manipularse, retorcerse y distorsionarse, hasta que al final Casey había perdido buena parte de su fe en estar haciendo el trabajo de una patriota.

—Y es un aparato gordo —afirmó más que preguntó.

El mayor hombre del saco era siempre el mismo, el temor a que, en algún momento, alguien que odiara de verdad a Estados Unidos echara mano de un dispositivo nuclear. Esa era la sombra oscura que ocultaba su profesión a los ojos del mundo, la que la hacía tan indispensable, por mucho que el ciudadano estadounidense de a pie prefiriera pensar que Casey no existía.

Y la verdad era que había ocurrido. Más de una vez. Las personas como ella eran las que impedían que esas situaciones desembocaran en tragedias humanas masivas. Era un sacrificio: horror a pequeña escala contra matanzas al por mayor.

Carston negó con la cabeza y de pronto sus ojos claros reflejaron una expresión torturada. Casey no pudo contener un pequeño escalofrío interno al comprender que se trataba de la segunda opción. Solo existían dos temores tan intensos.

«Es biológico». No pronunció las palabras, pero sí movió los labios.

El rostro sombrío de Carston le sirvió como respuesta.

Bajó la mirada un momento, recorriendo en silencio todas sus posibles reacciones y reduciéndolas a dos columnas, dos listas de posibilidades en su mente. Columna uno: Carston era un mentiroso hábil que estaba diciendo lo que creía que la motivaría a desplazarse a un lugar donde habría gente mejor preparada para deshacerse de Juliana Fortis para siempre. Carston estaba improvisando a toda velocidad, tirando de sus cuerdas más sensibles.

Columna dos: alguien tenía un arma biológica de destrucción masiva, y las autoridades no sabían dónde estaba ni cuándo se usaría. Pero conocían a alguien que lo sabía.

El orgullo aportaba cierto peso que desestabilizaba un poco la balanza. Sabía que era buena. Era cierto que probablemente no hubieran podido encontrar a nadie mejor.

Aun así, si tuviera que apostar, sería a la columna uno.

—Jules, yo no te quiero muerta —dijo él en voz baja, adivinando sus pensamientos—. No me habría puesto en contacto contigo si fuera así. No querría ni tenerte cerca. Porque estoy seguro de que llevas encima al menos seis formas de matarme ahora mismo, y tienes todos los motivos del mundo para usarlas.

—¿De verdad crees que habría venido con solo seis? —preguntó ella.

Carston frunció el ceño un segundo, nervioso, antes de optar por reír.

—Más a mi favor. No tengo ganas de morir, Jules, si te soy sincero.

Bajó la mirada al guardapelo que llevaba al cuello y ella contuvo una sonrisa. Volvió a su tono de voz desenfadado.

—Preferiría que me llamaras doctora Fortis. Creo que los apelativos cariñosos hace tiempo que están fuera de lugar.

Él puso cara de dolor.

—No te estoy pidiendo que me perdones. Debería haber hecho más.

Casey asintió aunque, de nuevo, no fue porque estuviera de acuerdo, sino para hacer avanzar la conversación.

—Te estoy pidiendo que me ayudes. No, a mí no. Que ayudes a los inocentes que morirán si no lo haces.

—Si mueren, no será por mi culpa.

—Lo sé, Ju…, doctora. Lo sé. Será culpa mía. Pero a ellos les importará poco quién sea el responsable. Estarán muertos.

Casey le sostuvo la mirada. No iba a ser ella quien parpadeara primero. Los rasgos de Carston se oscurecieron.

—¿Quieres saber lo que podría hacerles?

—No.

—Quizá sea demasiado fuerte hasta para ti.

—Lo dudo. Pero, en realidad, no importa. Lo que podría ocurrir es secundario.

—Me gustaría saber qué hay más importante que cientos de miles de vidas.

—Esto va a sonar muy egoísta, pero seguir respirando se ha convertido en lo primordial para mí.

—No puedes ayudarnos si estás muerta —dijo Carston sin rodeos—. Esa lección está aprendida. Y no va a ser la última vez que te necesitemos. No vamos a cometer otra vez el mismo error.

Casey se resistía a creérselo con todas sus fuerzas, pero la balanza se desequilibraba cada vez más. Lo cierto era que Carston estaba diciendo cosas con sentido. Los cambios de política no eran nada infrecuentes. ¿Y si era todo verdad? Podía fingir desapego, pero Carston la conocía bien. Le costaría mirarse al espejo después de un desastre de tal magnitud si cabía la menor posibilidad de que pudiera haber hecho algo al respecto. Al principio, la habían convencido del mismo modo para desempeñar la que quizá fuese la peor profesión del mundo entero.

—Supongo que no llevarás los archivos encima —dijo.

3

Esa noche, se llamaba Alex.

Había tenido que alejarse un poco de Washington D.C. y había acabado en un pequeño motel al norte de Filadelfia. Era uno cualquiera de entre la media docena que jalonaban la interestatal a la salida de la ciudad. A un rastreador le llevaría tiempo registrarlos todos, incluso si antes, de algún modo, hubiera reducido su posible ubicación a esa zona. Y ni siquiera había dejado pistas que pudieran llevar a un perseguidor al estado de Pensilvania. Pero, aun así, esa noche dormiría en la bañera, como siempre.

La pequeña habitación no tenía mesa, de modo que había extendido todos los archivos sobre la cama. Solo mirarlos ya la agotaba. Obtenerlos no había sido tan fácil como pedir a Carston que los enviara por mensajero a alguna parte.

La información estaba preparada, le había dicho Carston. Confiaba en que iban a reunirse y los habría llevado consigo si hubiera sabido que ella aparecería. Ella había insistido en que fuesen copias físicas y él había aceptado. Entonces le había dado las instrucciones para la entrega.

La dificultad estribaba en romper la conexión por ambos extremos.

Por ejemplo, no le habría bastado con que Carston dejara los archivos en una papelera y contratar a alguien para que los recogiera; era muy fácil que hubiera gente vigilando esa papelera. Los observadores verían a quien se llevara los archivos y solo tendrían que seguirlo. Esa persona podría dejar los documentos en algún otro lugar acordado antes de que ella se acercara, pero ya habría ojos puestos en ese lugar. En algún momento del proceso, el paquete tenía que desaparecer de la vista de los observadores el tiempo suficiente para que Alex pudiera llevar a cabo su complejo truquito de trilera.

De modo que Carston, siguiendo sus instrucciones, había dejado una caja para ella en la recepción del hotel Brayscott. El señor Green estaba preparado. Creía que Carston era un amigo de su cliente que había vuelto a robar su herencia familiar al violento ex, que sin duda le pisaba los talones. El señor Green había proporcionado a Alex la contraseña para que pudiera acceder en remoto a las cámaras de seguridad del hotel desde una cafetería a kilómetros de distancia. Que no hubiera visto a nadie siguiendo a Carston no significaba que no estuvieran, pero pareció que se limitaba a entregar la caja y marcharse. El director del hotel había seguido al pie de la letra todas sus indicaciones, sin duda en parte porque sabía que ella lo observaba. La caja fue al ascensor de servicio y bajó a la lavandería, donde pasó al carrito de una doncella que lo entregó en su habitación, y allí el mensajero al que había dado la tarjeta llave y quinientos dólares la metió en su discreta maleta negra. El mensajero había recorrido una ruta enrevesada con su bicicleta, obedeciendo las órdenes que Alex le había dado mediante un móvil prepago barato del que ya se había desprendido, y al final había dejado la caja a la confundida dependienta de una copistería que había en la acera de enfrente de la cafetería.

Con un poco de suerte, los vigilantes seguirían en el hotel, esperando a verla cruzar la puerta principal. Era probable que fuesen más listos que eso, pero incluso si hubieran desplegado a diez observadores, no bastarían para tener vigilado a todo el que saliera del hotel. Si alguno de ellos había ido tras su mensajero, le habría costado seguirlo. Lo único que le había quedado a Alex por hacer había sido cruzar los dedos y desear que no hubiera nadie observándola.

Había tenido que actuar deprisa. Esa siguiente hora era la parte más peligrosa del plan.

Por supuesto, había sabido que habría algún tipo de dispositivo de rastreo oculto en el material. Había dicho a Carston que lo escanearía para asegurarse de que no intentara ese truco, pero quizá él había adivinado que no contaba con la tecnología necesaria para hacerlo. Tan deprisa como pudo, sacó una copia a color de todo. Le llevó quince minutos, demasiado tiempo. Los duplicados fueron a la maleta y los originales a una bolsa de papel que le dio la chica del mostrador. Dejó la caja en la papelera del local.

A partir de entonces, el tiempo de verdad jugaba en su contra. Había parado un taxi y había pedido al chófer que condujera hacia un barrio algo peligroso de Washington, mientras ella buscaba el primer lugar que ofreciera la discreción que necesitaba. No tenía tiempo para ponerse quisquillosa, y terminó haciendo que el taxista la esperara en la boca de un callejón de mala muerte. Era el tipo de comportamiento que el conductor recordaría casi a ciencia cierta, pero en fin, qué remedio. Quizá ya estuvieran observándola en aquel mismo momento. Corrió hasta el fondo del callejón sin salida —¡menudo lugar para que la atraparan!—, se metió detrás de un contenedor y despejó una zona del asfalto cuarteado con el pie.

El sonido de un movimiento a su espalda hizo que diera un respingo y se volviera, con la mano ya en el grueso cinturón de cuero y los dedos buscando por instinto la primera a la izquierda de las jeringuillas ocultas.

En la pared opuesta del callejón, un hombre de aspecto aturdido que yacía tumbado sobre unos cartones y harapos la miraba con rostro fascinado, pero no dijo nada ni hizo el menor movimiento para marcharse o acercarse. Ella no tenía tiempo de pensar en lo que iba a ver aquel hombre. Manteniendo al sin techo en su visión periférica, volvió a concentrarse en la bolsa con los documentos originales. Sacó del bolso su botellita de goma con forma de limón y roció con su contenido la bolsa de papel. El olor a gasolina saturó el aire en torno a ella. El hombre ni se inmutó. Entonces Alex encendió una cerilla.

Observó el fuego muy atenta, con el extintor de viaje en las manos por si empezaban a extenderse las llamas. Esa parte pareció aburrir al sin techo, que se volvió y le dio la espalda.

Esperó hasta que el último trocito de papel quedó hecho cenizas antes de extinguir la llama. Aún no sabía qué contenían los archivos, pero era de esperar que fuese información sobre un asunto delicado. Nunca había trabajado en un proyecto que no lo fuera. Frotó el polvo gris y negro con la punta del zapato, incrustándolo en el pavimento. Estaba segura de no haber dejado ni un solo fragmento. Lanzó un billete de cinco dólares hacia el hombre del lecho de cartones antes de regresar corriendo al taxi.

Después había pasado por una sucesión de taxis, dos tramos en metro y varias manzanas a pie. No podía estar segura de haberse quitado de encima a sus posibles perseguidores. Solo podía actuar tan bien como supiera y estar preparada. Un nuevo taxi la dejó en Alexandria, donde alquiló un tercer coche con una tercera tarjeta de crédito sin estrenar.

Y así había llegado a las afueras de Filadelfia, a aquella habitación de motel barato donde el fuerte aroma de un ambientador batallaba contra el olor a humo rancio de cigarrillo y donde estaba mirando las pilas ordenadas de papeles que había extendido en la cama.

El sujeto se llamaba Daniel Nebecker Beach.

Tenía veintinueve años. Piel clara, alto, complexión media y pelo castaño oscuro un poco ondulado cuya longitud la sorprendió por algún motivo, tal vez porque lo normal era que le tocara lidiar con militares. Ojos de color avellana. Nacido en Alexandria, hijo de Alan Geoffrey Beach y Tina Anne Beach, apellido de soltera Nebecker. Un hermano, Kevin, dieciocho meses mayor. Su familia había residido en Maryland durante la mayor parte de su infancia, salvo un breve período en Richmond, Virginia, donde Daniel había ido dos años al instituto. Después había sido alumno de la Universidad de Towson, donde estudió para convertirse en profesor de Lengua de secundaria. Un año después de graduarse, había perdido a sus padres en un accidente de coche. El conductor que los había embestido también murió, con 2,1 gramos de alcohol por litro en sangre. Cinco meses después del funeral al hermano de Daniel lo condenaron por asuntos de drogas —fabricación de metanfetamina y venta a menores— y pasó a cumplir nueve años de prisión en el Departamento Penal de Wisconsin. Daniel se había casado un año después y divorciado tras dos años de matrimonio. Su exesposa había vuelto a casarse casi en el mismo instante en que se hizo efectivo el divorcio y tuvo un hijo con su nuevo marido, un abogado, seis meses después de la boda. No costaba demasiado leer entre líneas los detalles del asunto. Ese mismo año, el hermano murió en una pelea carcelaria. Tuvo que ser una época dura y muy larga.

En la actualidad Daniel enseñaba Historia y Lengua en un instituto de lo que muchos considerarían la parte mala de Washington D.C. También entrenaba al equipo femenino de voleibol y supervisaba el consejo estudiantil. Había ganado el premio al profesor del año, votado por los alumnos, dos veces consecutivas. Los últimos tres veranos desde el divorcio, Daniel había trabajado de voluntario con Hábitat para la Humanidad, primero en Hidalgo, México, luego en Menia, Egipto, y el tercer verano había dividido el tiempo entre los dos.

No había fotografías de los padres fallecidos ni del hermano. Había una de la exesposa, un retrato formal de boda en el que salían los dos juntos. La mujer tenía el cabello oscuro y era despampanante, el punto focal de la fotografía. Él parecía casi un añadido de última hora detrás de ella, aunque su amplia sonrisa era más genuina que la cuidada expresión de los rasgos de la mujer.

A Alex le habría gustado que el expediente estuviese más completo, pero sabía que su naturaleza detallista la llevaba en ocasiones a esperar demasiado de otros analistas menos obsesivos.

Mirando solo la superficie, Daniel estaba limpio como una patena. Tenía una familia decente, y el ciclo autodestructivo que había llevado a la muerte del hermano se explicaba con el accidente de los padres. Había sido la víctima en el divorcio: no era raro que la esposa de un profesor vocacional acabara dándose cuenta de que el salario no bastaría para mantener una vida de lujos. Era el favorito de los chicos menos favorecidos. Altruista en su tiempo libre.

El expediente no indicaba qué era lo primero que había atraído la atención del gobierno sobre él, pero al rascar esa prístina superficie había aflorado la oscuridad.

Todo parecía haber empezado en México. En aquella época no lo vigilaban, por lo que la narración estaba dictada únicamente por sus saldos bancarios. Los contables forenses habían reunido un relato bien documentado. Primero, su cuenta bancaria había pasado de contener unos centenares de dólares tras el divorcio a incrementarse de pronto en diez mil. Luego, a las pocas semanas, otros diez mil. A finales de verano ya sumaban sesenta mil. Daniel había vuelto a Estados Unidos para trabajar y los sesenta mil dólares se habían esfumado. ¿Quizá serían la entrada de un piso o de un coche caro? No, no había nada visible, nada registrado. El año siguiente, cuando estuvo en Egipto, no hubo ingresos repentinos en sus finanzas. ¿Serían beneficios de apuestas? ¿Alguna herencia?

Solo eso no habría llamado la atención de nadie sin que mediara algún tipo de filtración, pero Alex no encontraba el catalizador en el expediente. Incluso con un soplo explícito, alguien del departamento de contabilidad había tenido que echar horas extras o se aburría mortalmente porque, pese a la falta de urgencia, el analista financiero había rastreado aquellos sesenta mil dólares como un sabueso con el hocico pegado al suelo. Terminó encontrándolos, en una nueva cuenta bancaria de las islas Caimán. Junto con otros cien mil.

Llegados a ese punto, el nombre de Daniel pasó a engrosar una lista. No era una lista de la CIA, el FBI o la Agencia de Seguridad Nacional, sino una lista de Hacienda. Y ni siquiera se trataba de una lista de alta prioridad. Su nombre no figuraba muy arriba en ella; simplemente era alguien a quien investigar.

Ella se preguntó durante un momento cómo habría afectado a Daniel la muerte de su hermano. Parecía que había ido a visitar con relativa frecuencia en la cárcel al único familiar que le quedaba. La mujer lo abandona, el hermano muere. Parecía una buena receta para enquistar a alguien en sus malas decisiones.

El dinero siguió creciendo, y en absoluto se correspondía con lo que podría ganar pasando droga por la frontera o incluso traficando él mismo. Ninguno de esos empleos estaba tan bien pagado.

Luego el dinero empezó a moverse y se hizo más complicado de rastrear, pero en total ascendía a unos diez millones de dólares a nombre de Daniel Beach, rebotando desde el Caribe a Suiza y a China una y otra vez. Quizá Daniel fuese solo una tapadera y alguien estuviese utilizando su nombre para ocultar activos al fisco pero, por norma general, a los malos no les gustaba endosar capitales tan elevados a profesores que no sabían nada del tema.

¿Qué podría estar haciendo para ganarlo?

Por supuesto, a esas alturas ya estaban indagando en sus contactos, y la investigación dio frutos rápidos. Alguien llamado Enrique de la Fuentes aparecía en una foto en blanco y negro con mucho grano, tomada por la cámara de seguridad del aparcamiento del motel de Daniel Beach en Ciudad de México.

Alex llevaba unos años apartada del juego y el nombre no le decía nada. Aunque hubiera seguido trabajando en el departamento, lo más seguro era que no hubiera formado parte de los casos que le asignaban. Había trabajado a veces en el problema de los cárteles, pero la droga nunca encendía las luces rojas ni hacía que las alarmas se desgañitaran del mismo modo que las guerras en ciernes y el terrorismo.

De la Fuentes era un señor de la droga, y los señores de la droga, incluso los que subían como la espuma en el gremio, rara vez llamaban la atención de su departamento. En general, al gobierno estadounidense le traía bastante sin cuidado que se mataran entre ellos, y esas guerras de la droga solían tener escaso impacto en la vida del ciudadano estadounidense medio. A los narcotraficantes no les interesaba matar a sus clientes. No era bueno para el negocio.

En todos los años que había estado trabajando, incluso con la elevada acreditación de seguridad que requería su empleo, nunca había sabido de ningún señor de la droga interesado en armas de destrucción masiva. Aunque desde luego, si cabía la posibilidad de obtener beneficios, no podía descartarse a nadie.

Pero *sacar provecho de la venta* era algo muy distinto a *usarlas*.

De la Fuentes se había hecho con una banda colombiana de tamaño medio mediante una adquisición hostil, por decirlo con suavidad, a mediados de los años noventa, y había intentado en varias ocasiones establecer su base de operaciones justo al sur de la frontera con Arizona. En todas ellas lo había rechazado el cártel vecino, que abarcaba el borde entre Texas y México. De la Fuentes se había impacientado y había empezado a buscar métodos cada vez menos ortodoxos para despachar a sus enemigos. Y entonces había encontrado un aliado.

Alex inhaló por entre los dientes apretados.

Aquel nombre sí que lo conocía… y lo aborrecía. Un ataque procedente del exterior ya era bastante horroroso, pero Alex sentía la más profunda repulsión por la clase de persona que nacía con la libertad y los derechos de un país democrático y empleaba esos mismos privilegios y libertades para atacar su fuente.

El grupo terrorista nacional tenía varios nombres. El departamento lo llamaba la Sierpe, por el tatuaje que había llevado uno de sus difuntos líderes y también por el pasaje de *El rey Lear.* Alex había sido decisiva a la hora de desmantelar algunas de sus mayores conspiraciones, pero la que habían conseguido llevar a cabo aún le producía pesadillas de vez en cuando. El archivo no especificaba quién había contactado con quién, solo que habían alcanzado un acuerdo. Si De la Fuentes cumplía con su parte del trato, recibiría el suficiente dinero, hombres y armas para acabar con el cártel más poderoso. Y los terroristas obtendrían lo que deseaban: desestabilizar Estados Unidos, horror, destrucción y toda la atención mediática con la que pudieran soñar.

Mal asunto.

Porque, a fin de cuentas, ¿qué mejor para sembrar el caos que un virus de la gripe letal, creado en laboratorio? Sobre todo, si lo podías controlar.

Alex notó que la narrativa pasaba del punto de vista de los analistas al de los espías. Las imágenes se aclararon muchísimo.

Los espías lo llamaban TCX-1, aunque en los informes no se explicaba el significado de las letras y ni siquiera los especializados conocimientos médicos de Alex le daban la menor pista. El gobierno estaba al tanto de que existía la supergripe TCX-1, pero creía haberla erradicado mediante una operación encubierta en el norte de África. Destruyeron el laboratorio y detuvieron (y ejecutaron en su mayor parte) a los responsables. No se había vuelto a oír hablar del TCX-1.

Hasta que reapareció en México unos meses atrás, junto con un cargamento de la vacuna salvadora ya incorporado a una nueva droga de diseño.

Empezaba a tener un dolor de cabeza muy localizado. Era como si le estuvieran clavando una aguja ardiente detrás del ojo izquierdo. Había dormido unas horas después de registrarse en el motel y antes de empezar con los archivos, pero no eran suficientes. Se acercó al neceser que había dejado en la pila del lavabo, sacó cuatro pastillas de ibuprofeno y se las tragó sin beber. A los dos segundos cayó en la cuenta de que tenía el estómago vacío y el ibuprofeno le abriría un agujero al fondo tan pronto como se posara. En su bolso llevaba siempre barritas de proteínas, de modo que devoró una a toda prisa mientras volvía a la lectura.

Los terroristas sabían que siempre estaban vigilados, por lo que lo único que habían proporcionado a De la Fuentes era información. Él tendría que aportar el personal, a ser posible de aspecto inofensivo y que no llamara la atención.

Y ahí entraba el profesor.

Por lo que habían podido deducir las mejores mentes analíticas del departamento, Daniel Beach, buena persona se mirara por donde se mirara, había viajado a Egipto y adquirido TCX-1 para un ambicioso y voluble señor de la droga. Y estaba claro que seguía formando parte del plan. Según las pruebas disponibles, parecía que sería el encargado de dispersar el TCX-1 en territorio estadounidense.

La droga de diseño inhalable que contenía la vacuna ya estaba circulando. Los apreciados consumidores no correrían peligro, cosa que quizá constituyese una segunda parte del plan. Incluso el señor de la droga más inestable tenía que ser pragmático en asuntos de dinero, de modo que tal vez aquellos a quienes aún no se la vendía terminarían sabiendo dónde estaba su salvación, y eso crearía toda una nueva clientela desesperada. Daniel Beach sin duda ya era inmune a aquellas alturas. Dispersar el virus no sería tarea complicada: bastaría con pasar una gasa infectada por una superficie que se manipulara con frecuencia, como un pomo de puerta, un mostrador o un teclado. Como el virus estaba diseñado para extenderse como un fuego incontrolado, ni siquiera le haría falta exponer a mucha gente. Unos pocos en Los Ángeles, unos pocos en Phoenix, unos pocos en Albuquerque y otros pocos en San Antonio. Daniel ya tenía reservas de hotel en todas esas ciudades. Emprendería su mortífero periplo, en apariencia para visitar proyectos de Hábitat para la Humanidad y preparar la excursión escolar de otoño, al cabo de tres semanas.

La Sierpe y De la Fuentes pretendían orquestar el ataque más debilitante que se hubiera perpetrado jamás en territorio estadounidense. Y si era cierto que De la Fuentes ya estaba en posesión del virus listo para dispersar y de la vacuna, tenía una excelente probabilidad de éxito.

Carston no había exagerado. Lo que ella había considerado una farsa para despertar su compasión se revelaba en ese momento como una increíble demostración de autocontrol. De todos los desastres potenciales que habían pasado por el escritorio de Alex, en la época en que disponía de escritorio, aquel era de los peores, y eso que había visto cosas malas de verdad. Una vez hasta hubo un arma biológica capaz de hacer daño a la misma escala, pero aquella no llegó a salir del laboratorio. Lo que tenía delante era un plan ya en marcha. Y no eran centenares de miles de personas las que morirían, sino más bien casi un millón o incluso más, antes de que el Centro de Control de

Enfermedades pudiera dominar la situación. Carston sabía que ella deduciría esos datos. Había restado importancia al desastre a propósito, para que sonara más realista. A veces la realidad era peor que la ficción.

Había más en juego de lo que había creído. Saberlo le dificultaba justificar su propio jueguecillo de apuestas bajas. Concentrarse tanto en salvar su propia vida ¿no era censurable a la vista de un horror de esa magnitud? En su conversación con Carston se había mantenido firme pero, si había una sola posibilidad de que la historia fuese algo más que una trampa, ¿tenía otra elección que no fuera intentar impedirlo?

Si Daniel Beach desaparecía, De la Fuentes sabría que alguien le seguía la pista. Lo más normal sería que actuara antes de lo planeado, que adelantara la agenda. Daniel tenía que hablar, y tenía que hacerlo rápido. Y luego tenía que volver a su vida normal, dejarse ver y tener tranquilo al megalómano señor de la droga hasta que los buenos pudieran acabar con él.

Al principio, el proceso operativo estándar era que los sujetos de Alex quedaran luego en libertad durante un breve intervalo. Aquello era una parte importante de su especialidad, ya que Alex era la mejor extrayendo información sin dañar al sujeto. (Antes de ella, el mejor y único hombre para ese trabajo había sido Barnaby). La CIA, Seguridad Nacional y casi todas las divisiones gubernamentales similares tenían sus propios equipos para interrogar a los sujetos, a los que se eliminaba después de adquirir la información. Con el tiempo, a medida que Alex fue demostrándose más efectiva que incluso el mejor de los demás equipos, había tenido cada vez más trabajo. Aunque las otras secciones habrían preferido conservar la insularidad y que la información no saliera de sus círculos, los resultados hablaban por sí solos.

Alex suspiró y volvió al presente. Había once fotografías de Daniel Beach alineadas en las almohadas de la cama. Costaba reconciliar las dos caras de la moneda. En las primeras fotos parecía un *boy scout*, con un pelo suave y ondulado que de algún modo proyectaba inocencia e intenciones puras. Pero aunque sin duda en las fotos de los espías figuraba el mismo rostro, todo era distinto. El pelo siempre estaba oculto bajo capuchas o gorras de béisbol, como hacía ella para disfrazarse, la postura era más agresiva, el semblante frío y profesional. Ella había aplicado sus conocimientos a profesionales. Llevaba tiempo. Casi a ciencia cierta, más de un fin de semana. Volvió a mirar las caras idénticas pero contradictorias y se preguntó por un instante si Daniel padecería alguna afección psiquiátrica o si estaba viendo una progresión y la persona inocente había dejado de existir del todo.

Tampoco es que tuviera gran importancia… todavía.

El dolor de cabeza parecía estar taladrándole un agujero en el globo ocular desde dentro. Sabía que no lo habían provocado las horas de lectura. No, la fuente del dolor era la decisión que acechaba en el futuro inmediato.

Recogió todos los archivos y los metió en una maleta. La aniquilación de la población del sudoeste del país tendría que pasar a un segundo plano durante unas horas.

Llevaba un coche distinto al modelo con el que había empezado la mañana. Antes de registrarse en el motel, había devuelto el vehículo de alquiler en Baltimore y había cogido un taxi hasta York, Pensilvania. El taxista la había dejado a unos minutos a pie de la casa donde un hombre apellidado Stubbins vendía su Toyota Tercel de tres años, según el anuncio de Craigslist. Alex había pagado en efectivo usando el nombre de Cory Howard y luego había conducido hasta Filadelfia en su coche nuevo. Era una pista que podía llegar a seguirse, pero resultaría muy complicado.

Se alejó unos kilómetros de su motel y escogió un local pequeño que parecía muy concurrido. Era deseable por dos motivos. Uno, que Alex sería menos fácil de recordar rodeada de una multitud. Y dos, que la comida posiblemente sería comestible.

Las mesas estaban a rebosar, así que se sentó en la corta barra. La pared que quedaba al otro lado tenía superficie de espejo, de modo que podía vigilar la puerta y las ventanas frontales sin tener que volverse. Era un buen sitio. Tomó una hamburguesa grasienta, aros de cebolla y un batido de chocolate. Estaba todo delicioso. Mientras comía, desconectó el cerebro. Había desarrollado la habilidad a lo largo de los nueve últimos años, y era capaz de compartimentar casi cualquier cosa. Mientras se concentraba en la comida y observaba a la gente a su alrededor, el dolor de cabeza se redujo a un latido sordo. Antes de terminar, el ibuprofeno por fin hizo efecto y disolvió el dolor por completo. Pidió de postre un trozo de tarta de pacana, aunque estaba atiborrada y solo pudo darle unos mordisquitos. Estaba posponiendo, nada más. Cuando terminara de comer, tendría que tomar una decisión.

El dolor de cabeza la esperaba en el coche, como sabía que ocurriría, aunque no volvió tan intenso como antes. Condujo al azar por las tranquilas calles residenciales, donde sería imposible seguirla sin que lo notara. El pequeño barrio de las afueras estaba oscuro y vacío. Al cabo de unos minutos, empezó a acercarse a la ciudad.

Seguía habiendo dos columnas de posibilidades en su mente.

La primera columna, correspondiente a que Carston hubiera mentido para atraerla a su muerte, empezaba a hacérsele cada vez más inverosímil. Aun así, debía permanecer alerta. La historia entera podría ser ficticia. Todas las pruebas, los departamentos coordinándose, los distintos analistas con sus diferentes estilos de escritura y las fotografías tomadas a lo largo y ancho del planeta podrían formar parte de un montaje muy detallado y elaborado. Pero no infalible, porque no tenían forma de saber que no daría media vuelta y se marcharía sin más.

Pero ¿por qué iba a tener Carston toda aquella información preparada cuando lo que pretendía era atraerla a un encuentro acordado con antelación? Podrían haberla matado allí con toda la facilidad del mundo y sin tanto artificio. No hacía falta más que un taco de folios en blanco, si esperaban que su objetivo derramara los sesos por toda la acera antes de poder abrir el maletín. ¿Cuánto tiempo tardarían en preparar algo como aquello? Al presentarse días antes de la cita, no había dado ocasión a Carston de elaborarlo sobre la marcha. ¿Quién era Daniel Beach, de ser cierto que era un montaje? ¿Uno de los hombres de Carston? ¿O un civil inocente al que, sin él saberlo, habían añadido con Photoshop a fotografías de lugares exóticos? Ellos seguro que contaban con que Alex sería capaz de confirmar por su cuenta al menos parte de los datos.

En el último archivo le proponían un plan de acción. Al cabo de cinco días, con o sin ella, lo secuestrarían durante su habitual carrera de los sábados por la mañana. Nadie lo echaría de menos hasta que empezaran las clases el lunes. Si alguien lo buscaba por casualidad, quizá parecería que se había tomado unas vacaciones cortas. Si Alex aceptaba colaborar, dispondría de dos días para extraer la información que necesitaban, y luego podría marcharse. Esperaban que consintiera en mantener algún tipo de contacto. Una dirección de e-mail para emergencias, alguna red social o incluso los anuncios clasificados.

Si no aceptaba el trabajo, harían lo que pudieran sin ella. Pero esmerarse en que el informador no presentara muestras de daño físico sería un proceso lento, demasiado lento. Y las consecuencias del fracaso eran impensables.

Casi salivó al pensar en todos los juguetitos que la esperaban en el laboratorio. Cosas a las que nunca podría echar mano allí fuera, en el mundo real. Su secuenciador de ADN y su termociclador de PCR. Los anticuerpos ya fabricados con los que podía llenarse los bolsillos si la invitación iba en serio.

Aunque por supuesto, si Carston decía la verdad, ya no necesitaría robar nada de todo aquello.

Trató de imaginar cómo sería volver a dormir en una cama. No llevar encima a todas horas toxinas como para llenar una farmacia. Usar el mismo nombre día tras día. Establecer contactos con otros seres humanos en los que nadie terminara muerto.

«No cuentes con ello —se dijo—. No dejes que se te suba a la cabeza y te nuble el juicio. No dejes que la esperanza te atonte».

Por agradables que fueran algunas de sus ensoñaciones, topaba contra la pared al tratar de visualizar los pasos que tendría que dar para hacerlas realidad. Se le hacía imposible imaginarse entrando de nuevo por las brillantes puertas de acero al lugar donde Barnaby había muerto entre chillidos. Su mente se negaba en redondo a componer la imagen.

Las vidas de un millón de personas tenían un peso considerable, pero en muchos aspectos seguían siendo una idea abstracta. No le parecía que existiera nada capaz de empujarla a cruzar aquellas puertas.

Tendría que rodearlas, por decirlo de algún modo.

Solo cinco días.

Tenía mucho trabajo por delante.

4

Aquella operación estaba esquilmando su hucha de cerdito.

Ese pensamiento no dejaba de dar vueltas en el fondo de su mente. Si sobrevivía a la siguiente semana y su relación laboral con el departamento seguía como hasta la fecha, iba a tener serios problemas financieros. Cambiar de vida cada tres años no salía nada barato.

Desde el principio, disponer de liquidez había sido un proceso trabajoso. Dinero no le había faltado, porque desde luego el salario influyó al principio en su decisión de aceptar el trabajo, y antes de eso había cobrado una cuantiosa indemnización del seguro cuando murió su madre. Pero cuando trabajas para una panda de paranoicos poderosos capaces de anotar en tu expediente hasta un cambio de marca de dentífrico, no puedes retirar todo el dinero del banco y meterlo bajo un ladrillo. Si no pretendían hacerte nada, quizá acabaras de darles un motivo. Y si ya tenían pensado actuar en tu contra, acababas de obligarlos a acelerar sus planes. Podías probar a sacar todo el dinero mientras huías de la ciudad, pero entonces tu capacidad para pagar los preparativos previos quedaba seriamente limitada.

Como casi todo en aquella época, la estrategia había sido obra de Barnaby, que se había reservado los detalles para proteger al amigo o amigos que le habían ayudado a organizarlo.

En la cafetería situada unos pisos por encima del laboratorio, Barnaby y ella se habían dejado oír hablando sobre una oportunidad de inversión prometedora. O más bien Barnaby había dicho que era prometedora y se había esmerado en convencerla. El diálogo no había tenido nada de extraordinario: con toda probabilidad, había distintas versiones de la misma conversación transcurriendo junto a las máquinas de café de varias oficinas normales en ese mismo momento. Ella aparentó dejarse convencer y Barnaby prometió en voz alta que se ocuparía de todo. Aconsejada por él, transfirió dinero a una sociedad de inversión, o al menos a una empresa cuyo nombre sonaba a sociedad de inversión. A los pocos días el dinero, restando una «comisión» del cinco por ciento para compensar a esos amigos su tiempo y el riesgo que corrían, fue ingresado en un banco de Tulsa, Oklahoma, a nombre de Fredericka Noble. La notificación del ingreso le llegó en la biblioteca del condado, dentro de un sobre en blanco depositado en un ejemplar de *Linfomas extranodales.* El sobre también contenía el permiso de conducir de Fredericka Noble con su foto, emitido en el estado de Oklahoma.

Nunca supo dónde recibió Barnaby sus propios documentos. Ni tampoco cuál iba a ser su nuevo nombre. Ella había querido que se marcharan juntos, porque la inmensa soledad de la huida ya la acosaba en sus pesadillas por aquel entonces, pero Barnaby lo había considerado imprudente. Los dos estarían más seguros por separado.

Más inversiones y más sobres. Se abrieron unas pocas cuentas más a nombre de Freddie, pero también hubo ingresos e identidades recién creadas para Ellis Grant en California y Shea

Marlow en Oregón. Las tres identidades eran invenciones sólidas que saldrían indemnes de un escrutinio intenso. La de Freddie había explotado en mil pedazos la primera vez que el departamento dio con ella, pero la experiencia sirvió para volverla más cuidadosa. Ellis y Shea seguían siendo seguras. Eran sus posesiones más valiosas y las empleaba con cautela y moderación, para que no las contaminara ni el menor nexo de unión con la doctora Juliana Fortis.

También había empezado a comprar joyas de las buenas, y cuanto más pequeñas, mejor. Diamantes *canary* que a sus ojos parecían meros zafiros amarillos pero costaban diez veces lo que sus contrapartidas más claras, gruesas cadenas doradas, pesados pendientes de oro macizo y gemas sueltas que fingía tener intención de engarzar más adelante. Sabía desde el principio que no llegaría a recuperar ni la mitad de lo que estaba pagando, pero las joyas eran fáciles de transportar y podían liquidarse después con facilidad y sin llamar la atención.

Desde una cabina telefónica, Freddie Noble alquiló una pequeña cabaña en las afueras de Tulsa, usando una tarjeta de crédito asociada a la cuenta bancaria de la localidad. La cabaña tenía un propietario mayor y simpático que no ponía reparos a guardar en ella las cajas que Freddie iba enviándole —cajas llenas de lo mucho que necesitaría cuando se apartara de su vida como Juliana Fortis, desde toallas y almohadas hasta sus joyas sin engarzar, pasando por condensadores de reflujo y matraces florentinos— y cobraba el alquiler sin comentar la ausencia de su inquilina. Ella iba dejando caer aquí y allá insinuaciones veladas de que se preparaba para escapar de una mala relación, y al casero le bastó con eso. Hizo pedidos por internet desde ordenadores de bibliotecas, utilizando una dirección de e-mail a la que jamás había accedido desde su portátil en casa.

Se preparó tan bien como fue capaz y luego esperó a que Barnaby le diera la señal. Al final, su mentor le hizo saber que era el momento de correr, pero no del modo en que lo habían planeado.

Y ese dinero, ahorrado con tanto esmero durante tanto tiempo, se le estaba escapando de los bolsillos como si fuese una niña pija ricachona. Se prometió a sí misma que sería un único gran derroche para alimentar la esperanza de una libertad improbable. Conocía algunos trucos para ganar buenas sumas de dinero, pero eran peligrosos e implicaban riesgos que no podía permitirse pero que quizá no tendría más remedio que asumir.

Los profesionales médicos dispuestos a saltarse las normas estaban muy solicitados. Había quienes solo buscaban a un doctor que pudiera supervisar la administración de un tratamiento no aprobado por el gobierno federal, algo que hubieran adquirido en Rusia o Brasil. Y había quienes necesitaban que les sacaran balas del cuerpo fuera de un hospital, para que no llegara notificación a la policía.

Había mantenido una tenue presencia en internet. Unos pocos clientes habían tratado con ella mediante su última dirección de e-mail, ahora difunta. Tendría que volver a los foros donde la conocían e intentar hacer nuevos contactos sin dejar más pistas. Sería difícil, porque, si el departamento había encontrado los e-mails, era de suponer que estaba al tanto de lo demás. Pero al menos sus clientes eran comprensivos. Gran parte de los encargos oscilaban entre lo casi legal y lo absolutamente criminal, y nadie iba a sorprenderse por las ocasionales ausencias y los cambios de nombre.

Por supuesto, trabajar en el lado oscuro de la ley añadía más peligros a su mochila, que ya iba bien cargada. Por ejemplo, estaba aquel mando intermedio de la mafia que había encontrado sus servicios muy convenientes y decidió que ella debía establecerse permanentemente en Illinois. Había intentado explicarle a Joey Giancardi su historia de tapadera, preparada con sumo detenimiento, sin ponerse en peligro —al fin y al cabo, si podía sacarse dinero de la venta de información, la mafia no era conocida precisamente por su lealtad a los foráneos—, pero él había insistido, por decirlo de algún modo. Le había asegurado que, bajo su protección, jamás volvería a ser vulnerable. Al final había tenido que destruir esa identidad, su bastante bien desarrollada vida como Charlie Peterson, y echar a correr. Quizá a esas alturas también hubiera miembros de la mafia buscándola, pero no era algo que le quitara el sueño. En términos de personal y recursos, la mafia no le llegaba ni a la suela del zapato al gobierno estadounidense.

Y, de todos modos, quizá a la mafia no le interesara perder el tiempo con ella. Había muchos médicos en el mundo, todos ellos humanos y la mayoría corruptibles. Aunque si Joey G. hubiera sabido cuál era su auténtica especialidad, se habría esforzado más en conservarla.

Por lo menos, Joey G. le había servido para convertir sus joyas en efectivo. Y el cursillo acelerado de traumatología tampoco le había venido mal. Esa era otra ventaja de trabajar en la clandestinidad, que a nadie le molestaba demasiado un índice de éxito bajo. La muerte era lo esperado y no hacían falta seguros de mala praxis.

Siempre que pensaba en Joey G., se acordaba también de Carlo Aggi. No había sido un amigo, no del todo, pero sí algo muy parecido. Había sido su contacto y la presencia más constante de su vida en aquel momento. Aunque tenía una apariencia de matón que rayaba en el estereotipo, con ella siempre había sido amable y la había tratado como a una hermana pequeña. Por eso le había dolido más que con ningún otro cuando no pudo hacer nada para salvar a Carlo. Llegó con una bala alojada en el ventrículo izquierdo. Ya era demasiado tarde para Carlo mucho antes de que le llevaran su cuerpo, pero Joey G. no había terminado de perder la esperanza porque Charlie había trabajado bien para él otras veces. Cuando Charlie ratificó que

Carlo había ingresado cadáver, el mafioso se puso filosófico: «Carlo era el mejor. Pero en fin, a veces se gana y a veces se pierde». Y un encogimiento de hombros.

No le gustaba nada pensar en Carlo.

Habría preferido tener unas semanas más para pensar en otras cosas, como depurar su estrategia, explorar sus vulnerabilidades y perfeccionar la preparación física, pero el plan de Carston tenía una fecha límite. Había tenido que repartir su limitado tiempo entre la vigilancia y organizar un espacio de trabajo, por lo que ninguna de las dos actividades había salido perfecta.

Era probable que el departamento estuviera observando, en caso de que intentara actuar por su cuenta. Tras su visita temprana a Carston, hasta lo darían por sentado. Pero ¿qué otra opción tenía? ¿Presentarse al trabajo como ellos esperaban?

Había visto lo suficiente para apostar a que Daniel seguiría aquel día la misma rutina que los tres anteriores. La ropa casi idéntica que llevaba siempre —vaqueros del mismo estilo, camisa y chaqueta deportiva que solo variaban un poco en el tono— sugería que era un animal de costumbres en su vida pública. Al terminar las clases, se quedaría después del timbre para hablar con los alumnos y preparar las lecciones del día siguiente. Luego, con varias carpetas y su portátil en una mochila que llevaba al hombro izquierdo, saludaría con la mano a la secretaria antes de salir. Recorrería seis manzanas y entraría al metro en la estación de Congress Heights alrededor de las seis, justo en plena aglomeración de la salida del trabajo. La línea verde lo llevaba directo a Columbia Heights, donde estaba su diminuto estudio. Una vez allí, descongelaría una cena preparada y corregiría deberes. Se iba a la cama sobre las diez, sin encender el televisor en ningún momento, al menos que ella hubiera visto. Por la mañana era más difícil controlar lo que ocurría, porque Daniel tenía cortinas de ratán que eran prácticamente traslúcidas si se iluminaban desde dentro, pero opacas a la luz del sol matutino. Salía a la calle a las cinco para correr, volvía una hora más tarde y salía de nuevo a los treinta minutos, en dirección a la estación de metro que tenía a tres manzanas, con el pelo rizado todavía húmedo de la ducha.

Dos mañanas antes, había seguido la ruta de su carrera lo mejor que había podido desde una distancia segura. El ritmo fuerte y rápido que llevaba Daniel lo delataba como un corredor experto. Mientras lo observaba, deseó tener más tiempo para correr. No era una actividad que le gustara tanto como parecía encantar a muchos otros, ya que se sentía demasiado expuesta en aceras y arcenes sin un coche a mano para huir, pero era un ejercicio muy práctico. Nunca iba a ser más fuerte que la persona que enviaran a por ella. Con sus piernas cortas tampoco sería más rápida, y no existía arte marcial que pudiera aprender y fuese a darle ventaja sobre un asesino bien entrenado. Pero la resistencia podía salvarle la vida. Si podía superar con sus trucos el primer momento de crisis, tenía que ser capaz de seguir adelante más tiempo del que el asesino pudiera perseguirla. Porque, si no, menuda forma de morir: sin aliento, traicionada por sus músculos, mermada por su propia falta de preparación. No quería terminar de esa forma. Así que corría tan a menudo como podía y hacía los ejercicios que le permitían las estrecheces de sus casas. Se prometió que, cuando concluyera aquella operación, buscaría un buen sitio para correr, con abundantes rutas de escape y escondrijos.

Pero el recorrido que hacía Daniel, igual que su apartamento y el instituto, era un lugar demasiado evidente para actuar. Lo más fácil sería capturarlo en la calle mientras terminaba su carrera diaria, agotado y descentrado, pero eso también lo sabrían los malos. Estarían esperándola preparados. Lo mismo podía decirse del primer tramo a pie en su desplazamiento al trabajo. Por tanto, tenía que ser en el metro. Sin duda sabrían que el metro era otra opción posible, pero no podrían cubrir cada línea, cada parada, mientras vigilaban también las demás partes del trayecto de Daniel.

Había cámaras por todas partes, pero poco podía hacer al respecto. Cuando hubiera terminado, sus enemigos tendrían un millón de planos claros del aspecto que tenía su rostro en la actualidad, tres años más tarde. No había grandes cambios, en su opinión, pero aun así seguro que actualizarían su expediente. Era lo único que podrían hacer, sin embargo. El puesto que había ocupado en el departamento la había familiarizado lo suficiente con la mecánica de secuestrar a un objetivo en la calle para saber que había muchas más dificultades de las que podría pensarse a partir de las series de espías en la tele. El propósito de las cámaras del metro era ayudar a capturar a un sospechoso después del delito, no antes. De ningún modo podían tener los recursos ni el personal necesario para actuar a partir de la cobertura en tiempo real. De modo que lo único que sabrían por las cámaras era dónde había estado, no dónde iba a estar, y sin esa información las grabaciones no servían de nada. Las revelaciones que podían proporcionarles los vídeos (quién era, de dónde había sacado su información y cuál era su objetivo) eran datos que ya conocían.

De todos modos, no se le ocurría ninguna opción menos arriesgada.

Ese día se llamaba Jesse. Optó por un aspecto profesional con su traje oscuro sobre la camiseta negra de cuello de pico, y por supuesto el cinturón de cuero. Llevaba otra peluca más realista, larga hasta la barbilla y más clara, de un tono castaño apagado. El pelo iba recogido con una sencilla diadema negra y se había puesto unas gafas de fina montura metálica que no daban la impresión de ocultar nada pero, aun así, disimulaban con sutileza la forma de sus pómulos y su frente. Tenía una cara simétrica de rasgos menudos, sin nada que destacara. Sabía que, por norma general, la gente no se fijaba en ella. Pero también sabía que no tenía una apariencia tan genérica como para que alguien que la buscase a ella en concreto la pasara por alto. Tendría que mantener la cabeza gacha siempre que pudiera.

Llevaba un maletín en lugar de su bolso, pero los adornos de madera de la correa encajaban también en el asa. Tenía un revestimiento metálico y pesaba mucho incluso vacío, pero podía emplearse como arma contundente si era necesario. Llevaba puestos el guardapelo y los anillos, pero no los pendientes. Tendría que trasladar a un hombre haciendo fuerza y los pendientes no serían seguros. Conservaba los puñales de zapato, las hojas de bisturí, el pintalabios y los distintos esprays: casi su armadura completa. Pero ese día no le daba más confianza. Aquella parte del plan iba a sacarla demasiado de su elemento. Nunca habría imaginado que algún día tuviera que secuestrar a alguien. En los últimos tres años, no había pensado en ninguna situación que no pudiera reducirse a matar o huir.

Jesse bostezó mientras conducía por las calles oscuras. Llevaba un tiempo sin dormir lo suficiente y tampoco podría rascar muchas horas de sueño en los próximos días. Disponía de algunas sustancias que la mantendrían despierta, pero el bajón solo podía retrasarse un máximo de setenta y dos horas. Tendría que estar muy bien escondida cuando el bajón llegara. Esperaba que no fuera necesario valerse de esas sustancias.

Había muchos espacios libres en el aparcamiento barato del aeropuerto Ronald Reagan. Se metió en uno cercano a la parada del bus lanzadera, donde querría aparcar la inmensa mayoría de la gente, y se quedó esperando al autobús. Era el aeropuerto que mejor conocía de todos. Sintió la añorada sensación de comodidad que le daba moverse en un entorno familiar. Antes de que llegara el autobús aparecieron otros dos pasajeros con equipajes y caras de cansancio, que no le hicieron ningún caso. La lanzadera la llevó a la terminal tres y luego dio media vuelta por la pasarela peatonal hacia la parada de metro. Le costó un cuarto de hora caminando a buen ritmo, pero lo bueno que tenían los aeropuertos era que todo el mundo andaba deprisa.

Se había planteado ponerse botas con tacones de cuña para aparentar una altura distinta a la auténtica, pero al final decidió que ese día tendría que caminar demasiado y quizá correr, si la cosa salía mal. Al final había optado por las bailarinas oscuras que eran medio deportivas.

Al incorporarse a la muchedumbre que bajaba al andén del metro, procuró mantener el rostro tan apartado como fuera posible de las cámaras del techo. Buscó en la periferia de su visión un grupo al que unirse. Jesse estaba segura de que cualquier observador estaría buscando a una mujer sola. Un grupo grande, o en realidad cualquier grupo, sería mejor disfraz que el maquillaje o las pelucas.

Con la primera oleada de la hora punta empezando a ocupar las escaleras mecánicas, vio varios conjuntos de personas dirigiéndose a las vías al mismo tiempo que ella. Escogió a un trío de dos hombres y una mujer, vestidos con oscuros trajes de negocios y con maletines en las manos. La mujer tenía un brillante cabello rubio y sacaba una cabeza a Jesse con sus zapatos de tacón alto. Jesse se acercó a ellos rodeando a unos pocos grupos más hasta quedar semioculta entre la mujer y la pared de detrás. Si había ojos examinando al recién formado cuarteto, se verían atraídos por inercia hacia la rubia alta. A menos que esos ojos estuvieran buscando a Juliana Fortis en concreto.

El cuarteto de Jesse avanzó resuelto entre el gentío y ocupó un lugar cercano al borde del andén para esperar. Los demás miembros del grupo no parecían haberse enterado de que había una mujer menuda moviéndose al unísono con ellos. Había demasiada densidad de cuerpos para que su cercanía resaltara.

El tren apareció por el túnel y los rebasó antes de frenar con fuerza. El grupo de Jesse titubeó y avanzó para buscar un vagón menos lleno que el que tenían enfrente. Se planteó abandonarlos, pero la rubia también estaba impaciente y se metió decidida en el tercer vagón por el que pasaron. Jesse entró tras ella y terminó apretada entre la rubia y otra mujer más grande que subió a continuación. Situada entre las dos sería invisible a todos los efectos, por incómoda que estuviera.

La línea amarilla los llevó hasta la estación de Chinatown. Allí abandonó al trío para unirse a una nueva pareja, dos mujeres que quizá fuesen secretarias o bibliotecarias, a juzgar por sus blusas y las gafas de montura ovalada. Subieron juntas a la línea verde en dirección a la estación Shaw-Howard y Jesse mantuvo la cabeza inclinada hacia la morena más bajita, fingiéndose absorta por la historia de la boda a la que había asistido el fin de semana anterior, en la que los novios, menudo morro, no se habían dignado a pagar una barra libre para los invitados. A mitad del relato, dejó a las secretarias en el vagón y se internó entre la multitud que iba hacia la salida del metro. Dio una rápida media vuelta entrando y saliendo del abarrotado servicio de mujeres y se incorporó a los que bajaban a las vías para esperar al siguiente tren. A partir de ese momento, tendría que cuidar mucho el tiempo. Ya no podría ocultarse entre la muchedumbre.

El estridente gemido del tren que se acercaba hizo que el corazón de Jesse diera un vuelco. Se preparó, como un corredor agachado en los bloques que aguarda el pistoletazo de salida, y al pensar en el símil tuvo un escalofrío: era muy posible que de verdad hubiera un arma a punto de dispararse, pero con balas auténticas y no apuntada precisamente hacia el cielo.

El tren se detuvo con un chirrido y Jesse pasó a la acción.

Anduvo con paso firme en paralelo a los vagones, avanzando a codazos entre los pasajeros mientras se abrían las puertas. Buscó tan deprisa como pudo al hombre alto con la media melena, pero había demasiados cuerpos pasando junto a ella y bloqueándole la visión. Trató de tachar en su mente todas las cabezas que no encajaban. ¿Se movía demasiado deprisa? ¿O demasiado despacio? El tren ya estaba a punto de marcharse cuando llegó al último vagón y no tuvo tiempo de asegurarse de que Daniel no fuera en él, aunque no creía que estuviera. Según sus estimaciones a partir de los dos trayectos anteriores, lo más probable era que llegara en el siguiente tren. Se mordió los labios mientras las puertas se cerraban. Si había perdido a Daniel, tendría que volver a intentarlo en su siguiente recorrido y no quería tener que hacerlo. Cuanto menos tiempo quedara para que Carston pusiera en práctica su plan, más peligroso sería lo que estaba haciendo.

En lugar de quedarse en el andén, a la vista, siguió con paso decidido hacia la salida.

Dio otra media vuelta pasando por el servicio, aunque en esa ocasión perdió un poco de tiempo fingiendo revisar el maquillaje que no llevaba. Después de contar mentalmente hasta noventa, volvió a unirse al flujo de pasajeros que se dirigían a los andenes.

Había incluso más gente que antes. Jesse se plantó cerca de un grupo de hombres trajeados al fondo del andén y trató de fundirse con el tejido negro de sus chaquetas. Los hombres conversaban sobre acciones y opciones de compra, conceptos tan alejados de la vida de Jesse que se le antojaban casi de ciencia ficción. Al anunciarse el siguiente tren, Jesse se dispuso a caminar y buscar de nuevo. Pasó alrededor de los inversores y examinó el primer vagón mientras el convoy se detenía.

Andando a buen paso, Jesse recorrió el segundo vagón con la mirada. «Mujer, mujer, anciano, muy bajito, muy gordo, piel muy oscura, calvo, mujer, mujer, chaval, rubio». Y en el siguiente vagón… fue como si Daniel la estuviera ayudando, como si se hubiera puesto de su parte. Estaba pegado a la ventana, erguido y mirando hacia fuera, con el pelo ondulado bien visible.

Jesse echó un vistazo rápido a los demás ocupantes del vagón mientras se acercaba a las puertas abiertas. Muchos hombres de negocios, cualquiera de los cuales podría estar a sueldo del departamento. Pero no había nada que los delatara a primera vista, ninguna espalda demasiado ancha que no acabara de entrar en un abrigo de tamaño normal, ningún auricular, ningún bulto bajo las chaquetas, ningún contacto visual entre pasajeros. Nadie llevaba gafas de sol.

«Esta es la parte —se dijo— en la que intentan capturarnos a los dos y llevarnos al laboratorio. A no ser que todo sea un montaje, en cuyo caso Daniel, el del inocente pelo ondulado, será uno de ellos. Quizá sea el que me dispare. O me apuñale. O puede que intenten sacarme del vagón para dispararme en privado. O a lo mejor me dejan inconsciente y me arrojan a la vía.

»Pero si la historia es cierta, nos querrán vivos a los dos. Supongo que intentarán algo parecido a lo que yo estoy a punto de hacerle a Daniel. Luego me transportarán al laboratorio y mis probabilidades de salir de allí algún día serán… más bien deprimentes».

Por su mente pasó otro millar de malos finales mientras las puertas se cerraban a su espalda. Se acercó enseguida a Daniel y se aferró a la misma barra para mantener el equilibrio, cerrando la mano un poco por debajo de los dedos de él, más pálidos y mucho más largos. Notaba el corazón como si alguien estuviera estrujándolo, un dolor que se había ido incrementando en proporción directa con su cercanía al objetivo. Daniel no pareció reparar en ella y siguió mirando por la ventana ensimismado, con un gesto que no cambió al internarse el tren en la oscuridad del túnel, cuando ya solo pudo ver los reflejos de dentro del vagón. Ningún pasajero hizo ademán de acercarse a ellos.

No distinguió en Daniel Beach nada del otro hombre, el que había visto en las fotografías de México y Egipto, el que ocultaba el pelo y mostraba una actitud segura y agresiva. Por su aspecto, el hombre distraído que tenía al lado podría haber sido un poeta antiguo. Debía de ser un actor de primera... ¿o quizá fuera un auténtico psicótico, aquejado de trastorno de identidad disociativo? Jesse no habría sabido a qué opción apostar.

La tensión creció a medida que el metro se aproximaba a la parada de Chinatown. El convoy dio una sacudida al entrar en la estación y Jesse tuvo que agarrarse con fuerza a la barra para evitar chocar contra Daniel Beach.

Tres personas, dos con traje y una con falda, salieron del vagón, pero ninguna de ellas miró a Jesse. Todas pasaron a su lado con prisa, como si llegaran tarde al trabajo. Entraron otros dos hombres, uno de los cuales llamó su atención: era grandote, con las formas de un atleta profesional y vestido con sudadera con capucha y pantalón de chándal. Tenía las dos manos metidas en el bolsillo frontal de la sudadera y, a menos que las tuviera del tamaño de cajas de zapatos, llevaba algo en ellas. Sin mirar a Jesse al pasar por su lado, fue hacia la esquina del fondo del vagón y se agarró a una correa colgante. Jesse mantuvo su reflejo en el borde de su campo de visión, pero el hombre no parecía interesado en ella ni en su objetivo.

Daniel Beach no se había movido. Estaba tan absorto en sus remotos pensamientos que Jesse se descubrió relajándose, como si él fuese la única persona del tren de la que no tenía por qué preocuparse. Lo cual era una idiotez. Aunque todo el asunto no fuera una trampa, aunque Daniel fuera exactamente quien le habían dicho que era, ese hombre seguía proponiéndose convertirse en asesino en masa en un futuro muy cercano.

El atleta sacó unos auriculares muy aparatosos del gran bolsillo frontal de su sudadera y se tapó las orejas con ellos. El cable volvía hasta el bolsillo, posiblemente a su teléfono, pero quizá no.

Decidió hacer una prueba en la siguiente parada.

Cuando las puertas se abrieron, se inclinó como para alisar un pliegue ficticio de sus pantalones, se irguió de repente y dio un paso hacia la puerta.

No reaccionó nadie. El atleta de los auriculares tenía los ojos cerrados. Subieron y bajaron pasajeros, pero nadie la miró y nadie se movió para impedirle el paso ni levantó de pronto una mano con una chaqueta mal doblada encima.

Si sus enemigos eran conscientes de lo que hacía, estaban permitiendo que actuara a su manera.

¿Significaba que la misión era auténtica o solo que de momento les interesaba que así lo creyera? Intentar pensar en los círculos por los que la llevaba el departamento le daba dolor de cabeza. Volvió a asir la barra mientras el tren empezaba a moverse.

—¿No era tu parada?

Jesse levantó la mirada y vio que Daniel estaba sonriéndole. Con esa sonrisa dulce y cándida del profesor más popular del instituto, del activista de Hábitat para la Humanidad.

—Hum…, no. —Parpadeó, con las ideas hechas un barullo. ¿Qué respondería una pasajera normal?—. Se…, se me había ido de la cabeza dónde estaba. Al final ya empiezo a confundir las estaciones.

—Tú aguanta. Solo quedan ocho o nueve horas para el fin de semana.

Volvió a dedicarle una sonrisa amable. A Jesse la incomodaba mucho la idea de socializar con su objetivo, pero Daniel exudaba una normalidad (a buen seguro falsa) que le facilitaba interpretar el papel que se había propuesto, el de una pasajera amistosa. El de una persona común y corriente.

Respondió a la observación con una risita oscura y rasposa. Su semana laboral estaba a punto de comenzar.

—Me alegraría si tuviera libres los fines de semana.

Él rio antes de suspirar.

—Eso es duro. ¿Derecho?

—Medicina.

—Peor aún. ¿No te sueltan nunca por buen comportamiento?

—Muy pocas veces, pero no pasa nada. Tampoco soy muy de fiestas salvajes.

—Yo ya estoy demasiado mayor para esas cosas —reconoció él—, cosa que suelo recordar cada día a las diez de la noche.

Jesse le dedicó una sonrisa educada mientras él reía, e intentó no poner ojos de loca. Le parecía sucio y peligroso estar confraternizando con su próximo encargo. Nunca había tenido ninguna relación previa con sus sujetos. No podía permitirse pensar en él como en una persona. Debía ver solo al monstruo, al millón de muertos potenciales, para poder mantenerse impasible.

—Aunque sí que me gusta cenar fuera de vez en cuando —estaba diciendo Daniel.

—Mmm —murmuró ella distraída. Se dio cuenta al instante de que parecía indicar conformidad.

—¿Qué tal? —dijo él—. Me llamo Daniel.

Para su sorpresa, se olvidó de cuál se suponía que era su nombre. Daniel extendió la mano y ella se la estrechó, consciente solo del peso de su anillo envenenado.

—Hola, Daniel.

—Hola, esto… —Enarcó las cejas.

—Hum, Alex. —Huy, no, ese nombre era de un tiempo atrás. Bueno, qué se le iba a hacer.

—Encantado de conocerte, Alex. Mira, yo no suelo hacer estas cosas. Vamos, que no las hago nunca. Pero…, en fin, ¿por qué no? ¿Puedo darte mi número? A lo mejor podríamos quedar para esa cena tranquila en algún momento.

Alex se lo quedó mirando, presa de una estupefacción abrumadora. Le estaba tirando los tejos. Un hombre le estaba tirando los tejos. No, un hombre no. Un potencial asesino en masa que trabajaba para un zar de la droga psicótico.

O quizá un agente que intentaba distraerla.

—¿Te he asustado? Te juro que soy inofensivo.

—Esto… No, es que… Bueno, nunca nadie me había pedido salir en el metro. —Lo cual era la pura verdad. De hecho, nadie en absoluto le había pedido una cita desde hacía años—. No sé qué decir. —Verdad también.

—Mira, vamos a hacer una cosa. Voy a apuntarte mi nombre y mi número en este papelito y te lo voy a dar. Cuando llegues a tu parada, puedes tirarlo en la primera papelera que veas, porque está feo ensuciar el suelo, y olvidarte de mí al momento. Para ti sería muy poca molestia, solo esos pocos segundos de más con la papelera.

Sonrió mientras hablaba, pero tenía la mirada gacha, fija en la información que estaba anotando en el reverso de un recibo.

—Muy considerado por tu parte. Te lo agradezco.

Él alzó los ojos, sonriendo todavía.

—O, si no quieres, no lo tires. También puedes usarlo para llamarme y pasar unas horas hablando conmigo mientras te invito a cenar.

El alivio se apoderó de ella cuando la voz monótona del altavoz anunció la estación de Penn Quarter, porque estaba empezando a entristecerse. En efecto, iba a pasar una noche fuera con Daniel Beach, pero ninguno de los dos iba a disfrutarla demasiado.

No podía dejar ningún espacio a la tristeza, habiendo tantas vidas de inocentes en juego. Tantos niños muertos, tantos padres y madres muertos. Tanta buena gente que nunca había hecho daño a nadie.

—Sí que es un dilema —respondió sin levantar la voz.

El tren volvió a detenerse y ella fingió que la zarandeaba un hombre que salía del vagón. Ya tenía en la mano la aguja adecuada. Extendió el brazo como para agarrarse a la barra y cogió la mano de Daniel en un gesto pensado para parecer accidental. Él dio un respingo, sorprendido, y ella se agarró con fuerza como si intentara mantener el equilibrio.

—Ay, perdona. Te he dado un susto —dijo Alex, mientras lo soltaba y dejaba que la diminuta jeringa cayera de su mano al bolsillo de la chaqueta. Tenía muy practicada la prestidigitación.

—No pasa nada. ¿Estás bien? Ese tío te ha dado un buen viaje.

—Sí, estoy bien, gracias.

El vagón empezó a moverse de nuevo y ella observó cómo el rostro de Daniel iba perdiendo el color.

—Oye, ¿estás bien tú? —le preguntó—. Te veo un poco pálido.

—Hum, yo… ¿Qué?

Daniel miró alrededor, confundido.

—Pareces a punto de desmayarte. Disculpe —dijo a la mujer que estaba sentada a su lado—. ¿Deja sentarse a mi amigo? No se encuentra bien.

La mujer puso en blanco sus enormes ojos castaños y después apartó la mirada sin más.

—No —dijo Daniel—. No te… preocupes por mí. Estoy…

—¿Daniel? —preguntó ella.

Ya empezaba a mecerse un poco y tenía el rostro blanco como el de un cadáver.

—Dame la mano, Daniel.

Con gesto perplejo, Daniel extendió el brazo. Ella le agarró la muñeca y empezó a mover los labios de forma muy visible mientras miraba el reloj y fingía contar.

—Medicina —musitó él—. Eres médica.

Aquella parte se acercaba más al guion y eso la tranquilizó.

—Sí, y no me gusta nada cómo estás. Te bajas conmigo en la siguiente parada. Tiene que darte un poco el aire.

—No puedo. Instituto... No puedo llegar tarde.

—Te escribiré un justificante. No discutas conmigo, que sé lo que hago.

—Vale, Alex.

L'Enfant Plaza era una de las estaciones más grandes y caóticas de la línea. Cuando se abrieron las puertas, Alex pasó el brazo por la cintura de Daniel y se lo llevó fuera. Él le rodeó los hombros con un brazo para apoyarse, lo que no la sorprendió. La triptamina que le había inyectado producía desorientación y docilidad. Daniel le haría caso mientras no lo presionara demasiado. La droga era una pariente lejana del tipo de barbitúricos que los legos en la materia llamaban suero de la verdad, y tenía algunos efectos similares al éxtasis: las dos servían para desinhibir e inducir a la cooperación. A Alex le gustaba esa síntesis concreta por la confusión que provocaba. Daniel sería incapaz de tomar decisiones y, en consecuencia, haría todo lo que ella le dijera hasta que se pasara el efecto... o hasta que le pidiera hacer algo que de verdad arremetiera contra las murallas de su zona de confort.

Estaba resultando más fácil de lo que había previsto, gracias al inesperado cara a cara que habían tenido. Su plan original consistía en pinchar a Daniel y luego esperar a que alguien hiciera la típica pregunta de si había algún médico presente para responder: «¡Sí, qué casualidad, yo soy médica!» y sacarlo del vagón. Habría funcionado, pero el sujeto no habría estado tan dócil.

—Muy bien, Daniel, ¿cómo te encuentras? ¿Puedes respirar?

—Claro, respiro bien.

Caminó deprisa junto a él. La droga rara vez provocaba mareos, pero siempre había excepciones. Alzó la mirada para ver qué color tenía. Seguía pálido, pero en sus labios no se distinguía el tono verdoso que presagiaba la náusea.

—¿Notas el estómago revuelto? —le preguntó.

—No, no, estoy bien…

—Me temo que no lo estás. Voy a llevarte conmigo al trabajo, si te parece bien. Quiero asegurarme de que no sea nada grave.

—Vale… Ay, no. ¿Tengo clase?

Daniel le seguía el paso sin problemas a pesar de su desorientación. Tenía las piernas el doble de largas que las de Alex.

—Les explicaremos lo que pasa. ¿Tienes el número del instituto?

—Sí, el de Stacey en la secretaría.

—La llamaremos de camino.

Llamar los retrasaría, pero no había más remedio: tenía que atenuar la preocupación de Daniel si quería mantenerlo dócil.

—Buena idea. —Daniel asintió, sacó una vieja BlackBerry del bolsillo y empezó a pelearse con los botones.

Alex le quitó el teléfono de las manos con suavidad.

—¿Cómo se apellida Stacey?

—La tengo como «Secretaría».

—Entendido. Vale, ya lo marco yo. Toma, dile a Stacey que estás enfermo y te vas al médico.

Daniel cogió el teléfono, sumiso, y esperó a que Stacey respondiera.

—Hola —dijo—. Stacey, soy Daniel. Sí, el señor Beach. No me encuentro muy bien y voy a ver a la doctora Alex. Lo siento. De verdad que lamento el jaleo. Perdona, gracias. Sí, me pondré bien, no te preocupes.

Alex se encogió un poco al oír que daba su nombre, pero fue solo un acto reflejo. En realidad no tenía importancia. Dejaría de ser Alex durante una temporada y listos.

Era un riesgo impedir que Daniel fuese a trabajar, algo en lo que De la Fuentes podría reparar si tenía bien controlado a su mensajero de la muerte. Pero seguro que la alarma no llegaría al estado crítico solo porque Daniel se saltara un viernes de trabajo. Cuando se presentara intacto en el instituto el lunes por la mañana, el señor de la droga se tranquilizaría.

Cogió el teléfono de la mano de Daniel y se lo metió en su propio bolsillo.

—Ya te lo guardo yo, ¿vale? No te veo muy firme y no quiero que lo pierdas.

—Vale. —Daniel miró a su alrededor de nuevo y frunció el ceño hacia el inmenso techo abovedado de cemento—. ¿Dónde vamos?

—A mi consulta, ¿recuerdas? Vamos a subirnos a este tren.

No vio ninguna cara del anterior vagón entre sus nuevos compañeros de trayecto. Si había alguien siguiéndola, estaba guardando las distancias.

—Mira, un asiento libre. Descansa un poco.

Ayudó a Daniel a sentarse, dejó caer con disimulo el teléfono al lado del pie y lo empujó hacia el fondo por debajo del asiento con la punta del zapato. Rastrear un teléfono móvil era la forma más fácil de encontrar a alguien sin apenas tener que mover un dedo. Los móviles eran una trampa que siempre había evitado. Eran como pintarse una diana en la espalda para que la usara el enemigo.

Eso y que tampoco tenía a nadie a quien llamar, claro.

—Gracias —dijo Daniel. Aún la rodeaba con un brazo, aunque al estar sentado y ella de pie, estaba rodeándole la cintura. La miró con expresión alelada y añadió—: Me gusta tu cara.

—Ah. Hum, gracias.

—Me gusta mucho.

La mujer que estaba sentada al lado de Daniel volvió la cabeza hacia Alex y le estudió el rostro. «Estupendo». La mujer no pareció muy impresionada.

Daniel le apoyó la frente en la cadera y cerró los ojos. El contacto resultó desconcertante para Alex a varios niveles, pero también le provocó una sensación extrañamente tranquilizadora. Había pasado mucho tiempo desde que un ser humano la tocara con afecto, aunque el afecto de Daniel hubiera salido de un tubo de ensayo. En cualquier caso, no podía permitir que se durmiera todavía.

—¿De qué das clase, Daniel?

Él levantó la cara, sin dejar de apoyar la mejilla en la cadera de Alex.

—Sobre todo, Lengua. Es mi asignatura preferida.

—Ah, ¿sí? A mí se me daban fatal las letras. Siempre he sido más de ciencias.

Daniel torció el gesto.

—¡Uf, ciencias!

Alex oyó que la mujer de al lado susurraba a su otro vecino:

—Va borracho.

—No tendría que haberte dicho que soy profesor. —Daniel suspiró con sentimiento.

—¿Por qué no?

—Porque a las mujeres no os gusta. Randall siempre me dice: «No se lo cuentes si no te lo preguntan». —Por cómo lo dijo, fue evidente que estaba citando al tal Randall al pie de la letra.

—Pero enseñar es una profesión noble. Educáis a los futuros médicos y científicos del mundo.

Él la miró con cara de pena.

—Pero no está bien pagado.

—No todas las mujeres somos tan materialistas. Randall sale con las que no debería.

—A mi mujer le gustaba el dinero. Exmujer.

—Vaya, pues sí que lo siento.

Daniel volvió a suspirar y cerró los ojos.

—Me partió el corazón.

Otra punzada de lástima. De tristeza. Sabía que Daniel no estaría diciendo nada de todo aquello si no fuese colocado con su híbrido de éxtasis y suero de la verdad. Empezaba a hablar más claro, pero no era porque la droga estuviera perdiendo efecto, sino porque su mente estaba adaptándose a funcionar con ella.

Alex le dio unas palmaditas en la mejilla e infundió ánimo a su voz.

—Si era tan fácil de comprar, seguro que no merece la pena llorar por ella.

Daniel volvió a abrir los ojos. Eran de un tono avellana muy tenue, casi una mezcla a partes iguales entre el verde y un gris suave. Intentó imaginarlos poniendo una mirada intensa desde debajo de la gorra de béisbol que llevaba el hombre seguro de sí mismo que se reunía con De la Fuentes en las fotos y no pudo.

Alex no sabía lo que iba a hacer si el sujeto padecía de verdad trastorno de identidad disociativo. Nunca antes había trabajado con algo así.

—Tienes razón —respondió él—. Sé que la tienes. Debería verla tal y como era, no como yo la imaginaba.

—Exacto. Siempre nos formamos una idea de los demás, creamos a la persona con la que queremos estar e intentamos meter a quienes son de verdad en ese molde falso. No siempre sale bien.

Paparruchas. Alex no tenía ni idea de lo que estaba diciendo. En toda su vida solo había estado en una relación semiseria, y no había durado mucho. Había antepuesto los estudios al chico, igual que luego había pasado seis años anteponiendo el trabajo a todo lo demás. Igual que en ese momento estaba anteponiendo seguir respirando a cualquier otra cosa. Tenía un problema de obsesión.

—¿Alex?

—Dime.

—¿Me estoy muriendo?

Alex esbozó una sonrisa reconfortante.

—No. Si creyera que te estás muriendo, habría llamado a una ambulancia. Te pondrás bien. Es solo que quiero asegurarme.

—Muy bien. ¿Tendrás que sacarme sangre?

—Es posible.

Daniel suspiró.

—Las agujas me ponen nervioso.

—No pasará nada.

No le hizo ninguna gracia caer en la cuenta de que no le gustaba mentir a Daniel. Pero es que había algo en aquella confianza tan sencilla que depositaba en ella, en aquella forma de atribuir los mejores motivos a todo lo que hacía Alex que... No. Tenía que dejar de pensar así.

—Gracias, Alex. De verdad.

—Solo hago mi trabajo. —No era mentira.

—¿Crees que me llamarás? —preguntó él, esperanzado.

—Daniel, te aseguro que vamos a pasar una velada juntos —prometió Alex.

De no haber ido drogado, quizá Daniel habría captado la crispación en su voz y visto el hielo en sus ojos.

5

El resto del plan fue casi demasiado sobre ruedas. ¿Significaría algo? Alex tenía un nivel tan alto de paranoia que costaba saber si aquella nueva preocupación lo elevaba más o no.

Al salir de la estación Rosslyn, Daniel se metió en el taxi sin protestar. Alex sabía cómo se sentía porque Barnaby y ella habían probado la mayoría de sus preparados no letales, para tener un conocimiento más concreto de sus capacidades. Aquella sustancia inducía a un sueño agradable, en el que los problemas y las preocupaciones eran cosa de los demás y lo único que hacía falta era una mano que sostener y un empujoncito en la dirección adecuada. En sus notas, la habían apodado «Sigue al líder», aunque en los informes oficiales constaba con un nombre más impresionante.

Proporcionaba un viaje muy relajante, y de no ser porque necesitaba a la desesperada sus inhibiciones, incluso cuando trabajaba en el laboratorio, podría haberla tomado otras veces.

Hizo que Daniel le hablara del equipo de voleibol del que se ocupaba, porque él le había preguntado si llegaría al instituto a tiempo para entrenar, y se pasó todo el trayecto en taxi oyendo cómo describía a las chicas hasta que sintió que ya se sabía de memoria sus nombres y sus puntos fuertes en la cancha. El taxista no les prestó atención y se dedicó a tararear una canción, demasiado bajito para que Alex pudiera identificarla.

Daniel no parecía prestar la menor atención al trayecto que hacían, pero, en un semáforo en rojo que se prolongó especialmente, levantó la mirada y arrugó el ceño.

—Sí que tienes lejos la consulta.

—Bastante, sí —convino ella—. No veas la de tiempo que pierdo cada día.

—¿Dónde vives?

—En Bethesda.

—Es buen sitio. Columbia Heights, no tanto. O al menos la zona donde vivo yo.

El taxi se puso de nuevo en marcha. Alex estaba satisfecha de lo bien que estaba saliendo el plan. Aunque la hubieran pillado subiendo y bajando del último tren, tendrían que sudar para seguir a un taxi en un mar de taxis idénticos que se entrecruzaban en plena hora punta. A veces la preparación era como un sortilegio. Como si se pudiera obligar a los acontecimientos a tomar la forma deseada tan solo planeándolos con la suficiente meticulosidad.

Daniel ya no estaba tan parlanchín. Así era la segunda fase del efecto de la droga, y con el tiempo iría sintiéndose cada vez más cansado. Solo necesitaba mantenerlo despierto un poquito más.

—¿Por qué me has dado tu número? —le preguntó al ver que empezaban a pesarle los párpados.

Él sonrió, ensoñado.

—Nunca lo había hecho antes.

—Yo tampoco.

—Seguro que luego me da vergüenza.

—Pero si te llamo, no, ¿verdad?

—Puede. No sé, yo en realidad no soy así.

—Entonces, ¿por qué lo has hecho?

Sus ojos tiernos no se apartaron de los de ella.

—Me gusta tu cara.

—Ya lo habías comentado.

—Tenía muchas ganas de volver a verla. Eso me ha dado el valor para hacerlo.

Alex frunció el ceño, notando palpitar el remordimiento.

—¿Te ha sonado raro? —preguntó Daniel. Parecía preocupado.

—No, me ha sonado adorable. No muchos hombres se atreverían a decir algo así a una mujer.

Él parpadeó con solemnidad.

—Ni yo tampoco, en general. Soy demasiado… cobarde.

—A mí me pareces bastante valiente.

—Me noto distinto. Creo que es por ti. Me he notado distinto desde el momento en que te he visto sonreír.

«Desde el momento en que te he puesto un pinchazo», corrigió ella para sus adentros.

—Caramba, menudo cumplido —respondió—. Ya hemos llegado. ¿Puedes levantarte?

—Sí. Esto es el aeropuerto.

—Sí, es donde tengo el coche.

Daniel frunció el ceño y al momento despejó la frente.

—¿Volvías hoy de viaje?

—Acabo de llegar a la ciudad, sí.

—Yo a veces me voy de viaje. Me gusta ir a México.

Alex levantó la mirada de golpe. Él mantenía la vista al frente, fijándose en dónde pisaba. No había señales de aflicción en sus rasgos. Si lo empujaba hacia un secreto, hacia cualquier cosa que le supusiera un punto de presión, su docilidad se convertiría en sospecha. Quizá adoptara a otro desconocido como su líder e intentara escapar. Quizá se revolviera y llamara la atención sobre ella.

—¿Qué te gusta de México? —le preguntó con cautela.

—El clima es cálido y seco. Eso me gusta. Nunca he vivido en un sitio caluroso de verdad, pero creo que me adaptaría bien. Eso sí, me quemo enseguida. Nunca puedo ponerme moreno. A ti sí que parece que te haya dado el sol.

—No, es mi tono de piel.

Lo había heredado de su padre ausente. Según las pruebas genéticas a las que se había sometido, él tenía una mezcla de muchas herencias, sobre todo coreana, hispana y galesa. Siempre se había preguntado qué aspecto tendría su padre. La combinación con el origen escocés de su madre había creado en ella una cara sorprendentemente normal, tanto que podría proceder casi de cualquier parte.

—Qué envidia. Yo tengo que echarme crema solar, pero que mucha crema solar. Si no, me pelo. Da un poco de asco. No tendría que estar contándotelo.

Alex rio.

—Prometo olvidarlo. ¿Qué otras cosas te gustan?

—El trabajo manual. Ayudo a construir casas. No es que tenga cualificación, solo doy martillazos donde me dicen que los dé. Pero la gente es muy amable y generosa. Esa parte me encanta.

Le había salido muy convincente, y Alex sintió una oleada de temor. ¿Cómo era capaz de ceñirse a su historia tan bien, con tan poco esfuerzo, mientras los productos químicos fluían por su organismo? A no ser que, de algún modo, hubiera desarrollado resistencia. A no ser que el departamento hubiera creado un antídoto, a no ser que hubieran preparado a Daniel para engañarla. Se le erizó el pelo de la nuca. No tenía por qué ser el departamento el que lo hubiera preparado. Quizá se debiese a sus interacciones con De la Fuentes. A saber en qué resultarían unas drogas extrañas mezclándose con las que le había inyectado ella. Se llevó la punta de la lengua a la funda falsa de la muela. El departamento se habría limitado a matarla si ese fuese su objetivo, pero era probable que De la Fuentes quisiera castigarla por intentar entorpecer sus planes. Sin embargo, ¿cómo podía haberlo sabido de antemano? ¿Cómo podía haberla identificado Daniel como agente enemiga tan deprisa, cuando en realidad ya no estaba trabajando para nadie?

«Cíñete al plan —se dijo—. Métalo en el coche y estarás a salvo. Más o menos».

—Y las casas que tienen allí también me gustan —seguía explicando Daniel—. Nunca se cierran las ventanas y el aire corre todo el día. Algunas no tienen ni cristales. Es un sitio mucho más agradable que Columbia Heights, eso te lo aseguro. A lo mejor no tanto como Bethesda. Seguro que los médicos tienen buenas casas.

—Yo no. Un apartamento aburrido pintado de color vainilla. No estoy mucho por allí, así que da lo mismo.

Él asintió con la cabeza, comprensivo.

—Estás fuera salvando vidas.

—Bueno, en realidad no. No trabajo en urgencias ni nada parecido.

—A mí me la estás salvando. —Párpados abiertos, ojos grises verdosos, confianza absoluta. Alex sabía que si su comportamiento era auténtico, era la droga la que hablaba. Pero aun así, la estaba incomodando.

No le quedaba otra opción que seguir interpretando su papel.

—Solo quiero hacer unas comprobaciones. No vas a morirte. —Hasta ahí, era verdad. Los chicos del departamento quizá hubieran terminado matando a Daniel, pero ella al menos podía evitárselo. Aunque…, después de que Alex evitara la catástrofe, Daniel Beach jamás volvería a ver el exterior de una celda. Lo que a ella la hacía sentirse…

«Un millón de muertos. Bebés que no tenían culpa de nada. Dulces ancianitas. El primer Jinete del Apocalipsis a lomos de su caballo blanco».

—Anda, y ahora un autobús —dijo él con suavidad.

—Este nos lleva ya a mi coche. Luego no tendrás que andar más.

—No me molesta. Me gusta andar contigo.

Sonrió a Alex y dio un traspié al subir el escalón. Ella lo sostuvo antes de que cayera y lo acomodó en el asiento más cercano del autobús casi vacío.

—¿Te gustan las películas extranjeras? —preguntó Daniel sin venir a cuento.

—Eh… Algunas, supongo.

—Hay un cine muy bueno en la universidad. A lo mejor, si la cena va bien, la próxima vez podríamos probar con unos subtítulos.

—Te propongo un trato —replicó ella—. Si te sigo gustando después de pasar una velada juntos, me comprometo a ver una película que no entienda contigo.

Él sonrió, con los párpados cayendo.

—Me seguirás gustando.

Era totalmente absurdo. Tenía que haber alguna forma de alejar aquella conversación del flirteo. ¿Por qué era ella la que estaba sintiéndose como un monstruo? Vale, de acuerdo, sí que era un monstruo, pero eso ya lo había aceptado en su mayor parte, sobre todo porque sabía que era la clase de monstruo que debía existir por el bien común. En ciertos aspectos, hacía un trabajo similar al de un médico normal y corriente: tenía que infligir dolor para salvar vidas. Como cuando se amputa un miembro gangrenoso para salvar el resto del cuerpo, pero en disociado. Dolor en un punto, salvación para el resto. Y el resto era mucho más digno de salvación.

Como hacía siempre, estaba racionalizando para poder mirarse al espejo por las mañanas. Pero nunca se decía mentiras directas. Sabía que su existencia no ocupaba algún punto gris de la escala moral, sino el más negro de todos. Pero lo único peor que Alex haciendo bien su trabajo era otra persona haciéndolo mal. O que nadie en absoluto lo hiciera.

Sin embargo, incluso aceptando la etiqueta de monstruo con los brazos abiertos, nunca había sido el tipo de monstruo que mataba a inocentes. Ni siquiera iba a matar a aquel individuo tan culpable… que no dejaba de mirarla desde debajo de sus largos rizos, con esos ojitos de cachorro color avellana.

«Bebés muertos —repitió para sí misma—. Bebés muertos, bebés muertos, bebés muertos».

Nunca había querido ser espía ni tener un trabajo clandestino, pero en aquel autobús reparó en que emocionalmente tampoco cumplía los requisitos. Por lo visto, tenía demasiada compasión infundada circulando por sus venas, lo que resultaba más que irónico. Por cosas como aquella nunca había que hablar con un sujeto antes de empezar a hablar de verdad con él.

—Muy bien, Daniel, nos bajamos. ¿Puedes levantarte?

—Ajá. Ah, espera, ya te lo llevo yo.

Alzó una mano con debilidad hacia el maletín de Alex.

—No me pesa —respondió, aunque en realidad notaba cómo le cosquilleaban los dedos en torno al asa—. Tú tienes que concentrarte en mantener el equilibrio.

—Estoy cansadísimo.

—Lo sé, pero tengo el coche aquí al lado. Es el plateado.

—Hay muchos plateados.

«Justo esa es la idea».

—Está aquí mismo. Vale, mejor que te tumbes detrás. Y quítate la chaqueta, que no quiero que estés demasiado caliente. Los zapatos fuera también, eso es. —Menos de lo que ocuparse después—. Dobla las rodillas para que entren las piernas. Perfecto.

Daniel dejó la cabeza apoyada en la mochila, que seguro que era bastante incómoda, pero a esas alturas le trajo sin cuidado.

—Eres un encanto, Alex —murmuró, ya con los ojos cerrados—. Eres la mujer más encantadora que he conocido nunca.

—Tú también eres un encanto, Daniel —reconoció ella.

—Gracias —farfulló él en respuesta, y se quedó dormido.

Alex se apresuró a sacar del maletero la manta color beis, del mismo tono que los asientos, y a echársela por encima. Sacó una jeringuilla del bolso e insertó la aguja en una vena del tobillo de Daniel, encorvada para que su cuerpo impidiera ver desde fuera lo que estaba haciendo. El efecto del «Sigue al líder» se pasaría en una hora más o menos, y necesitaba que Daniel durmiera más tiempo.

«No es un agente», concluyó. Tal vez un agente le hubiera seguido el juego con la droga del secuestro, pero jamás se habría dejado noquear de aquella manera. Solo era un asesino en masa a sueldo, entonces.

El laboratorio temporal que había instalado se hallaba en la parte más agrícola de Virginia Occidental. Alex había alquilado una bonita y pequeña granja con una lechería que llevaba mucho tiempo sin ver vacas. El exterior del establo tenía un revestimiento de tablas blancas a juego con la casa, y por dentro las paredes y el techo estaban recubiertos de aluminio. El suelo era de hormigón sellado y tenía desagües a intervalos adecuados. Al fondo había un pequeño dormitorio que habían anunciado como espacio adicional para alojar a las visitas, «deliciosamente rústico». Alex estaba convencida de que a ojos de muchos viajeros ingenuos la rusticidad sería encantadora, pero para ella lo único importante era que el agua y la electricidad estuvieran dadas de alta y funcionando. La granja y la lechería se alzaban en el centro de cien hectáreas de manzanar, que a su vez estaba rodeado por más tierras de labranza. El vecino más próximo se hallaba a más de kilómetro y medio de distancia. Los propietarios del manzanar se sacaban un extra fuera de temporada alquilando el espacio a urbanitas con ganas de fingir que podían prescindir de sus comodidades.

Era muy caro. Alex torcía el gesto cada vez que pensaba en el precio, pero no podía evitarse. Necesitaba un local aislado que dispusiera de un espacio utilizable.

Llevaba varias noches trabajando para prepararlo todo. De día se dedicaba a seguir a Daniel desde una buena distancia y luego dormía las pocas horas que podía en el coche mientras él estaba en el instituto. En esos momentos estaba agotada del todo, pero aún le quedaba mucho por hacer antes de poder acostarse.

La primera parada fue una salida secundaria de la autovía a más de una hora de distancia de la ciudad. Un estrecho camino de tierra que parecía llevar una década en desuso la internó entre los árboles. Debía de conducir a alguna parte, pero no recorrió la suficiente distancia como para averiguar dónde. Paró el motor en una sombra espesa y se puso a trabajar.

Si Daniel era empleado del departamento o, lo que era un poco más probable, de alguna de las organizaciones que mantenían con él una colaboración estrecha, como la CIA, varias divisiones militares o alguna otra entidad encubierta que, al igual que el departamento, carecía de nombre oficial, llevaría un rastreador electrónico. Igual que ella lo había llevado. Distraída, se frotó con un dedo la cicatriz de la nuca, tapada por su pelo corto. Les gustaba marcar la cabeza. Si solo podía recuperarse una parte del cuerpo, la cabeza era la mejor de todas para identificar el cadáver.

Abrió la puerta de atrás por el lado del copiloto y se arrodilló en el terreno húmedo junto a la cabeza de Daniel. Empezó por el lugar donde los habían marcado tanto a ella como a Barnaby, primero apenas rozando su piel con los dedos y luego apretando más. Nada. Había visto a algunos sujetos extranjeros con los rastreadores recién extraídos de detrás de las orejas, así que fue el siguiente lugar donde buscó. Luego le pasó los dedos por el pelo, palpando el cuero cabelludo en busca de bultos o durezas que no deberían estar. Sus rizos, muy suaves, tenían un olor agradable y cítrico. No era que le importase demasiado el pelo de Daniel, pero se alegraba de no tener que meter las manos en un revoltijo grasiento y pestilente, al menos.

Tocaba afrontar la parte dura del trabajo. Si era De la Fuentes quien tenía controlado a ese hombre, el rastreador sería externo casi a ciencia cierta. Lo primero que hizo fue tirar los zapatos al bosque que cruzaba el camino, ya que parecían los mejores sospechosos entre toda la ropa: muchos hombres se ponían el mismo par todos los días. Luego le quitó la camisa, agradeciendo que la llevara de botones, aunque, de todos modos, le costara sacarla de debajo del peso de su cuerpo. No se molestó en intentar quitarle la camiseta por encima de la cabeza, sino que sacó una hoja de bisturí del bolsillo, le quitó la cinta y cortó el tejido en tres fragmentos fáciles de retirar. Exploró el pecho de Daniel, pero no halló ninguna cicatriz ni bulto sospechoso. Tenía la piel del torso más clara que la de los brazos, un moreno de albañil que sin duda era resultado de construir casas en México en camiseta. O de adquirir remesas de supervirus en Egipto, que también era un sitio muy soleado.

Tenía lo que ella llamaba músculos de deportista, no de gimnasio. No estaban muy marcados, pero sí mostraban la tersura y el buen alineamiento que revelaban que era una persona activa sin llegar a la obsesión.

Ponerlo bocabajo fue difícil y Daniel cayó al hueco para los pies, en cuña sobre el saliente del suelo entre los asientos. Tenía dos leves cicatrices en el omóplato izquierdo, paralelas y de la misma longitud. Alex las exploró con atención e hizo presión en la piel por todo su alrededor, pero no encontró nada aparte del tejido fibroso e hipertrófico que cabía esperar.

No le costó mucho darse cuenta de que debería haberle sacado los vaqueros antes de darle la vuelta. Tuvo que subirse a su cuerpo mal colocado y pasar los dos brazos en torno a su torso para poder desabotonarlos. Agradecida de que no llevara pantalones ajustados, salió por la otra puerta de atrás y se los quitó tirando de las perneras. No se sorprendió al ver que llevaba bóxers, no *slips*. Cuadraba con su estilo. Le quitó los calzoncillos, luego los calcetines y por último reunió toda su ropa, se alejó unos metros del camino y la ocultó detrás de un tronco caído. Hizo otro viaje para dejar la mochila. El portátil sería un escondrijo muy efectivo para cualquier dispositivo electrónico que alguien quisiera que llevara sin saberlo.

No era la primera vez que tenía que desnudar a un sujeto por sí misma. En el laboratorio había dispuesto de personal que los preparaba para ella —Barnaby los llamaba los subalternos—, pero no siempre había trabajado en el laboratorio y, durante su primer viaje a Herāt, Afganistán, había aprendido a apreciar el trabajo de los subalternos. Desnudar a un hombre que llevaba meses sin ducharse no era tarea agradable, sobre todo si ella misma no iba a disponer después de una ducha. Por lo menos, Daniel estaba limpio. La única que iba a estar sudorosa ese día era ella.

Encontró el destornillador que llevaba en el maletero y cambió la matrícula de Washington por otra que había sacado de un coche parecido en un desguace de Virginia Occidental.

Sobre todo por no dejarse nada, hizo un examen somero de la parte posterior de las piernas de Daniel, las plantas de los pies y las manos. Nunca había visto rastreadores en las extremidades, suponía que porque a veces las extremidades se amputaban como una forma de dejar las cosas claras. No encontró ninguna cicatriz. Tampoco estaban los callos que habrían sugerido un entrenamiento en armas de fuego o su uso frecuente. Daniel tenía las manos suaves de un profesor, con solo algunas durezas resultado de las ampollas de un trabajo físico inexperto.

Intentó volver a subirlo al asiento, pero al poco cayó en la cuenta de que el esfuerzo era en balde. Aquella no era una postura cómoda para dormir, pero Daniel no iba a despertar de todos modos. Después le dolería, aunque era una ridiculez pensar en ello siquiera.

Mientras volvía a colocar la manta y arropaba con ella su cuerpo lo mejor que pudo, empezó a formarse una historia sobre él a partir de los documentos que había leído y las pruebas que tenía delante.

Creía que Daniel Beach era a grandes rasgos el hombre que estaba viendo, el tipo agradable y decente. Su atractivo para la exesposa avariciosa era comprensible. Probablemente era fácil enamorarse de él. Al cabo de cierto tiempo, el suficiente para que la ex diera el amor por sentado, habría podido pasar a centrarse en todo lo que no tenía: el apartamento caro, el anillo con un buen pedrusco, los coches. Seguro que ahora añoraba esta faceta amable de Daniel, ya se sabe, el césped siempre parece más verde en el jardín del vecino.

Pero en él también había una oscuridad, muy enterrada, quizá fruto del dolor y la injusticia de perder a sus padres, agravada por la traición de su esposa y por último avivada por el fallecimiento de su último pariente. Esa oscuridad no afloraría a las primeras de cambio. Estaría compartimentada, excluida de su vida tranquila, almacenada en los espacios tenebrosos donde cupiera. No era de extrañar que pudiese hablar de México con tanta despreocupación. Para él habría dos versiones de México, el lugar feliz que adoraba el profesor y el peligroso donde medraba el monstruo. Era muy posible que en su cerebro no fueran el mismo sitio ni por asomo.

Esperaba que Daniel no fuese un auténtico psicótico, sino solo un hombre derrumbado que no quería renunciar a ser la persona que se consideraba pero necesitaba la liberación que le proporcionaba su oscuridad.

Esa evaluación la satisfizo y también le cambió un poco los planes. Su trabajo tenía mucho de actuación teatral. Para algunos sujetos, lo que mejor funcionaba era la personalidad clínica y sin emociones: bata blanca, mascarilla de cirujana y brillante acero inoxidable. Para otros, era la amenaza de una sádica enloquecida, aunque a Barnaby siempre se le había dado mejor interpretar ese papel porque tenía la cara apropiada, y sobre todo el pelo canoso revuelto y de punta, como si acabaran de electrocutarlo. Cada situación tenía sus propios matices; algunos sujetos temían la oscuridad y otros la luz. Alex había optado por el enfoque clínico, que era con el que más cómoda se sentía, pero decidió que Daniel necesitaría estar rodeado de oscuridad para permitir que aflorara esa parte de él. Con quien necesitaba hablar era con el Daniel oscuro.

Antes de llegar a su destino, dio unas cuantas vueltas evasivas. Si alguien había estado rastreando la ropa o las posesiones de Daniel, no quería que la siguiera más allá de ese punto del camino.

Volvió a considerar las posibilidades por millonésima vez. Columna uno, todo aquello era una trampa muy elaborada. Columna dos, la amenaza era auténtica y había un millón de vidas en peligro. Por no mencionar la suya propia.

Durante el largo recorrido, por fin la balanza se decantó hacia un lado. Lo que llevaba en el coche no era un agente del gobierno, de eso estaba convencida. Y si era un ciudadano inocente, elegido al azar para hacerla salir de su escondrijo, ya habían dejado pasar las mejores oportunidades de capturarla. No había habido ningún ataque, ningún intento de seguirla… que ella supiera.

Pensó en el montón de información que incriminaba a Daniel Beach y no pudo evitarlo. Ahora lo creía. Así que más le valía ponerse a trabajar para salvar vidas.

Se desvió por el camino que daba a la granja alrededor de las once, exhausta y hambrienta pero segura al noventa y cinco por ciento de que no había dejado rastros que pudieran llevar al departamento o a De la Fuentes hasta su puerta. Echó un vistazo rápido a la casa para comprobar si alguien había entrado (y muerto, resultado inevitable de abrir la puerta) y luego, tras desarmar sus medidas de seguridad, metió el coche en el establo. Tan pronto como hubo cerrado el portón y reactivado la «alarma», empezó a preparar a Daniel.

Todas sus demás tareas estaban cumplidas. Había comprado temporizadores en una tienda de Filadelfia y los había conectado a lámparas en varias habitaciones de la granja para que el lugar pareciera ocupado, como habría hecho alguien que se fuese de vacaciones unas semanas. Uno de los temporizadores controlaba una radio para que también hubiera ruido. La casa era un buen cebo. La inmensa mayoría de los posibles atacantes la comprobaría antes de pasar al oscuro establo.

Y el establo permanecería oscuro. Había levantado una especie de tienda en el centro del espacio despejado para tapar la luz y amortiguar el sonido, y al mismo tiempo impedir a Daniel conocer ningún detalle de su entorno. La estructura rectangular tenía dos metros diez de alto, tres de ancho y cuatro y medio de largo. Estaba hecha de tuberías de PVC, lona negra y cuerda elástica, y recubierta con dos capas de espuma acústica fijadas con cinta de embalar. Era una construcción tosca, sí, pero más funcional que alguna cueva en la que había tenido que trabajar.

En el centro de la carpa había una descomunal plancha metálica con patas plegables cuya altura podía ajustarse. Era una especie de mesa de operaciones veterinaria que había estado expuesta en la lechería, sin duda como prueba de autenticidad.

Era más grande de lo que necesitaba, porque el veterinario había tratado a vacas, no a gatitos, pero seguía suponiendo todo un hallazgo. Era uno de los objetos que la habían animado a alquilar aquella trampa para turistas por un precio desorbitado. Había otra mesa de superficie metálica que estaba usando como escritorio para su ordenador, los monitores y una bandeja llena de objetos que, con un poco de suerte, serían solo escenografía. El portasuero estaba al lado de la cabecera de la mesa, con una bolsa de solución salina ya preparada. Junto a él, bien a la vista, había una bandeja de acero inoxidable con jeringuillas de aspecto amenazador sobre un carrito de metal con ruedas que había traído desde la cocina. En la rejilla de debajo de la bandeja reposaban una máscara antigás y un esfigmomanómetro.

Y, por supuesto, estaban las sujeciones para enfermería de cárcel que había comprado en eBay, fijadas a la plancha de acero por agujeros que había taladrado con gran esfuerzo. Era imposible que alguien escapara de esas sujeciones sin ayuda exterior. Y al posible ayudante bien podría hacerle falta un soplete.

En la carpa había dejado dos salidas, que eran simples aberturas verticales en la lona, como las separaciones de una cortina. Fuera de la tienda tenía un catre, su saco de dormir, un hornillo, una nevera pequeña y todo lo demás que iba a necesitar. Había un sencillo cuarto de baño adyacente al dormitorio, pero estaba demasiado lejos para dormir en él y, de todos modos, no tenía bañera, solo ducha. Durante ese fin de semana, no le quedaría más remedio que renunciar a su montaje habitual.

Usó un arnés de mudanzas para sacar del coche el cuerpo inerte de Daniel y cargarlo en una carretilla de carga para neveras. Al hacerlo le dio unos cuantos golpes en la cabeza, pero quiso creer que no lo bastante fuertes para provocarle una conmoción. Lo llevó hasta la mesa, que ajustó a su altura mínima, y lo tendió en ella. Daniel seguía sumido en la inconsciencia. Lo colocó bocarriba, con los brazos y las piernas extendidos a unos cuarenta y cinco grados del cuerpo, y luego elevó la mesa. Una tras otra, cerró las sujeciones. Daniel no iba a cambiar de postura en bastante tiempo. Lo siguiente fue la vía intravenosa. Por suerte, estaba bastante bien hidratado, o quizá solo fuera que tenía muy buenas venas. Le insertó el catéter sin ningún problema y puso en marcha el goteo. Añadió una bolsa de nutrición parenteral junto a la de suero fisiológico. Sería todo el alimento que iba a recibir Daniel en los próximos tres días, si tardaba tanto en hablar. Pasaría hambre, pero tendría la mente despejada cuando a ella le conviniera. Le puso el pulsioxímetro en un dedo del pie, porque podría arrancárselo de los de la mano, y los electrodos en la espalda, uno bajo cada pulmón, para controlarle la respiración. Una pasada rápida del termómetro eléctrico por la frente le confirmó que su temperatura era normal.

Con la sonda vesical tenía menos práctica, pero era un proceso bastante sencillo y Daniel no estaba en situación de quejarse si Alex hacía algo mal. Ya tendría que limpiar bastante sin tener que ocuparse además de la orina.

Con eso en mente, colocó las alfombritas absorbentes para cachorros, cuadradas y con bordes de plástico, por todo el suelo alrededor de la mesa de operaciones. Sin duda habría vómito si tenían que ir más allá de la primera fase. Que hubiera sangre o no dependería de cómo respondiera Daniel a sus métodos habituales. Por lo menos, allí tenía un buen sistema de fontanería.

Empezaba a hacer frío en la lechería, así que tapó a Daniel con la manta. Necesitaba que siguiera inconsciente más tiempo, por lo que no convenía que su piel desnuda se enfriara. Tras vacilar un instante, llevó una almohada desde la litera del dormitorio y se la puso bajo la cabeza. «Es solo porque no quiero que despierte —se aseguró a sí misma—. No porque parezca que está incómodo».

Insertó una pequeña jeringuilla en el punto de inyección de la vía y le administró otra dosis de somnífero. Debería bastar para al menos otras cuatro horas.

El rostro inconsciente de Daniel la perturbaba. Era demasiado… pacífico, de algún modo. No recordaba haber visto en la vida unos rasgos que transmitieran tanta inocencia intrínseca. Costaba imaginar que esa clase de paz e ingenuidad pudiera incluso existir en el mismo mundo que ella. Por un momento, volvió a preocuparse por si estaba tratando con una afección mental que nunca había visto antes, pero si De la Fuentes había buscado a alguien que despertara una confianza instintiva en los demás, aquel era justo la clase de rostro que le habría interesado. Podría explicar por qué el señor de la droga había escogido al profesor de instituto desde un principio.

Le puso la máscara antigás en la cabeza y enroscó un filtro en ella. Si sus medidas de seguridad mataban a Daniel, no podría obtener la información que necesitaba.

Hizo una última patrulla por todo el perímetro. Desde las ventanas comprobó que la casa tenía encendidas las luces que había programado. En la calma absoluta de la noche, le pareció oír los tenues compases de una emisora de música pop.

Cuando se hubo cerciorado de que todos los puntos de acceso estaban asegurados, se comió una barrita de proteínas, se cepilló los dientes en el pequeño cuarto de baño, puso el despertador a las tres de la madrugada, tocó su pistola bajo el catre, acunó su filtro contra el pecho y se hundió entre los pliegues del saco de dormir. Su cuerpo ya estaba amodorrado y el cerebro lo seguía de cerca. Apenas tuvo tiempo de ponerse su propia máscara antigás antes de caer inconsciente del todo.

6

A las tres y media de la madrugada ya estaba levantada, vestida y desayunada, todavía exhausta pero lista para empezar. Daniel seguía dormido, ajeno a todo y en paz. Cuando despertara se sentiría descansado pero desorientado. No tendría la menor idea de qué hora era, quizá ni siquiera de qué día era. La inquietud era una herramienta importante en el trabajo de Alex.

Le quitó la almohada y la manta, consciente del pesar que le provocaba hacerlo. Pero era importante, porque por mucho entrenamiento que tuviera cualquier sujeto, siempre los incomodaba mucho estar desnudos e indefensos ante el enemigo. Ese pesar iba a ser el último sentimiento que se permitiera en los próximos días. Aisló todos los demás. Habían pasado más de tres años, pero notó cómo se cerraban compartimentos en su interior. Su cuerpo recordaba cómo tenía que actuar. Sabía que contaba con la fortaleza necesaria.

Aún tenía el pelo húmedo del tinte rápido que se había dado, y notaba el grosor del maquillaje en la cara, aunque en realidad se había puesto muy poco. No sabía hacerse nada complicado, así que únicamente se había aplicado sombra de ojos, bastante rímel y un pintalabios rojo oscuro. Su idea inicial no había sido cambiar de color de pelo tan pronto, pero el cabello negro y el camuflaje del rostro formaban parte de su nueva estrategia. La chaqueta blanca de laboratorio y el uniforme de hospital que había traído seguían cuidadosamente doblados en su bolsa. En su lugar, se había vuelto a poner la camiseta negra ajustada con unos vaqueros también negros. Menos mal que en la granja había lavadora y secadora, porque esa camiseta iba a necesitar un lavado bien pronto. Bueno, en realidad le hacía falta desde el día anterior.

Era raro lo mucho que una pizca de polvo pigmentado y otra pizca de gomina podían alterar la percepción de un observador. Se miró al espejo del cuarto de baño y quedó satisfecha con lo dura y fría que parecía su cara. Se cepilló el pelo muy pegado hacia atrás y luego cruzó el establo hacia su sala de interrogatorio.

Había montado focos que pendían de la estructura de PVC del techo, pero de momento los dejó apagados y encendió solo las dos luces de trabajo portátiles que quedaban a la altura de la cintura. La cinta de embalar negra y las planchas de espuma acústica grises parecían del mismo color en las sombras. La temperatura había caído a medida que avanzaba la noche. El sujeto tenía la piel de los brazos y la tripa de gallina. Volvió a pasarle el termómetro por la frente. Seguía dentro de límites normales.

Por último, encendió el ordenador y estableció los protocolos. Al cabo de veinte minutos de inactividad, saltaría el salvapantallas. Al otro lado del portátil había una cajita negra con un teclado numérico encima y una diminuta luz roja a un lado, pero Alex no le hizo caso y empezó a trabajar.

Un sentimiento intentó aflorar a la superficie mientras inyectaba en la vía intravenosa el compuesto químico que despertaría al sujeto, pero lo ahogó con facilidad. Daniel Beach tenía dos facetas y ella también. Había pasado a ser su otro yo, el que en el departamento llamaban la Química, y la Química era una máquina. Despiadada e implacable. Su monstruo interior andaba suelto.

Con un poco de suerte, el de él querría salir a jugar.

La nueva droga goteó hacia el interior de sus venas y su respiración se hizo menos regular. Una mano de dedos largos se hizo puño y tiró de su atadura. Aunque Daniel seguía casi inconsciente, asomaron arrugas a su entrecejo mientras intentaba ponerse de lado. Dobló las rodillas, sus tobillos tiraron de las sujeciones y de pronto abrió los ojos de par en par.

Alex se quedó en silencio junto a la cabecera de la mesa y vio cómo Daniel entraba en pánico. Se le aceleraron la respiración y el ritmo cardíaco mientras su cuerpo se retorcía contra las sujecciones. Escrutó la oscuridad con ojos enloquecidos, intentando comprender dónde estaba, hallar algo que le resultara familiar. De pronto se detuvo, tenso y a la escucha.

—¿Hola? —susurró.

Ella se quedó quieta, esperando al momento adecuado.

En los siguientes diez minutos, Daniel alternó entre dar tirones salvajes intentando liberarse y escuchar por encima de sus estridentes jadeos.

—¡Socorro! —gritó al final—. ¿Hay alguien?

—Hola, Daniel —respondió ella en voz baja.

Daniel echó la cabeza hacia atrás de golpe, estirando el cuello para buscar de dónde procedía la voz. Alex reparó en que no era el instinto de un soldado profesional exponer la garganta de ese modo.

—¿Quién hay? ¿Quién eres?

—En realidad no importa quién soy, Daniel.

—¿Dónde estoy?

—Tampoco es relevante.

—¿Qué quieres? —preguntó, casi gritando.

—Eso es, lo has pillado. Esa es la pregunta importante.

Rodeó la mesa para que Daniel pudiera fijar en ella la mirada, aunque seguía iluminada desde atrás y apenas veía más que sombras en su rostro.

—No tengo nada —protestó él—. Ni dinero ni drogas. No puedo ayudarte.

—No quiero nada material, Daniel. Quiero…, no, necesito información. Y la única forma que tienes de salir de aquí es proporcionándomela.

—Yo no sé nada…, ¡nada importante! Por favor…

—Ya basta —le interrumpió en voz alta, y él dio un respingo—. ¿Me estás escuchando, Daniel? Esta parte es crucial de verdad.

Él asintió, parpadeando muy deprisa.

—Tengo que obtener esta información. No hay alternativa. Y si es necesario, Daniel, te haré daño hasta que me digas lo que necesito saber. Te haré mucho daño. No es que necesariamente quiera hacerlo, pero tampoco me molesta. Te lo digo para que puedas tomar una decisión ahora mismo, antes de que empiece. Dime lo que quiero saber y te soltaré, así de sencillo. Prometo que en ese caso no te haré daño. A mí me ahorrará tiempo y a ti mucho sufrimiento. Sé que no quieres decirme nada, pero debes comprender que vas a decírmelo de todos modos. Costará más o menos, pero al final no serás capaz de contenerte. Todo el mundo se derrumba. Así que elige ahora la opción fácil. Lo lamentarás si no lo haces. ¿Entendido?

Había dado el mismo discurso a muchísimos sujetos a lo largo de su carrera, y solía ser bastante efectivo. En torno a un cuarenta por ciento de las veces, ese era el punto en que empezaban a confesar. Lo normal no era que lo confesaran todo, por supuesto, y siempre quedaba trabajo exploratorio por delante, pero había una probabilidad decente de que el sujeto ofreciera ya su primera admisión de culpabilidad y alguna información parcial. El porcentaje variaba en función de a quién fuese dirigido el discurso. Más o menos la mitad de las veces, en el caso de los militares, revelaban su primera información antes de que les provocara ningún dolor. Pero solo entre el cinco y el diez por ciento de los espías de verdad cantaban sin algún sufrimiento físico. Los fanáticos religiosos tenían las mismas cifras. Con los trepas lamebotas de bajo nivel, el discurso funcionaba el cien por cien de las veces. La persona al mando jamás había confesado ni el menor detalle sin mediar dolor.

De verdad deseaba que Daniel fuese solo un lamebotas con pretensiones.

Él no había dejado de mirarla mientras hablaba, con la cara petrificada de terror. Pero luego, mientras terminaba, la confusión le hizo entrecerrar los ojos y juntar las cejas. No era la expresión que ella esperaba.

—¿Me has entendido, Daniel?

Con voz perpleja, el sujeto respondió:

—¿Alex? Alex, ¿eres tú?

Justo por eso no había que establecer contacto previo con los objetivos. Le iba a tocar salirse del guion.

—Evidentemente, ese no es mi nombre real, Daniel. Ya lo sabes.

—¿Cómo?

—No me llamo Alex.

—Pero… eres doctora. Me ayudaste.

—No soy esa clase de doctora, Daniel. Y no te ayudé. Te drogué y te secuestré.

La cara de Daniel mostró una expresión seria.

—Fuiste amable conmigo.

Alex tuvo que reprimir un suspiro.

—Hice lo necesario para traerte aquí. Ahora necesito que te centres, Daniel. Necesito que respondas a mi pregunta. ¿Vas a decirme lo que quiero saber?

La duda volvió a asomar al rostro de Daniel. La reticencia a creer que de verdad fuera a hacerle daño, que de verdad estuviera ocurriendo todo aquello.

—Te diré todo lo que quieras saber. Pero ya te he dicho que no sé nada importante. No tengo ningún número de cuenta, ni..., yo qué sé, ni mapas del tesoro o lo que sea. Desde luego, nada que justifique todo esto.

Intentó gesticular con la mano atada. Al notar el tirón y mirar, pareció darse cuenta por primera vez de que estaba desnudo. Se sonrojó a lo grande —cara, cuello y una línea que le bajaba por el centro del pecho— y volvió a tirar de sus ataduras por acto reflejo, para intentar taparse. Su respiración y su ritmo cardíaco empezaron a acelerarse de nuevo.

Desnudez. Desde los agentes de operaciones encubiertas hasta el último recadero de los terroristas, todos la odiaban.

—No quiero ningún mapa del tesoro. No hago esto para obtener ningún beneficio personal, Daniel. Lo hago para proteger vidas inocentes. Hablemos de eso.

—No lo comprendo. ¿Cómo puedo ayudarte en eso? ¿Y por qué no querría hacerlo?

A Alex no le hacía ninguna gracia cómo estaba yendo el interrogatorio. Los que se empeñaban en proclamar su ignorancia y su inocencia solían costar más tiempo que los que reconocían la culpa pero estaban decididos a no traicionar a su gobierno, su yihad o sus camaradas.

Alex fue hasta la mesa y cogió la primera foto. Era una de las imágenes muy claras que los equipos de vigilancia habían tomado a De la Fuentes, un primer plano.

—Empecemos por este hombre —dijo, sosteniendo la foto frente a los ojos de Daniel y usando una luz de trabajo como foco.

Inexpresividad total, sin la menor reacción. Mala señal.

—¿Quién es ese?

En esa ocasión, Alex permitió que su suspiro fuera audible.

—Estás tomando la decisión equivocada, Daniel. Por favor, piensa en lo que haces.

—¡Pero es que no sé quién es!

Alex lo miró con resignación.

—Estoy siendo sincero del todo, Alex. No conozco a ese hombre.

Ella volvió a suspirar.

—Entonces supongo que tendremos que empezar.

Reapareció la incredulidad. Alex nunca se había enfrentado a ella durante un interrogatorio. Todos los demás que habían pasado por su mesa sabían para qué estaban allí. Había visto terror y súplicas y, en ocasiones, un desafío estoico, pero nunca ese extraño, confiado, casi retador «No vas a hacerme daño».

—Eh… Oye, ¿esto es alguna especie de fantasía fetichista? —preguntó en voz baja Daniel, que de alguna manera sonaba avergonzado a pesar de lo estrafalario de sus circunstancias—. No conozco muy bien las reglas que tienen esas cosas…

Alex se volvió para ocultar una sonrisa inoportuna. «Contrólate», se ordenó a sí misma. Procurando que el movimiento fuese fluido, como si tuviera decidido de antes alejarse en ese mismo instante, fue hacia su mesa. Tecleó una clave en su ordenador para mantenerlo despierto. Después cogió la bandeja de atrezo. Pesaba mucho, y algunos instrumentos tintinearon entre ellos al moverla. Llevó la bandeja al lado de Daniel, apoyó un extremo junto a las jeringuillas y giró la luz para que los utensilios metálicos brillaran.

—Lamento que encuentres todo esto confuso —dijo con un tono neutro—. Pero voy muy en serio, te lo aseguro. Quiero que mires mis herramientas.

Lo hizo, y puso los ojos como platos. Alex vigiló sus rasgos por si captaba algún asomo del otro lado, del Daniel oscuro, pero no había nada. De algún modo, sus ojos seguían siendo dulces incluso en el más absoluto terror. La frase del Norman Bates de Hitchcock le pasó por la mente: «Tengo cara de no mentir, ¿verdad?».

Alex se estremeció, pero Daniel no se dio cuenta porque tenía la mirada fija en las herramientas.

—No tengo que usarlas muy a menudo —prosiguió ella, rozando un instante las pinzas y luego pasando el dedo por el bisturí extralargo—. A mí me llaman cuando prefieren que el sujeto termine más o menos... intacto. —Subrayó la sílaba tónica de la palabra rozando la cizalla—. Pero, en todo caso, no me hace falta nada de esto. —Dio con la uña contra la bombona del soplete, produciendo un agudo tañido—. ¿Te imaginas por qué?

Daniel guardó silencio, horrorizado. Ya lo empezaba a comprender. Sí, aquello iba en serio.

Solo que el Daniel oscuro tenía que saberlo de antemano, así que ¿por qué no se manifestaba? ¿Creía que podía engañarla? ¿O que su encanto en el tren había bastado para derretir su débil corazón femenino?

—Ya te lo digo yo —continuó en una voz tan baja que casi era un susurro. Se inclinó hacia él con gesto conspirador y compuso una media sonrisa dulce y apesadumbrada que no se extendió a sus ojos—. Porque lo que hago duele... mucho..., pero que mucho... más.

Parecía que los ojos de Daniel se le iban a salir de las órbitas. Por lo menos, esa sí que era una reacción habitual.

Se llevó la bandeja para que la mirada de Daniel pudiera posarse en la larga hilera de jeringuillas que seguían allí, titilando bajo la luz.

—La primera vez durará solo diez minutos —le dijo, aún sin mirarlo mientras volvía a dejar las herramientas en el escritorio. Dio media vuelta—. Pero te parecerá mucho más tiempo. Va a ser solo un aperitivo, que podrías tomarte como un disparo de aviso. Cuando termine, probaremos a hablar otra vez.

Levantó la jeringa más alejada de la bandeja, apretó el émbolo hasta dejar suspendida una gota en la parte superior de la aguja y luego la sacudió exagerando el gesto, como las enfermeras de las películas.

—Por favor —susurró él—. Por favor, no sé de qué va todo esto. No puedo ayudarte. Juro que lo haría si pudiera.

—Lo harás —le prometió Alex, y clavó la aguja en su tríceps braquial izquierdo.

La reacción fue casi instantánea. Sufrió un espasmo en el brazo y tiró de la atadura. Mientras Daniel miraba aterrorizado los espasmos de sus músculos, ella cogió otra jeringuilla sin hacer ruido y pasó a su lado derecho. Él la vio acercarse.

—¡Alex, por favor! —vociferó.

Sin hacer caso a sus palabras ni a sus vanos intentos de evasión, como si tuviera la fuerza suficiente para librarse de las ataduras, Alex le inyectó la segunda dosis de ácido láctico en el cuádriceps derecho. Su rodilla se extendió del todo y los músculos le apartaron el pie de la mesa. Ahogó un grito y gimió.

Alex se movió con aplomo, sin prisa pero también sin pausa. Otra jeringuilla. Daniel ya tenía el brazo izquierdo demasiado incapacitado para intentar resistirse. Esa tercera vez, le inyectó el ácido en el bíceps braquial izquierdo. Al instante, el tríceps opuesto empezó a tensarse en contra del bíceps, batallando por dominar la contracción.

Salió aire por su boca como si le hubieran dado un puñetazo en el estómago, pero Alex sabía que el dolor era mucho, mucho peor que el de cualquier golpe.

Una inyección más, en el bíceps femoral derecho de Daniel. La misma contienda devastadora que tenía lugar en el brazo arrancó en su pierna. Y con ella, llegaron los gritos.

Alex se situó junto a su cabeza y observó sin emoción alguna cómo los tendones del cuello se tensaban hasta convertirse en cuerdas blancas. Cuando abrió la boca para volver a chillar, Alex le metió una mordaza. Si se arrancaba la lengua de un mordisco, no podría revelarle nada.

Caminó despacio hasta la silla de su escritorio mientras la doble capa de espuma absorbía los gritos amortiguados, se sentó y cruzó las piernas. Miró los monitores. Todo elevado pero nada en zonas de peligro. Un cuerpo sano podía soportar mucho más dolor del que la gente creía antes de que los órganos importantes empezaran a pasar apuros serios. Deslizó el dedo por la placa táctil para mantener iluminada la pantalla. Luego se sacó el reloj de pulsera del bolsillo y lo dejó apoyado en su rodilla. Era un gesto teatral más que otra cosa, porque podría haber mirado el reloj del ordenador o de los monitores.

Se volvió hacia él y esperó, con el rostro sereno y el reloj de plata brillando contra el fondo de su ropa negra. Los sujetos solían encontrar desconcertante que pudiera observar su obra con tanta frialdad. De modo que se lo quedó mirando con una expresión educada en los rasgos, como un miembro del público de una obra de teatro mediocre, mientras el cuerpo de Daniel se retorcía y deformaba en la mesa y sus gritos topaban contra la mordaza. A veces sus ojos se posaban en ella, suplicantes y agónicos, y otras veces rotaban dementes por toda la estancia.

Diez minutos podían ser mucho tiempo. Sus músculos empezaron a pasar por espasmos independientes de los demás, algunos bloqueándose y otros en apariencia ansiosos por separarse del hueso. Le cayó sudor de la cara que fue oscureciéndole el pelo. La piel de los pómulos parecía a punto de partirse. Los gritos se volvieron más graves, más ásperos, más parecidos a los de un animal que a los de una persona.

Seis minutos más.

Y eso que no eran ni siquiera las drogas buenas.

Cualquiera lo bastante enfermo como para desearlo podía duplicar el dolor que estaba infligiendo a Daniel en aquel momento. El ácido que empleaba no era una sustancia restringida y podía comprarse en internet con relativa facilidad, aun estando perseguida por las oscuras entrañas del gobierno estadounidense. En sus mejores momentos como interrogadora, cuando tenía su bonito laboratorio y su bonito presupuesto, su secuenciador y su termociclador, había podido crear unos preparados auténticamente únicos y ultraespecíficos.

En realidad, la Química no era en absoluto el nombre en código adecuado para ella. Pero claro, la Bióloga Molecular quedaba mucho menos resultón. El experto en química había sido Barnaby, y lo que le había enseñado a Alex la había mantenido viva después de perder su laboratorio, hasta que al final se había transformado en su nombre en clave. Pero al principio, lo que había llamado la atención del departamento sobre ella había sido su investigación teórica sobre los anticuerpos monoclonales. Lástima que no pudiera arriesgarse a llevar a Daniel al laboratorio, porque habría obtenido resultados en mucho menos tiempo.

Y había estado muy, muy cerca de poder eliminar el dolor de la ecuación. Ese había sido su Santo Grial, aunque nadie más parecía ansioso por alcanzarlo. Estaba segura de que, si hubiera dedicado los últimos tres años a trabajar en el laboratorio en lugar de huir para salvar la vida, a esas alturas ya habría creado la llave que podría abrir cualquier cosa que se necesitara de la mente humana. Sin torturas, sin horrores. Solo respuestas rápidas, ofrecidas con gusto, y luego un paseo igual de placentero hasta una celda o el muro de ejecución.

Tendrían que haberla dejado trabajar.

Aún quedaban cuatro minutos.

Barnaby y ella habían comentado sus distintas estrategias para afrontar aquellos períodos del interrogatorio. Barnaby se contaba historias a sí mismo. Rememoraba los cuentos de su infancia e inventaba versiones modernas, finales alternativos o lo que ocurriría si los personajes intercambiaran sus papeles. Decía que se le habían ocurrido algunas ideas bastante buenas y que pensaba escribirlas cuando tuviera tiempo. Ella, en cambio, tenía la sensación de estar perdiendo el tiempo si no hacía algo práctico, de modo que planeaba. Al principio, planeaba nuevas versiones del anticuerpo monoclonal que controlarían la respuesta cerebral y bloquearían receptores neuronales. Después pasó a planear su vida a la fuga, pensando en todo lo que podía salir mal, en todas las peores situaciones y en las cosas que podría hacer para evitar caer en cada trampa. Luego, en cómo escapar de las trampas a media caída. Luego, después de que la atraparan. Trataba de visualizar hasta la última posibilidad.

Barnaby le decía que tenía que tomarse descansos mentales de vez en cuando. Si no se divertía un poco, ¿qué sentido tenía vivir?

El de vivir, había decidido ella. Vivir era lo único que pedía. Y en consecuencia, apechugaba con el esfuerzo mental necesario para hacer posible la supervivencia.

En los minutos que le quedaban, pensó en su siguiente paso. Esa misma noche, o la siguiente o, Dios no lo quisiera, la posterior, Daniel iba a contárselo todo. No había quien no se derrumbara. Era un simple hecho constatable que el ser humano solo podía soportar el dolor durante un tiempo limitado. Algunas personas resistían mejor uno u otro tipo de dolor, pero lo único que tenía que hacer Alex era ir variando. En algún momento, si Daniel no hablaba, terminaría poniéndolo bocabajo para que no se ahogara con su propio vómito y le administraría lo que llamaba la aguja verde, aunque en realidad el suero era transparente, como todos los demás. Si eso tampoco funcionaba, probaría con algún alucinógeno. Siempre había formas nuevas de sentir dolor. El cuerpo experimentaba los estímulos de muchas maneras diferentes.

Cuando tuviera lo que necesitaba de Daniel, detendría su dolor, lo dejaría inconsciente y escribiría un e-mail a Carston desde su actual dirección IP para decirle todo lo que había averiguado. Luego saldría en coche y no se detendría en mucho tiempo. Quizá Carston y compañía no fueran tras ella. Quizá sí. Y era muy posible que nunca llegara a saberlo, porque lo más probable era que Alex siguiera escondiéndose hasta el día de su muerte, a ser posible por motivos naturales.

Antes de que pasaran nueve minutos, la dosis empezó a remitir. Afectaba a cada cual a su manera, y Daniel era más bien corpulento. Sus chillidos se volvieron gimoteos mientras su cuerpo se fundía poco a poco sobre la mesa en una pila de carne exhausta, y al cabo se hizo el silencio. Alex le quitó la mordaza y vio cómo tomaba aire con ansia. La miró con un terror sobrecogido durante un momento largo y luego empezó a llorar.

—Te dejo un minuto —le dijo Alex—, para que te dé tiempo a pensar.

Salió por la abertura que él no alcanzaba a ver, se sentó en el catre sin hacer ruido y oyó cómo Daniel ahogaba los sollozos.

Llorar era una reacción normal y solía ser buen augurio. Pero saltaba a la vista que el llanto pertenecía a Daniel el profesor. No había ni la menor señal del Daniel oscuro, ni una sola mirada astuta o tic defensivo. ¿Cómo podría llegar a él? Si de verdad era un caso de trastorno de identidad disociativo, ¿sería posible forzar la aparición de la personalidad que quería? Qué bien le habría venido tener a un loquero en su equipo. Si se hubiera prestado a ir al laboratorio como ellos querían, seguro que le habrían buscado uno en el momento en que lo hubiera pedido. Pero, en fin, ya no podía hacer nada al respecto.

Sin hacer ruido, se comió una barrita blanda mientras esperaba a que la respiración de Daniel se normalizara, y después se comió otra. Las bajó bebiendo zumo de manzana de un cartón que sacó de la neverita.

Cuando regresó a la carpa, encontró a Daniel mirando desesperado las planchas de espuma del techo. Fue en silencio hacia el ordenador y pulsó una tecla.

—Siento que hayas tenido que pasar por eso, Daniel.

El sujeto no la había oído entrar. Se encogió para alejarse tanto del sonido de su voz como pudo.

—Mejor que no lo repitamos, ¿vale? —siguió diciendo, y se sentó en su silla—. Yo también quiero irme a casa. —En cierto modo una mentira, pero a la vez un deseo auténtico, aunque imposible—. Y aunque quizá no me creas, la verdad es que no soy una sádica. No disfruto viéndote sufrir. Es solo que no me queda más opción. No pienso permitir que muera toda esa gente.

La voz de Daniel salió rasposa.

—No sé... de qué... me estás hablando.

—Te sorprendería saber cuántos dicen eso mismo. Y siguen diciéndolo después de rondas y rondas de lo que acabo de darte, ¡y cosas peores! Y luego, después de la décima vez para unos, o de la decimoséptima para otros, de pronto la verdad rompe el dique. Y entonces puedo informar a los buenos de dónde está la ojiva nuclear, la bomba química o el agente infeccioso. Y la gente salva la vida, Daniel.

—Yo no he matado a nadie —repuso él con voz ronca.

—Pero pretendes hacerlo, y yo conseguiré que desistas.

—Jamás haría algo así.

Alex suspiró.

—Esto va a llevarnos mucho tiempo, ¿verdad?

—No puedo decirte cosas que no sé. Te equivocas de persona.

—Eso también me lo dicen mucho —respondió con ligereza, pero él había tocado un punto sensible. Si no lograba hacer que apareciera el otro Daniel, ¿en realidad no era como estar torturando a la persona equivocada?

Decidió en ese instante volver a saltarse el guion, aunque ni por asomo era experta en enfermedades mentales.

—Daniel, ¿alguna vez has tenido pérdidas de consciencia?

Una larga pausa.

—¿Qué?

—Por ejemplo, ¿alguna vez te has despertado en algún sitio sin saber cómo has llegado allí? ¿Alguien te ha comentado alguna vez que hiciste o dijiste algo que no recordabas haber hecho o dicho?

—Eh…, no. Bueno, hoy. Porque es justo lo que me estás diciendo tú, ¿no? Que planeo hacer una cosa espantosa, pero no sé qué es.

—¿Alguna vez te han diagnosticado trastorno de identidad disociativo?

—¡No! Alex, no soy yo el loco en esta habitación.

Responder así no le convenía nada.

—Háblame de Egipto.

Daniel giró la cabeza hacia ella. Su expresión dejó tan claras las palabras que estaba pensando como si las dijera en voz alta: «¿Estás de coña?».

Ella se quedó esperando.

Daniel dio un suspiro suave y dolorido.

—Bueno, Egipto tiene una de las historias más largas de todas las civilizaciones modernas. Existen pruebas de que ya había egipcios viviendo a orillas del Nilo en el décimo milenio antes de Cristo. Alrededor del año seis mil…

—Muy gracioso, Daniel. ¿Te importa hablar en serio?

—¡Es que no sé lo que quieres! ¿Es una prueba para saber si de verdad soy profesor de Historia? ¡No tengo ni idea!

Alex percibió la fuerza que iba volviendo a su voz. Lo mejor de sus drogas era que los efectos se pasaban deprisa. Podía mantener una conversación coherente entre ronda y ronda. Y había descubierto que el miedo de los sujetos al dolor se acrecentaba cuando no lo estaban sintiendo. Los picos altos y los valles parecían acelerar las cosas.

Pulsó una tecla del ordenador.

—Cuéntame tu viaje a Egipto.

—No he estado nunca en Egipto.

—¿No fuiste allí con Hábitat para la Humanidad hace dos años?

—No. Estos tres últimos veranos, he ido a México.

—Sabes que la gente lleva registros de estas cosas, ¿verdad? Que tu número de pasaporte se agrega a una base de datos y puede averiguarse dónde has estado.

—¡Por eso tendrías que saber que estuve en México!

—Donde conociste a Enrique de la Fuentes.

—¿A quién?

Alex parpadeó despacio, poniendo cara de extremo aburrimiento.

—Espera —dijo él, mirando al techo como si acabaran de escribir allí la explicación—. El nombre sí que me suena. Salió en las noticias hace una temporada…, cuando desaparecieron aquellos agentes de la DEA. Es traficante de drogas, ¿verdad?

Alex volvió a sostener en alto la fotografía de De la Fuentes.

—¿Es ese? —preguntó Daniel.

Alex asintió con la cabeza.

—¿Por qué crees que le conozco?

—Porque también tengo fotos de los dos juntos —respondió ella, hablando despacio—. Y porque, en estos últimos tres años, te ha pagado diez millones de dólares.

Daniel se quedó boquiabierto y la palabra salió casi como un gañido:

—¿Qué?

—Diez millones de dólares a tu nombre, repartidos en bancos de las islas Caimán y Suiza.

Daniel la miró otro segundo y de pronto la ira le crispó los rasgos y le endureció la voz.

—Si tengo diez millones de dólares, ¿se puede saber por qué vivo en un estudio infestado de cucarachas y sin ascensor de Columbia Heights? ¿Por qué usamos los mismos uniformes de voleibol remendados que tiene el instituto desde 1973? ¿Por qué voy en metro mientras el nuevo marido de mi exmujer conduce un Mercedes? ¿Y por qué estoy quedándome raquítico a base de comer ramen?

Alex dejó que se desfogara. El deseo de hablar era un pequeño paso en la dirección correcta. Por desgracia, aquel Daniel furioso seguía siendo el profesor de instituto, por insatisfecho que se sintiera.

—Un momento, ¿qué quieres decir con que tienes fotos mías con el narcotraficante ese?

Alex fue a su escritorio y sacó la foto de la que hablaban.

—En Menia, Egipto, con De la Fuentes —anunció mientras sostenía la imagen delante de la cara de Daniel.

Por fin, una reacción.

Echó atrás la cabeza y entrecerró los ojos un instante antes de ponerlos como platos. Alex casi podía leerle los pensamientos mientras pasaban por su cerebro y se asentaban en su cara. Estaba analizando lo que veía y urdiendo un plan.

Seguía sin haber ni rastro del otro Daniel, pero al menos parecía reconocer a la otra parte de sí mismo.

—¿Quieres hablarme de Egipto ahora, Daniel?

Labios apretados.

—Nunca he estado allí. Ese no soy yo.

—No te creo. —Alex suspiró—. Lo cual es una lástima, porque no tengo todo el tiempo del mundo.

Regresó el miedo, rápido e intenso.

—Alex, por favor, te juro que no soy yo. Por favor, no lo hagas.

—Es mi trabajo, Daniel. Tengo que descubrir la forma de salvar a toda esa gente.

Toda reticencia se esfumó.

—No quiero hacer daño a nadie. También me gustaría que los salvaras.

En esa ocasión, a Alex le costó más no creer en su sinceridad.

—Esa fotografía tenía algún significado para ti.

Negó una vez con la cabeza y cerró en banda su expresión.

—No era yo.

Alex tuvo que reconocer que se estaba quedando más fascinada de la cuenta. Lo que estaba pasando era nuevo de verdad. ¡Cómo habría deseado poder consultar con Barnaby! Pero, en fin, trabajaba contrarreloj. No había tiempo para deseos. Una por una, acumuló las jeringuillas en la palma de su mano izquierda, ocho en esa ocasión.

Daniel la miró con horror y… tristeza. Hizo ademán de decir algo, pero no le salió ningún sonido. Alex se detuvo con la primera aguja preparada en la mano derecha.

—Daniel, si quieres decir algo, que sea rápido.

Abatimiento.

—No servirá de nada.

Alex esperó otro segundo y él la miró a los ojos.

—Es tu cara —dijo—. Es la misma que antes, exactamente la misma.

Alex se crispó, pero al momento giró sobre sí misma y se colocó en la cabecera de la mesa. Daniel intentó dar tirones para alejarse de ella, pero solo le sirvió para dejar más expuesto su esternocleidomastoideo. Alex acostumbraba a dejar ese músculo para más adelante en el interrogatorio, porque era una de las cosas más dolorosas que podía hacer a un sujeto bajo sus actuales limitaciones. Pero quería marcharse pronto de allí, de modo que clavó la aguja en el lado del cuello de Daniel y apretó el émbolo. Mirando sin ver del todo, volvió a ponerle la mordaza en el momento en que abrió la boca. A continuación soltó las demás jeringuillas y huyó de la tienda.

7

Había perdido práctica, nada más. Al fin y al cabo, habían pasado tres años. Por eso estaba teniendo sentimientos. Por eso aquel sujeto en particular la estaba afectando. Solo era que llevaba mucho tiempo apartada del negocio. Aún podía volver a ponerse en forma.

Entró una vez en la carpa durante la sesión para mantener vivo el ordenador, pero no se quedó a mirar. Solo regresó después de que la dosis empezara a remitir, unos quince minutos más tarde.

Daniel estaba jadeando de nuevo sobre la mesa, pero en esa ocasión no lloró, aunque ella sabía que el dolor había sido mucho más intenso que la vez anterior. La sangre de las rozaduras manchaba todas las sujeciones y goteaba en la mesa. Para la siguiente ronda, quizá tuviera que paralizarlo si no quería que se hiciera heridas más graves. Eso y que estar paralizado asustaba mucho y quizá ayudara.

Daniel empezó a tiritar. Alex llegó a volverse hacia la salida un milisegundo antes de caer en que pretendía salir para traerle una manta. Pero ¿qué le estaba pasando?

«Concéntrate».

—¿Tienes algo que decir? —le preguntó con voz amable cuando empezó a normalizarse su respiración.

La respuesta llegó en bocanadas susurrantes y agotadas.

—No soy yo. Lo juro. No estoy… planeando… nada. No conozco al tipo de la droga. Ojalá pudiera ayudarte. De verdad, de verdad, de verdad…, querría poder ayudarte. De verdad.

—Hum. Muestras cierta resistencia a este método, así que quizá deberíamos probar con otra cosa.

—¿Resistencia? —graznó, incrédulo—. ¿Crees que… me estoy… resistiendo?

—Si te soy sincera, me preocupa un poco revolverte la cabeza con alucinógenos, porque parece que ya tienes bastante embrollo ahí arriba. —Dio unos golpecitos con los dedos contra su cuero cabelludo sudado mientras hablaba—. A lo mejor, no nos queda más remedio que probar con los clásicos. —Siguió dando golpecitos, distraída, mientras miraba de reojo la bandeja de herramientas de su escritorio—. ¿Eres muy aprensivo?

—¿Por qué… me está… pasando esto a mí?

Era una pregunta retórica del todo. Con aquel susurro entrecortado no buscaba ninguna respuesta, pero Alex le dio una de todos modos.

—Porque esto es justo lo que pasa cuando te propones liberar un virus de la gripe letal en cuatro estados norteamericanos, capaz de matar hasta a un millón de ciudadanos. El gobierno suele poner objeciones a comportamientos de ese estilo. Y entonces me envían a mí para hacer que hables.

Sus ojos se enfocaron en ella y el horror se vio reemplazado de repente por la impresión.

—¡Pero qué mierda es esa!

—Sí, es terrorífico y abominable y malvado, lo sé.

—¡Alex, de verdad, esto es de locos! Creo que tienes un problema.

Alex se acercó a su cara.

—Mi problema es que no me estás diciendo dónde está el virus. ¿Lo tienes tú ya? ¿Sigue en poder de De la Fuentes? ¿Cuándo es la entrega? ¿Dónde?

—Esto es de locos. ¡Tú estás loca!

—Creo que disfrutaría mucho más de la vida si lo estuviera. Pero empiezo a pensar que han enviado a un tipo de doctora equivocado. Aquí lo que hace falta es un loquero. ¡No sé cómo hacer que aparezca el otro Daniel!

—¿El otro Daniel?

—¡El que sale en estas fotos!

Se volvió con brusquedad y agarró un puñado del escritorio, aprovechando para pulsar furiosa una tecla del ordenador al pasar.

—Mira —le dijo. Se las puso delante de la cara y empezó a pasarlas una a una y dejarlas caer luego al suelo—. Es tu cuerpo. —Dio con una foto contra el hombro de Daniel antes de soltarla—. Es tu cara, ¿lo ves? Pero no tiene la misma expresión. Hay otra persona mirando por tus ojos, Daniel, y no estoy segura de si eres consciente de que existe o no.

Pero ahí estaba otra vez el reconocimiento. Era consciente de *algo*, eso seguro.

—Mira, ahora mismo me conformaría con que me dijeras qué ves aquí.

Sostuvo en alto la primera foto, en la que aparecía el Daniel oscuro merodeando por la puerta trasera de un bar mexicano. Él la miró, indeciso.

—No puedo… explicarlo… No tiene ningún sentido.

—Pero tú ves algo que yo no logro ver. ¿Qué es?

—Él… —Daniel intentó negar con la cabeza pero apenas pudo moverla por lo cansados que tenía los músculos—. Se parece a…

—A ti.

—No —susurró—. O sea, sí, claro que se parece a mí, pero le veo las diferencias.

La forma en que lo había dicho... «Claro que se parece a mí». Era de nuevo la misma sinceridad transparente, pero aún ocultando algo...

—Daniel, ¿sabes quién es este hombre?

Esa vez era una pregunta real, ni sarcástica ni retórica. No estaba haciendo (mal) de psiquiatra, porque por primera vez desde el inicio del interrogatorio tenía la sensación de ir por buen camino.

—No puede ser —dijo Daniel con un hilo de voz, mientras cerraba los ojos, no tanto por agotamiento como sobre todo para dejar de ver la imagen, le pareció a ella—. Es imposible.

Alex se inclinó hacia delante.

—Dime —murmuró.

Él abrió los ojos y la miró dubitativo.

—¿Estás segura? ¿De verdad va a matar a gente?

Qué natural le salía el uso de la tercera persona.

—A cientos de miles de personas, Daniel —le aseguró, tan adusta como él. También pasó a la tercera persona—. Tiene acceso a un virus letal y pretende propagarlo por orden de un señor de la droga psicópata. Ya tiene hechas las reservas de hotel, a tu nombre. Va a hacerlo dentro de tres semanas.

Un susurro:

—No me lo creo.

—Yo tampoco quiero creérmelo. Este virus... es de los feos, Daniel. Va a matar a mucha más gente que una bomba. No habrá forma de controlar cómo se propaga.

—Pero ¿cómo es capaz de hacer eso? ¿Por qué?

En aquel momento, Alex estaba convencida al sesenta y cinco por ciento de que no estaban hablando de una personalidad múltiple de Daniel.

—Ya es demasiado tarde para preguntarnos los motivos. Ahora lo único que importa es detenerlo. ¿Quién es, Daniel? Ayúdame a salvar a todos esos inocentes.

Sus rasgos se retorcieron con una clase de agonía distinta. Alex lo había visto en otras ocasiones. Con otro sujeto habría pensado que su lealtad entraba en conflicto con su intención de evitar más torturas. Con Daniel le daba la impresión de que el conflicto se daba entre la lealtad y su deseo de hacer lo correcto.

Mientras Alex esperaba la respuesta en la perfecta quietud de la noche, a través de la tenue barrera para el sonido de la espuma, distinguió a la perfección el sonido de una avioneta pequeña por encima. A muy poca altura.

Daniel miró hacia arriba.

El tiempo se ralentizó mientras Alex analizaba la situación.

Daniel no parecía sorprendido ni aliviado. El ruido no dio la impresión de sugerirle un rescate ni un ataque. Reaccionó a él como se reacciona cuando salta la alarma de un coche. No era algo relevante para él, sino una mera distracción fugaz.

Alex tuvo la sensación de estar moviéndose a cámara lenta mientras se erguía de golpe y corría hacia el escritorio para coger la jeringuilla que necesitaba.

—No hace falta que lo hagas, Alex —dijo Daniel, resignado—. Te lo contaré.

—Calla —replicó ella muy bajito, agachándose sobre su cabeza para inyectar la droga, esta vez en la vía intravenosa—. De momento solo voy a hacerte dormir. —Le dio una palmadita en la mejilla—. Sin dolor, te lo prometo.

La comprensión iluminó los ojos de Daniel cuando conectó el sonido a su comportamiento.

—¿Estamos en peligro? —preguntó con un susurro.

«Estamos. Vaya». Otra elección interesante de persona verbal. En la vida había tenido un sujeto ni parecido a aquel.

—Tú, no sé —respondió mientras a Daniel se le cerraban los párpados—. Pero, desde luego, yo muchísimo.

Oyó un golpetazo fuerte, no justo fuera del establo pero demasiado cerca para su gusto.

Aseguró la máscara antigás en la cara de Daniel antes de ponerse la suya y enroscar el filtro. Aquello no era ningún simulacro. Echó un vistazo al ordenador, donde quedaban unos diez minutos. No estaba segura de que bastaran, así que pulsó la barra espaciadora. Luego presionó un botón en la cajita negra y la luz lateral empezó a parpadear deprisa. Casi por acto reflejo, volvió a tapar a Daniel con la manta.

Apagó las luces y dejó la estancia iluminada solo por el brillo blanco de la pantalla del ordenador antes de salir de la tienda. En el interior del establo solo había negrura. Extendió los brazos por delante y palpó hasta encontrar la bolsa que tenía junto al catre y, guiada por años de práctica, se puso a ciegas todas las piezas de su armadura a las que pudo acceder con facilidad. Se metió la pistola en la parte delantera del cinturón. Sacó una jeringuilla de la bolsa, se pinchó en el muslo y apretó el émbolo. Tan preparada como podía estar, se metió en el rincón del fondo de la carpa y se ocultó donde sabía que la sombra sería más oscura si alguien entraba con linterna. Sacó la pistola, le quitó el seguro y la empuñó con las dos manos. Entonces pegó la oreja a la costura de la tienda y escuchó, esperando a que alguien abriera la puerta o una ventana del establo y muriera.

Mientras pasaban los lentos segundos de espera, su mente se lanzó a analizar más a fondo lo que ocurría.

Aquello no era una gran operación en su contra. Ningún equipo de extracción o eliminación que mereciera su sueldo anunciaría su llegada con una avioneta ruidosa. Había formas mejores, más silenciosas. Y si se trataba de un grupo de asalto numeroso, al estilo de un equipo táctico policial, enviado a por ella sin más información y dispuesto a entrar por la fuerza, habría llegado en helicóptero. La avioneta había sonado a pequeña, de tres plazas como mucho, pero probablemente de dos.

Si habían vuelto a enviarle un asesino solitario, como tenían por costumbre hasta entonces, no sabía lo que el tipo creía que estaba haciendo. ¿Por qué revelar su presencia? La avioneta ruidosa era la jugada de alguien que carecía de recursos y tenía mucha prisa, alguien para quien el tiempo era mucho más importante que el sigilo.

¿Quién sería? De la Fuentes, imposible.

Para empezar, una avioneta pequeña no parecía el *modus operandi* de un señor de la droga. Supuso que De la Fuentes habría enviado una flotilla de todoterrenos negros cargados de matones con armas automáticas.

En segundo lugar, tenía una corazonada.

Alex no era ningún detector de mentiras. Los buenos mentirosos, los mentirosos profesionales, podían engañar a cualquiera, ya fuera humano o máquina. Su trabajo nunca había consistido en adivinar la verdad a partir de los movimientos oculares del sujeto o sus contradicciones enmarañadas. Su trabajo consistía en machacar al sujeto hasta que no quedaba más que carne obediente y una historia. No era la mejor porque pudiera distinguir la verdad de la mentira, sino porque tenía una afinidad natural con las capacidades del cuerpo humano y se le daban de maravilla los matraces. Sabía con precisión dónde estaba el límite de un cuerpo y la forma de llevarlo hasta ese punto.

En consecuencia, lo suyo no eran las corazonadas, y de hecho no recordaba la última vez que había tenido una como aquella.

Creía que Daniel estaba diciendo la verdad. Por eso trabajar en él la había afectado tanto, porque no estaba mintiendo. No era De la Fuentes yendo a por Daniel. A por Daniel no iba nadie, porque no era más que lo que decía ser: profesor de Lengua, profesor de Historia y entrenador de voleibol. Quienquiera que fuese, iba a por ella.

¿Por qué justo en ese momento? ¿El departamento llevaba todo el día buscándola y acababa de descubrirla? ¿Intentaban salvar la vida a Daniel después de darse cuenta, demasiado tarde, de que no era el culpable?

Ni hablar. Eso lo habrían sabido antes de contactar con ella. Tenían acceso a demasiada información para dejarse engañar en ese asunto. El expediente no era inventado del todo, pero sin duda estaba manipulado. Habían querido que secuestrara a la persona equivocada.

Sintió una náusea momentánea. Había torturado a un hombre inocente. Pero se esforzó en no darle más vueltas. Ya habría tiempo para el remordimiento, si no moría.

Las columnas se invirtieron de nuevo. Era una trampa elaborada, no una crisis real. Aunque seguía pensando que la situación con De la Fuentes era verídica, ya no creía que fuese tan urgente como le habían dado a entender. Entre las pequeñas alteraciones que podían practicarse a un expediente, la del tiempo era la más sencilla de todas. La distorsión estaba en la urgencia. La apuesta había vuelto a bajar y solo tenía que salvar su propia vida. Y la de Daniel, si podía.

Trató de apartar de su mente la idea, que casi se le antojaba un presagio, de que su apuesta se había doblado. La carga adicional era lo último que necesitaba.

Quizá alguien más, tal vez el chaval listo e ingenuo que había ocupado su puesto en el departamento, estuviera ahora trabajando en el auténtico terrorista. Quizá no creyeran que ella aún conservara la capacidad de obtener lo que querían. Pero, entonces, ¿por qué meterla en el asunto? Quizá el terrorista estuviera muerto y necesitaran a algún tipo que asumiera las culpas en su lugar. Quizá hubieran descubierto unas semanas antes al doble que tenía en la mesa y se lo hubieran estado reservando. ¿Para que la Química hiciera que alguien confesara cualquier cosa y dar carpetazo a una mala situación?

Pero eso no explicaría al visitante.

Tenían que ser casi las cinco de la mañana. Podría ser solo un granjero madrugador que conocía tan bien la zona que estaba dispuesto a volar sin radar entre un montón de árboles altos en plena noche cerrada y al que le gustaba el subidón de adrenalina que proporcionaba un buen aterrizaje brusco.

Alcanzaba a oír la respiración rasposa de Daniel a través del filtro de la máscara antigás. Se preguntó si habría hecho lo correcto al dejarlo inconsciente. Estaba tan… vulnerable. Tan indefenso. El departamento ya había demostrado cuánto le preocupaba el bienestar de Daniel Beach. Y ella lo había dejado amarrado y desvalido en el centro de la estancia, como si le hubiera puesto una diana, como un blanco de prácticas de tiro. Le debía algo más que eso. Pero la primera reacción de Alex había sido neutralizarlo. Sabía que liberarlo no habría sido seguro. Por supuesto que Daniel la habría atacado, que habría intentado vengarse. En términos de fuerza bruta, habría tenido toda la ventaja. Y ella no habría querido tener que envenenarlo o dispararle. Por lo menos, tal y como estaban las cosas, no serían sus manos las que acabaran con él.

Pero seguía sintiéndose culpable. La vulnerable presencia de Daniel en la oscuridad raspaba los bordes de su mente como una lija contra algodón, arrancándole hebras de pensamiento racional.

Demasiado tarde para cambiar de opinión.

Entreoyó un movimiento en el exterior. El establo estaba rodeado por matorral de hojas firmes y ruidosas. Había alguien entre ellas, mirando al interior por las ventanas. ¿Y si se contentaba con disparar una Uzi a través de la pared lateral del establo? Si algo había quedado claro era que no le preocupaba hacer ruido.

¿Debería plegar las patas de la mesa, bajar a Daniel por si el atacante tiroteaba la tienda? Había engrasado bien la base, pero no estaba segura de que no fuese a chirriar.

Se acercó a la mesa corriendo y la bajó tan deprisa como pudo con la manivela. Dio unos quejidos suaves y graves, pero Alex no creyó que pudieran oírse desde fuera del establo, sobre todo a través de las planchas de goma espuma. Regresó a su rincón y volvió a escuchar.

Más hojas removidas. El atacante estaba en otra ventana, al otro lado del establo. Los cables de sus trampas eran discretos, pero no invisibles. Con un poco de suerte, el intruso estaría buscando solo algún blanco en el interior. ¿Había pasado primero por la casa? ¿Por qué no había entrado?

Sonidos fuera de otra ventana.

«Venga, ábrela —pensó—. Métete dentro».

Ruidos que no entendió: un siseo, seguido de un fuerte golpe metálico arriba. Luego un «tum, tum, tum» tan alto que pareció sacudir el establo. Al oír los golpetazos pensó en pequeños explosivos y se acurrucó por instinto en una postura defensiva, pero al segundo comprendió que no eran tan, tan altos, que los exageraba el contraste con el silencio anterior. No se oyó nada rompiéndose, ningún cristal estallando ni metal partiéndose. ¿La reverberación bastaría para romper las conexiones que rodeaban las ventanas y la puerta? Alex no lo creía.

Comprendió entonces que los golpetazos de la pared se desplazaban hacia arriba. Justo cuando se detuvieron. Encima de ella.

Tenía un problema serio: el atacante iba a entrar por el techo.

Al instante estaba de pie, con un ojo puesto en la costura de la tienda. Todavía estaba demasiado oscuro para poder ver nada. Desde arriba llegó el sonido de un soplete. Así que el intruso también tenía uno.

Todos sus preparativos iban a servir de poco. Echó un rápido vistazo atrás hacia Daniel. Tenía la máscara antigás puesta. Estaría bien. Después salió corriendo de la carpa, agachada y con las manos por delante para detectar lo que hubiera en su camino, y avanzó tan deprisa como pudo hacia la luz de luna que entraba por la ventana más próxima. Tendría que esquivar las ordeñadoras, pero creía recordar la ruta más despejada. Cruzó al espacio abierto entre la tienda y los puestos de ordeño a media carrera y halló con una mano el aparato para ordeñar. Se hizo a un lado y siguió hacia la ventana, pero algo durísimo y muy pesado la tiró a tierra de cara, dejándola sin aliento, y se quedó sobre ella impidiendo que se levantara. La pistola salió volando en la oscuridad. La cabeza de Alex dio un golpe contra el suelo que resonó por toda la lechería. Su visión se llenó de inquietos puntitos brillantes.

Alguien le asió las muñecas, tiró de sus brazos hacia atrás y los hizo subir hasta que le pareció que iban a dislocársele los hombros. De sus pulmones escapó un gruñido cuando la postura obligó al aire a salir. Se apresuró a retorcer con los pulgares los anillos que llevaba en las dos manos para sacar los aguijones.

—¿Qué tenemos aquí? —dijo una voz de hombre justo encima de ella, con un acento estadounidense genérico. Cambió el agarre para retener sus dos muñecas con una sola mano y usó la otra para arrancarle la máscara antigás de la cara—. A lo mejor resulta que no eres una terrorista suicida después de todo —caviló el intruso—. Déjame que lo adivine: esos cables no están conectados a cargas explosivas, ¿a que no?

Alex se retorció debajo del hombre, girando las muñecas e intentando que sus anillos entraran en contacto con la piel del agresor.

—Para ya —ordenó él. Le dio un golpe en la nuca con algo duro, quizá la máscara antigás, y la cara de Alex dio de nuevo contra el suelo. Sintió que se le partía el labio y notó el sabor de la sangre.

Se preparó. Estando tan cerca, seguramente la mataría cortándole la arteria carótida. O con un alambre alrededor del cuello.

Esperó que fuese a cuchillo. No iba a notar el dolor del corte gracias a la dextroanfetamina de diseño propio que corría por sus venas, pero lo más probable era que sintiera el estrangulamiento.

—Levanta.

El peso se apartó de su espalda y el hombre tiró de sus muñecas. Alex se apresuró a apoyar los pies en el suelo para liberar presión de las articulaciones de los hombros. Necesitaba seguir pudiendo usar los brazos.

El atacante se quedó detrás de ella, pero por el sonido de su respiración supo que era alto. Tiró de las muñecas de Alex hasta obligarla a ponerse de puntillas, esforzándose por no perder el contacto con el suelo.

—Muy bien, canija, ahora vas a hacer una cosa por mí.

Alex no estaba entrenada para derrotarlo en una pelea, y no tenía la fuerza necesaria para zafarse de él. Solo podía intentar aprovechar las opciones que había preparado.

Dejó que su peso forzara al límite la resistencia de los hombros tirantes durante un segundo mientras daba un puntapié al suelo con el zapato izquierdo para sacar el puñal del talón, ya que en el zapato derecho salía por delante. Lanzó un tajo torpe hacia atrás, al lugar donde el hombre debía tener la pierna. El intruso lo esquivó de un salto, pero aflojó su presa lo suficiente como para que Alex pudiera liberarse y girar, con el brazo izquierdo ya levantado para asestar un golpe con la mano abierta. El hombre era demasiado alto y no llegó a su cara. El aguijón de su anillo raspó contra algo duro que le cubría el pecho. Blindaje personal. Retrocedió con agilidad, alejándose del impacto que oía venir sin verlo, y extendió los brazos en un intento de tocar piel descubierta.

Algo le barrió las piernas. Cayó al suelo y rodó, pero al instante volvió a tenerlo encima. El hombre le agarró el pelo y volvió a estamparle la cara contra el hormigón. El golpe le partió la nariz y le llenó los labios y la barbilla de sangre.

El intruso se inclinó para hablarle junto al oído.

—Se acabó el recreo, cielo.

Alex intentó darle un cabezazo, pero su cogote dio contra algo que no era una cara. Salientes irregulares, metálico…

Gafas de visión nocturna. Así era como había podido controlar tan bien la pelea.

La mano del hombre cayó sobre la cabeza de Alex desde atrás.

Ojalá se hubiera puesto los pendientes.

—En serio, para ya. Mira, voy a quitarme de encima. Yo te veo a ti y tú no puedes verme. Voy armado, y te disparé en la rodilla como intentes algún otro truquito ridículo, ¿entendido?

Mientras hablaba, el hombre echó un brazo atrás y le quitó los zapatos, uno detrás del otro. No le registró los bolsillos, de modo que todavía le quedaban las hojas de bisturí y las jeringuillas del cinturón. El atacante se apartó de un salto. Alex oyó cómo se alejaba un poco y quitaba el seguro de su pistola.

—¿Qué… quieres que haga? —preguntó, poniendo su mejor voz de niñita asustada. El labio partido incrementó el efecto. Supuso que su cara debía de ser todo un poema. Iba a dolerle horrores cuando se le pasara el efecto de las drogas.

—Desarma tus trampas y abre la puerta.

—Necesitaré… —«snif, snif»— la luz encendida.

—No hay problema. Iba a cambiar las gafas de visión nocturna por tu máscara antigás de todas formas.

Alex agachó la cabeza, confiando en ocultar su expresión. En el momento en que el hombre se puso la máscara, dejó obsoletas el noventa por ciento de sus defensas.

Fue cojeando —¿demasiado teatral?— hasta el panel que había junto a la puerta y encendió la luz. En el momento, no se le ocurrió ninguna otra opción. El atacante no la había matado de inmediato, por lo que no obedecía órdenes directas del departamento. Debía de tener algún otro propósito. Tendría que descubrir qué era lo que quería e impedírselo el tiempo suficiente para recuperar la ventaja.

Lo malo era que, si quería que abriera la puerta, no era solo para tener una ruta de escape fácil. Significaba que traía refuerzos, lo que empeoraba la situación de Alex. «Y la de Daniel», añadió una vocecita en su cabeza. Como si le hiciera falta más presión. Pero Daniel estaba allí por culpa de Alex. Se sentía responsable de él. Se lo debía.

Cuando se volvió, parpadeando por el brillo de las luces del techo, el hombre estaba a seis metros de ella. Debía de medir uno noventa y poco, y la piel de su cuello y su mandíbula era blanca, pero eso era todo lo que podía decir de él. Tenía el cuerpo cubierto por un traje de una pieza, casi como de buzo pero con protuberancias, placas de kevlar que sobresalían. Tenía blindados el torso, los brazos y las piernas. Parecía bastante musculoso, pero en parte podía deberse al kevlar. Llevaba pesadas botas todoterreno, negras también, y un gorro negro en la cabeza. Su cara estaba oculta por la máscara antigás de Alex. Llevaba colgado al hombro un fusil de francotirador McMillan de 12,7 milímetros. Alex sabía del tema: no era difícil hacerse experto en casi cualquier cosa cuando uno se pasaba todo el tiempo libre estudiando. Conocer las marcas y modelos de las armas podía decirle mucho sobre un atacante, o sobre cualquier hombre sospechoso de la calle que tal vez planeara convertirse en atacante. El que tenía enfrente llevaba más de un arma. En la cadera tenía enfundada una HDS de alta calidad, y en la mano derecha una SIG Sauer P220 con la que le apuntaba a la rodilla. «Es diestro», anotó mentalmente. Alex no dudaba que pudiera acertarle en la rodilla desde esa distancia. Dado el fusil que llevaba, supuso que podría acertarle donde quisiera desde la distancia que le diera la gana.

Le recordó a Batman pero sin la capa. También creyó recordar algo sobre que Batman nunca usaba armas de fuego, aunque si lo hiciera, suponiéndole buen gusto y habilidad, lo más posible era que hubiera escogido esas mismas.

Si no lograba quitar la máscara antigás al asesino, daría lo mismo cuántos supersoldados amigos suyos estuvieran esperando fuera. No tendría el menor problema para matarla una vez hubiera obtenido lo que quería.

—Desarma el cableado.

Alex fingió un mareo momentáneo mientras se acercaba cojeando a la puerta del establo, intentando ganar todo el tiempo posible para pensar. ¿Quién podría quererla con vida? ¿El atacante sería un cazarrecompensas? ¿Creía que podía venderla al departamento? Si habían contratado a alguien para matarla, estaba segura de que no habrían pedido más que su cabeza. ¿Sería un chantajista-barra-cazarrecompensas? «Tengo a quien queréis, pero la dejaré escapar viva si no duplicáis la recompensa». Bien pensado. El departamento sin duda pagaría.

Era lo mejor que se le había ocurrido cuando llegó a la puerta cerrada.

Era un sistema nada enrevesado. Había tres conjuntos de cables para cada punto de acceso. El primero estaba fuera, en los arbustos a la izquierda del portón del establo, escondido bajo una fina capa de tierra. Luego estaba la línea disparadora que cruzaba de la puerta al marco, conectada con la suficiente holgura para soltarse con que solo se abriera una rendija. El tercero era el seguro, oculto bajo un panel de madera al lado de la puerta y consistente en dos cables separados por centímetro y medio de espacio. La corriente se mantendría estable mientras hubiera al menos dos conexiones cerradas. Alex se preguntó si debería fingir que había un proceso más complicado de lo que era en realidad, pero decidió que no tenía sentido. Al hombre le bastaría con examinar el dispositivo unos segundos para comprenderlo.

Unió los extremos del tercer conjunto, los retorció con fuerza y dio un paso atrás.

—Está… apagado. —Hizo que le fallara la voz entre las palabras. Quería hacerle creer que se había rendido.

—¿Quieres hacer los honores? —sugirió él.

Alex fue renqueando al otro lado de la puerta y tiró para abrirla, con la mirada fija en el punto de la oscuridad donde suponía que estarían las cabezas oscuras de los compañeros del hombre. Pero no vio más que la granja en la distancia. Entonces bajó la vista y se quedó petrificada.

—Pero ¿qué es eso? —susurró.

No era una pregunta dirigida a él, sino fruto de la impresión que no pudo contener.

—Eso —respondió él en un tono que solo podía describirse como de repelente petulancia— son cincuenta y cinco kilos de músculo, garras y dientes.

Debió de hacer algún tipo de señal que Alex no vio al tener la mirada fija en los «refuerzos», porque el animal echó a correr y se puso al lado del hombre. Parecía un pastor alemán muy grande, pero no tenía el pelaje del color que ella asociaba con la raza. El de aquel perro era negro por completo. ¿Sería un lobo?

—Einstein —dijo el hombre al animal, que levantó la cabeza en alerta, y él la señaló con el dedo antes de dar lo que saltaba a la vista que era una orden—: ¡control!

El perro, o el lobo, o lo que fuera, corrió hacia ella con los pelos del pescuezo erizados. Alex levantó las manos y retrocedió hasta que su columna vertebral topó con la puerta del establo. El perro se quedó quieto con el hocico a escasos centímetros de su tripa y los labios retraídos para enseñar unos colmillos largos, afilados y blancos. Desde el fondo de su garganta empezó a surgir un gruñido grave y atronador.

«Intimidación» habría sido un mejor nombre para la orden.

A Alex se le ocurrió probar a clavar un aguijón en la piel del perro, pero dudaba que fueran lo bastante largos para superar su abundante pelaje. Y tampoco era que el bicho fuese a quedarse quietecito y dejarse acariciar.

El aspirante a Batman se relajó un poco, o al menos eso le pareció a ella. Costaba estar segura de lo que hacían sus músculos por debajo del blindaje.

—Muy bien, y ahora que hemos roto el hielo, hablemos.

Alex esperó.

—¿Dónde está Daniel Beach?

Notó que la sorpresa asomaba a sus rasgos antes de que pudiera reprimirla. Todas sus teorías volvieron a saltar por los aires y quedaron bocabajo.

—¡Responde!

No sabía qué decir. ¿El departamento quería muerto primero a Daniel? ¿Para asegurarse de tener bien atados todos los cabos sueltos? Pensó en Daniel, expuesto e inconsciente en el centro de la tienda, que no era precisamente un gran escondrijo, y le dieron náuseas.

Batman avanzó furioso hacia ella. El perro reaccionó apartándose a un lado para dejarle pasar, aunque el gruñido ganó volumen. El hombre le puso el cañón de la SIG Sauer bajo la mandíbula sin miramientos, haciendo que diera un cabezazo contra la puerta del establo.

—Si está muerto —siseó—, desearás estarlo tú también. Haré que me ruegues que te mate.

Alex estuvo a punto de soltar una carcajada. Aquel matón de tres al cuarto le daría unos cuantos puñetazos, le haría unos cortes si tenía un mínimo de creatividad y luego le dispararía. No tenía ni idea de cómo generar y mantener un dolor real.

Pero sus amenazas le revelaron que en apariencia quería vivo a Daniel. Ya tenían una cosa en común.

En cualquier caso, tal y como estaban las cosas, la resistencia sería contraproducente. Alex necesitaba que el hombre creyera tener anulada cualquier amenaza. Necesitaba que bajara la guardia. Y necesitaba volver a su ordenador.

—Daniel está en la carpa. —Señaló con el mentón, sin bajar las manos—. Está bien.

Batman pareció pensar un momento.

—Vale, las damas primero. Einstein —ladró—, pastoreo.

Señaló hacia la tienda y el perro respondió a su ladrido con otro propio antes de pasar al lado de Alex. Le empujó un muslo con el hocico y le dio un mordisco suave.

—¡Au! —protestó ella, apartándose de un salto. El perro se situó tras ella y volvió a empujarla.

—Camina despacio y sin parar hacia esa tienda tuya y no te hará daño.

No le hacía ninguna gracia tener al perro detrás de ella, pero no aceleró el paso más allá del renqueo herido que había estado fingiendo. Miró atrás para ver qué estaba haciendo el animal.

—No te preocupes —dijo Batman, entretenido—. Las personas no tenemos muy buen sabor. No quiere comerte. Solo lo hará si se lo ordeno.

Alex pasó por alto la provocación y se aproximó despacio a la abertura de la carpa.

—Sostenla abierta para que pueda ver dentro —ordenó él.

La lona estaba rígida por las planchas de goma espuma. La enrolló hasta donde pudo. En el interior apenas se distinguía nada entre la negrura. La pantalla de su ordenador brillaba blanca en la oscuridad y los monitores daban una apagada luz verde. Como Alex conocía las formas, distinguió a Daniel bajo la manta, a escasos treinta centímetros del suelo, con el pecho subiendo y bajando a intervalos regulares.

Hubo un largo momento de silencio.

—¿Quieres… que encienda… las luces? —preguntó.

—Quédate ahí.

Notó que el hombre se acercaba por detrás y luego el frío círculo del cañón del arma apretado contra su nuca, en el nacimiento del pelo.

—¿Qué es esto? —murmuró el atacante.

Alex se quedó inmóvil del todo mientras los dedos enguantados del hombre tocaban la piel de al lado del arma. Le costó un momento entender que había reparado en la cicatriz que tenía allí.

—Vaya —gruñó él, y bajó la mano—. Muy bien, ¿dónde está el interruptor?

—En el escritorio.

—¿Dónde está el escritorio?

—A unos tres metros, en el lado derecho. Donde se ve la pantalla de ordenador.

¿Se quitaría la máscara antigás para volverse a poner las gafas?

La presión de la pistola desapareció. Alex sintió que volvía a alejarse de ella, aunque seguía teniendo el hocico del perro apretado contra el trasero.

Oyó el siseo de algo que culebreaba por el suelo. Bajó la mirada y vio pasar junto a su pie el grueso cable negro de la luz de trabajo más cercana. Oyó el golpe del foco al caer, pero ningún crujido de cristal roto.

El hombre arrastró la luz por delante de ella y accionó el interruptor. Durante una fracción de segundo, Alex se permitió la esperanza de que hubiera roto el foco, pero entonces se encendió.

—Control —ordenó Batman al perro. Volvieron los gruñidos y Alex se quedó muy quieta.

Apuntando la luz por delante de él, el hombre se metió en la tienda. Alex vio cómo el grueso rayo barría las paredes y terminaba fijo en la figura tumbada del centro.

Batman se adentró en la habitación, con un paso sinuoso que no hacía el menor ruido. Sin duda, era hombre de muchas destrezas. Rodeó el cuerpo del suelo, comprobando los rincones y seguro que buscando armas, antes de centrarse en Daniel. Se acuclilló, retiró la manta, examinó las ataduras y la vía intravenosa, siguió los cables de los sensores hasta sus monitores y se quedó un momento mirando estos últimos. Dejó la luz en el suelo, apuntada hacia el techo para optimizar la iluminación. Por último, bajó un brazo, quitó con cuidado la máscara antigás a Daniel y la dejó a un lado.

—Danny —le oyó susurrar Alex.

8

Batman se quitó el guante negro de la mano derecha y apretó dos dedos contra la carótida de Daniel. Se inclinó para escuchar su respiración. Alex observó la mano de su atacante. Tenía la piel clara y unos dedos tan largos que casi parecían contar con una articulación de más. Le eran… familiares.

Batman zarandeó un poco el hombro de Daniel y dijo, más alto:

—¿Danny?

—Está sedado —señaló Alex.

La cara del hombre se alzó hacia ella de golpe y, aunque no podía verla, Alex sintió su mirada furiosa. De pronto estaba de pie y se abalanzó sobre ella. Le cogió los brazos y volvió a alzarlos sobre su cabeza mientras le acercaba su rostro enmascarado.

—¿Qué le has hecho? —gritó.

La preocupación de Alex por la seguridad de Daniel se evaporó. A «Danny» no iba a pasarle nada. La única por quien tenía que preocuparse era ella.

—No le pasa nada malo —contestó con voz calmada, abandonando su interpretación de damisela herida—. Saldrá de la sedación en unas dos horas y se encontrará bien. Puedo despertarlo antes, si quieres.

—Me parece a mí que no —masculló él.

Enfrentaron las miradas unos segundos y Alex no supo si había ganado o perdido. Solo podía ver su propio rostro reflejado en la máscara.

—Muy bien —dijo él—, vamos a colocarte.

Con un movimiento fluido, pasó las manos de Alex a su espalda y retuvo sus muñecas con fuerza en su mano derecha desnuda, mientras probablemente sostenía la pistola con la izquierda. La condujo al interior de la carpa, hacia la silla plegable que había junto al escritorio, y ella no se resistió. El aliento cálido y potente del perro los seguía de cerca.

Estaba segura casi al setenta por ciento de que podía retorcer la mano a una posición que llevara el aguijón del anillo izquierdo contra su piel, pero no lo intentó. Era un riesgo, pero quería vivo a Batman. Su imagen de lo que estaba ocurriendo presentaba un hueco enorme y Batman tendría al menos algunas de las respuestas que necesitaba. Con cuidado, volvió a tapar las púas.

Tampoco se resistió mientras él la sentaba, sin mucha delicadeza, en la silla. Le pasó las manos delante y le ató las muñecas juntas con una brida.

—Creo que no me interesa nada perder de vista esas manos tuyas —murmuró Batman mientras se agachaba para fijar sus tobillos a las patas de la silla.

En ningún momento dejó de tener la cara del perro justo delante de la suya y tampoco vio ni un solo parpadeo. Le cayeron unas gotas de tibia saliva en la manga y calaron hasta la piel. «Qué asco».

El hombre le embridó los codos al respaldo de la silla y se levantó, muy alto por encima de ella, oscuro y amenazador. El largo silenciador de su HDS quedaba solo a unos centímetros de la frente de Alex.

—El interruptor de las luces del techo está ahí mismo.

—Hizo un gesto con la barbilla hacia la regleta de enchufes que había sobre el fondo del escritorio. Tenía enchufados dos alargadores de jardín normales y corrientes.

Batman miró en esa dirección y Alex supuso que estaba observando los interruptores con cautela.

—Escucha, cualquier cosa que pueda matarte me matará a mí antes —señaló.

Él gruñó y luego se inclinó para pulsar el botón de encendido.

Las luces brillaron sobre sus cabezas.

De pronto, la carpa pareció menos amenazante. Con todo el equipamiento clínico, podría haber sido la tienda de un médico en una zona de guerra. Salvo por los instrumentos de tortura de la bandeja, claro. Vio que la cara del hombre estaba orientada hacia ellos.

—Decorado —explicó.

Volvió a sentir la mirada iracunda. Batman giró bruscamente la cabeza hacia Daniel, desnudo e intacto sobre la mesa, antes de volver a centrarse en ella.

—¿Qué es la luz intermitente? —exigió saber, señalando la cajita negra con el teclado numérico.

—Me avisa de que la puerta está desarmada —mintió ella sin inmutarse. En realidad, la caja no estaba conectada a nada. Era solo un pequeño señuelo para distraer la atención de la verdadera trampa.

Él asintió, aceptándolo, y luego se hizo a un lado para mirar el ordenador. No había documentos abiertos ni archivos en el escritorio. El fondo de pantalla era un sencillo diseño geométrico en tonos claros, cuadraditos blancos en un campo gris solo un poco más oscuro.

—¿Dónde están las llaves? —Hizo un gesto con la cabeza hacia Daniel.

—Pegadas con cinta a la parte inferior de la mesa.

Batman pareció escrutarla de nuevo a través de la máscara.

Alex se obligó a mantener una expresión tranquila y dócil. «Quítatela, quítatela, quítatela», suplicó en silencio.

Él derribó su silla de una patada.

Tensó el cuello mientras su brazo y muslo izquierdos se estrellaban contra el suelo con una fuerza que le dejaría cardenales. Pudo evitar por los pelos que su cabeza volviera a golpearse contra el hormigón. No estaba segura de no tener ya una conmoción, y de verdad le hacía falta que su cerebro funcionara bien.

Él agarró el respaldo de la silla y la enderezó de un tirón. Tenía las llaves en la mano derecha.

—Eso no hacía ninguna falta —dijo Alex.

—Einstein, control.

Gruñidos en su cara, más saliva en el pecho.

Batman dio media vuelta y abrió las sujeciones de Daniel con rapidez.

—¿Qué lleva la vía?

—Salino en la de arriba, nutrientes en la de abajo.

—No me digas. —Sarcasmo—. ¿Qué pasa si le quito los tubos?

—Que tendrá que beber cuando despierte. Pero si abres la neverita de fuera de la tienda, no le des las botellas de agua de la izquierda. Están envenenadas.

El hombre se volvió hacia ella y se quitó la máscara de la cabeza para poder mirarla con una ira más efectiva, al tiempo que se quitaba también el gorro sudado.

«¡Por fiiin!».

Impidió que se le notara el alivio en la cara mientras él dejaba caer la máscara al suelo.

—Has cambiado de táctica —comentó con amargura, pasándose la mano libre por el pelo corto y empapado—. ¿O las que están envenenadas de verdad son las de la derecha?

Ella lo miró con calma.

—Creía que eras otra persona.

Y entonces lo miró de verdad.

Se quedó sin recursos para evitar que su rostro reaccionara. Todas las teorías comenzaron de nuevo a girar y unas cuantas cosas encajaron.

Batman sonrió, comprendiendo lo que veía.

Cuántas pistas había pasado por alto.

Las fotos que eran de Daniel pero al mismo tiempo no lo eran.

Los agujeros en el expediente con la historia de Daniel, las fotos que faltaban.

Tiempos, meses, *fechas de nacimiento,* los cambios más fáciles de hacer cuando se quiere ocultar algo.

La extraña reticencia de Daniel a creer lo que estaba viendo cuando miraba las fotografías tomadas por los espías.

Su forcejeo con la lealtad.

Esos dedos tan, tan largos.

—Otro Daniel —susurró.

La sonrisita se evaporó.

—¿Eh?

Alex dio un soplido y puso los ojos en blanco, incapaz de evitarlo. La situación era demasiado parecida a los ridículos culebrones que veía su madre. Recordó lo mucho que le frustraban todas las vacaciones que había pasado con su madre, las tardes desperdiciadas con aquellos dramones lentos e inverosímiles. Nadie moría nunca de verdad, todos acababan regresando. Y luego estaban los gemelos. Siempre había gemelos.

En realidad, Batman no se parecía tanto a Daniel, para ser gemelos idénticos. Daniel tenía rasgos refinados, suaves. Batman era todo ángulos pronunciados y expresiones crispadas. Sus ojos de color avellana parecían más oscuros, quizá porque el ceño fruncido los dejaba en la sombra. Tenía el pelo del mismo color e igual de ondulado, pero rapado como cabría esperar en un agente. A juzgar por su cuello más grueso, Alex habría dicho que Batman tenía musculatura de gimnasio mientras que la complexión de Daniel era de deportista. No tenía una corpulencia exagerada, o no habría podido pasar por su hermano en las fotos, pero sí tenía el cuerpo más duro, más definido.

—Kevin Beach —dijo Alex sin entonación—. Estás vivo.

Él se sentó al borde del escritorio. Mientras sus ojos lo seguían, Alex no permitió que se posaran ni un instante en el reloj de su ordenador, que estaba junto al codo de Kevin.

—¿A quién esperabas?

—Había varias opciones, y todas nos habrían querido muertos a tu hermano y a mí. —Negó con la cabeza—. No puedo creer que me dejara engañar así.

—¿Así, cómo?

—Daniel ni siquiera ha conocido nunca a De la Fuentes, ¿verdad? Eras tú todo el tiempo.

Las facciones de Kevin, que se habían empezado a relajar, de pronto volvieron a ponerse en tensión.

—¿Qué?

Alex señaló con la cabeza las fotografías esparcidas por el suelo. Kevin pareció reparar en ellas por primera vez. Se inclinó para examinar una y luego se acuclilló para recogerla. Después cogió la que había debajo y la siguiente. Las arrugó en su puño y volvió a mirarla con furia.

—¿De dónde las has sacado?

—Cortesía de un pequeño departamento que trabaja para el gobierno estadounidense…, clandestino por completo. Antes me tenían en nómina. Me hicieron un encargo como autónoma.

El rostro de Kevin se retorció de indignación.

—¡Esto es alto secreto!

—No te creerías todo lo que estoy autorizada a ver.

De nuevo pegado a la cara de Alex, Kevin la asió por la camiseta y la levantó, tanto a ella como a la silla, unos centímetros del suelo.

—¿Quién eres?

Alex mantuvo la calma.

—Te diré todo lo que sé. Me la han jugado y me hace tan poca gracia como a ti.

Él la dejó en el suelo. Alex quería contar mentalmente, tener controlado el tiempo, pero temía que él notara su distracción. Se alzaba sobre ella, cruzado de brazos.

—¿Cómo te llamas?

Habló todo lo despacio que creyó que él le permitiría.

—Antes era la doctora Juliana Fortis, pero ahora existe un certificado de defunción con ese nombre. —Estudió la cara de Kevin para ver si esa información significaba algo para él, pero no pudo percibir ninguna señal—. Operaba bajo las órdenes del departamento, que no tiene ningún otro nombre. Oficialmente, no existe. Trabajaban junto a la CIA y algunos otros programas de operaciones encubiertas. Especialistas en interrogatorios.

Él volvió a sentarse en el borde del escritorio.

—Hace tres años, alguien decidió renunciar a los dos principales activos del departamento, es decir, yo misma y mi mentor, el doctor Joseph Barnaby. —Seguía sin haber señales de reconocimiento—. No sé por qué, aunque teníamos acceso a información de lo más delicada, así que supongo que el motivo fue algo que sabíamos. Asesinaron al doctor Barnaby e intentaron asesinarme a mí. Desde entonces, estoy huyendo. Me han encontrado cuatro veces. Las tres primeras, intentaron que alguien me asesinara. La última vez, se disculparon.

Kevin tenía los ojos entrecerrados, evaluando.

—Me dijeron que tenían un problema y que me necesitaban. Me dieron una pila de archivos sobre el tema de De la Fuentes e incriminaron a tu hermano como colaborador suyo. Me dijeron que dentro de tres semanas Daniel iba a propagar el supervirus por todo el sudoeste del país. Que tenía tres días para averiguar dónde estaba el virus y cómo impedir que De la Fuentes pusiera en práctica su plan.

Kevin estaba negando con la cabeza.

—¿Te contaron tanto? —preguntó, incrédulo.

—Combatir el terrorismo siempre fue la principal vertiente de mi trabajo. Sé dónde están enterradas todas las ojivas y las bombas sucias.

Él frunció los labios, y tomó una decisión.

—Bueno, como ya conoces los detalles, supongo que no me salto demasiado el protocolo al decirte que resolví la situación de De la Fuentes hace seis meses. La muerte de De la Fuentes no es de conocimiento público. Lo que queda del cártel la está manteniendo en secreto para no parecer vulnerables a sus competidores.

Alex se sorprendió de sentir tanto alivio. Saber que había tanta gente condenada a una ejecución dolorosa le había pesado más de lo que creía.

—Sí —dijo con un suspiro—, tiene sentido.

Al parecer, el departamento no era tan, tan despiadado. Habían aprovechado una catástrofe de pesadilla para motivarla, pero no andaban trasteando con civiles aún en peligro.

—¿Y la Sierpe?

Kevin la miró sin comprender.

—Perdona, es el mote que tenían en el departamento. ¿Los terroristas nacionales?

—Mis asociados metieron en bolsas a dos de sus tres cabecillas y acabaron con toda la división sur. No hubo supervivientes.

Alex puso una sonrisa tensa.

—Eres interrogadora —afirmó él, con voz súbitamente gélida—. Torturadora.

Ella levantó el mentón.

—Sí.

—Y has torturado a mi hermano para sacarle una información que no tenía.

—Sí. Las fases iniciales, al menos.

Kevin le soltó un revés que le giró la cabeza a un lado. La silla se tambaleó y él la sujetó con un pie.

—Pagarás por ello —le prometió.

Alex movió la mandíbula un segundo para ver si tenía algo roto. Después de comprobar que no había ningún daño grave, respondió:

—No estoy segura, pero creo que por eso hicieron esto a Daniel. Por eso me colaron una historia tan elaborada.

—¿Por qué motivo? —preguntó él entre dientes.

—No es que hayan tenido mucho éxito en matarme. Supongo que creyeron que tú lo conseguirías.

Él tensó la mandíbula.

—Pero lo que no entiendo —prosiguió Alex— es por qué no te lo pidieron y punto. O por qué no te lo ordenaron, supongo. A no ser que… ¿ya no estés con la CIA? —aventuró.

La pista había sido la pistola. Por lo que había investigado, estaba bastante segura de que la HDS era el arma más frecuente entre los agentes de la CIA.

—Si no sabías nada de mí, ¿cómo sabes dónde trabajo? —inquirió él.

Más o menos a mitad de pregunta, Alex vio que el rectángulo blanco y brillante de su visión periférica se oscurecía. Tratando de que no se le notara, inspiró por la nariz todo el aire que pudo.

—Respóndeme —gruñó Kevin, volviendo a levantar la mano.

Alex se lo quedó mirando, sin respirar.

Él vaciló, con el ceño arrugado, y entonces abrió mucho los ojos. Se arrojó hacia la máscara que estaba en el suelo.

Había perdido la consciencia antes de caer del todo.

Se oyó otro golpe cuando el perro se derrumbó, convertido en un montón de pelo junto a la silla de Alex.

Haciendo pruebas, una vez había logrado contener el aliento durante un minuto y cuarenta y dos segundos, pero luego nunca había sido capaz de repetir la gesta. Solía quedarse sin aire en torno al minuto y quince, lo que seguía siendo muy superior a la media: la capacidad pulmonar había pasado a ser una prioridad en su vida. En aquel momento, por supuesto, no había podido hiperventilar de antemano. Pero no iba a hacerle falta un minuto entero.

Llevó la silla a saltitos hasta el cuerpo inerte de Batman y se echó hacia delante hasta apoyar las rodillas en su espalda. Con las manos atadas por delante, sería fácil… o al menos no demasiado difícil. Kevin Beach había dejado la máscara antigás de Daniel en el suelo. La enganchó con un dedo e hizo fuerza hacia atrás hasta que las cuatro patas de la silla estuvieron de nuevo contra el suelo. Agachó la cabeza hacia sus manos todo lo que pudo, deslizó la máscara por la cabeza y apretó con firmeza el borde de goma contra su cara para sellarla. Soltó el aire dando un enorme soplido para despejar la cámara y luego hizo una inspiración renuente.

Si había quedado dentro algo de producto químico, supuso que no le pasaría gran cosa. Había desarrollado una buena resistencia y no estaría inconsciente tanto tiempo como los demás. Pero se alegró mucho de empezar con tanta ventaja.

Fue deprisa hacia el escritorio y frotó la brida que le sujetaba las muñecas contra el filo del bisturí que había en su bandeja de atrezo. Tardó muy poco en partirse contra la presión que estaba generando. Después fue fácil cortar las demás ataduras y soltarse del todo.

«Lo primero es lo primero». Reinició el salvapantallas de su ordenador para que saltara después de quince minutos de inactividad.

No podía levantar a Batman, despatarrado en el suelo bocabajo al lado de su hermano, pero tenía los brazos y piernas lo bastante cerca de los de Daniel para poder usar las sujeciones que le habían retenido la muñeca y el tobillo izquierdos para asegurar los de Kevin. Vio que este había dejado la llave en la mesa junto a Daniel sin preocuparse y se la guardó en el bolsillo.

No volvió a atar a Daniel. Quizá fuese un error, pero ya le había hecho demasiado y le parecía injusto. Y, en el fondo, Daniel no le daba miedo. Otro posible error.

Quitó sus pistolas a Batman y sacó los cargadores y percutores del fusil y la HDS. Puso el seguro a la SIG Sauer y la metió por debajo del cinturón a su espalda. Le gustaba, parecía mucho más seria que su PPK. Al pensar en ella, salió hacia las ordeñadoras para buscarla y se la guardó al lado de la SIG Sauer. Estaba más familiarizada con su propia pistola. Mejor tenerla a mano también.

Encontró sus zapatos, escondió las otras armas y luego recogió el arnés de mudanzas de regreso a la tienda. El perro pesaba demasiado para levantarlo a pulso o arrastrarlo, así que le pasó las cintas alrededor y se lo llevó al dormitorio. Al principio, se limitó a cerrar la puerta y marcharse, porque los perros no tenían pulgares oponibles. Pero un instante más tarde cambió de opinión. Si ese perro se llamaba Einstein, a saber de qué sería capaz. Buscó algo que arrastrar contra la puerta. Casi toda la maquinaria pesada estaba clavada al suelo. Tras pensar unos segundos, dio la vuelta hasta el sedán plateado. Encajaba justo entre la carpa y las ordeñadoras. Lo movió contra la puerta del dormitorio, apretó el parachoques frontal contra la madera y lo puso en modo de aparcado. Echó también el freno de mano, por si acaso.

Cerró la puerta del establo y volvió a armarla. Un rápido vistazo al exterior le reveló que estaba a punto de amanecer.

De vuelta al otro Daniel. Le costó retirar el Bat-traje. El tejido que unía las placas de kevlar era grueso y estaba surcado por alambres muy finos, casi como tendones. Partió dos hojas en el intento antes de dejarlo estar cuando iba por la cintura de Kevin. Se conformó con quitarle la parte de arriba y cachearle las piernas, que no llevaban tanto kevlar como para ocultar su forma. Encontró un cuchillo enfundado en la parte baja de la espalda y uno metido en cada bota. Le sacó los calcetines. A Kevin le faltaba el dedo meñique del pie izquierdo, pero no encontró más armas. Tampoco iban a hacerle falta si lograba ponerle las manos encima a Alex de nuevo. Tenía todos los músculos del cuerpo fibrosos y duros. Su espalda era un laberinto de cicatrices, algunas de bala, otras de cortes y una quemadura de las buenas, pero la más reveladora la tenía en la línea de nacimiento del pelo. Él también se había quitado el rastreador. Sin duda, ya no estaba con la CIA. ¿Sería un desertor? ¿Un agente doble?

Pero ¿cómo había encontrado a su hermano?

Recordó el zumbido de la avioneta, el estruendo del aterrizaje forzoso improvisado. Había pensado que alguien iba con prisas. Que alguien se preocupaba sobre todo del tiempo.

Se giró para mirar a Daniel. Tocaba volver a examinarlo. La vez anterior se había esmerado sobre todo buscando en su espalda, así que ahora se interesó más a fondo en su abdomen, ingles y muslos. Tendría que haberlo hecho antes, pero había malinterpretado completamente la situación.

Fue la idea del tiempo, la prisa con la que Batman había llegado y atacado, la que le había dado la pista de lo que estaba buscando. Un rastreador normal y corriente indicaría solo dónde estaba el sujeto, y Daniel no se había alejado tanto de casa como para que su hermano muerto entrara en pánico y se presentara a tiro limpio. De modo que su rastreador debía de monitorizar algo más que la mera posición, y en consecuencia estaría alojado en un buen lugar para hacerlo.

Tuvo ganas de darse cabezazos contra la pared cuando lo vio, cuando distinguió la pequeña tira roja de una cicatriz asomando por el borde de la cinta con que le había fijado el tubo del catéter a la pierna. Arrancó la cinta —en todo caso, era mejor hacerlo con el sujeto aún inconsciente— y retiró el catéter. Daniel no tardaría en despertar.

Era una cicatriz diminuta, sin abultamiento bajo la piel. Supuso que el dispositivo se habría implantado a más profundidad, sin duda cerca de la arteria femoral. Cuando su presión sanguínea se había disparado con la primera ronda del interrogatorio, o quizá incluso con el miedo que había sentido al despertar, el rastreador debía de haber avisado a su hermano. Y a cualquier otra persona que estuviera vigilándolo. Había que sacar ese rastreador.

Tenía tiempo antes de que Daniel despertara, así que fue a por su botiquín de primeros auxilios. Después de ponerse guantes, insensibilizó la zona y esterilizó un bisturí, alegrándose de no haberlos roto todos con el Bat-traje. Untó la piel con tintura de yodo y practicó una incisión rápida y limpia sobre la antigua, aunque un poco más larga. No tenía fórceps ni pinzas, así que tuvo que meter un dedo para hurgar con cuidado. Cuando encontró el dispositivo, una capsulita del tamaño aproximado de una gragea, pudo sacarlo sin demasiados problemas.

Limpió la herida y la cerró con Super Glue.

Después trató la carne viva de sus muñecas y tobillos, limpiando y vendándolo todo. Por último, lo tapó con la manta y le puso la almohada.

Dejó la cápsula enfriándose sobre la mesa de acero. Si alguien vigilaba la señal del rastreador, creería que Daniel Beach acababa de morir. Tenía la sensación de que su muerte no molestaría a nadie del departamento. Empezaba a hacerse una idea más clara de los planes del enemigo, y estaba bastante convencida de que no solo iban dirigidos contra ella.

Salió de la tienda para ocuparse de su propia cara, primero limpiando la sangre y luego intentando determinar la magnitud de los daños. Tenía el labio hinchado y habría que dar un punto a la brecha. De momento, aplicó una gota de Super Glue. A su mejilla le faltaban varias capas de piel y se le iban a quedar unos ojos muy morados, a juego. La nariz también estaba hinchada y torcida, así que aprovechó que era inmune al dolor para colocarla en su sitio tan bien como pudo.

El dolor volvería bastante pronto, aunque se había administrado la dosis máxima de la droga que, en privado, llamaba «Sobrevive». No estaba pensada para funcionar a largo plazo, sino para superar un ataque como el que acababa de sufrir. Se parecía a la adrenalina que su cuerpo generaba naturalmente, pero mucho más poderosa y con el añadido de algunos opiáceos para bloquear el dolor. «Sobrevive» no figuraba en ningún informe, porque entre sus deberes no estaba crear preparados antitortura, pero había pensado que podría necesitarla algún día y había tenido razón. No era la primera vez que la usaba —había tenido una reacción desproporcionada a los anteriores intentos de asesinato—, pero sí la primera vez que le habían dado una buena paliza teniendo «Sobrevive» en su organismo. Estaba satisfecha de su efectividad.

No tenía nada con lo que escayolarse la nariz, así que debería cuidar qué hacía con la cabeza durante una temporada. Por suerte, dormía bocarriba.

La cara iba a ser un problema. Un problema de los gordos. Ya no podía entrar en un supermercado sin llamar la atención.

Cuando hubo hecho todo lo que se le ocurrió que podía hacer, se tumbó diez minutos en el catre para recuperar fuerzas, o más bien para reunir las pocas que le quedaban. La droga seguía haciendo que se sintiera fuerte, pero sabía que había sufrido algunos daños. Habría repercusiones de las que ocuparse. Necesitaba tiempo para reposar y sanar, tiempo que nadie iba a concederle.

9

Decidió despertar a Daniel. Cuando Batman recobrara el sentido, cosa que ocurriría al cabo de unos quince minutos, la conversación no iba a ser muy educada. Quería poder explicarse —y disculparse— antes de que empezaran los chillidos y las amenazas de muerte.

Reinició los protocolos del ordenador.

La mezcla química del aire se había dispersado hacía tiempo, de modo que ya no necesitaba llevar la máscara antigás dentro de la tienda. Cogió también la otra máscara y pasó los dos juegos de cintas por debajo de su cinturón, bien a mano.

En primer lugar sacó la vía intravenosa. No quería que Daniel estuviera conectado a nada en absoluto al despertar. Ya había tenido suficiente. Sus venas seguían mostrando buen aspecto y fue fácil inyectarle la solución en la fosa cubital de su otro codo. Se sentó al borde de la mesa, bajada hasta reposar casi en el suelo, se abrazó las rodillas y esperó.

Daniel volvió en sí despacio, parpadeando por las luces del techo. Levantó una mano para hacerse visera y entonces cayó en la cuenta. Miró con los ojos muy abiertos su mano, libre y vendada, y luego paseó la vista por toda la estancia iluminada.

—¿Alex? —preguntó en voz baja.

—Estoy aquí.

Se volvió despacio hacia ella, moviendo las piernas bajo la manta para comprobar si seguía atado.

—¿Qué está pasando ahora? —preguntó con cautela, sin enfocar bien del todo la mirada todavía.

—Te creo. Y lamento muchísimo lo que te he hecho.

Alex vio cómo lo procesaba. Con cuidado, Daniel se apoyó sobre un codo y entonces se subió la manta, consciente de nuevo de que estaba desnudo. Era curioso cómo reaccionaba a eso la gente sin formación médica; a los doctores les solía traer bastante sin cuidado la desnudez. Alex reaccionaba a ella exactamente igual que cualquier otro médico, pero Daniel no iba a darlo por hecho. Tendría que haberse puesto la bata de laboratorio.

—¿De verdad me crees? —preguntó él.

—Sí. Sé que no eres la persona que yo pensaba. Estaba... mal informada.

Daniel se incorporó un poco más, moviéndose con tiento, como esperando a que le doliera algo. Pero debía sentirse bien, solo cansado por los espasmos musculares. Y la parte superior del muslo le molestaría un poco cuando se pasara la anestesia local.

—Yo... —empezó a decir, y se quedó muy quieto—. ¿Qué te ha pasado en la cara?

—Es una larga historia. ¿Puedo decirte una cosa antes de contártela?

La expresión de Daniel era toda preocupación. ¿Por ella? No, no podía ser.

—Vale —aceptó con reservas.

—Mira, Daniel, lo que te he dicho antes era verdad. No me gusta hacer daño a la gente. No me ha gustado hacerte daño a ti. Solo lo hago cuando la alternativa es mucho más horrible. Nunca en la vida había hecho esto, causar dolor a alguien completamente inocente. Jamás. No toda la gente que me han pedido que interrogara era igual de depravada, pero al menos todos estaban implicados en algo malo. Después comprendí, ya hace tiempo, que mis antiguos jefes son capaces de rebajarse a casi cualquier cosa, pero aún no me puedo creer que me engañaran para interrogar a alguien que no tiene la menor culpa de nada.

Daniel pensó en ello durante unos segundos.

—¿Me estás pidiendo que te perdone?

—No, no te pido eso. Nunca te lo pediría. Pero quería que lo supieras. No te habría hecho daño si no hubiera creído de verdad que podía salvar vidas. Y lo siento mucho.

—¿Y qué pasa con el traficante de drogas y el virus? —preguntó él, inquieto.

Alex frunció el ceño.

—He recibido información nueva. Parece ser que ya se han ocupado de De la Fuentes.

—¿No va a morir nadie?

—Por un supervirus liberado por un zar de la droga, no.

—Eso es bueno, ¿verdad?

Alex suspiró.

—Sí, supongo que es la parte positiva de lo que ha pasado aquí.

—Y ahora, ¿vas a contarme lo que te ha pasado en la cara? ¿Has tenido un accidente? —De nuevo esa voz preocupada.

—No. Mis heridas están relacionadas con la información nueva que te decía.

No tenía muy claro cómo darle la noticia.

Indignación repentina. Daniel tensó los hombros.

—¿Eso te lo ha hecho alguien… a propósito? ¿Por hacerme daño?

Desde luego, su mente no funcionaba como la de alguien que se dedicara al negocio de Alex. Cosas que resultarían evidentes para cualquiera que hubiera trabajado alguna vez en algo relacionado con una misión le eran del todo ajenas.

—A grandes rasgos —respondió.

—Deja que hable con él —insistió Daniel—. Yo también te creo a ti. Sé que no querías hacerlo. Intentabas ayudar.

—Pero el tema no es ese. Hum, Daniel, ¿te acuerdas de cuando te he enseñado unas fotos y has reconocido a la persona que salía pero no querías decirme quién era?

El rostro de Daniel se bloqueó. Asintió con la cabeza.

—No te preocupes. No te estoy pidiendo que confieses nada y esto no es un truco. No sabía que tuvieras un hermano gemelo. Lo encubrieron en el expediente para que no...

—No, pero tampoco era Kevin —la interrumpió—. Eso es lo que no entendía. Era clavadito a él, pero es imposible. Kevin está muerto. Murió en la cárcel el año pasado. No sabía quién podía ser, a no ser que en realidad fuéramos trillizos, y creo que mi madre se habría dado cuenta de... —Dejó la frase en el aire al ver cómo cambiaba la expresión de Alex—. ¿Qué pasa?

—No sé muy bien cómo decirte esto.

—¿Decirme qué?

Alex titubeó un momento antes de levantarse y rodear la mesa. Los ojos de Daniel la siguieron y empezó a incorporarse, cuidándose de subir bien la manta alrededor de su cintura. Ella se detuvo y miró abajo. Los ojos de Daniel siguieron su mirada.

La cara de Kevin Beach estaba girada hacia la mesa sobre la que estaba sentado Daniel. Era curioso lo mucho que se parecía a él estando inconsciente, con la tensión borrada de sus rasgos.

—Kevin —susurró Daniel, palideciendo y luego sonrojándose vivamente.

—¿Sabías que tu hermano trabajaba para la CIA? —preguntó Alex en voz baja.

Él levantó la mirada, boquiabierto.

—No, no, estaba en la cárcel. Por vender drogas. —Negó con la cabeza—. La cosa se puso muy mal cuando murieron nuestros padres. Kev tocó fondo. Se autodestruyó. O sea, después de West Point...

—¿La academia militar?

—Sí —dijo él como si nada. Estaba claro que no comprendía el significado—. Antes de las drogas, era una persona distinta. Se graduó entre los primeros de la clase. Lo aceptaron en el curso preparatorio de los Rangers y... —Daniel calló, analizando el rostro concentrado de Alex.

Pues claro. Alex contuvo un suspiro, enfadada consigo misma por no haberse preocupado más de los agujeros que había en la información del expediente, por no dedicar tiempo a encontrar una biblioteca apartada donde poder investigar con seguridad en la red todas las relaciones familiares de Daniel.

Daniel volvió a bajar la vista hacia su hermano.

—Ahora no está muerto, ¿verdad?

—Solo duerme. Despertará en unos minutos.

Daniel arrugó la frente.

—¿Qué lleva puesto?

—Algún tipo de traje blindado militar, supongo. No es mi especialidad.

—La CIA —susurró él.

—Operaciones encubiertas, diría yo. Tu hermano no se autodestruyó, solo cambió de división. Por eso tenía relación con el señor de la droga.

Sus ojos muy abiertos se estrecharon.

—¿Ayudaba al señor de la droga con el virus? —preguntó en voz muy baja.

—No. Desmanteló su operación, en realidad. Básicamente estamos en el mismo bando, aunque mirándonos nunca lo dirías. —Dio un golpecito con el pie en su cuerpo caído.

La cabeza de Daniel se volvió de golpe hacia ella.

—¿Kevin te ha hecho eso en la cara? —Era curioso, pero sonaba más molesto por eso que por la idea de que su hermano fuera un asesino criminal.

—Sí, y yo le he hecho esto a él. —Otro golpecito.

—Pero ¿va a despertarse?

Alex asintió. Tenía cierto dilema con la perspectiva de que Batman despertara. No iba a ser bonito. Y Daniel estaba siendo muy amable dada la situación, muy amable con ella. Lo más probable era que eso cambiara en el momento en que su hermano empezase a hablar.

Los labios de Daniel se curvaron un poquito hacia arriba, mirando la espalda desnuda de su hermano.

—Entonces, ¿has ganado tú?

Alex rio.

—Temporalmente.

—Él es mucho más grande que tú.

—Te diría que yo he sido más lista, pero la verdad es que he cometido errores bastantes graves con la seguridad de este sitio. Creo que esta vez ha sido cuestión de suerte.

Daniel hizo ademán de levantarse pero se detuvo.

—¿Mi ropa está por aquí en algún sitio?

—No, lo siento. Creía que podía ocultar dispositivos de rastreo. He tenido que quitártela y tirarla.

Daniel volvió a sonrojarse, de nuevo hasta aquel punto de su pecho. Carraspeó.

—¿Por qué iba alguien a rastrearme a mí?

—Bueno, en ese momento pensaba que quizá el señor de la droga estuviera vigilándote. O que fueses una trampa y mi departamento estuviera usándote para llegar a mí. Lo que, por cierto, se acerca un poco más a la verdad.

Daniel frunció el ceño.

—Estoy muy confundido.

Alex le hizo un resumen tan esquemático como pudo. Mientras hablaba, Daniel se levantó con la manta enrollada a la cintura como una toalla extragrande y empezó a pasear adelante y atrás frente al cuerpo de su hermano.

—¿Te han intentado matar cuatro veces? —preguntó cuando ella hubo terminado.

—Cinco ya, me parece —respondió Alex, señalando a Batman con los ojos.

—No puedo creer que Kevin esté vivo. —Suspiró. Dobló sus largas piernas bajo la manta y se sentó en el suelo junto a la cabeza de su hermano—. No puedo creer que me mintiera. No puedo creer que me dejara pensar que era un delincuente… No puedo creer que me dejara pensar que había muerto… No puedo creer la de veces que le visité… ¿Tú sabes cuánto se tarda en llegar en coche desde Washington a Milwaukee?

Miró en silencio a su hermano y Alex le concedió un momento. No podía ni imaginarse cómo se sentiría si Barnaby volviera a su vida sin previo aviso. ¿Cómo se procesaba una cosa así?

—Cuando despierte —musitó Daniel con suavidad—, voy a darle un puñetazo en la garganta.

Bueno, esa era una forma de procesarlo.

—¿Por qué está esposado? —preguntó Daniel.

—Porque en el momento en que recobre la conciencia, va a intentar matarme.

Ojos como platos de nuevo.

—¿Qué?

—No es difícil de entender. Cuando entró por el techo, solo sabía que alguien te estaba haciendo daño. Solo me dejó vivir porque no estaba seguro de que estuvieras bien de verdad. Por ejemplo, a lo mejor tenía que darte un antídoto o algo por el estilo. Estoy bastante convencida de que, si no le hubiera tomado la ventaja durante un segundo, me habría pegado un tiro en cuanto despertaras.

Se notaba que Daniel no la creía. Estaba negando con la cabeza, con las cejas tensas, molesto. Le caían rizos por la frente, todavía un poco húmeda de sudor. Costaba creer que hubiera transcurrido tan poco tiempo, pero había cambiado todo. Y Alex necesitaba un plan nuevo.

¿Era seguro volver a su casa más reciente, al sitio donde vivía cuando Carston se puso en contacto con ella? Desde luego, sería lo más fácil. Allí tenía comida y no habría necesidad de que nadie le viera la cara hasta que volviera a tener un aspecto normal. No creía haber puesto en peligro la casa...

Pero ¿luego, qué? ¿Cuántos de sus ahorros se había fundido por aquella estúpida trampa? ¿Cuánto le duraría lo que le quedaba?

Carston sabía de su presencia en internet, así que sería arriesgado buscar trabajo de verdad por ese medio. Al departamento no le hacía falta saber dónde estaba para tenerla atada de pies y manos.

Algo le tocó la pierna y Alex saltó, pero era solo la mano de Daniel.

—No quería asustarte, perdona.

—No te disculpes.

—Es que pareces muy preocupada. Tranquila, puedo hablar yo con Kevin.

Ella sonrió sin humor.

—Gracias, pero ahora mismo no es Lázaro lo que me preocupa.

—Te preocupa tu departamento.

Alex se volvió, fue hasta su ordenador y apoyó la mano contra la barra espaciadora. Con un poco de suerte, no parecería un gesto deliberado.

—Sí —respondió sin mirar a Daniel—, podría decirse que sí.

Por el rabillo del ojo, captó una breve arritmia en la respiración de Kevin antes de que volviera a normalizarse. Menos mal que se había apartado. Desde luego, ya no le convenía lo más mínimo estar a su alcance.

—¿Hay…? No sé, ¿hay algo que pueda hacer para ayudar? —preguntó Daniel, muy serio.

Alex se lo quedó mirando, sorprendida de notar el escozor de las lágrimas en los ojos.

—No creo que merezca tu ayuda, Daniel.

Él respondió con un sonido gutural y exasperado.

—Y en realidad —siguió diciendo Alex—, ya tienes bastantes problemas.

Estaba claro que Daniel no había pensado en las implicaciones a largo plazo de lo ocurrido.

—¿A qué te refieres?

—Ahora tú también eres un objetivo. Acabas de enterarte de un montón de cosas que no deberías saber. Si vuelves a casa, si vuelves a tu vida normal, acabarán con ella.

—¿No… puedo… volver?

Estaba aturdido por completo. Alex notó que se acumulaba la pena en su interior. Recordó de nuevo lo distinta que era la vida de Daniel de la suya. Seguramente creía que podía arreglarlo todo contratando a un abogado o escribiendo a su congresista.

—Pero, Alex, tengo que volver. ¡Mi equipo está jugando el campeonato!

No pudo evitarlo. Se echó a reír y el escozor se convirtió en lágrimas de verdad. Vio la cara que puso Daniel y movió la mano a modo de disculpa.

—Perdona —dijo con la respiración entrecortada—. En realidad no tiene ninguna gracia. Lo siento. Creo que se me están empezando a pasar los analgésicos.

Daniel se apresuró a levantarse.

—¿Necesitas algo? ¿Una aspirina?

—No, estoy bien. Es solo que después del subidón llega el bajón.

Daniel se acercó y dejó caer con delicadeza una mano sobre su brazo. Alex notó la punzada, señal de que sus cardenales empezaban a recuperar la sensibilidad. Iba a ser un día muy duro.

—¿Seguro? —preguntó él—. ¿No quieres que te traiga nada?

—¿Por qué estás siendo tan amable conmigo?

Daniel la miró, sorprendido.

—Ah. Supongo que tienes motivo para preguntarlo.

«Por fin», pensó Alex. Había empezado a preocuparse por si la droga que había usado para secuestrarlo, la «Sigue al líder», tenía algún efecto neurológico permanente que habían pasado por alto en las pruebas.

—Escucha —le dijo—. Cuando haya hablado un momento con Kevin, recogeré mis cosas y te daré la llave para que puedas soltar a tu hermano cuando yo esté en mi coche.

—Pero ¿dónde vas a ir? ¿Qué pasa con tus heridas?

—Estás siendo amable otra vez, Daniel.

—Lo siento.

Alex rio de nuevo. La risa terminó en un gallo muy parecido a un sollozo.

—No, en serio —dijo él—, no hace falta que te marches ahora mismo. Tienes pinta de necesitar un poco de sueño y atención médica.

—No está previsto. —Se sentó en la silla frente al escritorio, esperando que Daniel no viera lo agarrotada y cansada que estaba.

—Ojalá pudiéramos hablar un poco más, Alex. No sé lo que tengo que hacer ahora. Si decías en serio eso de que no puedo volver… No sé ni cómo empezar a pensar en eso.

—Lo digo en serio. Y lo siento. Pero creo que tu hermano podrá explicarte los detalles. Me parece que se le da mejor esconderse que a mí.

Daniel miró dubitativo a su hermano, vestido con medio Bat-traje.

—¿Tú crees?

—¿No estás de acuerdo, Kevin? —preguntó. Estaba bastante segura de que llevaba al menos unos minutos despierto.

Daniel cayó de rodillas junto a su hermano.

—¿Kev?

Despacio, con un suspiro, Kevin giró la cabeza para mirar a su hermano.

—¿Qué hay, Danny?

Daniel se inclinó y le dio un abrazo incómodo. Kevin dio unas palmaditas en el brazo de Daniel con su mano libre.

—¿Por qué, Kevin, por qué? —preguntó Daniel con una voz amortiguada por el pelo de Kevin.

—Intentaba mantenerte a salvo, chaval. A salvo de gente como esa… —Y añadió varias descripciones poco favorecedoras de Alex, que conocía todas las palabras individualmente pero no las había oído nunca combinadas de ese modo.

Daniel se apartó de golpe y dio un cachete a Kevin en la cabeza.

—No hables así.

—¿Estás de cachondeo? Esa psicópata te ha torturado.

—Ha sido poco tiempo. Y solo lo ha hecho porque…

—¿Estás defendiendo a esa…? —Seguido de más creatividad.

Daniel volvió a darle un cachete. No fue fuerte, pero Kevin no estaba de humor para juegos. Cogió la mano de Daniel y la retorció en una posición desagradable. Consiguió meter la rodilla derecha bajo el cuerpo e intentó dar un tirón a la mesa. Las ruedas bloqueadas rechinaron contra el suelo cuando la plancha metálica se desplazó unos centímetros.

Alex abrió mucho los ojos. Esa mesa debía de pesar casi doscientos kilos. Alejó un poco más su silla.

Daniel forcejeó con la mano libre, intentando escapar de la presa de su hermano.

—Como no lo sueltes, vuelvo a gasearte —prometió Alex a Kevin—. Lo malo es que el producto que uso sí que tiene algunos efectos secundarios negativos. Solo mata un pequeño porcentaje de tus neuronas en cada uso, pero con el tiempo se van acumulando.

Kevin soltó la mano de Daniel, la miró una vez con rabia y luego se concentró en su hermano.

—Danny, escúchame —dijo entre dientes—. Eres más grande que ella. Coge las llaves y abre estas... —De pronto se le congeló el gesto, se puso rojo como un tomate y las venas de su frente palpitaron al ritmo de sus palabras—. ¿Dónde está mi perro? —gritó a Alex. La mesa chirrió a lo largo de otro centímetro de suelo.

—Durmiendo en la habitación de atrás. —Tuvo que esforzarse en controlar la voz—. Pesa menos que tú, así que el efecto del gas tardará más en pasársele.

Daniel se estaba frotando la muñeca con cara de confusión.

—¿Perro?

—Como no esté del todo... —empezó a amenazar Kevin.

—Tu perro estará bien. Y ahora, tengo que hacerte unas preguntas.

Daniel la miró con ojos enloquecidos.

—¿Qué?

Alex lo miró y negó con la cabeza.

—No de esa manera. Será solo un intercambio normal de información. —Volvió la cabeza de nuevo hacia Kevin—. ¿Podemos hablar con tranquilidad unos minutos, por favor? Luego te dejaré en paz.

—Ni en sueños, psicópata. Tú y yo tenemos asuntos pendientes.

Alex enarcó las cejas por encima de sus ojos morados.

—¿Podemos hablar unos minutos antes de que te induzca un coma, entonces?

—¿Por qué iba a hacerte ningún favor?

—Porque está en juego la seguridad de tu hermano y se nota que es algo que te importa.

—Tú eres la que ha metido a Daniel en esto.

—Eso no es exacto del todo. Esto tiene que ver tanto contigo como conmigo, Kevin Beach.

Kevin la fulminó con la mirada.

—Ya me caes fatal, amiga. De verdad que no te interesa reforzar esa sensación.

—Relájate, operaciones encubiertas. Tú escúchame.

Los ojos de Daniel pasaban de uno a la otra como los de un espectador en un partido de tenis.

Kevin la miró con ira.

—¿La CIA cree que estás muerto? —preguntó ella.

Kevin dio un gruñido.

—Me lo tomo como un sí.

—Pues claro que es un sí, condenada...

Daniel le dio un revés en el cogote y se apresuró a apartarse mientras Kevin intentaba agarrarlo. Luego Kevin volvió a centrarse en ella.

—Y seguirá siendo así. Estoy retirado.

Ella asintió, rumiando. Abrió un documento en blanco en su ordenador y tecleó una serie de términos médicos aleatorios.

—¿Qué escribes ahí?

—Tomo notas. Teclear me ayuda a pensar.

En realidad, estaba segura de que Kevin se daría cuenta si seguía tocando «por casualidad» el ordenador para mantenerlo despierto, y era posible que volviera a necesitar esa trampa.

—¿Qué importancia tiene? Morí. Daniel ya no debería seguir siendo un objetivo.

—¿Es que era un objetivo? —preguntó Daniel.

Kevin se incorporó sobre el hombro derecho y se inclinó hacia su hermano.

—Yo trabajaba infiltrado, chaval. Cualquiera que me relacionara contigo te habría usado para tener ventaja sobre mí. Es uno de los inconvenientes del trabajo. Por eso hice toda aquella farsa de la cárcel. Mientras Kevin Beach ya no existiera sobre el papel, los malos no podrían saber de ti. Llevo mucho tiempo sin ser Kevin.

—Pero cuando te visitaba...

—La Agencia tenía un acuerdo con el alcaide. Cuando ibas para allá, si podía, llegaba en avión y me reunía contigo. Si no estaba disponible...

—Por eso estabas en aislamiento. O por eso decían que estabas en aislamiento. No era por peleas.

—Exacto.

—No puedo creer que me mintieras a la cara tantos años.

—Era lo único que podía hacer para que estuvieras a salvo.

—¿No se te ocurrió..., yo qué sé, cambiar de trabajo?

Alex intervino cuando las venas de la frente de Kevin empezaron a hincharse de nuevo.

—Esto..., ¿podríamos dejar la reunión dramática para más tarde? Creo que lo tengo resuelto. Escuchadme, por favor. Y Kevin, ya me lo dirás si me equivoco, estoy segura.

Dos caras casi idénticas la contemplaron con gestos casi opuestos.

—Vale —prosiguió—. Kevin, tú simulaste tu muerte después del trabajo con De la Fuentes, ¿verdad? —Kevin no le dio ninguna respuesta, así que siguió hablando—. Eso fue hace seis meses, has dicho. La única conclusión es que a la Agencia le preocupaba que no hubiera cadáver...

—No, cadáver había.

—Pues les preocupaban las contradicciones respecto a ese cadáver —replicó ella—. Y se les ocurrió un plan para hacerte salir, por si acaso.

Kevin guardó silencio, pensativo. Conocía a sus antiguos jefes, igual que ella conocía a los suyos.

—Daniel es tu punto débil. Como decías, es su ventaja sobre ti. Y lo saben. Decidieron llevárselo, a ver qué pasaba. Pero saben de lo que eres capaz, y nadie quería que lo pillaran con las manos en la masa si resultaba que seguías vivo.

—Pero... —empezó a decir Kevin. Se interrumpió, probablemente comprendiendo que lo que fuese a argumentar no se sostenía.

—Tú eres un problema para la CIA. Yo soy un problema para mi departamento. Los altos mandos de nuestros antiguos empleos son uña y carne. Así que me ofrecieron un trato: «Haz un trabajo para nosotros y dejaremos de perseguirte». Debían de tenerlo muy organizado cuando me contactaron. Alteraron los informes y se prepararon para contarme el cuento de una crisis a la que no podría dar la espalda. Nadie me ataca porque ya han sacrificado a tres efectivos en el intento y no quieren más pérdidas. Sabían que acudiría lista para ese tipo de cosas. Pero si tú eras lo bastante bueno, a lo mejor podría no estar preparada para ti.

A Kevin le había cambiado la cara durante la explicación.

—Y, en cualquier caso —concluyó—, un problema se resuelve.

—Es una trama elaborada. Suena más a tu agencia que a la mía, si tuviera que apostar.

—Sí, la verdad es que suena bastante a ellos —convino él a regañadientes.

—Así que nos juntan como a escorpiones en un frasco y lo agitan —dijo ella—. De un modo u otro, se apuntan un tanto. A lo mejor, si tienen mucha, mucha suerte, nos matamos el uno al otro. O al menos el vencedor queda debilitado. Desde su punto de vista, no tienen nada que perder.

Y lo cierto era que a ella la habían debilitado: habían mermado sus recursos y le habían causado daño físico. Éxito parcial para ellos.

—Y les trae sin cuidado que mi hermano esté atrapado también en el frasco —añadió Kevin, iracundo—. Solo que él es una hormiga, no un escorpión. Lo meten dentro sin más, sin importar que esté completamente indefenso.

—Oye —protestó Daniel.

—Sin ánimo de ofender, Danny, eres tan peligroso como unos calcetines tejidos a mano.

Daniel abrió la boca para replicar, pero lo interrumpió un agudo gemido procedente del dormitorio. Lo siguieron unos rugidos furiosos y unos pocos ladridos fuertes, y luego estruendosos zarpazos contra la puerta de madera.

Alex se alegró de haberse tomado tantas molestias para encerrar al lobo.

—Está nervioso —la acusó Kevin.

—El perro está bien. Ahí atrás hay un váter, así que ni siquiera se deshidratará.

Kevin se limitó a levantar las cejas, no tan preocupado por el animal como ella había esperado. Los ladridos y los gruñidos no cesaron.

—¿De verdad te has traído un perro? —preguntó Daniel.

—Es más bien un compañero. —Miró hacia Alex—. Bueno, ¿y ahora qué? Su plan ha fracasado.

—Por poco.

Kevin enseñó los dientes al sonreír.

—Si quieres, echamos otra ronda.

—Por más que me gustaría inyectarte unas cuantas cosas, prefiero no darles la satisfacción.

—Me parece bien.

El perro no había dejado de rascar y gruñir durante toda la conversación. Alex se estaba poniendo de los nervios.

—Pero sí que tengo un plan.

Kevin puso los ojos en blanco.

—Seguro que tú siempre tienes un plan, ¿verdad, canija?

Alex lo miró sin expresión en los ojos.

—No puedo confiar en el músculo, así que confío en el cerebro. Parece que tú tienes el problema opuesto.

Kevin soltó una carcajada burlona.

—Esto…, Kev —terció Daniel—, me gustaría señalar que estás encadenado al suelo.

—Cállate, Danny.

—Por favor, chicos, ¿me concedéis un segundo más de vuestro tiempo? —Esperó hasta que los dos la miraron—. Os cuento el plan. Yo escribo un e-mail a mi exjefe. Le digo que he averiguado la verdad, la auténtica, y que los dos estáis eliminados. Que no me hace ninguna gracia esta manipulación y que, si intenta contactar conmigo otra vez de cualquier modo, haré una visita personal a su despensa.

—¿Te atribuyes la victoria? —preguntó Kevin en tono incrédulo—. ¡Venga ya!

—Encadenado al suelo —murmuró Daniel entre dientes.

—Es un regalo que te hago —replicó ella—. Así vuelves a estar muerto. Nadie os buscará a ninguno de los dos.

La expresión cínica de Kevin se disolvió. Por un instante, se hizo mucho más evidente que eran gemelos.

El perro sonaba como una aullante trituradora de madera en la habitación de al lado. Aunque en realidad nunca había pensado quedarse en el lugar para recuperar la fianza, estaba claro que la opción había desaparecido.

—¿Por qué nos harías ese favor? —preguntó Kevin.

—Lo hago por Daniel. Se lo debo. Tendría que haber sido más lista. No debería haber mordido el anzuelo.

Ahora lo veía todo tan evidente. ¿Por qué se había escurrido de su vigilancia con tanta facilidad? Porque no la había.

¿Por qué había sido tan sencillo secuestrar a Daniel? Porque nadie intentaba impedírselo. Hasta le habían dado sin la menor sutileza una fecha límite que le dejaba tiempo de sobra para actuar. Qué vergüenza.

—¿Y qué pasará contigo? —preguntó Daniel en voz baja. Alex casi tuvo que leerle los labios por el ruido del perro.

—Aún no lo tengo decidido.

Se había enterado de algunas cosas durante aquella demostración de ingenuidad, quizá cosas que no querían que supiera.

No iba a haber ningún helicóptero, ningún equipo de eliminación. Carston —el único nombre del que estaba segura hasta el momento— y quienesquiera que también la quisieran muerta solo habían enviado a asesinos solitarios de vez en cuando porque era lo único de que disponían. Si sus enemigos se habían visto abocados a aquella estrambótica colaboración, sabía que no era porque el departamento no tuviera recursos. Solo podía deberse a que su caso no estaba en boca de todos. Y Carston —y quienesquiera que fuesen sus cómplices— no podía permitirse que pasara a estarlo.

Al ver la necrológica de Juliana Fortis y leer sobre su incineración, había dado por hecho que todos los implicados estaban al tanto del engaño. Pero ¿y si eran solo unas pocas personas clave? ¿Y si Carston había prometido a sus superiores que cumpliría la misión y luego le había dado miedo reconocer que había fallado el primer golpe?

O una idea revolucionaria: ¿y si casi todo el departamento creía que de verdad había sido un accidente de laboratorio, que Barnaby y ella habían mezclado los tubos de ensayo que no debían y habían palmado juntos? ¿Y si los superiores de Carston no la habían querido muerta? ¿Y si solo eran esos pocos individuos clave los que habían querido asesinarla y ahora tuvieran que mantener ocultos sus intentos de terminar el trabajo? Eso lo cambiaría todo.

Encajaba. Cuadraba con los hechos.

La hacía sentirse más fuerte.

Los que habían dispuesto su muerte habían tenido miedo de lo que sabía, pero nunca la habían temido a ella. Quizá hubiera llegado el momento de que eso cambiara.

Hubo un repentino ruido ensordecedor, una sonora explosión de madera al partirse. Y entonces los rugidos enfurecidos llegaron desde mucho más cerca.

10

Le costó un segundo comprender lo que había ocurrido, y para entonces el lobo rabioso ya estaba entrando a la carrera en la carpa.

Por lo visto, aún fluía algo de adrenalina por su cuerpo. Ya estaba subida al escritorio antes de que el animal terminara de entrar y su sistema nervioso, insatisfecho con la distancia, la lanzó hacia la estructura de PVC del techo antes de que Alex pudiera darse cuenta de lo que hacía. Se agarró con las dos manos, subió las piernas, cruzó los tobillos en torno a la tubería y por último la rodeó también con los codos. Giró la cabeza para ver y descubrió que tenía al monstruo justo debajo, con las enormes garras apoyadas en el escritorio y el cuello estirado para hincarle los dientes. Una zarpa aporreó el teclado, qué mala suerte. En ese momento un poquito de gas le habría venido de maravilla, y llevaba las dos máscaras encima.

El perro gruñó y babeó por debajo mientras Alex intentaba seguir agarrada. Había usado tuberías de la clase 200, resistentes y con un diámetro de 13 centímetros, pero la suya aún temblaba por el repentino añadido de su peso. Estaba segura de que lo soportaría… a menos que alguien atacara la base. Esperaba que a Kevin no se le ocurriera.

Kevin se echó a reír. Alex podía imaginar qué aspecto tenía en esos momentos.

—¿Quién está encadenado al suelo ahora, eh? —preguntó Kevin.

—Sigues siendo tú —musitó Daniel.

Al oír la voz de su amo, el perro dio un suave gemido y miró alrededor. Saltó del escritorio y fue a examinar a Kevin, tras un gruñido de despedida en dirección a Alex. Kevin le acarició la cara mientras el animal se agachaba para lamerle, sin dejar de dar gemidos ansiosos.

—Estoy bien, socio. Estoy bien.

—Cómo se parece a Einstein —comentó Daniel, maravillado. El perro miró arriba, en guardia ante el sonido de una voz nueva.

Kevin dio unas palmaditas en el pie de Daniel.

—Buen chico, es colega. Es colega. —Sonó como otra orden.

Y en efecto, la enorme bestia dejó de gemir y se acercó a Daniel meneando la cola con vigor. Daniel le acarició la gigantesca cabeza como si fuera lo más natural del mundo.

—Este es Einstein III.

Daniel metió los dedos en su grueso pelaje para rascarlo, admirado.

—Es una preciosidad.

A Alex se le empezaban a cansar los brazos. Intentó cambiar de postura sin dejar de mirar abajo y el animal volvió de un salto al escritorio, gruñendo de nuevo.

—¿Hay alguna posibilidad de que llames a tu perro? —preguntó, intentando mantener la compostura.

—Puede ser. Si me tiras las llaves.

—Y si te doy las llaves, ¿no me matarás?

—Ya he dicho que llamaría al perro. No seas avariciosa.

—Pues entonces me quedaré aquí hasta que el gas os tumbe a todos. Seguro que Daniel tiene neuronas de sobra.

—Ya, pero creo que no le hará falta. Porque aunque Einstein no llegue donde estás, Daniel sí. Y si te llega el gas después de que Daniel te quite esas máscaras…, bueno, está claro que caer inconsciente al suelo no te matará, pero tampoco te sentará bien.

—¿Por qué iba a hacer algo así? —preguntó Daniel.

—¿Qué? —se sorprendió Kevin.

—Está en nuestro bando, Kev.

—Eh, un momento. ¿Te has vuelto loco? Aquí hay dos bandos muy distintos, chaval. Tu hermano está en uno y la sádica que te ha torturado está en el otro. ¿En qué bando estás tú?

—En el bando de la razón, supongo.

—Bien —gruñó Kevin.

—Eh…, ese bando no es el tuyo, Kev.

—¿Qué?

—Cálmate. Escucha, déjame que negocie una tregua.

—No puedo creer que no estés intentando estrangularla por iniciativa propia.

—Solo hacía lo que habrías hecho tú en su lugar. Sé sincero, si supieras que un desconocido iba a matar a millones de personas y tuvieras que averiguar cómo impedirlo, ¿qué harías?

—Encontrar otra solución. Que es lo que hice. Escúchame, Danny, estás fuera de tu terreno. Yo conozco a las personas como ella. Están enfermas. Sacan un placer retorcido del dolor de los demás. Son como serpientes venenosas, mejor no darles la espalda.

—Ella no es así. ¿Y a ti qué más te da, de todas formas? Al que han torturado es a mí. ¿Qué sabrás tú de cómo es eso?

Kevin se lo quedó mirando inexpresivo un momento y después señaló con su mano izquierda atada su pie izquierdo atado. Movió los cuatro dedos.

Daniel tardó unos segundos en comprenderlo y dio un respingo horrorizado.

—Aficionados —se burló ella desde el techo.

—No sé yo —dijo Kevin con serenidad—. A mí me parecieron bastante buenos.

—¿Consiguieron lo que querían?

Kevin hizo un sonido de incredulidad desde el fondo de la garganta.

—¿Estás de coña?

Alex enarcó una ceja.

—Lo que te decía.

—¿Y tú podrías haberme hecho hablar?

Los labios de Alex compusieron una sonrisa oscura.

—Ni lo dudes.

Por el rabillo del ojo, vio que Daniel se estremecía.

El perro había dejado de hacer ruido pero seguía alerta debajo de ella. No parecía muy seguro de la situación, oyendo a su amo hablar con tanta calma a su objetivo.

—Ah, ya sé quién eres —dijo Kevin de pronto—. Sí, esa chica. Me llegaron rumores sobre ti. Exageraciones. Decían que no fallabas nunca. Que rozabas la perfección.

—No eran exageraciones.

Kevin no pareció creerla.

—Trabajabas con el viejo ese, el Científico Loco, lo llamaban. A ti en la Agencia te llamaban Oleander. No he atado cabos antes porque oí que los dos habíais muerto en un accidente de laboratorio. Además, siempre había imaginado que Oleander sería guapa.

Daniel empezó a decir algo, pero ella lo interrumpió:

—¿Oleander? Qué mote más espantoso.

—¿Eh?

—*Nerium Oleander...* ¿Una flor? —rezongó para sí—. Qué cosa más pasiva. Los venenos no son los que envenenan, solo un agente inerte.

—¿Cómo te llamaban en tu unidad?

—La Química. Y el doctor Barnaby no era un científico loco. Era un genio.

—Viene a ser lo mismo —observó Kevin.

—Volvamos a esa tregua que decía —se inmiscuyó Daniel. Por cómo miraba las manos y los brazos de Alex, supuso que quizá hubiera adivinado lo mucho que le dolían—. Alex me dará las llaves, y Kevin, tú llamarás a Einstein. Cuando crea que todo está bajo control, te soltaré. Alex, ¿confías en mí?

La miró con sus ojos color avellana, amplios y claros, mientras Kevin farfullaba incoherencias furiosas.

—Las llaves están en el bolsillo delantero izquierdo de mis vaqueros. Te las pasaría, pero, si suelto las manos, caeré.

—¡Ten cuidado, te clavará alguna cosa!

Daniel no pareció oír la advertencia de su hermano. Cuando se subió a la silla, su cabeza quedó por encima de la de ella. Tuvo que agacharse, con la cabeza contra el techo de goma espuma. Le puso una mano bajo la espalda para soportar parte de su peso mientras registraba su bolsillo con delicadeza.

—Siento la ineptitud social de mi hermano —susurró—. Siempre ha sido así.

—¡No te disculpes por mí, idiota! —bramó Kevin.

Daniel sonrió a Alex, sacó la llave y bajó. En realidad, ella estaba de acuerdo con Kevin. ¿Cómo podía Daniel portarse así con ella? ¿Dónde estaba el resentimiento que sería lo más natural del mundo? ¿Dónde estaba el deseo humano de venganza?

—Tengo las llaves, Kev. ¿Tienes correa para el perro?

—¿Correa? ¡Einstein no necesita correa!

—¿Qué sugieres entonces?

Kevin le lanzó una mirada amenazante.

—Muy bien. De todas formas, preferiría matarla en persona. —Silbó al perro—. Relaja, Einstein.

El perro, que había seguido a Daniel con aprensión mientras se acercaba a Alex, volvió tranquilo junto a la cabeza de su amo y se sentó, con la lengua colgando de lo que parecía ser una sonrisa. Una sonrisa llena de dientes.

—Suéltame.

—Las damas primero. —Daniel volvió a subirse a la silla y ofreció la mano a Alex—. ¿Necesitas ayuda?

—Eh…, creo que puedo.

Dejó caer las piernas hacia el escritorio y estiró los brazos para intentar tocar la superficie con las puntas de los pies. ¿Cómo había subido hasta allí arriba? Las manos empezaron a resbalar.

—Te tengo.

Daniel la cogió por la cintura mientras caía y la depositó con cuidado sobre sus pies, uno en el escritorio y el otro con un traqueteo metálico en la bandeja de escenografía. Se le aflojó la manta que llevaba como falda y se apresuró a asir el tejido y ceñírselo.

—No me lo puedo creer —murmuró Kevin.

Alex se quedó quieta, mirando cauta al perro.

—Si intenta cualquier cosa —le susurró Daniel—, lo distraeré. Los perros me adoran.

—Einstein no es tonto —masculló Kevin.

—Mejor que no haya que comprobarlo. Te toca. —Daniel bajó de la silla y se agachó al lado de Kevin.

Alex se deslizó al suelo desde el escritorio haciendo el menor ruido posible y extendió un brazo hacia el teclado. El perro no reaccionó: estaba mirando cómo Daniel liberaba a su amo. Alex abrió las preferencias del sistema. El salvapantallas no era el único método para liberar el gas somnífero y seguía en posesión de las dos máscaras.

Pero sabía que hacerlo solo complicaría las cosas. De momento, tendría que confiar en que Daniel pudiera manejar a Kevin. Se acomodó en la silla.

Daniel había empezado por el tobillo y trabajaba despacio porque no apartaba la otra mano de su manta.

—Trae la llave, ya lo hago yo —dijo Kevin.

—Ten paciencia.

Kevin dio un sonoro bufido.

La llave giró y al instante Kevin tenía los pies en el suelo, acuclillado junto a la sujeción de su brazo. Arrancó la llave de la mano de Daniel y en menos de un segundo se había soltado la muñeca. Se irguió, estiró el cuello y tensó los músculos de la espalda. Las piezas del torso de su Bat-traje le colgaban de la cintura como una falda vanguardista. El perro seguía a sus pies. Kevin se dirigió a Alex.

—¿Dónde están mis armas?

—Asiento trasero del coche.

Kevin salió de la carpa malhumorado y sin mediar más palabra, seguido por el perro.

—¡No abras la puerta ni las ventanas! —le gritó Alex—. Está todo armado otra vez.

—¿El coche tiene alguna trampa? —preguntó él desde fuera.

—No.

Y un segundo más tarde:

—¿Dónde están los cargadores? ¡Eh! ¿Dónde están los percutores?

—Percutores en la nevera, balas en el lavabo.

—¡Venga ya, por favor!

—Lo siento.

—Quiero que me devuelvas la SIG Sauer.

Alex torció el gesto pero no respondió. Se levantó, agarrotada. Ya puestos, podía desarmar las trampas. Era hora de marcharse.

Daniel estaba de pie en el centro de la tienda, con la mirada fija en la mesa plateada. Tenía una mano cerrada sobre el portasuero, como para sostenerse. Parecía desorientado. Alex se acercó a él con reparo.

—¿Crees que estarás bien? —le preguntó.

—No tengo ni idea. No entiendo lo que se supone que debo hacer ahora.

—Tu hermano tendrá un plan. Ha estado viviendo en alguna parte y seguro que tiene sitio para ti.

Él la miró.

—¿Es duro?

—¿El qué?

—Huir, esconderse.

Alex abrió la boca para decirle algo tranquilizador, pero se lo pensó mejor antes de hablar.

—Sí, es bastante duro. Te acostumbras. Lo peor es la soledad, y tú no tendrás que sufrirla, así que ahí tienes una pequeña ventaja sobre mí.

No le dijo que, en su opinión, la soledad podía ser mejor compañera que Kevin Beach.

—¿Tú te sientes sola muchas veces?

Alex intentó quitar hierro al asunto.

—Solo cuando no tengo miedo. Así que no, no muchas veces.

—¿Has decidido qué vas a hacer ahora?

—No. La cara es un problema, tal y como estoy no puedo andar por ahí. La gente me recordaría, lo que es un peligro. Tendré que esconderme en algún sitio hasta que se me baje la hinchazón y los moratones se aclaren lo suficiente para taparlos con maquillaje.

—¿Dónde te escondes? No entiendo cómo funciona esto.

—Puede que me toque acampar una temporada. Tengo algo de comida guardada y mucha agua. Ah, por cierto, no bebas el agua de la nevera sin consultarme antes, la parte izquierda está envenenada. En fin, a lo mejor busco algún lugar remoto y duermo en el coche hasta que me haya recuperado un poco.

Daniel parpadeó unas pocas veces, quizá descolocado por lo del veneno.

—Pero tal vez sí podamos hacer algo con tu problema de visibilidad —le dijo en tono más ligero, tocando su manta con un dedo—. Me parece que hay ropa arriba, en la casa. No creo que sea de tu talla, pero mejor que lo que llevas ahora sí será.

El alivio inundó los rasgos de Daniel.

—Sé que es una tontería, pero en realidad creo que me ayudaría bastante.

—Muy bien. Pues déjame que apague la trampa de gas letal.

Al final renunció a la SIG Sauer, aunque de mala gana. Le gustaba su peso. Tendría que buscarse una igual.

Las cosas de los propietarios de la granja estaban almacenadas en el desván, dentro de varias cómodas con seis o siete décadas de antigüedad. Se notaba que el hombre era mucho más bajito y grueso que Daniel. Alex dejó que este lidiara con el problema mientras volvía al establo para cargar el coche.

Cuando entró, Kevin estaba allí, enrollando fuerte una tela negra enorme para poder llevarla bajo el brazo. Alex tardó un momento en comprender que la tela era un paracaídas. Mantuvo la distancia mientras Kevin trabajaba, pero la tregua parecía sólida. Por algún motivo, Daniel se había interpuesto entre ella y la hostilidad de su hermano. Ni ella ni Kevin comprendían por qué lo hacía, pero a Kevin le importaba demasiado Daniel para traicionar su confianza aquel día, y más con lo dolido que estaba por los años y años de mentiras.

O, al menos, eso se dijo Alex para atreverse a pasar junto al perro hacia su coche.

Tenía el tranquillo cogido a hacer las maletas y no le costó demasiado. Cuando había salido para reunirse con Carston, había almacenado sus cosas y desmantelado la seguridad de la casa alquilada, por si acaso no volvía. Una de sus pesadillas recurrentes era que el departamento la atrapara estando fuera y algún propietario inocente y confiado muriera al entrar. Lo había guardado todo fuera de Washington y había pasado a recogerlo cuando empezó a organizar el Proyecto Interrogar al Profesor. Ahora lo metió todo en las bolsas negras de lona: las bombonas presurizadas, los kilómetros de cable conductor, las baterías, los viales de componentes revestidos de goma, las jeringuillas, las gafas, los guantes gruesos, su almohada y el saco de dormir. Guardó también su material de atrezo y parte de lo que había comprado desde la última vez. Las sujeciones eran todo un hallazgo, y el catre era bastante cómodo y podía plegarse en un pequeño rectángulo. Metió el ordenador en su funda, recogió la cajita negra que era solo un señuelo, como su guardapelo, bajó los largos cables y enrolló los alargadores. Era un fastidio tener que dejar las luces, que no habían salido baratas. Desmanteló la carpa, amontonó por ahí la goma espuma y las tuberías de PVC, que no significarían nada para nadie, y devolvió la mesa al sitio donde la había encontrado. Los agujeros que había taladrado en ella no tenían remedio.

Alex solo podía confiar en haberlo revuelto todo lo suficiente para que los propietarios solo se desconcertaran y se enfurecieran por los destrozos, en vez de sospechar que había ocurrido algo perverso allí. Era posible que denunciaran a la vándala de su inquilina a las autoridades, pero la policía local tampoco sería capaz de interpretar aquel desastre. Mientras no se mencionaran ciertas palabras en el informe, no había motivo para que se enterara nadie del gobierno. Seguro que en la web de Airbnb había relatos de destrucción mucho más interesantes que el suyo.

Negó con la cabeza, mirando la puerta que daba al dormitorio. El perro había abierto a mordiscos o zarpazos un agujero de más de medio metro de alto y treinta centímetros de ancho en el centro de la sólida plancha de madera. Por lo menos, luego solo había saltado por encima del coche en vez de comérselo.

Acababa de terminar de cargar el maletero cuando regresó Daniel.

—¿Vas a pescar? —comentó Kevin, que enrollaba el cable de su garfio con destreza. Alex se preguntó si habría vuelto a trepar al techo para recuperarlo y, en caso afirmativo, cómo había podido perdérselo.

Era cierto que los pantalones de Daniel solo bajaban hasta media espinilla. La camisa de algodón era varias tallas demasiado ancha y seguro que le venía corta de brazos, porque iba arremangado hasta los codos.

—Ay, ojalá tuviera yo medio traje de buzo —dijo Daniel con un suspiro—. Con eso sí que podría comerme el mundo.

—Tendría un traje de buzo completo si esa psicópata no fuera tan pervertida —gruñó Kevin.

—Menos lobos, que estaba buscando armas.

Daniel la vio cerrar el maletero.

—¿Te marchas?

—Sí. Tengo que ir a algún lugar seguro para poder dormir. —Supuso que la explicación era un poco redundante, dado el aspecto demacrado que debía ofrecer.

—Estaba pensando… —dijo Daniel, y vaciló.

Kevin levantó la mirada de su fusil, alertado por el tono de Daniel.

—¿Qué estabas pensando? —preguntó a su hermano con recelo.

—Bueno, pensaba en los escorpiones del frasco. Alex ha dicho que solo había dos resultados: o uno mata al otro o mueren los dos. Y digo yo que los que querían mataros pensarían lo mismo.

—¿Y? —dijo Kevin.

—Hay una tercera opción —intervino Alex, imaginando por dónde iban los tiros—. Los escorpiones escapan. Eso no se lo esperan. Y es por lo que estarás a salvo, Daniel.

—Pero también hay una cuarta opción —repuso Daniel—. Que es en la que estaba pensando.

Kevin inclinó la cabeza a un lado, claramente perdido. Alex entendió cuál era justo antes de que Daniel la explicara.

—¿Y si los escorpiones unieran fuerzas?

Alex frunció los labios, pero los relajó al instante cuando notó el tirón en la brecha.

Kevin dio un gemido.

—No digas bobadas, Danny.

—Va en serio. Eso sí que no se lo esperarían. Y estaríamos el doble de seguros, porque tendríamos a las dos criaturas peligrosas en el mismo equipo.

—Ya te puedes olvidar.

Alex se aproximó a él.

—Es una idea inteligente, Daniel, pero me parece que hay algunos asuntos personales insuperables.

—Kev no está tan mal. Te acostumbrarás a él.

—¿Que *yo* no estoy tan mal? —replicó Kevin con sorna, enfocándolos con una mirilla.

Daniel miró a Alex a los ojos.

—Estás pensando en volver, ¿a que sí? Eso que has dicho de la visita a la despensa.

Perspicaz para ser un civil.

—Me lo estoy planteando.

Habían conseguido la atención total de Kevin.

—¿Contraataque?

—Podría funcionar —dijo ella—. Hay un patrón… y, después de estudiarlo, creo que a lo mejor no hay mucha gente que sepa de mí. Por eso se tomaron tantas molestias para tener solo un cincuenta por ciento de posibilidades de eliminarme. Creo que soy un secreto, así que, si puedo librarme de la gente que está en el ajo…, bueno, entonces ya no me buscará nadie.

—¿Eso también se aplica a mí? —quiso saber Kevin—. Si han confiado en esto para pillarme, ¿crees que yo también podría ser un secreto?

—Es lo lógico.

—¿Cómo vas a saber quién hay metido en el asunto?

—Si estoy en Washington cuando envíe mi notita a Carston, podría vigilar para ver a quién va corriendo con el cuento. Si de verdad es un secreto, no podrán ocuparse del tema en la oficina.

—Sabrán que andas cerca por la IP.

—A lo mejor podríamos colaborar de forma controlada. Uno de vosotros podría enviar el e-mail en mi lugar desde lejos.

—¿Qué experiencia tienes en vigilancia? —preguntó Kevin con brusquedad.

—Eh… Estos últimos años he practicado mucho.

—¿Tienes algún entrenamiento formal?

—Soy científica, no agente de campo.

Él asintió.

—Lo haré yo.

Alex negó con la cabeza.

—Vuelves a estar muerto, ¿recuerdas? Ahora Daniel y tú podéis desaparecer. A caballo regalado…

—Ese refrán es una chorrada. Si los troyanos hubieran mirado la dentadura del caballo, podrían haber ganado esa guerra.

—Déjate de refranes. Estoy intentando compensar un poco a Daniel.

Daniel de nuevo escuchaba en silencio el intercambio.

—Escucha, Oleander, yo sí que estoy entrenado. Muy bien. A mí no va a pillarme nadie desprevenido, y veré más que tú. Tengo un sitio para alojar a Daniel en el que estará completamente a salvo, así que por ahí no hay problema. Y si tienes razón y el tal Carston va corriendo a hablar con sus cómplices, me revelará a quién de la Agencia se le ocurrió todo esto. Veré quién ha puesto en peligro a Danny para llegar a mí. Luego yo puedo solucionar mi problema y tú puedes solucionar el tuyo.

Alex lo meditó, intentando ser objetiva. Era difícil evitar que su aversión por el hermano de Daniel sesgara el análisis. Y, en realidad, era una aversión injusta. ¿Acaso ella no se habría sentido igual que Kevin si hubiera sido un hermano suyo el encadenado a la mesa? ¿No habría hecho lo mismo que él, en la medida de sus capacidades?

Pero, aun así, tenía unas ganas tremendas de inyectarle algo agónico de verdad, aunque fuese solo una vez.

—Antes que nada, no me llames Oleander.

Kevin le sonrió, burlón.

—Lo segundo, veo factible lo que dices. Pero ¿cómo vamos a coordinarnos? Yo tengo que desaparecer una temporada —añadió, señalándose la cara.

—Le debes una por eso —dijo Daniel—. Si tienes un lugar seguro para mí, tendría que venir ella también. Al menos hasta que se le curen las heridas.

—Yo a esa no le debo nada, excepto otro puñetazo en la cara, tal vez —masculló Kevin. Daniel se erizó y dio un paso hacia su hermano, pero Kevin levantó las manos como rindiéndose y suspiró—. Pero vamos a tener que movernos rápido, así que podría ser lo más fácil. Además, así puede llevarnos. La avioneta es chatarra. He tenido que lanzarme durante el descenso. Iba a hacer autoestop para largarnos de aquí.

Daniel puso los ojos como platos, incrédulo. Kevin se rio al verle la cara y se volvió hacia ella sonriendo todavía. Miró al perro, luego de nuevo a Alex y la sonrisa se ensanchó.

—Creo que voy a disfrutar teniéndote en el rancho, Oleander.

Los dientes de Alex rechinaron. Si Kevin tenía un lugar seguro, resolvería muchos de sus problemas. Y podría echarle un laxante de los fuertes en la comida antes de marcharse.

—Se llama Alex —corrigió Daniel a su hermano—. Bueno, sé que en realidad no, pero es el nombre que usa. —La miró—. ¿Alex te parece bien?

—Es un nombre tan bueno como cualquier otro. Me lo quedo de momento. —Miró a Kevin—. El perro y tú vais detrás.

11

Hacía mucho tiempo, cuando era una niña pequeña llamada Juliana, Alex acostumbraba a fantasear sobre excursiones familiares por carretera.

Su madre y ella siempre habían cogido aviones en las pocas vacaciones que se tomaban, si las obligadas visitas a sus ancianos abuelos en Little Rock contaban como vacaciones. A Judy, su madre, no le gustaba conducir distancias largas. La ponía nerviosa. Siempre decía que moría mucha más gente en accidentes de coche que de avión, aunque también era muy aprensiva cuando volaba. Juliana había crecido impasible a los peligros asociados a los viajes, o los gérmenes, o los roedores, o los espacios cerrados, o cualquiera de las muchas otras cosas que perturbaban a Judy. No había tenido más remedio que ser la más sensata de las dos.

Como la mayoría de hijos únicos, Juliana había creído que los hermanos serían el remedio a la soledad de sus largas tardes haciendo los deberes en la mesa de la cocina, mientras esperaba a que Judy volviera de la consulta del dentista que administraba. Juliana tenía ganas de llegar a la universidad, de residencias de estudiantes y compañeras de cuarto, de ver cumplido su sueño de compañerismo. Solo que, al llegar por fin, descubrió que su vida de relativo aislamiento y responsabilidad adulta la había incapacitado para convivir con jóvenes de dieciocho años normales. Su fantasía de hermandad salió vapuleada y cuando se matriculó en tercero ya tenía alquilado un estudio para ella sola.

Sin embargo, la fantasía de una gran excursión familiar por carretera había sobrevivido. Hasta aquel día.

Tuvo que reconocer que quizá habría estado de mejor humor si no hubiera sentido el cuerpo entero como un solo cardenal enorme y palpitante. Además, había sido ella quien había provocado la primera discusión, aunque fuera sin querer.

Cuando cruzaron la línea del condado, había bajado la ventanilla y tirado el pequeño rastreador que había extraído de la pierna de Daniel. No había querido llevarlo encima mucho tiempo, por si acaso, pero tampoco dejarlo en su última base de operaciones. Creía que había limpiado las pruebas en su mayoría, pero nunca se podía estar segura del todo. Siempre que podía emborronar su rastro, dedicaba tiempo a hacerlo.

Por el retrovisor, vio que Kevin erguía la espalda.

Kevin había recuperado una mochila que había arrojado desde la avioneta antes de saltar, y él y Daniel tenían un aspecto bastante normal con vaqueros y camisetas de manga larga, una negra y una gris. Además, Kevin tenía dos pistolas nuevas.

—¿Qué era eso? —preguntó desde atrás.

—El rastreador de Daniel.

—¿Qué? —dijeron Kevin y Daniel al unísono, y siguieron hablando al mismo tiempo.

—¿Tenía un rastreador? —preguntó Daniel.

—¿Por qué narices lo has hecho? —exigió saber Kevin.

El perro se giró al captar el tono de Kevin, pero al parecer decidió que todo iba bien y volvió a sacar la cabeza por la ventanilla.

Alex volvió la cabeza primero hacia Daniel, mirándolo desde debajo de la gorra que en teoría debía ensombrecerle la cara destrozada.

—¿Cómo crees que te ha encontrado tu hermano?

—¿Rastreándome? Pero ¿dónde estaba?

—Donde te duele en el interior del muslo derecho. Mantén limpia la incisión y no dejes que se infecte.

—¿Sabes lo mucho que me costó ponérselo? —protestó Kevin.

—Si tú puedes localizarlo, otros también podrán. No quería correr riesgos con nuestra posición.

Daniel se giró en el asiento del copiloto para mirar enfadado a su hermano.

—¿Cómo lo…? ¿Cómo puede ser que yo no lo supiera?

—Unos dos años después de que te dejara la zorra aquella, ¿te acuerdas de una rubia alta que estaba cañón, en el bar ese al que vas cuando te deprimes? ¿Cuál era?

—Lou's. ¿Y cómo sabes tú eso? No te lo había contado nunca… Un momento, ¿hiciste que alguien me siguiera?

—Estaba preocupado por ti después de que esa zorra…

—Se llama Lainey.

—Lo que sea. Nunca me gustó para ti.

—¿Y cuándo te ha gustado alguna chica para mí? Que yo recuerde, solo te gustaban las chicas que iban detrás de ti. Te lo tomabas como un insulto si alguna me prefería.

—El caso es que no estabas siendo tú mismo. Pero hacer que te siguieran no tuvo nada que ver con…

—¿Quién me siguió?

—Fueron solo unos meses.

—¿Quién?

—Varios amigos míos, pero no de la Agencia. Algunos policías con los que me relacionaba y también un detective privado durante una temporada.

—¿Y qué buscaban?

—Solo quería asegurarme de que estabas bien, de que no fueras a saltar de un puente o algo parecido.

—Es que no me lo puedo creer. De todas las… Un momento. ¿La rubia? ¿Dices esa chica? ¿Cómo se llamaba, Kate? ¿La que me invitó a una copa y…? ¿Era una espía?

Alex vio a Kevin sonreír de oreja a oreja por el retrovisor.

—No, en realidad era puta. Y no se llamaba Kate.

—Veo que no hay nadie en todo el planeta aparte de mí que use su verdadero nombre. Vivo en un mundo de mentiras. Ni siquiera sé cómo se llama Alex de verdad.

—Juliana —dijo ella al mismo tiempo que Kevin. Cruzaron una mirada de irritación.

—¿Y él lo sabía? —le preguntó Daniel, ofendido.

—Ha salido el tema mientras estabas inconsciente. Es el nombre que me pusieron al nacer, pero en realidad esa ya no soy yo. Significa más bien poco para mí. De momento, soy Alex.

Daniel frunció el ceño, apaciguado pero no del todo.

—Total —continuó Kevin, en tono de estar contando su chiste favorito—, que la rubia tenía que acompañarte a tu casa, pero le dijiste que tu divorcio aún no era efectivo y que «no estaba bien». —Kevin rio con ganas—. No me lo podía creer cuando me lo contaron. Pero en realidad fue tan propio de ti que no sé por qué me sorprendió.

—Para troncharse. Pero no sé qué tiene que ver aquella conversación con que llevara un dispositivo de rastreo dentro de la pierna.

—Nada. Es solo que me gusta mucho esa historia. Pero por eso os decía que me costó tanto ponértelo. Lo de la puta fue fácil de organizar. Y si te la hubieras llevado a casa, te habría puesto el rastreador igual y al menos te lo habrías pasado bien. Llevarte a la consulta de tu médico de cabecera fue mucho más trabajoso. Pero al final conseguí que un empleado temporal de tu instituto te llamara desde secretaría para hacerte una revisión. Cuando fuiste a la consulta, te atendió un socio nuevo al que no habías visto nunca.

Daniel se quedó boquiabierto, sin poder creérselo.

—¡Me dijo que tenía un tumor!

—Un tumor benigno. Que te extirpó allí mismo, en la consulta, con anestesia local y asegurándote en todo momento que no era nada. Y ni siquiera te cobró. No le des más importancia de la que tiene.

—¿Hablas en serio? ¿Cómo pudiste…? —Daniel estaba gritando a viva voz—. ¿Cómo te justificas estas cosas a ti mismo? ¡Llevas años enteros manipulándome! ¡Tratándome como a una cobaya que existe solo para entretenerte!

—Ni de lejos, Danny. Me he puesto en peligro varias veces para mantenerte a salvo. La Agencia quería que fingiera mi muerte desde el mismo principio, pero no podía hacerte algo así después de lo de nuestros padres. Así que hice un montón de promesas y sacrifiqué todos mis fines de semana libres volando a Milwaukee para hacer de criminal.

La voz de Daniel sonó más calmada al responder:

—Yo iba en coche. ¿Y de verdad hacía falta todo eso?

—Pregunta a la chica de los venenos. Esta clase de trabajo no es para gente con familia.

Daniel la miró.

—¿Es eso cierto?

—Sí. Prefieren reclutar a huérfanos, y a ser posible hijos únicos. Como te decía antes tu hermano, las relaciones dan ventaja a los malos.

El tono de Daniel se suavizó más.

—¿Tú eres huérfana?

—No estoy segura. No llegué a conocer a mi padre. Podría seguir vivo en alguna parte.

—Pero tu madre...

—Cáncer de útero. Yo tenía diecinueve años.

—Lo siento.

Alex asintió.

Hubo un breve y muy placentero momento de silencio. Alex contuvo el aliento y rezó para que se prolongara.

—Luego, cuando te hice creer que había muerto... —empezó a decir Kevin.

Alex encendió la radio y empezó a pasar emisoras. Kevin no captó la indirecta. Daniel tenía la mirada fija hacia delante, en el parabrisas.

—... acababa de empezar con Enrique de la Fuentes. Me bastaron unos días para darme cuenta de que aquello iba a salirse de madre. Sabía lo que les había hecho a las familias de sus enemigos. Era el momento de liberarte.

—De liberarte a ti mismo de la farsa de las visitas, querrás decir —murmuró Daniel.

Alex encontró una emisora de música clásica y subió el volumen para poder oírla por encima de la voz de Kevin.

—Fue entonces cuando te puse el rastreador. Necesitaba saber que estabas bien. A partir de entonces, ya no te vigiló nadie más que yo.

Daniel emitió un gruñido de incredulidad.

El volumen de la música estaba empeorando el dolor de cabeza de Alex. Volvió a bajarlo.

—La cosa acabó... mal con la Agencia. Mi plan era esperar a que la situación se enfriara y se olvidaran de mí y entonces cambiar de cara. En algún momento habría vuelto contigo, chaval. Al principio no me habrías reconocido, pero no iba a dejarte creer que estabas solo el resto de tu vida.

Daniel siguió mirando hacia delante. Alex se preguntó si creería lo que le estaba diciendo su hermano. Se tambaleaba bajo el peso de muchos tipos distintos de traición.

—¿Qué pasó con la Agencia? —preguntó Alex. En realidad no quería meterse en la conversación, pero no parecía que Daniel fuese a prolongarla. Antes de unirse a aquella improbable alianza, le había dado bastante igual por qué Kevin ya no estaba con la CIA. Sin embargo, esa información había cobrado importancia desde el momento en que la afectaba a ella también.

—Cuando terminé el trabajo del virus y De la Fuentes dejó de ser una amenaza, la Agencia quería que me retirara de allí, pero quedaban cabos sueltos que me tenían mosqueado. Quería dejarlo todo bien atado. No iba a costarme mucho tiempo más y tenía una posición única dentro del cártel. También era una buena oportunidad de influir en lo que ocurriría, en quién tomaría el poder y qué objetivos tendrían y, de paso, podía obtener información de primera mano sobre la nueva estructura. No podía creer que la Agencia quisiera sacarme. Me negué a irme. Creí que se lo había explicado todo bien, pero… supongo que no me creyeron. Debieron de pensar que me había corrompido, que había cambiado de bando y me quedaba en el cártel. Todavía no le encuentro el sentido. —Negó con la cabeza—. Pensaba que me conocían mejor.

—¿Qué hicieron? —preguntó Daniel.

—Quemarme. Me delataron como agente y corrieron la voz de que había matado a De la Fuentes. Y su gente vino buscando venganza.

—Y hasta donde sabía la CIA, se vengaron —aventuró Alex.

—Exacto.

—¿Le mataste? —preguntó Daniel—. A De la Fuentes, digo.

—El trabajo es así.

—¿Has matado a mucha gente?

—¿De verdad quieres saberlo?

Daniel esperó en silencio, sin mirar atrás.

—Vale. Bien. He matado a unas… cuarenta y cinco personas, puede que más. No tengo una cifra exacta porque no siempre hay tiempo de comprobar el pulso. ¿Entiendes por qué tenía que mantenerte apartado de mi vida?

Daniel volvió la cabeza hacia Alex.

—¿Tú has matado a alguien alguna vez?

—Tres veces.

—Tres… ¡Ah! ¿Los que envió tu gente a por ti?

—Sí.

—No te comportes como si por eso fuera mejor que yo —intervino Kevin, enfadado.

—No estaba… —empezó a decir Daniel.

Le tocó el turno a Kevin de gritar.

—¡Pregúntale a cuánta gente ha torturado antes que a ti! ¡Pregúntale cuánto tiempo estuvo con cada uno! ¡Cuántas horas, o cuántos días! Yo solo disparo a la gente. Limpio y rápido. No haría lo que hace ella en la vida. A nadie, y mucho menos a un civil inocente como…

—Cállate —saltó Daniel—. Deja de hablar. No desvíes esto hacia ella. Por mucho dolor que me haya causado, recuerda que tú me causaste más. Me dolió más y duró mucho, mucho más. Dices que tenías un buen motivo. Pues ella también. No sabía que le habían mentido, que la habían manipulado. Y en eso sí que sé lo que se siente.

—Como si ella fuera solo una espectadora inocente.

—¡He dicho que *te calles!* —Las dos últimas palabras de Daniel salieron a un volumen ensordecedor.

Alex se encogió. El perro dio un gemido y metió la cara para mirar a su amo.

—Tranquilo —dijo Kevin, tal vez al perro.

Daniel había visto la reacción de Alex.

—¿Estás bien?

—La verdad es que, además de muchas otras heridas molestas, me duele un montón la cabeza.

—Lo siento.

—No te preocupes.

—Pareces a punto de caer reventada, en el sentido figurado y en el literal. ¿Quieres que conduzca yo? Podrías intentar dormir un poco.

Alex se lo pensó un minuto. Siempre había tenido que hacerlo todo ella sola, pero no pasaba nada porque así sabía que estaba bien hecho. No había tenido a nadie con quien turnarse para conducir, pero tampoco pasaba nada, porque así no tenía que confiar en alguien. La confianza mataba.

Aun así, conocía sus límites. Además, había algo de lujoso en la idea de poder dormir y viajar al mismo tiempo.

Y confiaba en que Daniel no le haría daño, no la traicionaría. Aun sabiendo que podía ser un error garrafal, confiaba en él.

—Gracias —dijo—. Sí que estaría muy bien. Pararé en la siguiente salida.

Las palabras le sonaron raras al salir de su boca. Como algo que podría decir alguien en televisión, una línea de diálogo que recitaba un actor a otro. Pero supuso que debía de ser la forma en que sonaban las interacciones humanas normales. Era solo que no había protagonizado muchas en su vida.

Se hizo un silencio delicioso en los tres kilómetros que faltaban para la siguiente salida. La paz le dio incluso más sueño, y ya se le estaban cerrando los párpados cuando detuvo el coche en un arcén terroso.

Nadie habló durante el intercambio. La cabeza de Kevin cayó hacia atrás en el asiento, con los ojos cerrados. Daniel tocó con la mano el hombro de Alex al pasar junto a ella.

Estaba derrotada, pero no se durmió al momento. Primero lo atribuyó a lo raro que era tener un coche moviéndose debajo: su cuerpo había asumido que era ella la que, como de costumbre, estaba al volante y sabía que el sueño estaba prohibido. Echó varios vistazos a Daniel desde debajo de la gorra para quedarse tranquila. Sabía conducir bien. Podía relajarse. Sí, el asiento era incómodo, pero no mucho más que su arreglo nocturno habitual. Se había acostumbrado a descansar allí donde pudiera. Pero notaba la cabeza… demasiado libre. En el momento en que se dio cuenta, supo que lo que le faltaba era la máscara antigás. Había pasado a formar parte de su ritual del sueño.

Entender el problema ayudaba. Se caló más la gorra sobre la cara dolorida e intentó relajarse. Ese día no había tendido cables. No había gas venenoso que la amenazara. «Todo va bien», se prometió a sí misma.

Era de noche cuando despertó. Se notó rígida, tremendamente dolorida y hambrienta. Además, necesitaba orinar con urgencia. Deseó haber podido dormir más tiempo y así posponer tantas sensaciones desagradables, pero los hermanos estaban discutiendo otra vez. Llevaba mucho tiempo dormida, lo sabía, y no podía reprocharles que se hubieran olvidado de que estaba allí, pero deseó que la discusión no fuese sobre ella cuando despertó.

—… pero es que no es guapa —estaba diciendo Kevin cuando Alex empezó a recobrar la consciencia.

—Ni siquiera sabes qué aspecto tiene —replicó Daniel con rabia—. Te liaste a golpes con su cara antes de presentarte siquiera.

—La cara no es lo único, chaval. Tiene el cuerpo de un chico flacucho de diez años.

—Tú eres el motivo de que las mujeres nos tomen a todos por cerdos. Y además, a eso se le llama sílfide.

—Lees demasiados libros.

—Y tú demasiado pocos.

—Digo las cosas como son.

—Tienes una percepción limitada.

—Eh, no pasa nada —los interrumpió Alex. No había ninguna forma elegante de entrar en la conversación, pero no quería fingir que seguía dormida—. No me ha ofendido.

Se quitó la gorra de la cara y limpió la baba que había caído de su labio herido.

—Lo siento —murmuró Daniel.

—No le des más vueltas. Tenía que despertarme.

—No, lo digo por él.

—Que tu hermano tenga tan baja opinión de mis encantos es una clase especial de cumplido.

Daniel rio.

—Bien dicho.

Kevin soltó un bufido.

Alex se desperezó y gimió de dolor casi al instante.

—A ver si lo adivino. Cuando te imaginabas a la compañera del Científico Loco, a la misteriosa Oleander, visualizabas a una rubia, ¿verdad? —Vio de reojo la repentina rigidez en la cara de Kevin—. Sí, sin duda era rubia. Pechos grandes, piernas largas y morenas, labios carnosos y ojos grandes y azules de corderito. ¿Lo he dicho todo o también tenía acento francés?

Kevin no respondió. Alex se volvió de nuevo y lo encontró mirando por la ventanilla como si no la escuchara.

—Lo he clavado —añadió, riendo.

—Siempre le ha gustado lo obvio —comentó Daniel.

—En el trabajo nunca vi a una de esas —le explicó Alex a Daniel—. No digo que tal criatura no pueda tener el cerebro que hace falta, pero en fin, ¿para qué dedicarte a una vida de investigación sin glamur cuando tienes tantas otras opciones?

—Yo sí que he visto a chicas así en el trabajo —dijo Kevin entre dientes.

—Claro, agentes —concedió Alex—. Porque ese trabajo es sexy, emocionante. Pero, créeme, las batas de laboratorio no realzan mucho la figura, por mucha versión guarrilla que haya como disfraz de Halloween.

Kevin volvió a mirar por la ventanilla.

—¿Cómo te encuentras? —preguntó Daniel.

—Au.

—Ah. Lo siento.

Alex se encogió de hombros.

—Deberíamos buscar un sitio para parar. No voy a poder comer en un restaurante sin que alguien os denuncie a la policía. Tendremos que encontrar algún motel y que luego alguien salga a hacer la compra.

—¿El servicio de habitaciones no sirve? —preguntó Daniel.

—Esa clase de hoteles se fija si pagas en efectivo —explicó Kevin antes de que pudiera hacerlo ella—. Lo siento, hermano. Esta noche habrá que pasar penurias.

—¿Llevas todo el día conduciendo? —preguntó ella.

—No, Kev y yo nos hemos turnado un par de veces.

—No puedo creer que ni me haya enterado.

—Creo que necesitabas dormir.

—Sí, supongo que llevaba demasiado tiempo forzando la máquina.

—Tan poco tiempo —murmuró Kevin— y tanta gente que torturar.

—Y que lo digas —convino Alex en tono alegre, solo para chincharlo.

Daniel se echó a reír.

Parecía un hombre dulce y amable, más que nadie que hubiera conocido Alex, pero estaba claro que era raro. Quizá incluso inestable.

Encontraron un motel pequeño a las afueras de Little Rock. Alex pensó que la ciudad debería sonarle al menos un poco, pero no había nada que le recordara las visitas a los abuelos de su infancia. Tal vez la ciudad había crecido demasiado en los años transcurridos desde que estuvo por última vez. O tal vez se encontraban en una parte que no había conocido. En algún lugar cercano estaban enterrados su madre y sus abuelos. Se preguntó si debería sentir algo al pensarlo. Pero lo cierto era que el lugar no importaba. No estaría más cerca de ellos por acercarse a los restos de su material genético.

Kevin insistió en ser quien hiciera el registro en recepción. Probablemente sería mejor que tomara él las riendas: Alex estaba descartada por cómo tenía la cara y, aunque no fuera así, seguía siendo el experto. Ella solo sabía lo que había aprendido mediante la investigación teórica y un par de años de prueba y error. A Kevin le habían enseñado muchísimo más y lo había puesto en práctica sobre el terreno. Daniel ni siquiera era una opción. Sí, tenía bien la cara, pero muy mal todos los instintos.

Por ejemplo, por cómo protestó al saber que su hermano había pedido solo una habitación. Ni se le pasó por la cabeza que el recepcionista habría recordado mejor a un hombre que entrara solo pero pagara dos habitaciones en efectivo. Y cuando Kevin aparcó a tres puertas de distancia de su habitación, Daniel no entendió por qué. Le explicaron que era para despistar, pero era un concepto muy ajeno a todo lo que Daniel había conocido, a toda costumbre que se hubiera formado. Pensaba como una persona normal que nunca había tenido nada que esconder. Iba a tener que aprender mucho.

Hasta preguntó si deberían pedir permiso antes de meter al perro en la habitación.

Había una sola cama, pero Alex llevaba doce horas seguidas durmiendo, así que se ofreció a montar guardia. Kevin hizo una salida de media hora y volvió con sándwiches envueltos en celofán, refrescos y un saco grande de comida para perros. Alex engulló su sándwich y lo bajó con un puñado de ibuprofenos. Einstein comió con el mismo entusiasmo que ella, directamente del saco, pero Daniel y Kevin se tomaron la comida con más calma. Al parecer, también se había perdido un par de paradas en ventanillas de comida rápida para llevar.

El repaso rápido que se dio en el rayado espejo del cuarto de baño no fue muy alentador. Tenía la nariz hinchada hasta el doble de su tamaño normal, roja y protuberante. La parte positiva era que quizá al sanar quedaría distinta a como la tenía antes y le cambiara un poco la apariencia. Tal vez el resultado estético no fuera tan agradable como si se hubiera pasado por un cirujano plástico pero seguro que sí menos doloroso, o al menos más rápido. Sus ojos morados eran en realidad una gran contradicción a su propio adjetivo, con su arcoíris de colores que iban del amarillo ictericia al negro gangrena, pasando por el verde bilis. El labio partido se había hinchado a los lados de la fisura costrosa como si llevara dos globos de carne, y ni siquiera había imaginado que a alguien se le podían formar cardenales dentro de la boca. Por algún extraño golpe de suerte, conservaba todos los dientes. Hacerse un puente habría sido complicado.

Iba a pasar un tiempo antes de que pudiera hacer nada en absoluto. De verdad esperaba que la casa segura que les había prometido Kevin hiciese honor a su nombre. La preocupaba estar dirigiéndose a lo desconocido. No había preparado nada, y eso la enervaba por completo.

Se duchó y se cepilló los dientes, un verdadero calvario, antes de ponerse sus mallas negras y una camiseta blanca limpia. Había llegado al fondo de su ropero. Esperaba que en la casa de Kevin hubiera lavadora.

Daniel ya se había dormido cuando salió del cuarto de baño, estirado bocabajo con una mano bajo la almohada y el otro brazo fuera de la cama, rozando la descolorida moqueta con sus largos dedos. La cara que ponía al dormir de verdad era impresionante. Igual que antes, cuando estaba inconsciente, irradiaba una inocencia y una serenidad que no parecían pertenecer al mismo mundo que ella.

Ni Kevin ni el perro estaban en la habitación. Aunque Alex sabía que el perro tenía necesidades, no pudo hacer bajar su nivel de alerta del naranja rojizo hasta que volvieron.

Kevin no la saludó, pero el perro la olisqueó una vez al pasar. Kevin se acostó bocarriba, con los brazos a los lados, y cerró los ojos de inmediato. No volvió a moverse en las siguientes seis horas. El perro subió al pie de la cama y se hizo un ovillo con la cola sobre las piernas de Daniel y la cabeza apoyada en los pies de Kevin.

Alex se sentó en la única silla, porque la moqueta le resultaba demasiado cuestionable como para tumbarse en el suelo, y se inclinó sobre su portátil para repasar las noticias. No estaba segura de cuándo se conocería la ausencia de Daniel ni de si llegaría a los medios al conocerse. Lo más probable era que no. Los adultos desaparecían a todas horas. Por ejemplo, su padre. Eran acontecimientos demasiado comunes como para causar revuelo, a menos que hubiera algún detalle sensacionalista, como miembros amputados en el apartamento del desaparecido.

Tampoco había noticias aún sobre el accidente de una avioneta en Virginia Occidental —no se han encontrado fallecidos ni heridos, se sigue intentando localizar al dueño—, pero dudaba que el suceso mereciera más que un breve en la versión web de algún periódico local. Y cuando se publicara, no habría nada en el texto que llamara la atención de nadie en Washington.

Alex terminó de hacer sus búsquedas de la información que pudiera ponerlos en peligro. Parecía que de momento tenían despejado ese frente, al menos. ¿Qué estaría pensando Carston en ese mismo instante? ¿Qué estaría tramando? Alex no tenía que devolver a Daniel hasta el lunes antes de que empezaran las clases, y seguía siendo solo sábado. O bueno, casi domingo. El departamento sabía que no lograría doblegar a Daniel, porque no tenía nada que confesar. Debían de ser conscientes de que en algún momento Alex descubriría la existencia de los gemelos idénticos. Debían de estar bastante seguros de que Kevin seguía vivito y coleando. Habían esperado hacerlo salir a las primeras de cambio y habían acertado. Lo único que no habían previsto era que la torturadora y el asesino tuvieran una conversación.

Nunca habría resultado así de no ser por la interferencia de Daniel. Para ellos el hermano de Kevin solo había sido un ardid, un peón que exponer para atraer a las piezas más importantes al centro del tablero. Nunca habrían adivinado que se convertiría en un catalizador del cambio.

Alex pretendía cumplir su parte del acuerdo. Asumiría el papel de vencedora, aunque en realidad fuese el papel perdedor, y dejaría que Daniel y Kevin estuvieran muertos. Muerto de nuevo, en el caso de Kevin. Pero cómo le habría gustado ser ella la muerta. Qué fácil habría resultado al departamento creer que alguien como Kevin Beach, que había desmantelado un cártel, tuviera éxito donde ellos habían fracasado. ¿No habría tenido sentido para ellos dejar de buscarla, entonces? ¿Cómo sería desaparecer, pero en esta ocasión sin nadie que la persiguiera?

Suspiró. Las ensoñaciones solo servían para volverlo todo más complicado; no tenía sentido permitírselas. Los dos hombres dormían profundamente, estaba segura, de modo que metió la mano en su bolsa y sacó la bombona presurizada que había seleccionado antes. Solo tenía dos máscaras antigás, así que aquella noche no prepararía nada letal, solo el mismo agente somnífero gaseoso que había liberado su ordenador en el establo. Bastaría. Le permitiría controlar el desenlace si alguien los localizaba.

Después de colocar los cables —solo una línea doble aquella noche, ya que no tendría que armar ni desarmar la trampa desde fuera de la habitación—, volvió a su silla. Miró a los gemelos. Los dos tenían el sueño profundo y tranquilo. Se preguntó si sería buena costumbre en un espía. Tal vez fuese que Kevin se fiaba de ella, lo bastante al menos como para confiar en que daría la alarma o incluso resolvería un problema sin matarlos a todos. Los hermanos y ella eran sin duda extraños compañeros de cama.

Qué raro se le hacía estar cuidando de ellos. Le parecía un error, y eso lo había esperado. Pero también le gustaba, satisfacía una necesidad que no sabía que estuviera allí, y eso sí que no se lo había esperado.

Dedicó un tiempo a pensar en su análisis de la situación, buscando fallos en su teoría, pero cuantas más vueltas le daba, más sentido le veía. Hasta la lamentable ausencia de evolución en sus pretendidos asesinos —al tercer intento, alguien debería haber deducido su sistema y cambiar de enfoque— encajaba, vista desde el nuevo ángulo. Nunca había habido una operación propiamente dicha, sino solo individuos prescindibles enviados a por ella con escasa o nula información previa. Repasó cada conjetura dos o tres veces y se sintió más convencida que nunca de comprender por fin a quienes querían darle caza.

Y al terminar, se aburrió.

Lo que le apetecía era entrar en la página web del programa de patología de la Universidad de Columbia y leer las últimas tesis doctorales, pero no era seguro hacerlo mientras el departamento estuviera afanándose en localizarla, como estaba segura de que era el caso. El departamento no podía rastrear toda conexión que hiciera alguien a sus antiguos intereses, pero quizá aquel fuese demasiado evidente. Suspirando, se puso unos auriculares, abrió YouTube y empezó a ver un tutorial de cómo desarmar un fusil. Lo más probable era que no necesitara saberlo nunca, pero daño tampoco haría.

Kevin se despertó a las cinco y media en punto. Simplemente se incorporó, tan despierto como como si lo hubieran encendido con un interruptor. Dio una palmadita al perro y fue hacia la puerta. Solo le costó un segundo reparar en la máscara antigás que llevaba puesta Alex y detenerse de golpe. El perro, que lo seguía de cerca, también se detuvo y apuntó el hocico hacia ella, buscando lo que fuera que había molestado a su amo.

—Dame un segundo —dijo Alex.

Se levantó con esfuerzo, aún dolorida e irritada, quizá más o quizá menos que al principio de la noche, y anduvo envarada hacia la puerta para desmontar sus precauciones de seguridad.

—No te he dado permiso para hacer eso —dijo Kevin.

Alex no lo miró.

—Ni yo te lo he pedido.

Kevin gruñó.

Solo le costó unos segundos despejarle el camino. Se quitó la máscara y señaló con ella hacia la puerta.

—Dale caña.

—A ti voy a darte caña —creyó oír que farfullaba Kevin al pasar junto a ella, pero había hablado en voz demasiado baja como para poder estar segura.

El perro fue tras él, meneando la cola tan deprisa que se veía borrosa. Supuso que el tipo del mostrador no estaría prestando ninguna atención a aquella hora, pero aun así le pareció que Kevin estaba tentando demasiado a la suerte. Una discusión a gritos con el recepcionista no iba a ayudarlos a seguir de incógnito.

Hurgó en la bolsa de comida que había llevado Kevin la noche anterior. Los sándwiches que quedaban no parecían tan apetecibles como ocho horas antes, pero había una caja de pastelitos industriales de cereza que no había visto. Ya estaba sacando el segundo de su envoltorio cuando volvieron Kevin y el perro.

—¿Quieres echarte unas horas? —preguntó él.

—Si no os importa conducir, puedo volver a dormir en el coche. Es mejor que lleguemos al sitio donde vamos.

Kevin asintió una vez con la cabeza antes de acercarse a la cama y dar una patadita a su hermano.

Daniel gimoteó y rodó bocarriba, tapándose la cabeza con una almohada.

—¿Era necesario? —preguntó Alex.

—Como has dicho, es mejor que nos vayamos. Danny siempre ha tenido un problema con el botón del despertador. —Arrancó la almohada de la cabeza de Daniel—. Arriba, chaval.

Daniel parpadeó unos segundos, desconcertado, y entonces Alex vio cómo le cambiaba la cara al recordar, al comprender dónde estaba y por qué. Dolía ver cómo la paz de sus sueños se derrumbaba en la devastadora nueva realidad de su vigilia. Su mirada recorrió la habitación hasta encontrarla. Alex intentó componer una expresión reconfortante, pero sin duda los daños de su cara se impondrían a cualquier gesto. Pensó en algo que decir, algo que volviera el mundo un poco menos tenebroso y siniestro para él.

—¿Un pastelito? —le ofreció.

Daniel volvió a parpadear.

—Hum, vale.

12

Alex no aprobaba el escondite.

Habían llegado a media tarde. No se había permitido dormir más de cuatro horas en el coche porque no quería seguir en horario nocturno para siempre, así que estaba despierta cuando salieron de la autovía a una carretera secundaria de doble sentido, luego a otra más estrecha y por último a un camino de tierra donde apenas cabía el coche: llamarlo camino era lanzarle un piropo.

Desde luego que el sitio era difícil de encontrar, pero una vez encontrado…, bueno, solo había una salida. Ella nunca habría elegido vivir arrinconada de aquel modo.

—Tranquila, asesina —le dijo Kevin cuando protestó—. Aquí no nos va a buscar nadie.

—Tendríamos que haber cambiado la matrícula.

—Me he ocupado mientras tú roncabas.

—En realidad no has roncado —terció Daniel en voz baja. Conducía él, siguiendo las indicaciones de Kevin—. Pero es verdad que hemos parado en un vertedero para robar unas matrículas.

—Así que vamos a quedarnos atrapados en un callejón sin salida mientras el caballero sin espada se va a Washington —rezongó.

—Es un lugar seguro —dijo Kevin en un tono brusco que a todas luces pretendía terminar la discusión—. Así que nada de tender esas trampas mortales tuyas por mi casa.

Alex no respondió. Cuando Kevin se hubiera ido, haría lo que quisiera.

Por lo menos el escondrijo estaba muy alejado de los vecinos: condujeron al menos un cuarto de hora por el camino de tierra sin ver ningún rastro de otros seres humanos. Así, al menos habría pocos daños colaterales si por algún motivo necesitaba pegar fuego al lugar.

Llegaron a un alto portón flanqueado por una verja de gruesa tela metálica, coronada por alambre de espino en espiral. La verja se perdía tanto en la distancia a ambos lados que no alcanzó a ver dónde giraba o terminaba. Junto a la puerta había un cartel de aspecto muy serio que rezaba PROHIBIDO EL PASO, con un letrero debajo en el que podía leerse: ENTRE BAJO SU PROPIA RESPONSABILIDAD. LOS PROPIETARIOS NO SE HARÁN RESPONSABLES DE NINGUNA HERIDA O DAÑO FÍSICO QUE PUEDA RESULTAR DEL ALLANAMIENTO.

—Sutil —comentó Alex.

—Funcional —respondió Kevin. Sacó un llavero del bolsillo y pulsó un botón. El portón se abrió y Daniel llevó el coche al otro lado.

Alex pensó que tendría que haber imaginado que el piso franco de Kevin sería tan evidente.

A los pocos kilómetros, la casa apareció en su campo de visión como un espejismo, con sus dos plantas flotando en la neblina sobre la hierba seca y amarillenta. Aquí y allá, el matorral bajo y unos pocos árboles oscuros daban textura a la pradera. Por encima de todo ello, el cielo azul descolorido se extendía hasta el infinito.

Alex nunca había estado muy cómoda en las Grandes Llanuras. Llevaba demasiado tiempo siendo una chica de ciudad. Se sentía demasiado expuesta, demasiado… desanclada. Como si un viento fuerte pudiera llevarse por delante todo lo que tenía a la vista. Cosa que posiblemente ocurriera por aquella zona cada medio año. Deseó con todas sus fuerzas que no fuese temporada de tornados.

El resto de la casa se les fue revelando al ascender por una suave pendiente en el camino, por lo demás casi llano. Era grande pero estaba destartalada, con dos pisos y un porche endeble que abarcaba media planta baja. La hierba áspera y muerta terminaba a unos veinte metros de la casa y cedía el paso a una grava color arena que cubría la tierra hasta la celosía que intentaba camuflar los cimientos. Las únicas interrupciones en la monótona vegetación eran la casa, los árboles raquíticos, la cicatriz rojiza del camino de tierra y varias formas indefinidas en movimiento que deambulaban por los bordes del camino. Alex había visto muchas vacas al entrar, pero aquellos animales parecían demasiado pequeños para ser congéneres suyos. Se los veía peludos, con colores que iban del negro al marrón y al blanco y a combinaciones de los tres.

Las siluetas empezaron a converger hacia el coche, moviéndose mucho más deprisa que las vacas.

La cola de Einstein empezó a menearse con tanta ferocidad que sonó como un pequeño helicóptero en el asiento trasero.

—¿Qué es este sitio, Kev?

—Mi plan de pensiones.

La media docena de perros de distintos tamaños llegaron al coche. «Fantástico», pensó Alex. Uno de ellos podría haber sido el gemelo de Einstein. Otro era gigantesco, con aspecto de tener más genes equinos que cánidos. Reconoció un dóberman, dos rottweilers y un pastor alemán con su coloración habitual.

Al acercarse, los perros se habían movido en silencio y con posturas agresivas, pero al ver a Einstein sus colas empezaron a moverse y todos emprendieron un estridente coro de ladridos.

—Entreno a perros guardianes para particulares y negocios. También vendo unos pocos a familias que buscan mascotas muy bien educadas.

—¿Cómo mantienes oculto todo esto? —preguntó Alex con curiosidad.

—Sigue, Danny, que se apartarán —indicó Kevin.

Daniel había parado el coche cuando lo rodearon los perros. Aceleró con cautela y, en efecto, los perros se movieron para flanquearlos y acompañarlos hacia la casa. Kevin dijo a Alex:

—No hay nada a mi nombre. Nadie ve nunca mi cara. Para eso tengo un socio.

Mientras hablaba, Alex vio que salía alguien al porche, un hombre voluminoso con sombrero de vaquero. Desde aquella distancia, no pudo distinguir más detalles.

—Todo el mundo sabe que el rancho de los perros está aquí, bien lejos de todo. No nos molesta nadie. No hay nada que lo relacione con mi vida anterior —seguía explicando Kevin, pero Alex no le prestaba mucha atención. Tenía la mirada clavada en el hombre que los esperaba en lo alto de los escalones del porche. Kevin notó su preocupación—. Ah, ¿es por Arnie? Es buena gente. Confío en él hasta la muerte.

Alex frunció el ceño al oír la expresión. Daniel también la estaba mirando. Empezó a aminorar.

—¿Hay algún problema, Alex? —preguntó en voz baja.

Alex oyó que los dientes de Kevin rechinaban detrás de ella. Estaba claro que no podía soportar que Daniel recurriera a ella cuando buscaba orientación.

—Es solo que… —Alex hizo una mueca y movió la mano hacia Daniel y su hermano—. Esto ya es demasiado para mí.

Vosotros dos. Apenas consigo confiar en vosotros, así que ya no digamos en una tercera persona. Por la que, para colmo, solo responde este de aquí. —Señaló a Kevin, que torció el gesto.

—Pues mala suerte, canija —contestó Kevin—, porque esta es tu mejor opción y el tío por el que respondo viene incluido en el paquete. Si quieres llevar a la práctica ese plan tuyo, tendrás que aguantarte.

—Todo irá bien —la tranquilizó Daniel, poniendo su mano derecha suavemente sobre la izquierda de Alex.

Era ridículo lo bien que podía hacerte sentir algo así. Al fin y al cabo, Daniel no comprendía ni los elementos más básicos del riesgo que corrían. Pero aun así, su ritmo cardíaco deceleró un poco y su mano derecha, que había cerrado con fuerza en torno a la manecilla de la puerta sin darse cuenta, se relajó.

Los perros siguieron sin problemas el ritmo del lento avance de Daniel hasta que se detuvo sobre la grava, y Alex pudo ver mejor al hombre que los esperaba.

Arnie era alto y fornido, de ascendencia latina y quizá también nativa americana. Tal vez tuviera unos cuarenta y cinco años, pero también podría haber tenido diez más. Había arrugas en su cara, pero su piel parecía curtida más por el viento y el sol que por la edad. El pelo, que caía varios centímetros por debajo del sombrero, era entrecano. Los miró sin revelar ninguna emoción mientras se detenían, aunque no había forma de que hubiera esperado a una tercera pasajera, incluso si Kevin le había hablado de Daniel.

Einstein salió en estampida del coche en el momento en que Kevin abrió la portezuela y al instante procedió a husmear y dejarse husmear. Daniel y Kevin bajaron casi igual de deprisa, anhelando estirar sus largas piernas. Alex era más reacia. Había muchos perros, y el de las manchas marrones, el que parecía un caballo, era con toda probabilidad más alto a cuatro patas que ella de pie. De momento daban la impresión de estar distrayéndose entre ellos, pero no había forma de saber cómo reaccionarían ante una desconocida.

—No seas tan cobarde, Oleander —le dijo Kevin desde fuera.

La mayoría de los perros convergieron sobre él y casi lo derribaron con el peso combinado de sus saludos.

Daniel rodeó el coche, le abrió la puerta y le ofreció la mano. Alex suspiró, irritada, y salió sin ayuda. Sus zapatos hicieron crujir la grava, pero los perros no parecieron fijarse en ella.

—Arnie —llamó Kevin, imponiéndose al sonido de los perros felices—, este es mi hermano, Daniel. Va a quedarse aquí. Y, hum, también traigo a una… huésped temporal, supongo. No sé de qué otra forma llamarla, pero «huésped» suena un poco demasiado positivo, ya me entiendes.

—Tu hospitalidad me deja sin aliento —masculló Alex.

Daniel rio y subió las escaleras con dos pasos rápidos. Extendió el brazo hacia el hombre de rostro pétreo, que a su lado ya no parecía tan alto, y estrecharon las manos.

—Encantado de conocerte, Arnie. Mi hermano no me ha hablado en absoluto sobre ti, así que espero que podamos conocernos mejor.

—Igualmente, Danny —contestó Arnie. Tenía una voz de barítono que retumbaba, como si nunca la usara lo suficiente como para suavizarla.

—Y esta es Alex. No hagas caso a mi hermano: va a quedarse todo el tiempo que quiera.

Arnie la miró, ya con atención. Alex esperó a ver cómo reaccionaba al desastre que tenía por cara, pero Arnie se limitó a contemplarla con serenidad.

—Es un placer —dijo ella.

Él asintió.

—Podéis llevar dentro vuestras cosas —anunció Kevin. Intentó ir hacia la escalera, pero tenía perros enredándose entre sus piernas a toda velocidad—. ¡Eh, cabezas huecas! ¡Atención!

Al instante, como si de un pequeño pelotón de soldados se tratara, los perros retrocedieron unos pasos, formaron en línea y se quedaron quietos con las orejas alzadas.

—Mucho mejor así. Relajad.

Los perros se sentaron al mismo tiempo, con las lenguas fuera en sonrisas de afilados colmillos.

Kevin se reunió con los demás en la puerta.

—Decía que podéis coger vuestras cosas. Danny, tienes una habitación subiendo las escaleras a la derecha. Y tú… —Bajó la mirada hacia Alex—. Bueno, supongo que puedes usar la habitación del fondo del pasillo. No esperaba más compañía, así que no está preparada como dormitorio.

—Traigo un catre.

—Yo no traigo nada —dijo Daniel, y aunque Alex esperaba captar tristeza en su voz, no la hubo. Estaba poniendo al mal tiempo buena cara—. ¿Necesitas ayuda, Alex?

Ella negó con la cabeza.

—Solo voy a meter dentro unas pocas cosas. Las demás las esconderé en algún lugar fuera de la valla.

Daniel levantó las cejas, confundido, pero Kevin estaba asintiendo con la cabeza.

—He tenido que huir en plena noche alguna vez —le explicó Alex a Daniel bajando la voz, aunque lo más seguro era que Arnie pudiera oírla de todos modos. No tenía ni idea de cuánto sabía aquel hombre sobre el antiguo empleo de Kevin—. Puede no ser fácil volver para recoger tus cosas después.

Las cejas de Daniel se arrugaron. Parte de la tristeza que Alex esperaba antes cruzó su semblante. Aquel era un mundo en el que poca gente entraba a propósito.

—Aquí no hace falta que te preocupes por eso —dijo Kevin—. Este sitio es seguro.

Kevin era de esas pocas personas que habían escogido aquella vida, lo que la hacía desconfiar de su juicio.

—Prefiero no perder la práctica —insistió.

Kevin se encogió de hombros.

—Si es lo que quieres, conozco un sitio que te podría servir.

La casa era bastante más bonita por dentro que por fuera. Alex había esperado un empapelado mohoso, los típicos paneles de roble de los años setenta, sofás hundidos, linóleo y formica. Pero, aunque se dejaba notar un intento de tema rústico, todo el interior era nuevo y puntero. Había hasta encimeras de granito en la isla de cocina, bajo la araña de astas de alce.

—Hala —musitó Daniel.

—Pero ¿cuántos trabajadores han entrado aquí? —murmuró ella para sí misma. Demasiados testigos.

Kevin la oyó, aunque Alex no lo había pretendido.

—En realidad, ninguno. Arnie antes trabajaba en la construcción. Compramos todo el material fuera del estado y lo montamos nosotros mismos. Bueno, sobre todo lo montó Arnie. ¿Satisfecha?

Alex hizo un mohín con sus labios de globo.

—¿Cómo os conocisteis vosotros dos? —preguntó Daniel a Arnie con educación.

De verdad que iba a tener que estudiar a Daniel, pensó Alex. Le convenía practicar su forma de relacionarse. Así era como se comportaba una persona normal, y ella o nunca había sabido hacerlo o había perdido toda la práctica. Tenía sus frases memorizadas para hacer de camarera y trabajar en un cubículo de oficina, y sabía cómo responder en un entorno laboral de forma que se la recordara lo menos posible. También sabía hablar con los pacientes cuando hacía sus trabajos médicos ilegales y, antes de eso, había aprendido las mejores maneras de extraer respuestas de un sujeto. Pero fuera de esos roles prescritos, siempre evitaba todo contacto.

Fue Kevin quien respondió a la pregunta de Daniel.

—Arnie estaba metido en un pequeño lío que tocaba de pasada un proyecto en el que estaba trabajando yo hace tiempo. Quería dejarlo todo y me dio cierta información muy valiosa a cambio de que lo matara.

El silencioso Arnie sonrió de oreja a oreja.

—Hicimos buenas migas —siguió diciendo Kevin— y mantuvimos el contacto. Cuando decidí empezar a preparar mi jubilación, hablé con él. Nuestras necesidades e intereses encajaban de maravilla.

—Una parejita perfecta —comentó Alex con voz acaramelada. Y no añadió en voz alta: «Genial, así que puede haber gente buscándolo a él también».

Kevin acompañó a Daniel al dormitorio principal de la planta baja para que cogiera ropa y artículos de aseo. Alex subió la escalera por su cuenta y localizó sin problemas la pequeña habitación que le había ofrecido Kevin. Le bastaría. Estaban usándola de cuarto trastero, pero había bastante sitio para su catre y sus objetos personales. Podría usar uno de los grandes contenedores de plástico a modo de escritorio. El cuarto de baño estaba pasillo abajo, con puertas al propio pasillo y a lo que iba a ser el dormitorio de Daniel.

Alex llevaba mucho tiempo sin compartir el cuarto de baño, pero al menos aquel era más grande y lujoso que los que solía tener.

Los hermanos seguían atareados cuando volvió al coche para coger algunas cosas. Había tres perros en el porche: uno que tenía que ser Einstein, un enorme rottweiler negro y otro animal castaño rojizo con cara tristona y largas orejas caídas que le recordó al perro que se partía la pata al final de *La dama y el vagabundo*, por lo que sería un sabueso o un perro de caza o algo por el estilo; siempre los confundía.

El rottweiler y el sabueso se aproximaron a ella con más interés que agresividad, pero bastó para que Alex diera una larga zancada de vuelta hacia la puerta. Einstein levantó la cabeza, dio un ladrido grave que casi parecía una tos y los otros dos se detuvieron. Bajaron las ancas al suelo allí donde estaban, como habían hecho cuando Kevin les había dado la orden de «relaja».

No estaba muy segura de si Einstein tendría verdadera autoridad para dar órdenes a los otros perros —¿eran capaces de reconocer el rango?—, de modo que se movió con cautela por el porche, esperando un ataque en cualquier momento. Los animales mantuvieron sus posturas relajadas y solo la miraron curiosos. Cuando pasó junto a él, la cola del sabueso dio un golpe ruidoso contra los listones del suelo, y Alex tuvo la impresión de que estaba poniéndole ojitos para que lo acariciara. Esperó no causarle mucha decepción con su cobardía.

Buscó entre las cosas que tenía embutidas en el maletero y reunió una mochila de emergencia que llevaría consigo en todo momento. Sacó la mayor parte de su ropa sucia para lavarla dentro —ojalá hubiera lavadora—, pero dejó el traje de negocios con las demás bolsas del maletero. Quería guardar al menos una muda en su escondrijo de fuera de la casa. Una noche digna de recordar había tenido que huir en ropa interior después de que el asesino número dos muriera gaseado intentando rajarle el cuello, y se vio obligada a abrir la furgoneta del vecino y robarle el mono de trabajo. Tenía bien aprendida esa lección. Esa y la de dormir siempre con pijamas que pudieran pasar por ropa de calle.

Incluso con el catre bajo el brazo, no le costó mucho llevarlo todo escalera arriba. Volvió a por la bolsa de lona que contenía su material básico de laboratorio, porque no pensaba desperdiciar el tiempo de descanso sin hacer sus preparativos. Al pasar junto al dormitorio principal, oyó una discusión por cuyo tono se alegró de no estar en medio.

Instalar el laboratorio le llevó poco tiempo gracias a la mucha práctica que tenía. Uno de sus matraces de cristal tenía una muesca, pero aún parecía utilizable. Montó su rotavapor y sacó unos condensadores y dos recipientes de acero inoxidable. Había usado casi todo su «Sobrevive» y, por cómo estaba yendo la semana, era fácil que necesitara más. Tenía D-fenilalanina de sobra, pero se llevó una decepción al comprobar su reserva de opiáceos. Había menos de los que creía. No bastarían para sintetizar más «Sobrevive» y solo le quedaba una dosis.

Aún estaba refunfuñando por su falta de suministros cuando oyó que Kevin la llamaba desde abajo.

—Eh, Oleander. Tic, tac.

Cuando salió por la puerta delantera, Kevin ya estaba al volante del sedán y Daniel en el asiento del copiloto. Kevin la vio titubear en el porche y dio un bocinazo irritantemente largo. Alex anduvo tan despacio como pudo hacia el coche y se metió en el asiento trasero con mala cara: iba a ponerse perdida de pelo de perro.

Condujeron por el mismo estrecho camino de tierra hasta el portón y luego unos kilómetros más antes de desviarse por otro camino incluso menos marcado que llevaba más o menos hacia el oeste. El desvío era poco más que dos marcas de neumáticos entre la hierba. Lo siguieron a lo largo de diez u once kilómetros, estimó. Al principio atisbaba de vez en cuando la verja del rancho, pero al poco tiempo se desviaron demasiado al oeste y dejó de verla.

—¿Estos terrenos también son tuyos?

—Sí, después de pasar por unos cuantos nombres más. Esta parcela es propiedad de una corporación que no está asociada de ningún modo con la parcela del rancho. Sé cómo se hacen estas cosas, ¿vale?

—Por supuesto.

El terreno empezó a cambiar a su derecha. La hierba amarillenta terminaba en un extraño borde regular y el suelo pasaba a ser de tierra lisa, roja y desnuda. Cuando el sendero empezó a regresar en dirección norte hacia el borde de la hierba, Alex se sorprendió al ver que la tierra roja en realidad era la orilla de un río. El agua era del mismo color que la ribera y fluía con suavidad hacia el oeste, sin rápidos ni obstáculos. Tenía unos quince metros en el punto más ancho que alcanzó a ver. Alex contempló la corriente mientras avanzaban más o menos en paralelo a ella, fascinada por su existencia en el centro de aquella pradera tan seca. Pese a lo calmado del agua, el río parecía fluir a bastante velocidad.

En esa ocasión no hubo verja. A unos cincuenta metros del camino se alzaba un granero a medio desmoronar, descolorido por el sol y con pinta de haber llegado al final de su larga vida y estar esperando solo a que la meteorología adecuada acabara con su sufrimiento. Alex había visto centenares de edificios como aquel en su reciente trayecto por Arkansas y Oklahoma.

No le llegaba ni a la suela de los zapatos a su lechería.

Kevin giró hacia la construcción y condujo por la hierba. Alex no distinguió ningún camino ni sendero oficiales.

Se quedó en el coche esperando mientras Kevin bajaba para abrir un candado inmenso y vetusto y separar las puertas. Desde fuera, a la luz brillante del cielo abierto y despejado, era imposible ver nada del lóbrego interior. Kevin volvió al trote y llevó el coche a la oscuridad.

En esa ocasión, el interior cumplía las promesas que había hecho el exterior. Una tenue luz se filtraba por los listones del granero e iluminaba pilas y más pilas de material de granja oxidado, la mayor parte de un tractor corroído, las carrocerías de unos pocos coches antiquísimos y un gigantesco y polvoriento almiar al fondo, medio cubierto por una lona. Nada que mereciera la pena robar, o incluso examinar de cerca. Si alguien se molestaba en allanar aquel sitio, lo único valioso que encontraría sería la sombra.

Cuando se apagó el motor, a Alex le pareció entreoír la corriente del río. No podían estar a más de un par de centenares de metros de distancia.

—Servirá —dijo—. Dejaré mis trastos en un rincón y así puedes usar el coche para volver.

—Entendido.

Amontonó sus cuatro bolsas rectangulares de lona en un hueco sombrío, semiocultas detrás de una pila de madera llena de telarañas. Las telarañas tenían polvo.

Kevin estaba hurgando cerca de un montón de metal ennegrecido que quizá fuesen piezas de otro tractor y volvió con una lona vieja y deshilachada que extendió sobre las bolsas de Alex.

—Buen toque final —dijo ella en tono aprobador.

—La presentación lo es todo.

—Supongo que aún no has tenido tiempo de arreglar todo esto —comentó Daniel, con una mano apoyada en la carrocería de coche más cercana.

—Me gusta bastante como está —repuso Kevin—. Déjame enseñártelo, por si necesitas alguna cosa mientras no esté. Que no la necesitarás, pero bueno.

Alex asintió, pensativa.

—La preparación excesiva es la clave del éxito. Viene a ser mi mantra.

—Pues esto te va a encantar —prometió Kevin.

Caminó hacia el medio tractor y se agachó para trastear con las tuercas del enorme neumático deshinchado.

—Detrás de este tapacubos hay un teclado —dijo a Daniel—. El código es nuestro cumpleaños. No es muy original, pero quería que pudieras acordarte sin problemas. La misma combinación abre la cerradura de la puerta de fuera.

Un segundo después, la superficie entera del neumático se abrió hacia fuera rodando en torno a unas bisagras. No estaba hecho de caucho, sino de algún material más rígido y ligero. Dentro había un arsenal.

—Oh, sí —susurró Alex—. Batcueva.

Al instante vio una SIG Sauer idéntica al arma que había robado a Kevin durante demasiado poco tiempo. ¿Qué falta le hacían dos?

Kevin la miró desconcertado.

—Batman no usa armas de fuego.

—Qué más da.

Daniel estaba examinando las bisagras de la trampilla oculta.

—Muy ingenioso. ¿Lo hizo Arnie?

—No, fui yo, muchas gracias.

—No sabía que fueras tan mañoso. ¿Y cuándo has tenido tiempo de montar esto, mientras desmantelabas cárteles y demás?

—Entre trabajos. Si no tengo nada que hacer, me vuelvo loco.

Cerró el neumático falso y señaló la carrocería de coche junto a la que se había quedado Daniel al entrar.

—Levantas la tapa de la batería y tecleas la misma contraseña. En ese hay fusiles y en el siguiente lanzacohetes y granadas.

Daniel se echó a reír hasta que captó la expresión de su hermano.

—Espera, ¿va en serio?

—¿A ella no le gusta la preparación? Pues a mí me gusta estar armado hasta los dientes. Vale, lo que viene ahora no está tan bien escondido, pero es la clase de cosas que podría necesitar sin previo aviso.

Kevin pasó a un lado de la inmensa torre de paja, seguido por los otros dos. Por esa parte, la lona llegaba hasta el suelo. Alex estaba bastante segura de adivinar al menos la categoría de lo que Kevin guardaba allí, y en efecto, al levantar la lona dejó a la vista un pequeño garaje detrás de la paja, con un enorme vehículo ocupando casi todo el espacio. Por la postura de Kevin, estaba claro que aquel cacharro era su mayor orgullo.

—En el rancho tengo una camioneta que no destaca, pero esto está para las emergencias.

Daniel hizo un ruidito parecido al hipo. Alex miró hacia él y comprendió que estaba intentando no reírse. Le vio la gracia al instante.

Los dos habían lidiado durante años con el tráfico de Washington D.C., aunque él más en los últimos tiempos. Y pese a que los atascos y la falta de aparcamiento hacían la ciudad más adecuada para una Vespa que para un utilitario de tamaño medio, siempre había un tío tratando de aparcar su descomunal compensamóvil estrujándolo entre dos coches en paralelo. Como si a alguien pudiera hacerle falta un Hummer en cualquier sitio, no digamos ya en una ciudad. Ya puestos, ¿por qué no se hacían matrículas personalizadas que rezaran MAMÓN y así eliminaban todo asomo de duda?

Cuando Daniel vio el temblor en la boca de Alex, se le hizo imposible controlarse. Se echó a reír de repente. Era un «je-je-gromf-je-je» ridículo y pegadizo que hacía mucha más gracia que aquel mostrenco militar. Alex lo imitó con una risita y descubrió con sorpresa que perdía el control de sus carcajadas casi de inmediato. Hacía tantísimo tiempo que no se reía de esa manera que ya no recordaba cómo se apoderaba del cuerpo entero y no lo soltaba.

Daniel estaba inclinado, con una mano apoyada en la paja y la otra en el costado como si le hubiera dado un calambre. Era lo más gracioso que Alex había visto en la vida.

—¿Qué? —quiso saber Kevin—. ¿Qué pasa?

Daniel trató de calmarse para responder, pero entonces una repentina risita de Alex lo descarriló y empezó a carcajearse de nuevo, tomando aire a bocanadas entre los estallidos.

—Esto es un vehículo de asalto de última tecnología —protestó Kevin, casi gritando para hacerse oír entre la frenética hilaridad—. Tiene ruedas de caucho sólido y cristal a prueba de misiles. El armazón entero está cubierto de paneles que no puede aplastar ni un tanque. Este cacharro podría salvaros la vida.

Solo consiguió empeorarlo todo. Las caras de los dos empezaron a surcarse de lágrimas. El labio de Alex protestó y le dolían las mejillas. Daniel estaba hipando de verdad, incapaz de erguirse.

Kevin lanzó las manos al aire, indignado, y se alejó dando zancadas.

Volvieron a estallar en carcajadas.

Por fin, varios largos minutos tras la desaparición de Kevin, Alex empezó a poder respirar de nuevo. La risa de Daniel también estaba remitiendo, aunque seguía agarrándose el costado. Alex lo comprendía: también le había dado un calambre. Presa de un extraño agotamiento, se sentó en el suelo cubierto de paja y metió la cabeza entre las rodillas para normalizar su respiración. Al cabo de un segundo, notó que Daniel se sentaba a su lado y le apoyaba la mano con suavidad en la espalda.

—Ay, qué falta me hacía —dijo él con un suspiro—. Ya empezaba a creer que nunca volvería a pasar nada divertido de verdad.

—Yo no me acuerdo de la última vez que me reí así. Hasta me duele el estómago.

—A mí también. —Y entonces se arrancó con otro «je-je-je».

—No empieces —le rogó ella.

—Perdona. Lo intento. Puede que esté un poco histérico.

—Ya. A lo mejor tendríamos que abofetearnos el uno al otro.

Daniel volvió a estallar y Alex no pudo evitar que se le escapara una risita.

—Para —gimió.

—¿Hablar de cosas tristes funcionaría? —preguntó él.

—¿Como llevar una vida de aislamiento y miedo, perseguida las veinticuatro horas del día? —sugirió Alex.

Dio la impresión de que el tenebroso granero se oscurecía aún más, y Alex lamentó al momento haber hablado. Aunque le doliera, había estado muy bien reírse.

—Esa es buena —dijo Daniel en voz baja—. ¿Qué tal decepcionar a todos los que cuentan contigo?

—A mí no se me aplica del todo, pero desde luego es una idea deprimente. Aunque en tu caso, me extrañaría que alguien lo viera así. Creerán que has muerto asesinado. Todo el mundo estará desconsolado y te dejarán flores y velas delante del instituto.

—¿Tú crees?

—Seguro. Probablemente hasta habrá ositos de peluche.

—Puede. O puede que nadie me eche de menos. A lo mejor dicen: «Por fin nos libramos de ese payaso y podemos contratar a un profesor de Historia como debe ser. El equipo femenino de voleibol hasta podría tener una oportunidad sin él molestando. Mira, ¿sabes qué? Busquemos a un chimpancé para que haga su trabajo y nos ahorramos el sueldo».

Ella asintió con fingida solemnidad.

—Podrías tener razón.

Daniel sonrió y volvió a ponerse serio.

—¿Alguien encendió velas por ti?

—No quedaba nadie a quien le importara. Si el superviviente hubiera sido Barnaby, tal vez me habría encendido una vela. Yo lo hice unas cuantas veces por él, en catedrales. No soy católica, pero no se me ocurría otro sitio donde hacerlo sin llamar la atención. Sabía que Barnaby ya no estaba y no podía importarle, pero yo necesitaba algo. Una conclusión, un duelo, lo que fuera.

Hubo un breve silencio.

—¿Le querías?

—Sí. Aparte de mi trabajo, y ya has visto lo adorable y bonito que es, era lo único que tenía.

Daniel asintió.

—Ya no me apetece reír.

—Supongo que necesitábamos descargarnos. Ahora podemos volver a nuestra depresión planificada.

—Ardo en deseos.

—Eh, Moe y Curly —los llamó Kevin desde fuera del granero—. ¿Listos para volver al trabajo o queréis seguir riendo como colegialas un poco más?

—Eh…, seguir riendo, me parece —le respondió Daniel.

A Alex se le escapó una risita.

Daniel le puso la mano con suavidad sobre la boca magullada.

—No, no, para. Será mejor que salgamos a ver qué es lo que hay que hacer ahora.

13

Kevin tenía un campo de tiro detrás del granero, mirando al río. Alex lo contempló con recelo, pero tuvo que reconocer que los disparos aleatorios llamarían menos la atención en el Texas rural que en casi cualquier otra parte del mundo.

—¿Cuándo fue la última vez que cogiste un arma? —preguntó Kevin a Daniel.

—Eh…, con papá, supongo.

—¿En serio? —Kevin dio un profundo suspiro—. Bueno, pues solo nos queda esperar que al menos recuerdes algo.

Había sacado varias armas distintas y las había dispuesto sobre una bala de paja. Había otras pacas de la altura de un hombre y con siluetas negras pintadas a varias distancias de su posición. Algunas estaban tan lejos que a Alex le costaba distinguirlas.

—Podemos empezar con las armas cortas, pero lo que me gustaría es que probaras con los fusiles. La mejor forma de seguir a salvo es disparar desde muy, muy lejos. Preferiría que no tuvieras que usar las armas de corto alcance, si es posible.

—Estos no se parecen a ningún fusil que haya disparado —dijo Daniel.

—Son de francotirador. —Dio unos golpecitos en el Mc-Millan que llevaba a la espalda—. Este de aquí tiene el récord de la muerte a mayor distancia, más de dos kilómetros.

Daniel puso los ojos como platos.

—¿Cómo sabes a quién quieres matar siquiera, desde tanta distancia?

—Porque llevas a un observador, pero tú no te preocupes por eso. No tienes que aprender a tirar a tanta distancia. Solo quiero que puedas buscar una posición elevada y cargarte a gente, si llega el caso.

—No sé si sería capaz de disparar a una persona.

Le llegó el turno a Kevin de poner cara de incredulidad.

—Pues más vale que te aclares. Porque, si no disparas, la persona que va a por ti no dudará en aprovecharse, tenlo por seguro.

Daniel parecía dispuesto a discutir, pero Kevin desechó la rencilla con un gesto de la mano.

—Escucha, de momento vamos a ver si recuerdas cómo se hace.

Después de que Kevin le repasara los conceptos básicos, quedó claro que Daniel recordaba bastante. Se acostumbró al fusil con una facilidad mucho más intuitiva que la que había tenido nunca Alex con las armas de fuego. A todas luces era un tirador nato, y ella no.

Cuando se hubo disparado la munición suficiente como para que dejara de temer el ruido, Alex levantó la SIG Sauer.

—Oye, ¿te importa que la pruebe con los blancos más cercanos?

—Dale —dijo Kevin, sin apartar los ojos de la línea de tiro de su hermano—. Apúntate a la fiesta.

La SIG pesaba más que su PPK y tenía más retroceso, pero en cierto modo eso le daba buena sensación. Sensación de poder. Tardó unos cuantos disparos en acostumbrarse a la mira, pero luego empezó a acertar más o menos con la misma frecuencia que usando su propia arma. Pensó que, con el tiempo, mejoraría. Quizá pudiera practicar un poco más en serio mientras estuviera allí. No era una actividad que hubiera podido permitirse hasta la fecha.

Cuando Kevin dio por terminada la instrucción de tiro, el sol casi se había puesto. Tiñó de un rojo oscuro toda la hierba amarilla, como si de verdad estuviera tocando el horizonte y pegando fuego a aquel secarral.

A regañadientes, Alex dejó la SIG con las otras pistolas. Pero, en fin, sabía la contraseña. Quizá se aprovisionara un poco cuando la «fiesta» de Kevin hubiera terminado.

—Bueno, Danny, me alegro de que aún se te dé bien… y de que mi talento no sea solo chiripa. Nuestros padres nos dejaron unos buenos genes —dijo Kevin cuando ya volvían hacia la casa.

—Para practicar con blancos. Sigo sin creer que pudiera hacer lo que haces tú.

Kevin bufó.

—Las cosas cambian cuando alguien intenta matarte.

Daniel miró hacia fuera por su ventanilla, con gesto poco convencido.

—Vale —dijo Kevin, y suspiró—. Plantéatelo así. Imagínate que hay alguien a quien quieres proteger, mamá por ejemplo, detrás de ti. Hay reclutas que tienen que visualizar estas cosas para ponerse en el estado mental correcto.

—Pero no encaja muy bien con disparar a lo francotirador —señaló Daniel.

—Pues imagínate que el tipo de tu punto de mira está metiendo a mamá en el maletero de un coche. Échale inventiva.

Daniel se rindió.

—Vale, vale.

Alex notaba que Daniel seguía sin tenerlas todas consigo, pero, en ese asunto al menos, estaba de acuerdo con Kevin. Cuando alguien iba a por ti, saltaba el instinto de supervivencia. En una situación de «él o tú», siempre te elegías a ti mismo. Daniel no conocería la sensación hasta que los cazadores dieran con él. Deseó que nunca tuviera que conocer la sensación.

Bueno, Kevin haría todo lo que pudiera, y ella también. Quizá entre los dos lograran convertir el mundo en un lugar más seguro para Daniel Beach.

De vuelta en el rancho, la gira prosiguió. Kevin los llevó a un edificio moderno y elegante, invisible desde delante de la casa y lleno de perros.

Cada animal tenía su compartimento climatizado y acceso a su propia parcela exterior. Kevin explicó a Daniel el horario de ejercicios, qué perros tenían apalabrados ya y cuáles estaban listos para salir al mercado, preparándole para su futura vida en el rancho, supuso Alex. Daniel parecía encantado, acariciando a todos los animales y aprendiéndose sus nombres. Y los perros adoraban la atención… y la pedían. Alex deseó poder bajar el volumen de tanto ladrido y gimoteo. Al parecer, los perros sueltos eran los graduados del programa de entrenamiento y todos seguían a Kevin en sus rondas.

Alex sospechaba que Kevin había dejado que los acompañaran solo para incomodarla. El perro con manchas del tamaño de un caballo —un gran danés, por lo visto— le pisaba los talones en todo momento, y estaba segura de que no lo hacía por iniciativa propia. Kevin le debía de haber dado alguna orden oculta. Notaba el aliento del gigantón en la nuca, y seguro que tenía salivazos en la parte de atrás de la camisa. El sabueso también la seguía, pero en su caso pensaba que quizá sí se había asignado a sí mismo la tarea. Le ponía los mismos ojitos tristes cada vez que Alex lo miraba. Los demás graduados rodeaban a Daniel y Kevin, excepto Einstein, que permanecía cerca solo de Kevin y parecía tomarse muy en serio la inspección de tropas.

Pasaron delante de perreras con pastores alemanes, dóbermans, rottweilers y varios otros grupos de razas cuyos nombres no conocía. Alex se mantuvo en el centro del largo pasillo entre perreras y no tocó nada. Siempre convenía minimizar el número de huellas dactilares que tendría que borrar después.

Había dos cachorros de sabueso en el mismo compartimento, y Kevin comentó a Daniel que eran hijos de Lola, mientras señalaba al sabueso que seguía a Alex.

—Anda, ¿Lola, eh? Lo siento —musitó Alex en voz baja, para que los hombres no la oyeran—. No tendría que haber dado nada por sentado.

Lola pareció darse cuenta de que se dirigían a ella. Alzó una mirada esperanzada hacia Alex y le atizó en la pierna con la cola. Alex se agachó deprisa para acariciarle la cabeza.

Kevin soltó un gruñido contrariado y, cuando Alex se irguió, vio que la estaba mirando.

—A Lola le cae bien todo el mundo —dijo Kevin a Daniel—. Excelente olfato, pésimo gusto. En su descendencia, estoy intentando eliminar la falta de criterio mientras conservo el genio olfativo.

Daniel negó con la cabeza.

—Para ya.

—No es broma. Espero mejores instintos de estos animales.

Alex se acuclilló para rascar a Lola en los costados como había visto hacer a Daniel, sabiendo que enfurecería a Kevin. Al instante Lola se puso panza arriba. De golpe, el perro gigante se tumbó al otro lado de Alex, y ella estuvo casi segura de que ponía una expresión esperanzada. Con cuidado, le acarició el hombro y el perro no le arrancó la mano de un mordisco. Dio dos golpes con la cola en el suelo. Alex lo interpretó como una señal de ánimo y lo rascó detrás de las orejas.

—¡Venga ya, Khan! ¿Tú también?

Ni Alex ni el gran danés le hicieron caso. Alex se sentó en el suelo con las piernas cruzadas de frente a los dos perros y dando la espalda a los hermanos. Si iba a estar rodeada de máquinas de matar peludas, mejor tener a unas cuantas de su parte.

Lola le lamió el dorso de la mano. Daba asco, pero también cierta ternura.

—Parece que a Alex le ha salido una admiradora —dijo Daniel.

—Lo que tú quieras. Aquí es donde guardamos la comida. Arnie la compra semana sí, semana no en Lawton. Vamos bien servidos hasta…

El resto de la explicación de Kevin se perdió entre los ladridos y gruñidos de los perros que dejaban atrás.

Alex se quedó unos minutos más acariciando a los animales, sin saber cómo se lo tomarían cuando se marchara. Al cabo, se levantó con cautela. Lola y Khan la imitaron al momento y la siguieron de mil amores en su regreso a la casa. La escoltaron hasta la misma puerta y luego se acomodaron en el porche.

—Buena chica, buen chico —les dijo antes de entrar.

Posiblemente Kevin había querido intimidarla, pero le gustaba la sensación de pensar que los perros estaban protegiéndola en vez de vigilándola. Supuso que para eso estarían entrenados. Era agradable. Si llevara un estilo de vida distinto, estaría bien añadir un perro. Pero no sabía de dónde podría sacar una máscara antigás tamaño perro.

Arnie estaba sentado en el sofá del salón, frente a un televisor de pantalla plana montado en la pared de enfrente. Tenía una cena de microondas en el regazo que acaparaba su atención y no reaccionó a su llegada.

El olor de la comida, macarrones y filete ruso, le hizo la boca agua. No era una cena de cuatro estrellas, pero tenía mucha, mucha hambre.

—Esto... ¿Te importa si cojo algo de comida? —pidió.

Arnie gruñó sin apartar la mirada del partido de béisbol. Alex confió en que fuera una expresión afirmativa, porque ya iba de camino a la nevera.

El refrigerador, un aparato impresionante de ancho doble y acero inoxidable, estaba decepcionantemente vacío. Solo contenía condimentos, unas pocas bebidas deportivas y un frasco enorme de encurtidos. Y había que limpiarlo. Comprobó el congelador y encontró allí el premio: estaba lleno hasta los topes de cenas como la que estaba comiéndose Arnie. Calentó una pizza de queso en el microondas y la devoró sentada en un taburete que acercó a la isla. Arnie no aparentó darse cuenta de su presencia en ningún momento.

Si de verdad había que añadir una cuarta persona a la ecuación, Arnie no estaba mal del todo.

Oyó que volvían los hombres, así que fue arriba. De camino al rancho se habían visto obligados a compartir espacios reducidos, pero con habitaciones a las que retirarse podían dejarse espacio unos a otros. Sabía que Daniel y su hermano tenían mucho de lo que hablar y a ella no le hacía ninguna falta oírlo.

Tampoco había mucho que hacer en su cuarto trastero. Rellenó de ácido sus pequeñas jeringuillas, aunque no se le ocurría ninguna situación en que pudiera necesitarlas en aquel lugar. Podría haber trabajado en sacar las semillas de los huesos de melocotón, pero los había dejado en el granero. No merecía la pena el riesgo de intentar conectarse a internet, por si pasaba un tiempo en el rancho. Y tampoco tenía material de lectura. Sí que había un proyecto al que había estado dándole vueltas, pero una parte de ella rechazaba de plano la idea de ponerlo por escrito. Aunque las agencias de seguridad nacional llevaban un tiempo sin ser amigas suyas, no pensaba poner a civiles en peligro. Escribir sus memorias quedaba descartado.

Pero necesitaba razonar sobre todo lo que estaba ocurriendo de manera organizada. ¿Y si anotaba solo algunas palabras clave para ayudarse a recordar?

Estaba segura de una cosa: algo que había oído decir a alguien durante los seis años que había trabajado con el doctor Barnaby era el motivo del ataque al laboratorio y de todos los intentos de asesinato que habían venido después. Si lograba determinar cuál era esa información podría hacerse una idea mucho más clara de quiénes querían acabar con ella.

El problema era que había oído muchas cosas, todas ellas delicadas a más no poder.

Empezó a componer una lista. Ideó un código y designó los asuntos más gordos, los nucleares, como A1, A2, A3 y A4. Eran cuatro bombas grandes que se habían controlado mientras ella estaba en el departamento, los proyectos más serios en los que había trabajado. Si había habido algo por lo que mereciera la pena destruir su división, tenía que haber sido gravísimo.

O eso esperaba. Si se trataba del impulso tonto de algún almirante que pensaba que su infidelidad podía haberse mencionado en el informe de alguna investigación, no tendría forma de averiguarlo jamás.

T1 hasta T49 eran todos los actos terroristas no nucleares que Alex alcanzaba a recordar. Sabía que estaba olvidando otras tramas menores que no habían resultado en gran cosa. Las principales amenazas, entre T1 y T17, iban desde los ataques biológicos a la desestabilización económica, pasando por los terroristas suicidas.

Estaba tratando de idear un sistema que le permitiera distinguir las tramas —¿La primera letra de la ciudad de origen y la primera de la ciudad objetivo bastarían para diferenciar los acontecimientos? ¿Olvidaría el significado de sus anotaciones? Pero, por otra parte, un listado completo de nombres de lugares era demasiada información para dejar escrita— cuando oyó que Kevin la llamaba.

—¡Eh, Oleander! ¿Dónde te has escondido?

Cerró el portátil de golpe y se asomó a la escalera.

—¿Necesitas algo?

Kevin llegó doblando la esquina y la miró desde abajo. Los dos se quedaron en sus posiciones, manteniendo entre ellos el tramo de escalera.

—Solo avisarte. Me marcho. He dejado un teléfono a Daniel. Llamaré cuando esté preparado para que envíes el e-mail.

—¿Prepago desechable?

—No soy novato en esto, cielo.

—Pues buena suerte, supongo.

—No conviertas mi casa en un laboratorio mortífero mientras no estoy.

«Demasiado tarde». Reprimió una sonrisa.

—Intentaré contenerme.

—Y creo que eso es todo. Diría que ha sido un placer...

Alex sonrió.

—Pero siempre hemos sido de lo más sinceros entre nosotros. ¿Por qué empezar a mentir ahora?

Kevin le devolvió la sonrisa pero al instante se puso serio.

—¿Le echarás un ojo?

La petición pilló a Alex desprevenida. ¿Kevin confiándole la vida de su hermano de ese modo? Pero lo que la sorprendió del todo fue su propia reacción.

—Por supuesto —le prometió de inmediato.

Resultaba perturbador comprender lo sincera e involuntaria que había sido su respuesta. Pues claro que iba a mantener a Daniel a salvo tan bien como pudiera. Eso se daba por descontado. Alex recordó la extraña sensación que había aflorado por primera vez en la oscuridad de su tienda de tortura, su premonición de que la apuesta había subido de una vida a dos.

Una parte de ella se preguntó cuándo se libraría de aquel sentimiento de responsabilidad. Quizá todo el mundo se sentía igual después de interrogar a un inocente. O quizá solo pasaba si esa persona era tan... ¿Cuál sería la palabra? ¿Sincera? ¿Virtuosa? ¿Íntegra? Alguien tan *bueno* como Daniel.

Kevin lo aceptó con un gruñido, dio media vuelta y se dirigió al salón de la casa. Alex dejó de verlo, pero seguía oyendo sus palabras.

—Danny, ven aquí. Hay otra cosa que tenemos que hacer.

Presa de la curiosidad y con el ánimo de posponer un catálogo de pesadillas que empezaba a darle dolor de cabeza, Alex bajó los escalones sin hacer ruido para ver lo que pasaba. Conocía a Kevin lo suficiente para saber que no llamaba a Daniel para despedirse de él entre abrazos y lágrimas.

El salón estaba vacío —Arnie se había marchado—, pero le llegaban voces a través de la tela metálica de la puerta. Salió al porche, donde la esperaba Lola. Distraída, le acarició la cabeza mientras contemplaba la escena, iluminada por las lámparas del porche y los faros del sedán.

Einstein, Khan y el rottweiler estaban formando en hilera delante de Kevin, que parecía dirigirse a ellos mientras Daniel miraba. Empezó por su alumno estrella.

—Ven, Einstein.

El perro se adelantó. Kevin giró su cuerpo para señalar a Daniel.

—Este es tu pastelito, Einstein. *Pastelito.*

Einstein corrió hacia Daniel meneando la cola y empezó a husmearle las piernas de arriba abajo. Por la expresión de Daniel, estaba igual de confuso que Alex.

—Vale —dijo Kevin a los otros perros—. Khan, Gunther, mirad.

Se volvió de nuevo hacia Einstein y Daniel, adoptó una postura agachada de luchador y se aproximó a ellos despacio.

—Voy a quitarte tu pastelito —anunció con voz grave, provocando al perro.

Einstein dio la vuelta para colocarse entre Daniel y el avance de Kevin. Los pelos del pescuezo se le erizaron al menos quince centímetros, y escapó un gruñido amenazador de entre sus colmillos, expuestos de repente. La personalidad demoníaca con la que Alex había conocido a Einstein por primera vez acababa de regresar.

Kevin fintó a la derecha y Einstein bloqueó su avance. Se lanzó hacia Daniel por abajo y a la izquierda y el perro se abalanzó contra su dueño y lo derribó con un golpe que sonó muy contundente. En el mismo segundo, Einstein rodeó el cuello de Kevin con sus mandíbulas. La escena habría dado miedo de no ser por la sonrisa de Kevin.

—¡Buen chico! ¡Chico listo!

—¡Mata! ¡Mata! —susurró Alex entre dientes.

Einstein se relajó y retrocedió, moviendo la cola de nuevo. Dio unos saltitos adelante y atrás, dispuesto a jugar a más juegos.

—Vale, Khan, te toca.

De nuevo, Kevin identificó a Daniel como el «pastelito» del gran danés y simuló un ataque. Einstein se quedó junto a Khan, supervisando, supuso Alex. Al enorme perro le bastó con apoyar una garra gigantesca en el pecho de Kevin cuando llegó para hacerlo caer hacia atrás. Khan usó la misma pata para impedir que se levantara mientras Einstein atacaba la yugular.

—¡Mata! —dijo Alex de nuevo, más alto.

Kevin la oyó y le lanzó una mirada de significado claro: «Si no estuviera enseñando algo muy importante a estos perros, les ordenaría que te hicieran picadillo».

Khan se quedó fuera la siguiente ronda, mientras Einstein volvía a supervisar. El rottweiler, cuyo pecho parecía un morro de locomotora, tumbó a Kevin incluso con más fuerza que Einstein. Alex oyó cómo se le escapaba el aliento por el golpe: tenía que haberle dolido. Sonrió.

—¿Puedo preguntar de qué va todo esto? —quiso saber Daniel mientras Kevin se levantaba y empezaba a sacudirse el polvo de sus vaqueros oscuros y su camiseta negra.

—Es una orden de comportamiento que creé para los perros de protección personal. Estos tres perros te defenderán con sus vidas de ahora en adelante. Seguro que también se te meterán mucho entre las piernas.

—¿Por qué «pastelito»?

—Es una palabra como cualquier otra. Pero la verdad es que al escogerla estaba pensando sobre todo en mujeres y niños.

—Gracias.

—Vamos, relájate. Sabes que no quería decir eso. Piensa en una orden mejor y la usaremos para la próxima generación.

Hubo un silencio incómodo. Kevin miró hacia el coche y luego otra vez a su hermano.

—Escucha, aquí estás a salvo, pero de todas formas no te alejes de los perros. Ni de la mujer de los venenos. Es dura. Eso sí, no comas nada que te dé ella.

—Seguro que estaremos bien.

—Si ocurre algo, da esta orden a Einstein.

Tendió a Daniel un papelito del tamaño de una tarjeta de visita. Daniel se lo guardó en el bolsillo sin mirarlo. A Alex le pareció extraño que Kevin no dijera la orden en voz alta. O quizá solo la hubiera apuntado porque no confiaba en que Daniel fuera a recordarla.

Kevin tenía todo el aspecto de estar planteándose un abrazo, pese a lo que había pensado antes Alex, pero entonces Daniel tensó un poco su postura y Kevin dio media vuelta. Siguió dando instrucciones a su hermano mientras iba hacia el coche.

—Ya hablaremos más cuando vuelva. No te separes del teléfono. Llamaré cuando esté todo organizado.

—Ve con cuidado.

—A la orden.

Kevin subió al coche y encendió el motor. Apoyó la mano en el reposacabezas del asiento del copiloto y miró por el espejo retrovisor para sacar el vehículo al camino. No volvió a mirar a su hermano. Al poco tiempo, las luces traseras rojas se difuminaron en la lejanía.

La partida de Kevin fue como un peso que se levantaba del pecho de Alex.

Daniel se quedó un minuto mirando el coche, con sus tres perros leales sentados cerca de sus pies. Después se volvió y subió los escalones del porche, meditabundo. Los perros subieron con él. Kevin no exageraba al decir que los tendría entre las piernas. Daniel tuvo suerte de que Khan se mantuviera siempre detrás o no habría podido ver a dónde iba.

Se quedó junto a Alex y se giró para mirar en la misma dirección que ella, hacia la anodina noche negra. Los perros montaron guardia en torno a sus pies. El rottweiler obligó a apartarse a Lola, que dio un gemido de protesta. Daniel bajó las dos manos a la barandilla del porche y se aferró a ella como si esperara un cambio en la dirección de la gravedad.

—¿Es malo que su marcha me alivie? —preguntó Daniel—. Es que es... demasiado, ¿sabes? No puedo procesarlo con él hablando y hablando sin parar.

Su mano derecha se soltó para apoyarse en la parte baja de la espalda de Alex casi de manera automática, como si ponerla allí no hubiera sido una decisión consciente.

El que siempre la tocara le recordó a Alex a los experimentos que Barnaby y ella habían hecho años antes con tanques de privación sensorial. Era una forma efectiva de hacer hablar a alguien sin dejarle marcas, pero concluyeron que era un proceso demasiado lento para considerarlo su mejor opción.

Sin embargo, todo el que entraba en el tanque, sin importar su nivel de resistencia, tenía la misma reacción al salir: anhelaba el contacto físico como si fuese una droga adictiva. Alex pensó en la memorable experiencia que tuvo con un cabo del ejército, un voluntario con el que trabajaron en la primera fase de pruebas, y el largo y algo inadecuado abrazo que le dio al abandonar el tanque. Al final tuvieron que llamar a seguridad para quitárselo de encima.

Daniel debía de tener unos sentimientos muy parecidos a los de aquel soldado. Había pasado días sin el menor contacto con lo que había considerado su vida normal. Necesitaría el consuelo de saber que tenía el calor y el aliento de otro ser humano vivo a su lado.

Por supuesto, el mismo diagnóstico podía aplicársele a ella, que llevaba mucho más tiempo que Daniel apartada de una vida normal. Aunque el tiempo implicara que se había acostumbrado a la carencia, también significaba que llevaba privada de contacto humano muchísimo tiempo. Quizá por eso sintiera un extraño alivio cada vez que Daniel la tocaba.

—No creo que sea malo —le respondió—. Es natural que necesites espacio para procesar todo esto.

Daniel soltó una carcajada, más tétrica que su anterior ataque de risa.

—Solo que no necesito espacio con nadie más que con él. —Suspiró—. Kev siempre ha sido así, hasta cuando éramos pequeños. Tiene que estar al mando, ser el centro de atención.

—Características curiosas en un espía.

—Supongo que ha encontrado la forma de contrarrestar esos instintos mientras trabaja… y luego le sale todo de golpe cuando no.

—No sabría decirte. Soy hija única.

—No sabes qué suerte tienes. —Daniel volvió a suspirar.

—Seguro que no es para tanto. —Un momento, ¿por qué estaba defendiendo a Kevin? Quizá fuese solo para animar a Daniel—. Si no estuvierais atrapados en esta situación tan extrema, sería más fácil de tratar.

—Bien pensado. Tengo que procurar ver las cosas desde más ángulos. Supongo que es que estoy... enfadado. Pero que muy enfadado. Sé que no era su intención, pero con sus decisiones vitales ha destruido de repente todas las mías. Es muy... propio de Kevin.

—Lleva un tiempo aceptar lo que te ha ocurrido —dijo Alex despacio—. Creo que seguirás enfadado, pero de verdad que luego mejora. Yo ya casi no pienso nunca lo enfadada que estoy. Pero claro, para mí es distinto. Lo mío me lo hicieron personas a las que no conocía muy bien. No eran mi familia.

—Pero tus enemigos intentaron matarte de verdad. Lo que te pasó a ti es peor, no intentes compararlo con lo que me está pasando a mí. Kevin nunca quiso hacerme daño. Lo que pasa es que es difícil, ¿sabes? Siento como si hubiera muerto pero tuviera que seguir viviendo de todos modos. Y no sé cómo.

Alex le dio una palmadita en la mano izquierda, todavía sobre la barandilla, recordando que el mismo gesto la había tranquilizado a ella en el coche. Daniel tenía la piel estirada sobre los nudillos.

—Aprenderás, como hice yo. Al final se vuelve una rutina. La vida que tenías va... emborronándose. Y te lo tomas con filosofía. Al fin y al cabo, a la gente le ocurren desastres todos los días. Esto no es tan distinto a que una guerrilla se apodere de tu país, ¿verdad? O a que un tsunami destruya tu pueblo. Las cosas cambian, y nada es tan seguro como antes. Solo que esa seguridad ya era ilusoria desde el principio y... Perdona, creo que este está siendo el discurso para dar ánimos más chungo de la historia.

Daniel rio.

—Tampoco el más chungo de todos. Ya me siento infinitesimalmente mejor.

—Bueno, pues misión cumplida.

—¿Cómo empezaste tú en todo esto? —La pregunta llegó ligera, como si fuese un tema de conversación normal y corriente.

Alex vaciló.

—¿A qué te refieres?

—¿Por qué escogiste esa... profesión? Antes de que intentaran matarte, quiero decir. ¿Eras militar? ¿Te presentaste voluntaria?

Las preguntas llegaron leves de nuevo, como si Daniel quisiera saber cómo se había hecho asesora financiera o decoradora de interiores. Pero la ausencia de emoción se delataba a sí misma. Daniel mantuvo la mirada al frente, perdida en la oscuridad.

En esa ocasión no esquivó la pregunta. Ella también querría saberlo, si el destino la hubiera cargado con un colega suyo como compañero. Fue de las primeras cosas que preguntó a Barnaby, al poco de asociarse con él. La respuesta de Barnaby no había sido muy distinta de la que dio ella.

—En realidad no la escogí —explicó, midiendo las palabras—. Y no, no era militar. Estudiaba Medicina cuando contactaron conmigo. Al principio me había interesado la patología, pero luego cambié de especialidad. Estaba inmersa en una investigación muy particular, lo que podríamos llamar una especie de control mental químico, supongo. No había mucha gente trabajando en el mismo campo exacto que yo, y estaba encontrando muchas trabas: financiación, herramientas, sujetos de prueba... Bueno, sobre todo el problema era la financiación. Y los profesores que supervisaban mi investigación no la entendían del todo, así que no tenía mucha ayuda.

»Entonces aparecieron unos misteriosos agentes del gobierno y me ofrecieron una oportunidad. Pagaron todos los créditos que había pedido para ir a la universidad, que eran un dineral. Pude terminar los estudios al mismo tiempo que enfocaba mi investigación hacia los objetivos de mis nuevos mecenas. Cuando me gradué, entré a trabajar en su laboratorio, donde tenía disponible toda la tecnología con la que pudiera soñar y todo el dinero del mundo.

»Estaba claro lo que pretendían que creara. En eso, nunca me mintieron. Era consciente de la obra a la que estaba contribuyendo, pero sonaba a objetivo digno, tal y como ellos lo describían. Podría ayudar a mi país...

Daniel esperó, todavía mirando adelante.

—No pensaba que fuese a ser yo la que luego aplicara mis creaciones a un sujeto. —Alex meneó la cabeza a ambos lados un par de veces, muy despacio—. Pero así estaban las cosas. Había creado unos anticuerpos tan especializados que quien los administrara tenía que entender cómo funcionaban. Lo cual reducía las opciones a una sola persona.

La mano que tenía en la parte baja de la espalda no se movió. Estaba demasiado quieta, como paralizada.

—La única persona que llegó a haber en la sala de interrogatorios conmigo, aparte del sujeto, era Barnaby. Al principio, hacía él las preguntas. Las primeras veces me asustaba, pero luego resultó ser una persona muy amable. Pasábamos la mayor parte del tiempo en el laboratorio, creando y desarrollando. El interrogatorio en sí representaba solo como el cinco por ciento de mi trabajo. —Respiró hondo—. Pero cuando estallaba alguna crisis, muchas veces necesitaban que lleváramos varios interrogatorios al mismo tiempo, porque la velocidad era crucial. Tenía que ser capaz de trabajar sola. No quería hacerlo, pero comprendía la necesidad.

»No fue tan difícil como había creído que sería. Lo más duro fue darme cuenta de lo bien que se me daba. Eso me asustó. En realidad, nunca ha dejado de asustarme.

La única otra persona a la que había hecho esa confesión era Barnaby. Su mentor le había dicho que no se preocupara, que solo era una de esas personas que resultaban ser buenas en todo lo que intentaban. Una alumna de sobresaliente.

Alex carraspeó para deshacer el repentino nudo que se le había formado en la garganta.

—Pero obtenía resultados. Salvé muchas vidas. Y nunca maté a nadie, al menos mientras trabajaba para el gobierno. —Alex miró también hacia la oscuridad, reticente a ver la reacción de Daniel—. Siempre me he preguntado si basta para ser un poco menos monstruo.

Pero estaba bastante segura de que la respuesta era no.

—Hummm. —Fue solo un sonido bajo y persistente en el fondo de la garganta de Daniel.

Alex siguió mirando hacia la nada negra que tenía delante. Nunca había intentado explicar sus decisiones, la hilera de fichas de dominó que la había convertido en lo que era, a otro ser humano. No creía haberlo hecho demasiado bien.

Y entonces Daniel soltó una suave risita.

Alex se volvió para mirarlo con incredulidad.

Tenía los labios torcidos en una media sonrisa involuntaria.

—Me había preparado para oír algo perturbador de verdad, pero ha sonado mucho más razonable de lo que esperaba.

Alex frunció el entrecejo. ¿Había encontrado su historia «razonable»?

El estómago de Daniel sonó. Volvió a reírse y la tensión del momento pareció esfumarse con el sonido.

—¿Kevin no te ha dado de comer? —preguntó Alex—. Me parece a mí que este sitio funciona en plan sírvase usted mismo.

—Sí que me vendría bien un bocado —convino Daniel.

Alex lo llevó al congelador, intentando ocultar lo mucho que la sorprendía que siguiera tratándola del mismo modo que antes. Decirlo todo en voz alta le había dado cierta sensación de peligro. Pero en fin, lo más seguro era que lo peor ya lo supiera de antes, averiguado del modo más cruel posible. Después de eso, en realidad su explicación no era nada.

Puede que Daniel tuviera hambre, pero no lo emocionó mucho el inventario disponible. Escogió sin entusiasmo una pizza, como había hecho ella, renegando de las deficiencias culinarias de Kevin, que por lo visto venían de mucho antes. La conversación fluyó sola, como si para Daniel ella fuera solo una persona como cualquier otra.

—No sé de dónde saca esa energía de maníaco que tiene —comentó Daniel—, si se alimenta únicamente de esto.

—Arnie tampoco debe de ser muy buen cocinero. ¿Dónde se ha metido, por cierto?

—Se ha ido al sobre antes de marcharse Kev. Supongo que será madrugador. Me parece que su cuarto está ahí atrás. —Daniel señaló en la dirección opuesta a la escalera.

—¿A ti no te ha parecido un tipo un poco raro?

—¿Por lo de no hablar, dices? Me imagino que será por eso por lo que se lleva bien con Kevin. Tienes que poder encajar la charla incesante si vas a hacerte amigo de Kev, porque no vas a tener espacio para hablar tú.

Alex dio un bufido.

—Había helado debajo de las pizzas. ¿Quieres? —preguntó Daniel.

A Alex le apetecía, así que se pusieron a buscar cucharillas y cuencos. Daniel localizó un servidor de helado y cucharas soperas, pero tuvieron que conformarse con ponerlo en tazas de café. Al verlo servir el helado, se le ocurrió una cosa.

—¿Eres zurdo?

—Eh…, sí.

—Anda. Creía que Kevin era diestro pero, si sois gemelos idénticos, ¿no deberíais…?

—Lo normal es que sí —dijo Daniel, pasándole la primera taza. El helado era de vainilla, que no era su sabor preferido, aunque en aquel momento Alex se conformaba con ingerir azúcar de cualquier clase—. Pero nosotros somos un caso especial llamado gemelos espejo. Alrededor de un veinte por ciento de los gemelos idénticos, creen que cuando el cigoto se divide tarde, se desarrollan como opuestos. Por ejemplo, nuestras caras no son exactamente iguales a no ser que mires una reflejada. No significa gran cosa, sobre todo para Kevin. —Saboreó la primera cucharada de helado y sonrió—. Yo, en cambio, las pasaré canutas si alguna vez tienen que trasplantarme un órgano. Tengo todo el interior invertido, así que será complicado reemplazar ciertas cosas si no encuentran el órgano de otro gemelo espejo que además resulte ser compatible conmigo. En otras palabras, más me vale no necesitar nunca un hígado nuevo. —Tomó otra cucharada.

—Lo entendería mucho mejor si el que lo tuviera todo al revés fuese Kevin.

Rieron juntos, pero con mucho menos descontrol que en el granero. Al parecer, los dos se habían liberado de una buena cantidad de histeria.

—¿Qué pone en el papelito, el de la orden para el perro?

Daniel lo sacó del bolsillo de sus vaqueros, le dio un vistazo y se lo tendió a Alex.

Decía, en letras mayúsculas, PROTOCOLO DE ESCAPE.

—¿Crees que pasará algo malo si lo decimos en voz alta? —preguntó, tanto a Daniel como para sí misma.

—Supongo que es posible. Después de ver su madriguera secreta, yo ya me creo cualquier cosa.

—Kevin debería contratar a alguien que invente nombres mejores para las órdenes. Esa parte se le da fatal.

—A lo mejor a partir de ahora me encargo yo. —Daniel suspiró—. La verdad es que los perros me gustan. Puede ser divertido.

—Y viene a ser como enseñar, que es lo tuyo, ¿no?

—Eso si Kev me deja hacerlo. —Daniel torció el gesto—. No pensará ponerme a limpiar perreras, ¿verdad? De él tampoco me extrañaría. —Y volvió a suspirar—. Al menos los alumnos parecen bastante listos. ¿Crees que podría enseñarles a jugar a voleibol?

—Pues… la verdad es que sí. No he visto que tengan muchas limitaciones.

—Imagino que no estará tan mal. ¿Verdad?

—Verdad —respondió ella con confianza. Y entonces, en la intimidad de su mente, se llamó mentirosa.

14

Cuando Alex despertó, el primer problema fue el dolor. La inconsciencia le había dado un respiro, pero ese período de alivio, aunque agradable, hizo más dura la reentrada a la realidad.

La habitación estaba oscura del todo. Alex supuso que habría alguna ventana detrás de las cajas, pero debía de tener la persiana echada. Kevin no querría que hubiera demasiadas habitaciones iluminadas de noche. Era mejor que la casa pareciera solo habitada en parte: que supieran los lugareños, Arnie era su único ocupante.

Salió del catre, gimiendo cuando su hombro y su cadera izquierdas dieron contra el borde de madera, y tanteó a ciegas en busca del interruptor de la luz. Había dejado un camino despejado entre el catre y la puerta para no hacerse más daño tropezando en la oscuridad. Cuando tuvo la luz encendida, desarmó los cables y solo entonces se quitó la máscara antigás. Como allí había gente a la que no quería matar, había conectado una bombona presurizada de gas somnífero.

El pasillo estaba vacío y la puerta del baño abierta. Había una toalla húmeda colgada del toallero, por lo que Daniel debía de estar ya despierto. No se sorprendió. Había tardado bastante en dormirse por trabajar en su lista del recuerdo, desesperándose, aunque sin dejar de teclear, por la escasa probabilidad de lograr recordar qué significaban sus notas crípticas transcurrida una semana. Había anotado una buena cantidad de secretos por los que merecería la pena matar, pero ninguno que solo conocieran ella o Barnaby. Si alguno de esos secretos hubiese sido el detonante, habría habido otras víctimas. Por lo que había podido seguir en las noticias, su supuesta muerte y la real de Barnaby no habían precedido a la de ningún otro nombre que reconociera. Ninguno que se hubiera hecho público, al menos.

Mientras se enjabonaba el pelo, caviló sobre cómo estrechar el intervalo temporal. Generalmente pensaba con más creatividad en la ducha.

Barnaby siempre había sido un paranoico, pero no había empezado a *actuar* como un paranoico hasta dos años antes de su muerte. Alex recordaba aquella conversación inicial, la primera vez que había caído en la cuenta de que corría un peligro muy real. Había sido a finales de otoño, cerca de Acción de Gracias. Si no se debió a un cambio fortuito, si había habido alguna especie de catalizador, quizá Barnaby había reaccionado ante el caso que suponía el problema. No tenía las fechas claras del todo, pero sí recordaba bastante bien los interrogatorios que había realizado después del cambio, porque su memoria los asociaba al estrés y la distracción recién adquiridos. Así que esos podía descartarlos. Y podía enumerar sin problemas todos los casos de su primer año, cuando todo había sido nuevo, horrible y complicado. Podían descartarse todos también. Le quedaban tres años de trabajo que clasificar y dos de los sustos nucleares, pero se alegró de haber reducido las opciones aunque fuera solo un poco.

Agradeció las toallas esponjosas que había en el cuarto de baño. Al parecer, Kevin apreciaba sus comodidades terrenales. O quizá fuese Arnie el aficionado a la felpa. Quienquiera que fuese también había dejado en el baño todos los productos de aseo que se encontrarían en un hotel, solo que en frascos grandes. En la ducha encontró champú y acondicionador. En la repisa, pasta de dientes, loción y enjuague bucal. Bonito detalle.

Dio una pasada al espejo con la toalla y confirmó al momento que aún no estaba en condiciones de dejarse ver. Los ojos morados habían adquirido un color verde enfermizo, con algo de púrpura más oscuro en los bordes interiores. Su labio empezaba a desinflarse, pero solo servía para que se notara más el Super Glue. Los cardenales de las mejillas apenas empezaban a amarillear por los contornos.

Suspiró. Pasaría al menos una semana antes de que su rostro pudiera mostrarse en público, incluso maquillado.

Después de ponerse su ropa menos sucia, Alex reunió el resto, lo apelotonó dentro de una camiseta a modo de improvisada bolsa de la colada y salió a buscar la lavadora. La planta baja estaba vacía y silenciosa. Daniel y Arnie debían de estar fuera, ocupándose de los animales.

Encontró la espaciosa lavandería escondida detrás de la cocina. Reparó en la puerta trasera —siempre convenía familiarizarse con las salidas— y en el gran añadido de plástico que tenía en su mitad inferior. Le costó un momento comprender que era una puerta para perros, y enorme, lo suficiente para que Khan pudiera entrar. Hasta el momento no había visto a ningún perro dentro de la casa, pero no siempre debía de estarles vedada la entrada. Puso la lavadora y fue a prepararse el desayuno.

Las alacenas no estaban mucho mejor surtidas que la nevera. La mitad estaban repletas de latas de comida para perros, y la otra mitad más o menos vacías. Quedaba un poco de café en la jarra de la encimera, menos mal. También encontró una caja de pastelitos industriales, que abrió sin dudarlo. Al parecer, Kevin y Arnie se preocupaban menos de la comida que de las toallas. Encontró una taza de un campamento *boy scout* de 1983, mellada y descolorida. El año no encajaba con ninguno de los habitantes de la casa, por lo que debía de ser una adquisición de segunda mano. Pero servía, de todos modos. Cuando terminó, metió la taza en el lavaplatos de acero inoxidable y fue a ver qué le deparaba el orden del día.

Lola y Khan estaban en el porche frontal, además del rottweiler de cuyo nombre no se acordaba. Todos se levantaron como si estuvieran esperándola y la siguieron en dirección al granero. Alex fue dando palmaditas a Lola mientras caminaban, más por educación que por otra cosa.

El terreno al norte del edificio moderno estaba lleno de animales, con Arnie en el centro gritando órdenes a los perros retozones. No parecía que muchos le hicieran caso, pero algunos sí hacían la pelota al maestro. No vio a Daniel por ninguna parte. Se metió en el edificio y lo cruzó hasta el almacén. Kevin y Arnie tenían muchos más suministros para los perros que para sí mismos. Daniel tampoco estaba allí.

Deambuló hasta el límite del campo de entrenamiento, sin saber muy bien qué más podía hacer. Era raro. Estaba acostumbrada a la soledad continua, pero ahora que no tenía a Daniel cerca para cuidar de él, de pronto se subía por las paredes.

Arnie, por supuesto, no le prestó la menor atención cuando llegó a la verja y pasó los dedos entre la tela metálica. Alex lo observó mientras trabajaba con un pastor alemán joven que aún era todo zarpas y orejas demostrando una paciencia que a ella se le habría agotado mucho antes. Los dos cachorros de Lola se acercaron para apretar los cuerpecitos contra la verja y rogar lametones a su madre. Ella les concedió el capricho unas cuantas veces y luego dio un extraño gañido, que a Alex le recordó a su propia madre diciéndole que estudiara después de cenar.

Y en efecto, los dos cachorros a punto de dejar de serlo dieron media vuelta hacia el hombre que tenía los premios.

Quizá Daniel hubiera vuelto al campo de tiro. Kevin había dicho que había una camioneta por allí, pero Alex no había visto ni rastro de ella. Ojalá Daniel la hubiera esperado, porque le apetecía jugar un poco más con la SIG. Y la verdad era que también le vendría bien practicar con su PPK. Hasta entonces su vida nunca había dependido de su puntería, pero era muy posible que en el futuro terminara haciéndolo. No quería desperdiciar la inesperada oportunidad de mejorar sus habilidades.

Se quedó mirando a Arnie con los perros jóvenes otra media hora. Al final los interrumpió, más por aburrimiento que por auténtica necesidad de información.

—¡Eh! —llamó para hacerse oír entre los ladridos—. Hum, ¿Arnie?

Él levantó la mirada, sin que sus rasgos delataran el menor interés.

—¿Daniel se ha llevado la camioneta al campo de tiro? ¿A qué hora ha salido?

Arnie asintió y luego se encogió de hombros. Alex intentó traducir los gestos, pero se rindió enseguida. Tendría que hacerle preguntas más simples.

—¿Se ha llevado la camioneta? —preguntó para confirmar.

Arnie estaba concentrado otra vez en los perros, pero le concedió una respuesta:

—Supongo. No estaba allí la última vez que he ido al granero.

—¿A qué distancia queda el campo de tiro? —preguntó. Le había parecido demasiada para hacerla andando, pero tampoco perdía nada por saberlo a ciencia cierta.

—Unos ocho kilómetros, a vuelo de pájaro.

No tanto como había creído. A Daniel le gustaba correr. ¿Podría haber dejado la camioneta? Y a ella tampoco le vendría mal una carrera, pero lo más posible era que Daniel ya hubiera emprendido el regreso para cuando ella llegara.

—¿Y no sabes a qué hora se ha ido?

—No lo he visto. Pero ha sido antes de las nueve, eso sí.

Había pasado ya más de una hora. Seguro que volvería pronto. Alex tendría que esperar su turno.

Era bueno que Daniel se estuviera tomando en serio el entrenamiento. Quizá algo de lo que Kevin y ella se habían esforzado en transmitirle hubiera calado un poco. En realidad Alex no quería que viviera siempre con miedo, pero era la mejor opción. El miedo lo mantendría con vida.

Hizo un gesto de agradecimiento a Arnie y volvió a la casa para terminar con la colada, seguida por su peludo séquito.

Una hora más tarde se había puesto ropa limpia por primera vez en varios días y se sentía de maravilla. Dejó lo que llevaba puesto dentro de la lavadora, feliz con la idea de que todo su guardarropa volviera a oler bien. Dedicó otros treinta minutos a su lista de recuerdos y comprobó que, al menos doce horas después, aún se acordaba de la notación empleada. Intentaba proceder tan en orden cronológico como le era posible, aunque su sistema de numeración estuviera basado en la gravedad de los casos. Quizá fuese una complicación innecesaria, pero no quería tener que volver a organizarlo todo.

Esa mañana trabajó en los acontecimientos terroristas números 15 y 3, un intento de atentado con bomba en el metro y un robo de arma biológica, tratando de recordar los nombres que surgieran en el contexto. Los terroristas y los especuladores rusos del número 15 ya no existían, por lo que posiblemente no tuviera nada que ver con ellos. Había tomado nota de todas formas. NY era una abreviatura demasiado evidente, así que utilizó MB para referirse a Manhattan-Bronx, ya que la línea 1 del metro había sido el objetivo. Escogió TT para la facción responsable, VK para los valles del Kalash y VR para el ruso que les vendió el material. También había unos pocos cómplices sin afiliación, RP, FD y BB.

El caso número 3 tenía algunos cabos sueltos, si no recordaba mal, pero se los habían pasado a la CIA. Miró lo que había apuntado: J, I-P significaba Jammu, India, en la frontera con Pakistán. PT significaba la Plaga de Tacoma, que era como la habían llamado. La había desarrollado una célula terrorista conocida a partir de las notas de un científico estadounidense, robadas de su laboratorio cerca de Seattle. La célula, FA, también estaba involucrada en los acontecimientos T10 y T13. El departamento aún seguía ayudando a la CIA a obtener información sobre los restos de la célula cuando la habían «despedido». Se preguntó si la CIA habría llegado a cerrar del todo el caso. Kevin había estado bastante ocupado en México, por lo que seguramente no podría darle una respuesta. Apuntó las iniciales de algunos nombres relacionados. DH era el científico norteamericano al que robaron la fórmula, y OM era el miembro de la célula terrorista al que ella había interrogado. Creía que había otro estadounidense implicado de algún modo... ¿o eso había sido en el número 4? Solo recordaba que era un nombre corto y sonaba brusco. ¿Empezaría por P?

Le habían prohibido tomar notas, por supuesto, así que no tenía material que consultar. Era frustrante. Tanto que se rindió y decidió prepararse la comida. Los pastelitos no la habían llenado mucho.

Mientras entraba en el salón, oyó el grave rugido de un motor parando fuera, seguido del crujir de pesados neumáticos sobre la grava. Por fin.

Por costumbre, echó un vistazo por la puerta para confirmar que era Daniel. Justo cuando se acercó a mirar, cesó el sonido del motor. Había una antigua camioneta Toyota blanca y polvorienta, con un remolque igual de viejo y polvoriento, aparcada donde habían dejado el coche la noche anterior, y Daniel estaba saliendo del asiento del conductor. Einstein bajó de un salto tras él.

Mientras admiraba lo común y corriente que resultaba el exterior del vehículo, perfecto para no llamar la atención, empezó a treparle una lenta sensación insidiosa por la espalda que le puso la piel de gallina en su avance. Se quedó petrificada, con los ojos muy abiertos moviéndose en todas direcciones como un conejo sorprendido que tratara de adivinar de dónde procedía el peligro. ¿Qué había visto su subconsciente y ella no?

Enfocó la mirada en la bolsa de papel que Daniel llevaba acunada en el brazo izquierdo, y vio que echaba adelante el asiento para sacar otra bolsa. Einstein danzó feliz en torno a sus piernas. Khan y el rottweiler bajaron a la carrera los escalones del porche para unirse a él.

Notó que se le iba toda la sangre de la cara, dejando atrás una sensación de mareo.

Y cuando pasó el segundo de conmoción, se puso en movimiento. Corrió tras los perros, notando que volvía el pulso a sus pómulos doloridos.

—Hola, Alex —saludó Daniel, animado—. Hay otras pocas bolsas atrás, si te apetece… —Se detuvo de golpe, al reparar en la expresión de ella—. ¿Qué ha pasado? Kevin…

—¿Dónde has ido? —Escupió las palabras por entre sus dientes apretados.

Daniel parpadeó.

—Me he acercado un momento al pueblo por el que pasamos al llegar. Childress.

Alex cerró los dos puños.

—Me he llevado al perro —añadió Daniel—. No ha pasado nada.

Se apretó un puño contra la boca, hizo una mueca e intentó tranquilizarse. No era culpa de Daniel. Era solo que no lo comprendía. Kevin y ella tendrían que haberlo aleccionado mejor. Era fallo de Alex, por dar por hecho que parte de esas lecciones habían sido impartidas mientras dormía en el coche. Pero si Kevin no se había dedicado a preparar a Daniel para su nueva vida, ¿de qué narices habían pasado tantas horas hablando?

—¿Te ha visto alg...? Pues claro que sí, has comprado cosas. ¿Cuánta gente te ha visto?

Él volvió a parpadear.

—¿He hecho algo malo?

—¿Has ido al pueblo? —atronó una voz profunda desde detrás de Alex.

Daniel desvió la mirada hacia un punto por encima de su cabeza.

—Sí. Bueno, es que andabais bastante cortos de provisiones y quería cosas que no estén congeladas, ¿sabes? Parecías ocupado y...

Alex se volvió para mirar a Arnie. Tenía el rostro impasible, pero ya lo conocía lo suficiente como para detectar grietas en la fachada: arrugas de tensión en las comisuras de los ojos, una vena algo más marcada en la frente.

—¿Tienes alguna forma de contactar con Kevin? —le preguntó.

—¿Te refieres a Joe?

—Supongo que sí. El hermano de Daniel.

—No.

—¿Qué he hecho? —preguntó Daniel en tono suplicante.

Alex suspiró mientras se giraba hacia él.

—¿Recuerdas que Kevin dijo que nadie de por aquí le había visto nunca la cara? Bueno..., pues ahora ya la han visto.

Daniel empezó a palidecer mientras procesaba la información.

—Pero... he usado un nombre falso. He..., he dicho que solo estaba de paso.

—¿Con cuánta gente has hablado?

—Solo con el cajero del supermercado y la de…

—¿En cuántos sitios has entrado?

—En tres.

Ella y Arnie se cruzaron la mirada. Alex, horrorizada. Arnie, inescrutable.

—Kevin me dejó dinero para lo que pudiera necesitar. Supuse que se refería a cosas como huevos y leche —explicó Daniel.

—Se refería a identidades falsas —replicó Alex, cortante.

Daniel terminó de perder el color y se le abrió la boca.

Los dos se lo quedaron mirando un largo momento.

Daniel respiró hondo y se centró.

—Vale —dijo—, la he cagado. ¿Podemos meter la compra antes de que me digáis cuánto? No solventará mi error que los perecederos se pongan malos en la camioneta.

Con los labios prietos en una fina línea y sin hacer caso a la irritante gota de Super Glue, Alex asintió una vez con la cabeza y fue a la parte trasera de la camioneta para ayudar a descargarla. Vio todas las bolsas que había en el remolque y notó la sangre de nuevo tras sus cardenales.

Por supuesto, además de presentarse en el pueblo más cercano, había comprado comida para un ejército. Y si existiera alguna otra cosa que lo volviera más memorable, seguro que también la habría hecho.

En un silencio siniestro, Alex y Arnie metieron todas las bolsas y las dejaron en la encimera. Daniel se atareó entre las alacenas y el refrigerador, colocando cada cosa en su sitio. Alex habría podido creer que no se estaba tomando la situación en serio de no ser porque no dejaba de cambiarle el color: aunque tenía el semblante firme, las mejillas y el cuello se sonrojaban de pronto y luego volvían a palidecer.

El período de enfriamiento sin duda era buena idea. Le daba tiempo a Alex para pensarlo bien todo y hacer una estimación realista del peligro que corrían. Le había faltado un pelo para robar la camioneta de Arnie y desaparecer, pero sabía que habría sido una reacción desmedida. A veces esas reacciones te salvaban la vida, pero a veces solo incrementaban el peligro. Tenía que tener presente el estado de su cara. Huir en ese momento solo le daría más problemas.

Daniel colocó en la nevera lo último que le quedaba, una especie de hortaliza de hojas verdes, y cerró la puerta. En lugar de volverse, permaneció como estaba, con la cabeza un poco agachada hacia el acero inoxidable.

—¿Cómo de grave? —preguntó en voz baja.

Alex miró a Arnie. No parecía muy inclinado a hablar.

—Dime que has pagado en efectivo —empezó.

—Sí.

—Bueno, ya es algo.

—Pero no lo es todo —aventuró Daniel.

—No. Childress es un pueblo muy pequeño.

—Poco más de seis mil habitantes —retumbó Arnie.

Era peor de lo que había pensado. Conocía institutos con más alumnos matriculados.

—Así que es fácil que recuerden a los forasteros —dijo—. Seguro que alguien se ha fijado en ti.

Daniel se volvió hacia ella. Tenía el rostro sereno, pero ojos afligidos.

—Sí, eso lo entiendo —aceptó.

—Estabas en la camioneta de Arnie con el perro de Arnie —dijo Alex—. Alguien podría relacionarte con Arnie.

—Einstein se ha quedado en la camioneta —repuso Daniel—. Y no creo que nadie me haya visto subir ni bajar.

—Hay cien camionetas parecidas en el pueblo. Cinco son del mismo color, año y modelo exacto, y dos de ellas llevan remolque —informó Arnie, no a Daniel sino a Alex—. La mitad de los lugareños irían acompañados de un perro.

—Eso es bueno —dijo ella a Arnie—. Habéis montado esto muy bien.

—¿En qué te afectará esto? —preguntó Daniel a Arnie, que se encogió de hombros.

—No hay forma de saberlo. La gente se olvida de las cosas pronto si no tienen motivo para recordarlas. Si no llamamos la atención, no creo que vaya a pasar nada.

—En fin, lo hecho, hecho está —concluyó Alex—. Pero tendremos que ir con mucho más cuidado.

—Kevin va a ponerse hecho una furia —dijo Daniel, y suspiró.

—¿Cuándo no está hecho una furia? —preguntó Alex, y Arnie incluso soltó una breve risita—. De todas formas, es culpa suya por no explicarte nada. Un error que no pienso repetir.

Señaló el sofá y Arnie asintió para sí mismo antes de salir con paso decidido por la puerta principal, de vuelta al trabajo. Kevin había elegido a un buen compañero. Alex se encontró deseando que Arnie fuese el hermano de Daniel en vez de Kevin. Arnie era mucho más fácil de tratar.

—¿Qué tal si preparo la comida mientras me das clase? —sugirió Daniel—. Me están dando calambres del hambre que tengo. No sé cómo sobrevive Arnie por aquí.

—Claro —dijo ella. Acercó un taburete y se sentó.

—De verdad creía que estaba ayudando —murmuró Daniel mientras regresaba a la nevera.

—Lo sé, Daniel, lo sé. Y yo también tengo hambre —concedió Alex.

—La próxima vez, preguntaré antes —prometió.

Alex suspiró.

—Es un buen principio.

Aunque no quería reconocerlo, el enorme sándwich que le preparó Daniel contribuyó mucho a suavizar su perspectiva sobre el incidente. Le explicó los conceptos básicos mientras comían; ya habría tiempo para los detalles cuando tuvieran tareas específicas delante. Daniel escuchó con atención.

—No sé ver el mundo de esa forma —confesó—. Me resulta todo muy paranoico.

—¡Sí! La paranoia es justo lo que buscamos. La paranoia es buena.

—Contradice un poco lo que te enseñan en el mundo real, pero me esforzaré en cambiar de perspectiva. De lo que sí estoy seguro es de que te consultaré todo de ahora en adelante. Hasta para respirar.

—Empezarás a pillarlo pronto. Al cabo de un tiempo, se vuelve costumbre. Pero no pienses en lo que conocías antes como el mundo real. Las cosas que ocurren en este otro mundo son mucho más reales, y mucho más permanentes. Es algo primitivo, instinto de supervivencia. Sé que lo tienes porque naciste con él. Solo tienes que acceder a esa parte de ti mismo.

—Tengo que pensar como una presa. —Intentó mantener una expresión positiva, pero Alex notó lo mucho que la idea lo destrozaba.

—Sí. Porque *eres* una presa. Igual que yo. Igual que tu hermano. Y qué demonios, igual que Arnie, por lo visto. Parece que es un estado muy popular por aquí.

—Pero tú —dijo él despacio—, y mi hermano, y probablemente hasta Arnie, también sois depredadores. Yo solo soy presa.

Ella negó con la cabeza.

—Yo empecé como presa. Aprendí. Y tú tienes ventajas con las que yo nunca conté. Compartes el código genético de tu hermano, el superdepredador. Te vi ayer en el campo de tiro y, cuando esos instintos entren en acción, podrás cuidar de ti mismo sin problemas.

—Solo dices eso para tranquilizarme.

—Lo digo porque te tengo envidia. Si yo pudiera ser alta, fuerte y tiradora nata, cambiaría mucho este juego al que estoy jugando.

—Si yo pudiera ser listo y paranoico, no nos habría puesto en peligro.

Alex sonrió.

—No hay ni punto de comparación. Tú tienes capacidad de aprendizaje, y yo nunca podré ser más alta.

Él le devolvió la sonrisa.

—Pero así eres mucho más sigilosa.

—Uf —gimió—. Venga, hagamos algo productivo y disparemos a unos montones de paja.

—Vale, pero tendré que haber vuelto a las… —Miró el reloj de los fogones—. A las seis en punto como tarde.

Alex no entendió la prisa.

—¿Ponen tu programa favorito en la tele o algo?

—No. Te debo una cena, y está claro que no puedo invitarte en el pueblo. —Sonrió como disculpándose—. Es una de las razones, aparte de la inanición, por las que he ido de compras.

—Eh…

—Te pedí una cita para cenar, ¿no te acuerdas?

—No, claro que me acuerdo. Pensaba que ya no seguiría en pie nada de lo que me hubieras dicho antes de secuestrarte.

—No me quedaré tranquilo hasta que cumpla. Y de todas formas, alguien tiene que cocinar y a mí no se me da mal. Sé que Kevin y Arnie son unos inútiles en ese aspecto.

Alex suspiró.

—Yo debo de ser igual de mala que ellos.

—Pues no se hable más. Venga, vamos a mejorar esa puntería.

Daniel captaba las cosas tan deprisa que no era de extrañar que hubieran reclutado a Kevin. Mientras practicaban, le habló a Alex de la destreza de su hermano en los deportes y de su don particular para el tiro. Al parecer, los chicos y su padre habían participado en muchas competiciones, y Kevin se había llevado el trofeo al ganador en la mayoría de ellas.

—Una vez cometí el error de ganarle, cuando teníamos nueve años. No mereció la pena. Desde entonces, seguía yendo para tener contento a mi padre, pero no competía en serio. Busqué mis propios intereses, cosas que no gustaban a Kevin. Como los libros, o las asociaciones vecinales, o la carrera de fondo, o las clases de cocina. Cosas de chicas, como me recordaba una y otra vez.

Alex metió otro cargador. Estaban dilapidando a buen ritmo la munición de Kevin, pero no le preocupó mucho. Podía permitirse comprar más.

Había registrado a fondo el granero y había encontrado algunos de sus depósitos de dinero. Parecía que parte del dinero de la droga se había venido a casa con él. Por norma general, Alex evitaba robar a menos que se quedara sin más opciones, pero le entró una fuerte tentación de guardarse todo lo que pudiera llevar encima. A fin de cuentas, era culpa de Kevin que se hubiera empobrecido tanto desde el mes anterior.

—No sé qué habría sido de mí si hubiera tenido un hermano mejor en química o biología, cuando iba al instituto —comentó—. ¿Lo habría dejado y me habría hecho contable?

Disparó y sonrió. Justo en el corazón.

—A lo mejor eres más competitiva que yo. Quizá habrías luchado por la corona.

Daniel se inclinó sin pensarlo en su posición de disparo y envió una bala a una paca que estaba cien metros más alejada que la de ella. Alex disparó de nuevo.

—A lo mejor habría sido más feliz como contable.

Daniel suspiró.

—Puede que tengas razón. Yo era bastante feliz trabajando de profesor. No es una carrera con mucho glamur, pero lo prosaico puede ser bastante satisfactorio. Es más: lo corriente en general está muy infravalorado.

—No sabría decirte. Pero suena bien.

—Tú nunca has sido corriente. —No era una pregunta.

—No —aceptó Alex—. No mucho. Por desgracia, como ha podido comprobarse.

Siempre había sido más lista de lo que le convenía, aunque le había costado un tiempo ver las cosas de ese modo. Disparó a su objetivo dos veces en la cabeza, en rápida sucesión.

Daniel irguió la espalda y se apoyó el largo fusil en el hombro. Einstein se levantó y se desperezó.

—Bueno, yo tenía algunas áreas en las que trascendía lo prosaico —dijo, y Alex le notó en el tono que intentaba aligerar el ambiente a propósito—. Y por suerte para ti, esta noche me verás trabajar en mi campo favorito.

Alex dejó la SIG y se estiró, como había hecho el perro. Sus músculos tardaban menos en agarrotarse por culpa de las heridas. No estaba moviéndose como solía porque evitaba cargar las partes dañadas de su cuerpo. Tendría que obligarse a usar todas las extremidades por igual.

—Suena emocionante. Y tengo hambre, así que de verdad espero que ese campo del que hablas sea la cocina.

—Ciertamente lo es. ¿Vamos? —Hizo un barrido con la mano libre en dirección a la camioneta.

—Cuando hayamos limpiado los juguetes.

Daniel parecía estar en su elemento, tarareando mientras picaba cosas y echaba especias en cosas y ponía otras cosas en sartenes. Por supuesto, Alex no pudo evitar fijarse en que bastantes utensilios tenían aspecto de recién comprados y no habían estado en los cajones cuando los había registrado antes. Dejaría para más tarde la lección sobre que la gente que solo está de paso en el pueblo rara vez compra material de cocina. Empezaba a llegarle un aroma delicioso y no quería gafar nada.

Estaba sentada de lado en el sofá, con las piernas debajo del cuerpo, mirando las noticias y a Daniel al mismo tiempo. En la tele no había nada interesante, solo asuntos locales y algún fragmento breve sobre las primarias, para las que aún faltaban nueve meses. A Alex le resultaba molesto todo el proceso electoral. Tendría que dejar de ver la tele por completo cuando empezara la campaña de verdad. Al conocer mejor que la mayoría la clase de tiniebla que había entre bambalinas y lo poco que tenían que ver las decisiones importantes con el títere portavoz que elegía el pueblo, le costaba decantarse demasiado por la izquierda o la derecha.

Arnie había devorado otra cena congelada y se había retirado a las siete y media, como parecía tener por costumbre. Alex había intentado convencerlo de que una cena cocinada en casa merecía un poco de espera, pero él ni se había molestado en responder a sus argumentos. Le sorprendió que Daniel no lo intentara, pero quizá estuviera demasiado concentrado en la comida para enterarse. Se ofreció a ayudar un par de veces, solo para obtener la misma respuesta contundente de que aquella noche únicamente tenía permitido comer.

Daniel rezongó para sí mismo mientras colocaba los platos dispares, los cubiertos aleatorios y las tazas de café. Tendría que recordarle que nada de volver a salir para comprar vajilla monogramada a lo loco. Llevó toda la comida a la mesa y Alex se levantó con ganas, hambrienta y medio asalvajada por las distintas fragancias que llenaban la atmósfera. Daniel apartó una silla para invitarla a sentarse, gesto que le recordó a las películas antiguas. ¿Sería lo que hacía la gente normal? No estaba segura, pero tenía la impresión de que no. Al menos, no en los sitios a los que iba ella a cenar.

Con una floritura, sacó un mechero y encendió una vela a topos azules y rosas con forma de número uno, que había clavado en un panecillo.

—Es lo más parecido que he encontrado a un candelabro —explicó Daniel al ver su cara de incomprensión—. Y este es el mejor vino que he podido conseguir —siguió diciendo mientras señalaba la botella abierta que había junto a la taza de Alex. No reconoció ninguna palabra de su etiqueta—. Es la mejor añada que tienen los supermercados United.

Hizo ademán de servirle vino, pero ella tapó su taza con la mano al instante.

—No bebo.

Daniel titubeó, y luego se sirvió un poquito para él.

—Esta mañana compré zumo de manzana. ¿O prefieres que te traiga agua?

—El zumo estaría muy bien.

Él se levantó y fue a la nevera.

—¿Te lo puedo preguntar? ¿Alcohólicos Anónimos o motivos religiosos?

—Seguridad. No tomo nada que pueda nublarme la percepción desde hace cuatro años.

Daniel volvió y le llenó la taza de zumo antes de sentarse frente a ella. En su rostro se leía una estudiada despreocupación.

—¿No empezaste a huir hace solo tres años?

—Sí, pero cuando de verdad empecé a entender que podían intentar matarme en cualquier momento, ya casi no pude pensar en otra cosa. No podía permitirme las distracciones. Podría pasar algo por alto. Y sí que pasé algo por alto, supongo. Si hubiera estado atenta como debía, a lo mejor Barnaby aún estaría vivo. No tendríamos que haber esperado.

—¿Aquí no te sientes segura?

Alex levantó la mirada hacia él, sorprendida por la pregunta. La respuesta era evidente.

—No.

—¿Porque he hecho una idiotez esta mañana?

Alex negó con la cabeza.

—No, para nada. Nunca me siento segura en ningún sitio.

Sabía lo displicente que acababa de sonar, como si las palabras «por supuesto» estuvieran integradas en la respuesta, y vio cómo el semblante de Daniel se ensombrecía un poco en respuesta.

—Eh, pero es muy posible que yo padezca estrés postraumático. No tiene por qué ser así. Seguro que otra persona llevaría todo esto mejor.

Daniel enarcó una ceja.

—Sí, porque Kevin es un tío de lo más normal.

Volvieron a reír. Alex no se había reído tanto ni sumando los últimos tres años.

Daniel levantó el tenedor.

—¿Vamos a ello?

15

Que no, que no exagero. Estoy convencida de que es lo mejor que he comido en toda la vida. Te concedo que soy chica de comida rápida y por tanto no una juez muy sofisticada, pero también te digo que nunca hablo por hablar.

—Vaya, pues me halagas. Gracias.

—¿Cómo dices que se llama esto? —Clavó el tenedor en el postre de su plato, deseando tener un poco más de hueco en el estómago. Había comido hasta casi reventar, pero seguía apeteciéndole un bocado más.

—Tarta de crema de plátano.

—Jo, pues… —La atacó, haciendo caso omiso a su estómago, y saboreó un bocado pequeño—. ¿Dónde aprendiste a hacerla?

—Di algo de cocina en la universidad. Veo los canales culinarios los fines de semana y practico cuando puedo permitírmelo.

—Eso sí que es invertir bien el tiempo. Pero creo que dejaste pasar tu auténtica vocación.

—Trabajé en algunos restaurantes, en mis tiempos. Pero me dejaban sin vida social. Cuando salía con mi ex…, bueno, no es que le gustaran mucho mis horarios. El empleo en el instituto nos dejaba más tiempo para estar juntos.

—No todo el mundo habría hecho el sacrificio.

—No, no fue un sacrificio. Trabajar con los chavales siempre me pareció más importante. Me encantaba. Y de todas formas, podía cocinar en casa, así que durante un tiempo tuve las dos cosas.

—¿Y luego lo dejaste?

Daniel suspiró.

—Bueno, cuando Lainey se fue… renuncié a pelear. Dejé que se quedara con todo lo que quiso.

Alex podía imaginarse a la perfección cómo debió de ser. Había visto el estado de la cuenta bancaria de Daniel después del divorcio.

—Te dejó pelado.

—Bastante. De ahí lo de la dieta de ramen.

—Eso sí que es un delito. —Miró con anhelo lo que quedaba de la tarta.

—Así es la vida —dijo él—. Tú también has pasado tus penas.

—Sinceramente, aunque al final pasó todo con demasiado terror y tragedia, ya estaba dispuesta a dejarlo. Nunca fue lo que quería hacer con mi vida, sino solo lo que se me daba muy bien. —Levantó los hombros—. El trabajo me pasaba factura.

—No puedo ni empezar a imaginármelo. Pero me refiero… en plan romántico.

Alex lo miró sin comprender.

—¿Romántico?

—Bueno, como has dicho, terminó en tragedia.

—Mi vida sí. ¿Pero…?

—Es que pensaba, por cómo hablas de él, que debió de destrozarte perder... al doctor Barnaby como lo perdiste. No me has dicho su nombre de pila.

—Era Joseph. Pero yo siempre lo llamaba Barnaby —respondió Alex, y dio un sorbo de zumo.

—¿Y te enamoraste de él... desde el principio?

El sobresalto le desvió parte del zumo a los pulmones y empezó a toser con fuerza. Daniel se levantó de un salto y le dio manotazos en la espalda hasta que empezó a recobrar el control de su respiración. Al cabo de un poco, Alex le hizo un gesto para que lo dejara.

—Estoy bien —dijo entre toses—. Siéntate.

Daniel se quedó a su lado, con el brazo aún extendido.

—¿Estás segura?

—Me has... pillado por sorpresa. ¿Con Barnaby?

—Creía que ayer habías dicho...

Alex respiró hondo y tosió otra vez.

—Que le quería. —Tuvo un escalofrío—. Lo siento, estoy teniendo una reacción asquerosilla a esa idea incestuosa. Barnaby era como mi padre. Fue un buen padre, el único que he conocido. Fue muy duro saber cómo había muerto, y lo echo muchísimo de menos. Así que sí, me quedé destrozada. Pero no en ese sentido.

Daniel volvió despacio a su asiento. Pasó un momento pensando y al cabo preguntó:

—¿Con quién más tuviste que cortar lazos cuando desapareciste?

Alex imaginó la larga hilera de rostros que estarían desfilando por la mente de Daniel en aquel momento.

—Esa parte no me costó tanto. Suena muy penoso, pero Barnaby era mi único amigo de verdad. Mi vida era mi trabajo, y no tenía permitido hablar del trabajo más que con él. Tenía una existencia muy aislada. Había otras personas, por ejemplo los subalternos que preparaban a los sujetos. Sabían lo que pasaba en términos generales, pero no conocían los detalles clasificados de la información que intentábamos extraer. Y en fin, me tenían un miedo de mil demonios. Sabían en qué consistía mi trabajo, así que no charlábamos mucho. También había asistentes de laboratorio que se ocupaban de varias cosas fuera de las salas donde estaba la acción, pero esos no sabían lo que hacíamos y yo tenía que poner cuidado en no darles pistas. A veces recibíamos visitas de miembros sueltos de otras agencias para supervisar algún interrogatorio completo, pero mi único contacto con ellos era para recibir instrucciones sobre los ángulos que debía cubrir. Solían mirar desde detrás del falso espejo y la información me la pasaba Carston. Antes creía que Carston era una especie de amigo, pero acaba de intentar matarme… Total, que no puedo compararlo con lo que has perdido tú. Está claro que yo no tenía mucha vida que perder. Incluso ya antes de que me reclutaran… No sé, supongo que no establezco vínculos con otros seres humanos como una persona normal. Lo que te decía: penoso.

Daniel le sonrió.

—Yo no te he visto ninguna deficiencia.

—Eh… Gracias. Bueno, se hace tarde. Deja que te ayude a recoger.

—Claro. —Daniel se levantó, se estiró y empezó a amontonar platos. Alex tuvo que apresurarse a coger un par de cosas antes de que un eficiente Daniel se lo llevara todo—. Pero la noche aún es joven —añadió—, y ahora me veo obligado a mencionar la otra parte de nuestro acuerdo.

—¿Cómo?

Daniel rio. Tenía las manos llenas, así que abrió ella el lavavajillas. Llenó la parte de abajo mientras él se ocupaba de la de arriba y dejaban los cacharros más grandes en el fregadero. Terminaron enseguida, trabajando en equipo.

—¿No te acuerdas? Pero si solo fue hace unos días. Eso sí, reconozco que parece más tiempo. Podrían haber sido semanas.

—No tengo ni idea de qué me estás diciendo.

Daniel cerró el lavaplatos y se apoyó en la encimera, cruzando los brazos. Alex esperó.

—Recuerda. Antes de que la cosa se pusiera... rara. Me prometiste que si seguías gustándome después de que cenáramos juntos...

La miró con las cejas arqueadas, esperando a que ella terminara la frase.

«Ah». Se refería a la conversación que habían mantenido en el metro. Alex se sorprendió de que pudiera hablar de ella con tanta ligereza. Había sido el último momento normal de su vida, el último antes de que se lo robaran todo. Y aunque ella no había sido la arquitecta de ese robo, sí había sido el peón empleado para llevarlo a cabo.

—Eh... Algo de una película extranjera en la universidad, ¿verdad?

—Sí. Bueno, pero tampoco hace falta ser tan literales. El cine de la universidad ahora mismo no nos resulta demasiado práctico. Sin embargo... —Abrió la alacena que tenía detrás, levantó el brazo y cogió algo del estante superior. Se volvió hacia ella sonriendo de oreja a oreja y le mostró una carátula descolorida de DVD en la que se veía a una mujer hermosa con vestido rojo y un sombrero marrón de ala ancha—. ¡Tachán! —exclamó.

—¿De dónde narices lo has sacado?

Su sonrisa menguó un poco.

—De la segunda tienda a la que he ido. He tenido mucha suerte: es un peliculón. —Estudió la cara de Alex—. Puedo leerte la mente. Estás pensando: «¿Hay algún lugar en el que no haya entrado este imbécil? Estaremos muertos antes de que amanezca».

—No con tantas palabras. Y estaríamos ya perdiéndonos en la noche después de robar la camioneta a Arnie si creyera que la cosa está tan mal.

—Aun así, aunque siento muchísimo mi atolondramiento, también estoy bastante contento de haber encontrado esta joyita. Te va a encantar.

Alex negó con la cabeza, no por contradecirlo sino preguntándose cómo se había vuelto tan rara su vida. Un movimiento en falso y de pronto se había comprometido a leer subtítulos con la persona más… incorrupta y amable que había conocido nunca.

Daniel dio un paso hacia ella.

—No puedes decir que no. Hiciste un trato y espero que lo cumplas.

—Lo haré, lo haré. Pero vas a tener que explicarme cómo es que te sigo gustando —dijo ella, acabando la frase con menos ánimo que al principio.

—Creo que eso puedo hacerlo.

Dio otro paso adelante, arrinconándola contra la isla. Apoyó las manos en el borde de la superficie por detrás de ella, una a cada lado, y cuando se inclinó hacia delante Alex respiró el olor cítrico y limpio de su pelo. Lo tenía tan cerca que notaba que se había afeitado poco antes por la mandíbula lisa y el asomo de una raspadura con la cuchilla justo por debajo del mentón.

La cercanía de Daniel la confundió, pero no la asustó como habría ocurrido con casi cualquier otra persona del planeta. No era peligroso para ella, eso lo sabía. Sin embargo, no comprendía lo que estaba haciendo, ni siquiera cuando Daniel bajó lentamente la cara hacia la suya y empezó a cerrar los ojos. Ni se le ocurrió que estaba a punto de besarla hasta que sus labios entreabiertos estuvieron solo a un suspiro de los de ella.

Comprenderlo la sobresaltó. La sobresaltó mucho. Y cuando Alex se sobresaltaba, tenía reacciones arraigadas que se manifestaban sin su aprobación consciente.

Se agachó por debajo del brazo de Daniel para liberarse. Se alejó unos metros con rápidas zancadas y dio media vuelta para encararse hacia el origen de la alarma, medio acuclillándose en actitud de combate. Se llevó las manos por instinto a la cintura, buscando el cinturón que no llevaba puesto.

Al reparar en el rostro horrorizado de Daniel, Alex comprendió que su reacción habría sido más adecuada si él hubiera sacado un cuchillo y se lo hubiera puesto en el cuello. Se enderezó y dejó caer las manos, muy sonrojada.

—¡Ay, perdona, perdona! Me has, hum…, pillado desprevenida.

El horror de Daniel se convirtió en incredulidad.

—Uau. No creía que estuviera yendo tan deprisa, pero a lo mejor tendré que replanteármelo.

—Es que… Perdona, ¿qué ha sido eso?

Una sombra de impaciencia cruzó sus rasgos.

—Bueno, estaba a punto de besarte.

—Eso me parecía, pero… ¿por qué? O sea, ¿besarme a mí? No lo…, no lo entiendo.

Daniel meneó la cabeza y dio media vuelta para apoyarse en la isla.

—Vaya. De verdad pensaba que estábamos en sintonía, pero ahora tengo la sensación de no hablar el mismo idioma que tú. ¿Qué creías que estaba pasando aquí? ¿Lo de la cena para dos? ¿Y esa velita tan cutre? —Señaló la mesa.

Volvió a acercarse a ella y Alex se obligó a no retroceder. Confundida o no, sabía que su reacción exagerada y salvaje había sido de mala educación. No quería herir sus sentimientos. Aunque estuviera loco.

—Tienes que… —Suspiró—. Tienes que haberte dado cuenta de lo a menudo que… te toco. —Ya estaba lo bastante cerca como para extender un brazo y rozar los nudillos por el de ella a modo de ejemplo—. En el planeta del que vengo, esas cosas indican un interés romántico. —Volvió a inclinarse hacia ella, entrecerrando los ojos—. Dime, por favor, ¿qué significan en el tuyo?

Alex cogió aire.

—Daniel, lo que estás procesando ahora mismo es una especie de reacción a la privación sensorial —le explicó—. Lo he visto antes, en el laboratorio...

Los ojos de Daniel se abrieron y se retiró del espacio de Alex. Su cara mostraba una expresión de desconcierto absoluto.

—Es una respuesta válida a lo que has experimentado, y en realidad es una reacción muy suave, dadas las circunstancias —continuó diciéndole—. Lo llevas sorprendentemente bien. Mucha gente ya habría tenido un colapso nervioso completo a estas alturas. Esa reacción emocional puede parecer similar a cosas que has vivido antes, pero te aseguro que lo que sientes ahora mismo no es interés romántico.

Daniel recobró la compostura durante la explicación, pero no pareció iluminado ni tranquilizado por el diagnóstico de Alex. Frunció el entrecejo y las comisuras de los labios, como si estuviera molesto.

—Y estás segura de conocer mis sentimientos mejor que yo porque...

—Porque, como te decía, he visto cosas parecidas en el laboratorio.

—¿«Cosas parecidas»? —repitió Daniel—. Supongo que verías muchas cosas en tu laboratorio, pero al mismo tiempo estoy seguro de que soy la persona más cualificada para saber cuándo experimento un interés romántico. —Sonaba enfadado, pero sonreía y volvió a acercarse mientras hablaba—. Así que, si tu único argumento es anecdótico...

—No es mi único argumento —empezó a decir ella, a regañadientes. No eran palabras fáciles de expresar—. Puede que me... absorbiera mucho mi trabajo, pero tampoco era ajena a todo. Sé lo que ven los hombres cuando me miran, los que saben lo que soy…, como tú. Y comprendo esa reacción. No me opongo a ella. La hostilidad de tu hermano es una respuesta normal y racional. La he visto muchas veces: miedo, odio, deseo de afirmar una superioridad física. Soy el hombre del saco en un mundo muy oscuro y terrorífico. Asusto a quienes no se asustan de nada más, ni de la muerte. Puedo arrebatarles todo lo que los enorgullece, puedo hacer que traicionen todo lo que consideran sagrado. Soy el monstruo que ven en sus pesadillas.

Era una versión de sí misma que había llegado a aceptar, aunque no sin dolor.

No se le escapaba que quienes no la conocían la veían como una mujer, no como un demonio. Cuando le hacía falta, podía valerse de su capacidad para parecer delicada y femenina, como había hecho con el amorsado director de hotel. No era distinto de su capacidad para hacerse pasar por un chico. Ambas eran engaños. Pero incluso los desconocidos que la veían como mujer no la miraban con… deseo. No era esa clase de chica, y no pasaba nada. Había nacido con sus propios dones y no podía tenerse todo.

Daniel esperó con paciencia mientras hablaba, sin cambiar la expresión. Alex no creyó que estuviera teniendo una reacción lo bastante intensa a sus palabras.

—¿Entiendes lo que te estoy diciendo? —preguntó—. Soy intrínsecamente incompatible con ser un objeto de interés romántico.

—Te entiendo. Es solo que no estoy de acuerdo.

—No comprendo cómo tú, precisamente tú, puedes no estar de acuerdo.

—Antes que nada, aunque no sea del todo a lo que voy, no te tengo miedo.

Alex soltó aire con impaciencia.

—¿Por qué no?

—Porque, ahora que sabes quién soy, no supones un peligro para mí, y no lo supondrás a menos que me transforme en la clase de persona que lo merece.

Los labios de Alex se fruncieron en un medio mohín. Tenía razón…, pero no era ese el tema.

—En segundo lugar, y sigue siendo solo tangencial, creo que has pasado todo tu tiempo con la clase equivocada de hombre. Son los gajes de tu oficio particular, diría yo.

—Quizá. Pero ¿cuál es esa idea a la que estás tardando tanto en llegar?

Daniel volvió a meterse en su espacio personal.

—Cómo me siento. Cómo te sientes.

Alex no reculó.

—¿Y cómo puedes estar seguro de lo que sientes? Estás pasando por la experiencia más traumática de tu vida. Acabas de perder tu mundo entero. Lo único que te queda es un hermano en quien no confías del todo, tu secuestradora-barra-torturadora y Arnie. Así que supongo que era una cuestión de moneda al aire que sintieras apego hacia mí o hacia Arnie. Es un síndrome de Estocolmo de libro, Daniel. Soy la única hembra humana que queda en tu vida; no tienes más opciones. Piénsalo racionalmente, considera el mal momento que es para esto. No puedes confiar en sentimientos que han aflorado en pleno tormento físico y mental severo.

—Lo consideraría, si no fuera por una cosa.

—¿Y cuál es?

—Que ya te deseaba antes de que fueses la única hembra humana de mi vida.

Eso la dejó descolocada y él lo aprovechó, poniéndole las dos manos con suavidad en los hombros. El calor de sus palmas hizo que Alex cayera en la cuenta de que llevaba un rato teniendo frío. Se estremeció.

—¿Recuerdas cuando te dije que nunca había pedido salir a una mujer en el metro? Pues me quedaba bastante corto. Por término medio, me lleva unas tres semanas de interacción bastante regular, además de una cantidad de aliento vergonzosa por parte de la chica, atreverme a pedir a alguien que se tome conmigo un café sin más trascendencia. Pero en el momento en que te vi la cara, estuve dispuesto a alejarme kilómetros de mi zona de confort para poder volver a verla.

Alex negó con la cabeza.

—Daniel, te drogué. Ibas hasta arriba de un compuesto químico que tiene efectos parecidos a los del éxtasis.

—No, todavía no. Me acuerdo. Noté la diferencia entre el antes y el después de que me drogaras. Ahí fue cuando todo se volvió confuso. Pero antes de la droga, ya estaba metido hasta el cuello. Intentaba pensar la forma de bajarme en tu parada sin parecer un acosador.

Alex se quedó sin respuesta. La proximidad física empezaba a desorientarla. Daniel seguía sosteniéndola sin hacer fuerza, inclinándose un poco para que sus caras estuvieran más cerca.

No fue hasta entonces cuando empezó a tomarse en serio sus palabras. Había atribuido todo cuanto Daniel había dicho y hecho desde el secuestro a las secuelas del trauma. Lo había analizado como a un sujeto, apartándose a sí misma de la ecuación. Porque nada en aquel asunto trataba de ella. Y todo estaba dentro de los parámetros normales para la situación que había superado.

Intentó recordar la última vez que un hombre la había mirado así y no le vino nada a la mente.

Durante los últimos tres años, toda persona que conociera, hombre o mujer, había sido una fuente potencial de peligro. Durante los seis anteriores, como acababa de explicar con pesar, había sido anatema para todo hombre con el que tuviera alguna relación. Y, si seguía retrocediendo, llegaba a la facultad de Medicina, donde sus escasas y fugaces relaciones nunca habían sido muy románticas. Incluso entonces ya era científica antes que cualquier otra cosa, y los hombres con los que había establecido lazos eran como ella. Sus relaciones habían nacido de las exageradas cantidades de tiempo que pasaban trabajando juntos y de unos intereses muy específicos, que el 99,99 por ciento de la población no podía ni siquiera empezar a comprender. En todas ellas, se habían conformado el uno con el otro por obligación. Normal que ninguna hubiera llegado muy lejos.

Y ninguno de aquellos hombres había tenido la expresión que veía en Daniel. Asombro y fascinación, mezclados con algo eléctrico cuando miraba el rostro de Alex..., el rostro vapuleado e hinchado de Alex. Por primera vez, se avergonzó de su apariencia destrozada por motivos puramente vanidosos. Sus manos habían colgado laxas a sus costados. Ahora alzó un brazo para cubrirse todo lo posible, escondiéndose como una niña.

—He pensado bastante en esto —añadió Daniel, y Alex captó la sonrisa en su voz—. Sé lo que estoy diciendo.

Ella solo pudo negar con la cabeza.

—Por supuesto, nada de todo esto es relevante si tú no sientes algo parecido. Esta noche he pecado un poco de exceso de confianza. —Calló un momento—. Sobre todo, teniendo en cuenta que no estábamos hablando el mismo idioma, ¿verdad? Te he malinterpretado.

Volvió a callar como si esperara respuesta, pero Alex no tenía ni idea de qué decir.

—¿Qué ves cuando me miras? —preguntó Daniel.

Ella bajó la mano un centímetro y levantó los ojos hacia él, hacia la misma cara de desconcertante sinceridad que llevaba desde el principio intentando comprender. ¿Qué clase de pregunta era esa? Había demasiadas respuestas.

—No sé cómo contestar a eso.

Los ojos de Daniel se estrecharon un momento, pensativos. Alex deseó que él retrocediera un paso para poder pensar con más claridad. Entonces Daniel pareció decidirse y cuadró los hombros como para encajar un golpe.

—Ya que estamos, pongamos todas las cartas sobre la mesa. Respóndeme a esto: ¿qué es lo peor de todo lo que ves cuando me miras?

La respuesta sincera escapó antes de que Alex pudiera pensar en sus implicaciones.

—Una debilidad.

Vio la dureza con que cayó la palabra sobre él. Daniel le concedió el espacio que había estado deseando, y entonces lo lamentó. ¿Por qué hacía tanto frío en esa habitación?

Daniel asintió para sí mismo mientras se apartaba.

—Es justo, es justo del todo. Está claro que soy un idiota. No puedo olvidar que te he puesto en peligro. Y también está el hecho de que…

—¡No! —Alex dio un paso vacilante hacia él, ansiosa por explicarse—. No me refería a eso.

—No hace falta que lo suavices. Sé que soy un inútil para estas cosas. —Hizo un gesto vago hacia la puerta, hacia el mundo exterior que intentaba matarlos a los dos.

—No lo eres. Ser una persona normal no es malo. Aprenderás todo lo demás. Estaba hablando de… ventaja. —No pudo evitarlo al ver la desolación que había en sus rasgos. Dio otro paso hacia él y cogió una de sus manos grandes y cálidas con las suyas, pequeñas y heladas. Se sintió mejor cuando la palabra «ventaja» reemplazó el dolor de sus ojos por confusión. Se apresuró a aclararlo—. ¿Te acuerdas de lo que hablábamos Kevin y yo sobre la ventaja? ¿De cómo tú eras la ventaja con la que la Agencia contaba para hacerlo salir?

—Sí, ahora me siento mucho mejor que cuando me consideraba solo un inútil.

—Déjame terminar. —Respiró hondo—. Conmigo, nunca han tenido nada. Barnaby era mi única familia. No tenía ninguna hermana con un par de críos y una casa en las afueras que el departamento pudiera amenazar con volar por los aires. No había nadie que me importara. Solitaria, sí, pero también era libre. Solo tenía que mantenerme con vida a mí misma.

Observó cómo Daniel meditaba sus palabras, intentando hallarles significado. Tanteó en busca de un ejemplo concreto.

—Mira, si…, si te atraparan —explicó despacio—, si de algún modo se hicieran contigo…, tendría que ir a rescatarte.

Era tan cierto que la asustó. No entendía por qué era cierto, pero lo era de todos modos.

Daniel abrió más los ojos y su expresión quedó congelada.

—Y ganarían ellos, ¿sabes? —continuó Alex con tono de disculpa—. Nos matarían a los dos. Pero no por eso dejaría de intentarlo. ¿Lo ves ahora? —Levantó los hombros—. Una debilidad.

Daniel abrió la boca para hablar pero volvió a cerrarla. Anduvo hacia el fregadero y volvió para plantarse justo delante de ella.

—¿Por qué vendrías detrás de mí? ¿Por remordimiento?

—En parte —reconoció Alex.

—Pero no fuiste tú quien me metió en esto, en realidad no. No me eligieron por ti.

—Lo sé, y por eso digo que en parte. Será como un treinta y tres por ciento.

Daniel esbozó un asomo de sonrisa, como si hubiera oído algo gracioso.

—¿Y el otro sesenta y siete?

—Otro treinta y tres sería… ¿Justicia? No es del todo la palabra. Pero alguien como tú… merece más que esto. Eres mejor persona que cualquiera de ellos. No está bien que alguien como tú tenga que formar parte de este mundo. Es un desperdicio y está mal.

No había querido ponerse tan vehemente. Notaba que solo había logrado confundirlo de nuevo. Pero es que Daniel no se daba cuenta de lo inusual que era. Su sitio no era el hedor de las trincheras. Tenía algo… puro.

—¿Y el último treinta y cuatro? —preguntó tras pensar un momento.

—No lo sé —dijo con un hilo de voz.

No sabía por qué ni cómo Daniel se había convertido en una figura central de su vida. No sabía por qué daba por sentado que seguiría estando presente en el futuro, cuando no tenía el menor sentido. No sabía por qué, cuando su hermano le había pedido que tuviera un ojo echado a Daniel, su respuesta había sido tan sincera y tan… inevitable.

Daniel estaba esperando más. Alex separó las manos, impotente. No sabía qué más decirle.

Él sonrió un poco.

—Bueno, la palabra «debilidad» ya no suena tan espantosa como antes.

—Para mí, sí.

—Sabes que, si vinieran a por ti, haría lo posible para cortarles el paso. Así que tú también eres una debilidad para mí.

—No querría que lo hicieras.

—Porque acabaríamos los dos muertos.

—¡Exacto! Si vienen a por mí, tú *corres*.

Él rio.

—Opinamos distinto.

—Daniel…

—Déjame decirte qué más veo cuando te miro.

Alex se encorvó por acto reflejo.

—Dime lo peor que ves.

Daniel suspiró y levantó la mano para pasarle las yemas de los dedos suavemente por el pómulo.

—Estos cardenales. Me parten el corazón. Pero, de alguna forma retorcida y mala, también les estoy agradecido. ¿A que es una vergüenza?

—¿Agradecido?

—Si el estúpido matón de mi hermano no te hubiera dado una paliza, habrías desaparecido y no habría tenido forma de volver a encontrarte jamás. Por esas heridas, necesitabas nuestra ayuda. Te quedaste conmigo.

La cara con que dijo las tres últimas palabras era muy perturbadora. O quizá fuesen sus dedos, que no se habían separado de la piel de Alex.

—¿Me dejas decirte qué más veo?

Ella lo miró con cautela.

—Veo a una mujer que es más… real que cualquier otra que haya conocido. A tu lado, todas las demás personas que conozco resultan insustanciales, incompletas en cierto modo. Como sombras e ilusiones. Amaba a mi esposa, o más bien, como señalaste con tanto tino mientras estaba colocado, amaba la idea que tenía de quién era. Pero nunca estuvo tan presente para mí como estás tú. Nunca me he sentido tan atraído por alguien como por ti, y lo he estado desde el momento en que te conocí. Es como la diferencia entre…, entre leer sobre la gravedad y luego caerte por primera vez.

Se miraron durante lo que parecieron horas pero bien podían ser minutos o incluso segundos. La mano de Daniel, que al principio solo le tocaba el pómulo con los bordes de las yemas de los dedos, empezó a relajarse hasta que le acunó la mandíbula en la palma. Le pasó el pulgar por el labio inferior con una presión tan leve que no estaba segura del todo de no haberlo imaginado.

—Esto es completamente irracional a todos los niveles —susurró Alex.

—No me mates, por favor.

Quizá Alex asintiera.

Daniel llevó su otra mano al rostro de Alex, con tanta suavidad que no hubo ni un atisbo de dolor pese a sus cardenales. Era solo corriente viva, la sensación que debía experimentar una lámpara de plasma desde su interior.

Alex empezó a recordarse a sí misma, mientras los labios de Daniel se apretaban tiernos contra los suyos, que no tenía trece años y no era su primer beso, así que en realidad... Pero entonces Daniel le hundió las dos manos en el pelo, atrajo su boca un poco más contra la de él, abrió los labios y Alex no pudo ni terminar el pensamiento. No se le ocurría la forma de enlazar las palabras.

Inspiró, solo una minúscula bocanada de aire, y Daniel apartó la cara un centímetro sin dejar de sostenerle la cabeza en sus largas manos.

—¿Te he hecho daño?

Alex no recordaba cómo decir «Sigue besándome», así que se puso de puntillas, le rodeó el cuello con los brazos y lo acercó hacia ella. Daniel no estaba nada dispuesto a resistirse.

Debió de sentir el tirón en los brazos de Alex, o quizá su espalda empezara a resentirse por la diferencia de altura, porque la asió por la cintura y la subió a la isla de la cocina, sin romper el contacto entre sus labios. Por acto reflejo, Alex le rodeó las caderas con las piernas al mismo tiempo que los brazos de Daniel le ceñían el torso, y sus cálidos cuerpos se fundieron. Alex retorció los dedos en el pelo de Daniel y por fin se avino a reconocer que siempre la habían atraído aquellos rizos rebeldes, que había disfrutado en secreto acariciándolos mientras lo tenía inconsciente, en el comportamiento menos profesional que podía imaginar.

El beso tuvo una cualidad sincera, muy propia de Daniel, como si su personalidad se sumara al olor y al sabor para componer la electricidad que circulaba saltarina entre ellos. Alex empezó a comprender lo que Daniel le había estado diciendo, lo real que era para él. Para ella Daniel era algo nuevo, una experiencia original del todo. En el fondo sí que era como su primer beso, porque ninguno anterior había sido tan vívido, ninguno se había impuesto tanto a su propia mente analítica. No tenía ni que pensar.

Era una sensación increíble no pensar.

Todo se reducía a besar a Daniel, como si respirar nunca hubiera tenido otro propósito.

Él le besó el cuello, la sien, la coronilla. Le acunó la cara contra su propio cuello y suspiró.

—Es como si llevara un siglo esperando a hacer esto. Es como si el tiempo hubiera perdido toda continuidad. Un solo segundo contigo pesa más que días enteros de mi vida antes de conocerte.

—Esto no debería ser tan fácil. —Cuando Daniel dejó de besarla, fue capaz de pensar de nuevo. Deseó no tener que hacerlo.

Él le levantó la barbilla.

—¿A qué te refieres?

—¿No debería ser un poco… incómodo? Choques de narices y demás. En fin, yo llevaba tiempo sin hacer esto, pero es como lo recuerdo.

Daniel le besó la nariz.

—Sí que es lo normal, sí. Pero esto nunca ha tenido nada de normal.

—No entiendo cómo ha podido ocurrir. Las probabilidades en contra eran astronómicas. Tú eras solo un cebo aleatorio con el que cargaron una trampa para mí. Y luego, por casualidad, resulta que eres justo… —No supo cómo terminar la frase.

—Justo lo que quiero —dijo él, y se inclinó para besarla de nuevo. Terminó demasiado pronto—. Reconozco —añadió— que yo no habría apostado a que ocurriera.

—Sería más fácil que nos tocara la lotería.

—¿Tú crees en el destino?

—Claro que no.

Daniel rio al oír su tono desdeñoso.

—Supongo que en el karma tampoco, entonces.

—Ninguna de esas cosas existe.

—¿Puedes demostrarlo?

—Hombre, no con pruebas concluyentes. Pero tampoco puede demostrarse que sean reales.

—Entonces tendrás que aceptar que es la casualidad más improbable del mundo. Yo, en cambio, creo que hay algún equilibrio en el universo. A los dos se nos ha dado un trato injusto. Quizá esto sea la forma de equilibrarlo.

—Es irracional…

Daniel la interrumpió; sus labios hicieron que olvidara lo que estaba a punto de decir. Recorrió a besos sus pómulos hasta llegar a la oreja.

—La racionalidad está sobrevalorada —susurró.

Y entonces sus bocas volvieron a moverse al unísono y Alex no tuvo más remedio que estar de acuerdo. Aquello era mejor que la lógica.

—No creas que vas a librarte de *Indochina* —musitó él.

—¿Qué?

—La película. He puesto nuestras vidas en peligro para conseguirla, así que lo menos que puedes hacer es…

En esa ocasión fue ella quien no dejó que terminara la frase.

—Mañana —dijo Daniel cuando emergieron para coger aire.

—Mañana —convino ella.

16

Alex despertó a la mañana siguiente sintiéndose al mismo tiempo expectante y muy, muy estúpida.

En serio, era como si no pudiera completar ni un solo párrafo de pensamiento sin volver a algún rasgo del rostro de Daniel, o a la textura de sus manos, o a la sensación que le despertaba su aliento en el cuello. Y claro, de ahí provenía la expectación.

Pero había demasiadas consideraciones prácticas en las que inevitablemente tenía que pensar. La noche anterior, o más bien esa misma mañana, cuando Daniel le había dado el enésimo beso de buenas noches en el rellano de la escalera, había estado demasiado cansada para sopesar ninguna de ellas. Apenas había tenido energía para armar sus defensas y ponerse la máscara antigás antes de caer rendida.

Lo que probablemente era bueno, porque había estado demasiado desconcertada para comprender en qué clase de locura acababa de embarcarse. Incluso ahora, después de dormir, le costaba centrarse en algo que no fuese el hecho de que Daniel estaría despierto en alguna parte. Estaba impaciente por volver a verlo, y también un poco asustada. ¿Y si se había evaporado la frenética oleada de emoción que la noche anterior le había resultado tan natural e irresistible? ¿Y si de repente volvían a ser dos extraños sin nada que decirse?

En ese caso, tal vez todo resultaría más fácil, si continuaba así.

Aquel mismo día, el siguiente o quizá dentro de dos, Kevin llamaría. «Puaj, Kevin». Alex podía imaginar perfectamente cómo reaccionaría a los últimos acontecimientos.

Sacudió la cabeza. Eso era irrelevante. Porque aquel mismo día o el siguiente, cuando Kevin llamara, ella enviaría el e-mail que haría salir a las ratas. Kevin recopilaría un listado de nombres. Él iría a por sus ratas y, si Alex no actuaba al mismo tiempo, las de ella se recluirían al descubrir que estaban en peligro. De modo que iba a tener que dejar a Daniel en la casa y embarcarse en su acción de represalia, sabiendo de sobra que era más que probable que nunca regresara. ¿Cómo se lo iba a explicar? ¿Cuánto tiempo le quedaba? ¿Dos días como máximo? Desde luego, qué momento más pésimo habían elegido.

No era justo empezar el día esperando pasar todas sus horas junto a Daniel. Era deshonesto. Daniel había oído el plan, pero Alex estaba segura de que no le había dado las suficientes vueltas para reparar en sus implicaciones. Pronto tendría que dejarlo allí solo. Podía aprovechar mucho mejor el tiempo entrenándolo en el arte de la ocultación. Un poco más de práctica en el campo de tiro también le vendría bien.

La expectación se fue transformando en un desazonado espanto a medida que sus pensamientos se acercaban a una conclusión. Su comportamiento de la noche anterior había sido irresponsable. Si hubiera tenido alguna pista de lo que pasaba por la mente de Daniel, podría haberlo meditado antes de que la situación se descontrolara. Podría haber mantenido la distancia adecuada entre ellos. Pero la había pillado completamente por sorpresa.

Tratar de comprender a una persona normal no era lo que mejor se le daba. Aunque, pensándolo bien, alguien que encontraba atractiva a la auténtica Alex no era una persona normal en absoluto.

Oyó unos ladridos en el exterior que sonaban como si los perros estuvieran volviendo desde el granero. Se preguntó si aún sería por la mañana o ya habría pasado el mediodía.

Cogió una muda de ropa limpia, desarmó la trampa de la puerta y salió hacia el cuarto de baño. No quería ver a Daniel hasta haberse cepillado los dientes. Lo cual era absurdo. No podía permitirse volver a besarlo. No sería bueno para ninguno de los dos.

El pasillo estaba oscuro y el cuarto de baño vacío. La habitación de Daniel tenía la puerta abierta y también estaba vacía. Alex se lavó deprisa para no quedarse demasiado tiempo frente al espejo, deseando que el proceso de curación de su cara estuviera más avanzado. Tenía los labios peor que la víspera, hinchados de nuevo, pero eso había sido culpa suya. El Super Glue se había desprendido mientras dormía y el verdugón que bajaba por el centro de su labio inferior amenazaba con cambiarle para siempre la forma de la boca.

Oyó el televisor mientras bajaba la escalera. Al llegar al gran salón, vio a Daniel agachado sobre la consola que había debajo de la pantalla plana. La puerta delantera estaba abierta y entraba un viento cálido a través de la mosquitera que le revolvía los rizos de la nuca.

—¿Para qué puede querer alguien cinco clavijas de entrada? —murmuraba Daniel entre dientes. Se pasó una mano por el pelo que le caía en los ojos—. ¡Que es un DVD, no intento lanzar un transbordador espacial!

Su «danielidad» la hizo detenerse donde estaba, y un ataque de cobardía le dio ganas de volverse y huir escalera arriba. ¿Cómo le diría lo que tenía que decirle? La idea de hacerle infeliz se había vuelto de pronto más repugnante de lo que podía encajar.

Lola emitió un gañido desde el porche, mirándola a través de la puerta mosquitera con ojos esperanzados. Daniel volvió la cabeza y, al ver a Alex, se le iluminó la cara con una amplia sonrisa. Cruzó la habitación dando cuatro largas zancadas y la levantó del suelo en un entusiasta abrazo de oso.

—¡Estás levantada! —exclamó, emocionado—. ¿Tienes hambre? Puedo hacerte una tortilla.

—No —repuso ella, intentando zafarse. Al mismo tiempo su estómago rugió.

Daniel la bajó al suelo y la miró con las cejas alzadas.

—Bueno, sí —reconoció ella—, pero ¿podemos hablar antes un segundo, por favor?

Daniel suspiró.

—Me había imaginado que quizá te levantaras en plan analítico. Solo una cosa antes de que empieces.

Alex quiso escapar. Los remordimientos eran muy fuertes. Pero no tanto como la necesidad que sentía de devolverle el beso. No sabía si tendría otra oportunidad alguna vez. Fue un beso leve, suave y lento. Daniel había reparado en el estado de sus labios.

Cuando se apartaron —se apartó él, no ella, que parecía no tener ningún autocontrol—, fue Alex quien suspiró.

Daniel bajó los brazos pero le cogió la mano para llevarla al sofá. Por el brazo de Alex ascendieron pequeños chispazos eléctricos, y se reprendió por ser tan débil. ¿Y qué si era la primera vez que se cogían de la mano? Tenía que estar a lo que estaba.

Lola soltó otro gañido optimista cuando vio que Alex se aproximaba a la puerta y ella le lanzó una mirada de disculpa.

Khan y Einstein estaban acurrucados en el porche detrás de ella, el primero hecho un inmenso montículo de pelo.

Daniel recogió el mando a distancia del sofá y silenció el televisor antes de soltarlo para que cayera al suelo. Tiró de ella para sentarla junto a él, sin soltarle la mano. Seguía sonriendo.

—A ver si lo adivino. Crees que estamos siendo imprudentes —dijo.

—Bueno, sí.

—Porque es imposible que podamos ser compatibles de verdad, dada la génesis de nuestra relación. Estoy dispuesto a aceptar que no fue precisamente un flechazo hollywoodiense.

—No es eso. —Alex bajó la mirada a la mano de Daniel, que envolvía la suya por completo.

Quizá se equivocara. Quizá todo aquel plan de venganza estuviera mal planteado desde el principio. No había nada que le impidiera volver a lanzarse a la huida. Podía volver a ganar el dinero que había gastado. Podía regresar a Chicago, resolver las cosas con Joey Giancardi y volver a trabajar de médica para la mafia. Quizá, ahora que sabía más del plan para eliminarla, la familia pudiera ofrecerle algún tipo de protección real.

O también podía trabajar de cajera en alguna cafetería remota y vivir sin sus extras, sin las triptaminas y los opiáceos y las trampas. ¿Quién sabía cuánto podían durarle las identidades que ya tenía, si mantenía la cabeza gacha?

—¿Alex? —dijo Daniel.

—Estaba pensando en el futuro.

—¿En nuestra compatibilidad a largo plazo? —aventuró él.

—No, no a largo plazo. Estaba pensando en esta noche, o en mañana. —Por fin lo miró. Sus ojos verdes grisáceos parecían un poco desorientados, pero no turbados. Todavía—. Tu hermano llamará pronto.

Daniel hizo una mueca.

—Vaya, en eso no había pensado. —Se estremeció—. Supongo que lo mejor será comentárselo por teléfono como si nada: «Ah, por cierto, Kev, me he enamorado de Alex». Mejor que en persona, ¿no?

Alex renegó con toda su alma del cosquilleo que le invadió el sistema nervioso cuando Daniel hizo su jocoso ensayo de anuncio. No era una palabra que se podía soltar con tanta ligereza. No debería haberla empleado. Pero, aun así, el cosquilleo permaneció.

—No es la parte que me preocupa. Te acuerdas del plan, ¿verdad?

—Cuando Kev esté en posición, enviamos el e-mail. Él observa quién reacciona. Luego nos reunimos con él y... —Dejó la frase en el aire, con el ceño fruncido de repente—. Y luego entre los dos los... ¿Cómo lo decíais? Los elimináis, ¿verdad? Esa parte será muy peligrosa, ¿me equivoco? ¿No podríamos dejar que se ocupe Kevin él solo? No creo que le importara. Me da la impresión de que le gustaba su trabajo.

—No es el trato que hicimos. Y, Daniel...

—¿Qué? —Su voz sonó más dura, más tensa. Empezaba a entender.

—Ni Kevin ni yo podremos..., bueno, ser efectivos del todo si la ventaja que tienen sobre nosotros se encuentra en el mismo lugar que los malos.

El significado de sus palabras casi tuvo un peso físico al caer sobre Daniel, y hubo réplicas del seísmo en el silencio que las siguió.

Daniel la miró fijamente, sin parpadear, durante un rato. Alex esperó.

—¿Estás de broma? —preguntó al final, con una voz que era poco más que un susurro—. ¿Crees que permitiré que me dejes aquí tocándome las narices mientras tú arriesgas la vida?

—No. Y sí, lo permitirás.

—Alex...

—Sé cuidarme.

—Ya lo sé, pero... es que no me entra en la cabeza. ¿Cómo voy a soportarlo? ¿Esperar aquí, sin saber lo que ha pasado? ¡Alex, hablo en serio!

Hacia el final, su voz se había cargado de impaciencia. Alex no lo estaba mirando. Tenía la cara vuelta hacia la pantalla del televisor.

—¿Alex?

—Sube el volumen. Ya.

Daniel miró hacia la tele, se quedó paralizado un instante y luego bajó al suelo y tanteó en busca del mando. Se equivocó de tecla unas cuantas veces antes de que la voz del presentador saliera atronadora por los altavoces envolventes.

—... desaparecido desde el jueves pasado, cuando la policía cree que fue secuestrado en el instituto donde da clases. Se ofrece una recompensa sustancial por cualquier información que pueda llevar a su rescate. Si han visto a este hombre, por favor, llamen al número que figura abajo.

En la enorme pantalla, el rostro de Daniel aparecía a cuatro veces su tamaño real. Era una instantánea, no un retrato oficial de algún anuario del instituto. Estaba en algún lugar exterior y soleado, luciendo una gran sonrisa y con el pelo revuelto de la humedad y el sudor. Tenía los brazos extendidos sobre los hombros de dos personas más bajitas cuyas caras no entraban en la imagen. Era una foto muy buena de él, en la que salía atractivo y encantador, la clase de persona a la que cualquiera querría ayudar. Un número de teléfono gratuito en brillantes cifras rojas aparecía en la parte inferior de la pantalla.

La fotografía desapareció, reemplazada por un presentador mayor y atractivo y una presentadora pizpireta, rubia y mucho más joven.

—Es una pena, Bryan. Esperemos que pueda volver pronto a casa, con su familia. Y ahora, echemos un vistazo al tiempo con Marceline. ¿Cómo tendremos el cielo en lo que queda de semana, Marcie?

El plano cambió a una morena voluptuosa que estaba de pie frente a un mapa digital de todo el país.

—Esto era un informativo nacional —susurró Alex. Su mente empezó a explorar las posibilidades.

Daniel silenció el televisor.

—El instituto debe de haber llamado a la policía.

Alex se limitó a mirarlo.

—¿Qué pasa?

—Daniel, ¿sabes cuántas personas desaparecen cada día?

—Ah..., y sus fotos no terminan todas en las noticias, ¿verdad?

—Y mucho menos las de hombres adultos que solo llevan unos días sin aparecer. —Se levantó y empezó a andar de un lado a otro—. Están intentando hacerte salir. ¿Qué significa? ¿Dónde quieren llegar con esto? ¿Creen que Kevin me mató o que descubrí la verdad y me marché contigo? ¿Por qué iban a pensar que te llevaría conmigo? Esto tiene que ser por Kevin. Después de todo es también *su* cara. Tienen que creer que perdí, ¿verdad? Conseguir un hueco en las noticias sería algo más fácil de organizar para la CIA que para mi departamento. Claro que, si están colaborando...

—¿Kevin verá esto? —preguntó Daniel, preocupado—. Está allí mismo, en Washington.

—Kevin no iba a dejarse ver de todos modos.

Caminó durante otro minuto y luego fue a sentarse otra vez con Daniel. Plegó las piernas por debajo del cuerpo y le cogió la mano.

—Daniel, ¿con quiénes hablaste ayer?

Se puso colorado.

—Ya te lo dije. Solo hablé con quienes me atendieron en las tiendas.

—Lo sé, pero ¿cómo eran? ¿Hombres, mujeres, viejos, jóvenes?

—Hum… El cajero del supermercado era un hombre maduro, de unos cincuenta años. Hispano.

—¿Había mucha gente comprando?

—Alguna. El único cajero era él. Había tres personas haciendo cola detrás de mí.

—Eso es bueno.

—El bazar de después era pequeño. Solo estaba yo. Pero la mujer del mostrador tenía la tele puesta y estaba mirando un concurso. No apartaba mucho la mirada.

—¿Cuántos años tendría?

—Más que el del súper. Pelo canoso. ¿Por qué? La gente mayor ve más las noticias, ¿verdad?

Alex se encogió de hombros.

—Puede. ¿Y el tercero?

—Una recién graduada del instituto, diría yo. Recuerdo que me preguntó si ya habría terminado su horario de clases antes de caer en que trabajaba allí.

El estómago de Alex dio un vuelco repentino.

—¿Una chica joven? Y se mostraría amistosa, muy amistosa. —No era una pregunta.

—Sí. ¿Cómo lo has sabido?

Alex suspiró.

—Daniel, eres un hombre atractivo.

—Del montón, como mucho. Y soy una década demasiado viejo para una chica de esa edad —refutó él.

—Lo bastante mayor como para resultar fascinante. Mira, no tiene importancia. Haremos lo poco que podamos. Dejarás de afeitarte con efecto inmediato y no agacharemos la cabeza, sino que la enterraremos directamente. Aparte de eso, lo único que nos queda es confiar en que la chica no mire nunca las noticias. Y en que no lo anuncien en cualquiera que sea la red social que esté ahora de moda entre los críos.

—¿Son capaces?

—Si se les ocurre, sí. Están probando a ver qué funciona.

Daniel dejó caer la cabeza en su mano libre.

—Lo siento muchísimo.

—Está bien. Todos hemos cometido errores en esta historia.

—Tú no. Lo dices para que me sienta mejor.

—En las últimas semanas, he cometido varios errores graves.

Él levantó la vista, incrédulo.

—Uno: hice caso al e-mail de Carston en vez de borrarlo y punto. Dos: caí en la trampa. Tres: no vi tu rastreador. Cuatro: no armé el techo del establo. Y luego Kevin cometió el error de quitarse la máscara antigás. Creo que es el único suyo que se me ocurre, aparte de no tener transporte para la retirada. Vaya, hombre, ese asalto parece que lo gana él.

—Bueno, también se equivocó en algo al principio, o la CIA se habría tragado que estaba muerto.

—Bien visto, gracias.

—Pero Arnie —dijo Daniel con tristeza—, Arnie sigue sin fallar.

—¿No odias a esos perfeccionistas insufribles?

Daniel rio.

—Un montón. —El humor abandonó sus rasgos—. Pero no creo que tú cometieras tantos errores. Bueno, en términos de lo que era más conveniente para ti, sí. Pero en cuanto a mí... Bueno, me alegro de que cayeras en la trampa.

Alex le lanzó una mirada sarcástica.

—Eso es llevar el romanticismo un poco demasiado lejos, ¿no crees?

Deseó poder borrar de su memoria todo recuerdo de su primera noche juntos, con bisturí si fuese necesario. Habría preferido con mucho no tener las imágenes tan claras en su mente: los tendones marcados en el cuello de Daniel, el sonido de sus gritos amortiguados. Se estremeció, preguntándose cuánto tardarían en difuminarse.

—Lo digo en serio. Si no hubieras sido tú, habrían enviado a otro a por mí. Y si esa persona hubiera podido con Kevin, quienquiera que fuese me habría matado en el acto, ¿o no?

Alex miró sus ojos confiados y volvió a estremecerse.

—Así es.

Él le devolvió una larga mirada y suspiró.

—Entonces, ¿qué hacemos ahora?

Alex frunció el ceño.

—Bueno, tenemos las opciones muy limitadas. Mi cara todavía no está presentable, pero ahora es mejor que la tuya. De modo que podemos quedarnos aquí sin asomar la cabeza o podemos ir hacia el norte. Tengo un sitio. No es tan lujoso como este ni está tan protegido. No tengo Batcueva. —No ocultó la envidia en su voz al pronunciar esa última frase.

—¿Crees que es más seguro quedarnos?

—Depende. Querría que Arnie me diera su opinión sobre el pueblo antes de decidir. Y la de Kevin tampoco nos vendrá mal. Con algo de suerte, llamará pronto. Los planes han cambiado un poco. Creo que al final se saldrá con la suya. Después de todo, va a quedar como el vencedor.

El día transcurrió despacio. Alex no quería apartarse del televisor. Saber cuántas veces emitían el segmento y cuántos noticiarios se hacían eco no cambiaba mucho las cosas, pero aun así tenía que enterarse. Arnie se tomó la nueva situación con el estoicismo que había esperado, con solo una tensión en torno a los ojos que delataba su preocupación.

Alex quería enviar a Arnie a la Batcueva con una lista de todo lo que necesitaba. Le habría gustado quedarse la SIG y mucha munición, y que Daniel llevara la escopeta recortada que había visto en el almacén de Kevin. Un fusil de francotirador no sería tan efectivo a corta distancia como una escopeta, que podía incapacitar a varios atacantes con solo un disparo de perdigones.

También quería conseguir más máscaras antigás, porque no podía cablear la casa sin una tercera para Arnie. Dudaba que Kevin hubiera pasado por alto una medida de seguridad tan evidente, pero quizá solo resultara obvia para alguien como ella. En el mundo de Kevin, las únicas preocupaciones debían de ser las balas y las bombas.

Pero aunque tenía mucha necesidad de todas esas cosas, tal vez ya fuese demasiado tarde para hacer preparativos. Si la cajera coqueta había llamado después de la primera emisión de la noticia —que podía haber sido antes de la que habían visto, o incluso el día anterior—, sus enemigos aún tardarían un tiempo en empezar a buscar. Alguien tenía que llegar al pueblo, preguntar por ahí y solo entonces ponerse a investigar posibles pistas. Pero si ese alguien tenía suerte, pasarían a la fase de vigilancia. Y no tenía forma de saber si ya se había iniciado.

Aunque ella y Daniel se quedaran dentro con las ventanas tapadas, podían estar ya observando a Arnie en ese mismo momento. Si hacía una excursión a la Batcueva, el vigilante lo seguiría. Y entonces lo mismo daría que pusieran un cartel que dijera: ¡ENHORABUENA, HAS ACERTADO CON EL SITIO! ¡LLÉVATE UNOS CUANTOS LANZACOHETES!

No debían hacer nada que pudiera revelar la existencia de la Batcueva.

Sus defensas más esenciales estaban a mano, y todo lo crucial iba guardado en su mochila, dentro de bolsas Ziploc etiquetadas por categoría, listo para una retirada rápida. Hizo que Arnie pasara la camioneta a la parte de atrás, lo bastante cerca de la ventana de su dormitorio para que todos pudieran llegar a la cabina dando un solo paso furtivo.

Deseó que Kevin llamara o que hubiera confiado lo suficiente en Daniel para darle el número de su propio móvil desechable, por si había una emergencia. Podía haber establecido otras medidas de seguridad en el terreno de las que Arnie no estaba al tanto.

Daniel preparó la cena para los tres y, aunque no fue un acontecimiento tan efervescente como el de la noche anterior, seguía estando deliciosa. Alex le pidió que escatimara en su uso de ingredientes. Podía pasar una temporada antes de que hacer de nuevo compra estuviera en el orden del día, aunque se encargara Arnie.

Alex se sorprendió de lo poco que le importaba a Daniel la presencia de Arnie. Bueno, no era que no le importase, sino más bien que no se dejaba afectar por ella. No era grosero con él ni le hacía el vacío, pero tampoco se esforzaba lo más mínimo en ocultarle su reciente intimidad con Alex. Le cogió dos veces la mano y le dio un beso en la coronilla cuando pasó por delante de él con los platos. Arnie, como era de esperar, no reaccionó a las muestras de afecto de Daniel, pero Alex no pudo evitar preguntarse qué opinaría al respecto.

Arnie les dijo que había puesto a los perros a recorrer por turnos los diez kilómetros de la verja del perímetro mientras siguiera habiendo luz fuera, cuando los posibles vigilantes estarían observando con prismáticos. Si alguien se acercaba lo suficiente para tener controlada la casa, los perros le avisarían. Después de informarles, se fue temprano a la cama, como dictaba su rutina. Alex y Daniel se quedaron despiertos mirando las noticias.

Daniel se acurrucó junto a ella en el sofá con tanta naturalidad que no pareció en absoluto algo fuera de lo común. Alex no recordaba haber sentido tanta comodidad física con alguien en toda su vida. Hasta su madre medía los abrazos y rara vez expresaba afecto con sus palabras o actos. La intimidad de Alex con Barnaby había sido verbal, nunca física. En consecuencia, creía que debería haberle producido incomodidad y vergüenza tener las piernas apoyadas en el regazo de otra persona y la cabeza acunada contra el hombro de dicha persona, que a su vez la rodeaba con los brazos, pero solo notaba una sorprendente relajación. Como si la cercanía de Daniel, de algún modo, restara una fracción de estrés a la situación.

Volvieron a emitir la pieza sobre Daniel, pero con el informativo ya más avanzado, y se notaba que al presentador de la noche empezaba a aburrirle la historia. La Agencia podía forzar la aparición de Daniel en los informativos durante un tiempo, pero no podía evitar que las cadenas reaccionaran ante lo poco noticiable del asunto. Pero, por supuesto, aún faltaba el segundo acto.

—Creo que debería avisarte, si no se te ha ocurrido ya a ti —dijo Alex.

Daniel trató de responder con naturalidad, pero notó su cautela.

—Seguro que no.

—Bueno, si esta historia no obtiene resultados rápidos, tendrán que echar más carne en el asador para que la prensa siga haciéndoles el trabajo.

—¿Qué quieres decir con «más carne en el asador»?

Alex se echó hacia atrás para que Daniel le viera la cara, viera cómo arrugaba la nariz asqueada por lo que tenía que decir.

—Harán más escabrosa la historia. Añadirán que eres sospechoso de un delito. Se inventarán una alumna a la que secuestraste o de la que abusaste. Apuesto a que será algo por el estilo, pero también podrían ponerse más creativos.

Sus ojos se apartaron de Alex para volver a la pantalla del televisor, aunque el presentador había pasado a hablar de las primeras encuestas para las primarias. Se sonrojó y al momento perdió todo el color. Alex le dejó tiempo para asimilar la idea. Podía imaginarse lo difícil que sería para un buen hombre comprender que estaba a punto de convertirse en villano.

—No puedo hacer nada para evitarlo —dijo en voz baja. No era del todo una pregunta.

—No.

—Por lo menos mis padres ya no están para verlo. Quizá… No creo que todos mis amigos se lo crean.

—Yo no me lo creería —asintió ella.

Daniel le sonrió.

—En un punto del pasado no muy lejano, creías que iba a asesinar a unos cuantos millones de personas.

—Entonces no te conocía.

—Cierto.

Cuando terminó el último informativo, se dieron unas buenas noches más apagadas que las del día anterior y Alex empezó a recoger. Quizá tuvieran que salir disparados. Desmanteló y guardó su laboratorio y se puso mallas y una camiseta negra, ropa cómoda por si esa era la noche en la que tendrían que huir.

Sabía que estaba cansada, pero su cerebro no era capaz de aflojar. No quería que se le escapara nada más. Daniel podía tener razón: quizá sus primeros grandes errores en el fondo habían sido para bien, dado que era posible que le hubieran salvado la vida. Pero no podía permitirse más. Ya no solo estaba en juego su propia existencia. Suspiró para sus adentros. Había partes positivas en tener una debilidad, pero la carga sin duda era mucho mayor.

Alguien llamó a la puerta e interrumpió sus pensamientos.

—¡No abras! —se apresuró a advertir, incorporándose de golpe. El catre se movió debajo de ella.

Tras una pausa, Daniel preguntó:

—¿Llevas puesta una máscara antigás?

—Sí.

—Ya me parecía. La voz te suena amortiguada. —Otra pausa—. ¿Tu sistema de seguridad es complicadísimo de desarmar? —preguntó.

—Dame un minuto.

Le llevó menos de eso asegurar los cables. Se subió la máscara y abrió la puerta. Daniel estaba apoyado contra el marco. No lo veía bien en la oscuridad, pero le dio sensación de cansancio… y tristeza.

—Estás muy preocupada —dedujo, estirando el brazo para tocar la máscara.

—La verdad es que siempre duermo con ella puesta. Se me hace raro no llevarla. ¿Algo va mal?

—¿Aparte de todo? No. Es que… me sentía solo. No podía dormir. Quería estar contigo. —Titubeó—. ¿Puedo pasar?

—Hum, vale. —Alex retrocedió un paso y encendió la luz. Daniel miró a su alrededor y le cambió el semblante.

—¿Este es el cuarto que te ha dado Kevin? ¿Por qué no habías dicho nada? ¡Deberías quedarte con mi habitación!

—Aquí estoy bien —le aseguró Alex—. Tampoco soy muy de camas, de todas formas. Es más seguro tener el sueño ligero.

—No sé qué decir. No puedo dormir en una cama de matrimonio sabiendo que tú estás en un trastero.

—De verdad, me gusta así.

Daniel la miró con un escepticismo que enseguida se convirtió en vergüenza.

—Iba a intentar quedarme, pero apenas hay espacio para ti.

—Podemos mover unas cajas y…

—Tengo una idea mejor. Ven conmigo. —Y le tendió la mano.

Alex la cogió sin pensar en lo que estaba haciendo. Daniel se la llevó pasillo abajo, más allá de la puerta del baño, hasta su propio cuarto. La única luz procedía de una lamparita que había sobre la mesita de noche.

La habitación estaba muy bien, más en línea con el habitual criterio estético de Kevin que su cuarto trastero. Había una cama inmensa en el centro, cubierta con un edredón blanco y con un armazón de dosel rústico hecho de troncos a medio labrar. A los pies de la cama, una manta dorada que casaba con el tono de la madera.

—¿Lo ves? —dijo Daniel—. No podría volver a dormir aquí sabiendo lo mal que estás tú. Sería un impresentable.

—Pues no pienso cambiarte el sitio. Ya tengo cableada mi habitación.

Se quedaron un momento de pie en el umbral, incómodos.

—Tampoco tenía nada concreto de lo que quisiera hablar. Solo quería estar donde estuvieras tú.

—No pasa nada. Yo tampoco dormía.

—No durmamos juntos —dijo Daniel, y entonces se sonrojó y rio avergonzado—. Eso no ha salido como pretendía. —Volvió a tirar de su mano hacia la inmensa cama—. Escucha, prometo ser un perfecto caballero. Es solo que me sentiré menos ansioso si te tengo a la vista.

Alex subió al grueso edredón blanco junto a Daniel, riéndose con él de su torpeza y preguntándose en privado si de verdad quería que fuese un perfecto caballero. Se recordó a sí misma, adusta, que no era momento para pensamientos como esos. Quizá algún día en el futuro, cuando sus vidas no estuvieran en juego. Si es que ese día llegaba alguna vez.

Daniel le cogió de nuevo la mano, pero por lo demás le dejó espacio. Los dos se reclinaron sobre las montañas de almohadas de plumas. Daniel se colocó la mano libre detrás de la cabeza y la miró.

—¿Lo ves? Así es mejor.

Y lo era. No tenía sentido que se sintiera más segura fuera de su habitación protegida y más lejos de sus otras armas pero, por paradójico que resultara, así se sentía.

—Sí —respondió. Se quitó la máscara antigás de la cabeza y la dejó a un lado.

—Tienes la mano fría.

Antes de que Alex pudiera responder, Daniel se incorporó y tiró de la manta que había al pie de la cama. La sacudió para desplegarla y la echó por encima de los dos. Cuando volvió a tumbarse, quedó más cerca de ella. Sus hombros se tocaban y su brazo reposó en el de ella cuando volvió a cogerle la mano.

¿Por qué tenía una percepción tan aguda de cosas que, en el contexto general de la supervivencia, carecían de la menor importancia?

—Gracias —dijo.

—No te tomes esto a mal; lo digo como un gran cumplido y no para hacer un feo a tu compañía, pero creo que hasta podré dormir si estás tú aquí.

—Sé a qué te refieres. Ha sido un día muy largo.

—Sí —convino él con fervor—. ¿Estás cómoda?

—Mucho. No te lo tomes tú a mal, pero puede que en algún momento vuelva a ponerme la máscara. Es una costumbre rara que tengo para dormir.

Daniel sonrió.

—Como abrazar un osito de peluche.

—Justo lo mismo, solo que no tan adorable.

Daniel rodó hacia ella y le apoyó la frente en la sien. Alex notó el roce de sus pestañas contra la mejilla cuando cerró los ojos. Su brazo derecho culebreó en torno a la cintura de Alex.

—Pues para mí sí que eres adorable —susurró. Sus palabras sonaron como si ya estuviera medio dormido—. Y aterradoramente letal también, por supuesto. —Bostezó.

—Muy amable —repuso ella, pero no estaba segura de que Daniel la hubiera oído. Tenía una respiración tan rítmica que podía haber caído ya.

Esperó un poco y luego, con cuidado, subió su mano libre para tocarle los rizos. Qué suaves eran. Recorrió con los dedos sus rasgos, más que relajados en la inconsciencia. Era ese mismo rostro inocente y sereno que nunca había encajado en su mundo. Alex no creía haber visto nunca a nadie tan hermoso.

Se quedó dormida así, con una mano posesiva en torno a la nuca de Daniel y la máscara antigás olvidada a su espalda.

17

Kevin no llamó.

Daniel no pareció extrañarse, pero Alex creyó entrever algo más de tensión en los hombros de Arnie.

Había pasado demasiado tiempo.

A su entender, Kevin solo necesitaba encontrar una posición desde la que seguir a la única persona que sabían a ciencia cierta que estaba involucrada: Carston. El viaje en coche a Washington no duraba más de dos días, incluso tomándoselo con calma. Alex le había dado todos los detalles de dónde podía encontrar a su antiguo jefe cuando llegara. Debería haberle llevado unas horas como mucho. Si Carston no estaba donde debía estar, Kevin tendría que haber llamado. ¿Qué estaba haciendo?

¿O quizá le había pasado algo? ¿Cuánto tiempo debía esperar antes de sugerir la posibilidad a Daniel?

La nueva preocupación acrecentó su paranoia. Extendió un cable adicional fuera de la puerta de su cuarto para poder armar el sistema desde otras partes de la casa. Qué frustrante era no poder cablear toda la planta baja. Y por solo una máscara antigás.

Lo único bueno era que todo el tiempo que permaneciera escondida iba bien para su cara. Bajo una luz tenue y con mucho maquillaje, quizá ya lograra pasar desapercibida tres o incluso cuatro segundos.

La espera se convirtió en una curiosa mezcla de aburrimiento, tensión y un tipo muy extraño de felicidad. La felicidad de los condenados, felicidad con fecha límite, pero no por ello menos… envolvente. Debería haber estado de un humor espantoso, con el ritmo de la cacería palpitando en sus oídos, pero se descubrió sonriendo como expresión por defecto. No ayudaba mucho que Daniel mostrara un embelesamiento tan inapropiado como el que ella sentía. Lo comentaron por la tarde, mientras veían las noticias.

Alex había colado a Lola en la casa cuando Arnie salió para entrenar a los otros animales, porque le parecía de mala educación cerrarles la puerta a los perros, y Einstein y Khan habían entrado con ella. Con los tres, la habitación estaba rebosante de perros. Esperaba que Arnie no se molestara. Los perros debían de entrar de vez en cuando, o la puerta de la lavandería no tendría el acceso añadido. No sabía si los animales tenían que quedarse fuera como parte de su entrenamiento, como sistema de alarma inicial o porque Arnie tenía alergias, aunque, si era la tercera opción, había elegido el oficio equivocado.

Lola posó sus fofos carrillos y orejas en el muslo de Alex, donde pronto sin duda habría un problema de babas. Einstein subió de un salto al sofá junto a Daniel, meneando la cola de entusiasmo por saltarse las normas. Khan se convirtió en un puf inmenso delante del sofá. Después de la noticia con la que arrancó el informativo —sobre política, cómo no, aunque todavía faltara casi un año para que empezaran a ocurrir cosas—, Daniel extendió sus largas piernas sobre el lomo de Khan, a quien no pareció importarle. Alex acarició las orejas de Lola y la perra golpeó el suelo con la cola.

Todo resultaba cómodo y sobre todo familiar, aunque Alex nunca se había visto en una posición parecida en su vida. Nunca había estado rodeada tan de cerca por cosas vivas, tocándolas, oyendo su aliento, y mucho menos cogiendo la mano de un hombre que la consideraba adorable... y letal. Capaz de conocer toda su historia y aun así mirarla como él lo hacía...

Sus ojos buscaron automáticamente la cara de Daniel al pensarlo, y descubrió que él también la miraba. Puso aquella sonrisa suya tan ancha y brillante, en contraste con el inesperado aspecto de tipo duro que le daba la barba de dos días, y Alex se la devolvió sin pensarlo. El pecho se le inundó de toda clase de emociones burbujeantes, y cayó en la cuenta de que probablemente era la mejor sensación que había experimentado jamás.

Suspiró y acto seguido gimió.

Daniel miró de reojo la tele, buscando el motivo, pero solo había un anuncio.

—¿Qué pasa?

—Me siento torpe —reconoció ella—. Tonta. Eufórica. ¿Por qué parece todo tan positivo? No logro encadenar ideas lógicas. Intento preocuparme y termino sonriendo. Es posible que esté enloqueciendo, y no me importa ni la mitad de lo que debería. Quiero darme puñetazos, pero la cara por fin se me está empezando a curar.

Daniel rio.

—Es una de las pegas de enamorarse, me parece a mí.

Un nuevo cosquilleo en el estómago.

—¿Es lo que crees que nos está pasando?

—A mí me parece que sí.

Alex frunció el ceño.

—No puedo compararlo con nada. ¿Y si de verdad me estoy volviendo loca?

—Te aseguro que estás cuerda.

—Pero no creo que la gente pueda enamorarse tan deprisa.

A decir verdad, no creía del todo en el amor, en el amor romántico. ¿Respuestas químicas? Claro. ¿Atracción sexual? Sin duda. Compatibilidad, sí. Amistad. Lealtad y responsabilidad, ningún problema. Pero el amor parecía un poco demasiado cosa de cuentos de hadas.

—Yo… Bueno, antes tampoco. O sea, siempre he creído en la atracción a primera vista. Eso lo he tenido. Y desde luego forma parte de lo que me está pasando ahora. —Daniel volvió a sonreír de oreja a oreja—. Pero ¿amor a primera vista? Estaba seguro de que era una fantasía.

—Pues claro que lo es.

—Pero…

—No hay pero que valga, Daniel.

—Pero en ese tren me pasó algo, algo que va más allá de mi experiencia previa y mi capacidad de explicarlo.

Alex no supo qué decir. Echó un vistazo al televisor mientras empezaba la sintonía de cierre del informativo. También llamó la atención de Daniel.

—¿Nos lo hemos perdido?

—No. No lo han puesto.

—Y eso no es bueno —supuso él, con cierta inquietud en la voz.

—Se me ocurren un par de posibles significados. Uno, hicieron correr la historia y, al no obtener resultados, tienen que dejarla morir. Dos, la historia está a punto de cambiar.

Daniel enderezó los hombros, a la defensiva.

—¿Cuándo crees que veremos la siguiente versión?

—Muy pronto, si es lo que está pasando.

Había una tercera posibilidad, pero Alex aún no estaba preparada para articularla en voz alta. La historia sin duda desaparecería si habían obtenido lo que esperaban de ella. Si habían atrapado a Kevin.

Creía conocer lo suficiente la personalidad de Kevin para estar casi convencida de que no los entregaría. Le sobraba inteligencia para contar la versión más creíble de la historia si el departamento lo atrapaba: que había llegado tarde para salvar a Daniel y, después de matar a Oleander, había ido a Washington buscando venganza. Podría ceñirse a esa historia durante un tiempo, o eso esperaba Alex. No sabía quién se estaría ocupando de los interrogatorios. Si esa persona valía aunque fuese una fracción de su salario…, en fin, en algún momento Kevin terminaría diciendo la verdad. Por mucho que no fuese una gran admiradora de Kevin, pensarlo le revolvió el estómago.

Por supuesto, quizá estuviese preparado para la captura, como lo habría estado ella. Era posible que ya hubiese muerto.

Con Batcueva o sin ella, si Kevin no había llamado a medianoche, sería hora de irse. Sabía distinguir cuando empezaba a tentar a la suerte.

Bueno, todas las sensaciones felices habían remitido. Por lo menos, era señal de que no había enloquecido del todo. Aún.

Hicieron salir a los perros al porche antes de la hora a la que debía regresar Arnie, aunque el olor a animal probablemente los delataría de todos modos. Daniel empezó a preparar una salsa con carne para los espaguetis y Alex le ayudó con las partes fáciles, como abrir latas y medir especias. Trabajar mano a mano les resultó natural y cómodo, como si llevaran años haciéndolo. ¿Sería la sensación de la que había estado hablando Daniel? ¿Aquella rara familiaridad que tenían estando juntos? Aunque Alex no creía en su teoría, tuvo que reconocer que no se le ocurría otra explicación propia.

Mientras cocinaba, Daniel tarareó una cancioncilla que a Alex le sonaba pero al principio no logró situar. Se descubrió a sí misma canturreando con él a los pocos minutos. Sin dar signos de reparar en lo que hacía, Daniel empezó a cantar la letra.

—*Guilty feet have got no rhythm...*[*]

—¿Esa canción no es más vieja que tú? —preguntó Alex al cabo de un momento.

Daniel pareció sorprendido.

—Ah, ¿estaba cantando en voz alta? Perdona, me sucede cuando cocino si no me concentro mucho en controlarme.

—¿Cómo es que te sabes hasta la letra?

—Para que lo sepas, a fecha de hoy, *Careless Whisper* sigue siendo una canción muy popular en el circuito de karaoke. Siempre la clavo en las noches ochenteras.

—¿Te va el karaoke?

—Eh, ¿quién ha dicho que los profesores no sabemos montar una fiesta?

Se apartó de los fogones, con la cuchara cubierta de salsa todavía en la mano derecha, y la atrajo un poco hacia sí con la izquierda. Bailó con ella dando una vuelta en un abrazo suelto, apretando su áspera mejilla contra la de Alex mientras cantaba: «*Pain is ah-all you'll find...*»[**]. Después volvió a sus fogones y siguió bailando sin moverse del sitio mientras cantaba con alegría sobre que nunca volvería a danzar otra vez.

«No seas idiota», dijo su mente a Alex mientras la sonrisa bobalicona volvía a ganar terreno en su cara.

«Cierra el pico», respondió su cuerpo.

Daniel no cantaba como los ángeles, pero tenía una agradable tesitura de tenor ligero y compensaba cualquier defecto con su entusiasmo. Para cuando oyeron a los perros saludando a Arnie en la puerta, estaban los dos enfrascados en un apasio-

---

[*] «Los pies culpables no tienen ritmo». *[N. del T.]*
[**] «El dolor es todo lo que hallarás». *[N. del T.]*

nado dueto de *Total Eclipse of the Heart.* Alex dejó de cantar de inmediato y se sonrojó, pero Daniel no pareció consciente ni de su cobardía ni de la llegada de Arnie.

—*I really need you tonight** —cantó a voz en grito mientras Arnie cruzaba la puerta, negando con la cabeza. Su actitud hizo que Alex se preguntara si Kevin sería una persona muy aburrida o si, cuando él y Arnie estaban allí solos, hablaban únicamente de trabajo.

Arnie no hizo ningún comentario. Cerró la puerta mosquitera y dejó que el aire templado del exterior se mezclara con los olores del ajo, la cebolla y el tomate. Con oscuridad fuera y luz dentro, Alex tendría que acordarse de cerrar la puerta exterior antes de que ella o Daniel fueran a la parte de la estancia que sería visible para quien pudiera estar observando la casa.

—¿Los perros han avisado de algo? —preguntó a Arnie.

—No. Los habríais oído si hubieran encontrado cualquier cosa.

Alex frunció el ceño.

—No han dado la noticia.

Alex y Arnie cruzaron la mirada. Los ojos de Arnie se desviaron a la espalda de Daniel un momento y volvieron a ella. Sabía lo que le estaba preguntando y meneó la cabeza en respuesta negativa. No, no había hablado con Daniel de Kevin y las posibles explicaciones para su silencio. Los ojos de Arnie se estrecharon sutilmente; ese gesto parecía ser su única expresión física de estrés.

Por el bien de Arnie, tendrían que marcharse cuanto antes. Si alguien relacionaba a Daniel y Alex con aquella casa, Arnie correría peligro. Esperó que el hombre comprendiera que se llevasen la camioneta.

---

* «De verdad te necesito esta noche». *[N. del T.]*

La cena transcurrió sin ánimos. Hasta Daniel pareció contagiarse del espíritu que imperaba. Alex decidió que le contaría sus temores sobre Kevin cuando volvieran a quedarse solos. Estaría bien concederle una noche más de sueño reparador, pero lo más probable era que tuvieran que partir antes de que amaneciera.

Cuando hubieron terminado sin que sobrara un solo espagueti —Arnie echaría de menos ese aspecto de tener huéspedes, al menos—, Alex ayudó a recoger mientras Arnie iba a poner las noticias. La escaleta resultaba familiar de tan repetitiva, y Alex pensó que sería capaz de recitarla al unísono con la presentadora, sin fallar ni una palabra. Arnie no la había visto ya tres veces aquel día y se sentó en el sofá.

Alex enjuagó los platos y se los fue pasando a Daniel para que los metiera en el lavavajillas. Un perro gimoteó desde el porche, probablemente Lola. Alex confió en no haberlos malcriado demasiado por la tarde. Nunca había creído que le gustaran los perros, pero cayó en la cuenta de que echaría de menos la cálida y amistosa aceptación de la manada. Quizá algún día, si Kevin seguía sano y salvo y el plan seguía siendo factible, podría tener perro. Si sus alegres fantasías se hacían realidad, a lo mejor Kevin incluso le vendiera a Lola. Posiblemente no fuese muy práctico…

Un trompazo sordo y rápido interrumpió sus pensamientos. Un sonido que no debería haberse producido. Mientras sus ojos giraban hacia Daniel para buscar un utensilio caído o un portazo de la alacena que explicara el ruido, su mente ya estaba volando por delante. Antes de que su cuerpo se hubiera realineado con el cerebro, estalló un poderoso aullido en el porche, acompañado de un feroz gruñido. Otro golpe, poco sonoro en comparación con el escándalo de los perros, redujo el aullido a un gañido de sorpresa y dolor.

Alex derribó a Daniel mientras aún estaba volviéndose hacia la puerta. Pesaba mucho más que ella, pero no estaba en una posición de equilibrio y cayó con facilidad.

—¡Chist! —siseó con fuerza en su oreja, y luego se arrastró sobre él hasta el borde de la isla para mirar alrededor.

No veía a Arnie. Miró hacia la puerta mosquitera y reparó en un agujerito redondo que había aparecido en el centro del panel superior. Aguzó el oído para captar algo que no fueran los perros y el televisor, pero no llegaba ningún ruido del lugar donde debería estar Arnie.

Tenía que haber sido un disparo a distancia, o los perros habrían visto llegar al tirador.

—¡Arnie! —exclamó con un susurro ronco.

No hubo respuesta.

Gateó hasta la mesa del comedor, donde su mochila estaba apoyada contra una pata de la silla en que se había sentado. Sacó la PPK de su bolsa con cierre hermético y la hizo resbalar por el suelo hacia Daniel. Ella necesitaba sus dos manos.

Daniel pescó el arma cuando estaba a medio camino hacia la isla y se asomó por el borde. No había practicado con armas cortas, pero a aquella distancia tampoco tenía gran importancia.

Alex se puso sus anillos y el cinturón.

Daniel se incorporó al instante, con los codos apoyados en la superficie de la isla. No parecía albergar ninguna duda sobre su capacidad como tirador. Alex fue agachada hacia la pared que separaba el comedor del salón. Mientras avanzaba, vio que la manecilla descendía…, pero no la estaba manejando una mano, sino una zarpa negra y peluda.

De modo que Kevin había decidido no decantarse por los habituales pomos redondos no solo por motivos estéticos.

Volvió a respirar mientras Einstein irrumpía en la estancia, seguido de cerca por Khan y el rottweiler. Oyó los doloridos jadeos y quejidos de Lola que llegaban desde fuera y apretó los dientes.

Mientras los perros se congregaban en silencio en torno a Daniel para formar un escudo peludo, Alex se puso sus zapatos de combate y se metió el alambre de estrangular en un bolsillo y las empuñaduras de madera en el otro.

—Da la orden —susurró a Daniel.

El tirador ya estaría corriendo hacia ellos, aunque tendría que estar atento a los perros. Si tenía la opción, cambiaría el fusil de largo alcance por algo que hiciera agujeros más grandes. A unos perros como aquellos había que hacerles mucho daño para pararlos.

—¿«Protocolo de escape»? —susurró Daniel, inseguro.

Las orejas de Einstein temblaron. Dio un quedo ladrido que casi era un carraspeo, fue al trote hasta el fondo de la cocina y gimió.

—Síguelo —ordenó Alex a Daniel, mientras ella cruzaba el espacio entre la pared y la isla a toda la velocidad que le permitía su postura agachada.

Daniel empezó a levantarse pero, antes de que Alex pudiera decir nada, Einstein se lanzó hacia él y atrapó la mano de Daniel entre sus fauces. Tiró de Daniel para que volviera hacia el suelo.

—No te levantes —tradujo Alex en un susurro.

Einstein los guio hacia la lavandería, como Alex había esperado, mientras Khan y el rottweiler les guardaban las espaldas. Al salir agachada del salón hacia el pasillo más oscuro, buscó a Arnie con la mirada. Al principio solo vio su mano, inmóvil, pero luego avistó una salpicadura en la pared del fondo. Estaba claro que había materia gris mezclada con la sangre, así que no tenía sentido intentar llevárselo. Para Arnie ya era demasiado tarde. Y, sin duda, el tirador tenía buena puntería. Todo buenas noticias.

Einstein sorprendió a Alex al quedarse a medio camino de la lavandería y dar un zarpazo a un armario del pasillo. Daniel lo abrió y Einstein se metió de un salto y tiró de algo. Alex se estaba acercando despacio cuando un pesado montón de pelaje le cayó encima.

—¿Qué es esto? —bisbiseó Daniel junto a su oído.

Alex palpó el pelaje.

—Creo que es un abrigo de piel..., pero hay algo más. Pesa demasiado...

Siguió palpando la prenda por las mangas y encontró algo duro y rectangular bajo el pelo. Metió la mano por la manga, intentando comprender lo que examinaba, y por fin sus dedos le dieron la respuesta. No creía que lo hubiera entendido de no haber tenido que sacar a Kevin de un Bat-traje hacía poco.

Einstein tiró de otra masa densa de pelo para que les cayera encima.

—Están forrados de kevlar —susurró Alex.

—Deberíamos ponérnoslos.

Alex se apresuró con el suyo mientras le buscaba el sentido. El kevlar tenía lógica, pero ¿para qué querían aquel pelaje aparatoso? ¿Kevin habría entrenado a los perros en pleno invierno? ¿Era solo en previsión de que hiciera mal tiempo? ¿Podía llegar a hacer tanto frío por allí? Pero mientras tiraba de las mangas —cómo no, demasiado largas— para sacar las manos, vio que el abrigo de Daniel se confundía tanto con el pelaje de Einstein que no alcanzaba a distinguir dónde terminaba uno y empezaba el otro. Camuflaje.

El abrigo hasta tenía una capucha forrada de kevlar, que Alex se echó sobre la cabeza. Ella y Daniel habían pasado a ser solo otras dos siluetas peludas en la oscuridad.

Einstein cruzó la puerta para perros que había al fondo de la lavandería, con Daniel pisándole los talones. Alex sintió el calor de Khan muy cerca por detrás. Pasó al otro lado y vio que Einstein volvía a tirar de Daniel para agacharlo cuando intentó quedarse en cuclillas.

—Arrástrate —le explicó.

Fue un avance lento y frustrante. El abrigo se volvía más pesado y caliente con cada metro que recorrían, y la grava se le clavaba como cuchillas en las palmas y las rodillas. Cuando salieron a la hierba recortada empezó a doler menos, pero su lentitud la impacientaba tanto que apenas se dio cuenta. Al ver que Einstein los llevaba hacia el edificio donde vivían los perros, temió que quisiera llegar a la camioneta que había hecho que Arnie moviera. Pero la camioneta no era muy buena escapatoria. El tirador podría estar manteniendo su posición, esperando a que alguien intentara salir conduciendo por el único camino. O quizá hubiesen variado el método y el tirador trajera amigos para barrer la casa y hacer salir a sus víctimas mientras esperaba.

Oyó a los perros en sus compartimentos del edificio de enfrente, ninguno contento con la situación. Habían recorrido tres cuartas partes de la distancia cuando otro impacto repentino levantó una nube de polvo en su cara. Einstein dio un ladrido contundente y Alex oyó que un perro se separaba de la pequeña manada desde detrás de ella, con un gruñido grave y apagado. Las fuertes pisadas y la zancada compacta le revelaron que tenía que ser el rottweiler. Otro impacto, más alejado, pero el gruñido no varió. Oyó algo, quizá una maldición mascullada, y luego una ráfaga de balas escupidas por lo que sin duda no era un fusil de francotirador. Alex tensó los músculos, incluso mientras se arrastraba tan deprisa como podía detrás de Daniel, esperando el inevitable sonido de los gañidos del rottweiler. No llegaron, pero el gruñido se esfumó. Las lágrimas le asomaron a los ojos.

Khan se puso en posición junto a ella, por el lado del tirador, y vio que Einstein estaba protegiendo del mismo modo a Daniel. Kevin había dicho que los perros defenderían a Daniel con sus vidas, y estaban demostrando que era verdad. Seguramente irritaría a Kevin saber que estaban haciendo lo mismo por ella.

Kevin. Bueno, había pasado a ser más probable que estuviera vivo. Los informativos no habían dejado de dar la noticia porque la Agencia hubiera encontrado a Kevin, sino porque habían conseguido localizar a Daniel.

Llegaron al edificio. Alex se arrastró con gratitud a la ignota oscuridad. Los perros de dentro estaban gimiendo y ladrando con inquietud. Luchando contra la pesada masa de pelo revestido, se levantó, sin erguir la espalda pero ya capaz de moverse más deprisa. Daniel la imitó, con un ojo apuntado a Einstein por si lo instaba a agacharse de nuevo. Pero Einstein había dejado de prestar atención a Daniel. Él y Khan estaban enzarzados en una carrera por etapas a lo largo de la hilera de compartimentos, parándose en cada perrera y luego lanzándose hacia la siguiente. Al principio Alex no supo si debía correr también, pero entonces comprendió lo que hacían. Las perreras más cercanas se abrieron, y luego las siguientes. Kevin había enseñado a sus alumnos aventajados a abrir los compartimentos desde fuera.

Los perros liberados callaron al instante. Los dos primeros eran una pareja de pastores alemanes. Ambos salieron al galope por la puerta del edificio, en dirección norte. Antes de que se perdieran de vista, tres rottweilers pasaron corriendo junto a ella y fueron hacia el sur. Los siguió un dóberman solitario y luego un cuarteto de pastores alemanes, cada grupo en una dirección distinta. Los perros empezaron a salir del edificio tan deprisa que no tardó en perder la cuenta. Pero debía de haber más de treinta animales, aunque algunos eran muy jóvenes. Una parte de ella quería vitorear y gritar: «¡Destrozadlos, chicos!», mientras otra parte quería decirles que tuvieran cuidado. Vio pasar corriendo a los cachorros de Lola y se le humedecieron los ojos de nuevo.

En la oscura noche, alguien dio un grito de pánico. Disparos y luego chillidos. Sus labios se tensaron en una sonrisa fugaz.

Pero no todo estaba yendo bien. Oyó disparos procedentes de otra dirección. Sin duda, eran varios atacantes.

—¿Pistola? —susurró a Daniel. Él asintió y la sacó de la cintura de sus vaqueros para ofrecérsela, pero Alex negó con la cabeza. Solo quería confirmar que no se le hubiese caído.

Estaba sudando a mares bajo el grueso pelaje. Se quitó la capucha y se secó la frente con el antebrazo.

—¿Ahora qué? —murmuró Daniel—. ¿Tenemos que esperar aquí?

Alex estaba a punto de responder que como «protocolo de escape» serviría de poco cuando regresó Einstein y obligó a Daniel a agacharse de nuevo. Alex bajó al suelo y siguió gateando a Einstein y Daniel por la misma puerta por la que habían entrado. Khan seguía con ellos, cubriendo otra vez la retaguardia. Einstein los llevó hacia el norte, aunque Alex no sabía de ninguna otra construcción que hubiera en esa dirección. Iban a tener que arrastrarse mucho tiempo, comprendió, y ya tenía las manos muy rasgadas por los secos tallos de hierba. Intentó protegerse las palmas con los puños del abrigo, pero esa parte no estaba forrada y sirvió de poco. Por lo menos, había demasiadas siluetas peludas moviéndose en la noche para que un tirador se fijara en cuatro que no atacaban. Echó la vista atrás, hacia la casa de la que se alejaban, y no vio ninguna luz encendida. No habían empezado a registrarla. Siguieron llegando ruidos de perros, gruñidos lejanos, los aullidos de los cachorros de Lola y ladridos sueltos aleatorios.

Perdió la cuenta del tiempo, consciente solo de lo mucho que estaba sudando, de su jadeo ronco, del hecho de que habían estado avanzando un poco cuesta arriba desde el principio y Daniel empezaba a perder fuelle y de que se estaba haciendo heridas y más heridas en las palmas de las manos, a pesar del abrigo. Pero no le pareció que hubieran avanzado tanto cuando oyó que Daniel contenía el aliento y vio que se detenía. Gateó hasta ponerse a su lado.

Era la verja. Habían llegado al límite septentrional del rancho. Buscó a Einstein, preguntándose qué deberían hacer a con-

STEPHENIE MEYER

tinuación, y cayó en la cuenta de que Einstein ya estaba al otro lado. El perro la miró y señaló con el hocico el borde inferior de la verja. Alex palpó alrededor de donde le había indicado y descubrió que la tierra se hundía bajo el alambre: lo que había tomado por una sombra era en realidad una angosta zanja de roca oscura. Había espacio de sobra para que pasara por ella. Sintió que Daniel le agarraba el tobillo para orientarse. Cuando los dos hubieron pasado, se volvió para ver cómo Khan se metía con dificultades en el hueco. Torció el gesto, sabiendo que tenía que estar clavándose el borde de la verja en la piel, pero el perro no protestó.

Salieron al borde de un estrecho y rocoso barranco. Había sido invisible desde la casa, oculto por el leve ascenso del terreno; Alex nunca habría pensado que las planicies que se extendían al norte hacia Oklahoma tuvieran fin. Einstein ya estaba descendiendo entre las rocas. Parecía recorrer un sendero tenue y estrecho. Notó que Khan le daba un empujoncito desde detrás.

—Vamos allá —susurró.

Se irguió un poco hasta quedar de cuclillas y, al ver que Einstein no ponía objeciones, emprendió el descenso. Oyó que Daniel la seguía de cerca. Sí que creyó entrever un camino, aunque también podía ser una trocha de caza. Le llegó un sonido nuevo en la penumbra, un suave runrún que le costó unos segundos reconocer. No se había dado cuenta de que el río pasara tan cerca de la casa.

El barranco tenía solo unos cinco metros de profundidad y, cuando llegaron al fondo, Alex supuso que sería seguro enderezar la espalda. El agua fluía tranquila delante de ellos, en la oscuridad. Le pareció distinguir el lado opuesto, porque el río era mucho más estrecho allí que a la altura del granero. Einstein estaba tirando de algo bajo un saliente, donde el agua había erosionado la ribera y dejado una cornisa plana de piedra. Se acercó a ayudar y vio con alborozo que allí había un pequeño

319

bote de remos. Pensó que acababa de entender del todo el protocolo.

—Nunca volveré a hablar mal de tu hermano —farfulló atropelladamente mientras ayudaba a arrastrar el bote fuera de su escondite. Si Kevin seguía con vida, y si ella y Daniel superaban aquella noche, seguro que acabaría incumpliendo la promesa, pero de momento la embargaba la gratitud.

Daniel fue a la otra punta de la barca y empujó. A los pocos segundos la tenían en el agua, que se arremolinaba alrededor de sus pantorrillas. El abrigo de Alex le llegaba mucho más bajo que el de Daniel y ya tenía el dobladillo metido en el río. El pelaje absorbió el agua y se volvió más pesado a cada paso que daba. Había más corriente de la que sugería la superficie tranquila, y se las vieron y se las desearon para sostener el bote mientras los perros subían. El peso de Khan hizo bajar la popa peligrosamente, así que los dos se auparon a proa junto a Einstein, primero Alex mientras Daniel aguantaba la embarcación y después él de un salto. La barca zarpó como una flecha recién disparada.

Alex se quitó el abrigo pesado y agobiante. No podría nadar con él puesto, si llegaba el caso. Daniel la imitó al instante, bien porque se le había ocurrido el mismo peligro, bien porque confiaba en que ella estuviera haciendo lo correcto.

La intensa corriente los llevó a buen ritmo hacia el oeste. Alex dio por hecho que aquello formaría parte del plan, porque Kevin no les había dejado remos. Unos diez minutos más tarde, el bote empezó a perder velocidad a medida que el río se ensanchaba en un recodo. Sus ojos se habían adaptado lo suficiente a la oscuridad para atisbar lo que creía que era la orilla. La corriente estaba llevándolos hacia la ribera meridional, la misma de la que habían partido. Einstein estaba alerta en la proa, con las orejas muy tiesas hacia arriba y los músculos en tensión. Alex no estaba segura de qué buscaba, pero, cuando cruzaron alguna línea invisible, de pronto se arrojó al agua. Tenía la profundidad suficiente para obligarlo a nadar, pero Alex no pudo discernir a qué profundidad quedaba el fondo desde sus patas en movimiento. Einstein volvió la cabeza hacia ellos y dejó escapar un gañido.

Comprendiendo que sería buena idea saltar antes de que lo hiciera Khan, Alex se lanzó al agua solo un segundo más tarde. El río le tapó la cabeza un instante antes de volver a la superficie. Oyó dos chapoteos por detrás, primero uno leve y luego otro enorme que envió una ola de nuevo por encima de su cabeza. Khan la adelantó a nado, haciendo espuma con las patas, e hizo pie solo un segundo antes de que los dedos de Alex rozaran el fondo arenoso. Se volvió y vio que Daniel luchaba contra la corriente para llevar el bote de madera a la orilla. Sabía que no podía ayudarle si estaba demasiado profundo, así que vadeó río abajo y se reunió con él cuando se acercó más a la ribera. Asió la proa y él tiró desde el centro, agarrado al banco. Les costó poco tiempo llegar a la orilla, donde los perros estaban sacudiéndose el agua de encima. Sacaron la barca tres metros fuera del agua y entonces Daniel la soltó y se miró las manos. Alex hizo lo mismo y constató que la áspera madera no había tratado nada bien sus palmas, ya heridas. La sangre goteaba hasta el suelo desde las yemas de sus dedos.

Daniel se limpió la mano derecha en los vaqueros, dejando un rastro de sangre, antes de rebuscar en la barca y sacar la pistola y algo más pequeño: un teléfono, que debía de ser el de Kevin. Daniel había tenido la previsión de no mojar ninguna de las dos cosas, lo que resultaba impresionante dada la conmoción y la presión que sufrían los dos. Por suerte, todo lo que Alex llevaba en la mochila iba en bolsas Ziploc.

Escrutó rápidamente el rostro de Daniel. No parecía que fuese a venirse abajo, pero quizá el derrumbamiento llegara sin previo aviso.

Daniel recogió los abrigos y los sostuvo amontonados entre los brazos. Alex estuvo a punto de decirle que los dejara, pero entonces cayó en que el futuro cercano incluiría la investigación de un asesinato. Mejor esconder todas las pruebas que pudieran.

—Tíralos al río. Y la barca también —susurró—. No nos interesa que los encuentre nadie.

Sin vacilar, Daniel regresó a la orilla y soltó los abrigos en la corriente. Gruesos como eran, les costó poco saturarse y desaparecer hacia el fondo. Alex empezó a empujar el bote y Daniel fue a tirar de él pendiente abajo. A los pocos segundos, se alejaba deprisa sobre el agua oscura. Alex sabía que en él estaban la sangre y las huellas de ambos, pero con un poco de suerte se alejaría lo suficiente para que nadie lo relacionara con la casa de Kevin a la mañana siguiente. La embarcación parecía vieja y desgastada, muy poco valiosa. Quizá quienes la encontraran la tomarían por basura y actuarían en consecuencia.

Alex se imaginó a Kevin y Einstein metidos en el agua roja a plena luz del día, practicando el protocolo. Debían de haberlo hecho muchas veces. Seguramente Kevin se molestaría al saber que habían perdido su barca, valiosa o no.

Ella y Daniel se volvieron hacia el interior al mismo tiempo. Al momento vieron el granero, la única silueta alta en la lisa tiniebla. Mientras corrían hacia él, algo sólido y rectangular se alzó de pronto ante su vista. Alex frenó, esperando que los perros reaccionaran, pero entonces sus ojos encontraron el sentido a la forma: era una paca de heno de las del campo de tiro. Respiró hondo para calmar los nervios y siguió corriendo.

Llegaron al granero y lo rodearon a la carrera hasta las puertas frontales. Las largas piernas de Daniel lo llevaron allí antes y ya tenía la cerradura abierta cuando Alex lo alcanzó. Abrió la puerta de un tirón, esperó a que entraran ella y los perros y la cerró a sus espaldas.

Dentro estaba oscuro como boca de lobo.

—Dame un segundo —susurró Daniel.

Alex apenas alcanzó a oír cómo se movía sobre el latido de su propio corazón y el resollar de los perros. Hubo un tenue crujido y luego un quedo gemido metálico. A su derecha titiló una suave luz verde. Llegó a entrever la silueta de Daniel, su mano iluminada pulsando un teclado brillante. De repente, junto a él se produjo un alargado fogonazo blanco. Cuando se abrió del todo la grieta y el aire se llenó de más luz, vio lo que hacía. Estaba al lado de una de las viejas carrocerías de coches, sostenidas sobre ladrillos. Había abierto la batería falsa e introducido la contraseña de su cumpleaños para abrir el falso motor. Era el depósito de fusiles, que tenía iluminación interior.

—Mete unos cuantos en el Humvee —le susurró. Lo más seguro era que no hiciera falta hablar bajo, pero no lograba obligarse a levantar la voz.

La luz bastaba para iluminar un espacio de unos cinco metros alrededor de Daniel en todas las direcciones. Los dos perros se quedaron junto a la puerta, mirando hacia fuera como si esperaran intrusos, expectantes y jadeando.

Alex corrió hacia sus bolsas de lona y retiró la vieja cubierta. Abrió la cremallera de la bolsa de abajo y sacó un par de guantes de látex que se puso en las manos sanguinolentas. Cogió un segundo par y los dejó colgando del bolsillo de sus vaqueros.

Cuando se volvió, Daniel ya había pasado a la rueda hueca del tractor. Llevaba dos fusiles colgados a la espalda, y acunadas en el brazo dos Glock y la escopeta que Alex había echado de menos en la casa. Extendió el brazo hacia la SIG Sauer con la que la había visto practicar. Quizá fuese nuevo en ese mundo, pero al parecer su instinto estaba a la altura.

Alex tuvo que hacer dos viajes para cargar sus bolsas en el vehículo oculto tras los fardos de paja. En el primero, entregó a Daniel los guantes al cruzarse con él. Se los puso sin pedir explicaciones. Alex comprobó con alegría que las luces interiores del Humvee estaban desactivadas. Después de transportar sus cosas, cargó las granadas pero prefirió dejar atrás los lanzacohetes: no estaba segura de lograr averiguar cómo se usaban sin terminar saltando por los aires.

—¿El dinero? —le preguntó Daniel cuando volvió a pasar a su lado.

—Sí, todo.

Daniel actuó al instante y Alex tuvo un momentáneo y extravagante *déjà vu*. Trabajaban bien juntos, igual que cuando habían fregado los platos.

Había equipamiento de kevlar. Alex se puso un chaleco y apretó las correas hasta su límite, pero seguía quedándole un poco ancho. El peso no era abrumador, así que supuso que tendría placas cerámicas. Sacó otro para Daniel. También vio un par de trajes de buzo de Batman, pero a ella le venían demasiado grandes y Daniel tardaría demasiado en ceñirse uno. Sonrió al encontrar dos gruesas y pesadas gorras de béisbol. Había oído hablar de ellas pero creía que solo las usaba el Servicio Secreto. Se puso una en la cabeza y llevó otra a Daniel junto con el chaleco.

Daniel se equipó en silencio, con el rostro decidido y pálido. Alex se preguntó cuánto tiempo mantendría la compostura. Con suerte, la adrenalina natural le duraría hasta que salieran del apuro.

Se ató la correa de un cuchillo largo y fino al muslo, se puso un cinturón con pistoleras bajo el suyo de cuero y un segundo al hombro antes de regresar al Humvee. Sacó una de las Glock y se la guardó en la cadera derecha. Metió la SIG Sauer bajo un brazo y su PPK bajo el otro. Por último, enfundó la recortada en su cadera izquierda.

—¿Munición?

Él asintió. Se había dejado su fusil preferido colgado del hombro. Alex lo señaló con el mentón.

—Lleva eso encima y coge una pistola también.

Daniel recogió la otra Glock y la sostuvo en su mano enguantada.

—Tenemos que limpiar todo lo que has tocado.

Antes de que hubiera terminado de hablar, Daniel ya se estaba moviendo. Levantó la lona que había cubierto las bolsas de Alex y le arrancó dos tiras largas. Le lanzó una y se dirigió hacia la cerradura, seguido de Einstein. Ella empezó por el primer coche que habían abierto. No les costó mucho tiempo frotar todas las huellas. Había sangre en las tiras de lona, así que las metió también en la parte de atrás del Humvee.

Se detuvo para escuchar un momento. No oyó más que la nerviosa respiración de los animales.

—¿Dónde vamos ahora? —preguntó Daniel. Su voz sonaba tensa y con menor entonación de lo habitual, pero parecía conservar el control—. ¿A esa casa tuya en el norte?

Alex supo que su expresión fue dura, y posiblemente también aterradora, al responder:

—Todavía no.

18

Vas a volver —dijo Daniel con un débil susurro.

Alex asintió.

—¿Crees que Arnie todavía podría estar…?

—No. Está muerto.

El cuerpo de Daniel se inclinó casi imperceptiblemente en reacción a la fría certeza de sus palabras.

—Entonces, ¿no deberíamos huir? Me dijiste que, si venían a por nosotros, correríamos.

Tenía razón, y además estaba en su propia naturaleza correr.

Alex se preguntó si aquello sería lo que sentían esas madres que salían en las noticias porque habían podido levantar un monovolumen para sacar a su hijo de debajo. Desesperadas y presas del pánico, pero también poderosas como superheroínas.

Ella tenía su forma de hacer las cosas: planear, planear, planear, planear teniendo en cuenta todas las posibilidades y luego, cuando sucediera el desastre, ejecutar el plan que mejor se le ajustara. No actuaba por impulso. No actuaba por instinto. No peleaba. Corría.

Pero esa noche no solo debía protegerse a sí misma. Tenía un monovolumen que levantar.

No había plan, solo instinto.

El instinto le decía que había en marcha un ataque bien coordinado y serio, organizado por personas con más datos de los que deberían tener. Daniel y ella podían huir, pero ¿qué más les tendrían preparado los cazadores? Podría haber otra trampa.

Si podía averiguar quiénes eran y qué sabían, su huida con Daniel tendría muchas más probabilidades de éxito.

Y averiguar cosas era su especialidad, a fin de cuentas.

Atacar no lo era, pero eso también significaba que no lo tendrían previsto. ¡Si hasta ella se había sorprendido!

Los cazadores no sabían nada sobre la Batcueva, o habrían estado allí esperándola. No conocían los recursos a los que tenía acceso.

Si se paraba a pensar todo bien posiblemente cambiaría de opinión. Pero tenía alta la adrenalina e intentaba tomar las decisiones correctas. No solo aquellas que los salvaran esa noche, sino las que siguieran salvándolos al día siguiente y al siguiente. No podía decidir bien sin la información suficiente.

—Huir sería lo más seguro a corto plazo —respondió.

—¿Y entonces?

—Nunca he tenido una oportunidad como esta, la de interrogar a un asesino que han enviado a por mí. Cuanto mejor sepa quiénes son, más seguros estaremos en el futuro.

Transcurrió un segundo.

—No vas a dejarme atrás —afirmó Daniel sin expresividad.

—No, necesito tu ayuda. Pero solo con una condición.

Él asintió con la cabeza.

—Tienes que hacer exactamente lo que yo diga. Me da igual si te parece bien o no.

—Puedo hacerlo.

—Y tendrás que quedarte en el coche.

Su cabeza retrocedió una fracción de centímetro y luego apretó los labios.

—Exactamente lo que yo diga —repitió Alex.

Daniel asintió de nuevo, a regañadientes. Alex no se quedó convencida de que fuera a cumplir.

—Necesitaré que me cubras —le explicó—, y el mejor lugar desde donde hacerlo es el Humvee. No puedes guardarme las espaldas si alguien te dispara. Muy bien, esto va a ponerse feo. ¿Podrás soportarlo?

—He soportado cosas feas.

—No como estas. —Guardó silencio un segundo—. Yo diría que estos tíos creen que vienen a por Kevin y a por ti. Es posible que yo esté muerta para sus responsables. Y, por tanto, tendré que hacer las cosas de forma distinta a lo que es normal en mí. Solo puedo hacer las cosas que Kevin haría. Tendrá que ser a la vieja usanza y no podremos dejar ningún superviviente.

Daniel tragó saliva pero asintió de nuevo.

—Vale, pues ponte las gafas de visión nocturna. Conduces tú.

De verdad deseaba que Daniel no tuviera que ver lo que iba a suceder, no tuviera que verla a ella actuando como iba a tener que actuar, pero ya no había forma de evitarlo.

Mientras sacaban el vehículo despacio por la puerta del granero, con los perros en la parte de atrás silenciosos salvo por su pesada respiración, Alex se sintió cambiar, prepararse. Aquello iba a ponerse feo y también muy, muy sucio. Si no la derribaban antes a ella, claro.

Sacó una jeringuilla pequeña de una bolsa de su mochila. Era la última, pero, si no la usaba, quizá no viviera para necesitarla otra vez.

—¿Confías en mí? —preguntó a Daniel.

—Sí. —Lo dijo de una forma que añadía un peso infrecuente a la sencilla afirmación.

—Solo me queda esta dosis, así que tendremos que compartir aguja, como los yonquis. Yo estoy limpia, te lo prometo.

Se clavó la aguja en la pierna y presionó el émbolo hasta algo menos de la mitad. Daniel era más corpulento que ella.

—¿Qué es? —preguntó nervioso.

Se había olvidado. No le gustaban las agujas.

—Una síntesis de dextroanfetamina y un opiáceo. Viene a ser como adrenalina combinada con analgésicos. Te ayudará a seguir adelante si te disparan. —Omitió añadir: «A no ser que te disparen en la cabeza o el corazón».

Daniel asintió y se esforzó en mantener la mirada al frente mientras Alex le pinchaba en el muslo a través de los vaqueros. No arrugó el gesto. Alex le metió el resto de la disolución en el cuerpo. Podría llegar a durar hasta treinta minutos, como máximo.

—¿Qué tal ves?

—Sorprendentemente bien.

—¿Podemos acelerar?

Daniel dio gas por respuesta.

—Cuando llegues al sitio —ordenó Alex—, pasa al asiento de atrás y abre esas ventanillas pequeñas. Dispara a cualquier ser humano que no sea yo. Deberías distinguirme sin problemas, porque seré mucho más pequeña que cualquiera que veas.

Los labios de Daniel volvieron a apretarse.

—Y te quedas aquí pase lo que pase, ¿entendido?

Un asentimiento.

—¿Vas a tener algún problema con disparar a esa gente?

—No —se obligó a decir Daniel, y apretó la mandíbula.

—Bien. Si algo va mal, si se te encasquilla el arma o si alguien se mete en el Humvee de algún modo, o lo que sea, tira una granada por la ventana. Será la señal de que necesitas ayuda. ¿Sabes cómo se lanza una granada?

—¿Cuál es tu señal?

—¿Qué?

—Si necesitas que te ayude, ¿cuál es tu señal?

—Mi señal es *quédate en el coche, Daniel*. ¿La granada?

—Creo que sí —gruñó él.

—Esto puede ir para largo, así que no te impacientes. No empezaré a interrogar a nadie hasta que el lugar no esté asegurado. Ah, y quítate las gafas nocturnas antes de lanzar granadas, o cierra los ojos. Cuidado con los fogonazos, que te cegarán.

—Entendido.

De pronto sonó un teléfono.

Daniel saltó en su asiento y se dio en la cabeza contra el techo bajo.

—¿Pero qué leches...? —gritó Alex.

—Es el móvil de Kevin —dijo Daniel, palpándose el chaleco a la desesperada con la mano derecha. Sacó el teléfono de un bolsillo con velcro para guardar munición. Alex se lo quitó mientras intentaba manejarlo.

En la pantalla brillaba un número desconocido para ella. Pulsó el botón de respuesta.

—¿Danny? —le ladró Kevin al oído.

—¡Muy mal momento, Beach! ¡Luego te llama!

—¡Pásamelo, pedazo de...!

Alex colgó y apagó el teléfono.

—No te desconcentres. Ya llamarás cuando hayamos terminado.

—No hay problema.

Así que Kevin estaba vivo. Supuso que era una buena noticia. Solo que alguien iba a tener que decirle que todo lo que había preparado para su vida fuera de la Agencia ya no existía y su amigo estaba muerto.

—¿Qué vas a hacer tú? —preguntó Daniel—. Cuéntame el plan para que sepa en qué fijarme.

—Vas a echar el portón abajo con el Humvee, si lo han cerrado. Eso atraerá su atención. Cambiaremos los detalles del plan si nos esperan más de cuatro. Aceleras hasta la casa y giras a la derecha dejando expuesto tu lado del vehículo. Si son cuatro o menos, reduces pero no paras. Yo bajaré en marcha. Con un poco de suerte, seguirán centrados en ti. Adelantas unos metros y luego echas el freno y te pones a disparar. Yo atacaré desde el lateral. Tú dispara a matar. Yo intentaré inutilizar a alguno con el que pueda hablar luego. Confío en que también haya alguien desmayado en mi cuarto de arriba. Me llevaré a Einstein para que no me ataquen los otros perros. Khan se queda contigo. Si se hacen fuertes en la casa, volveré y entraremos a través de la pared.

—Ya veo el portón. Está abierto.

—Písale hasta la casa.

Daniel aceleró.

—¡Luces! —exclamó él en el mismo instante en que Alex pudo verlas. Había focos en el camino moviéndose hacia ellos, acercándose muy deprisa.

—¡Fuera gafas! Cambio de plan. Dales. Duro. Vuélcalos si puedes. Agárrate bien y no pierdas el control del coche.

Se agarró al salpicadero con una mano y a su asiento con la otra. Daniel se subió las gafas a la frente y pisó el acelerador a fondo. Alex deseó que hubiera alguna forma de asegurar a los perros. Iban a notar el golpe.

El otro coche no reaccionó a su embestida hasta el último segundo, como si sus ocupantes hubieran estado mirando atrás y no adelante. O quizá, con las largas y las luces de posición apagadas y la pintura negra mate, el Humvee era casi invisible en plena noche.

Era un monovolumen de medio tamaño, blanco. Cuando los vio, su conductor giró hacia la derecha de Alex. Daniel hizo un giro brusco a la derecha y el Humvee se estrelló contra el lado del copiloto del monovolumen con un ensordecedor chirrido de metal desgarrado y el explosivo estallido del cristal al hacerse añicos. Los perros salieron despedidos hacia delante y Khan se estampó contra los respaldos del conductor y el copiloto con un estruendo de tintineos y tañidos metálicos. La cabeza de Alex latigueó hacia delante y le faltaron escasos centímetros para dar contra el salpicadero antes de que el cinturón de seguridad la retuviera. El monovolumen voló unos pocos metros, estuvo un segundo dando tumbos sobre dos ruedas y por fin colisionó sobre el lado del conductor contra el suelo. El faro del lado del copiloto estalló con otra explosión de cristal. Khan y Einstein gimieron al caer de nuevo al suelo.

—¡Otra vez! —vociferó Alex.

Daniel empotró el morro del Humvee contra los bajos del monovolumen. El metal protestó y chirrió. El vehículo blanco resbaló por el patio llano como si no pesara más que una caja de cartón. Alex comprendió que no podrían hacerlo rodar. No había nada contra lo que empujarlo, solo la interminable hierba.

—Cúbreme —dijo, y le quitó las gafas de la cabeza—. Usa la mirilla nocturna del fusil. ¡Einstein, conmigo!

No esperó respuesta. Bajó del Humvee antes de que se hubiera detenido del todo. Las garras de Einstein le rasparon por detrás los vaqueros mojados cuando se apresuró a seguirla. Tenía que actuar deprisa, antes de que los hombres del coche se recobraran del impacto. Antes de que sus armas automáticas volvieran a entrar en juego.

Corrió derecha hacia el parabrisas, sosteniendo la Glock con las dos manos. Disparaba mejor con la SIG Sauer, pero aquello iba a ser a muy corta distancia y quizá luego quisiera soltar el arma.

A través de las gafas lo veía todo con una claridad increíble, en un vivo verde de vibrante contraste. El faro del lado del conductor seguía encendido pero enterrado en el suelo, y solo emitía un tenue resplandor neblinoso entre el polvo que habían levantado. El marco del parabrisas estaba vacío del todo y vio a dos hombres en los asientos delanteros y dos airbags desinflados después del primer choque, colgando por encima del capó. El conductor era una masa sanguinolenta. Tenía la coronilla apretada con fuerza contra el marco de su puerta y el cuello torcido en un ángulo imposible. Le vio un ojo abierto, que la miraba sin verla. Parecía joven, de veintipocos, y tenía la tez rubicunda, el pelo claro y la clase de anatomía hiperdesarrollada que chillaba al cielo: «¡Esteroides!». Hasta ahí, podría haber sido un agente, pero todo lo demás estaba mal. El pelo debía de medirle como unos veinte centímetros, y llevaba un ostentoso pendiente de diamante en el lóbulo que quedaba a la vista. Alex concluyó que sería músculo a sueldo. No parecía de los que tomaban las decisiones.

El pasajero se movía, bamboleando confuso la cabeza como si estuviera volviendo en sí. Era mayor que el otro, quizá sobre los treinta y cinco, moreno y con una tupida barba de tres días, fornido por el centro como lo están a veces quienes levantan pesas de las serias. Seguro que de pie sería un toro. Llevaba un traje lustroso y a medida, que parecía poco adecuado para aquel tipo de operación pero cuyo estilo le sonaba bastante. Seguía en su asiento con el cinturón puesto y quedaba más o menos al nivel de los ojos de Alex. Se acercó deprisa a él y le apretó el cañón de su pistola contra la frente, echando una mirada rápida abajo para ver qué hacían sus manos. Las tenía vacías y laxas.

—¿Estás al mando? —preguntó con brusquedad.

—¿Eh? —gimió él.

—¿Quién es tu jefe?

—Accidente. Hemos chocado, agente —le dijo el hombre, parpadeando en la oscuridad. Sus ojos daban la sensación de estar un poco desincronizados.

Alex suavizó su actitud, bajando el arma y moderando el tono.

—La ayuda está de camino. Necesito saber cuántos sois.

—Eh…, seis…

De modo que quedaban otros cuatro, que en esos momentos estarían dirigiéndose al sonido del impacto. Por lo menos los perros empezaban a congregarse a su alrededor, todos ellos en modo silencioso gracias a la presencia de Einstein. Se preguntó si la habrían recordado en caso de ir sola.

—¿Señor? —dijo Alex, tratando de imaginar cómo hablaría un policía a un accidentado—. ¿Dónde están los otros?

—Autoestopistas —respondió el hombre, mientras sus ojos empezaban a moverse con más aplomo—. Los otros son autoestopistas. Hemos recogido a cuatro hombres y los hemos dejado aquí. Y han salido perros, un montón de perros locos atacándonos. Creía que iban a reventarnos los neumáticos a dentelladas.

Iba recuperando el control, exponiendo su historia con más cuidado. Apretó un puño y luego lo destensó. Alex levantó la pistola de nuevo y fijó la mirada en las manos del hombre.

—¿Esos… autoestopistas han salido heridos en ese ataque?

—Creo que sí. Puede que dos de ellos. Los otros se han metido en la casa.

Por lo que esperaba que solo hubiera dos más. Pero ¿aquel tipo sería el cabecilla? Tenía la edad correcta, pero Alex había aprendido algunas cosas durante su estancia en Chicago. Por lo general, en un golpe orquestado, los que se quedaban en el coche eran los últimos monos. El conductor era secundario. La estrella del espectáculo sería a quien habían contratado, el que tenía las habilidades necesarias.

—Creo que necesito un médico —suplicó el hombre.

—Viene una ambulancia de camino.

La luz del faro que conservaba el monovolumen estaba bloqueada casi del todo por la espesa hierba y el polvo que se aposentaba, pero había la suficiente para que los ojos del hombre empezaran a ajustarse. Alex los vio abrirse al reparar en que tenía una pistola en la cara.

Se llevó una mano a la chaqueta. Alex le disparó en el hombro derecho, porque no quería apuntar a la mano y arriesgarse a atravesarla y encajar la bala en algún órgano vital. Aún no había terminado con él.

El matón chilló y su brazo derecho se sacudió en un doloroso espasmo, salpicando a Alex de sangre en el cuello y la barbilla. La pistola que buscaba le resbaló de entre los dedos, cayó a la cara de su compañero muerto, rebotó contra el coche y luego en el zapato de Alex. Sabía que no sería su única arma, por lo que apuntó bajo y le atravesó la palma de la mano izquierda.

El hombre aulló de nuevo y forcejeó con el cinturón de seguridad como si intentara abalanzarse sobre ella a través del marco del parabrisas. Le pasaba algo en las piernas, no lograba el apoyo que buscaba.

La acción había alborotado a los perros, que se habían puesto a rugir sin excepción. Einstein se lanzó hacia el lado derecho del vehículo, que en esos momentos estaba arriba. Apoyó las zarpas en el marco de la ventanilla desaparecida, metió el cuello en el monovolumen y cerró sus inmensas fauces en torno al hombro del matón, donde Alex acababa de disparar.

—¡Quítamelo! ¡Quítamelo! —chilló el hombre, despavorido.

Alex aprovechó la distracción para coger el arma que había caído junto a su pie. Era una 38 barata, con el seguro quitado.

—¡Einstein, control! —ordenó Alex mientras se enderezaba. Era la única orden que recordaba aparte de «Protocolo de escape» y «Relaja», y la que más se acercaba de las tres a lo que quería. Einstein soltó el hombro pero mantuvo los dientes muy cerca de la cara del hombre y le salpicó la piel de saliva ensangrentada.

—¿Quién eres? —chilló el hombre.

—Soy quien hará que este animal te arranque la cara si no me dices lo que quiero saber en los próximos treinta segundos.

—¡Apártalo de mí!

—¿Quién está al mando?

—¡Héctor! ¡Nos ha traído él!

—¿Dónde está?

—¡En la casa! Ha entrado y no ha vuelto a salir. Ángel ha entrado después y tampoco ha salido. ¡Los perros estaban a punto de arrancar las puertas del coche! ¡Íbamos a largarnos!

—¿Quién tiraba con el fusil de francotirador? ¿Héctor?

Einstein hizo entrechocar los dientes a escasos centímetros de la nariz del hombre aterrorizado.

—¡Sí! ¡Sí!

Nunca se le había ocurrido utilizar animales para los interrogatorios, pero Einstein era un recurso de lo más efectivo.

—¿Héctor iba a ocuparse de matar?

—¡Sí!

—¿Quién era el objetivo?

—¡No lo sé! Teníamos que llegar en coche y disparar a cualquiera que intentara marcharse.

—¡Einstein, a por él!

No fue su mejor improvisación. Los ojos de Einstein se desviaron hacia ella, con aire confundido. Al hombre del monovolumen no le importó.

—¡No, no! —berreó—. ¡Lo juro, Héctor no nos lo ha dicho! ¡Esos matones puertorriqueños nunca cuentan nada a los extraños!

—¿Cómo habéis encontrado este sitio?

—¡Héctor nos ha dado las direcciones!

¿Plural?

—¿Más de una?

—¡Había tres casas en la lista! Antes hemos ido a otra. ¡Héctor ha dicho que no era la buena!

—¿Qué hicisteis allí?

—Héctor entró. A los cinco minutos, salió y nos dijo que fuéramos a la siguiente.

—¿Es todo lo que sabes?

—¡Sí! ¡Sí! ¡Todo!

Alex le disparó dos veces en la cabeza con su propia pistola.

En su mente corría una cuenta atrás. No sabía cuánto tiempo les había llevado liberar a los perros, flotar río abajo y cargar el Humvee. No sabía en qué momento había entrado Héctor en la casa ni cuánto había tardado en llegar a su cuarto. Lo que sí sabía era que la bombona presurizada de gas que había dejado armada allí seguiría liberando los productos químicos que contenía durante unos quince minutos después de que alguien abriera la puerta. Cuando su contenido se agotara, Alex tendría quizá treinta minutos más, según el tamaño de la persona, antes de que su presa volviera a levantarse. Iba a ir muy justo.

Subió de un salto al Humvee y sostuvo la puerta abierta para que Einstein pudiera trepar sobre ella. Devolvió las gafas a Daniel después de echar un breve vistazo a su cara antes de quedar ciega de nuevo. Solo alcanzó a ver que estaba tenso.

—Llévanos a la casa. El mismo plan de antes si sale alguien. Para a una distancia suficiente para ver los lados de la casa y vigila por si alguien la rodea.

—Los perros me avisarán si ven algo.

—Cierto —aceptó Alex. Las ventajas de la manada iban más allá de lo que había anticipado.

Sacó la PPK y enfundó la Glock en su lugar. Se guardó la 38 en el cinturón, metió la PPK en la bolsa que había a sus pies y hurgó en ella para sacar al tacto las cosas que necesitaba. Reemplazó la gorra a prueba de balas por la máscara antigás, se la ajustó deprisa sobre la nariz y la boca, enroscó el filtro y luego sacó otras dos bombonas presurizadas, bridas, unos finos guantes tácticos y su cajita de pendientes, todo lo cual guardó en los bolsillos del chaleco. Por último, sacó una pesada cizalla y se la pasó por el cinturón al lado de la pistolera vacía, con una agarradera dentro y la otra fuera. Aunque la cizalla era compacta, seguía colgándole hasta la rodilla. Le estorbaría un poco al moverse pero, si todo salía como esperaba, iba a necesitarla.

No tenía tiempo de pensar en lo que podría estar procesando Daniel en esos momentos, en cómo podría sentirse ante el hecho de que Alex acabara de matar a un hombre indefenso.

La casa apareció delante, con todas las ventanas visibles de la planta baja iluminadas. Las de arriba estaban demasiado bien cubiertas para que Alex pudiera distinguir si tenían las luces encendidas o no.

—¿Ves a alguien?

—Un cuerpo... por allí. —Daniel señaló hacia el edificio de los perros.

—Tenemos que asegurarnos de que esté muerto. —Aún había tres hombres en paradero desconocido. Cuantos menos quedaran respirando, más probabilidades tenían.

—Estoy bastante seguro de que sí. Parece que... está en más de una pieza —dijo con un pequeño temblor en la voz.

A ella no le tembló.

—Bien.

No veía a nadie cerca de la casa. Por lo visto, no eran tan idiotas como para salir corriendo a ver qué pasaba. No se destacó ninguna silueta en las ventanas. Habrían apagado las luces si fuesen a disparar desde alguna. Quizá arriba..., pero las ventanas estaban tan bien cubiertas que ni siquiera habría sabido decir dónde estaban exactamente. O tal vez hubiera una persiana subida y alguien observándolos desde una habitación a oscuras.

—¿Ves las ventanas de arriba?

—Parecen todas cubiertas —le dijo Daniel.

—Vale, empieza a aflojar. Dos segundos después de que hayamos salido, para y prepárate para disparar.

Daniel asintió.

—Entendido.

—Einstein, ven aquí. Preparado.

Daniel giró el volante hasta que su lado quedó encarado hacia las luces de la casa. Alex esperó ser invisible en la parte oscura del vehículo. Abrió la puerta y se dejó caer a la hierba de debajo, que se mecía despacio. Intentó reproducir el movimiento que había visto en centenares de películas: cayó de rodillas y rodó a un lado mientras Einstein saltaba por encima de ella. Estaba segura de haberlo hecho mal, pero no sabría cuánto hasta que se le pasara el «Sobrevive».

Había olvidado decirle a Daniel que cerrara la puerta y echara todos los seguros, pero era de sentido común y aquella noche parecía pensar con rapidez. Quizá fuera la genética de nuevo, quizá estuviera hecho para situaciones como aquella, como su hermano. En cualquier caso, si alguien intentaba meterse en el coche, Khan lo estaría esperando. Podía imaginarse cómo se sentiría alguien que ya hubiera sufrido el acoso de docenas de perros de ataque si de pronto se encontrara cara a cara con Khan, en terreno elevado y a oscuras. Era imposible que no le afectara a la puntería y el tiempo de reacción.

Aunque llevaba puestos los guantes, arrastrarse por la grava habría sido un suplicio si no se hubiera drogado. Mientras se alejaba a toda prisa del Humvee, oyó las patas de su manada acercándose sobre el matorral seco, no solo Einstein sino las decenas de otros supervivientes. Nunca había tenido un apoyo como aquel. Si había un francotirador arriba, le costaría distinguirla entre la masa.

Llegó al porche y se quedó agachada a su lado. El Humvee ya se había detenido y oyó el portazo. Un débil gemido muy cerca de su cabeza dejó paralizada a Alex. Llegó de nuevo el quedo gimoteo. No era un sonido humano.

Se encaramó al porche, rodó por debajo de la barandilla y se quedó acuclillada, bajo la altura de las ventanas. Lola estaba allí, hecha un ovillo en la esquina más alejada. Alex sabía que, incluso estando herida, Lola habría dado la alarma si hubiera habido otra persona cerca. Gateó hacia la perra y sus manos enguantadas resbalaron en un rastro de sangre. Lola levantó la cabeza unos centímetros e hizo un débil movimiento de cola.

—Todo saldrá bien, Lola. Vuelvo enseguida. Tú aguanta, ¿eh?

Acarició una vez las orejas de la perra, que jadeó con suavidad.

Einstein la esperaba entre las sombras, al lado de la puerta. Alex gateó hacia él.

—Quédate con Lola, Einstein.

Alex no logró interpretar la mirada que le dirigió el perro. Confió en que lo entendiera. En esa ocasión, tenía que entrar sola.

Si sobrevivía aquella noche, no iba a parar hasta encontrar una máscara antigás para perros.

Alex se quedó agachada un momento junto a la puerta para ponerse los pendientes con cuidado. Delicados y elegantes, no casaban lo más mínimo con su equipamiento militar, pero no tenía tiempo de preocuparse por las apariencias y la situación podía muy bien volverse física. Sacó la bombona más grande del bolsillo frontal de su chaleco, abrió la puerta y la arrojó dentro.

No hubo reacción. No hubo gritos ni pasos en retirada mientras el gas llenaba la sala. Esperó dos segundos, se irguió a medias y cruzó agachada la puerta con la Glock en la mano derecha y la recortada en la izquierda. Tendría menos puntería con la izquierda, pero no le hacía falta con un arma como aquella, al menos a corta distancia.

No se molestó en registrar la planta baja. Si alguien trataba de atacarla en los siguientes cinco minutos sin llevar máscara antigás, caería inconsciente antes de poder hacer nada. Compuso la historia en su mente mientras avanzaba hacia la escalera. Héctor había entrado buscando a Daniel o a Kevin o a los dos. Si había entrado solo, no esperaría encontrar a más de dos personas. Al ver a Arnie muerto, creería que era uno contra uno. Aun así, tenía que confiar mucho en sus capacidades para entrar sin refuerzos.

Habría tenido que registrar todas las habitaciones de la planta baja. Luego habría probado en las puertas de arriba.

Alex ya había subido la mitad de los escalones. La neblina que surgía de la bombona de abajo era densa y no ascendía con ella. Mirando arriba, vio que la puerta de Daniel estaba abierta, y también la del cuarto de baño. Llegaba luz desde el fondo a la derecha. Solo podía ser su cuarto trastero.

Enfundó la escopeta, subió con paso lento y postura baja, apoyó los codos en el último escalón y se asomó por el final de la barandilla.

Había un hombre caído en el pasillo, vestido con resistentes pantalones negros y botas de combate. Tenía la cabeza y los hombros apoyados en otro juego de piernas que salían de la habitación de Alex, con pantalones similares pero zapatillas negras en vez de botas.

Héctor sería el del suelo de su habitación, si el hombre del traje había descrito bien lo sucedido. Seguramente habría abierto la puerta, encendido la luz y caído al suelo. A los pocos minutos, Ángel habría llegado para ver si necesitaba ayuda, habría visto sus piernas y se habría acercado poco a poco, arma en mano y pegado a la pared, hasta que el gas pudo con él.

No tenía ni idea de cuánto llevaban inconscientes.

Hasta el momento, el hombre del traje había sido bastante sincero con ella. Eso le dio la confianza suficiente para guardar la Glock en su pistolera y empezar. En primer lugar, cogió la pistola que halló en manos del primer hombre y la tiró por la barandilla al piso de abajo. Tenía otra pistola metida en la cintura de los pantalones, por detrás, que también salió volando por encima de la barandilla. No tenía tiempo para registrarlo mejor. Deseó poder inyectarle algo que lo mantuviera tranquilo, pero al contrario que el gas, que desaparecería de su cuerpo en la siguiente media hora, la sedación prolongada dejaría rastros en su torrente sanguíneo que la delatarían a cualquiera que sospechara de su presencia allí. Embridó las manos del hombre por detrás de su espalda y luego los tobillos.

Héctor era más menudo que Ángel, cuyo aspecto era parecido al rubio del monovolumen salvo por la coloración: tanto Héctor como Ángel tenían el pelo moreno, como había esperado por la explicación que le había dado el del traje. Héctor tenía una altura media siendo generosos, era delgado y estaba en forma, pero no de un modo que resaltara en la calle. Iba afeitado y no tenía marcas en la piel, al menos que ella pudiera ver. Llevaba una camiseta de deporte negra de manga larga. Ángel tenía tatuajes en tres dedos y otro a un lado del cuello. Héctor era más listo. Si ibas a ganarte la vida como sicario, era mejor mimetizarse, evitar características que cualquier testigo pudiera describir sin dificultades al dibujante de retratos robot.

A unos centímetros de la mano de Héctor había una Magnum enorme con silenciador. Llevaba el fusil de francotirador en una correa a la espalda. Sacó el cargador del fusil, cogió la gigantesca pistola y los sacó al pasillo para tirarlos también por encima de la barandilla. Oyó sus golpes contra la dura madera de abajo. Uno de los dos cayó antes sobre otra arma desechada con un tintineo.

Alex volvió para atar a Héctor.

El cuerpo tendido en su cuarto trastero ya no estaba.

Arrancó la escopeta de su pistolera y pegó la espalda a la pared contigua a la puerta. No había ningún sonido. El hombre tendría que salir por la puerta. Cuando lo hiciera, le dispararía. Hasta el asesino más experto se quedaría incapacitado si le volaba las piernas.

Cuando hubo movimiento, no fue en la puerta. Ángel empezó a retorcerse, gimoteando en español. En la fracción de segundo que se distrajo Alex, una sombra se despegó del cuerpo de Ángel y se abalanzó sobre ella. Le separó la escopeta de las manos y las envió a ambas con fuerza hacia el suelo. Alex se preparó para el golpe mientras aún forcejeaba con las manos que intentaban quitarle la pistola de la cintura. Héctor tenía las manos más fuertes que ella, pero entonces llegó el golpe y, con él, se hicieron añicos las diminutas ampollas de cristal.

Alex sintió que el gas le abrasaba la piel expuesta del cuello alrededor de la base de la máscara, y supo que parecería quemada por el sol durante unas horas, pero tenía los ojos y los pulmones protegidos.

Su atacante no estaba tan bien preparado. Se asfixió y sus manos volaron por iniciativa propia hacia su garganta y sus ojos cegados. Alex rotó hacia él con la 38 ya desenfundada y disparó, apuntando a la rodilla. Le dio en el muslo izquierdo.

El hombre cayó hacia ese lado y topó contra Ángel, que ya se revolvía con todas sus fuerzas, tratando de partir las bridas de sus muñecas. Eran unas ataduras resistentes, pero él era fuerte.

No podía enfrentarse a los dos. Iba a tener que decidirse. Y deprisa.

La cabeza de Ángel era lo que más cerca tenía. Le disparó dos veces en la coronilla. El movimiento cesó.

Héctor jadeaba y se frotaba los ojos al tiempo que intentaba alejarse rodando de ella hacia la escalera. Alex corrió tras él, sin separarse de la pared para que no pudiera alcanzarla aunque Héctor aún no tuviera el control suficiente para intentar asirla. Sacó la cizalla del cinturón y le dio un porrazo con ella en la nuca. Sus convulsiones se detuvieron al instante.

De nada habría servido todo ese esfuerzo si lo había matado, pero tenía que asegurarlo antes de poder comprobar siquiera si tenía pulso.

Por si acaso, le metió otra bala en la rodilla izquierda y luego tiró la 38 por encima de la barandilla. Total, solo le quedaba una bala. Usó más bridas para atarle la pierna derecha, la sana, al pasamanos por el tobillo y la rodilla, y luego el brazo derecho por la muñeca y el codo. Con la pierna izquierda él no podría hacer gran cosa. A falta de mejores opciones, le ató la mano izquierda a la gran bota negra de Ángel, cuya forma inerte debía de pesar al menos ciento veinte kilos. Era mejor que nada. Tocó la muñeca de Héctor y confirmó con una leve satisfacción que tenía un pulso regular. Estaba vivo. Para saber si conservaba la función cerebral habría que esperar.

Decidió duplicar las bridas, por si las moscas. Mientras cerraba la segunda en torno a la bota de Ángel, captó el cambio en la respiración de Héctor al volver en sí. No gritó, aunque tenía que dolerle horrores. Mal asunto. Alex había interrogado a otros soldados encallecidos con buen control de su reacción al dolor y costaba mucho doblegarlos.

Pero esos hombres habían sido leales a sus compañeros o sus misiones. En cambio, estaba segura de que Héctor era un mercenario. No debería nada a la gente que le había encargado el trabajo.

Se apartó un poco aferrando la Glock con las manos, para ver cómo respondía su sistema de contención. Estaba demasiado oscuro. Se irguió y retrocedió hacia el cuarto de baño, sin apartar los ojos de la figura tendida. Palpó a su espalda hasta encontrar el interruptor y lo accionó.

Héctor tenía la cara vuelta hacia ella. Sus ojos oscuros, aunque seguían anegados, tenían un enfoque intenso. Su cara no reflejaba nada del dolor que estaba sintiendo. Era una mirada desconcertante, aunque por lo demás tenía uno de los rostros más corrientes que Alex había visto jamás. Unos rasgos insulsos, sin nada que destacara. No era atractivo pero tampoco era feo. Tenía el tipo de cara que sería muy difícil elegir en una ronda de reconocimiento.

—¿Por qué no me has matado? —preguntó el mercenario, con voz rasposa por los productos químicos. Aparte de eso, no había en ella nada digno de mención. No tenía ningún acento. Podría haber sido presentador de informativos, porque nada en su tono revelaba de dónde procedía.

—Quiero saber quién te contrató. —La voz de Alex salió ronca y un poco distorsionada por la máscara. Sonaba un poco menos humana. Confió en que lo desorientara.

Él asintió una vez, como para sí mismo. Alex atisbó levísimos movimientos en sus manos al poner a prueba sus ataduras.

—¿Por qué debería decirte nada? —No lo preguntó furioso ni desafiante. Sonó más bien a curiosidad.

—¿Sabes quién soy?

El hombre no respondió ni alteró la expresión.

—Pues ese es el primer motivo por el que deberías decirme lo que sabes, porque quienquiera que te enviase no te dio la información que necesitabas para cumplir con éxito. No te prepararon para lo que ibas a afrontar. No les debes nada.

—A ti tampoco te debo nada —señaló él, todavía en tono educado y cordial. Extendió los dedos hacia abajo, intentando alcanzar la brida.

—No, nada. Pero si no hablas conmigo, te haré daño. Ese es el segundo motivo.

El mercenario sopesó sus opciones antes de responder.

—Y el tercer motivo… es que, si hablo, me dejarás vivir.

—¿Me creerías si te lo prometiera?

—Hum. —Suspiró. Se quedó pensativo un momento y luego preguntó—: Pero ¿cómo sabrás si puedes creer lo que te diga?

—Ya sé la mayoría. Solo quiero completar algunos detalles.

—Me temo que poco puedo ayudarte. Tengo un gestor que actúa de intermediario. Nunca he visto a la persona que pagó por esto.

—Dime lo que te dijo tu gestor.

El hombre se lo pensó y después crispó los hombros, como si quisiera levantarlos.

—No me gusta tu oferta. Creo que podrías mejorarla.

—Pues tendré que convencerte.

19

El mercenario observó con cara de póquer cómo Alex guardaba la Glock en su funda y recogía la cizalla junto a la pierna de Ángel.

Se había planteado llevar el soplete. El fuego podía ser más doloroso que casi cualquier otra cosa, y mucha gente tenía fobias relacionadas. Pero Héctor era un profesional. No tenía tiempo de someterlo mediante el dolor: su resistencia sería demasiado alta. Lo que le daría más miedo que la tortura sería perder su ventaja física. Si no tenía dedo con el que apretar el gatillo, no podría trabajar. Empezaría por algo menos imprescindible para él, pero por fuerza sabría ver llegar lo inevitable. Si lograba sobrevivir, querría hacerlo conservando manos funcionales. Así que tendría que hablar para detenerla.

La mano izquierda de Héctor sería lo más conveniente. Mientras Alex le colocaba las hojas metálicas en torno al dedo meñique, su mano hizo un puño con los demás y tiró con nuevo ímpetu de las bridas. Alex sostuvo con fuerza las agarraderas, consciente de lo que pensaría si estuviera en la posición de él:

que si lograba apoderarse de la cizalla, podría liberarse. Y en efecto, el mercenario trató de proyectar la pierna izquierda, pese al dolor atroz que debió provocarle. Alex esquivó la patada, subió unos palmos hacia arriba y volvió a situar la cizalla en la base de su dedo replegado.

La herramienta estaba pensada para cortar las varillas del hormigón armado, y la tenía bien afilada. No tuvo que hacer mucha fuerza para unir las hojas con un chasquido.

Estudió su reacción. El prisionero se retorció en vano contra las bridas. La cara se tornó de un rojo encendido y latieron las venas de su frente. Resopló y jadeó, pero no chilló.

—A veces la gente piensa que no voy en serio —le dijo Alex—. Siempre conviene aclarar la confusión cuanto antes.

En ese momento, Héctor debía de estar pensando en cuánto tiempo podía pasar antes de que fuese imposible reimplantar un dedo. Podía vivir sin un meñique, pero trabajaba con las manos y tenía que saber que Alex no pensaba detenerse ahí.

Hora de dejar claras sus intenciones.

Recogió el dedo cálido y ensangrentado del suelo y volvió hacia el baño de espaldas, sin apartar la mirada del hombre que se revolvía en sus ataduras, porque ni las mejores bridas eran infalibles. Se aseguró de que la estuviera mirando antes de soltar el dedo en el retrete y tirar de la cadena. Ahora sabía que no iba a dejarle opciones. Confió en que esto lo animara a darle deprisa lo que quería.

—Héctor —le dijo mientras él miraba rechinando los dientes, luchando por controlar el dolor—, no seas tonto. A ti no te perjudica decirme lo que quiero saber. Lo que te perjudicará pero mucho es no hacerlo. Ahora van tus dedos índices y luego todos los demás. Me dedico a esto y puedo seguir el tiempo que haga falta. ¿No te das cuenta? Te enviaron a atacar a la gente equivocada, Héctor. No te dieron ni la menor explicación de a qué te enfrentabas. Te entregaron a mí, sin más. ¿Por qué protegerlos?

—¿Después vas a ir a por ellos? —preguntó con un gruñido entre dientes.

—Por supuesto.

Se le llenaron los ojos de bilis y odio. Ya había visto esa mirada, pero en el pasado había sido desde una posición mucho mejor protegida. Si de algún modo lograba echarle mano, si se invertían sus papeles, Alex haría lo que debía para morir al instante.

—No venía a por ti —escupió el mercenario, reticente—. Me enviaron a matar a un hombre. Me dieron una foto. Se me dijo que habría un segundo hombre, pero que ese sería fácil. El primero sería el complicado. A ese no he llegado a verlo.

—¿Cuándo te contrataron?

—Anoche.

—Y entonces reuniste un pequeño equipo y has llegado hoy —aventuró Alex—. ¿Desde dónde?

—Miami.

—¿Cómo sabías dónde ir?

—Me dieron tres direcciones. Este era el segundo intento.

—Supongo que no hace falta preguntar qué ha pasado en el primero.

La ira bullente del hombre se condensó en una sonrisa diabólica.

—Eran viejos. Un hombre y una mujer. No encajaban con la descripción, pero me han pagado bien. No cuesta nada ser concienzudo: en mi caso, solo dos balas.

Alex asintió con la cabeza. Él no podía leerle la expresión con la máscara antigás de por medio, pero la ocultó de todos modos por costumbre.

—¿La otra casa estaba muy lejos?

—Un cuarto de hora al sur del pueblecito.

—¿De dónde salieron las direcciones?

—Nadie me lo dijo. No pregunté.

Alex sopesó la cizalla.

—¿Alguna suposición?

—El otro sitio no se parecía en nada a este. No he visto nada que tuvieran en común.

Podía ser mentira, pero tendría más sentido que fuese verdad. ¿Por qué iba Carston, o quienquiera que mandase en la Agencia, a dar al asesino más posiciones que aquella?

Lo meditó un momento, buscando otro cauce que explorar. Sus ojos siguieron fijos en las manos del hombre. ¿Qué clase de relación podía haber entre la casa de Arnie y otras dos cualesquiera? ¿Qué similitud podría generar una lista de relaciones por lo demás inconexas?

Se le cayó el alma a los pies al pensar en una posibilidad. Una que no le gustaba mucho.

—¿Qué clase de vehículo había fuera del primer sitio?

La pregunta pareció sorprender al hombre.

—Una camioneta vieja.

—¿Blanca?

—Con remolque negro.

Alex apretó la mandíbula.

De modo que habían tomado buena nota de la camioneta de Arnie, la que, según él había dicho, tenía dos réplicas exactas en el pueblo. Alguna cámara tenía que haber captado a Daniel, o no habrían estado tan seguros de la marca y el modelo. Daniel tuvo que llevar la camioneta por la calle principal, por delante del banco, y probablemente ahí lo habían grabado. ¿Para qué molestarse en interrogar a la chica que había llamado por el profesor desaparecido? Mejor hacerse con los vídeos de seguridad del pueblo y, ya con una pista sólida, consultar a Tráfico. No lo habían grabado bien del todo, porque si la matrícula hubiera sido legible la pareja de ancianos no habría muerto. Pero sabían que Daniel estaba vivo porque Kevin nunca habría cometido ese error. Además, incluso en un vídeo con grano y en blanco y negro, Daniel no tenía el mismo aspecto exacto de Kevin si se sabía dónde mirar.

Necesitaba la camioneta de Arnie. La necesitaba mucho. Era discreta. No podían cruzar el pueblo con el Batmóvil sin que alguien se fijara. ¿Y dónde iba a conseguir otro vehículo ahí fuera?

Dio un paso atrás, agotada. Había gozado de un buen lugar de descanso, pero la cacería había vuelto a empezar. Ni siquiera importaba que los malos la creyeran muerta, como confiaba en que fuese el caso. Porque sabían que Daniel seguía con vida.

Su debilidad.

La mano derecha de Héctor había encontrado una ocupación. Estaba rozando la brida con las puntas de los dedos, casi dislocándose las muñecas para llegar. No daba la impresión de intentar partirla ni llegar al cierre. ¿Qué hacía? Llevó la mano a la Glock; lo más prudente sería atravesar esa mano de un balazo.

El silencio se llenó del sonido contundente de un disparo, mucho más alto de lo que Alex habría esperado para llegar desde fuera de la casa. Daniel…

Había desviado los ojos en la dirección del tiro, aunque sabía que no debía. En el cuarto de segundo que le llevó devolverlos a su sitio mientras sacaba la Glock de la pistolera, los dedos de Héctor habían encontrado lo que buscaban. Extrajo diez centímetros de hoja serrada del puño de la manga y cortó la brida, que se partió con un sonoro chasquido, para después arrojarla con el mismo movimiento. Alex disparó al centro de su cuerpo mientras la hoja volaba hacia su cara. Intentó esquivarla mientras seguía disparando e hizo caso omiso a la repentina presión, que no llegaba a dolor, cuando le cortó a lo largo de la mandíbula. No llegaba a dolor pero llegaría pronto, cuando se pasara el efecto de la droga. Notó el calor de la sangre al cubrirle el cuello mientras seguía disparando al pecho de Héctor hasta vaciar el cargador.

Héctor se quedó quieto, con los ojos abiertos aún dirigidos hacia ella pero no enfocados.

Con movimientos rápidos y entrecortados, limpió las huellas de la Glock y la tiró por la barandilla, limpió y enfundó la cizalla y recogió su escopeta del final del pasillo, intentando pensar en su siguiente paso. No sabía qué la esperaba fuera. Mientras bajaba poco a poco la escalera, se afanó con los dedos para estimar la magnitud del daño. La hoja del asesino había fallado por poco a su arteria carótida, le había cortado la esquina inferior de la mandíbula y había dejado un lóbulo medio colgando. La parte suelta le rebotó en el cuello. «Qué hermosura».

Sacó los restos de su pendiente izquierdo del lóbulo dañado —solo quedaba el gancho, con unos fragmentos minúsculos de fino cristal encajados en el giro del alambre— y se quitó el derecho. Los guardó en un bolsillo del chaleco táctico. No eran pruebas que le conviniera dejar atrás. Hasta algo tan pequeño podía poner sobre aviso a sus enemigos, darles motivo para creer que estaba viva.

En la planta baja, dedicó un segundo a echar un vistazo rápido a Arnie. Tenía la cabeza gacha y solo pudo ver lo que le quedaba de la coronilla. Saltaba a la vista que no había sufrido, pero no era un consuelo.

Había pensado reunir pruebas al salir, pero ya no estaba segura de tener tiempo. Los perros estaban callados. ¿Significaría que todo iba bien?

En fin, después de la andanada que había disparado arriba, era imposible que alguien de fuera no supiera de su presencia. Fue hasta la puerta y se agachó al lado, en una postura más baja, o eso creyó, de la que tendría en mente quien disparara a través de la pared de yeso. Alargó un brazo y abrió una rendija en la puerta. Nadie le disparó.

—¿Daniel? —llamó en voz alta.

—¡Alex! —exclamó él, en un tono tan aliviado como se sintió ella de repente.

—¿Estás bien? —preguntó.

—Sí. ¿Tú?

—Voy a salir. No dispares.

Cruzó la puerta delantera con las manos levantadas sobre la cabeza, por si acaso. Einstein se levantó del suelo junto a Lola y la siguió.

Alex bajó los brazos y fue al trote hacia el Humvee. Solo podía verlo a la luz de las lámparas de dentro que llegaba a través de la puerta y las ventanas, pero desde allí no parecía que el choque contra el monovolumen le hubiera provocado daño alguno.

Daniel bajó del asiento del conductor.

—¿Y ese disparo? —le preguntó Alex, en voz más baja a medida que se acercaba. Los perros que rodeaban el vehículo parecían bastante relajados, pero…

—El último hombre. Ha debido de trepar por el lateral de la casa para escapar de los perros. Intentaba llegar al porche rodeando el techo.

Daniel señaló con el fusil una masa oscura e informe que había en la grava, cerca de la esquina oriental de la casa. Alex volvió a subirse la máscara por encima de la cara, moviendo con cuidado las correas del lado izquierdo por encima de la oreja sin tocarla. Modificó su trayectoria y empezó a acercarse a la figura caída. Einstein no se apartó de ella. Un enorme pastor alemán que había cerca paseaba sin mostrar ningún interés por el cuerpo.

De pronto, Einstein aceleró y la adelantó. Olisqueó el cuerpo unas cuantas veces mientras ella seguía aproximándose con cautela, y luego se volvió hacia ella meneando el rabo.

—¿Eso significa «despejado»? —musitó.

Einstein siguió dando coletazos.

Se inclinó para mirar más de cerca. Tardó poco en ver todo lo que había que ver. Impresionada, dio media vuelta y volvió hacia el Humvee. Daniel estaba de pie al lado de la puerta del conductor abierta, con cara de no saber muy bien qué hacer. Seguía sin mostrar signos de estar sufriendo algún tipo de conmoción.

—Buen tiro —le dijo. Había sido una bala, literalmente entre ceja y ceja. No podía haber salido más perfecto.

—No estaba muy lejos.

Daniel fue hacia ella, acortando la distancia, y sus manos enguantadas le aferraron los brazos por los hombros. Entonces dio un respingo y giró a un lado, mientras daba la vuelta a Alex para no seguir viéndola a contraluz.

—¿Cuánta de esta sangre es tuya?

—No mucha —respondió ella—. Estoy bien.

—¡Tu oreja!

—Sí, no nos ayuda en nada que esté así, ¿verdad? ¿Eres bueno cosiendo?

Daniel echó la cabeza atrás, sorprendido.

—¿Cómo dices?

—No es difícil. Te iré dando instrucciones.

—Eh…

—Pero esto va antes.

Se zafó de sus brazos y corrió de vuelta a los escalones del porche. Lola seguía acurrucada en el mismo sitio. Levantó la cabeza y dio un golpecito al suelo con la cola al ver a Alex.

—Eh, Lola, buena chica. Deja que te eche un vistazo.

Alex se sentó delante de ella con las piernas cruzadas. Acarició el costado de Lola con una mano mientras buscaba la herida con la otra.

—¿Está bien? —preguntó Daniel en voz baja. Estaba al otro lado de la barandilla del porche, con los codos apoyados en el borde de las baldosas, como reacio a acercarse más a la casa. Alex no se lo reprochaba.

Lola gimió cuando Alex le empezó a palpar las patas.

—Ha perdido sangre. Parece que la bala ha atravesado su pata trasera izquierda. No sé si ha dado en hueso, pero está claro que ha salido. Lola ha tenido suerte.

Daniel metió un brazo entre los listones para rascar el hocico del animal.

—Pobrecita.

—La parte de atrás del Humvee será un caos total. Voy a ver si encuentro el botiquín de primeros auxilios. Mantenla tranquila, ¿quieres?

—Claro.

Einstein siguió a Alex hacia el vehículo, igual que había ido tras ella al porche. Se sorprendió de lo mucho que la alentaba el silencioso apoyo del perro, de cómo le infundía una seguridad que era evidente que no existía.

Abrió la parte de atrás del Humvee y un impaciente Khan estuvo a punto de derribarla. Alex lo esquivó justo a tiempo y el perro le saltó por encima. Supuso que la plataforma de carga le había resultado estrecha, aunque a ella le pareció de lo más espaciosa cuando entró a gatas.

Había armas y munición tiradas por todas partes, balas sueltas rodando bajo sus rodillas. No tenía tiempo de poner orden. Su conversación con Héctor había muerto sin concluir y no había podido hacerle una última pregunta crucial: «¿Qué pasaría cuando estuviera hecho el trabajo?». ¿Quién esperaba una llamada y dónde? Por lo menos aún quedaba una tercera casa por visitar. A no ser que Héctor tuviera que ir llamando entre destino y destino.

¿Había contactado con su gestor para decirle qué dirección había despejado y a cuál iba a continuación? ¿El gestor estaría esperando otra llamada? ¿Habría reparado en que ya tardaba?

Localizó la bolsa de lona que contenía su botiquín. No podía hacer más que moverse deprisa y tomar las decisiones correctas. El único problema era que aún no sabía bien del todo cuáles eran esas decisiones correctas.

—Vale —dijo con un bufido mientras llegaba con Einstein junto a Lola.

Se arrodilló al lado de las patas de la perra y al momento cayó en que no tenía bastante luz para ver lo que hacía.

—Necesito que muevas el Humvee y me ilumines —señaló.

Daniel se apartó del porche con una sombra descomunal a su lado: Khan, todavía de servicio. Alex se preguntó cómo habrían decidido Khan y Einstein cambiar de protegido. Se quitó los guantes tácticos y cambió sus guantes de látex ensangrentados por unos nuevos. Estaba inyectando a Lola un tranquilizante suave cuando las brillantes luces del Humvee llegaron por entre los listones de la barandilla. Cambió de posición para que la luz no le diera en la cara e iluminara la herida. Parecía que la bala había atravesado la pata limpiamente. Esperó a que Lola cerrara los párpados antes de empezar a limpiar la herida. Lola movió la pata unas pocas veces, pero no protestó. Antiséptico, después ungüento, después gasa, después una tablilla y más gasa. Debería sanar bien, si lograba que Lola no apoyara la pata.

Dio un profundo suspiro. ¿Qué iban a hacer con todos aquellos perros?

—¿Qué viene ahora? —preguntó Daniel al ver que terminaba. Estaba en la grava junto al porche, con el fusil en las manos, oteando la oscura llanura que los rodeaba.

—¿Puedes darme un par de puntos en la oreja, ahora que ya he sacado el material?

Daniel se resistió.

—No me saldrá bien.

—Es fácil —le aseguró ella—. ¿Nunca has cosido un botón?

—No perforando carne humana —murmuró Daniel, pero se pasó el fusil detrás del hombro y subió los escalones mientras hablaba.

Alex encendió una cerilla del botiquín y esterilizó la aguja. No eran las mejores condiciones en cuanto a técnica médica, pero poco más podía hacer dadas las circunstancias. Movió la aguja de un lado a otro para enfriarla, enhebró el hilo de sutura y ató un extremo.

Tendió la aguja a Daniel junto a un par nuevo de guantes. Él se los puso antes de acercar despacio la mano a la aguja. Parecía reticente a tocarla. Alex estiró el cuello, se echó antiséptico en la herida y esperó a que el ardiente picor terminara de recorrer todo el corte hasta la oreja. Entonces volvió su mandíbula hacia Daniel, asegurándose de tenerla en la franja de luz más brillante.

—Probablemente bastará con tres puntos pequeños. Empieza desde atrás y ve avanzando.

—¿Y la anestesia local?

—Ya llevo bastantes analgésicos en el cuerpo —mintió. Notaba el corte de la mandíbula como si la hubieran marcado a fuego. Pero se le había terminado el «Sobrevive» y cualquier otra cosa que sirviera la incapacitaría, al menos en parte. Aquello no era una emergencia, solo dolor.

Daniel se arrodilló a su lado. Le puso los dedos con suavidad bajo el mentón.

—¡Esto está muy cerca de la yugular! —exclamó, horrorizado.

—Sí, el tío era bueno.

Alex no le veía la cara, así que no pudo interpretar el pequeño bache en la respiración de Daniel.

—Hazlo, Daniel. Tenemos que darnos prisa.

Él dio una honda bocanada y Alex sintió que la aguja le perforaba el lóbulo. Estaba preparada y no dejó que se le notara en la cara ni apretó los puños. Había aprendido a localizar sus reacciones. Contrajo los músculos del abdomen y liberó la presión por ellos.

—Bien —dijo cuando estuvo segura de que mantendría la voz firme—. Lo estás haciendo muy bien. Ahora junta las dos partes y cóselas para que no se muevan.

Mientras hablaba, los dedos de Daniel ya se habían puesto a la faena. No sintió la aguja en la parte inferior seccionada del lóbulo, así que solo tuvo que sufrir cuando Daniel perforaba la superior. Eran solo tres pequeños pinchazos. Después del primero, no fueron tan horribles.

—¿Tengo que… hacer un nudo o algo? —preguntó Daniel.

—Sí, detrás, por favor.

Sintió el tirón del hilo al tensarse.

—Ya está.

Alex lo miró a los ojos y sonrió. Los puntos le tiraban de la mandíbula cortada.

—Gracias. Lo habría pasado fatal para hacérmelo yo sola.

Él le tocó la mejilla.

—Ven, deja que te vende eso.

Se quedó quieta mientras Daniel cubría la herida de ungüento y le pegaba una tira de gasa a la mejilla. También le rodeó la oreja con vendas.

—Igual tendría que haberla limpiado antes —murmuró.

—Servirá de momento. Metamos a Lola en el Humvee.

—Yo la llevo.

Daniel levantó el cuerpo dormido de Lola con cuidado. Sus largas patas delanteras y las orejas se quedaron colgando de sus brazos y se bambolearon con cada paso que dio. Alex sintió una inapropiada y burbujeante hilaridad alzándose en su pecho y tragó para contenerla. No era momento de tener un ataque de risa histérica. Daniel depositó a Lola detrás del asiento del copiloto. El Humvee solo tenía los dos asientos delanteros. Kevin le había quitado los otros para tener más espacio de carga, imaginó Alex.

—¿Y ahora? —preguntó Daniel mientras volvía hacia ella, aún sentada en el porche. Probablemente se preguntaría por qué no estaba haciendo nada productivo. No sabía que Alex solo estaba dejando para más tarde lo inevitable.

Respiró hondo y enderezó los hombros.

—Dame el móvil. Es hora de hablar con tu hermano.

—¿No tendríamos que irnos?

—Tengo que hacer otra cosa, pero quiero decírselo antes.

—¿Qué?

—Tendríamos que pegar fuego a la casa.

Daniel la miró con los ojos muy abiertos. Poco a poco, sacó el teléfono del bolsillo de su chaleco.

—Debería llamar yo —dijo.

—A mí ya me odia —replicó ella.

—Pero esto es culpa mía.

—Tú no has contratado a ningún equipo de mercenarios.

Daniel negó con la cabeza y pulsó el botón que encendía el teléfono.

—Como quieras —musitó ella.

Mientras guardaba su material de primeros auxilios, vigiló a Daniel por el rabillo del ojo. Puso en pantalla la única llamada que había recibido jamás el dispositivo pero, antes de que pudiera pulsar sobre el número, el teléfono volvió a sonar.

Daniel tomó una gran bocanada de aire, como había hecho antes de dar la primera puntada en la oreja de Alex. Lo más probable era que la conversación le resultara más difícil todavía.

Daniel tocó la pantalla. Alex oyó a Kevin gritar tan fuerte que al principio creyó que el móvil estaba en manos libres.

—¡TÚ A MÍ NO ME CUELGAS, PEDAZO DE...!

—Kev, soy yo. ¡Kev! ¡Soy Danny!

—¿QUÉ COJONES ESTÁ PASANDO?

—Es culpa mía, Kev. He hecho el idiota. Lo he fastidiado todo. ¡Lo siento mucho!

—¿SE PUEDE SABER QUÉ FARFULLAS?

—Arnie ha muerto, Kev. Lo siento muchísimo. Y algunos perros, no sé muy bien cuántos. Es todo culpa mía. Ojalá pudiera decirte cuánto lo…

—¡PONME CON LA CHICA DE LOS VENENOS!

—El responsable soy yo, Kev. La he cagado…

La voz de Kevin llegó más calmada cuando interrumpió a su hermano.

—No hay tiempo para eso, Danny. Dale el móvil. Necesito a alguien coherente.

Alex se levantó y cogió el teléfono. Daniel miró ansioso cómo lo sostenía a unos centímetros de la oreja.

—¿Estáis a salvo? —preguntó Kevin.

Sorprendida por su práctico desapego, Alex respondió en el mismo tono.

—De momento, pero tenemos que movernos.

—¿Has incendiado la casa?

—Estaba a punto de hacerlo.

—Hay queroseno en el armario, debajo de la escalera.

—Gracias.

—Llámame cuando estéis en la carretera.

Y colgó.

Vaya, había ido mejor de lo que esperaba. Devolvió el teléfono a un Daniel que se había quedado inexpresivo por la sorpresa. El gas de la casa se habría disipado hacía mucho, así que no se molestó en bajarse la máscara. Daniel la siguió al interior, pero Alex dejó a Einstein montando guardia en la puerta.

—Coge ropa de la habitación de Kevin —ordenó. Podría haber enviado a Daniel arriba a por la muda que le había prestado su hermano, pero tardaría más y Alex no sabía cómo iba a reaccionar ante los cadáveres. Vio que sus ojos rehuían el sofá que tapaba en parte a Arnie y volvían a ella. Aún les quedaba una noche muy larga si querían seguir vivos al alba—. Cuando tengas suficiente para unos días, ve a la cocina y llévate todo lo que no caduque. Agua también, toda la que haya.

Daniel asintió y fue pasillo abajo hacia el cuarto de Kevin. Ella subió por la escalera a toda prisa.

—¿Quieres estas pistolas? —oyó que preguntaba Daniel desde abajo.

Esquivó los cuerpos, con cuidado de no resbalar con la sangre.

—No, con esas se ha matado a gente. Si nos atrapan, no quiero que me relacionen con nada. Las pistolas de Kevin estarán limpias.

En su cuarto, se quitó la ropa llena de sangre y se puso unos vaqueros limpios y una camiseta. Recogió el saco de dormir envolviendo sus demás prendas con él, cogió su equipo de laboratorio con la otra mano y sacó la ropa ensangrentada al pasillo a patadas. Trotó escalera abajo y salió al coche con su incómoda carga. Mientras Daniel rebuscaba por la cocina, localizó el queroseno. Kevin tenía tres latas de veinte litros almacenadas. No podían tener otro propósito que incendiar la casa. Se alegró de que fuese un hombre tan preparado y pragmático. Significaba que su reacción, una vez Daniel estuviera a salvo, sería más práctica que violenta. O eso esperaba.

Empezó por arriba, cerciorándose de que su ropa y los cadáveres quedaran bien saturados de queroseno. Los suelos de madera no necesitarían tanta ayuda. Salpicó los frisos de las tres habitaciones y siguió a la altura del suelo escalera abajo. Cogió otra lata y recorrió sin pausa la planta baja. Era la primera vez que veía los otros dormitorios. Los dos eran amplios y bien equipados, con lujosos baños individuales contiguos. Se alegró de que Arnie hubiera llevado allí una vida cómoda y deseó haber podido hacer algo para evitarle aquel desenlace. Pero aunque se hubiera llevado de la casa a Daniel el mismo día en que emitieron en las noticias la trampa sobre su desaparición, Arnie habría terminado igual. Era un pensamiento deprimente.

Aún quedaban huellas de Daniel en el edificio de los perros, pero no había forma de hacer creer al equivalente a Carston de la CIA que Daniel (o Kevin) había muerto allí, así que no tenía mucha importancia. Sabrían que Daniel había escapado. Alex no quería incendiar el edificio y poner en peligro a los animales. No tenía un faldón de grava como el de la casa, que con un poco de suerte evitaría que se extendiera el fuego. Kevin sin duda la había puesto por ese motivo exacto.

Daniel la esperaba delante del Humvee.

—Apártalo —le dijo, señalando el vehículo—. Y a ver si también puedes hacer que se retiren los perros.

Daniel se puso a ello. Alex tenía en la mano el paquete de cerillas del botiquín. Había dejado un amplio rastro de queroseno que bajaba por el centro de los escalones del porche, y le costó poco pegar fuego a ese rastro y alejarse antes de que se avivaran de verdad las llamas. Al volverse, vio que los perros estaban apartándose sin que nadie les dijera nada. Eso era bueno.

Alex abrió la puerta del conductor y llamó a Einstein. El animal subió al asiento de un salto y luego se situó al lado de Lola. Tenía las orejas levantadas y la lengua fuera. Seguía con aspecto animado, y Alex le envidió la energía y el optimismo.

Daniel estaba moviéndose entre la multitud de perros supervivientes, pronunciando ante cada uno un enfático «Relaja». Alex deseó que sirviera de algo cuando empezaran a desembarcar los camiones de bomberos. El ruido del tiroteo no habría llegado a ninguno de los apartados vecinos, pero la luz naranja del fuego contra el fondo del cielo nocturno era harina de otro costal. Tenían que marcharse ya. No se le ocurrió qué más hacer por los perros y la embargó una sensación de fracaso. Aquellos animales habían salvado su vida y la de Daniel.

Un retumbar justo detrás de su cabeza asustó a Alex. Dio media vuelta y se encontró cara a cara con Khan. La estaba mirando con lo que parecía impaciencia, como esperando a que se moviera. Señaló con el hocico sobre su hombro hacia Einstein.

—Ah —dijo al comprender que quería subir al coche—. Lo siento, Khan, tú tienes que quedarte.

No había visto en la vida a un animal con una expresión tan ofendida. El perro no se movió, se quedó mirándola a la cara como si le exigiera una explicación. Alex fue la más sorprendida de los dos cuando, de pronto, echó los brazos al cuello del animal y le enterró la cabeza en el pelaje.

—Lo siento, grandullón —susurró entre el pelo—. Ojalá pudieras venirte conmigo. Te debo una de las buenas. Cuida de los otros por mí. Estás al mando, ¿vale?

Se apartó, sin dejar de acariciarle los lados del grueso cuello. Khan pareció aplacarse un poco y dio un reticente paso atrás.

—Relaja —le dijo en voz baja.

Volvió a acariciarlo y se giró hacia el Humvee. Daniel ya tenía el cinturón de seguridad puesto en el asiento del copiloto.

—¿Estás bien? —preguntó Daniel con suavidad mientras Alex subía al coche. Estaba claro que no hablaba de heridas físicas.

—La verdad es que no. —Alex soltó una carcajada, que dejaba traslucir una brizna de la histeria que estaba reprimiendo.

Khan siguió mirándolos mientras se alejaban de la casa.

Cuando hubieron cruzado el portón, Alex se puso las gafas de visión nocturna y apagó las luces del coche. Era más seguro llevar el Humvee por las planicies abiertas que seguir por el único camino que llevaba al rancho. Al cabo de un tiempo llegaron a otra carretera, que incluso estaba asfaltada. Alex se quitó las gafas y encendió los faros mientras giraba hacia el noroeste. No tenía ningún destino en mente, solo ganar distancia. Tenía que alejarse del rancho de Kevin todo lo que pudiera antes del alba.

20

Kevin descolgó al primer tono.

—Dime, Oleander, ¿cómo está la cosa? —dijo a modo de saludo.

—Vamos hacia el norte con el Humvee. Tengo a Daniel, Einstein y Lola conmigo. Hemos podido sacar cosas que necesitamos, pero no muchas.

Oyó que Kevin daba un suspiro de alivio al escuchar el nombre de Einstein, pero seguía habiendo preocupación en su voz cuando preguntó:

—¿El Humvee? ¿Saben de la camioneta?

—Sí.

Kevin pensó durante un segundo.

—Entonces, solo conducción nocturna hasta que podáis cambiar de vehículo.

—Es fácil decirlo. Los dos tenemos serios problemas con nuestras caras.

—Sí, ya he visto a Daniel en las noticias. Pero tú no puedes estar tan mal todavía. Ponte maquillaje.

—He empeorado un pelín esta noche.

—Ah. —Hizo chasquear la lengua unas cuantas veces—. ¿Y Danny? —preguntó, sin lograr ocultar del todo la tensión.

—Ni un rasguño. —Las manos no contaban, eso se lo habían hecho ellos solos.

—¡Me ha hecho quedarme en el coche! —gritó Daniel para que su hermano lo oyera.

—Así me gusta —respondió Kevin—. ¿Cuántos eran?

—Seis.

Kevin silbó hacia dentro.

—¿Agentes?

—En realidad, no. Atención: subcontrataron a la mafia, nada menos.

—¿Qué?

—Sobre todo era músculo, pero llevaban al menos a un verdadero profesional en el grupo.

—¿Y te los has cargado tú a todos?

—Los perros han hecho casi todo el trabajo. Han estado magníficos, por cierto.

Kevin aceptó el cumplido gruñendo.

—¿Por qué te has llevado a Lola?

—Disparo en la pata. Temía que, si la encontraba alguien, la sacrificara. Hablando del tema, ¿llamo a Control de Animales? —preguntó—. Me preocupa que cuando lleguen los bomberos…

—Yo me ocupo. Tengo establecido un plan de contingencia para ellos.

—Bien. —Nunca más volvería a creerse la más preparada. El rey de la preparación era Kevin.

—¿Qué plan tienes tú ahora?

Alex rio, y de nuevo el sonido tuvo un ribete de histeria.

—La verdad es que ni idea. Estaba pensando en acampar con el Humvee unos días. Después de eso… —Dejó la frase en el aire.

—¿No tienes ningún sitio?

—Ninguno en el que pueda aparcar este monstruo y esconder a dos perros grandes. No me había sentido tan visible en mi vida.

—Pensaré en algo.

—¿Por qué has tardado tanto en llamar? —preguntó Alex—. Te daba por muerto.

Daniel ahogó un grito. La miró conmocionado.

—Estoy preparándolo todo. Estas cosas llevan tiempo. No puedo estar en dos sitios a la vez y he tenido que esconder muchas cámaras.

—Una llamada habría estado bien.

—No sabía que ibais a cagarla de esa manera. —De pronto pasó a hablar mucho más bajo—. ¿Qué ha hecho el muy imbécil? No, no me lo digas. No quiero que lo oiga. Solo di sí o no. ¿Llamó a alguien?

—No —estalló Alex, irritada.

—Espera, si saben de la camioneta… No saldría de la casa, ¿verdad?

A Alex le entraron ganas de replicar: «Nadie le dijo que no lo hiciera», pero entonces Daniel sabría que hablaban de él. No respondió. Mantuvo la vista al frente, aunque quería echar una mirada de soslayo a Daniel para ver si se había enterado de algo.

Kevin suspiró.

—No tiene ni una pizca de sentido común.

Habría querido responderle muchas cosas, pero no se le ocurría una forma discreta de expresarlas.

Kevin cambió de tema.

—Arnie. ¿Ha sido feo?

—No. No lo ha visto venir. No ha podido sentir nada.

—En realidad se llamaba Ernesto —dijo Kevin, pero dio la sensación de hablar consigo mismo más que con ella—. Era un buen compañero. Nos fue bien juntos. Poco tiempo, pero bueno. —Carraspeó—. Vale, ahora cuéntame todo lo que ha pasado. —Y bajando la voz—: Menos lo que hiciera Daniel para provocarlo. Ya estará bastante traumatizado.

Alex le resumió los acontecimientos de la noche, con palabras clínicas y pasando de refilón por las partes más truculentas. Cuando se limitó a decir: «Le hice unas preguntas», Kevin tuvo que hacerse una idea bastante clara de a qué se refería.

—¿Y qué te ha pasado en la cara?

—Era un tipo muy flexible. Y llevaba algún tipo de cuchilla arrojadiza en el forro de la manga.

—Vaya, mal asunto —comentó en tono sombrío, y Alex supo lo que pensaba. Las cicatrices faciales suponían serios inconvenientes cuando se quería pasar desapercibido. Eran demasiado fáciles de recordar y reconocer. De pronto, la búsqueda dejaba de consistir en: «¿Ha visto a una mujer bajita y sin rasgos notables, con cabello de color y longitud desconocidos, o quizá a un hombre que encaje en la misma descripción?», y pasaba a ser: «¿Ha visto a alguien con esta cicatriz?».

—Bueno —dijo Alex al terminar de contar la historia—, parece que la gente que manda te atribuyó la victoria. No fingiré que no me siento insultada. Tendremos que cambiar el plan. El cebo tiene que salir de ti e ir dirigido a la persona adecuada. ¿Tienes ya alguna idea de quién podría ser?

Kevin guardó silencio un minuto.

—Cuando mi hombre se entere de lo que ha pasado esta noche… a lo mejor ni nos hace falta el e-mail. Tendrá que ir a hablar de esto con tu hombre. Estoy preparado y, cuando se reúnan, yo los veré. Luego podemos decidir si nos hace falta algo más.

—Suena bien.

—Por cierto —dijo él con tono encubierto—, sé que has suavizado la historia para el chaval. Cuando nos veamos, quiero la versión completa.

Alex puso los ojos en blanco.

—Vale.

—Mira, Ollie, que no se te suba a la cabeza, pero… lo has hecho bien. Muy bien. Has salvado la vida a Danny. Gracias.

Se quedó tan atónita que tardó un minuto en responder.

—Creo que estamos en paz. Sin tus perros y tu Batcueva, no habríamos salido de allí. Así que… gracias.

—Podrías haberte largado cuando dieron la noticia por primera vez. Sabías que te creían muerta, pero te quedaste para cuidar de un casi completo desconocido, aunque sé que nada te gustaría más que librarte de nosotros dos. Eso en el lugar de donde yo vengo se llama honor. Te debo una.

—Hum —dijo ella para forzar el cambio de tema. No hacía falta que lo comentaran absolutamente todo aquella noche.

—Déjame hablar con él antes de colgar —susurró Daniel.

—Daniel quiere hablar.

—Ponlo.

Alex le entregó el móvil.

—Kev…

—No te tortures, Danny —escuchó que Kevin decía a su hermano. Se preguntó si Daniel habría podido oírle antes igual de claro.

—Ya —replicó Daniel, taciturno—. Solo soy responsable de que hayan matado a Arnie, por no hablar de los perros. ¿Por qué fustigarme?

—Mira, lo hecho, hecho está.

—Qué curioso, es lo mismo que dijo Alex.

—Porque la chica de los venenos se conoce el percal. Este es un mundo nuevo, chaval. Y tiene más cadáveres. Escucha, no digo que cosas como esta no vayan a afectarte. Pero no puedes dejar que te empañen la visión.

La voz de Kevin perdió volumen y pasó a un registro más grave, y Alex se alegró de comprobar que seguramente Daniel no había podido captar la parte más disimulada de la conversación que habían mantenido. Pero también quería saber lo que Kevin prefería que no escuchara.

—Creo que sí —dijo Daniel. Una pausa—. Quizá no... Lo haré. Sí. Vale. ¿Qué vas a hacer con los perros? Hemos tenido que dejar a Khan.

—Ya. —La voz de Kevin recuperó el volumen normal—. Quiero a ese monstruo, pero no es precisamente de tamaño viaje, ¿verdad? Hay un criador no muy lejos con el que Arnie ha trabajado alguna vez. Es más competencia que amigo, pero sabe lo que valen mis perros. Arnie acordó con él que, si alguna vez queríamos dejar el negocio, le venderíamos las existencias. También insinuó que tal vez quisiéramos hacerlo de repente, sin previo aviso y en plena noche. Lo llamaré para que intercepte a los de Control de Animales antes de que hagan alguna estupidez.

—¿La policía no sospechará que...?

—Le daré instrucciones. Dirá que Arnie lo llamó al oír disparos, o algo por el estilo. No te preocupes, los perros estarán bien.

Daniel suspiró, más tranquilo.

—Pero me cabrea que al final vaya a quedarse a Khan, y sin pagar. Lleva años intentando comprarlo.

—De verdad que lo...

—En serio, chaval, no le des más vueltas. En esta vida no duras gran cosa si echas raíces. Sé cómo empezar de cero. Y ahora, sé bueno y obedece en todo a Oleander, ¿estamos?

—Espera, Kev. He tenido una idea, por eso quería hablar contigo.

—¿Has tenido una idea?

Alex oyó el escepticismo a un metro de distancia.

—Pues sí. Estaba pensando en la cabaña de los McKinley, a orillas del lago.

Kevin se quedó callado un segundo.

—Hum, no es muy buen momento para recordar viejos tiempos, chaval.

—En realidad soy dos minutos mayor que tú, *chaval*, cosa que sé que no has olvidado. Y no me había puesto nostálgico. Estaba pensando que los McKinley solo usaban la cabaña en invierno. Y que tus amiguitos de la CIA no se sabrán nuestra infancia tan, tan al dedillo. Y sé dónde guardaba siempre la llave el señor McKinley.

—Eh, no está mal, Danny.

—Gracias.

—Eso estará a… ¿cuánto, a unas dieciocho horas del rancho? Son solo dos noches al volante. Y de paso, os vais acercando a mi posición. ¿Los McKinley no tenían un Suburban en la cabaña?

—No podemos robarles el coche, Kevin.

En la penumbra, aunque los separaban más de mil quinientos kilómetros, Alex se sintió como si cruzara una mirada significativa con Kevin. Y quizá unos ojos en blanco, por parte de él al menos.

—Ya hablaremos luego de procuraros un coche. Dile a Oleander que tenga más cuidado con su cara la próxima vez. Vamos a necesitarla.

—Claro, porque seguro que le encanta que le partan la cara y le cuesta quitarse la adicción.

—Que sí, que sí. Llamadme si tenéis algún problema. Yo contactaré cuando sepa más de nuestros amigos de Washington.

Kevin colgó. Daniel miró el teléfono un minuto entero antes de guardarlo. Inspiró hondo y soltó el aire despacio.

—¿Cómo lo vas llevando? —preguntó Alex.

—No siento nada como real.

—Déjame ver tu mano.

Daniel le tendió su brazo izquierdo y ella lo asió con la mano derecha. Estaba más caliente que ella. Le tomó el pulso en la muñeca y parecía estable. Los rasguños y heridas que tenía en la palma de la mano eran poco profundos y ya habían dejado de sangrar por sí mismos. Le echó una mirada rápida a la cara antes de volver a concentrarse en la carretera, pero estaba demasiado oscuro para evaluar su palidez con ningún grado de certeza.

—¿Qué hacías? —preguntó Daniel cuando Alex le soltó la mano.

—Buscar señales de conmoción. ¿Sientes náuseas?

—No. Pero sí que me parece que debería sentirlas, no sé si me explico. Que las tendré cuando pueda procesarlo todo.

—Dímelo si empiezas a marearte, perder el sentido o enfriarte.

—La que está fría eres tú. ¿Estás segura de no estar entrando en colapso?

—No del todo, supongo. Si me mareo, pararé y conduces tú.

Daniel estiró el brazo, le apartó la mano enguantada del volante y la sostuvo sin mucha fuerza, dejando que sus brazos pendieran en el espacio entre los asientos. Volvió a respirar hondo.

—Al oír todos esos disparos tan seguidos pensé…

—Lo sé. Gracias por quedarte en el coche como te había pedido. Es bueno saber que puedo confiar en ti.

Él no dijo nada.

—¿Qué? —preguntó Alex.

—Bueno, ya que lo dices —respondió, con aire avergonzado—, en realidad no me apetece admitirlo… pero sí que salí un momento. Estaba a punto de meterme en la casa, pero Einstein me lo impidió. Entonces comprendí que, de un modo u otro, las cosas iban a decidirse dentro y que, si habían podido contigo, tendría más posibilidades de matar a los muy hijos de puta desde el Humvee. No iba a dejar que se marcharan, Alex. Ni por asomo.

Alex le apretó un poco la mano. Daniel preguntó:

—¿Recuerdas lo que me dijo Kevin sobre visualizar?

Alex negó con la cabeza. Le sonaba, pero no terminaba de situarlo.

—La primera vez que fuimos al campo de tiro, cuando le dije que no creía ser capaz de disparar a una persona. —Soltó una risita socarrona—. Me dijo que visualizara a alguien importante para mí en peligro.

Mientras Daniel hablaba, Alex lo recordó.

—Es verdad.

—Pues ahora lo entiendo. Y tenía razón. En el momento en que comprendí que alguien había matado a Arnie y ahora iba a por ti… —Negó con la cabeza—. No sabía que dentro de mí hubiera una vena tan… primaria.

—Ya te dije que acabarías sacando el instinto —repuso ella, jovial. El tono de broma, reflejo de aquel día en el campo de tiro, se le antojó erróneo en el momento en que hubo pronunciado las palabras. Con voz más sombría, añadió—: Ojalá no hubiera ocurrido así.

Llegó el turno a Daniel de apretarle la mano a ella.

—Todo saldrá bien.

Alex procuró centrarse.

—Venga, cuéntame hacia dónde vamos.

—Tallahassee. De pequeños, Kevin y yo pasamos allí un par de Navidades. Unos amigos de la familia tenían un sitio para escapar de la nieve. Debía de gustarles la privacidad, porque es una cabaña en medio de la nada. No está a orillas del lago, pero es terreno pantanoso y en esta época del año los mosquitos serán insoportables.

—Tendrías que hacerte agente inmobiliario. ¿Estás seguro de que no habrá nadie?

—No he visto a los McKinley desde el funeral de mis padres, pero en todos los años que los conocí no fueron nunca al sur en verano. Era su casita de invierno.

—Bueno, da lo mismo ir para allá que a cualquier otro sitio. Si no nos vale su cabaña, quizá podamos encontrar algún otro lugar vacío.

Alex vio la señal de un desvío hacia la autopista estatal 70, en dirección norte.

—Tendremos que ir al este, cruzar Oklahoma City y luego bajar por Dallas. Si hay alguien vigilando, nos conviene estar volviendo a Texas. Nos hará parecer inocentes.

—Esto ha sido en defensa propia.

—Da lo mismo. Si nos paran por lo que acaba de ocurrir, la policía tendrá que detenernos. Aunque les explicáramos hasta el último detalle y nos creyeran a pies juntillas, y me quedo muy corta si digo que es improbable, aun así tendrían que meternos un tiempo en una celda. No aguantaríamos mucho. Los que contrataron a los mercenarios no tendrían el menor problema para acabar con nosotros en un calabozo. Seríamos presa fácil.

Notó el temblor en los dedos de Daniel y le frotó el dorso de la mano con el pulgar en un gesto tranquilizador.

—Entonces, ¿dices que ponernos a infringir la ley a lo loco es mala idea ahora mismo?

Alex no pudo creer que fuese él quien intentaba animarla a ella.

—Me parece que sí —convino—, pero igual no nos queda más remedio. —Miró el indicador de combustible y silbó—. Este cacharro se chupa la gasolina como si supiera que me fastidia.

—¿Qué podemos hacer?

—Tendré que parar en una gasolinera y pagar en efectivo.

—Pero tu cara…

—Qué le vamos a hacer. Diré que he tenido un accidente de coche, que en realidad tampoco es mentira, ¿a que no? No podemos hacer otra cosa.

El monstruo devorador de gasolina obligó a Alex a parar mucho antes de lo que habría querido. Al acercarse a Oklahoma City, siguió las señales hacia el aeropuerto, suponiendo que las estaciones de servicio de alrededor estarían más concurridas incluso a aquellas horas de la madrugada. Además, si alguien reparaba en su presencia, quizá diera por hecho que planeaban coger un avión. Cualquier búsqueda subsiguiente se concentraría en el aeropuerto.

Pidió a Daniel que buscara su enorme sudadera con capucha mientras seguía conduciendo. Se la puso, deseando que fuera hiciese más frío para no destacar tanto. En la gasolinera había otros dos vehículos, un taxi y una furgoneta de trabajo. Los dos conductores varones echaron un buen vistazo al Humvee, por supuesto. Alex salió con su postura encorvada de chico y metió la boca del surtidor en el depósito. Mientras se llenaba, entró encorvada en la tienda. Cogió unas barritas de muesli y un paquete de seis botellitas de agua y las llevó a la mujer cincuentona del mostrador. Tenía el pelo rubio teñido con las raíces oscuras, los dientes manchados de nicotina y una chapa en el pecho que rezaba: BEVERLY. Al principio no prestó demasiada atención a Alex y se contentó con pasar los códigos de barras. Pero entonces Alex tuvo que hablar.

—Surtidor seis —dijo en el registro más grave que logró sin que la voz sonara forzada.

Beverly levantó la mirada y sus ojos saturados de rímel se abrieron como platos.

—¡Dios mío, cielo! ¿Qué te ha pasado en la cara?

—Accidente de coche —farfulló Alex.

—¿Estáis todos bien?

—Sí. —Alex bajó una mirada enfática hacia el dinero que llevaba en la mano, esperando a pagar. Por el rabillo del ojo, vio que el taxi se marchaba.

—Bueno, espero que te mejores pronto.

—Ah, gracias. ¿Cuánto será todo?

—Huy, ¿me habré equivocado? Esto es mucho. ¿Ciento tres con cincuenta y cinco?

Alex dio a Beverly seis billetes de veinte y se quedó esperando el cambio. Otra furgoneta, una F-250 negra, se detuvo en la gasolinera detrás del Humvee. Alex vio que de ella bajaban tres hombres altos y delgados. Mientras dos de ellos se dirigían a la tienda, se corrigió a sí misma: eran *adolescentes* muy altos, quizá medio equipo de baloncesto. Llevaban sudaderas oscuras con capucha, igual que ella. Por lo menos, así su atuendo ilógico parecía un poco más normal.

—Menudo cacharro tienes ahí —comentó Beverly.

—Ya.

—Tiene que fundirse la gasolina que no veas.

—Sí. —Alex extendió el brazo con impaciencia.

Los chicos entraron, ruidosos, embravecidos, arrastrando con ellos un olor a cerveza y marihuana. Fuera, la primera furgoneta salió de la gasolinera.

—Ah, aquí tienes —dijo Beverly, de pronto en tono impersonal—. Dieciséis con cuarenta y cinco.

—Gracias.

Beverly estaba distraída con los recién llegados. Miraba por encima de la cabeza de Alex, con los ojos entornados. Los chicos fueron hacia el pasillo de las bebidas alcohólicas. Con un poco de suerte, se convertirían en un gran incordio cuando intentaran colar sus carnés falsos a Beverly. Todo lo que difuminara a Alex en su recuerdo era bueno.

Alex se dirigió a la puerta automática con la cabeza gacha. No necesitaba tener más de un testigo.

Su cabeza topó contra el pecho del tercer chico. Lo primero que captó fue el olor: su sudadera apestaba a whisky. Alex miró arriba por acto reflejo cuando el chico la agarró por los hombros.

—Mira por dónde andas, chavalín.

Era un chico blanco y grueso, no tan alto como los otros. Alex intentó zafarse de él, pero el joven redobló su presa con una mano y le quitó la capucha con la otra.

—Anda, si es una chica. —Y en voz más alta, hacia los otros chicos que pululaban por las vitrinas refrigeradas, exclamó—: ¡Eh, mirad lo que he encontrado!

La voz de Alex sonó gélida. No estaba de humor para tanta chorrada.

—Quítame las manos de encima.

—Deja en paz a la chica o llamo a la policía —dijo la voz estridente de Beverly—. Ya tengo el teléfono en la mano.

Alex quiso chillar. Justo lo que necesitaba.

—Tranqui, vejestorio, que con esta ya tenemos suficiente.

Los otros dos chicos, uno negro y otro hispano, ya habían llegado para apoyar a su amigo. Alex sacó una fina jeringuilla de su cinturón. No la ayudaría a mantenerse oculta, pero tenía que inutilizar al chico antes de que Beverly llamara a la policía.

—Ya he marcado el nueve y el primer uno —les advirtió Beverly—. Fuera todos de aquí ahora mismo.

Alex probó a retorcerse para escapar del chico, pero el muy idiota tenía una amplia sonrisa en la cara y las dos manos cerradas con firmeza en torno a sus brazos. Dio ángulo a la aguja.

—¿Hay algún problema, chaval?

«¡Nooo!», gimió Alex para sus adentros.

—¿Qué dices? —replicó el chico, agresivo, mientras la soltaba y se volvía hacia el recién llegado. Entonces dio un veloz paso atrás y Alex tuvo que esquivarlo.

Se había acostumbrado tanto a Daniel que ya no recordaba lo alto que era en realidad. Sacaba casi tres centímetros incluso al chico más alto, y tenía los hombros más anchos y una postura mucho más confiada. Por lo menos se había puesto una gorra de béisbol, que le tapaba el pelo y le ensombrecía un poco la cara. Su barba corta era lo bastante oscura para disimular un poco los contornos de su rostro. Eso estaba bien. Lo que no lo estaba era que se había metido una Glock más que evidente en la cintura de los vaqueros.

—No, ningún problema, tío —dijo el chaval negro. Agarró al blanco por el hombro y tiró de él para hacer que retrocediera otro paso.

—Bien. ¿Qué tal si os largáis, entonces?

El chico blanco sacó pecho.

—Cuando tengamos lo que veníamos a buscar.

Daniel cambió algo en su forma de colocar la mandíbula. Alex no habría sido capaz de explicar por qué, pero de pronto su cara era lo contrario de amistosa. Se inclinó hacia el camorrista.

—*Ya*.

No hubo fanfarronería en su forma de hablar, solo autoridad absoluta.

—Vámonos —insistió el chico negro.

Empujó al joven blanco por delante de Daniel mientras tiraba de la manga del tercer chico. Volvieron raudos a su furgoneta, dándose codazos entre ellos y riñendo un poco. Alex se quedó de espaldas a Beverly y dio un golpecito a Daniel para que la imitara. Los chicos se metieron en su furgoneta y el conductor pisó fuerte y rodeó el Humvee con un chirrido de neumáticos.

—Eh, gracias, amigo —dijo una admirada Beverly—. De verdad que te lo agradezco.

—No hay problema —respondió él, mientras extendía un brazo cortés para que Alex saliera delante.

Alex volvió deprisa al Humvee. Notaba a Daniel justo detrás de ella y confió en que tuviera el buen juicio de no levantar la cabeza ni mirar atrás.

—Vale, esto no podría haber salido peor —dijo Alex disgustada, ya de vuelta en la carretera—. Esa mujer se acordará de nosotros hasta el día en que se muera.

—Lo siento.

—¿De verdad tenías que entrar en plan vaquero, con una pistola en los pantalones?

—Bueno, llevamos matrícula de Texas —señaló él—. ¿Y qué querías que hiciera? Ese chico estaba...

—Estaba a punto de sufrir un prolongado y violento episodio de vómito en plan surtidor. Lo habría incapacitado por completo, y a lo mejor lo habría pringado todo tanto que Beverly se habría olvidado de mí.

—Oh.

—Sí. «Oh». Sé cuidarme sola, Daniel.

Su mandíbula volvió a endurecerse de repente, como había hecho en la gasolinera.

—Ya lo sé, Alex, pero puede llegar un momento en el que necesites ayuda de verdad. Cuando eso ocurra, no pienso volver a esperar en el coche. Quizá deberías ir haciéndote a la idea.

—Te lo diré cuando necesite refuerzos.

—Y allí estaré —replicó él bruscamente.

Alex prefirió no seguir discutiendo y, durante un rato, no se oyó más que el ruido del exagerado motor devorando la nueva gasolina. Entonces Daniel suspiró.

—Tendría que haber sabido que irías un paso por delante —dijo.

Alex asintió con la cabeza, aceptando la disculpa implícita, aunque no las tenía todas consigo respecto a sus últimas declaraciones.

—¿Dónde aprendiste a hacer eso? —le preguntó tras otro breve silencio.

—¿El qué?

—Intimidar a la gente.

—Mi escuela no es precisamente una institución privada muy exclusiva. Y, de todas formas, a la mayoría de los chavales les gusta que haya alguien al mando. Les da seguridad.

Alex rio.

—Pues esos tres van a dormir como unos angelitos.

Lo que quedaba de noche fue menos tenso. Daniel dormitó contra la ventana, roncando un poco, hasta la siguiente parada para repostar, a unos treinta kilómetros al este de Dallas. El somnoliento cajero no mostró ningún interés en el rostro de Alex. Cuando hubieron salido del alcance de las cámaras de la gasolinera, Alex paró en un tramo oscuro de arcén y cambió de sitio con Daniel, que afirmaba estar muy despierto y dispuesto. Durmió cuanto pudo hasta la siguiente parada, al sur de Shreveport, donde volvieron a cambiar de asiento.

Pronto amanecería. Alex activó el sofisticado GPS para buscar algún parque nacional o reserva ecológica y descubrió que no estaban lejos del inmenso bosque nacional Kisatchie. Se dirigió a la esquina de la reserva que quedaba más cerca de la I-49 y se desvió por carreteras secundarias hasta encontrar una zona lo bastante aislada y frondosa para detenerse sin muchos reparos a la densa sombra de un grupo apretado de árboles. Se metió marcha atrás entre dos troncos que apenas dejaban espacio para el Humvee y adelantó lo justo para poder abrir la parte de atrás. Cuando abrió su puerta, el húmedo calor de fuera se impuso al instante al aire más fresco del interior del vehículo.

Einstein bajó encantado del coche e hizo sus necesidades. A Lola le costó más. Alex tuvo que volver a vendar su herida cuando regresó. Daniel les había sacado comida y agua antes de que Alex terminara. Luego Daniel procedió al trabajo fácil de aliviar sus propias necesidades y a Alex le tocó la versión más complicada. Pero ya había subsistido antes en coches y, aunque no era su estilo de vida favorito, estaba preparada.

Estudió más de cerca el morro del Humvee y tuvo que reconocer que estaba impresionada. A simple vista, no había pruebas de que hubieran estado implicados ni siquiera en un leve topetazo.

Las opciones para desayunar eran mínimas. Alex volvió a la misma caja de pastelitos industriales que había abierto aquella primera mañana en el rancho. Daniel también sacó de ella otro envoltorio.

—¿Qué vamos a hacer con la comida? —preguntó.

Alex se secó la frente con el brazo para que el sudor no le cayera a los ojos.

—Por la noche, iré acumulando un poco en cada estación de servicio. Con eso podremos pasar unos días. Dime si tienes alguna preferencia.

Bostezó y siseó al momento, cuando el gesto tiró del corte en su cara.

—¿Tienes aspirinas? —pidió Daniel.

Alex asintió, exhausta.

—Puede ser buena idea. Los dos tenemos que dormir un poco. No pasará nada si dejamos fuera a los perros, ¿verdad? No quiero tenerlos aquí encerrados todo el día, además de por las noches.

Alex buscó unos analgésicos mientras Daniel apartaba el revoltijo que había en la parte trasera del Humvee a los lados de la plataforma, dejando un estrecho espacio llano en el centro. Sabiendo que había hecho todo lo que podía, Alex extendió su saco de dormir y enrolló la parte de arriba a modo de almohada.

De un modo muy anormal, le resultó normal tener a Daniel tumbado junto a ella, y cómodo e instintivo que le rodeara la cintura con un brazo y le pusiera la cara contra el cuello. El roce de su corta barba hizo cosquillas a Alex, pero no le importó.

Empezaba a dormirse cuando reparó en un movimiento a su lado. Al principio creyó que sería Daniel comenzando a roncar, pero el temblor no cesó. Alex cogió los dedos que Daniel había posado en su cintura y los encontró tiritando. Se incorporó de golpe y se giró para mirarle de frente. Los ojos de Daniel se abrieron de par en par al moverse ella tan rápido y empezó a incorporarse también. Alex se lo impidió poniéndole una mano en el pecho.

—¿Qué pasa? —preguntó Daniel con un susurro.

Alex le miró la cara. En la penumbra era difícil estar segura, pero quizá estuviera más pálido que antes. Debería haber vigilado mejor los signos. Si por fin había llegado el momento de soltar las armas, por así decirlo, temporalmente, estaba claro que acusarían la tremenda presión que habían soportado la noche anterior. Lo más probable era que no fuese una conmoción propiamente dicha, sino más bien el tradicional ataque de pánico.

—Nada, excepto que quizá a ti sí. —Le tocó la frente y la notó húmeda—. ¿Te notas enfermo?

—No, estoy bien.

—Estabas temblando.

Daniel negó con la cabeza y respiró hondo.

—Perdona, es que pensaba en… lo cerca que ha estado.

—No lo hagas. Se acabó. Estás a salvo.

—Lo sé, lo sé.

—No dejaré que te pase nada.

Daniel soltó una carcajada, y Alex percibió la misma histeria presente en su propia risa la noche anterior.

—Lo sé —repitió Daniel—. Sé que yo estaré bien, pero ¿qué me dices de ti? ¿Tú estás a salvo? —La izó sobre su pecho, acunando la parte dañada de su cara entre sus cuidadosos dedos largos, y le susurró al oído—: Podría haberte perdido de un plumazo. Todo lo que me importa ya no existe: he perdido mi casa, mi trabajo, mi vida… Me he perdido hasta a mí mismo. Me tengo en pie por los pelos, Alex, y si me tengo en pie es por ti. Si te pasara algo…, no sé lo que supondría para mí. No sé cómo seguiría adelante. Todo lo demás lo voy asumiendo, Alex, pero a ti no puedo perderte también. No puedo.

Otro temblor recorrió su cuerpo.

—No te preocupes —murmuró ella sin mucho aplomo, levantando un brazo para ponerle los dedos contra los labios—. Estoy aquí.

¿Era lo que debía decir? No tenía ninguna experiencia consolando a otros. Incluso cuando su madre atravesaba las últimas fases de la enfermedad que había acabado con ella, Judy no había querido compasión ni mentiras. Si Juliana le decía algo como: «Qué buen aspecto tienes hoy, mamá», la respuesta de Judy siempre se parecía a: «Déjate de chorradas, que ahí hay un espejo». A Judy no se le ocurrió nunca que fuese Juliana quien pudiera necesitar que la reconfortaran; a fin de cuentas, no era ella la que se moría.

Había aprendido muy pronto a no buscar consuelo para sí misma, y nunca había sabido muy bien cómo dárselo a los demás. Habría estado más cómoda hablando en términos clínicos, explicando a Daniel que lo que estaba sintiendo era solo una respuesta natural a la perspectiva de una muerte violenta, pero ya le había dicho cosas parecidas antes y sabía que no funcionaban. Así que recurrió a imitar cosas que había visto en televisión, hablando con suavidad y acariciándole la mejilla.

—Estamos bien… Ya pasó.

Se preguntó si debería taparlo con el saco de dormir por si acaso, aunque ya empezaba a hacer mucho calor y no notaba helado a Daniel. Pero Alex ya había concluido que Daniel funcionaba a una temperatura superior a la de ella, tanto física como metafóricamente.

Su respiración seguía sonando alterada. Alex apartó la cabeza y se apoyó en los brazos para poder examinar el rostro de Daniel.

Ya no solo estaba pálido. Tenía sus dulces ojos atribulados, atormentados, y la mandíbula tensa por el pánico que luchaba por controlar. En su frente se distinguía una línea alzada y palpitante. La miró como suplicándole que acabara con el dolor.

La expresión de Daniel reavivó en ella un recuerdo de pesadilla, el de su interrogatorio, y por impulso le echó los brazos al cuello, levantó su cabeza del suelo del Humvee y la apretó contra su pecho para ocultar aquella cara. Sintió su propio temblor convulsivo, y la parte clínica de su cerebro diagnosticó que estaba tan traumatizada como él. A su parte menos clínica le trajo sin cuidado el motivo. Estaba siendo presa del pánico y tenía la impresión de no poder tener a Daniel lo bastante cerca para convencerse de que de verdad estaba vivo y a salvo y con ella. Era como si el más mínimo parpadeo pudiera devolverla al interior de su tienda negra, con él aullando de agonía. O peor, que cuando abriera los ojos se hallara en el oscuro pasillo del piso de arriba, con Daniel sangrando a sus pies en vez del mercenario. Se le aceleró el pulso y le costó respirar.

Daniel hizo rodar sus cuerpos hasta quedar a su lado y apartó las manos de Alex de su cabeza. Por un instante, Alex pensó que Daniel iba a asumir el papel tranquilizador en el que ella había fallado tan estrepitosamente, pero entonces cruzaron la mirada y vio reflejado en su rostro todo el miedo y la agitación que había en su propia mente. Miedo a la pérdida, miedo a *tener* porque hacía posible la pérdida. Más que consolarla, la profundidad del miedo que vio en Daniel multiplicó el suyo. Podía perderlo, y no sabía cómo vivir con eso.

21

Sus labios se encontraron tan de repente que no estuvo segura de quién se había movido antes.

Y entonces sus cuerpos se enredaron con una especie de furia desesperada, labios y dedos, lenguas y dientes. Respirar se volvió optativo y Alex solo pudo hacerlo en jadeos entrecortados que no le aliviaban el mareo. No quería otra cosa de Daniel que estar cada vez más cerca, más cerca, meterse dentro de su piel de algún modo para que nunca pudieran arrebatárselo. Sintió arder la herida de su mandíbula al reabrirse y todos los cardenales, viejos y nuevos, cobraron una vida renovada, pero el dolor no pudo distraerla de esa aguda necesidad. Se aferraron el uno al otro casi como adversarios, rodando y retorciéndose juntos en los límites del angosto espacio, topando contra las bolsas de lona y de nuevo contra el suelo. Alex se admiró de lo electrizante que era la fuerza bruta de Daniel. En un hombre, la fuerza siempre había sido algo que temer, pero aquella la entusiasmaba. Oyó rasgarse un tejido y no supo de quién era. Recordaba la textura de la piel de Daniel y la forma de sus músculos al tocarlos, pero no había imaginado que pudiera notarlos de ese modo contra los suyos.

«Más cerca —latió su pulso—, más cerca».

Y de pronto Daniel se apartó, separando su boca de la de Alex con un respingo ahogado. A sus pies sonó un quejido ansioso. Alex se inclinó y vio a Einstein con las mandíbulas cerradas sobre el tobillo de Daniel. El perro volvió a gemir.

—Einstein, relaja —gruñó Daniel, dando un tirón para liberar su pie—. Fuera.

Einstein lo soltó pero no dejó de mirarla a ella con inquietud.

—¡Relaja! —repitió Alex con voz ronca—. No pasa nada.

Con un bufido reticente, Einstein bajó por la puerta trasera abierta.

Daniel se incorporó y cerró de golpe. Se volvió hacia ella de rodillas, con las pupilas dilatadas y la mirada salvaje. Apretó los dientes como si luchara por recobrar algún tipo de control.

Alex extendió los brazos hacia él, con los dedos estirados para meterlos en la cintura de sus vaqueros, y Daniel cayó sobre ella con un sonido gutural.

—Alex, Alex —susurró contra su cuello—. Quédate conmigo. No te vayas.

Incluso con el frenesí del momento, Alex fue consciente de lo que le estaba pidiendo Daniel. Y al responder lo hizo con sinceridad, sabiendo que podía ser el peor error que había cometido jamás.

—Lo haré —le prometió con voz rasposa—. No me iré.

Sus bocas volvieron a unirse y Alex sintió el ritmo del corazón de Daniel sincopado con el de ella, alineados bajo sus pieles como en un espejo.

El estridente sonido del teléfono se impuso a los más graves del latido doble y los jadeos, y la obligó a apartarse de él presa de un pánico muy distinto al de antes.

Daniel sacudió una vez la cabeza, con los ojos cerrados como si intentara recordar dónde estaba.

Alex se incorporó, buscando el origen del sonido.

—Lo tengo yo —dijo Daniel, jadeando. Metió la mano en el bolsillo de los vaqueros mientras el móvil volvía a sonar.

Miró el número y pulsó «Responder» con el pulgar. Con la mano izquierda, atrajo de nuevo a Alex hacia su pecho.

—¿Kev? —dijo Daniel entre resuellos.

—Danny… Eh, ¿estáis bien?

—Sí.

—¿Qué hacéis?

—Intentar dormir un poco.

—Pues parece que estés corriendo una maratón.

—El teléfono me ha dado un susto. Tengo los nervios un poco a flor de piel, ya sabes. —La mentira le salió tan natural que Alex casi sonrió a pesar del tumulto interno.

—Ah, vale, perdona. Déjame hablar con Oleander.

—¿Quieres decir Alex?

—Lo que sea. Pásale el teléfono.

Alex intentó ralentizar su respiración para sonar normal.

—¿Sí?

—Venga ya, no me digas que a ti también te ha asustado el teléfono.

—No soy agente de operaciones encubiertas. Y ha sido una noche muy intensa.

—Seré rápido. He encontrado a mi hombre. ¿El apellido Deavers te suena de algo?

Pensó un segundo, tirando de su mente para obligarla a volver a las cosas importantes.

—Sí, lo conozco. Aparecía en algunos archivos cuando extraíamos información para la CIA. Pero no vino nunca a ningún interrogatorio. ¿Es supervisor de la Agencia?

—Es más que un supervisor. Hoy en día es el segundo al mando, y con visos de ascender. Era uno de los objetivos potenciales a los que tenía controlados. Esta mañana temprano,

Deavers recibió una llamada, dio unos cuantos golpes a las paredes y luego llamó a su vez. A este tío lo conozco, y le gusta hacer correr a sus peones. No sale del despacho, siempre envía a un ayudante para que le traiga a la persona con quien quiere hablar. Así demuestra su poder. Pero después de la segunda llamada, salió corriendo a buscar a tu Carston como si fuera un chico de los recados. Se reunieron en un parquecito residencial, a kilómetros de distancia de sus despachos, y dieron un paseo tranquilo pero sudoroso, con aspecto de querer matarse mutuamente todo el rato. Es Deavers, estoy seguro.

—¿Qué estás pensando?

—Hum. Creo que sigo queriendo ese e-mail. Quiero ver quién más sabe de esto. Eliminar a Deavers no será muy complicado, pero pondría sobre aviso a los demás si no actúa solo. ¿Tienes boli?

—Dame un segundo.

Fue al asiento delantero y buscó su mochila. Sacó de ella un bolígrafo y apuntó la dirección de e-mail que le dictó Kevin en el reverso de un recibo de gasolinera.

—¿Cuándo? —preguntó al terminar.

—Esta noche —decidió Kevin—. Cuando hayas dormido un poco y estés menos nerviosa.

—Lo enviaré desde Baton Rouge. ¿Tienes guion o quieres que improvise?

—Ya sabes lo importante. Que no suene demasiado intelectual.

—Creo que podré adoptar un estilo cavernícola.

—Perfecto. Cuando cambies de vehículo con los McKinley, empieza a subir hacia aquí. —Pasó a su tono de voz de biblioteca, pero Daniel estaba tan cerca que fue en vano—. ¿Danny va a darte problemas por lo de dejarlo atrás?

Alex levantó la cara hacia la de Daniel. Fue fácil leer su reacción.

—Sí. Y tampoco estoy tan segura de que sea buena idea, de todas formas. Llámame paranoica, pero ya no creo en los pisos francos.

Daniel se agachó para apretarle los labios contra la frente, lo que le dificultó prestar atención a lo que estaba diciendo Kevin.

—... encontrar un sitio para Lola. ¿Cómo de mal tienes la cara? ¿Oleander?

—¿Eh?

—Tu cara. ¿Qué aspecto tiene?

—Venda grande por toda la parte izquierda de la mandíbula y la oreja. —Mientras hablaba, Daniel se inclinó para examinar sus heridas y ahogó un grito—. Además de lo bonita que ya estaba.

—Podría servirnos —dijo Kevin—. Lola también está herida. Les contaré una historia que encaje.

—¿A quiénes?

—A los del hotel para perros donde quiero que lleves a Lola. Oye, Ollie, tienes que dormir un poco. A cada segundo que pasa estás más alelada.

—Pues igual escribo tu e-mail ahora, ya que tengo el estado mental correcto.

—Llámame cuando volváis a la carretera —zanjó Kevin, y colgó.

—Tienes sangre en el vendaje —dijo Daniel, preocupado.

Alex le devolvió el teléfono.

—No pasa nada. Tendría que haberle puesto pegamento anoche.

—Ocupémonos ahora.

Alex vio en su cara que el pánico y la ferocidad de sus ojos se había reducido a una simple inquietud. Seguía teniendo el pecho mojado de sudor, pero respiraba con normalidad. Ella no estaba tan segura de haber alcanzado un estado similar de calma.

—¿Ahora mismo? —preguntó.

Daniel le dedicó una mirada comedida.

—Sí, ahora mismo.

—¿Tanto sangra? —Alex tocó la gasa con reparo, pero notó solo una cálida humedad. Por cómo había hablado Daniel, esperaba estar a punto de desangrarse.

—Sangra y punto. ¿Dónde está el botiquín?

Con un suspiro, Alex se volvió hacia las bolsas apiladas. No estaba en la de arriba, así que tuvo que cambiarlas de sitio. Mientras buscaba, notó que los dedos de Daniel le palpaban con cautela el omóplato izquierdo.

—Tienes cardenales por todas partes —murmuró, recorriéndole el brazo con los dedos—. Estos parecen recientes.

—Me han tirado al suelo —reconoció ella mientras sacaba el botiquín y daba media vuelta.

—No me has contado lo que ha pasado en la casa —comentó Daniel.

—No quieres saberlo.

—Puede que sí.

—Vale, pues yo no quiero que lo sepas.

Daniel le cogió el botiquín, cruzó las piernas y lo dejó sobre la plataforma entre los dos. Ella cruzó también las piernas con un gran suspiro y giró la parte izquierda de su cara hacia él.

Con delicadeza, Daniel empezó a quitarle el esparadrapo de la piel.

—Puedes ir más deprisa —le dijo Alex.

—Lo haré a mi manera.

Se quedaron en silencio mientras Daniel trabajaba. En la quietud, su cuerpo tuvo tiempo de recordarle lo exhausta que estaba.

—¿Por qué no quieres que lo sepa? —preguntó Daniel mientras le aplicaba una gasa medicada en la piel—. ¿No crees que pueda soportarlo?

—No, es que...

—¿Qué?

—La forma en la que me miras ahora... no quiero que cambie.

Por el rabillo del ojo, lo vio sonreír.

—De eso no hace falta que te preocupes.

Alex respondió con un encogimiento de hombros.

—¿Cómo se hace esto? —preguntó Daniel, sacando el Super Glue del botiquín.

—Junta los bordes del corte, ponles una línea de pegamento por encima y sostenlo hasta que se seque. Será como un minuto.

Contuvo una mueca cuando Daniel le apretó con firmeza las yemas contra la piel. El familiar olor del adhesivo llenó el aire entre ellos.

—¿Te duele?

—Va bien.

—¿Nunca te cansas de ser tan dura?

Alex puso los ojos en blanco.

—El dolor es manejable, gracias.

Daniel apartó el cuerpo sin soltarla para examinar su obra.

—Parece muy cutre —le dijo—. Tendrías que haberle salvado la vida a un enfermero.

Alex le cogió el tubo de pegamento y volvió a taparlo. No quería que se secara. Tal y como estaba yendo el viaje, podían volver a necesitarlo bien pronto.

—Seguro que bastará —contestó—. Pero sostenlo un poco más.

—Siento lo de hace un momento, Alex. —La voz de Daniel sonó apagada, arrepentida.

Alex deseó poder girar la cabeza y mirarlo a los ojos.

—No sé lo que ha pasado —continuó diciendo Daniel—. No puedo creer que haya sido tan brusco contigo.

—Tampoco es que yo me haya contenido mucho.

—Pero yo no estoy herido —le recordó con amargura—. No tengo ni un rasguño, en tus propias palabras.

—Ahora ya no es del todo cierto —dijo ella, pasándole los dedos por la piel del pecho. Palpó los ligeros arañazos que habían dejado sus uñas.

Daniel inhaló de golpe mientras los dos se quedaban atrapados un segundo en el recuerdo, y a Alex se le contrajo el estómago. Trató de volver la cabeza, pero Daniel la tenía bien sujeta.

—Espera —le advirtió.

Se quedaron quietos, sentados en el denso silencio mientras Alex contaba mentalmente hasta sesenta dos veces.

—Está seco —insistió.

Muy despacio, Daniel apartó los dedos de su mandíbula. Alex se volvió hacia él, pero vio que tenía la cabeza gacha mientras rebuscaba en el botiquín. Encontró el espray antibacteriano y se lo aplicó con generosidad en la herida. Luego sacó el rollo de gasa y el esparadrapo. Con gestos suaves —y sin mirarla a los ojos—, le sujetó la barbilla con el pulgar y el índice para recolocar su cabeza y fijó la gasa.

—Ahora deberíamos dormir —dijo mientras tensaba la última tira de esparadrapo sobre la piel de Alex—. Los dos estamos muy alterados y no pensamos bien. Podemos retomar… el debate cuando seamos racionales.

Alex quería discutir, pero sabía que Daniel tenía razón. No se estaban comportando como ellos mismos. Estaban comportándose como animales, respondiendo a una experiencia cercana a la muerte con el imperativo inconsciente de perpetuar la especie. Era biología primitiva, no una actitud adulta responsable.

Aun así, quería discutir.

Los dedos de Daniel se quedaron posados a un lado de su cuello y Alex notó que se le alteraba el pulso con el contacto. Daniel también lo debía de haber notado.

—A dormir —insistió.

—Tienes razón, tienes razón —rezongó ella, volviéndose a dejar caer contra el saco de dormir arrugado. De verdad estaba extenuada.

—Toma. —Daniel le dio su camiseta.

—¿Y la mía?

—Hecha trizas. Lo siento.

Dentro del Humvee ya hacía un calor sofocante. Alex tiró a un lado la camiseta de Daniel y sonrió con remordimiento, sintiendo el tirón del pegamento.

—Para ser gente con los recursos muy limitados, no estamos teniendo mucho cuidado con nuestras cosas.

Daniel también debió de haber notado la falta de circulación de aire. Se acercó al fondo para volver a abrir la puerta trasera.

—Lo que te decía, estamos muy alterados.

Se tumbó junto a ella y Alex se hizo un ovillo contra su pecho, preguntándose si de verdad podría dormir con él semidesnudo a su lado. Cerró los ojos, intentando obligarse a caer inconsciente. Daniel la envolvió con sus brazos, vacilante al principio y luego, a los pocos segundos, más decidido, casi como si estuviera poniendo a prueba su propia determinación.

Si Alex hubiera estado un poco menos cansada, quizá le habría puesto más difícil la prueba. Pero a pesar de la aguzada consciencia que tenía del cuerpo de Daniel y los chispazos eléctricos que se activaban cuando sus terminaciones nerviosas tocaban la desnuda piel masculina, tardó poco en aletargarse. Mientras se rendía al olvido, una extraña palabra daba vueltas y más vueltas en su mente.

«Mío —insistía su cerebro mientras sus pensamientos se fundían en negro—. Mío».

Cuando Alex despertó, el sol seguía brillando en el oeste y el saco de dormir que tenía debajo estaba empapado en sudor. Las sombras habían cambiado y le caía una franja de luz en toda la cara, aunque a través del cristal tintado. Parpadeó un minuto, somnolienta, esperando a que su cerebro despertara.

Entonces volvió en sí de golpe al reparar en que estaba sola. Se incorporó demasiado deprisa, se mareó y le dolió la cabeza. La puerta trasera del Humvee seguía abierta y notó el aire cálido, húmedo y pesado en la piel. Daniel no estaba a la vista. Tampoco su camiseta, por lo que tuvo que hurgar entre sus cosas, deprisa y en silencio, para buscar algo que ponerse antes de buscarlo. Era una estupidez, pero si iba a darse de bruces contra otro equipo de asesinos, no quería hacerlo en sujetador, y menos si era uno raído y de color marrón. Se puso el fino suéter gris de unas tallas más porque fue lo primero que tocaron sus dedos, no porque fuera lo adecuado para el clima. Sacó la PPK de su bolsa y la metió en los pantalones por detrás de la cintura. Mientras bajaba del vehículo, oyó un crujido de papel bajo su rodilla.

Era el recibo en el que había apuntado la dirección de e-mail. Por debajo había otra nota escrita con buena letra.

«Me llevo a Einstein de paseo. Vuelvo enseguida».

Se guardó la nota en el bolsillo. Aún sin hacer ruido, terminó de bajar del Humvee. Lola estaba tendida en una sombra junto al agua y la comida que le había puesto Daniel. Su cola empezó a aporrear la hierba cuando vio a Alex.

Bueno, al menos teniendo allí a Lola, Alex sabía que no había nadie más alrededor. Bebió un poco de agua, se quitó el sudor de la cara con las mangas del suéter y luego se arremangó tanto como pudo.

—No sé ni en qué dirección han ido —se quejó a Lola mientras le rascaba las orejas—. Y tú no estás en condiciones de rastrearlos, ¿verdad que no, chica? Aunque seguro que no te costaría nada si estuvieras bien.

Lola le lamió la mano.

Alex tenía mucha hambre. Registró las existencias de comida que había cogido Daniel y se decidió por una bolsa de *bretzels*. Esa noche de verdad no tendría más remedio que reponer existencias, pero no le gustaba nada dejar un rastro. Por supuesto, había centenares de rutas posibles que podrían haber elegido hacia una infinidad de destinos. Pero alguien lo bastante persistente y con un poco de suerte podría deducir una pauta. A Alex se le habían acabado las trampas preparadas con esmero y los planes bien meditados, por no hablar de las Batcuevas. Sus únicos recursos eran dinero, armas, munición, granadas, puñales, venenos e incapacitantes químicos variados, un vehículo de asalto y un perro de ataque inteligentísimo. Entre sus lastres físicos se contaban el mismo vehículo de asalto que tanto llamaba la atención, una perra herida, su propio cuerpo, también algo herido, una cara muy memorable, otra cara sacada de un cartel de «Se busca» (más o menos) y la ausencia de comida, refugio y opciones. Pero sus lastres emocionales eran aún peores. Era increíble la cantidad de problemas que se había echado encima en tan poco tiempo. Una parte de ella no anhelaba más que poder rebobinar, volver a su cómoda y pequeña bañera, su cara intacta y sus redes de seguridad. Haber reaccionado de otro modo en aquella lejana biblioteca y haber borrado el e-mail.

Pero, si pudiera volver atrás, ¿lo haría? ¿De verdad su vida de terror cotidiano y soledad era una opción más apetecible? Había estado más segura, sí, pero perseguida de todos modos. ¿Acaso su nueva vida más peligrosa no era, en muchos aspectos, también más plena?

Estaba sentada junto a Lola, acariciándole despacio el lomo, cuando oyó la voz de Daniel aproximándose. Después del primer susto alarmado, dejó de temer que estuviera conversando con un desconocido. Su voz tenía un tono particular que solo aparecía cuando hablaba con Kevin.

Einstein llegó el primero. Corrió emocionado hacia Alex y le tocó la mano con el hocico húmedo. Intercambió un husmeo de saludo con Lola y fue a beber.

Daniel apareció caminando con paso firme por el centro del descuidado camino de tierra. Llevaba la gorra a prueba de balas y, por debajo, tenía el ceño fruncido. Sostenía el teléfono a un centímetro de la oreja.

—Ya he vuelto —estaba diciendo—. Veré si está despierta… No, no voy a despertarla si aún duerme.

Alex se levantó, se sacudió la tierra del pantalón y se desperezó. El movimiento atrajo la atención de Daniel y su expresión mudó del fastidio a una lenta y amplia sonrisa. Aunque Alex estaba un poco exasperada, no pudo evitar sonreírle también.

—Está aquí mismo. Ten paciencia solo un segundo más, querido hermano.

En lugar de pasarle el teléfono, Daniel la atrajo para envolverla en un largo abrazo. Con la cabeza oculta contra el pecho de Daniel, respirando su olor, Alex sonrió. Pero cuando él por fin se apartó, Alex negó con la cabeza y alzó las cejas en gesto de incredulidad.

—Lo siento —dijo él—. No me paré a pensar.

Alex dio un suspiro de frustración y tendió la mano para pedir el móvil. Daniel se lo entregó con una sonrisa avergonzada, sin soltarla del todo con el otro brazo.

—Por mí no te preocupes, es solo que estoy intentando mantenernos con vida —murmuró Alex, y luego dijo al teléfono—: Hola.

—Buenos días. Veo que el idiota de mi hermano no aprende de sus errores.

—¿Qué ha pasado?

—No mucha cosa. Una ráfaga de llamadas telefónicas, pero hasta ahora nadie más se ha delatado.

—Entonces, ¿por qué llamas?

—Porque da la sensación de que Daniel y tú tenéis una capacidad ilimitada para cagarla a base de bien. Estáis haciendo que me suba por las paredes.

—Bueno, pues ha sido todo un placer charlar cont…

—No te piques, Oleander. Sabes que lo digo por Daniel. Ojalá pudieras llevarlo con correa o algo así.

—Es nuevo. Se adaptará.

—¿Antes de hacer que lo maten?

—Sabes que te estoy oyendo, ¿verdad? —preguntó Daniel.

—Los cotillas no caen bien a nadie —replicó Kevin en voz muy alta—. Deja un poco de espacio a la chica.

—Ten, habla tú con él. Yo voy a ordenar nuestras cosas para estar preparados cuando se ponga el sol.

Devolvió el teléfono a Daniel y se zafó de él. La conversación con su hermano duró poco más. Se limitaron a cruzar unos insultos mientras ella se acercaba al Humvee e inspeccionaba los daños. La plataforma de carga seguía siendo un desastre total. Pero en fin, tenía tiempo de sobra y poca cosa productiva más que hacer. Sacó la PPK de su espalda y la guardó dentro de una bolsa Ziploc en la mochila. Después enrolló el saco de dormir y lo dejó apartado en el asiento del copiloto para poder localizar toda la munición dispersada.

Oyó a Daniel subir detrás de ella. Se puso a buscar objetos sueltos por la plataforma.

—De verdad que lo siento —dijo mientras trabajaba, sin mirar hacia ella—. Es que seguías durmiendo y Einstein estaba inquieto, y no creo que por aquí haya nadie. Me pareció normal. Supongo que eso debería haber sido la primera pista de que estaba cometiendo un delito.

Alex también mantuvo la mirada puesta en lo que estaba haciendo.

—Imagínate si te hubieras despertado tú aquí solo.

—Tendría que haberlo pensado.

—¿Quién me prometió hace poco que me pediría permiso hasta para respirar?

Daniel suspiró.

—Kevin tiene razón, ¿verdad? Esto se me da fatal.

Alex empezó a organizar los distintos cargadores en bolsas de cierre hermético y a meter cada una en un bolsillo exterior de las bolsas de lona.

—Sé lo que intentas —le dijo—. Estás planteándolo de forma que o me pongo de parte de Kevin o te perdono.

—¿Y funciona?

—Depende. ¿Te ha visto alguien?

—No. No hemos visto señales de vida, aparte de pájaros y ardillas. ¿Sabes que muchos perros persiguen a las ardillas? Pues Einstein las atrapa.

—Podría venirnos bien si tenemos que vivir más tiempo en este Humvee. No soy muy buena cazadora.

—Es solo una noche más, ¿no? Sobreviviremos.

—De verdad que eso espero.

—Eh… ¿Esto lo quieres para algo? —preguntó Daniel con voz confundida—. ¿Son… nueces?

Alex levantó la mirada para ver a qué bolsa Ziploc se refería.

—Huesos de melocotón —dijo.

—¿Basura?

Alex se la cogió de las manos y la guardó en la bolsa de lona que estaba organizando.

—No son basura —respondió—. Los quiero por el cianuro de sodio que aparece de forma natural en la parte interna de la semilla. No hay mucho en cada hueso, así que tengo que recolectar centenares para extraer una cantidad utilizable. —Suspiró—. ¿Sabes? Antes los melocotones me gustaban. Ahora no los soporto.

Miró hacia Daniel y lo vio petrificado, con los ojos muy abiertos.

—¿Cianuro? —Sonó sobresaltado.

—Es uno de mis sistemas de seguridad. Cuando reacciona con el ácido adecuado en estado líquido, genera ácido cianhídrico. Un gas incoloro. Preparo ampollas lo bastante grandes como para saturar una habitación de tres por tres metros. Es bastante rudimentario, pero ya no tengo acceso a materiales de alta gama. De un tiempo a esta parte, es todo química de bañera.

Daniel suavizó los rasgos y asintió como si todo lo que acababa de decir Alex fuese completamente cuerdo y normal. Siguió recogiendo munición desperdigada. Alex sonrió para sus adentros.

Tuvo que reconocer que se tranquilizó un poco cuando sus cosas estuvieron organizadas y bien guardadas: lo mejor del trastorno obsesivo-compulsivo era el agradable subidón que daba un espacio ordenado. Hizo inventario de las armas que le quedaban y también le sirvió de consuelo. Los pendientes eran irreemplazables y andaba corta de varios compuestos, pero la mayoría de sus armas seguían siendo funcionales.

Cenaron barritas de muesli, galletas Oreo y una botella de agua que se fueron pasando, sentados en el borde trasero de la plataforma de carga. Las piernas de Alex se balanceaban a más de treinta centímetros del suelo, pero Daniel llegaba a tocarlo con la punta del zapato. Cedió a la insistencia de Daniel y tomó más ibuprofeno. Por lo menos, los medicamentos normales eran fáciles de reponer. De esos no tenía que hacer tanto acopio.

—¿Cuándo nos vamos? —preguntó Daniel cuando lo hubieron recogido todo.

Alex estudió la posición del sol.

—Pronto. Si esperamos otro cuarto de hora, creo que ya estará oscuro cuando lleguemos a la carretera principal.

—Sé que estoy metido en un lío enorme y que seguramente merezco…, no sé, estar en aislamiento o algo, pero ¿crees que podría besarte hasta que nos vayamos? Tendré más cuidado con tu cara y tu ropa, lo prometo.

—¿Tendrás cuidado? No es muy tentador.

—Pues lo siento, pero es todo lo que puedo ofrecer ahora mismo.

Alex suspiró, con fingida mala gana.

—Supongo que no tengo mucho más que hacer.

Daniel le cogió la cara entre las manos, de nuevo colocando las yemas con delicadeza para evitar sus heridas y, cuando sus labios tocaron los de Alex, en esa ocasión fueron tan suaves que era como si apenas pesaran nada. Alex siguió sintiendo el zumbido, la electricidad bajo su piel, pero había un extraño consuelo en la suavidad del beso. Fue como los primeros, los de la cocina del rancho, solo que un poco más cautelosos. Aun así, Alex seguía recordando de maravilla lo que había pasado por la mañana, y eso cambiaba las cosas. Se planteó subir el ritmo, sentarse encima de él y rodearlo con sus piernas, pero no se decidió. Se estaba muy bien así. Sus dedos encontraron el camino hacia los rizos de Daniel, como estaba convirtiéndose muy deprisa en su costumbre.

Él le besó el cuello, saboreando tenuemente los lugares donde latía el pulso bajo su piel.

Le susurró en la oreja buena:

—Me preocupa una cosa.

—¿Solo una? —dijo ella con un hilo de voz.

—Bueno, aparte de lo evidente.

Su boca volvió a la de Alex, todavía cuidadosa pero más exploradora. Había pasado casi una década desde la última vez que alguien la había besado, pero daba sensación de ser más tiempo. Y nadie la había besado nunca de aquel modo que ralentizaba el tiempo y le anulaba el cerebro y le daba chispazos y…

—¿Quieres saber qué es? —preguntó Daniel al cabo de unos minutos.

—¿Eh?

—Eso que me preocupa.

—Ah, sí. Claro.

—Bueno —dijo, y calló un momento para besarle los párpados—, yo sé exactamente lo que siento por ti. —Labios otra vez, y luego cuello—. Pero no estoy seguro del todo de lo que tú sientes por mí.

—¿No es evidente?

Daniel se apartó de ella sin soltarle la cara y la miró fijamente, con curiosidad.

—Parecemos compartir cierto nivel de atracción.

—Eso parece.

—Pero ¿para ti hay algo más?

Alex se lo quedó mirando, sin saber del todo qué quería. Él suspiró.

—Verás, Alex, estoy enamorado de ti. —Daniel escrutó su cara, analizando su reacción, y luego torció el gesto y dejó caer las manos a los hombros de Alex—. Y está claro que no te lo crees, pero es así. Pese a lo que pueda haber sugerido mi comportamiento reciente, no tengo como objetivo final el sexo. Y… supongo que me gustaría saber qué objetivos tienes tú.

—¿Qué objetivos tengo? —Alex lo miró incrédula—. ¿Hablas en serio?

Él asintió con gravedad.

La respuesta de Alex sonó más brusca de lo que habría querido.

—Tengo un solo objetivo, consistente en mantenernos a los dos con vida. Si lo consigo durante el tiempo suficiente, quizá lleguemos a tener una esperanza de vida razonable que supere las siguientes veinticuatro o cuarenta y ocho horas. Si se produjera esa afortunada situación, podría plantearme tener otros objetivos. Los objetivos implican un futuro.

El gesto contrariado de Daniel se extendió de su boca a sus ojos. Las cejas se fruncieron, bajas y juntas.

—¿De verdad la cosa está tan mal?

—¡Sí! —explotó ella, cerrando los puños con fuerza. Respiró hondo—. Creía que eso también era evidente.

El sol se estaba poniendo. Deberían haber salido cinco minutos antes. Alex bajó del Humvee y silbó para llamar a los perros. Einstein subió de un salto pasando a su lado, ansioso por volver a la carretera. Alex fue a recoger a Lola, pero Daniel se le adelantó.

Alex se estiró y trató de concentrarse. Estaba bastante descansada y podría conducir durante toda la noche. Era lo único que importaba: sobrevivir a la etapa sin atraer más atención de la imprescindible. Enviar el e-mail de Kevin y luego reubicar su pequeño circo itinerante en un vehículo menos ostentoso. Hasta ahí llegaban sus ambiciones.

Circularon un rato en silencio. Se hizo de noche mientras aún seguían por caminos secundarios. Cuando se incorporaron a la I-49, Alex se relajó un poco. No había visto muchos vehículos, y la mayoría de los que había eran viejos y rurales. De momento, estaba bastante segura de que nadie sabía dónde estaban.

Era consciente de que debía concentrarse, pero la carretera oscura con el flujo continuo de tráfico anónimo se le hacía monótona y acabó preguntándose qué estaría pensando Daniel. No era propio de él estar tan callado. Se le ocurrió encender la radio, pero le pareció de cobardes. Probablemente le debía una disculpa.

—Oye, perdona si he sido muy dura contigo antes —dijo, y las palabras sonaron muy altas después del largo silencio—. No se me da muy bien tratar con la gente. Ya sé que no es excusa, que soy mayorcita y debería ser capaz de mantener una conversación normal. Lo siento.

El suspiro de Daniel no sonó a irritación, sino más bien a alivio.

—No, el que lo siente soy yo. No tendría que haberte insistido. Lo que nos ha dejado como estamos es mi falta de perspectiva. Mejoraré.

Ella meneó la cabeza.

—No puedes pensar así. El responsable de esto no eres tú. Mira, alguien ha decidido matarte. A Kevin le pasó hace seis meses y a mí unos años antes de eso. Cometerás errores, porque es imposible saber qué es un error y qué no hasta que lo has cometido. Pero esos errores no significan que tengas la culpa de lo que pasa. Nunca olvides que hay por ahí un ser humano que decidió anteponer sus objetivos a tu existencia.

Daniel rumió un minuto.

—Entiendo lo que dices y te creo. Pero tengo que hacerte más caso, comportarme como tú y centrarme en lo importante. No nos sirve de nada que me comporte como un adolescente enamoradizo, preocupado por si te gusto en serio o no.

—De verdad, Daniel, sí que…

—No, no —la interrumpió de inmediato—. No pretendía desviar el tema con ese comentario.

—Deja que me explique. Si tú eres un adolescente, yo soy una niña pequeña. Emocionalmente, soy una retrasada. Hasta defectuosa, diría. No sé cómo se hacen estas cosas y, aunque está claro que sobrevivir es la prioridad, también estoy usándolo para evitar preguntas que debería poder contestar. O sea… ¿Amor? Ni siquiera sé lo que es, o si existe. Lo siento, es… como de otro planeta para mí. Yo evalúo las cosas basándome en necesidades y deseos. No puedo procesar nada que sea más… blandito.

Daniel hizo su risita de «je-je-je» y alivió de golpe toda la tensión. Alex rio con él, y después suspiró. Todo parecía menos espantoso si podía reír con Daniel.

Él dejó escapar una última y suave carcajada y luego, en tono jovial, dijo:

—Cuéntame qué es lo que necesitas.

Alex se tomó un tiempo para pensarlo.

—Necesito… que estés vivo. Y me gustaría estar viva yo también. Eso es lo irrenunciable. Si puedo pedir más, preferiría tenerte cerca. Más allá de eso, todo son guindas para el pastel.

—Pues a lo mejor es que soy un optimista, pero creo que lo único que tenemos aquí son problemas lingüísticos.

—Puede ser. Si podemos pasar juntos unas semanas más, a lo mejor encontramos la forma de hablar el mismo idioma.

Daniel le cogió la mano.

—En temas de lingüística, siempre he aprendido rápido.

22

Alex escogió una gasolinera a las afueras de Baton Rouge basándose en la edad del dependiente. Tenía ochenta años como mínimo, y confiaba en que su vista y su oído ya no estuviesen en su esplendor.

Cuando confirmó que el anciano no le prestaba ninguna atención, pese a que su gruesa capa de maquillaje ni por asomo era convincente, hizo una compra concienzuda. Más agua, muchos frutos secos y cecina y, en general, toda la proteína imperecedera que encontró. Compró zumo embotellado aunque no le gustaba, ya que en la tienda no había sección de productos frescos. En algún momento tendría que pasar por un supermercado de verdad, pero esperaba que pudieran posponerlo un poco más. Sus magulladuras se iban desvaneciendo cada día que pasaba.

Tampoco tuvo contratiempos en el cibercafé abierto las veinticuatro horas. Estaba cerca de la universidad, por lo que no faltaban los clientes nocturnos. Se dejó puesta la capucha y no levantó la cabeza, se sentó en un rincón apartado y pidió un café solo sin mirar a la camarera que fue a tomarle nota. Le habría gustado tener tiempo para hacer aquello fuera de la ruta hacia su destino, pero su primera prioridad debía ser cambiar el Batmóvil por otro vehículo. En esos momentos, era su principal desventaja.

Creó de cero una cuenta de correo registrada a un nombre que, en esa ocasión, no fue una combinación aleatoria de letras y números. A continuación, procuró pensar como Kevin.

> Tendrías que haberlo dejado estar, Deavers. No deberías haber involucrado a un civil. No estoy aquí para hacer tu trabajo sucio, pero me ocupé de esa interrogadora bajita por ti. Lo de Texas fue mi forma de decirte «de nada». Ya estoy harto.

No había ninguna amenaza específica, pero sí muchas implícitas. Alex vaciló un segundo con el dedo sobre el ratón y la flechita tocando el botón de enviar. ¿Estaba revelándoles algo que no supieran? A esas alturas, estarían al tanto de que Daniel no figuraba entre los muertos del rancho. Sobre eso no podía intentar engañar a Deavers. ¿Había algo que no estaba viendo y pudiera estallarles en la cara? ¿El mensaje podía empeorar las cosas?

Pulsó el botón. Las cosas tampoco podían empeorar mucho, de todos modos.

En el instante en que confirmó que el correo estaba enviado, se puso de pie. El Humvee estaba aparcado en el callejón de atrás, oculto tras un par de contenedores. Alex anduvo deprisa y con la cabeza gacha, encapuchada y con una jeringuilla en la mano. El callejón estaba casi vacío, con solo un grupito de gente apiñada en la penumbra del hueco de una salida de emergencia. Observó un segundo al trío antes de meterse en el vehículo a oscuras.

Einstein le tocó el hombro con el hocico. Daniel le cogió la mano.

—¿Sabes dónde están las gafas de visión nocturna? —preguntó en voz baja.

Daniel dejó caer su mano.

—¿Algo va mal? —respondió susurrando. Se volvió para hurgar entre los asientos.

—Nada nuevo —prometió ella—. Pero puede que haya algo útil.

Daniel le pasó las gafas. Alex las activó y estudió más a fondo el pequeño conciliábulo.

Que estaba concluyendo. No estaban en un barrio muy peligroso de la ciudad y todos los participantes llevaban ropa cara, aunque informal. Un hombre de pelo negro iba cogido de la mano de una chica rubia que llevaba tantos nombres de marca vistosos en la ropa que parecía una piloto de carreras patrocinada por empresas de gama media. La pareja se marchaba, siguiendo una trayectoria que los alejaba en ángulo del Humvee. La rubia oscilaba y se tambaleaba un poco al andar. Su acompañante estaba guardando algo en el bolsillo de su sudadera con capucha.

La tercera persona se quedó en el umbral oscuro, apoyado con indiferencia como si esperara más visitas. Su ropa era del estilo que Alex describiría como «chico universitario pijo».

Recordó la sensación que había tenido en la cafetería antes de pulsar el botón de enviar, la de que las cosas no podían empeorar demasiado. Había formas de que la idea espontánea que acababa de tener saliera mal, pero no se le ocurría ninguna que no pudiera resolver sin armar barullo. Y le vendría de maravilla que el chico universitario fuese lo que creía que era.

Se quitó las gafas.

—¿Dónde está el dinero? —susurró.

Treinta segundos más tarde, con una jeringuilla en una mano y un rollo de billetes de cincuenta en la otra, bajó con sigilo del Humvee y se dirigió hacia el chico, que seguía relajado contra la pared como si no hubiese otro sitio donde prefiriera estar. No veía muy bien sin las gafas, pero le pareció percibir una minúscula reacción cuando reparó en que iba hacia él. Su cuerpo se tensó un ápice, pero no hizo ademán de moverse.

—Hola —dijo Alex cuando se acercó lo suficiente para poder hablarle en voz baja.

—Buenas noches —respondió él, con perezoso acento sureño.

—Quizá puedas ayudarme. Estoy buscando un… producto específico. —Elevó el tono hacia el final, como en una pregunta. No sabía cómo se compraban drogas en la calle. Nunca había tenido que hacerlo. Era la primera vez que se le agotaban las provisiones que había podido amasar en Chicago. A Joey G. nunca le había importado pagar en especie.

Esperaba que el chico la acusara de ser policía, como hacían siempre los camellos en la tele, pero él se limitó a asentir.

—Quizá pueda. ¿Qué estás buscando?

Era improbable que *él* fuese policía, a menos que la venta que acababa de presenciar fuese una actuación para atraer clientes reales. Si intentaba arrestarla, lo dejaría inconsciente y huiría. Que se la buscara en Baton Rouge ni de lejos sería su mayor problema, y sabía que el chico no le podía ver bien la cara porque no había reaccionado a las heridas.

—Opiáceos. Opio, heroína o morfina.

Se hizo el silencio mientras el chico escrutaba en la oscuridad en dirección a la capucha de Alex. No pensó que lograra ver mucho.

—Bueno, es una lista exótica. ¿Opio? Vaya. No tengo ni idea de dónde se pilla eso por aquí.

—Con la heroína me conformo. La preferiría en polvo, a ser posible. Supongo que no tendrás material sin cortar, ¿verdad?

Era prácticamente imposible que tuviera heroína pura. Lo que tuviera habría sido modificado dos o tres veces antes de llegar a sus manos. Y tampoco tenía por qué decirle la verdad. Purificar la droga era un incordio, pero sacaría tiempo para hacerlo.

El chico soltó una carcajada y Alex dedujo que su estilo de compra no debía de ser la norma general entre los consumidores.

—Tengo un material de buena calidad, pero no es barato.

—Quien algo quiere, algo le cuesta —repuso Alex—. No he venido a las rebajas.

—Doscientos el gramo. Polvo blanco puro.

«Ya, seguro que sí», pensó Alex. Pero tener heroína cortada era mejor que no tener ninguna.

—Tres gramos, por favor.

El chico no respondió. Aunque estaba demasiado oscuro para poder interpretar su expresión, se notaba lo que quería por cómo inclinó la cabeza a un lado. Alex sacó el dinero del bolsillo y contó doce billetes. Se preguntó durante un instante si el camello intentaría robarle el resto. Pero tenía porte de hombre de negocios. Le interesaría conservar como cliente a una ricachona como aparentaba ser ella.

Cogió el dinero que Alex le tendió, le echó un vistazo rápido y se lo metió en el bolsillo trasero de sus bermudas. Alex tensó los músculos cuando vio que se agachaba, pero solo estaba alcanzando una mochila de detrás de unas bolsas de basura amontonadas contra la pared. No tuvo que buscar para sacar lo que quería. Al segundo siguiente se había enderezado de nuevo con tres bolsitas de plástico en la mano. En la oscuridad, no podía estar segura del color del contenido, pero parecía bastante semejante al blanco. Alex levantó la palma y él depositó en ella las bolsitas.

—Gracias —le dijo.

—Es un placer, señora. —Hizo una curiosa inclinación de cabeza, casi una reverencia.

Alex regresó con paso vivo al Humvee, contenta de que costara distinguirlo desde ese ángulo. El camello vería un vehículo grandote y oscuro, pero poco más.

Einstein dio un tenue gemido cuando Alex se sentó en el asiento del copiloto.

—Vámonos —dijo.

Daniel arrancó el motor.

—Gira a la izquierda por esa travesía para que el tipo no pueda ver bien el Humvee.

—¿Qué acaba de pasar? —preguntó Daniel con un susurro mientras seguía sus instrucciones. Incluso susurrando, se le notaba la tensión en la voz. No era de extrañar que el perro estuviera ansioso.

—Estaba comprando unos ingredientes que necesito.

—¿Ingredientes?

—Se me habían terminado los opiáceos.

Mientras salían a una calle más ancha, Alex notó que la tensión de Daniel iba menguando, quizá por la indiferencia con la que le estaba hablando.

—¿Estabas pillando drogas, entonces?

—Sí. ¿Te acuerdas de lo que te dije sobre la química de bañera? Obtener materia prima es un poco más complicado que antes. No quería dejar pasar la oportunidad. —Hubo un momento de silencio—. Espero que haya sido una buena jugada —murmuró al cabo.

—¿Crees que hablará a alguien de nosotros?

Alex parpadeó.

—¿Qué? Ah, no. No estaba preocupada por el camello. Me refería a enviar ese e-mail.

—El e-mail fue decisión de Kevin —respondió Daniel.

Alex asintió.

—Que tiene un mejor porcentaje de éxito que yo.

—No, lo decía porque, si sale mal, será culpa suya.

Alex dejó escapar una risotada seca.

—¿Te da mala espina?

—No lo sé. Quiero que esto termine…, pero estoy cansada, Daniel. También quiero huir y esconderme.

—La verdad es que mal no suena —reconoció él—. Bueno, hum, al menos si estoy invitado.

Alex le lanzó una mirada, sorprendida.

—Por supuesto.

—Bien.

Ahí estaba otra vez, ese «por supuesto» automático. La descabellada asunción de que Daniel estaría presente en el futuro que se le permitiera tener.

No sabía si eran secuelas de la tensión o algo más, pero un irritante presentimiento la acosó durante el resto de la noche. Quizá fuese solo el nerviosismo fruto de haber tomado una taza de café por primera vez en dos días.

Casi no se lo creía cuando, siete horas después y con el sol ya bien elevado por encima del horizonte, llegaron a la apartada cabaña sin incidentes.

Daniel solo se había equivocado con dos desvíos, lo que era impresionante si se tenía en cuenta que no había ido a la cabaña desde que tenía diez años, y todas las carreteras que habían recorrido después del amanecer estaban desiertas. Por tanto, nadie podría informar de haber visto un vehículo blindado en las inmediaciones.

Por el momento, Alex aparcó el Humvee detrás del garaje, un edificio independiente de la casa. Daniel apartó a patadas algunas piedras alrededor de la base de la escalera hasta que encontró la que estaba hecha de plástico. Sacó la llave escondida en su interior y subió los escalones del porche seguido de cerca por Einstein.

Alex, cansada hasta el punto de no poder dar los últimos pasos, se quedó enfrente de la cabaña de madera, construida a dos aguas con troncos de enebro de Virginia y encantadora, pese a las evidencias que apuntaban a que se había levantado en los setenta. Aunque la noche había transcurrido sin problemas, llevaba mucho tiempo conduciendo. Había sustituido a Daniel al salir de Baton Rouge y el temor que la embargaba desde el momento en que envió el e-mail la había puesto demasiado nerviosa para renunciar al control del vehículo desde entonces. Daniel había dormitado a ratos y parecía casi hasta animado. Pasó por su lado para recoger a Lola de la parte trasera del Humvee.

—Tienes pinta de que también haya que llevarte —comentó al regresar con la perra. Dejó a Lola al lado de la puerta y volvió a por Alex.

—Déjame un segundo —farfulló ella—. Tengo el cerebro dormido.

—Solo unos pasos más —la animó Daniel. Le pasó un brazo por la cintura y la empujó con delicadeza.

Cuando empezó a moverse, fue más fácil. El impulso la llevó escalera arriba y por la puerta delantera. Solo reparó en parte en una alta pared de ventanas triangulares que daban a un bosque pantanoso, en unos sofás viejos pero de aspecto cómodo, una anticuada cocina de leña y una escalera corta y sin barandilla mientras Daniel la dirigía hacia un pasillo estrecho.

—El dormitorio principal está por aquí..., me parece. Kev y yo siempre dormíamos en el altillo. Voy a descargar y a acomodar a los perros y me tumbo yo también.

Alex asintió mientras Daniel la hacía pasar a una habitación poco iluminada con una gran cama de hierro. Fue todo lo que captó antes de dar con la cabeza en la almohada.

—Pobrecilla —oyó que decía Daniel entre risitas mientras se hundía en la oscuridad.

Volvió en sí despacio, ascendiendo por varias capas de irrealidad ensoñada. Estaba cómoda y tranquila: nada la había hecho despertar sobresaltada e, incluso antes de estar lúcida del todo, notó el cuerpo cálido de Daniel a su lado. Un zumbido grave y cercano le llamó la atención pero, antes de poder asustarse, notó el aire del ventilador oscilante avanzar poco a poco por su cuerpo. Abrió los ojos.

Aún estaba oscuro, pero la luz era de un color distinto a cuando había caído rendida. Se filtraba entre las cortinas de flores que cubrían la gran ventana de la pared de enfrente. Sería media tarde y no hacía tanto calor como antes. Alex debía de haber sudado, pero ya estaba seca; sentía una película rígida contra la piel de la cara.

La habitación estaba hecha de largos troncos rojos, igual que el exterior. Entraba más luz desde detrás de ella. Rodó y vio el tragaluz por la puerta abierta del cuarto de baño. Su mochila, su máscara antigás y su botiquín estaban junto al lavabo.

Daniel no sería un fugitivo nato, pero era la persona más considerada que había conocido nunca.

Salió de puntillas al pasillo y emprendió una exploración rápida. El resto de la cabaña era pequeño, solo una cocina con un hueco a modo de comedor, la sala de estar con todas las ventanas, el altillo abierto por encima y un segundo dormitorio, pequeño y con un baño anejo. Lo utilizó para darse la ducha que tanta falta le hacía. En el pequeño recinto, a medio camino entre bañera y ducha, había champú y acondicionador pero no jabón, así que usó el champú para limpiarse el cuerpo también. Se alegró de que faltara el jabón, igual que se alegraba de que la nevera estuviera vacía y de la capa de polvo que cubría todas las superficies. Aquellas habitaciones llevaban un tiempo deshabitadas.

Después de ponerse vendas nuevas en la cara y mirarse las manos, que tenían mucho mejor aspecto del que había esperado, echó un vistazo por las largas ventanas de los lados de la puerta delantera para ver cómo estaban los perros. Dormitaban tranquilos en el porche. Estaba empezando a acostumbrarse a la comodidad de contar con un sistema de alarma temprana.

Tenía algo de hambre, pero estaba muy perezosa como para ponerse a solucionarlo. Recordó cómo se había sentido el día anterior al despertar sola y no quería que Daniel experimentara el mismo pánico. En realidad ya no tenía sueño, pero sí estaba cansada y la cama seguía teniendo muy buen aspecto. Lo más probable era que estuviera intentando evadirse. Mientras tuviera los ojos cerrados y la cabeza en la almohada, no tenía que ponerse a planear lo que sucedería a continuación.

Volvió a la postura en la que había dormido, acurrucada contra el pecho de Daniel, y se permitió relajarse. No había nada que tuviera que hacer en ese mismo momento. Veinte minutos de descanso irreflexivo no eran mucho pedir. O incluso una hora. Se lo había ganado por llevarlos hasta allí con vida.

Por desgracia, dejar de pensar no era tan fácil. Alex se descubrió dando vueltas a la promesa que había hecho a Daniel de no dejarlo atrás. Por un lado, sabía que nunca se quedaría satisfecha con ningún arreglo a larga distancia que hiciera para garantizar la seguridad de él. Aunque pudiera almacenar comida para un año, aunque supiera a ciencia cierta que los propietarios no iban a volver, aunque pudiera blindar el lugar con trampas que vaporizaran a cualquier intruso, aunque pudiera encerrar a Daniel dentro como a un preso para que no pudiera salir y buscarse líos, no se quedaría satisfecha. Porque ¿y si…? Los cazadores habían dado con él una vez, y ella había dejado pistas, aunque fuesen pistas tenues, que podrían conducirlos hasta la cabaña. También podría llevarlo al norte, a su casa alquilada, pero el departamento se había puesto en contacto con ella mientras vivía allí. No creía que supiesen su dirección, pero ¿y si…? Mientras tuviera a Daniel cerca, podría hacer lo necesario para protegerlo, cosas que a él no se le ocurrirían. Alex vería las trampas que él no alcanzaría a ver.

Pero, por otro lado, ¿todo eso no serían excusas para justificar lo que quería, sin más? Quería estar con Daniel. ¿A su mente se le estaban ocurriendo motivos que justificaran esa necesidad? ¿Estaba retorciendo la lógica para acomodarla a sus deseos personales? ¿Cómo podía estar segura? Cuando le había dicho que no era buena idea tener a su punto débil junto a ella cuando pasara al ataque, lo había visto muy lógico. Pero claro, si capturaban a Daniel estando alejados, la distancia no anularía el poder que tendrían sobre ella.

Suspiró. ¿Cómo podía pensar con claridad? Sus emociones habían embarullado toda aquella situación en un nudo de complejidad gordiana.

Aún durmiendo, Daniel se movió para rodearla con los brazos. Alex sabía lo que opinaría él de su dilema, y también sabía que su punto de vista no le aclararía nada las cosas.

Daniel suspiró y empezó a despertar. Sus dedos bajaron por la columna vertebral de Alex y luego volvieron despacio hacia arriba. Juguetearon con los mechones húmedos de su nuca.

Se desperezó con un gemido y luego sus manos volvieron al pelo de Alex.

—Te has levantado —musitó.

Abrió los ojos lentamente, parpadeando mientras se iban enfocando. En la penumbra del dormitorio, eran grises oscuros.

—No mereció la pena —respondió ella.

Daniel rio mientras se le volvían a cerrar los ojos. La atrajo más hacia su pecho.

—Me alegro. ¿Qué hora es?

—Las cuatro, me parece.

—¿Algo de qué preocuparnos?

—No. No de momento, al menos.

—Qué bien.

—Sí que está bien.

—*Esto* está bien —dijo.

Su mano volvió a ascender por la columna vertebral de Alex y pasó a su hombro derecho, le recorrió la clavícula y por último rodeó el lado sano de su cara. La levantó hasta que sus narices se tocaron.

—Sí, esto también —convino Alex.

—Más que bien —murmuró él, y Alex habría vuelto a darle la razón, pero Daniel la besó.

Su mano en la cara era delicada, como lo fueron sus labios, pero el brazo con que le rodeaba la cintura la apretó con fuerza contra su pecho. Alex le echó los brazos a los hombros y se aproximó todavía más.

No fue como en el coche, con el latido de la cacería resonando en sus oídos, todavía conmocionados y muertos de miedo. En la cabaña no había terror, solo el ritmo sus corazones acelerándose sin pánico.

Alex supuso que era inevitable, teniendo en cuenta todo lo que había pasado, que cuando contaran con un lugar tranquilo y apartado del peligro por el momento, estando solos y sin interrupciones, no hubiera nada capaz de mantenerlos separados.

Lo raro, por tanto, fue que no le dio ninguna sensación de inevitabilidad. De algún modo, fue la mayor sorpresa de su vida. Era todo un batiburrillo de opuestos revueltos que le impedía analizar ninguno de ellos. Cómodo, familiar…, pero también chispeante y nuevo. Suave al mismo tiempo que extremo, tan relajante como abrumador. Era como si hasta la última terminación nerviosa de su cuerpo se encendiera con docenas de estímulos en conflicto mutuo al mismo tiempo.

Lo único de lo que estaba segura era de la absoluta «danielidad» de él, de ese núcleo que tenía de pureza, algo mejor de cualquier cosa que hubiera conocido jamás. Daniel pertenecía a un mundo más perfecto que el que habitaba ella, y aunque habían pasado a formar parte uno del otro, seguía sintiendo que le habían dado permiso para estar allí con él.

Sabía que su experiencia anterior con las relaciones era muy limitada desde cualquier punto de vista, y en consecuencia no tenía mucho con lo que comparar aquello. Siempre había considerado el sexo como un acontecimiento que tenía un final definido, un intento de gratificación física que a veces satisfacía y a veces no.

Lo que estaba experimentando no encajaba en esa categoría a ningún nivel. No era tanto un acontecimiento como una continua exploración mutua, una satisfacción de la curiosidad, una fascinación por cada pequeño detalle descubierto. No tenía por objeto la gratificación, pero no quedó necesidad por cumplir, ya fuera física o de algún otro tipo menos definible.

Buscó la palabra adecuada mientras seguían tumbados besándose, ya con más relajación, y la luz se volvía roja en los bordes de la cortina. No estaba segura de cómo llamar a aquella emoción que la llenaba tan por completo que creyó que le estiraría la piel. Era un poco igual que ese sentimiento burbujeante que la dejaba sonriendo cuando pensaba en él, solo que multiplicado por mil, por un millón, y luego purificado a fuego en un crisol hasta que toda impureza, toda sensación inferior, se evaporaba dejando atrás únicamente aquello. No podía ponerle nombre. Lo más cercano que se le ocurría era «dicha».

—Te amo —susurró Daniel contra sus labios—. Te amo.

Quizá esa fuera la palabra. Era solo que nunca había pensado que su definición pudiera ser tan… inmensa.

—Daniel —murmuró ella.

—No tienes que responder nada. Solo tenía que decirlo en voz alta, o reventaba. Probablemente tendré que volver a decirlo pronto. Quedas advertida. —Y rio.

Alex sonrió.

—No quiero volver a no tener nada que perder. Me alegro de tenerte como mi debilidad. Estoy agradecida. Te tendría como lo que fuera.

Apoyó la cabeza en el pecho de Daniel y escuchó el sonido de su respiración. Seguir respirando había sido su prioridad durante mucho tiempo. Si hubiera podido hablar con la mujer que había sido solo un mes atrás, sabía que esa mujer se habría horrorizado ante la perspectiva de ampliar la prioridad a otro conjunto de pulmones. Esa mujer habría escapado de necesitar algo más que su propia vida. Pero ¡lo que se estaría perdiendo! Alex ni siquiera recordaba a qué se había aferrado por aquel entonces. La que había pasado a tener sí que era una vida que merecía la pena luchar por conservar.

—Creo que debía de tener doce, quizá trece años, cuando más o menos renuncié a tener una vida extraordinaria —musitó él, meditabundo, mientras trazaba caminos aleatorios con los dedos en el pelo de Alex—. Imagino que viene a ser la edad en la que todo el mundo empieza a crecer y abandona las fantasías. Comprendes que nunca descubrirás que en realidad eres un extraterrestre, adoptado por esos padres humanos tan prosaicos y con superpoderes para salvar el mundo. —Rio—. A ver, saberlo, lo sabes mucho antes, pero aún tardas unos años en perder la esperanza del todo. Y entonces el mundo te machaca un poco, la vida pierde un poco de color y te conformas con la realidad. Creo que yo no lo hice mal del todo. Encontré mucha felicidad en el mundo monótono y cotidiano. Pero quiero que sepas que este tiempo que he pasado contigo ha sido extraordinario. Ha habido terror, sí, pero también una especie de gozo que no sabía que existiera. Y eso es porque tú eres extraordinaria. Cómo me alegro de que me encontraras. Parece que mi vida estaba destinada a ponerse patas arriba de una forma u otra. No sabes lo agradecido que estoy de que haya sido contigo.

A Alex se le había hecho un nudo en la garganta, y descubrió maravillada que estaba parpadeando como una loca para evitar que se acumulara la humedad en sus ojos. Había llorado de pena, de dolor, de soledad y hasta de miedo, pero era la primera vez en su vida que tenía lágrimas de felicidad. Parecía una reacción extraña, algo que nunca había terminado de creer del todo al leer sobre ello. Era la primera vez que comprendía que el deleite podía ser incluso más intenso que el dolor.

Le habría encantado no levantarse nunca de la cama, pero llegó un momento en que tuvieron que comer. Daniel no protestó, pero se le notaba que le gustaría echar mano a comida de verdad en algún momento. Sentados en la mesita de la alcoba comiendo cecina, frutos secos y galletas de chocolate, riendo y rascando las orejas a los perros —porque, por supuesto, habían tardado poco en rendirse y dejar que entraran; si ibas a cometer allanamiento de morada, ¿por qué no hacerlo a lo grande?—, se hacía raro pensar que no iban a tener que volver al Batmóvil y conducir una noche más en tensión. Les quedaban doce horas libres por delante, que podían llenar como les viniera en gana. Alex tenía una idea bastante aproximada de a qué las dedicarían, pero lo auténticamente raro era la libertad. Parecía algo demasiado bueno para ser verdad.

Así que, cómo no, Kevin tenía que llamar.

—Eh, Danny, ¿estáis bien? —oyó que decía. Como siempre, su voz era penetrante.

—Estoy de maravilla —dijo Daniel. Alex atrapó su mirada y negó con la cabeza. No hacía falta que diera explicaciones.

—Eh…, genial. Llegasteis a casa de los McKinley, supongo.

—Sí. Está todo igual.

—Bien. Significa que sigue siendo propiedad suya. ¿Habéis descansado bastante?

—Hum, sí, gracias por interesarte.

Alex suspiró, sabiendo que Kevin nunca preguntaría algo así solo por educación. Demasiado bueno para ser verdad, desde luego que sí. Extendió la mano al mismo tiempo que oía decir a Kevin:

—Déjame hablar con Oleander.

Daniel puso cara de desconcierto, a todas luces sin entender, pero le pasó el teléfono de todos modos.

—Déjame adivinar —dijo Alex—. Necesitas que nos reunamos contigo cuanto antes.

—Sí.

Las comisuras de los labios de Daniel se curvaron hacia abajo.

—¿Qué ha hecho Deavers? —preguntó Alex.

—Nada…, y no me gusta. Porque tiene que estar haciendo algo, pero ahora va con mucho más cuidado. No me deja ver nada, y ha de ser porque supone que estoy mirando. Debe de estar haciendo las llamadas desde otros despachos para que no las escuche. ¿Qué decía el e-mail?

Alex se lo recitó al pie de la letra. Sabía que Kevin terminaría pidiéndole los detalles, así que lo había memorizado.

—No está mal, Ollie, nada mal. Quizá un poco demasiado listillo para ser yo, pero no pasa nada.

—Entonces, ¿qué piensas?

—Quiero atacar esta misma semana, así que tenéis que llegar aquí y prepararos para actuar al mismo tiempo.

Alex dio un sentido suspiro.

—De acuerdo.

—¿El Suburban sigue ahí?

—Hum, todavía no lo he comprobado.

—¿Por qué no? —exigió saber él.

—Se me han pegado las sábanas.

—Necesito que espabiles, cielo. El sueño reparador puede esperar unas semanas.

—Preferiría estar en buena forma para esto.

—Ya, ya. ¿Cuándo podéis salir?

—¿Dónde vamos exactamente?

—Tengo un sitio donde cabemos todos. ¿Tienes algo para apuntar?

Kevin le dio una dirección. Estaba en una zona de Washington que Alex no conocía bien. El barrio al que creía que los estaba enviando era bastante elegante, pero eso no encajaba con su idea de escondrijo. Tenía que estar equivocándose de zona. Llevaba un tiempo fuera de la ciudad.

—Vale, deja que recojamos nuestras cosas. Saldremos en cuanto podamos…, siempre que podamos cambiar de coche.

—Tendréis que hacer una parada a las afueras de Atlanta poco después de las nueve de la mañana. He encontrado un sitio para Lola.

—¿Qué les has dicho? Del balazo en la pata, me refiero.

—Que os robaron el coche estando dentro. Salisteis heridas tú y la perra. Vas de camino a Atlanta para quedarte una temporada con tu madre, pero es alérgica. Estás muy traumatizada y no deberían hacerte muchas preguntas. Te llamas Andy Wells y saben que pagarás en efectivo. En esta historia, yo soy tu hermano preocupado, por cierto.

—Bien.

—Vale. Ahora ve a mirar en el garaje y vuelve a llamarme.

—A la orden, señor —repuso ella con sarcasmo.

Kevin le colgó.

—¿De verdad vamos a robar el coche a los McKinley? —preguntó Daniel.

—Si tenemos suerte, sí.

Él suspiró.

—Escucha, les dejaremos el Humvee en el garaje. Debe de valer como cuatro o cinco veces lo que el Suburban. Si no podemos devolverles el coche, tampoco perderán nada, ¿de acuerdo?

—Supongo. A Kevin no va a gustarle nada que dejes su juguetito preferido como prenda.

—Mejor me lo pones.

La llave de la casa abría también el garaje. Daniel le dijo que dentro, a la derecha de la puerta junto al interruptor de la luz, habría una alcayata con dos juegos de llaves de coche colgando. Encendió la luz.

Alex dio un respingo.

—Me he muerto y estoy en el cielo.

—Anda, tienen coche nuevo —dijo Daniel, menos emocionado—. Supongo que el viejo Suburban ya no estaba para muchos trotes.

Alex rodeó el vehículo, acariciando la carrocería con las yemas de los dedos.

—¡Mira esto, Daniel! ¿Habías visto algo más bonito en la vida?

—Eh… ¿Sí? Solo es un monovolumen plateado, Alex. De cada tres coches en la carretera, uno es como este.

—¡Lo sé! ¿A que es fantástico? ¡Y mira esto!

Tiró de él para que rodeara el coche y señaló una plaquita cromada que había junto a las luces de posición traseras. Daniel la miró, desconcertado.

—Vale, es un híbrido, ¿y qué?

—¡Es un híbrido! —exclamó ella con voz cantarina, y dio un abrazo a Daniel—. ¡Es como si fuera Navidad!

—No sabía que fueses tan ecologista.

—¡Pft! ¿Sabes cuántas veces tendremos que parar a repostar con este coche? ¡Dos! Tres como mucho, entre aquí y Washington. ¡Y mira, mira qué matrícula más preciosa! —Señaló con las dos manos, y una parte de ella se fijó en que debía de parecer una presentadora de concurso televisivo.

—Sí, tiene matrícula de Virginia. Los McKinley viven en Alexandria casi todo el año, Alex. No es una gran sorpresa.

—¡Este coche será invisible en Washington! Es como un bombardero invisible al radar. Si alguien logra seguir la pista que dejamos con el Batmóvil texano, toparán aquí con un callejón sin salida. Este coche es una maravilla, Daniel, y no creo que estés apreciando del todo la suerte que hemos tenido.

—No me gusta robar a mis amigos —rezongó.

—¿Los McKinley son buena gente?

—Muy buena. Se portaron muy bien con mi familia.

—Entonces no querrán que mueras, ¿verdad?

Daniel le dedicó una mirada torva.

—No, digo yo que no.

—Seguro que, si supieran toda la historia, querrían que cogieras prestado este coche.

—«Coger prestado» implica que se lo devolveremos.

—Claro que se lo devolveremos. Si no estamos muertos. ¿Crees que algo que no sea la muerte impediría a Kevin recuperar su coche favorito?

De pronto Daniel se puso mucho más serio. Se cruzó de brazos y se apartó de ella para mirar el coche.

—No bromees con eso.

Alex se quedó un poco confundida por su cambio de humor.

—En realidad no estoy bromeando —le aclaró—. Intentaba que no te sintieras tan mal por que nos llevemos el coche. Lo devolveremos si podemos, te lo prometo.

—Pero… no hables de morir. No así. No tan… a la ligera.

—Ah. Perdona. Es que…, bueno, ya sabes, o te lo tomas a la ligera o te lo tomas a la tremenda, no hay más opciones. Yo prefiero reír mientras pueda.

Daniel la miró por el rabillo del ojo, todavía con la postura rígida. De pronto se ablandó y liberó una mano para ponérsela en una mejilla.

—Podríamos no hacer caso a Kevin y quedarnos aquí.

Ella puso su mano sobre la de él.

—Lo haríamos si pudiéramos. Terminarían encontrándonos.

Daniel asintió, casi para sí mismo.

—Muy bien, pues. ¿Empezamos a cargar?

—Claro. Déjame llamar a Kevin antes.

Daniel empezó a pasar bolsas del Humvee al Toyota mientras Alex describía el vehículo con entusiasmo a Kevin, que no se emocionó mucho más que Daniel pero entendió al instante lo conveniente que resultaba.

—Estupendo, niña. Y ahora, daos prisa. El tiempo vuela.

—No queremos llegar a Atlanta antes de las nueve, así que no tenemos que salir de aquí hasta… ¿cuándo, las dos de la madrugada?

—Muy bien. Entonces, os espero aquí sobre las cinco de la tarde.

—Cuento los segundos —le soltó Alex con guasa. El coche, o quizá la tarde con Daniel, la había puesto de muy buen humor.

—Me alegro de que vayas a conducir toda la noche —replicó Kevin—. Creo que me caes mejor con falta de sueño. —Y dicho eso, volvió a colgarle.

—Debería dar un paseo a Einstein —meditó Alex en voz alta—. Y cambiar el vendaje a Lola. Empaquetar la comida. Y luego deberíamos obligarnos a echar una siesta. Vamos a volver a cambiar las horas de sueño.

—Supongo que no puedo pasear yo al perro —dijo Daniel.

—Lo siento, Hombre-Más-Buscado-De-América. Ahora mismo mi triste cara es mejor que la tuya, con barba o sin ella.

—Fuera está oscuro. ¿Será seguro que vayas sola?

—No iré sola. Tengo un perro de ataque con una inteligencia sobrenatural y una SIG Sauer P220.

Daniel casi sonrió.

—Pobrecitos caimanes hambrientos.

Alex ocultó su rostro serio. Caimanes. No había pensado en algo así. Bueno, se apartaría del agua. Y, con un poco de suerte, Kevin habría entrenado a Einstein para rechazar a otros atacantes aparte de los humanos.

No fue un paseo largo, solo lo justo para que Einstein estirara un poco las patas. Alex no pudo dejar de pensar en reptiles gigantes. El camino se veía negro, pero no quería encender una linterna. No vio faros de coches ni luces de casas y solo oyó los sonidos del pantano. Seguía haciendo el calor suficiente para que le cayera sudor por las sienes, pero se alegró de llevar la sudadera con capucha: los mosquitos desde luego estaban muy activos.

Cuando volvió, el Toyota estaba delante de la casa y el Humvee escondido en el garaje. Daniel se había ocupado de todo menos de las vendas de Lola. Alex se las cambió, intentando dar un aspecto profesional a su obra. Esperaba que el hotel canino tuviera un veterinario que pudiera atenderla. Acarició las orejas de Lola con tristeza. Para la perra sería mejor estar donde pudieran cuidar de ella, pero Alex iba a echarla de menos. Se preguntó qué le pasaría si no podían volver a recogerla. Lola era muy bonita. Alguien la querría. Alex recordó que se había imaginado llevándose a Lola a casa, en un futuro seguro e improbable. Ojalá.

Puso el despertador que había junto a la cama a la 1.45, pero estaba claro que a Daniel no le interesaba acumular horas de sueño.

—Vamos a lamentar esto a las ocho de la mañana —le prometió mientras los labios de Daniel bajaban por su esternón.

—Esto no voy a lamentarlo en la vida —insistió él.

Quizá tuviera razón. Dado el apretado horario en el que se movían, no tenía sentido desperdiciar ni un segundo de los que pudiera pasar con él. Felicidad con fecha límite, como había pensado una vez. Solo que la felicidad se había vuelto más grande. Y la fecha límite, más cruel.

23

Alex consiguió dormir un poco, tal vez treinta minutos antes de que sonara el despertador. Lo suficiente para no tenerse en pie en el momento de partir. Daniel estaba más despierto, así que hizo el primer turno al volante y ella reclinó el asiento del copiloto hasta el tope. Los asientos eran mucho más cómodos, la suspensión más suave y era más fácil dormir que en el Humvee. Los perros parecían felices detrás, como si también les gustara el coche nuevo.

Volvía a ser ella misma cuando llegaron al hotel para mascotas al norte de Atlanta. Pasaba de las nueve y media; llevaban un poco de retraso porque habían encontrado obras en la I-65.

Daniel se quedó en el coche mientras ella llevaba a Lola a recepción. Era un sitio informal, acogedor, con muchas hectáreas valladas a ambos lados de la carretera de acceso. Los perros que corrieron junto al coche al pasar parecían felices y sanos. Claro que Lola no podría correr a ningún sitio en una temporada.

El hombre del mostrador fue todo comprensión cuando entró Alex. Saltaba a la vista que la había relacionado con la reserva incluso antes de que se presentara como la señorita Wells. Lo siguió con paciencia mientras le enseñaba la espaciosa perrera que ocuparía Lola y le explicaba el horario de visitas del veterinario. Alex le dio las gracias y le pagó un mes por adelantado antes de dar a Lola un último abrazo. Como Kevin había prometido, el hombre no hizo ningún comentario específico sobre la herida de Lola ni mencionó la cara de Alex. Veinte minutos más tarde, ella y Daniel volvían a estar en la carretera. Alex se alegró de que le tocara conducir. Necesitaba algo en lo que concentrarse para no pensar en que había dejado atrás a Lola.

Creyó que Daniel dormiría un poco, pero seguía con energía y ganas de hablar. O quizá se diera cuenta de que Alex intentaba combatir la tristeza y quiso ayudar. Conociéndolo, probablemente fuera eso.

—Lo sabes casi todo sobre mí por ese estúpido expediente —protestó—, pero a mí me queda mucho por saber de ti.

—En realidad, te lo he dicho casi todo. Antes de que mi vida se volviera estrambótica, era bastante aburrida.

—Cuéntame algo embarazoso de ti en el instituto.

—En el instituto, todo lo que hacía era embarazoso. Era una empollona de mucho cuidado.

—Qué sexy.

—Ah, ¿sí? Mi madre me cortaba el pelo en casa y llevaba el flequillo más noventero del universo.

—Por favor, dime que hay alguna foto.

—Ya te gustaría. Cuando murió mi madre, quemé todas las pruebas.

—¿Quién fue tu primer novio?

Alex rio.

—Roger Markowitz. Me llevó al baile de graduación. Mi vestido tenía unas mangas abombadas alucinantes. Azul eléctrico, por supuesto. Roger intentó besarme con lengua en la limusina, de camino hacia el baile, pero se puso tan nervioso que me vomitó encima. Me pasé todo el baile en el servicio de chicas intentando limpiarme. Corté con él esa misma noche. Podría describirse como un romance épico.

—¡Menuda tragedia!

—Lo sé. No teníamos nada que envidiar a Romeo y Julieta.

Daniel se rio.

—¿Con quién fue tu primera relación seria?

—¿Seria? Vaya. Hum, no creo que nadie cumpla los requisitos, aparte de Bradley. Primer año de Medicina en Columbia.

—¿Entraste en la Universidad de Columbia? —preguntó él.

—Ya te he dicho que era una empollona.

—Impresionante. Volvamos a Bradley.

—¿Quieres oír una cosa muy, pero que muy embarazosa?

—Ya lo creo.

—Lo que primero me atrajo de él… —Calló un momento—. A lo mejor no tendría que contar esto.

—Demasiado tarde para echarte atrás. Ahora tienes que decírmelo.

Alex respiró hondo.

—Vale, bien. Se parecía a Egon. ¿Sabes, el de *Cazafantasmas*? Pues era clavadito: pelazo, gafas redondas, todo.

Daniel se esforzó por mantener la compostura.

—Irresistible.

—No tienes ni idea. Estaba buenísimo.

—¿Cuánto tiempo estuvisteis juntos?

—Ese primer verano. Luego, el segundo año, me dieron una beca. La habíamos solicitado los dos y él creía que se la llevaría de calle. No se lo tomó nada bien cuando, en sus palabras, se la quité. Fue al comité y exigió ver las puntuaciones. Es algo de lo que me di cuenta muchas veces durante mi salvaje período romántico: a muchos tíos no les gusta que las chicas sean más listas que ellos.

—Pues eso debió de limitarte mucho las posibilidades de tener citas.

—Hasta el mismo cero.

—Bueno, debo informarte de que nunca he tenido ningún problema con que una mujer sea más lista que yo. No quería limitar tanto mis posibilidades de ligar. Creo que esa reacción infantil se suele pasar cuando los hombres crecemos.

—Tendré que fiarme de tu palabra. Ya no salí con nadie después de la facultad. No llegué a explorar la etapa adulta del varón humano. Bueno, hasta ahora.

—¿Nunca? —preguntó Daniel, pasmado.

—Me reclutaron antes de acabar la carrera. Ya te conté cómo eran las cosas después de eso.

—Pero... debiste conocer a gente fuera del trabajo. Tenías vacaciones, ¿no?

Alex sonrió.

—No muchas. Y me costaba hablar con gente fuera del laboratorio. Todo era alto secreto. Qué narices, hasta yo era alto secreto. No podía ser yo misma ni hablar de nada de mi vida real con alguien de fuera. Era demasiado difícil ser siempre un personaje imaginario. Prefería aislarme. Me avergonzaba interpretar un papel. Qué ironía, ¿eh? Ahora cambio de nombre semana sí, semana no.

Daniel le puso una mano en la rodilla.

—Lo siento. Suena espantoso.

—Sí. Muchas veces lo era. Por eso voy tan retrasada en las relaciones interpersonales. Pero mirando el lado positivo, hice un trabajo pionero con los anticuerpos monoclonales. Me refiero a cosas de ciencia ficción, de las que la gente no se cree que existan. Y en la práctica, no tenía límites para investigar. En el laboratorio disponía de lo que quisiera. Tenía un presupuesto increíble. Soy responsable de más parte de la deuda nacional de lo que creerías.

Daniel rio.

—Entonces, ¿tu exesposa era más lista que tú? —preguntó Alex.

Daniel titubeó un momento.

—¿No te molesta hablar de ella?

—¿Por qué debería? Tú no te has puesto celoso por el amor eterno que profesaré a Roger Markowitz.

—Bien dicho. Bueno, Lainey era muy inteligente a su manera. No muy leída, pero lista, astuta. Cuando nos conocimos, era muy... vivaz. No era como las otras mujeres con las que había salido, chicas despreocupadas que se contentaban con mi yo despreocupado. Lainey siempre quería más, de cada aspecto de la vida. Era un poco... terca. Al principio, creía que tenía opiniones muy firmes y poco miedo a defenderlas, y me gustaba eso de ella. Pero luego, con el tiempo..., bueno, en realidad no era que fuese dogmática, sino que le gustaba discutir. Replicaría si le dijeras que el sol sale por el este. En fin, al menos siempre era emocionante.

—Ah, conque eres un yonqui de la adrenalina. Ahora empiezo a verle el sentido a todo esto.

—¿A todo qué?

—A que yo te atraiga.

Daniel se la quedó mirando, parpadeando como solía hacer cuando se sorprendía.

—Reconócelo —le pinchó Alex—, estás en esto por el subidón de las experiencias cercanas a la muerte.

—Hum, no me lo había planteado.

—A lo mejor tendríamos que olvidarnos de este asunto de Washington, a fin de cuentas. Si elimino a mis perseguidores y la vida se vuelve segura y aburrida, te largarás a las primeras de cambio, ¿verdad? —Dio un suspiro teatral.

Alex no supo con certeza si Daniel iba en serio o estaba siguiéndole el juego cuando respondió:

—Este plan no me ha hecho gracia desde el principio. A lo mejor sí que sería mejor jugada huir.

—Por otra parte, si fracaso en Washington, esto se pondrá mucho más peligroso. Te encantará.

Daniel le lanzó una mirada lóbrega.

—¿Me he pasado? —preguntó Alex.

—Demasiado cerca de hurgar en la llaga.

—Perdona.

Daniel suspiró.

—Pero me temo que tu teoría es incorrecta. Verás, no tardé mucho en superar la afición por el dramatismo. Seguía siendo emocionante, pero supongo que también lo es ahogarse en arenas movedizas. Emocionante no es lo mismo que placentero.

—Pero no te marchaste.

Daniel se miró la mano, que se había crispado sobre el muslo de Alex, mientras respondía.

—No. Creí… Bueno, ahora voy a sonar como un capullo de primera. Creí que podía curarla. Lainey tenía muchos asuntos sin resolver de su pasado, y permití que se convirtieran en excusas cuando me hacía daño. Nunca la culpaba a ella de nada, sino a su historia. Cliff… Ah, Cliff es el tío por el que me dejó. Qué nombre más estupendo para tu reemplazo, ¿verdad?* Bueno, Cliff no fue su primera aventura. De los demás me enteré más tarde. —De pronto Daniel alzó la mirada hacia ella—. ¿Eso venía en el expediente?

—No.

Daniel miró por el parabrisas.

—Sabía que tenía que rendirme. Sabía que no estaba aferrándome a nada real. La Lainey que quería era solo producto de mi imaginación. Pero yo era un tío muy tozudo. Bordeando

---

* Cliff significa «precipicio» en inglés. *[N. del T.]*

la estupidez. A veces no quieres soltar los errores solo por lo mucho que te costó cometerlos.

—Suena muy desgraciado.

Daniel la miró y le sonrió sin mucha energía.

—Sí, lo fue. Pero lo más difícil fue reconocer que nunca había sido real. Es humillante hacer el primo, ¿sabes? Lo que más herido salió fue mi orgullo.

—Lo siento.

—Yo también lo siento. Mis historias son mucho menos entretenidas que las tuyas. Háblame de otro novio.

—Antes tengo una pregunta.

Daniel se envaró un poco.

—Adelante.

—¿A qué vino la historia que contaste a esa prostituta, Kate?

—¿Cómo? —Daniel arrugó el entrecejo, confuso.

—La que tenía que haberte puesto el rastreador. Según contó Kevin, le dijiste que tu divorcio aún no era efectivo. Pero esa conversación tuvo lugar dos años después de separarte y, como no te opusiste al divorcio, el proceso se debió de resolver en solo unos meses. ¿Por qué se lo dijiste?

Daniel rio.

—En serio, te agradezco con toda mi alma que no me hicieras esa pregunta delante de Kevin.

—De nada.

—Sí, para entonces el divorcio ya era agua pasada. Pero esa chica… Las chicas como ella no se dejan caer por el tipo de antro por el que yo solía salir. Y si por casualidad hubiera entrado alguna, no se habría interesado por mí.

—¿Cómo era?

—Si no me falla la memoria, impresionante. Y una depredadora. Y daba…, daba un miedo extraño. No me creí ni por un momento que se sintiese atraída por mí. Notaba que tenía algún propósito y no quería ponérselo en bandeja. En aquella época estaba bastante sensible con el tema de hacer el primo otra vez. Pero tampoco quería ser grosero, así que la rechacé con toda la educación que supe.

Le tocó reír a Alex.

—Tienes razón. Ni se te ocurra decirle jamás a Kevin que te dio miedo una prostituta impresionante.

—Uf, ¿te lo imaginas? —Daniel rio con ella—. Te toca. Otro novio.

—Se me están acabando. A ver... Ah, sí, salí con un tío llamado Felix un par de semanas en la facultad.

—¿Y qué extinguió las llamas de la pasión?

—Tienes que entender que el único sitio donde conocía a chicos era en el laboratorio.

—Sigue.

—Bueno, Felix trabajaba con animales. Sobre todo con ratas. Tenía muchas en su piso. Había un... problema de olor.

Daniel echó la cabeza atrás y estalló en carcajadas. Tenían un sonido contagioso y Alex no pudo evitar unirse con sus propias risitas. No perdieron tanto el control como aquella tarde en la madriguera secreta de Kevin, pero casi. La tensión pareció escurrirse fuera de su cuerpo y se sintió más relajada de lo que habría creído posible, teniendo en cuenta adónde se dirigía.

Al cabo de un tiempo, Daniel se quedó dormido a mitad de frase mientras describía a la chica que le gustaba en quinto de primaria. Llevaba un rato con los párpados pesados y Alex volvió a sospechar que luchaba contra ellos solo para evitar que ella tuviera pensamientos negativos.

Era relajante tenerlo dormido en paz a su lado. Einstein roncaba en el asiento trasero, en agradable contrapunto al sonido regular de la respiración de Daniel. Alex sabía que debería estar urdiendo distintos planes, formas de llegar a Carston sin exponerse demasiado, pero le apetecía disfrutar del momento.

La paz iba a ser un lujo inasequible en el futuro cercano. Si aquel era el último instante de satisfacción que iba a tener, quería experimentarlo sin trabas.

Se hallaba en un extraño estado de calma cuando despertó a Daniel unas horas después, ya entrando en las afueras de Washington. La última vez que había ido a esa ciudad, estaba furiosa y aterrada. Y era muy posible que ahora tuviera más motivos para estarlo que entonces, pero seguía disfrutando del tiempo que le quedaba a solas con Daniel y no pensaba renunciar a hacerlo hasta que no hubiera más remedio.

Daniel le leyó la dirección mientras se acercaban a su destino. Como había pensado al principio, se trataba de un barrio pudiente, y lo parecía cada vez más a medida que se adentraban en él. Pero ¿no era propio de Kevin esconderse en un lugar tan incongruente? Dio dos vueltas al edificio cuya dirección les había dado Kevin, dudando de que pudiera ser el correcto.

—Será mejor que le llame.

Daniel le pasó el teléfono. Alex pulsó el botón de rellamada y solo oyó un tono antes de la respuesta.

—Llegáis tarde —dijo Kevin—. ¿Qué pasa ahora?

—Tráfico. Nada. Creo que estamos abajo, pero… no parece que sea el sitio.

—¿Por qué?

—¿Vamos a escondernos en un rascacielos de lujo estilo *art déco?*

—Sí. Nos ha acogido un contacto mío. Hay aparcamiento bajo el edificio. Bajad al cuarto sótano y nos vemos allí. —Colgó.

Alex devolvió el móvil a Daniel.

—Solo por una vez, quiero colgarle yo a él antes.

—Lo hiciste la primera vez que llamó, ¿te acuerdas? Fue bastante espectacular.

—Ah, es verdad. Mira, ya me siento mejor.

La tensión regresó cuando doblaron la esquina, entraron en el aparcamiento y desapareció la luz del día. Alex recorrió una claustrofóbica espiral descendente hasta llegar al cuarto sótano y vio a Kevin esperando impaciente junto a un espacio vacío con un cartel de RESERVADO A RESIDENTES. Le hizo señas para que aparcara allí.

Alex se preparó mientras abría la puerta, esperando comentarios maliciosos sobre su cara o quizá observaciones desdeñosas sobre las cagadas de Daniel, pero Kevin solo dijo:

—No te preocupes por las cámaras, las he desactivado esta mañana.

Y abrió el maletero del monovolumen para dejar salir a Einstein, que de puro entusiasmo tiró a Kevin al suelo e intentó arrancarle la piel de la cara a lametones. Tratando de fingir que no estaba celosa en absoluto del afecto que tenía Einstein a aquel hombre, Alex evitó prestarles atención hasta que Daniel y ella cargaron con tanto como podían transportar.

—Eh..., ¿por dónde? —preguntó.

Kevin se levantó con un suspiro.

—Seguidme.

Había que decir en su favor que Kevin cogió las bolsas de lona que quedaban antes de guiarlos hacia el ascensor.

—¿Necesito gorra? —preguntó Alex—. ¿Hay recibidor? Aún no estoy preparada del todo para planos cortos.

—Tranquila, Ollie, esto sube directo hasta el apartamento. Por cierto, hermano, buena barba. Te queda bien. Más que nada porque ya no pareces tanto tú mismo.

—Esto..., ¿gracias?

—Ese contacto tuyo... —empezó a decir Alex.

Kevin volvió a suspirar.

—No todos pueden ser como Arnie. Lo siento, canija, esto podría ponerse difícil.

—¿No confías en él?

El ascensor los dejó en un lujoso vestíbulo. ¿O sería una antecámara? Aparte del ascensor, solo se veía otra puerta.

—Le he pagado toda la semana que viene, así que confío en ella hasta entonces.

A Alex se le erizaron los pelillos de la nuca. Daniel la había acostumbrado un poco a la interacción humana, pero sabía que seguía teniendo problemas de relación bastante serios. Mientras cruzaban el corto recibidor, intentó liberar unos dedos de la mano derecha en la que llevaba la bolsa para poder sacar una jeringuilla de su cinturón. Justo cuando alcanzó la que buscaba, Daniel le tocó la muñeca. Alex levantó la mirada y vio por su expresión que quizá estuviera exagerando. Frunciendo el ceño, devolvió la jeringuilla a su sitio. Le costaría poco sacarla si había necesidad, en todo caso.

Kevin tenía llave de la única puerta. Respiró hondo mientras la abría.

Al principio Alex temió que al final hubieran terminado en el vestíbulo del edificio, porque nunca había estado en un apartamento que tuviera una amplia escalera de mármol hacia un piso superior. Era un lugar espléndido, elegante y moderno, rodeado de ventanales que iban del suelo al techo y que le dieron la inmediata sensación de estar expuesta. Vio a través del cristal que el sol empezaba a dejarse caer sobre la línea del horizonte de Washington. No parecía haber edificios cercanos desde donde pudieran ser vistos, pero sería posible con un telescopio. O una mirilla de fusil.

—No —sentenció una voz dura pero de algún modo aterciopelada, detrás de ellos.

Alex se giró de golpe. El apartamento también se extendía en la otra dirección, envolviendo la puerta y el pasillo de acceso. A un lado había una enorme cocina blanca, al otro un comedor con asientos para diez personas, ambos rodeados de más ventanales. Apoyado contra la isla de mármol de la cocina estaba el ser humano más exquisito que Alex había visto en la vida real.

La mujer tenía el aspecto exacto de la jocosa descripción que Alex había hecho de la inverosímil imagen mental que Kevin se habría formado de Oleander. Su cabello, de un tono rubio miel, caía denso y largo, ondulado como en unos dibujos animados de Disney. Ojos azules de corderito, labios rojos y carnosos con un asomo de sonrisa en las comisuras y una nariz recta y estrecha, todo ello repartido con perfecta simetría en un rostro ovalado con pómulos prominentes. Cuello de cisne sobre elegantes clavículas. Y, por supuesto, una generosa figura de reloj de arena con una cintura diminuta y unas piernas que parecían más largas que el cuerpo entero de Alex. La mujer solo llevaba un corto quimono negro y una expresión irritada.

—Es temporal —dijo Kevin a la mujer en tono conciliador—. Por supuesto, te pagaré lo mismo por cada uno de ellos. El triple de lo acordado.

La mujer de surrealista perfección enarcó una ceja y dirigió su mirada a Einstein, que movía la cola con frenesí. Como no podía ser menos, este miró a la rubia con ojos de cachorrito.

—Cuatro veces —aceptó Kevin. Soltó las bolsas que llevaba—. Los perros te gustan.

—¿Kate? —preguntó Daniel de repente, con un tono saturado de sorprendido reconocimiento.

En la cara de la mujer se dibujó una sonrisa con hoyuelos digna de un anuncio de pasta de dientes.

—Hola, Danny —ronroneó—. Casi no te reconocía con esa barba. Bueno, ahora me quedo más tranquila. Me dejaste una cicatriz muy fea en el ego, pero al menos no me olvidaste.

—Me…, hum, me alegro de volver a verte —trastabilló Daniel, desconcertado por el saludo de la mujer.

Los ojos de la rubia volvieron a Kevin.

—De acuerdo, él puede quedarse.

—Son solo unas pocas noches —dijo Kevin—. También necesito a la bajita.

—Sabes que no me gusta que haya mujeres en mi espacio —replicó ella sin levantar la voz, lanzando una breve mirada a Alex y devolviendo su atención a Kevin al momento.

—Ah, no te preocupes, Ollie no es una chica de verdad —le aseguró Kevin.

Daniel soltó las bolsas que llevaba y dio medio paso adelante antes de que Alex le enganchara la camiseta con su único dedo libre.

—Ahora no —musitó.

Kate, o comoquiera que se llamase, se apartó con gesto grácil de la isla de la cocina y fluyó hacia ellos. Miró con superioridad a Alex, fácil teniendo en cuenta que medía quince centímetros más que ella.

—¿Qué te ha pasado en la cara? ¿Te ha dado caña el novio?

Daniel se tensó. Alex no estaba muy segura de lo que era aquello. ¿Quizá una especie de conflicto territorial? No podía estar segura, porque no tenía mucha experiencia en tratar con otras mujeres. Mucho tiempo atrás, había sufrido a unas cuantas compañeras de cuarto inmaduras, le habían caído bien otras pocas científicas empollonas y había tenido charlas insustanciales con las poco frecuentes subalternas que no huían de ella. Sobre todo había trabajado con hombres, y no conocía todas las normas de las interacciones de doble cromosoma X. Sin saber qué hacer, optó por la verdad, aunque luego cayó en la cuenta de que debía haber esperado a ver qué decía Kevin a la mujer.

—Esto… No, fue un asesino de la mafia. —Alex movió la mandíbula, notando el tirón del vendaje contra la piel—. Ah, y lo más antiguo es de cuando Kevin intentó matarme.

—Si de verdad hubiera intentado matarte, estarías muerta —gruñó Kevin.

Alex puso los ojos en blanco.

—¿Qué pasa, te apetece otra ronda? —dijo Kevin con brusquedad—. Cuando quieras, cielo.

—La próxima vez que te deje inconsciente —prometió Alex— ya no despertarás.

Kevin rio, no con desdén como Alex había esperado, sino con auténtico regocijo.

—¿Ves lo que te decía, Val?

La mujer dio la impresión de esforzarse por no sonreír.

—Vale, me habéis despertado el interés. Pero solo tengo una habitación de más.

—Ollie se puede apañar donde sea.

—Vosotros veréis —dijo la mujer. Por lo visto, era su forma de aceptarlos—. Quitad todos esos trastos de mi sala de estar.

Casi rozó a Daniel al pasar junto a ellos. Sin echar ni una mirada atrás, se dirigió a la escalera. El quimono era muy corto y los dos hermanos miraron boquiabiertos cómo subía.

—¿De verdad la rechazaste? —murmuró Alex entre dientes.

Kevin la oyó y se echó a reír de nuevo.

—Vamos a mover todo esto antes de que nos eche a todos a patadas.

El dormitorio de invitados era más grande que todo el apartamento que había tenido Alex en Washington. Y no era que hubiera vivido en un tugurio: su piso era lo que las inmobiliarias catalogaban como lujoso. Pero aquel lugar superaba en varios órdenes de magnitud el mero lujo. Kevin había parecido sincero cuando dijo que la mujer era prostituta, pero Alex no tenía ni idea de que pudiera ser una profesión tan bien pagada.

Kevin amontonó las bolsas de lona contra una pared.

—Ollie, aún tienes el catre aquel, ¿verdad? Hay un vestidor enorme contiguo al cuarto de baño. Míralo, a ver si te sirve. También podrías dormir en los sofás de fuera, pero creo que será mejor mantenerte fuera de la línea de visión de Val todo lo que podamos.

—Alex dormirá en la cama, por supuesto —dijo Daniel.

Kevin juntó las cejas, escéptico.

—¿En serio? ¿Vas a ponerte caballeroso con Ollie?

—Es como si no hubieras conocido a nuestra madre.

—Tranquilo —dijo Alex al ver que Kevin se erizaba—. Nos las arreglaremos.

—Bien —respondió Kevin.

—¿Tendría que haber hablado con más cuidado ahí fuera? —preguntó Alex a Kevin—. Has dicho que no es de fiar.

Kevin meneó la cabeza.

—No, tranquila. Val puede echarnos a todos a la calle cuando se canse de nosotros, pero no va a vendernos. He comprado su tiempo y su discreción. Lo que pasa con Val no sale de Val. Tiene una reputación que proteger.

—Muy bien —aceptó Alex, aunque no estaba segura de entender bien la política de Val.

Kevin fue hacia la puerta y se quedó quieto con la mano en el pomo.

—Hay mucha comida en la nevera si tenéis hambre, o también podemos pedir algo a domicilio.

—Gracias —dijo Alex—. Antes ordenaré mis cosas.

—Sí —asintió Daniel—. Mejor que nos instalemos.

Kevin vaciló otro segundo y luego volvió al interior del dormitorio.

—Esto…, Danny, quería decirte… que me alegro de verte. Me alegro de que estés a salvo.

Al igual que la vez anterior, antes de irse del rancho, Kevin daba la sensación de que no se opondría a un abrazo. Daniel se quedó quieto en una postura incómoda, con un lenguaje corporal muy ambivalente.

—Sí, bueno, es gracias a Alex —respondió luego—. Y yo me alegro de que no estés muerto como ella creía.

Kevin dio una risotada.

—Sí, yo también. Y gracias otra vez, chica de los venenos. Te debo una.

Salió con otra carcajada, dejando una rendija abierta en la puerta al marcharse.

Daniel dedicó una larga mirada a Alex y después fue hacia la puerta y la cerró del todo sin hacer ruido. Se volvió hacia ella con cara de estar a punto de ponerse a discutir. Alex negó con la cabeza y le indicó por gestos que se alejara más con ella de la puerta.

Durante el primer segundo, el cuarto de baño hizo que olvidara por qué había entrado en él. Había una bañera con tamaño de piscina hundida en el suelo, rodeada de mármol y de una pared azul clara de baldosas que titilaban como un mar en calma. Suspendida del techo sobre ella había una alcachofa del tamaño de una rueda de camión.

—¿Qué es este sitio? —dijo Alex, casi sin aliento.

Daniel cerró la puerta a sus espaldas.

—Por lo visto a Kate…, o, mejor dicho, a Val le va todo bastante bien.

—¿Crees que de verdad es prostituta o solo era Kevin intentando adornar la historia?

—No he entrado aquí para hablar de Val.

Alex se volvió hacia él, con los labios fruncidos a un lado.

—Alex, no me gusta mentirle.

—¿Quién ha mentido?

—Fingir, pues. Aparentar que no hay nada entre nosotros.

Alex forzó un suspiro.

—Es que no estoy preparada para las inevitables consecuencias. Ya sufro bastante estrés.

—En algún momento tendremos que decírselo. ¿Por qué no quitárnoslo ya de encima? —Daniel miró cómo cambiaba la expresión de Alex al sopesar las opciones—. Sigues sin creer que vayamos a tener ese «algún momento», ¿verdad? —la acusó.

—Bueno… Hay bastantes probabilidades de que él o yo acabemos muertos antes de la semana que viene, así que ¿para qué remover las aguas?

Daniel tiró de ella en un repentino y brusco abrazo que, de algún modo, tenía más de reproche que de consuelo.

—No digas esas cosas. No soporto oírte hablar así.

—Lo siento —contestó ella, con la cara contra su camisa.

—Podemos marcharnos. Esta noche. Nos esconderemos. Tú sabes hacerlo.

—¿Podemos esperar a haber dormido y comido, al menos? —preguntó ella en tono lastimero.

Daniel rio a regañadientes al oírlo.

—Supongo que eso te lo puedo conceder.

Alex se permitió relajarse un momento apoyada en él, deseando de nuevo que huir fuese la decisión correcta. Parecía una opción mucho más fácil, casi hasta descansada.

—Salgamos ahí fuera cogidos de la mano —propuso Daniel—, y luego enrollémonos un rato en el sofá.

—Primero, comer y dormir. No pienso lidiar con las consecuencias de la gran revelación hasta saber que he analizado todos los posibles contragolpes y si necesito estar armada…, o más bien lo armada que necesito estar. Ahora mismo no puedo ni pensar bien.

—De acuerdo —dijo él—. Te dejo esta noche, porque sé lo agotada que estás. Pero por la mañana volveremos a hablar de esto, y pretendo ser bastante inflexible.

—¿Kevin también va a estar aquí dentro? —se preguntó ella—. La mujer ha dicho que solo tenía una habitación de más. Si está, tener esa conversación no va a ser nada fácil.

—Lo dudo mucho. —Alex percibió un tono irónico en su voz y se apartó para mirarle la cara. Daniel no la soltó, pero bajó los brazos para apoyarlos más relajados en su cintura.

—Ah, ¿crees que se refería a que no tenía más habitaciones vacías?

—No, creo que duerme con ella.

Alex arrugó la nariz.

—¿De verdad? No ha parecido que Kevin le cayera demasiado bien.

—Nunca cae muy bien a las mujeres que hay en su vida.

Alex seguía sin estar convencida.

—Pero... Val podría tener a alguien muchísimo mejor.

Daniel rio.

—Eso no te lo voy a discutir.

24

La enorme nevera doble de Val estaba mucho mejor surtida que la de Arnie. De hecho, estaba mucho mejor surtida que la del restaurante medio. Era como si pretendiera dar de comer a una docena más de huéspedes de los que tenía en casa, aunque a todas luces no sabía de la existencia de Alex y Daniel hasta momentos antes de su llegada.

La incongruencia molestó un poco a Alex, pero no lo suficiente para apartarla del cuenco de uvas. Tenía la sensación de no haber comido nada fresco desde hacía semanas, aunque en realidad no había sido tanto. Parecía que habían pasado meses desde el rancho. Casi no podía hacerse a la idea del poco tiempo que había transcurrido.

Alex se sentó en un taburete blanco, inmaculado y ultramoderno. No era muy cómodo.

Daniel tarareaba embelesado mientras examinaba los accesorios.

—Esto sí que es una cocina —murmuró.

Empezó a registrar los cajones de abajo, haciendo inventario de cacerolas y sartenes.

—Ya nos sentimos como en casa, ¿eh?

Daniel se levantó de golpe. Alex se quedó inmóvil con una uva a medio camino de la boca.

Val entró riendo en la estancia, aún vestida con el quimono corto.

—Tranquilos. Todo esto está para vosotros. En realidad, yo no uso la cocina.

—Hum, gracias —dijo Daniel.

Val se encogió de hombros.

—Lo ha pagado Kevin. Dime, ¿te gusta cocinar?

—Me defiendo.

—Está siendo modesto —terció Alex—. Es un chef de cinco estrellas.

Val dedicó a Daniel una cálida sonrisa mientras estiraba hacia él todo el torso por encima de la isla, con la barbilla casi tocando el mármol.

—Vaya, qué bien. Nunca había tenido a un chef en casa. Suena... divertido.

Alex se preguntó cómo podía Val cargar de tantas implicaciones distintas una palabra tan común.

—Eh... supongo —dijo Daniel, sonrojándose un poco—. ¿Dónde está Kevin?

—Paseando al perro.

Val giró la cara hacia Alex, que se preparó para más agresividad.

—He preguntado a Kevin por ti. Dice que lo torturaste a él. —Val hizo un gesto con la cabeza hacia Daniel.

—Bueno, dicho así, es cierto. Pero fue un caso de identidad equivocada.

Los ojos de Val brillaron de interés.

—¿Qué hiciste? ¿Lo quemaste?

—¿Qué? No, no. Esto... Usé tratamientos químicos inyectables. Los encuentro más efectivos y no dejan cicatriz.

—Hum. —Val deslizó su cuerpo sobre el mármol para quedar otra vez de cara a Daniel y usó su brazo a modo de almohada. La maniobra descolocó en parte el quimono y Alex supuso que Daniel tendría una vista bastante interesante. Y en efecto, tenía pinta de estar incómodo con una mano en la puerta de la nevera—. ¿Te dolió mucho?

—Más de lo que habría imaginado nunca —reconoció Daniel.

Val parecía fascinada.

—¿Chillaste? ¿Suplicaste? ¿Te retorciste?

Daniel no pudo evitar sonreír ante tanto entusiasmo.

—Todo eso y más, creo. Ah, y también lloré como un bebé. —Sin dejar de sonreír, de pronto pareció mucho más cómodo. Se volvió de nuevo hacia la nevera y empezó a trastear.

Val suspiró.

—Ojalá hubiera podido verlo.

—¿Te va la tortura? —preguntó Alex, ocultando su preocupación. Cómo no, Kevin los había instalado con una auténtica sádica.

—No la tortura en sí, pero es embriagador, ¿verdad? ¿Tener esa clase de poder?

—Supongo que nunca lo había mirado desde esa perspectiva.

Val ladeó la cabeza, mirando a Alex con evidente interés.

—¿Acaso no todo consiste en el poder?

Alex se lo pensó un momento.

—En mi experiencia, no. Cuando hacer eso era mi trabajo, te juro que... Ahora me suena ingenuo hasta a mí..., pero de verdad que solo intentaba salvar a gente. Siempre había mucho en juego. Era muy estresante.

Val se quedó un momento pensando, con un mohín en los labios.

—Sí que suena ingenuo.

Alex levantó los hombros.

—¿Y no te subía la adrenalina? ¿Al tener todo el control?
—Val clavó en Alex sus grandes ojos de lapislázuli.

Alex se preguntó si la gente se sentiría como ella en la consulta de un psiquiatra, tan compelidos a hablar. O quizá se pareciera más a estar esposado en la mesa de la propia Alex.

—Bueno…, puede. A simple vista, no soy una persona muy peligrosa. Supongo que algunas veces sí que apreciaba el… respeto.

Val asintió.

—Claro que sí. Dime, ¿alguna vez has torturado a una mujer?

—Dos veces. Bueno, una y media.

—Explícate.

Daniel tenía la cabeza echada hacia atrás mientras ajustaba el fuego bajo la parrilla. Escuchaba con atención. A Alex no le gustaba nada hablar de ese tema delante de él.

—Con la primera chica, en realidad no tuve que hacer nada. Ya estaba confesando incluso antes de que la atara a la mesa. Tampoco había motivo para llevarla a mi laboratorio: con un interrogatorio normal habrían obtenido los mismos resultados. Pobrecita.

—¿Qué confesó?

—Una célula terrorista intentaba obligar a gente a inmolarse en Nueva York. Secuestraban a sus familiares en Irán, en su caso a sus padres, y amenazaban con matarlos si el sujeto no se ataba una bomba al cuerpo. Seguridad Nacional lo tenía bajo control antes de que detonara ninguna de las bombas, pero perdieron a varios rehenes. —Alex suspiró—. Con los terroristas siempre se pringa todo.

—¿Y la segunda?

—Esa vez fue muy distinta. Traficante de armas.

—¿Fue difícil hacerla hablar?

—De las más difíciles de toda mi carrera.

Val sonrió como si la respuesta fuera de su máximo agrado.

—Siempre he creído que las mujeres soportamos mucho mejor el dolor que el supuesto sexo fuerte. Los hombres son solo niños tamaño extragrande, en realidad. —Suspiró—. Yo he hecho que los hombres supliquen, que se retuerzan, y puede que también les haya sacado alguna lágrima aquí y allá, pero nadie ha llorado nunca «como un bebé». —Hizo un puchero sacando el labio superior.

—Estoy segura de que lo harían si se lo pidieras —la consoló Alex.

Val desplegó su reluciente sonrisa.

—Creo que tienes razón.

Daniel estaba troceando algo. Alex decidió que debía aflojar un poco con las uvas. Seguro que la cena merecía la espera. Val volvió a deslizar su cuerpo sobre el mármol para mirarlo y Alex sintió la repentina necesidad de distraerla.

—Tienes una casa preciosa.

—Sí que está bien, ¿verdad? Me la regaló un amigo.

—Ah, ¿viene mucho por aquí?

¿Cuánta gente iba a saber de ellos? Ya había mostrado una sinceridad estúpida y muy impropia con aquella mujer extraña. Seguro que acababa lamentándolo.

—No, no, Zhang y yo rompimos hace siglos. Era demasiado estirado.

—¿Y te dejó quedarte con la casa?

Val miró a Alex, incrédula.

—¿Que si me dejó? ¿Qué clase de regalo sería si la escritura no estuviera a mi nombre?

—También es verdad —convino Alex apresuradamente.

—¿Qué estabas diciendo antes sobre dejar inconsciente a Kevin?

—¿Puedo contar yo la historia, por favor? —intervino Daniel—. Es mi favorita.

Daniel extendió el relato, sacándole todo el jugo para provocar en Val risas y murmullos de admiración. Hizo que Alex pareciera más al mando de lo que había estado y noveló las partes en las que no estaba despierto. Era mejor historia tal y como él la contaba, tuvo que reconocer Alex. La expresión con la que Val la evaluó después había dado un giro de ciento ochenta grados respecto a su primer encuentro.

Cuando la comida estuvo lista, a Alex dejó de importarle todo lo demás. Hacía tiempo que no comía carne roja y se dejó dominar por su carnívora interior. Cuando salió del frenesí, vio que Val estaba mirándola de nuevo, embelesada.

Alex bajó los ojos hacia su plato. Daniel también había puesto un plato para ella, pero Val solo había tomado unas tiras del lateral de su filete.

—¿Siempre comes tanto? —preguntó.

—Cuando puedo, supongo. Si cocina Daniel, sin dudarlo.

Val entrecerró los ojos.

—Y seguro que no engordas ni un gramo, ¿verdad?

—No lo sé. Imagino que a veces sí, ¿no?

—¿Tienes báscula siquiera? —exigió saber Val.

—Tengo una que mide miligramos —respondió Alex, confundida.

Val dio un soplido que le revolvió el pelo ondulado sobre la frente.

—La gente con el metabolismo alto me cabrea un montón.

—¿En serio? —dijo Alex, mirándola de arriba abajo—. ¿Tú vas a quejarte de nuestras respectivas herencias genéticas?

Val le sostuvo la mirada unos segundos, y al cabo sonrió y meneó la cabeza.

—Bueno, supongo que no se puede tener todo.

—¿Y tú eres la excepción que confirma la regla?

—Creo que me caes bien, Ollie.

—Gracias, Val. Pero en realidad me llamo Alex.

—Lo que sea. ¿Sabes? Tienes mucho potencial por explotar. Con un peinado decente, un poco de maquillaje y tetas de tamaño medio, estarías muy bien.

—Eh… Ya estoy bien como estoy, gracias. Espero menos de la vida. Facilita las cosas.

—Te cortas el pelo tú misma, ¿verdad?

—No tengo alternativa.

—Créeme, siempre hay alternativa a esto. —Se estiró sobre la isla y trató de tocar el pelo que colgaba frente a los ojos de Alex, pero ella se encogió para apartarse. Era cierto que ya iba tocando cortárselo.

Val se volvió hacia Daniel, que intentaba no entrometerse y estaba terminando de comer apoyado en la encimera justo detrás de Val, casi como si quisiera esconderse de ella. En fin, era comprensible. Y Alex también comprendía ahora del todo por qué Daniel había encontrado temible a Val en su primera conversación del bar.

—Anda, apóyame un poco, Danny. ¿No crees que Ollie podría ser muy bonita si lo intentara?

Daniel hizo el habitual parpadeo de cuando lo pillaban por sorpresa.

—Pero Alex ya es bonita.

—Qué caballeroso. Eres como el anti-Kevin de un universo alternativo.

—Me lo tomo como un cumplido.

—Porque lo es. Quizá sea el mejor cumplido que haya hecho nunca a nadie —dijo Val.

—¿Cuánto hace que os conocéis? —preguntó Daniel.

—Demasiado. No sé por qué sigo abriéndole la puerta cuando llega suplicando. Supongo que es por lo que decíamos del poder. —Se encogió de hombros y una hombrera del quimono de seda le bajó por el brazo. No lo devolvió a su sitio—. Me gusta ver cómo alguien tan fuerte hace lo que yo digo.

Una llave tintineó en la puerta del piso. Alex se dejó caer del taburete al suelo, tensando los músculos automáticamente. Val observó cómo miraba Daniel a Alex, tensándose también y preparado para seguir sus indicaciones.

—Vosotros dos sois divertidos —musitó.

Einstein entró corriendo y jadeando en la cocina, y Alex se relajó.

Val miró al perro, que traía la lengua colgando y unos ojos anhelantes.

—¿Quiere algo?

—Debe de tener sed —le dijo Alex.

—Ah.

Val echó un breve vistazo por la cocina y cogió un cuenco de cristal decorativo del centro de la isla para llenarlo de agua del grifo. Einstein le lamió la mano en agradecimiento y empezó a beber a lengüetazos.

—Huele bien —comentó Kevin al doblar la esquina.

—Puedes terminarte el mío —dijo Val sin mirarlo—. Ya he terminado. —Como a modo de experimento, acarició una oreja a Einstein.

Kevin se apoyó con aire cómodo contra la isla y empezó a cortar la comida de Val como si estuviera en su casa.

—¿Os lleváis todos bien?

—Tenías razón —respondió Val.

Kevin puso una sonrisa triunfal.

—Ya te he dicho que Ollie no te aburriría.

Val enderezó la espalda y le devolvió la sonrisa.

—Cualquiera que te haya encadenado al suelo por fuerza tiene que llevarse bien conmigo.

La sonrisa de Kevin se esfumó.

—Fue un empate.

Val echó arriba el mentón y rio; su cuello pareció más de cisne que antes.

Daniel abrió el grifo y buscó el lavavajillas. Alex fue con él sin pensárselo, reconfortada ya solo con los primeros acordes de su rutina habitual. De nuevo se hallaba en un lugar desconocido, en una situación que le venía grande, insegura y en peligro, pero con Daniel presente podía soportarlo. Era como una máscara antigás, un amuleto de refugio. Sonrió para sí misma, pensando en lo poco que le gustaría esa comparación. Pero, en fin, la romántica no era ella.

—Ah, no te molestes con eso, encanto —dijo Val a Daniel—. Tengo un empleado doméstico que viene todas las mañanas.

Alex lanzó una mirada significativa a Kevin, que Val captó.

—Le dejaré una nota en la encimera para que no entre en los dormitorios —prometió Val—. No te preocupes, ya sé que todo esto es muy en plan intriga. Nadie va a descubrirte por mi culpa.

—No me importa —dijo Daniel—. Fregar los platos me relaja.

—Pero ¿qué es este hermano tuyo? —preguntó Val a Kevin—. ¿Puedo quedármelo?

Alex sonrió al ver que Daniel abría los ojos de par en par, en señal de pánico, pero no levantaba la cabeza del fregadero para que Val no los viera. Pasó unas pinzas a Alex y ella las secó con un trapo que tenía tacto sedoso y casi a ciencia cierta estaba de adorno. Pero tenía la sensación de que a Val no le importarían minucias como aquella.

—No es tu tipo —respondió Kevin.

—Pero tengo muchos tipos, ¿verdad que sí?

—Cierto, pero no creo que mantuviera tu interés mucho tiempo.

Val suspiró.

—Muy pocos lo hacen.

—Bueno, hum, volviendo a ese empleado doméstico… ¿A qué hora llegará, se irá, etcétera? —preguntó Alex.

Val se echó a reír.

—Te tomas las cosas muy en serio.

—Intentan matarme bastante a menudo.

—Al final debe de resultar molesto —comentó Val—. Cuando duermo aquí, Raoul viene y se va muy deprisa. Ni siquiera te despertará. Es bueno.

—Cerraré la puerta con llave, entonces.

—Como quieras.

—No vamos a dormir hasta tarde esta noche, Ollie —intervino Kevin—. Hay que preparar muchas cosas antes de actuar, y no quiero perder más tiempo.

—Dale una mañana libre —pidió Daniel—. Lleva una semana conduciendo todas las noches y durmiendo en la parte de atrás de los coches. Necesita descansar.

Kevin puso cara de asco.

—No es una niña, Danny. Los mayores tenemos que trabajar.

—No hay problema —dijo Alex a toda prisa. Un vistazo al reloj del horno la informó de que solo eran las siete—. De todas formas, voy a acostarme ya, así que seguro que estaré despierta mucho antes de que llegue Raoul.

—Te repasaré mi inventario y podrás decirme qué otras cosas necesitas. Tengo las grabaciones de tu sujeto, que estoy seguro de que querrás revisar, y luego…

—Mañana, Kevin —interrumpió Alex—. Ahora, dormir.

Kevin inhaló haciendo ruido por la nariz y elevó la mirada al techo.

Alex casi hizo ademán de coger la mano de Daniel al marcharse de la cocina. Tuvo que cerrar los dedos haciendo un puño y esperar que Kevin no se hubiera dado cuenta. Le pareció una forma de comportarse forzada, y sabía que Daniel opinaría lo mismo. Daniel la siguió de cerca, casi como si estuviera planteándose hacer algo para provocar la conversación, o el posible altercado, que ella intentaba evitar. «Ahora no», trató de decirle por telepatía sin girarse. Apretó el paso, pero fue en vano. Las piernas de Daniel eran demasiado largas para que pudiera sacarle la menor ventaja.

Se sintió mucho mejor cuando oyó que Daniel cerraba la puerta al entrar y echaba el pestillo.

—Gracias —le dijo, volviéndose para rodearle la cintura con los brazos.

—Solo porque estamos agotados —le recordó él—. Mañana me pondré mucho más tenaz.

Era cierto que Alex estaba que se caía, de modo que cumplió solo las partes más importantes de su rutina. No le apetecía volver a vendarse la cara, así que decidió dejar respirar la piel aquella noche. La herida seguía de un rojo brillante y algo hinchada, y los puntos de la oreja, aunque había usado un hilo de color piel, eran difíciles de pasar por alto. Pero daba la impresión de que las dos mitades del lóbulo se volverían a unir. Le quedaría una cicatriz bastante fea, pero no quería darle más vueltas en ese momento.

Se le ocurrió montar el catre en el vestidor para guardar las apariencias, pero decidió esperar a la mañana. Tampoco era que Kevin fuese a inspeccionar las habitaciones. También se planteó armar la puerta con una bombona de gas, pero no creyó tener la energía suficiente y, de todos modos, cualquier intruso comprobaría primero el dormitorio principal, si lograba superar a Einstein. Se conformó con dejar la SIG y su cinturón en la mesita de noche.

Daniel se había metido en la cama antes que ella, pero seguía despierto.

—¿Crees que debería sacar mi fusil? —preguntó.

—La habitación es grande, pero diría que no tanto como para el fusil. Puedo ir a traerte la escopeta.

Daniel la miró exasperado.

—Lo decía en broma.

—Ah. Vale.

Abrió los brazos para recibirla. Alex apagó la lámpara y adoptó la que se había convertido en su postura habitual. La cama era absurda, una especie de nube suave y anatómica que debía de estar hecha de hilo de oro o crin de unicornio.

—Buenas noches, Alex —le susurró Daniel contra el pelo, y Alex se quedó dormida.

Cuando despertó, fuera todavía estaba oscuro. La tenue luz que entraba por los bordes de las cortinas tenía el amarillo verdoso artificial de las farolas. No veía ningún reloj, pero habría dicho que serían sobre las cuatro. Una buena noche de descanso, y hasta más. Se alegró, porque el día prometía ser largo. Llevaba años sin hacer otra cosa que huir y sobrevivir. Pero estaba viéndose obligada a pasar a un modo más activo y lo temía con toda su alma. Sí, había tenido aquella aventura tan poco propia de ella en Texas, pero la achacaba a la adrenalina del momento y a la desacostumbrada responsabilidad de tener a alguien a su cargo. No era algo que ella habría planeado.

De modo que cuando Daniel, despierto por culpa de sus movimientos, empezó a besarle el cuello, no le importó posponerlo todo un ratito.

Se preguntó cómo sería ser una persona normal. Poder confiar en que despertares como aquel, al lado de la persona que habías elegido, se repetirían una y otra vez. Afrontar el día con la seguridad de que al final volverías a acostarte en la misma cama, junto a esa misma persona. Dudaba que la mayoría apreciara esa certeza cuando la tenía. Para ellos formaría una parte demasiado intrínseca de la vida cotidiana y la darían por hecha, hasta el punto de que ni se les pasaría por la cabeza sentirse agradecidos.

Por su parte, Alex no podía contar con más mañanas como aquella, pero sí que podía sentirse agradecida por la que tenía.

Dio un tirón a la camiseta de Daniel y él le apartó las manos del pelo el tiempo suficiente para quitársela. Alex aprovechó para quitarse su propia camiseta, anhelando el contacto de sus pieles. Los besos de Daniel, que habían empezado con ternura, empezaron a virar hacia lo desatado, aunque Alex casi pudo oír cómo se recordaba a sí mismo que debía tratarla con cuidado. De eso ni hablar. Lo besó con movimientos diseñados para hacerle olvidar cualquier otra consideración.

No hubo sonido ni aviso. No oyó cómo pasaba el cerrojo ni cómo se abría la puerta. Y de pronto le llegó el chasquido metálico de un seguro de pistola al quitarse a escasos centímetros de su cabeza. Se quedó petrificada y sintió que Daniel hacía lo mismo. No supo si había identificado el quedo chasquido como ella o si solo respondía a su inmovilidad.

Por el sonido, supo que el intruso estaba más cerca de la mesita con la pistola que ella. Se maldijo por descuidar las medidas de seguridad básicas y se devanó los sesos buscando cualquier posible alternativa. Quizá, si trataba de rodar y desviar la pistola de una patada, daría tiempo a Daniel para rodearlo.

Y entonces el intruso habló.

—Apártate de ese civil, pequeña serpiente venenosa.

Alex dejó escapar la enorme bocanada de aire que había estado conteniendo.

—¡Uf! Vale. ¡Ah! Baja ya esa pistola, psicópata.

—No hasta que te quites de encima de mi hermano.

—Esto cruza tantas líneas rojas que no sé ni cómo llamarlo —dijo Daniel con aspereza—. ¿Te has atrevido a forzar la cerradura?

—Danny, escúchame, te ha drogado otra vez. Eso es lo que está pasando aquí.

—Como si fuese a desperdiciar mi escaso inventario para uso recreativo —murmuró ella. Rodó mientras tiraba de la sábana para taparse y extendió el brazo hacia la lámpara. Notó el frío cañón de la pistola apretado contra su frente—. Estás siendo ridículo —dijo a Kevin mientras encendía la luz.

Kevin dio un paso atrás, parpadeando por el resplandor. Seguía teniendo su larga pistola con silenciador apuntada hacia su cara.

La cama se sacudió cuando Daniel saltó con agilidad por encima de Alex y se interpuso entre ella y Kevin.

—¿Se puede saber qué haces? ¡No la apuntes con eso!

—Danny, no sé con qué te habrá drogado, pero te lo limpiaremos del cuerpo, te lo prometo. Ven conmigo.

—Si sabes lo que te conviene, darás media vuelta y te marcharás ahora mismo.

—Oye, que te estoy salvando.

—Gracias, pero no, gracias. Estaba muy contento con lo que hacía antes de que nos interrumpieras con tan malos modos, y querría volver a ello. Cierra la puerta al salir.

—¿Qué ha pasado? —preguntó Alex, terminando de ponerse la camiseta. No había tiempo para aquella riña. Kevin solo llevaba los pantalones del pijama, por lo que, fuese cual fuese el problema, no había tenido tiempo de prepararse. No era propio de Kevin dejarse distraer, ni siquiera por algo que le resultara tan ofensivo, en una situación de peligro. Se inclinó por detrás de Daniel para coger su cinturón y se lo puso mientras seguía hablando—. ¿Tenemos que irnos? —Echó mano a la SIG y la guardó por detrás del cinturón.

Kevin bajó el arma despacio y empezó a parecer menos seguro de sí mismo al encontrarse con el pragmatismo de Alex.

—No podía creerme lo que me decía, así que he venido a comprobarlo —reconoció, dócil de repente—. La idea era que Daniel ni se enterara de que había entrado.

—¿Quién te ha dicho qué? —preguntó Daniel.

—Val. Me ha contado que vosotros dos estabais juntos. Parecía muy convencida. Yo le he dicho que ni en un millón de años. —Al final, su voz volvió a sonar enfurecida.

Daniel resopló, irritado.

—Pues espero que hayáis hecho alguna apuesta. Con consecuencias muy humillantes para el perdedor.

—Esto ya es bastante castigo —gruñó Kevin.

—Te estoy hablando en serio —insistió Daniel—. Sal de aquí, Kevin.

—No me lo puedo creer, Danny. ¿En qué estás pensando? ¿Después de lo que te hizo?

Daniel seguía plantado entre ella y Kevin, así que Alex no pudo verle la cara, pero sí oyó la repentina sonrisa en su voz.

—¿Tú, que vas tan de duro y peligroso, me estás diciendo que permitirías que un poco de dolor te apartara de la mujer que deseas? ¿En serio?

Kevin dio un tambaleante paso atrás y tardó unos segundos en responder.

—Pero ¿por qué? ¿Por qué la deseas a ella? —La ira se había desvanecido y, cuando miró a Alex, solo hubo incomprensión.

—Te lo explicaré cuando seas mayor. Y ahora, por última vez, sal de aquí o... —Estiró un largo brazo alrededor del cuerpo de Alex y le cogió la pistola de la espalda—. O te pego un tiro.

Apuntó con el arma al torso de Kevin.

—Hum, tiene el seguro quitado —murmuró Alex.

—Cuento con ello —repuso Daniel.

Kevin se los quedó mirando, mientras Daniel sostenía el arma con firmeza y Alex miraba desde detrás de su brazo, y cuadró los hombros. Señaló a Alex con su mano libre.

—Tú. Tienes que... parar de... —Desplazó la mano en una amplia curva que los abarcó a los dos y la cama—. Hacer esto. Salimos en quince minutos. Estate preparada.

Su mano se desplazó hacia Daniel.

—Yo… —Dio un profundo suspiro, sacudió la cabeza, dio media vuelta y salió por la puerta sin molestarse en cerrarla—. ¡Mierda, Val! —gritó mientras cruzaba el oscuro pasillo, como si de algún modo todo fuese culpa de ella. Einstein ladró desde el piso de arriba.

Alex suspiró y se desperezó.

—Bueno, pues ha ido exactamente como creía que iría. Pero no ha habido tiros. Supongo que no podíamos pedir más.

—¿Dónde vas? —preguntó Daniel.

—A darme una ducha. Ya lo has oído. Quince minutos.

—¡Pero si es noche cerrada!

—Mejor para que no se me vea bien la cara. No estás cansado, ¿verdad? Creo que hemos dormido al menos nueve horas.

Daniel frunció el ceño.

—No, no estoy nada cansado.

—Pues entonces… —Alex fue hacia la puerta del baño.

—Espera.

Daniel se levantó de un salto y se revolvió el pelo mientras se acercaba a la puerta del dormitorio. La cerró y pasó el pestillo.

—¿Qué sentido tiene? —preguntó Alex.

Daniel se encogió de hombros.

—*Touché.*

Fue hacia ella y la sujetó rodeándole los brazos con las manos.

—No estaba preparado para salir de la cama.

—Kevin no llamará a la puerta —le recordó Alex—. Es muy posible que ni me conceda hasta el final de esos quince minutos.

—No me gusta dejar que esté al mando. No solo no estaba preparado para salir de la cama, tampoco estaba dispuesto a que salieras tú.

Agachó la cabeza para besarla y sus manos recorrieron sus hombros despacio hasta acunarle la cara. Alex sabía que, en circunstancias normales, a Daniel le habría costado poco convencerla. Pero no estaban en circunstancias normales, y la idea de que Kevin pudiera entrar en el dormitorio en cualquier momento, posiblemente pistola en mano, atemperó su respuesta.

Se apartó.

—¿Qué tal si llegamos a un término medio?

La mirada que le lanzó Daniel no mostró mucha emoción.

—Me niego en redondo a llegar a cualquier término medio por lo que diga Kevin.

—¿Puedo plantearte al menos mi sugerencia antes de que la rechaces?

La expresión de Daniel se mantuvo firme, pero Alex notó que quería sonreír.

—Haz lo que tengas que hacer, pero no me dejaré persuadir.

—Tenemos el tiempo limitado y los dos tenemos que lavarnos. En esa ducha-barra-piscina-poco-profunda caben dos personas sin problemas. Bueno, en realidad cabrían doce. Estaba pensando en simultanear tareas.

La expresión dura se volatilizó.

—Retiro de inmediato mi oposición y ofrezco colaboración plena.

—Ya pensaba que terminarías viéndolo así.

25

Porque no hay motivo para que vengas —objetó Kevin.

Estaba de pie frente a las puertas del ascensor, bloqueando el botón de llamada con los brazos cruzados sobre el pecho.

—¿Por qué no? —exigió saber Daniel.

—No vas a participar en la ofensiva, Danny, así que no hace falta que estés en los preparativos.

Los labios de Daniel se tensaron en una mueca.

—Tampoco pasa nada porque… —empezó a decir Alex con suavidad.

—Alguien podría verle la cara —gruñó Kevin.

—¿Tu cara, quieres decir? —contraatacó ella.

—Yo soy lo bastante listo para mantener la cabeza agachada.

Daniel puso los ojos en blanco.

—Puedo ir en el maletero si quieres.

Kevin los contempló a los dos durante un eterno segundo.

—¿Vais a dejar que me concentre?

—¿A qué te refieres? —preguntó Alex.

Kevin cerró los ojos. Parecía intentar calmarse. Inhaló por la nariz y luego miró a Daniel.

—Estas son mis condiciones si quieres acompañarnos en este ejercicio de reconocimiento rutinario y muy aburrido: nadie hablará de lo sucedido esta mañana. No me veré obligado a recordar la nauseabunda escena que he presenciado. No habrá ninguna conversación que aluda a hechos nauseabundos. Esto es trabajo, y mantendréis en todo momento el comportamiento pertinente. ¿De acuerdo?

El cuello de Daniel empezó a sonrojarse. Alex estuvo segura de que iba a mencionar que, si Kevin no se hubiera colado en una habitación cerrada en plena noche, no habría visto nada. Antes de que Daniel pudiera poner objeciones, Alex dijo:

—De acuerdo. Comportamiento adecuado para el trabajo.

Kevin los miró a los dos alternativamente, evaluando de nuevo. Al cabo de un segundo, dio media vuelta y pulsó el botón de llamada.

Daniel lanzó a Alex una mirada de «¿En serio?». Ella se encogió de hombros.

—¡Parad ya! —ordenó Kevin, aunque seguía dándoles la espalda.

—¿Qué? —protestó Daniel.

—Puedo *sentir* cómo os comunicáis en silencio. Parad.

Fue un trayecto tranquilo en el coche negro de aspecto poco llamativo. Alex no sabía si era de Val o alguna adquisición reciente que había hecho Kevin. No parecía el estilo de su anfitriona, pero quizá de vez en cuando quisiera ir de incógnito. Alex agradeció que los cristales estuvieran tan tintados. Se sentía menos expuesta, sentada con la gorra de béisbol bien calada y mirando a la ciudad que aún dormía. Habían salido lo bastante temprano como para evitar la hora punta matutina.

Kevin los llevó por un barrio más sórdido, más del tipo en el que Alex habría esperado que tuviera su escondrijo. Paró frente a un depósito de almacenamiento que parecía consistir sobre todo en una sucesión de contenedores enormes. No había ningún guardia apostado, solo un teclado numérico y una pesada puerta metálica coronada con alambre de espino. Kevin los llevó casi hasta el fondo del almacén vallado y aparcó detrás de un contenedor naranja lleno de mugre.

El descampado parecía desierto, pero Alex mantuvo la cabeza baja y sus andares nada femeninos mientras llegaban a la ancha puerta doble que ocupaba casi por completo la pared delantera del contenedor. Kevin tecleó una complicada secuencia numérica en el pesado candado rectangular y lo retiró. Abrió la puerta solo unos centímetros y les indicó por gestos que pasaran.

Todo fue negrura cuando Kevin cerró la puerta a sus espaldas. Luego hubo un leve chasquido y en el techo cobró vida una hilera de luces.

—¿Cuántas Batcuevas tienes exactamente? —preguntó Alex.

—Solo unas pocas esparcidas por ahí, donde podría necesitarlas —dijo Kevin—. Viene bastante bien que esta sea móvil.

El interior del contenedor de Kevin estaba saturado pero hacía gala de una organización casi patológica. Al igual que en el granero de Texas, había un sitio para cada cosa.

Percheros repletos de ropa —de disfraces, en realidad— se apoyaban contra la pared junto a la puerta doble. Estaba segura de que era así a propósito: si alguien lograba echar un vistazo al interior mientras las puertas estaban abiertas, solo vería las prendas. A un observador despistado no le resultaría sospechoso. A un observador más atento quizá le parecería raro ver colgados juntos uniformes de todos los cuerpos militares, además de monos de mecánico y la vestimenta oficial de varias empresas de servicios, por no mencionar los harapientos componentes de un disfraz de vagabundo colgados a menos de un metro de una hilera de trajes oscuros que iban desde el *prêt-à-porter* hasta la alta costura. Con toda esa ropa, alguien podría pasar desapercibido en toda clase de situaciones.

Los complementos estaban en pequeños contenedores por encima de los percheros: carteras y portapapeles, cajas de herramientas y maletas. Los zapatos estaban en cajas de plástico transparente debajo.

Más allá de los disfraces, había armaritos de metal desde el suelo al techo. Kevin le hizo una visita guiada por cada uno de ellos y Alex tomó nota de lo que podría necesitar. Igual que en el granero, había espacio para las armas, la munición, el blindaje personal, los explosivos y los cuchillos. Kevin también tenía allí cosas que no había en Texas o, si las había, estaban mejor ocultas que el resto. Tenía un armario lleno de objetos de alta tecnología: diminutas cámaras y micrófonos, dispositivos de rastreo, gafas de visión nocturna, binoculares y miras, generadores de pulso electromagnético de varios tamaños, unos pocos portátiles y docenas de cacharritos que Alex no reconoció. Identificó los descifradores de código, los lectores e inhibidores de frecuencia, los minidrones…, y, al cabo de un tiempo, perdió la cuenta. Era poco probable que quisiera usar algo a lo que no estaba acostumbrada.

El siguiente armario era el de los compuestos químicos.

—Sssí —siseó, hurgando tras la primera hilera para ver qué más había—. Esto sí que sé usarlo.

—Ya pensaba que te gustaría.

—¿Te importa? —pidió, sosteniendo un cilindro sellado que contenía un catalizador que casi se le había agotado.

—Coge todo lo que quieras. No creo que haya usado nunca nada de eso.

Alex se agachó delante de la estantería inferior y se guardó varios frascos y paquetes más en la mochila. Ah, este de aquí sí que le hacía falta.

—Entonces, ¿para qué lo tienes?

Kevin se encogió de hombros.

—Tenía acceso. A caballo regalado…

—¡Ja! —Alex le dedicó una mirada triunfal.

—¿Qué?

—Me dijiste que ese refrán era una chorrada.

Kevin puso los ojos en blanco.

—A veces cuesta mucho no darte una patada.

—Sé muy bien cómo te sientes.

Daniel se acercó para situarse entre ella y Kevin. Alex negó con la cabeza: era solo cháchara. Después de darles su breve lección sobre comportamiento adecuado, Kevin había recuperado su personalidad habitual, algo a medio camino entre un asesino en serie y el hermano mayor más odioso del mundo. Alex empezaba a acostumbrarse y ya no la molestaba tanto.

Farfullando algo sobre «comunicación silenciosa», Kevin volvió al armario de la munición y empezó a llenar una gran bolsa negra con reservas.

—¿Primeros auxilios? —preguntó Alex.

—En la taquilla de los cuchillos, estante de arriba.

Sobre las armas de filo había varias bolsas negras con cremallera, unas del tamaño aproximado de una mochila y otras más pequeñas, como neceseres de afeitado. Alex no llegaba a ninguna, así que Daniel las bajó para que pudiera elegir en el suelo.

La primera bolsa pequeña que abrió no contenía material médico, sino paquetitos de documentos pulcramente agrupados con gomas elásticas. Alex sacó deprisa un pasaporte canadiense y echó un vistazo a la página de identidad. Como esperaba, encontró una foto de Kevin con un nombre distinto, Terry Williams. Echó un vistazo hacia arriba. Kevin le daba la espalda. Cogió dos paquetes, se los guardó en el fondo de su mochila y cerró la cremallera de la bolsa.

Esos objetos concretos no iban a servirle de nada, pero tenía que estar preparada para los distintos resultados posibles. Miró de reojo a Daniel, que tampoco estaba prestándole atención. Miraba la exposición de cuchillos con expresión de incredulidad. Hizo que Alex se preguntara cuánto tiempo lograría sobrevivir por su cuenta con lo que había aprendido hasta el momento.

Alex abrió una de las bolsas más grandes pero no se emocionó mucho al ver su contenido. Era un botiquín bastante básico, sin nada que no tuviera ya. Comprobó la siguiente bolsa y después la última. Nada que no hubiera en la primera.

—¿Qué te falta? —preguntó Kevin.

Alex se sobresaltó un poco. No lo había oído acercarse, pero Kevin debía de haber visto su cara de decepción.

—Querría tener algo de material decente para traumatismos, por si acaso.

—Vale. Coge lo demás que quieras de aquí y luego iremos a conseguírtelo.

—¿Así de fácil? —preguntó ella, no muy convencida.

—Claro.

Alex enarcó una ceja.

—¿Vamos a ir a un hospital y preguntarles si venden excedentes?

—¡No! —Kevin hizo una mueca que dejaba claro lo estúpida que consideraba su sugerencia—. ¿Nunca has oído decir eso de «se debió de caer de un camión»? ¿Llevas encima gas sedante de ese tuyo?

—Sí.

—Pues date prisa para que salgamos antes de que los camiones terminen de hacer los repartos.

La mochila de Alex estaba ahora surtida de munición para las distintas armas de las que se había apropiado (la SIG Sauer, la

Glock que no había abandonado, la escopeta, el fusil de Daniel) y su propia PPK. Había cogido otras dos armas del almacén porque nunca se sabía, y también munición para ellas. Del armario tecnológico había sacado dos gafas de visión nocturna, varios rastreadores y dos generadores de pulso electromagnético de distintos tamaños. No sabía para qué podían servirle, pero quizá no tuviera tiempo de regresar al contenedor si había una emergencia. Mientras Alex elegía de entre su material, Kevin había configurado el candado para que el habitual código de su cumpleaños le permitiera el acceso si era necesario.

O a Daniel, si el plan salía mal de verdad.

—Bueno, ¿qué opciones tengo para incapacitar químicamente a otro ser humano? —preguntó Kevin cuando volvieron a la carretera. En esa ocasión conducía Alex.

—Veamos… ¿Lo quieres aéreo o por contacto?

Kevin la miró de reojo.

—¿Cuál me recomiendas?

—Depende de cómo lo plantees. ¿El objetivo estará en un espacio cerrado?

—¿Cómo quieres que lo sepa? Tendré que improvisar.

Alex resopló.

—Vale. Coge las dos. Daniel, ¿puedes sacar la botellita de perfume del bolsillo exterior de mi mochila? Está en una bolsa Ziploc.

—La tengo —dijo Daniel al cabo de un momento—. Ten.

Se la pasó a Kevin, que le dio vueltas entre las manos.

—Parece vacía.

—Ajá. Gas presurizado. Y ahora —dijo Alex, extendiendo el brazo izquierdo por debajo del derecho y tendiéndole la mano—, quítame el plateado.

Kevin le quitó el anillo del dedo corazón y unió las cejas, sorprendido al ver el diminuto tubo claro y la perita de goma que lo siguieron, como pañuelos salidos de la manga de un mago mediocre. Su expresión se moduló hacia el escepticismo.

—¿Qué se supone que hace esto?

—¿Ves la compuerta pequeñita del interior? Ábrela con cuidado.

Kevin examinó el minúsculo aguijón hueco y luego miró la pequeña pera de goma. Había el silencio suficiente para que alcanzara a oírse el líquido de su interior.

—Sostienes la pera en la palma de la mano —explicó Alex, gesticulando al mismo tiempo— y das con fuerza contra el objetivo. —Hizo una señal a Daniel, que extendió su brazo. Alex le agarró la muñeca sin violencia pero con fuerza—. El sujeto notará la punzada e intentará apartarse por acto reflejo. Aguantas y, si estás haciéndolo bien, el líquido de la pera saldrá por el pincho.

Soltó a Daniel al terminar.

—¿Y qué pasa entonces? —preguntó Kevin.

—Tu objetivo se echa una siesta de una hora, o quizá dos, dependiendo de su tamaño.

—Esto es demasiado pequeño —protestó Kevin, sosteniendo el anillo con el pulgar y el índice y mirando por el agujero.

—Lo siento, la próxima vez intentaré nacer con las manos más grandes. Póntelo en el meñique.

—¿Quién lleva anillo en el meñique?

Alex sonrió.

—Te quedará de lo más propio.

Daniel soltó una risita.

Kevin se puso el anillo en su dedo más pequeño, pero solo logró bajarlo por el primer nudillo. La perita apenas le llegaba a la palma de la mano. Necesitaría más tubo si quería llevarla oculta en la manga. Miró el dispositivo un momento con el ceño fruncido y de repente sonrió.

—Mola.

Daniel se inclinó hacia delante y señaló los otros dos anillos que Alex aún llevaba puestos.

—¿Qué hacen esos otros dos?

Ella levantó la mano derecha y meneó el dedo anular con la joya de oro.

—Muerte dulce. —Y a continuación levantó el dedo corazón de la mano izquierda, donde llevaba el anillo de oro rosado—. Muerte amarga.

—¡Eh, eh! —exclamó Kevin, cayendo de repente en la cuenta—. ¿De eso iban los bofetones de niña que intentabas darme en Virginia Occidental?

—Sí.

—Caramba. Eres una arañita muy peligrosa, Ollie.

Alex asintió con la cabeza.

—Si yo fuese más alta o tú más bajito, no estaríamos teniendo esta conversación.

—Entonces, supongo que fue tu día de suerte.

Alex puso los ojos en blanco.

—¿Cuál intentaste clavarme?

Ella volvió a levantar el dedo corazón de la mano izquierda.

—Serás maleducada —comentó Kevin—. ¿Por qué esos otros anillos no llevan lo demás? —Movió la mano para que el tubito y la pera se balancearan por debajo.

—Ten cuidado —advirtió ella—. Podría soltarse.

Kevin atrapó la pera y la devolvió a la palma de la mano.

—Vale.

—Los otros dos anillos tienen la púa impregnada de veneno. Con un poquito sobra. Una gota de veneno de caracol cono es suficiente para matar a veinte hombres de tu tamaño.

—Y supongo que en casa tienes caracoles conos y viudas negras como mascotas.

—No tengo tiempo para mascotas, y en realidad el veneno de la viuda negra ocupa un lugar muy bajo en el ránking de daños. Antes tenía acceso a muchas cosas. Estudié un poco el veneno del caracol cono por la forma en que ataca a unos tipos de receptores concretos. Nunca fui de las que desaprovechan las oportunidades, así que me quedé lo que pude y ahora voy con cuidado de no desperdiciarlo.

Kevin volvió a mirar el anillo que llevaba puesto, meditabundo. Se quedó callado, cosa que ella agradeció.

Alex escogió el hospital de la Universidad Howard porque tenía un departamento de urgencias de primer nivel y porque conocía su trazado, a no ser que hubiera cambiado mucho en los anteriores diez años.

Dio una vuelta lenta en torno a los edificios, reparando en la ubicación de las cámaras y en si había presencia policial. No eran ni siquiera las siete de la mañana, pero ya entraba y salía mucha gente.

—¿Qué tal ese? —propuso Kevin, señalando.

—No, traerá sobre todo ropa de cama y productos de papel —musitó ella.

—Espera un poco antes de dar la próxima vuelta. No queremos que nadie se fije en nosotros.

—Sé cómo va esto —mintió Alex.

Recorrió unas pocas calles hacia el oeste y paró en un parquecito. Había algunos corredores haciendo la ronda, pero por lo demás estaba desierto. Esperaron en silencio diez minutos y luego Alex arrancó y condujo trazando un círculo más amplio, apartándose dos manzanas de las carreteras que rodeaban el hospital. Al cabo de un tiempo, vio algo prometedor, un camión blanco en el que se leía: SUMINISTROS HALBERT & SOWERBY. Le sonaba la empresa y estaba bastante segura de que el camión llevaría material que le sirviera.

Siguió al vehículo hasta un andén de carga que había tras el edificio principal del hospital. Kevin estaba preparado, ya con los dedos alrededor de la manecilla de la puerta.

—Déjame detrás de ellos y espera una manzana más allá —le dijo.

Asintiendo, Alex frenó hasta detenerse un momento justo detrás del camión, demasiado cerca para que pudieran ver a Kevin por los retrovisores. Cuando se cerró la puerta, retrocedió medio metro y se alejó a la velocidad exacta que marcaban las señales de limitación. Al pasar echó un vistazo al interior del camión desde debajo de su gorra: estaba solo el conductor, nadie más. Sin embargo, había mucha gente vestida con ropa de hospital y uniformes de mantenimiento en la acera. Esperó que Kevin fuese capaz de actuar con discreción.

Frenó en la señal de *stop* de la esquina, preguntándose cómo iba a esperar allí si no había aparcamiento. Antes de llegar a ninguna conclusión, vio que el camión blanco se acercaba por detrás de ella, a un coche de distancia. Siguió avanzando despacio, incitando de este modo al coche que tenían en medio para que la adelantara y luego dejando pasar también a Kevin. Alcanzó a ver al conductor, un hombre negro de aspecto muy joven, apoyado contra la ventanilla del copiloto con los ojos cerrados.

—Bueno, no hay ningún policía siguiéndolo… todavía —murmuró mientras empezaba a seguir al camión.

—¿Hará daño a ese tío? —preguntó Daniel—. Lo que le ha inyectado Kevin, digo.

—No mucho. Tendrá una resaca espantosa cuando despierte, pero nada permanente.

Kevin condujo durante unos veinte minutos, al principio solo alejándose del hospital y luego buscando un lugar adecuado para la transferencia de material. Se decidió por un polígono industrial tranquilo y aparcó al fondo, donde había varios andenes de carga vacíos junto a puertas de acceso con la verja bajada. Reculó contra una de ellas y Alex aparcó a su lado, con el camión entre ella y la entrada del recinto.

Se puso unos guantes de látex, pasó otro par a Daniel y se metió un tercero en el bolsillo.

Kevin ya había abierto el remolque cuando llegaron. Alex le dio sus guantes y subió a la plataforma. Dentro estaba todo protegido en contenedores blancos opacos, apilados en altas columnas y anclados a las paredes con cuerdas de nailon rojo.

—Ayúdame a abrir las cajas —pidió.

Kevin empezó a bajarlas y levantar sus tapas. Daniel subió al camión y lo imitó. Alex fue por detrás de ellos, evaluando sus opciones.

Lo que más la inquietaba era recibir un disparo. Parecía la consecuencia más probable de una acción ofensiva. Por supuesto, no descartaba que la apuñalaran ni los impactos de armas contundentes. De todos modos, se alegró mucho de encontrar un contenedor con paquetes de emergencia. En cada uno había torniquetes, gasa impregnada con agente hemostático y distintos parches oclusivos. Alex empezó a amontonarlos en el suelo y añadió varios tipos de tiras de cierre y gasas, apósitos y vendas compresivas, paquetes químicos de frío y calor, equipos de reanimación, unos cuantos ambús, toallitas con alcohol y tintura de yodo, tablillas y cuellos ortopédicos, vendas para quemaduras, catéteres y tubos de vía intravenosa, bolsas de suero y jeringuillas selladas a puñados.

—¿Quieres abrir tu propio hospital de campaña? —le preguntó Kevin.

—Nunca se sabe lo que puedes necesitar —replicó, y añadió en su mente: «Y el que podría necesitar todo esto eres tú, imbécil».

—Metámoslo aquí —sugirió Daniel, vaciando el contenido de una caja a medio saquear en otra. Empezó a organizar el montón de Alex dentro del contenedor vacío.

—Gracias. Creo que tengo todo lo que necesito.

Kevin volvió a atar las cajas a la pared y limpió el suelo con un paño antes de ponerse de nuevo al volante. Alex volvió a seguirlo en coche hasta que encontraron un sitio donde dejar al camión y su conductor, detrás de un pequeño centro comercial. Kevin limpió sus huellas dactilares de la cabina y se marcharon.

Cuando regresaron al apartamento, Raoul, el empleado doméstico, ya había llegado y se había marchado, y Val estaba tumbada en un sofá bajo mirando una pantalla gigante de televisión que Alex habría jurado que no estaba el día anterior. Tenía puesta una película en blanco y negro.

Ese día Val llevaba un mono azul claro con pantalones muy cortos y un escote de vértigo. Einstein estaba en el sofá junto a ella, con el hocico apoyado en su brazo. Val le hacía caricias rítmicas y el perro no se levantó a recibirlos cuando entraron por la puerta. Solo dio un coletazo contra el sofá al ver a Kevin.

—¿Qué, cómo ha ido el espionaje? —preguntó Val en tono perezoso.

—Solo eran preparativos aburridos —contestó Kevin.

—Uf, pues entonces no me lo contéis. Y no dejéis esas cosas nuevas ahí tiradas, no quiero trastos por medio.

—A la orden, señora —aceptó Kevin con docilidad, y fue hacia la habitación de Alex y Daniel para incrementar sus pilas de material—. Ahora te preparo mi ordenador, Ollie —dijo mientras cargaba cajas—. Puedes ver los vídeos de las cámaras que le he puesto a Carston. Y también puedes escuchar: tengo un micro en su coche y otro direccional en su despacho. El coche además lleva rastreador, así que puedes seguir los movimientos que ha hecho estos últimos días.

Alex suspiró, agotada solo de escuchar la cantidad de información que tenía para revisar.

—Gracias.

—Me muero de hambre —comentó Daniel—. ¿Alguien más quiere desayunar?

—Sí, por favor —respondió Alex, al mismo tiempo que Kevin decía: «Ya lo creo».

Daniel sonrió y se volvió hacia la puerta.

Alex vio cómo se marchaba y reparó en que Kevin estaba observando cómo miraba a Daniel.

—¿Qué?

Kevin frunció los labios, como si buscara la forma de expresarse. Su mirada se desvió a la cama, que seguía deshecha porque Raoul no había podido entrar en el dormitorio, y se estremeció.

Alex le dio la espalda para sacar su propio ordenador. Quería copiar en él los archivos importantes.

—Ollie…

—¿Qué? —respondió ella sin levantar la mirada de lo que estaba haciendo.

—¿Puedo…?

Alex sostuvo el portátil contra su pecho y se giró hacia él, esperando a que terminara la pregunta. Tensó los hombros casi sin darse cuenta.

Kevin vaciló de nuevo y por fin dijo:

—¿Puedo hacerte unas preguntas sin obtener respuestas específicas o gráficas?

—¿Como cuáles?

—Esto tuyo con Danny… No quiero que sufra.

—Eso no es una pregunta.

Kevin la fulminó con la mirada, pero entonces respiró hondo y se obligó a tranquilizarse.

—Cuando terminemos aquí, ¿dónde irás?

Entonces fue Alex la que vaciló.

—Es… Bueno, me parece un poco gafe dar por hecho que sobreviviré. La verdad es que no he pensado en qué viene a continuación.

—Venga, no va a ser tan difícil —replicó él, algo despectivo.

—Yo no funciono así. Tú haz las cosas a tu manera y yo las haré a la mía.

—¿Quieres que me ocupe también de Carston?

—No —gruñó ella, aunque, si el tono de Kevin no hubiera sido tan condescendiente, la habría tentado la oferta—. De mis problemas me ocuparé yo.

Kevin calló un momento y luego preguntó:

—Entonces…, ¿qué? ¿Crees que seguirás con nosotros después?

—No sería mi primera opción, no. Siguiendo con la teoría de que siga viva, claro.

—Sí que eres pesimista.

—Así hago los planes. Espero siempre lo peor.

—Pues vale. Volviendo al tema, si te vas por tu cuenta, ¿qué pasa con Danny? ¿«Adiós y muchas gracias por las risas?».

Alex apartó la mirada hacia la puerta.

—No lo sé. Dependerá de lo que él quiera. No puedo hablar en su nombre.

Kevin guardó silencio tanto tiempo que al final Alex tuvo que volver a mirarlo. En su rostro se percibía una vulnerabilidad muy poco característica. Como siempre, cuando se permitía relajar el gesto se parecía mucho más a Daniel.

—¿Crees que elegiría ir contigo? —preguntó Kevin en voz muy baja—. Lo digo porque hace muy poco tiempo. Apenas te conoce. Aunque… supongo que a estas alturas cree que apenas me conoce a mí tampoco.

—No sé lo que querrá —respondió ella—. Nunca le pediría que tomara esa decisión.

Kevin enfocó el aire que había unos centímetros sobre la cabeza de Alex.

—De verdad quería compensárselo todo. Prepararle una vida que se le hiciera llevadera. Esperaba que, pasado un tiempo, pudiéramos volver a ser hermanos.

Alex tuvo el extraño impulso de cruzar el espacio que los separaba y apoyarle una mano en el hombro. Seguro que era porque seguía pareciéndose a Daniel.

—En eso no voy a entrometerme —le prometió, y fue de corazón. Lo importante era qué convenía más a Daniel.

Kevin la miró durante un minuto, mientras su rostro se iba endureciendo hasta volver a la normalidad. Dio un suspiro enorme.

—Pues maldita sea, Ollie, ojalá hubiera dejado estar todo ese asunto de Tacoma. Millones de vidas salvadas... ¿qué son, en realidad, comparadas con que mi hermano esté acostándose con Lucrecia Borgia?

Alex se quedó muy quieta.

—¿Qué acabas de decir?

Kevin sonrió de oreja a oreja.

—¿Te extraña que conozca la analogía histórica adecuada? En realidad, en clase me iba bastante bien. Tengo la misma cantidad de neuronas que mi hermano.

—No, lo de Tacoma. ¿A qué te referías?

La sonrisa de Kevin se convirtió en perplejidad.

—Ya lo sabes todo al respecto, por el expediente que te dieron. Interrogaste a Danny...

Alex se inclinó hacia él, apretando inconscientemente el ordenador con más fuerza contra sus costillas.

—¿Esto es por el trabajo que hiciste con De la Fuentes? ¿La T de TCX-1 significa «Tacoma»?

—No sé nada de ningún TCX-1. El trabajo de De la Fuentes era sobre el virus de Tacoma.

—¿La Plaga de Tacoma?

—Nunca lo había oído llamar así. ¿Qué está pasando, Ollie?

Alex abrió su ordenador de un tirón mientras se sentaba en el pie de la cama. Abrió el archivo más reciente en el que había estado trabajando, las anotaciones codificadas sobre sus casos. Se desplazó por la lista de números e iniciales mientras sentía moverse la cama cuando Kevin apoyó una rodilla, inclinándose para leer sobre su hombro.

Le parecía que había pasado mucho tiempo desde que escribiera aquellas notas. Habían ocurrido muchísimas cosas y tenía borrosas las ideas asociadas a aquellas breves líneas de texto.

Allí estaba: acontecimiento terrorista número 3, PT, la Plaga de Tacoma. Las letras danzaron antes sus ojos y solo algunas de ellas invocaron palabras en su memoria. J, I-P era la ciudad india en la frontera con Pakistán. No recordaba cómo se llamaba la célula terrorista, solo que era originaria de Fateh Jang. Repasó las iniciales de los nombres relacionados. DH era el científico, Haugen, OM era Mirwani, el terrorista, y también estaba P, el otro estadounidense del que no se acordaba. Se apretó el puño contra la frente, tratando de hacer memoria.

—¿Ollie? —volvió a decir Kevin.

—Trabajé en este caso hace años, cuando robaron la fórmula en Estados Unidos. Mucho antes de que De la Fuentes se hiciera con ella.

—¿La robaron de Estados Unidos? De la Fuentes la sacó de Egipto.

—No, se desarrolló en un laboratorio a las afueras de Tacoma. Debía haber sido solo teórica, investigación pura. Haugen... Dominic Haugen, así se llamaba el científico. —La historia fue volviéndole al concentrarse—. Estaba de nuestra parte, pero después del robo la situación se hizo demasiado delicada para mantenerlo donde estaba. Seguridad Nacional lo enterró en algún laboratorio controlado por ellos. Teníamos al segundo al mando de la célula terrorista. Acabó confesando la situación del laboratorio en Jammu que estaba creando el virus con éxito a partir de los diseños robados. Arrasaron el laboratorio en una operación encubierta. Creían que tenían el arma biológica controlada, pero se les escaparon algunos miembros de la célula. Hasta donde yo sé, el departamento aún trabajaba con la CIA para localizarlos un par de años después…, cuando asesinaron a Barnaby.

Miró a Kevin, mientras los engranajes de su cabeza giraban tan deprisa que sintió un mareo físico.

—Cuando la CIA te lo asignó —siguió diciendo—, cuando te quemaron… Dijiste que intentabas investigar unos cabos sueltos. ¿Cuáles eran?

Kevin dio unos rápidos parpadeos que volvieron a recordarle a Daniel.

—El embalaje de las vacunas. Por fuera estaba en árabe, pero el envoltorio interior, las etiquetas originales…, estaba todo en inglés. Y también el nombre, Tacoma. No tenía sentido. Si De la Fuentes lo hubiera querido traducido, habría sido del árabe al español, no al inglés. Quería rastrear el origen del virus, porque estaba seguro de que no se había originado en Egipto. Supuse que en alguna parte debía de haber un estadounidense o un británico trabajando con los desarrolladores y quería encontrarlo. ¿Me estás diciendo que todo esto empezó en el estado de Washington?

—Tiene que ser el mismo virus. Los tiempos encajan. Nos llegó información sobre ese virus y de pronto empezaron a vigilarnos a Barnaby y a mí. Dos años después, más o menos cuando De la Fuentes le echó mano, ¿verdad?, asesinaron a Barnaby. Tuvo que ser el catalizador. Por eso lo mataron a él e intentaron matarme a mí. Porque el virus volvía a estar ahí fuera y, si la amenaza se hacía pública, los dos sabíamos algo que podía relacionarlo…

Barnaby nunca le había explicado qué desató su paranoia, por qué decidió que debían estar preparados para huir. Alex miró las letras de su pantalla. DH, Dominic Haugen. Era improbable que los malos hubieran dejado vivir a Haugen si habían considerado necesario eliminarlos a Barnaby y a ella. ¿Haugen habría sido el primero en morir? Posiblemente habría ocurrido de algún modo muy normal y previsible, como un accidente de coche o un infarto. Había una infinidad de métodos para que un asesinato pareciera inocente. ¿Quizá Barnaby se había enterado de la muerte de Haugen? ¿Sería eso lo que lo puso sobre aviso?

Quiso hacer una búsqueda rápida en internet, pero, si tenía razón, introducir el nombre de Haugen haría saltar alguna alarma. Si alguien intentaba indagar en su muerte, por anónimo que fuese el método, otro alguien iba a darse cuenta.

¿Quién era P? Ni siquiera estaba segura de tener bien esa letra. Había sido una mención de pasada. Algo corto, le parecía, corto y conciso.

—Ollie, ese embalaje… parecía…, no sé, profesional. No sé si es la palabra correcta, pero no era algo que hubieran montado deprisa y corriendo en un laboratorio improvisado perdido en Oriente Próximo.

Se miraron un momento.

—Siempre me pareció inverosímil —murmuró Alex— que alguien pudiera producir de verdad el virus solo a partir del diseño teórico de Haugen. Sería equivalente a ganar la lotería terrorista.

—¿Crees que robaron algo más que notas?

—Tuvo que hacerlo el propio Haugen, debió de ser él quien creó de verdad el virus. Si había tantas existencias, si la vacuna estaba tan bien empaquetada…, debieron de producirlo ellos. Por lo que trabajar en virus que podían usarse como armas no era tan solo una afición a la que se dedicaba Haugen en su tiempo libre. Era un proyecto militar. Había indicios de ello, algo sobre la implicación de un teniente general. Nadie quería seguir el rastro por la parte americana. Nos mantuvieron centrados en la célula terrorista. Lo normal era que nos dejaran hacer las preguntas que iban sugiriendo los datos…, pero recuerdo que esa vez fue distinto. Carston me dictó las preguntas que quería que hiciera.

—Así que nos quemaron a los dos por el mismo caso —dijo Kevin, taciturno.

—No creo que pueda darse una casualidad tan grande.

—Yo tampoco.

—¿A quién estarán protegiendo? —se preguntó Alex en voz alta—. Sea quien sea, ha de ser quien está al mando. Y, por tanto, sabe de tu existencia y de la mía.

—Lo que significa que tenemos que encontrarlo también.

Volvieron a mirarse.

—¿Alex? ¿Kev? ¿Chicos? ¿Esta casa está insonorizada?

Alex levantó la mirada despacio, sin enfocar del todo sus ojos en Daniel, que entraba por la puerta.

—¿Pasa algo? —preguntó Daniel en voz más baja cuando interpretó la escena. Caminó deprisa hasta la cama y puso una mano en el hombro de Alex.

—Solo resolvíamos un par de asuntos —dijo Kevin en tono seco.

Daniel miró a Alex.

—Tenemos que añadir otro nombre a nuestra lista —le explicó ella.

—¿Cuál?

—Ahí está el problema —señaló Kevin.

—Déjame que piense —propuso Alex—. Si no supiera la respuesta, no estarían intentando matarme. —Alzó la mirada hacia Kevin—. Sé que es una descripción muy amplia, pero ¿alguna vez oíste por tu lado un apellido que empezara por P y estuviera metido en esto?

—¿Por P? Tendré que darle un par de vueltas, pero así, a bote pronto, no. Voy a repasar otra vez las llamadas de Deavers, a ver si sale algo.

—Yo lo tendré en mente mientras reviso el material sobre Carston.

Kevin asintió con la cabeza y luego miró a Daniel.

—Espero que hayas entrado porque tienes la comida hecha. Hay que alimentar ese cerebro grandote de Ollie para que pueda resolver esto.

Llevaron los ordenadores a la gran isla de la cocina y empezaron a trabajar mientras comían. Val y Einstein no se habían movido, pero ahora estaban viendo un canal de teletienda. Daniel acercó un taburete al lado de Alex y miró cómo repasaba la imagen de la fachada, de aspecto muy respetable, de la mansión de Carston. Pasó deprisa los períodos de inactividad, cuando no había nadie en la casa, mientras escuchaba las llamadas telefónicas de Carston en los auriculares que se había puesto. Carston iba con cuidado y sus conversaciones de trabajo eran imprecisas, sin mencionar a ningún individuo ni proyecto específicos, y, dado que las llamadas del despacho estaban grabadas con un micrófono externo, Alex solo podía oír su parte de la conversación. Usaba tantos pronombres que era imposible seguirlos. Solo sacó en claro que había varios «él» que lo tenían muy de los nervios y que al menos un proyecto no iba bien. Sonaba estresado. Podía ser por lo que había pasado en Texas y el e-mail que había recibido Deavers. ¿Se sentía Carston en peligro? ¿Creía que Kevin conocía su existencia? Tendría que ir sobre seguro, por si acaso. Carston no había llegado donde estaba por no ser lo bastante paranoico.

Su casa tenía sistema de alarma, barrotes ornamentales en las ventanas de la planta baja y cámaras exteriores. Parte del metraje que le había pasado Kevin parecía proceder de esas cámaras: se debía de haber colado en el sistema. La posición no era ni mucho menos ideal, con muchos vecinos viviendo cerca y mucha actividad en la calle, tanto por la mañana como de noche. Infinidad de testigos.

—¿Tenéis que meteros ahí? —murmuró Daniel mientras Alex ampliaba el enésimo ángulo de cámara sobre las ventanas con barrotes.

—Con un poco de suerte, no.

Alex señaló a la mujer menuda que subía por la escalera hacia la puerta principal. Le pesaban las bolsas de papel que llevaba con la compra mientras metía la llave en la cerradura de seguridad y la hacía girar. Desde ese ángulo, Alex podía ver cómo se detenía en la puerta y tecleaba el código para desactivar la alarma. Tapaba el teclado con la mano y no hubo forma de ver la secuencia de números.

—¿Empleada doméstica?

—Eso parece. Y también le hace la compra.

—¿Eso es bueno?

—Podría ser. Si tuviera una cara nueva, podría seguirla por ahí un poco.

—¿Y si lo hiciera yo? —propuso Daniel—. Llevo tiempo sin salir en las noticias.

—Daniel, hace tiempo que no vemos las noticias —señaló Alex.

—Oh. ¿Crees que ahora estarán dando la historia de que soy malo?

—Es posible. Tendríamos que comprobarlo.

—¿Queréis ver las noticias? —dijo Val desde el sofá en la sala contigua.

—Eh… Si estás viendo tú algo, no —respondió Daniel con educación.

—Hay otra tele en un armario a la izquierda de la nevera, dos más allá —les dijo ella.

Daniel fue hacia esa alacena y, al abrir la puerta, apareció una pantalla de televisión que había en el hueco.

—Qué chulo —murmuró Kevin después de apartar medio segundo la mirada de su ordenador.

Alex volvió a su investigación mientras Daniel pasaba canales hasta que encontró uno que emitía noticias las veinticuatro horas. Bajó el volumen y regresó a su asiento junto a ella.

Alex no oyó que Val se levantara, pero de pronto tenía a la rubia inclinada sobre su hombro.

—Tiene pinta de aburrido —comentó.

—Bueno, añadir mi mortalidad a la ecuación le da un poco de chispa —repuso Alex.

—¿Has dicho que necesitas una cara nueva?

—Eh…, sí. Es que los moratones y las vendas me hacen demasiado memorable.

—¿Y ser memorable no te interesa?

—No.

—Puedo hacerlo yo.

—¿Eh? —dijo Alex.

—Darte una cara nueva.

Alex se volvió hacia Val y le dedicó toda su atención.

—¿A qué te refieres?

26

Esto sería más fácil si dejaras de hacer dos cosas a la vez
—protestó Val.

—Perdona, es que tengo el tiempo un poco justo.

—No muevas la cabeza.

Alex hizo lo que pudo. Tenía el portátil de Kevin en el
regazo, con los auriculares conectados. Si Carston iba en coche,
podía oír las dos partes de la conversación. Por desgracia, parecía que Carston dedicaba su tiempo al volante a llamar a su
única hija, Erin. Hablaban casi sin descanso de la nieta, la niña
cuya fotografía llevaba Alex en su guardapelo, y después de la
primera conversación de cuarenta minutos sobre qué programa
de educación preescolar resultaría con mayor probabilidad en
un final feliz en una universidad de élite, Alex había empezado
a usar la tecla de adelantar cada vez que oía la voz de la hija o,
si Carston estaba en el despacho, el tono especial que solo empleaba para hablar con Erin. Hablaban mucho más de lo que
Alex habría esperado. Alex bajó los dedos y pulsó el botón de
reproducir. Erin seguía parloteando, algo sobre llevar a Livvy

al zoo. Alex no se había perdido nada. Volvió a pasar deprisa el audio.

—Debes saber que esto es un trabajo imperfecto, y es culpa tuya.

—Soy responsable de toda imperfección, entendido —dijo Alex.

Val había puesto a Alex de espaldas a los espejos de la pared en el cuarto de baño, para que no pudiera ver lo que hacía. Lo único que sabía Alex era que notaba como una capa de pintura densa y oleosa sobre la piel. Había algo que tiraba del tajo que tenía en la mandíbula, tenso y opresivo.

Había pensado que el baño de invitados era opulento, pero aquel lugar era directamente demencial. Solo en aquella estancia podrían haber vivido con holgura dos familias de cinco miembros cada una.

Devolvió la atención a la pantalla de su ordenador. El ama de llaves llegaba de nuevo a casa de Carston. Por lo visto, llevaba la compra más o menos en días alternos. Alex se fijó en los productos que sobresalían por encima de las bolsas: un litro de leche desnatada orgánica, una caja de cereales de avena, zumo de naranja, café en grano. Tenía el número de matrícula de la empleada doméstica y Kevin le había conseguido la dirección. De noche, Alex podría salir y poner un rastreador en el coche de la mujer para poder seguirla a la tienda.

Cuando volvió a comprobar el audio, Erin estaba despidiéndose. Alex no entendía cómo era posible que Carston dedicara tanto tiempo a escuchar hablar a su hija. Menos mal que solo tenía una. Debía de hacer varias cosas a la vez, igual que Alex en aquel momento.

En sus llamadas de trabajo no se mencionaba ni un solo nombre, así que no había forma de buscar el que empezara por P. Alex tenía la sensación de que, si lograba desterrar ese problema al fondo de su mente, su subconsciente terminaría resolviéndolo por ella. Por desgracia, no podía dejar de obsesionarse con ello, de modo que no estaba adelantando nada.

—Vale, y ahora el toque final —dijo Val, forcejeando para poner una peluca a Alex.

—Auch.

—La belleza duele. Ya puedes mirar.

Alex se levantó, envarada por el tiempo que llevaba inmóvil, y se volvió hacia los espejos.

Dio un respingo. A primera vista, no se reconoció en la mujer bajita que estaba al lado de Val.

—¿Cómo…? —Sus dedos se dirigieron automáticamente al lugar donde debía haber estado la costra de su herida.

Val le apartó la mano de un cachete.

—No toques nada o lo correrás.

—¿Dónde está todo?

El rostro de la mujer del espejo estaba intacto y perfecto. Su piel parecía la de una inocente chica de catorce años. Tenía los ojos enormes, realzados sin pasarse. Los labios más carnosos, los pómulos más pronunciados. Llevaba el pelo hasta el hombro, castaño con mechas rojizas. Le caía en favorecedoras capas alrededor de aquellos pómulos repentinamente tan altos.

—He aquí tu cara nueva —dijo Val—. Ha sido divertido. La próxima vez, probaré a ponerte rubia. Tienes buen tono de piel y quedará natural sin demasiadas sombras.

—Espectacular. No me lo puedo creer. ¿Dónde has aprendido a hacer esto?

—Interpreto muchos papeles distintos. —Val se encogió de hombros—. Pero me gusta tener una modelo. Siempre quise una de esas cabezas de maniquí de Barbie cuando era pequeña. —Levantó la mano para dar unos golpecitos en la coronilla de la peluca de Alex—. O una hermana menor. Pero habría preferido la cabeza de plástico.

—Debo de tener diez años más que tú —repuso Alex.

—Qué buen cumplido. Pero tenga la edad que tenga, sigues sin ser mayor que yo en lo importante.

—Si tú lo dices… —Alex no quería discutir, y mucho menos cuando Val acababa de regalarle una inesperada tabla de salvación—. Ni mi propia madre me reconocería.

—Puedo ponerte más sexy —afirmó Val—, pero querías pasar inadvertida.

—Creo que no me he visto más sexy en la vida. Más sexy que esto, me daría miedo.

—Seguro que a Danny le gustaría —ronroneó Val.

—Por cierto, ¿cómo la cagué con eso? ¿Qué te dio la pista?

Val sonrió.

—Venga, por favor. Cuando dos personas se gustan tanto, lo irradian. No hiciste nada.

Alex suspiró.

—Gracias por comunicar tus observaciones a Kevin.

—Lo dices con sarcasmo, pero deberías darme las gracias de verdad. ¿No es todo más fácil ahora, sin tanto secretismo?

—Supongo que sí, pero también estuvo a punto de dispararme en la cabeza, ¿sabes?

—Quien no arriesga no gana.

Alex se acercó a la pared cubierta de espejos y aproximó la cara para examinar el disfraz. Había una especie de piel postiza que cubría la herida de su mandíbula. Movió la boca con cautela, buscando las expresiones que pudieran tirar demasiado y evidenciar el fraude. Notó una leve arruga al sonreír, pero las capas de la peluca cubrían bastante bien esa parte del rostro. No iba a tener que preocuparse de que alguien le notara algo raro, ni siquiera de cerca. Por supuesto, la gente notaría que iba maquillada, pero casi todas las mujeres normales lo iban. No sería motivo de atención.

Estaba en condiciones de acelerar sus planes. Ya no tenía que esperar a que anocheciera. Sonrió con ganas y al instante suavizó el gesto para aliviar la tensión en su piel falsa. Aquella nueva libertad era embriagadora.

Alex bajó deprisa la escalera, con el ordenador bajo el brazo. Ya tenía un plan bastante realizable, de bajo riesgo y exposición mínima, por lo que si seguía escuchando las llamadas era por la vana esperanza de que Carston cometiera un error y dijera algo importante. Era improbable, pero terminaría de repasarlas. Más tarde. De momento, era hora de hacer preparativos más concretos.

—Anda —gruñó Kevin. Alex vio que su mirada pasaba a Val, que bajaba tras ella—. Oye, Val, ¿cuántas vírgenes has tenido que sacrificar para darle ese aspecto?

—No necesito apoyo satánico para hacer mi trabajo —respondió Val—. Y las vírgenes no sirven para nada.

Daniel se levantó del sofá desde donde miraba las noticias, con el rigor de quien cumple su cometido, y fue a la escalera para ver de qué hablaban Kevin y Val.

Alex titubeó en el último escalón, sintiendo una extraña vulnerabilidad. No solía preocuparse de si estaba guapa o no.

Daniel tuvo que mirarla dos veces, pero se sobrepuso enseguida y su rostro se relajó con una sonrisa.

—Estaba tan acostumbrado a verte con los cardenales que casi me había olvidado de cómo eres sin ellos —dijo, y su sonrisa se ensanchó—. Me alegro de volver a verte.

Alex sabía que ni por asomo había tenido el mismo aspecto en el tren, pero lo dejó pasar.

—Salgo para colocar el rastreador —les dijo—. No debería tardar mucho.

—¿Quieres que te acompañe? —se ofreció Daniel.

—Mejor que no se te vea la cara de día —repuso ella. Daniel no pareció muy satisfecho, pero puso gesto de resignación. Alex imaginó cómo se sentiría ella si él saliera a vigilar a algún objetivo, y comprendió sus reparos—. Esto será coser y cantar —le prometió.

—Llévate el sedán —dijo Kevin, señalando unas llaves que había en la encimera.

—A sus órdenes —respondió Alex, imitando su tono de soldado. Kevin no pareció reparar en ello.

La empleada de Carston ya habría llegado a su casa, si no tenía recados que hacer. Solo trabajaba por las mañanas. Por supuesto, quizá tuviera otros clientes, pero Carston debía de pagarle bien para no tener que compartirla y que estuviera disponible si necesitaba algo. Alex condujo el coche negro por toda la ciudad, hasta un lugar no muy alejado del apartamento vacío de Daniel. Se alegró de tenerlo escondido en casa de Val. Estaba segura de que el apartamento tendría asignado algún tipo de vigilancia, con la esperanza de que cometiera la imprudencia de volver a por su cepillo de dientes o su camiseta favorita.

En el barrio del ama de llaves no había plazas de aparcamiento reservadas para residentes. Alex encontró el viejo monovolumen blanco a una manzana del bloque donde vivía la mujer. Había mucho tráfico, tanto de coches como de peatones. Encontró un sitio libre cerca del supermercado de la esquina y siguió a pie.

El calor de principios de verano la hizo sudar casi al instante. Al contrario que Kevin, Alex no tenía una infinidad de disfraces para elegir, por lo que volvía a llevar su chaqueta. La notaba el doble de gruesa de lo normal. Pero, en fin, necesitaba los bolsillos. Con un poco de suerte, el sudor no le destrozaría el maquillaje.

La rodeaba el número de personas suficiente como para sentirse invisible, una más del rebaño. La cifra menguó al cruzar hacia la siguiente manzana, pero aun así seguía sin destacar.

Sacó el teléfono del bolsillo y pulsó Rellamada.

Kevin respondió al primer tono.

—¿Cuál es el problema, Oleander?

—Llamaba solo para saludar —le dijo ella.

—Ah. ¿Mimetizándote?

—Claro, hombre.

—Habla con Danny. No tengo tiempo para mimetizarme contigo.

—Casi mejor —respondió Alex, pero Kevin ya no estaba al otro lado de la línea.

Oyó un golpe cuando el teléfono dio contra algo y entonces Daniel dijo:

—Auch.

Alex inspiró profundamente para relajarse. Kevin siempre le daba ganas de apuñalar cosas.

—Alex, ¿estás bien?

—De maravilla.

Kevin gritó algo de fondo.

—Kevin dice que intentas aparentar naturalidad —repitió Daniel.

—En parte, sí —reconoció.

Estaba a solo dos coches de distancia del monovolumen. Tenía a un hombre delante, pero caminaba en el mismo sentido que ella y, por tanto, le daba la espalda. No oía pasos por detrás, pero quizá alguien la tuviera en su campo de visión. No se volvió para comprobarlo.

—Entonces, deberíamos hablar de cosas normales, como hace la gente, ¿no? —estaba diciendo Daniel.

—Exacto.

—Esto… ¿Qué te apetece para cenar? ¿Quieres que volvamos a quedarnos en casa?

Alex sonrió.

—Quedarnos sería estupendo. Cenaré cualquier cosa que tengas ganas de cocinar.

—Me pones las cosas demasiado fáciles.

—Ya hay bastantes dificultades en el mundo como para ir añadiendo más. —Se apartó unos mechones de la peluca de los ojos y sus dedos tiraron el teléfono al suelo. Rebotó por la acera y se quedó balanceándose al borde de la calzada—. Un momento —dijo en voz más alta hacia él—. Se me ha caído el móvil.

Se arrodilló para recoger el teléfono, apoyada en el borde del guardabarros del monovolumen. Se levantó con brío, sacudiéndose las mallas a la altura de la rodilla.

—Perdona —se disculpó.

—¿Acabas de colocar el dispositivo de rastreo?

Alex echó a andar de nuevo hacia el final de la manzana, donde podría empezar a dar la vuelta para volver al coche.

—Sí.

—Muy hábil.

—Ya te he dicho que era coser y cantar. Nos vemos pronto.

—Conduce con cuidado. Te quiero.

Kevin gritó algo de fondo y hubo otro golpe cerca de su teléfono.

—¿Estás de broma? —vociferó Daniel en respuesta—. ¿Un cuchillo?

Alex colgó y apretó un poco el paso. No podía dejarlos solos ni veinte minutos.

Las cosas habían vuelto a la normalidad —o a la nueva versión de normalidad para Alex— cuando regresó al piso de Val. Daniel seguía aplicado en ver las noticias. Val acababa de volver de dar un paseo a Einstein y estaba llenando el precioso cuenco de cristal con más agua para él. Kevin vigilaba la señal de sus cámaras mientras afilaba un machete. Hogar, dulce hogar.

—¿Hay algo? —preguntó a Daniel.

—Nada sobre mí. Por lo visto, al final el vicepresidente va a dimitir antes de las elecciones. Será que esos recientes rumores tan escandalosos no eran infundados del todo. Así que, claro, está todo el mundo especulando sobre a quién elegirá el presidente Howland como compañero de candidatura.

—Fascinante —musitó Alex en un tono que sugería lo contrario.

Soltó su bolso en un taburete blanco, se sentó en el siguiente y abrió su portátil. En casa de Carston todo estaba tranquilo, así que empezó a retroceder en el tiempo para ver si se había perdido algo estando fuera. Hasta el momento, no había encontrado ningún visitante habitual aparte del ama de llaves y el servicio de seguridad que enviaba un coche cada día a primera hora de la tarde.

Daniel pasó a otro canal de información, donde estaban dando otra versión de la misma noticia.

—¿Te da igual quién sea el candidato a vicepresidente? —preguntó—. Howland es bastante popular. Es fácil que quien elija acabe siendo vicepresidente, y quizá presidente dentro de cuatro años.

—Títeres de ventrílocuo —farfulló Kevin, mientras dejaba el machete y empezaba a trabajar en un largo cuchillo de deshuesar.

Alex asintió con la cabeza, ralentizando el vídeo para observar a dos adolescentes que paseaban sin prisa por delante de casa de Carston.

—¿Por qué lo dices? —preguntó Daniel.

—Porque me trae sin cuidado la marioneta —dijo Kevin—. Quien me importa es el que maneja sus hilos.

—Es una actitud bastante cínica sobre la nación democrática para la que trabajabas.

Kevin levantó los hombros.

—Pues vale.

—Alex, ¿republicana o demócrata? —preguntó Daniel.

—Pesimista.

Alex se acercó el otro ordenador, el que recibía las grabaciones de las llamadas, y le conectó sus auriculares.

—Entonces, ¿os da igual que vaya en cabeza un senador ultraderechista del estado de Washington que antes trabajaba en la Agencia de Inteligencia de la Defensa?

La primera llamada que se había perdido Alex volvía a ser de la hija. Lo notó en el tono amable y paternal de Carston. Empezó a pasarla rápido.

—Tiene sentido —estaba diciendo Val, mientras se quitaba una goma del pelo. Llevaba ropa de deporte sudada y aun así parecía sacada de una portada de *Maxim*—. Howland es blando. Si va con alguien de perfil más conservador, podrá arrancar votos a su adversario. Además, ese tío nuevo es mitad abuelo, mitad madurito interesante, y con un nombre pegadizo de dos sílabas. No sería la peor opción para Howland. —Se revolvió el pelo, que cayó en ondas perfectas sobre su espalda.

—Es triste, pero me parece que tienes razón. Esto es solo un concurso de belleza.

—Como todo, cariño —replicó Val.

Alex volvió a comprobar la grabación, pero Carston seguía escuchando y haciendo amables ruiditos inarticulados de vez en cuando. Aceleró de nuevo el audio.

—Supongo que debería ir acostumbrándome, ya que no creo que vuelva a poder votar. —Daniel frunció el ceño—. Vicepresidente Pace. ¿Crees que es su apellido de verdad o se lo cambió para atraer a más votantes? Wade Pace. ¿Tú pondrías ese nombre a tu hijo?

—Yo no pondría ningún nombre a mi hijo —respondió Val—, porque no sería tan idiota como para traer uno al mundo.

Los dedos de Alex detuvieron la grabación de un modo casi automático.

—¿Qué has dicho?

—Explicaba a Daniel que no soy muy maternal —contestó Val.

—No, Daniel, ¿me repites ese nombre?

—¿El del senador Pace? ¿Wade Pace?

—Ese nombre... me suena de algo.

—Como a todo el mundo —comentó Daniel—. Lleva tiempo posicionándose para el puesto y no es que mantenga un perfil bajo precisamente.

—Yo no sigo la política —repuso Alex. Estaba mirando la pantalla del televisor, pero en ese momento solo salía una presentadora—. ¿Qué sabes de ese tipo?

—Solo lo que dicen en las noticias —respondió Daniel—. Una hoja de servicio impoluta y todos los clichés de siempre.

—¿Era militar?

—Sí, general de algo, creo.

—¿Teniente general?

—Puede ser.

Kevin también estaba prestando atención.

—Wade Pace. Pace, con P. ¿Es nuestro hombre?

Alex tenía la mirada perdida y estaba balanceándose sin darse cuenta en el taburete.

—Es del estado de Washington, trabajaba en inteligencia militar... —Miró hacia Kevin—. Pongamos que la Agencia de Inteligencia de la Defensa estuviera explorando opciones teóricas para armas biológicas. Este tipo ya tenía aspiraciones políticas, así que obviamente se aseguraría de que el dinero se invirtiera en su estado natal. Sobre el papel, tendrían objetivos bastante inofensivos, y lo único que verían los votantes sería la inyección económica. Es posible que le ayudara a hacerse con su escaño en el Senado. Todo estupendo. Pero luego, años más tarde, les roban ese virus que han inventado. Está claro que no puede saberse que tuvo mano en su creación. Nadie puede saber que existe. Nosotros buscamos a los malos y resulta que nos dan demasiada información. Wade Pace tiene grandes aspiraciones. Cualquiera que haya oído su nombre en relación con el virus...

—Tiene que ser silenciado preventivamente —terminó la frase Kevin—. ¿Y quién sabe lo que habrá podido descubrir ese agente de la CIA tan concienzudo? Mejor silenciarlo también.

—No se puede correr riesgos —susurró Alex—. No si tienes aspiraciones tan ambiciosas.

Hubo silencio durante treinta segundos.

—¡Uau! —exclamó Val, tan alto que hizo saltar a Alex—. ¿En serio vais a asesinar al vicepresidente? —Por el tono, estaba entusiasmada del todo con la idea.

—Todavía no es vicepresidente —dijo Kevin—. No tiene ningún cargo oficial, así que no lleva protección del Servicio Secreto.

Daniel se había quedado boquiabierto.

Las apuestas subían de nuevo, pero tampoco tanto. Al final, por mucho que representara, Wade Pace no era más que otro corazón que latía.

Kevin trabó la mirada con Alex.

—Y nos mandó matar a mí, a mi hermano, a ti y a tu amigo para así poder intentar llegar a presidente. Oh, este sí que voy a disfrutarlo.

Alex abrió la boca para responder, pero volvió a cerrarla de golpe al momento. Sería mucho más fácil y seguro para ella dejar que Kevin se ocupara de todo el trabajo sucio posible.

Pero estaba en juego su anonimato —y el de Daniel, y por tanto también el de su hermano gemelo idéntico—, y había que protegerlo a toda costa para que el plan pudiera funcionar. Quizá a Kevin se le diera mejor matar que a ella, pero Alex estaba bastante segura de que lo superaba a la hora de minimizar el revuelo. «Si quieres que algo se haga bien…».

—Aunque odie privarte de cualquier diversión, creo que deberías dejar que me encargue yo de este. —Tuvo un leve escalofrío. Aquello podía ser un error garrafal. ¿Estaba convirtiéndose en una yonqui de la adrenalina, lo mismo que le había reprochado a Daniel? No lo creía. Lo único que le inspiraba la idea de añadir otro trabajo a su lista era pavor—. Tiene que hacerse con disimulo, ¿verdad? No llamaría demasiado la atención que nuestro candidato a presidente muriera de un infarto o una apoplejía, o por lo menos no tanto como si lo encontraran muerto de un tiro después de un allanamiento.

—Puedo ser discreto —insistió Kevin. Su ceño empezaba a fruncirse.

—¿Tanto como para simular una muerte natural?

—Bastante cerca.

—«Bastante cerca» pone en alerta roja a nuestros otros objetivos.

—Ya están en alerta roja.

—¿Y cómo piensas hacerlo?

—Ya improvisaré cuando llegue.

—Un plan excelente.

—¿Sabes cuánta gente muere en accidentes domésticos cada día en este país?

—No. Pero estoy segura de que mueren más hombres blancos de sesenta y pocos años por problemas de salud que por cualquier otra causa.

—Vale, sí, un ataque al corazón sería la forma más disimulada de que muriera Pace, de acuerdo. ¿Cómo piensas llegar a él, canija? ¿Llamando a su puerta y pidiéndole un poco de azúcar? No te olvides de ponerte el delantal con encajes para hacerlo más realista.

—Puedo adaptar el plan para Carston. Solo necesito investigar a Pace unos días más y…

Kevin dio un fuerte manotazo en la encimera.

—No tenemos tanto tiempo. Ya vamos con bastante retraso. Sabes de sobra que Deavers y Carston no están desperdiciando el tiempo de preparación que les hemos concedido.

—Precipitarnos solo servirá para dejar aberturas que puedan aprovechar. Una buena preparación...

—¡Pero qué irritante eres!

Alex no se había dado cuenta de cuánto se habían acercado Kevin y ella: estaban casi escupiéndose en la cara a quince centímetros de distancia hasta que de pronto la mano de Daniel se interpuso entre ellos.

—¿Puedo interrumpir para sugeriros lo evidente? —preguntó.

Kevin le apartó el brazo de un manotazo.

—Tú no te metas, Danny.

Alex respiró hondo para tranquilizarse.

—¿Qué es tan evidente? —preguntó a Daniel.

—Alex, tú tienes el mejor plan para..., hum, asesinar al senador. —Sacudió la cabeza muy deprisa—. No puedo creer que esto esté pasando.

—Está pasando —replicó Kevin con aspereza—. Y yo no diría que un plan sin punto de entrada sea el mejor.

—Déjame terminar. Alex tiene la mejor... metodología. Kevin, tú tienes la mejor probabilidad de entrar sin que te detecten.

—Sí que la tengo —respondió Kevin, agresivo.

—Ah —dijo Alex, de repente contrariada por algún motivo. Quizá fuese solo el orgullo herido y la molestia de tener que colaborar con alguien tan repulsivo—. Tienes razón —reconoció, mirando a Daniel—. Otra vez.

Él sonrió.

—¿En qué? —exigió saber Kevin—. Y parad ya de haceros ojitos, que me están dando arcadas.

—Obviamente —explicó Alex, estirando la palabra casi hasta las cinco sílabas—, tenemos que hacerlo en equipo. Entras tú con mi disolución ya preparada. En realidad... —Su cerebro empezó a barajar opciones—. Será más de una disolución, me parece. Tendremos que mantenernos en contacto para que pueda orientarte sobre la mejor forma de aplicar…

Kevin le dedicó una mirada acre.

—¿Tú estás al mando y yo solo sigo órdenes sobre el terreno?

Alex le sostuvo la mirada.

—Cuéntame otro plan mejor.

Kevin puso los ojos en blanco, pero al momento se recompuso.

—Bien. Tiene sentido. Así tendrá que ser.

Alex empezó a sentirse mejor. Podía cumplir con su parte sin correr ningún riesgo. Y, aunque no le gustaba nada admitirlo, sabía que Kevin sería capaz de cumplir con la suya.

Kevin dio un bufido, como si le hubiera leído el pensamiento, y dijo:

—¿Puedo pedirte un favor?

—¿Qué quieres?

—Cuando mezcles tus matraces de venenos, ¿puedes hacer que esto duela? ¿Mucho?

Alex sonrió, a pesar del miedo.

—Eso sí que sé hacerlo.

Kevin estuvo un minuto en silencio, con los labios apretados.

—Esto es muy raro, Ollie. Casi… Bueno, casi me estás cayendo bien.

—Ya se te pasará.

—Tienes razón, ya casi ni lo noto. —Suspiró—. ¿Cuánto tiempo necesitarás con tus cacharritos de química?

Alex hizo un cálculo rápido.

—Dame tres horas.

—Mientras tanto, investigaré a mi nuevo objetivo.

Kevin cogió su machete y los demás cuchillos y se marchó por la escalera, silbando.

Alex se levantó y estiró los músculos. Incluso con la nueva presión y su pavor asociado, sentaba bien tener la respuesta. El nombre que faltaba había sido un incordio, como un picor dentro del cráneo. Sabiéndolo, podía concentrarse en su siguiente jugada.

—Vale, estoy en el baño del dormitorio principal.

La voz llegó apagada para tratarse de Kevin, pero aun así demasiado alta para el gusto de Alex. Si le mencionara sus temores, Kevin se limitaría a recordarle que el experto era él, pero aun así la inquietaba. Era demasiado bravucón.

Alex se preguntó si habría llevado a Einstein consigo a la casa. Era muy probable, pensó, pero por supuesto el perro no haría el menor ruido.

—Asegúrate de encontrar su lado del armarito. No quiero matar a la esposa. —Alex no podía hablar más que en susurros, a pesar de la aparente confianza de Kevin.

—¿Cómo dices?

—Que te asegures de encontrar sus cosas, no las de ella —murmuró, en voz un poco más alta—. Que no sea nada unisex, como la pasta de dientes.

—Estoy bastante seguro de que los estantes de la derecha son los de nuestro hombre. Recambios de maquinilla de afeitar, comprimidos para las migrañas, protector solar de factor cuarenta y cinco, complejo vitamínico para mayores y algo de maquillaje, pero todo de color carne.

—Asegúrate.

—Estoy seguro. Hay muchos pintalabios y perfumes en el lado izquierdo.

—Podrían compartir algunas cosas. Mira en los cajones de debajo.

Alex visualizó a la hermosa mujer rubia que había visto junto a Wade Pace en las fotos oficiales. Carolyn Josephine

Merritt-Pace. Solo tenía diez años menos que el senador, pero parecía un cuarto de siglo más joven. Alex no sabía de qué se habría operado, pero había tenido la prudencia de mantener los cambios al mínimo. Había conservado la sonrisa cálida y radiante que le arrugaba las comisuras de los ojos y resultaba tan auténtica. Había heredado una fortuna de su aristocrática familia sureña, buena parte de la cual había usado para financiar las diversas causas que apoyaba: alfabetización, lucha contra el hambre infantil, preservar las clases de música en las escuelas de zonas marginales, construir albergues para indigentes... Nunca nada que pudiera generar controversia. Había sido ama de casa mientras criaba a sus dos hijas, ambas graduadas en buenas universidades del sur y casadas con hombres respetables, un pediatra y un profesor universitario. Por lo que Alex había podido averiguar en su apresurada investigación de la esposa del senador, la señora Merritt-Pace parecía una buena persona. Desde luego, no merecía la dolorosa muerte que iba a sufrir su marido. Que, *con un poco de suerte*, iba a sufrir su marido, se corrigió Alex. Seguía habiendo mucho en manos de la suerte.

—Tengo aquí tres cajas de pastillas de jabón, un paquete de cepillos de dientes sin abrir, protector labial de dos sabores, cereza y fresa, pomada, discos de algodón y bastoncillos. En el siguiente cajón... Ah, allá vamos. Crema para hemorroides. Encaja. Y supositorios también. ¿Qué opinas, Ollie?

—Podría servir. Preferiría algo de uso tópico en vez de ir por la ruta oral, aunque sea solo por separar esto lo más posible de Carston. Pero puede que no use la crema ni los supositorios con regularidad.

—Bien pensado. Aunque me encantaría poder meterle literalmente el veneno por... Eh, espera, ¿este tío fuma?

—Eh... Dame un segundo.

Alex tecleó «¿Wade Pace fuma?» en la ventana del explorador que tenía abierto. Al instante, la pantalla se llenó de artículos e imágenes. Pinchó en las imágenes, que en su mayoría eran fotografías de mala calidad sacadas desde detrás o desde muy lejos. Wade Pace, más joven que en la actualidad, con algo de negro aún en el pelo y casi siempre vestido con uniforme militar, nunca estaba en el centro de la imagen, pero era fácil distinguirlo cigarrillo en mano. Después estaban las fotos más recientes, ahora sí ocupando el centro, las posteriores a su transformación en el «madurito interesante» que decía Val, en las que jamás sostenía cigarrillos. Pero varios fotógrafos habían sacado primeros planos del parche de nicotina parcialmente visible a través de la manga de su camisa blanca. En otra foto estaba de vacaciones, con una estridente camisa hawaiana y con el parche más oscuro asomando un ápice de la manga. La fotografía de las vacaciones se había tomado en abril. No hacía mucho tiempo.

—Parece que antes sí —confirmó Alex—. Dime que has encontrado los parches.

—NicoDerm CQ. Una caja a medio usar, con tres paquetes sin abrir detrás. Voy a comprobar las papeleras.

Alex esperó con ansia mientras duró el silencio.

—Afirmativo. Parches usados en la papelera, debajo de su lavabo. Diría que esta papelera se vacía con frecuencia, así que sigue utilizándolos.

—No podría ser más perfecto —dijo Alex entre dientes—. Usa la jeringuilla marcada con el número tres.

—Entendido.

Alex oyó el quedo sonido de una cremallera al abrirse.

—Que el líquido no entre en contacto con tu piel. Métela por el borde, sin dejar un agujero evidente.

—No soy idiota. ¿Cuánto pongo?

—Baja el émbolo hasta la mitad.

—Es muy pequeña, ¿estás…? Vale, olvídalo. ¿Cuánto tardará en secarse?

—Unas horas. Déjalo…

—Bajo el parche de arriba, ¿verdad? —interrumpió Kevin—. Que se quede el segundo.

—Sí, así está bien.

Alex oyó la leve risita de Kevin.

—Misión cumplida. Wade Pace es un merecidísimo hombre muerto que aún camina. Pasemos al objetivo número dos.

—¿Contactarás cuando estés en posición?

—Negativo. Debería tardar menos de veinticuatro horas. Nos vemos después en el apartamento.

—Bien.

—Ponte con tu hombre, Ollie.

La respuesta de Alex salió un poco más aguda de lo normal.

—Sí. Lo tendré, hum…, hecho antes de que vuelvas.

Kevin captó su nerviosismo y cambió a un tono bronco, autoritario.

—Más te vale. Si provoco movimientos, tu plan podría no funcionar.

—Bien.

Kevin desconectó antes de que pudiera hacerlo ella. Otra vez.

Alex respiró hondo y dejó el teléfono y el ordenador en la cama a su lado.

Daniel estaba sentado con las piernas cruzadas en el suelo, a sus pies, con una mano rodeándole suavemente la pantorrilla. Sus ojos no se habían apartado de la cara de Alex en toda la conversación telefónica.

—¿Lo has oído todo? —preguntó ella.

Daniel asintió.

—No puedo creer que no haya despertado a nadie. Dime que yo no tengo la voz tan penetrante.

Alex sonrió.

—No.

Daniel se echó adelante para apoyarle el mentón en una rodilla. Alex notó que tensaba la mano en torno a su pierna.

—Y ahora te toca a ti. —Apenas susurró las palabras, pero el volumen no logró disfrazar su intensidad.

—Aún falta un poco. —Echó una mirada automática al reloj digital que había instalado como parte de su laboratorio temporal. Marcaba las 4.15—. Todavía me quedan unas horas antes de actuar.

Notó el movimiento en su piel cuando Daniel tensó la mandíbula.

—No voy a hacer nada peligroso —le recordó—. No voy a irrumpir en la fortaleza de nadie. No será tan distinto a colocar el rastreador.

—Lo sé. Es lo que me digo a mí mismo todo el rato.

Alex se levantó para estirarse y Daniel retrocedió para dejarle espacio. Alex señaló con la barbilla el rincón donde tenía extendido de cualquier manera su equipo de laboratorio, repartido en varias mesas rinconeras. Había aprovechado la ocasión para crear un buen suministro de «Sobrevive» después de terminar con las recetas para Pace.

—Tendría que recoger esto antes de que moleste a Val.

Daniel se puso en pie.

—¿Te ayudo?

—Claro. Pero no toques nada sin guantes.

Les llevó poco tiempo, sobre todo porque Alex tenía muchísima práctica montando y desmontando su laboratorio, a veces con urgencia. Daniel captó deprisa su sistema de ordenación y al poco tiempo ya tenía el estuche correcto preparado antes de que ella terminara de desmantelar el equipo. Mientras Alex envolvía con cuidado el último matraz florentino, echó otro vistazo al reloj. Seguían quedando horas antes de que Val tuviera que ponerse con su maquillaje.

—Pareces agotada —comentó Daniel.

—Hemos empezado temprano. Val me arreglará para que esté presentable.

—Una siesta tampoco te vendría mal.

Alex estaba bastante segura de que no lograría dormirse. Se esforzaba por aparentar serenidad para no preocupar a Daniel, pero en realidad notaba que las semillas del pánico empezaban a echar raíces en su mucosa estomacal. No era que le hubiera mentido sobre nada de lo que iba a hacer, pero no estaba ni por asomo tranquila acerca de la siguiente fase. La fase de la acción en sí. Lo cierto era que había vuelto a su mentalidad habitual y se encontraba muy cómoda con los preparativos, pero, llegado el momento de poner el plan en práctica, su sistema nervioso se sobrecargaba. Aun así, aunque solo pudiera descansar un poco, le vendría bien.

—Buena idea.

Mientras Alex observaba a la empleada de Carston cruzando las puertas automáticas del enorme supermercado, inhaló varias bocanadas lentas de aire e intentó centrarse. Comprobó su cara en el espejillo de la visera y la ilusión creada por Val la tranquilizó. Ese día llevaba el pelo de un color rubio arenoso bastante convincente. Su maquillaje parecía sutil, pese a lo mucho que cubría. Alex se alegró de constatar que su nariz estaba asentándose en su nueva forma, quizá para siempre. Todo ayudaba.

Habían entrado algunos clientes más, y Alex supo que tenía que moverse. Una última inspiración profunda. Lo que venía no era tan difícil. De momento, solo tenía que hacer la compra.

En el supermercado había trajín. Los clientes formaban un grupo heterogéneo, en el que Alex supo que no destacaría. De pronto recordó la catastrófica excursión de compras que había hecho Daniel en Childress y se sorprendió de su propia sonrisa. La atribuyó a los nervios.

Pese al ajetreo, no fue difícil encontrar a la mujer que buscaba. El ama de llaves llevaba un vestido cruzado de color amarillo brillante, bastante chillón. En lugar de seguirla por el supermercado, Alex adoptó el patrón inverso para cruzársela una vez cada dos pasillos. De ese modo, Alex entraba en el campo visual de la mujer más a menudo, pero quedaba más natural, menos sospechoso. La mujer, que de cerca parecía rondar la cincuentena, estaba en forma y era bastante atractiva, ni siquiera se fijó en Alex. Mientras tanto, ella llenó su carrito de objetos aleatorios e inofensivos, como leche, pan o pasta de dientes, antes de añadir los pocos productos que importaban.

A Carston le gustaban unas botellitas de zumo de naranja orgánico. Debían de conservarse poco tiempo, porque la empleada compraba unas pocas cada vez y nunca hacía acopio. Alex cogió tres, la misma cantidad que había en el carrito del ama de llaves, y las dejó en el asiento para niños del suyo.

Llevó el carrito a un pasillo vacío, el de las tarjetas de felicitación y material de oficina que nadie parecía querer esa mañana, y destapó la pequeña jeringuilla que tenía en el bolsillo. Era una aguja muy fina, que apenas dejó marca después de atravesar el plástico de la botella de zumo de naranja, justo por debajo del tapón de rosca. Mantuvo el cuerpo vuelto hacia las tarjetas, como si estuviera buscando la frase sentimental perfecta. Al terminar, cogió una brillante tarjeta de felicitación en rosa fuerte y la metió en su carrito. Quizá se la diera a Kevin cuando hubiera terminado su misión. Tenía la clase de purpurina que tardaba días en despegarse de la piel.

Barnaby y ella habían bautizado esa droga con el sencillo nombre de «Ataque al corazón», porque era lo que provocaba. En ocasiones, después de terminar el interrogatorio, el departamento necesitaba librarse de algún sujeto de algún modo que pasara por natural. Al cabo de unas tres horas, «Ataque al corazón» se descomponía en un metabolito que era casi indetectable. En un hombre de la edad y condición física de Carston, y teniendo en cuenta su alto estrés laboral… En fin, Alex dudaba mucho que alguien investigara demasiado la causa de su muerte, al menos de inmediato. Claro que, si tuviera veinticinco años y corriera maratones, parecería más sospechoso.

Alex fue hacia la panadería, porque estaba cerca de las cajas y desde ahí tenía una vista despejada de los clientes que esperaban para pagar. Transcurrieron unos diez minutos, en los que se fingió indecisa entre una *baguette* y panecillos de chapata, pero entonces el ama de llaves apareció desde el pasillo 19 y se puso a la cola. Alex metió la *baguette* en su carro y se sumó a la cola contigua.

Aquella era la parte complicada. Tendría que seguir bastante de cerca a la mujer cuando salieran de la tienda. El poco llamativo sedán negro de Alex estaba aparcado al lado del monovolumen. Mientras la mujer cargara su compra, Alex tropezaría con los brazos cargados de bolsas y caería contra el parachoques del monovolumen. No debería ser muy difícil dejar su zumo en el maletero del coche. Quizá pudiera llevarse las botellitas de zumo de la mujer pero, si no, operaba con la suposición de que el ama de llaves las metería todas en el frigorífico, aunque tuviera de más.

Alex vigiló la cinta transportadora de la caja contigua para confirmar que el zumo estaba allí. Cuando localizó lo que buscaba, se apresuró a apartar la mirada.

Mientras su propia compra pasaba por el lector, frunció el ceño. Algo fallaba. Algo no encajaba con su imagen mental. Volvió a mirar la otra cinta transportadora, intentando descubrir qué era.

El empleado de la tienda estaba metiendo una caja de Lucky Charms en una bolsa. La mujer nunca había comprado cereales de ese tipo para Carston, al menos que hubiera visto Alex. Carston era animal de costumbres y desayunaba los mismos cereales con alto contenido en fibra cada mañana. Los malvaviscos azucarados con premios de plástico no formaban parte de su rutina.

Otra mirada rápida, con la cabeza gacha. El habitual café en grano, la crema para el café baja en grasa y el litro de leche desnatada, pero también había una garrafa de leche entera y una caja de galletas de mantequilla.

—¿Papel o plástico, señorita? ¿Señorita?

Alex se centró a toda prisa, abrió su cartera y sacó tres billetes de veinte.

—Papel, por favor —respondió. El ama de llaves siempre pedía bolsas de papel.

Su mente no dejó de dar vueltas mientras esperaba el cambio.

Quizá el ama de llaves también comprara para ella aprovechando que hacía la compra de Carston. Pero si se llevaba leche, tendría que meterla en la casa y ponerla en la nevera de Carston hasta el momento de marcharse, para que el calor no la estropeara. Y no lo había hecho nunca hasta entonces.

¿Carston esperaría invitados?

El corazón de Alex atronó incómodo mientras seguía a la mujer por las puertas automáticas, con sus dos bolsas aferradas en la mano izquierda.

Necesitaba que fuese Carston quien degustara esa botellita de zumo de naranja. Pero ¿y si la abría algún amigo? ¿Y si ese amigo sí que tenía veinticinco años y corría maratones? Entonces se haría evidente lo que había intentado. Carston cambiaría de costumbres y reforzaría su seguridad. Y sabría que había sido Alex, sin lugar a dudas. Sabría que estaba viva y cerca.

La cacería volvería a empezar, más angustiosa que nunca.

¿Debía arriesgarse? Ese zumo era el capricho de Carston. Lo más probable era que no se lo ofreciera a nadie más. Pero ¿y si lo hacía?

Mientras su mente recorría a toda prisa las posibilidades, un pequeño fragmento de información sin importancia —o al menos, así lo había catalogado— reapareció en su cabeza y le sugirió una nueva perspectiva.

El zoo. La hija se había dedicado a parlotear sin descanso sobre el zoo. Y habían sido muchas llamadas, cada día, algunas de ellas de más de una hora. ¿Y si Erin Carston-Boyd no mantenía siempre tanto contacto con su padre? ¿Y si Alex, en su apuro por llegar a las llamadas importantes, había pasado por alto alguna información crucial, como la inminente visita de su hija y su nieta? El zoo de Washington era muy famoso, el lugar exacto al que alguien querría llevar a su nieta de fuera de la ciudad. Igual que los Lucky Charms eran el tipo de cereal exacto que un abuelo consentidor tendría a mano para los desayunos de su nieta.

Alex suspiró, con disimulo pero también con intensidad. No podía arriesgarse a envenenar a la niña.

«¿Y ahora qué? ¿El café?». Pero Erin también tomaría café. ¿Quizá alguna clase de toxina, algo que tuviera efectos parecidos a la salmonelosis?

No podía esperar a que los parientes de Carston volvieran a su casa. Para entonces, Deavers y Pace ya estarían muertos, si no lo estaban ya, y Carston pasaría a alerta roja. No tendría más oportunidades de anticiparse a la reacción de pánico. Habría seis botellas de zumo y solo una estaría envenenada... Lo más probable sería que la bebiera Carston... Seguramente a la niña no le pasaría nada...

«Ay», gimió para sus adentros, y redujo el paso. Sabía que no iba a hacerlo. Y no podía volver a la cafetería favorita de Carston y añadir un ingrediente adicional a su pollo a la parmesana, porque con toda seguridad había renunciado a esa costumbre después de que ella diera con él en la terraza. Las únicas opciones que le quedaban eran de lo más evidentes y peligrosas, como pedirle prestado el fusil a Daniel y disparar a Carston a través de la ventana de su cocina. Las probabilidades de que la capturaran —y la mataran— serían mucho mayores de lo que había planeado.

Kevin iba a disgustarse con ella. En su lista solo había una persona y ya había fracasado. No podría echarle en cara su reacción porque ella también estaba disgustada.

Como si pudiera leerle los pensamientos, Kevin escogió ese momento para llamar. Alex notó la vibración en el bolsillo, sacó el teléfono y leyó el número. Pulsó para responder y se llevó el móvil a la oreja, pero no dijo nada. Todavía estaba demasiado cerca del ama de llaves y no quería que la mujer oyera su voz y se girara, dando así otro vistazo más de cerca a la rubia que iba siguiéndola. Quizá la empleada de Carston siguiera siendo su vía de acceso. Alex no podía permitirse que reparara en ella.

Esperó a que Kevin empezara a echarle la bronca, presa del irracional convencimiento de que, de algún modo, había sentido que fracasaba. «Menuda forma de cagarla, Oleander», dicho con la voz a medio grito que era su volumen normal.

Kevin no dijo nada. Alex apartó el teléfono para mirar la pantalla. ¿Se habría cortado? ¿La habría llamado sin querer?

La llamada seguía en activo. El contador de segundos corría en la esquina inferior de la pantalla.

Alex estuvo a punto de decir: «¿Kevin?».

Pero una paranoia alimentada durante cuatro años hizo que se mordiera la lengua.

Apretó el teléfono contra su oreja y aguzó el oído. No había sonido ambiente de coches ni se oía ningún movimiento. Nada de viento. Ningún ruido de animales ni de seres humanos.

Se le puso la piel de gallina en la parte de atrás de los brazos y se le erizó el vello de la nuca. Ya había dejado atrás su sedán y tenía que seguir caminando. Miró en todas las direcciones sin mover la cabeza hasta descubrir un contenedor que había al fondo del aparcamiento. Avivó el paso. Estaba demasiado cerca del centro de poder de su enemigo. Si estaban rastreando la llamada, no les costaría mucho llegar hasta allí. Quiso correr, lo deseó con todas sus fuerzas, pero se obligó a mantener un paso rápido y resuelto.

Seguía sin llegar ningún sonido desde el otro lado de la línea. El gélido y pesado vacío de la boca de su estómago se intensificó.

Kevin no iba a ponerse a hablar de repente, de eso estaba segura. Aun así, vaciló un segundo más. Cuando hiciera lo que sabía que debía hacer, se habría acabado. Su única conexión con Kevin quedaría cercenada.

Colgó. Los números de la pantalla le dijeron que la llamada solo había durado diecisiete segundos. Tenía la sensación de que había pasado mucho más tiempo.

Rodeó el contenedor para no ser visible desde el aparcamiento. No veía a nadie, y confiaba en que eso significara que nadie la veía a ella.

Dejó la compra en el suelo.

En el forro del bolso llevaba un pequeño juego de ganzúas. Nunca lo había empleado para su verdadero propósito, pero de vez en cuando le venía bien para trabajar con sus anillos de reflujo y sus adaptadores más pequeños. Sacó el menor de los ganchos y lo usó para extraer la bandejita de la tarjeta SIM del teléfono. La bandejita y la tarjeta fueron a parar a su bolso.

Con el borde de la camiseta, limpió el móvil a conciencia, manejándolo solo a través del tejido. La limitación que le imponía la longitud de la camiseta le complicó meter el teléfono por la abertura lateral del contenedor, que estaba demasiado alta. Tuvo que lanzar el aparato al ver que no llegaba, pero entró al primer intento.

Alex recogió las bolsas de papel, dio media vuelta y caminó con paso rápido hacia su coche. El monovolumen estaba saliendo del aparcamiento. No habría sabido decir si el ama de llaves había reparado en su pequeña excursión. Dio las zancadas más largas que pudo, volviendo a toda prisa.

Ya no tenía el teléfono, pero casi podía ver los segundos pasando en la esquina inferior de la pantalla. Solo había dos posibilidades, y una de ellas le dejaba un tiempo límite apuradísimo.

27

Alex, seguro que llevaba el teléfono en el bolsillo y presionó el botón de llamada sin querer —argumentó Daniel.

—Danny tiene razón —convino Val—. Estás exagerando. No pasa nada.

Alex negó con la cabeza, notando el tirón en la mandíbula al apretar los dientes.

—Tenemos que irnos —insistió, tajante.

—Porque los malos podrían estar torturando a Kevin para sacarle información mientras hablamos —recapituló Val, en el tono paciente con que se da la razón a los niños pequeños y los ancianos.

La respuesta de Alex llegó fría y dura.

—No te lo tomarás tan a broma si vienen a por ti, Val, eso te lo garantizo.

—Escucha, Alex, tu propio plan acababa de fallar —le recordó Val—. Ya estabas alterada. Kevin te ha llamado y no ha dicho nada. Es lo único que ha ocurrido. Creo que te precipitas un poco al dar por hecho que es más que un accidente.

—Es su forma de actuar —dijo Alex con voz lenta y firme. Incluso antes de que Barnaby le proporcionara el material de lectura clasificado pertinente, ya había visto el método en acción—. El sujeto tiene un teléfono con un número en la agenda. Llamas a ese número, a ver qué clase de información puedes obtener de él. Rastreas la señal que acabas de crear. Encuentras a quien haya al otro lado.

—Pero no hay nada que encontrar, ¿verdad? —preguntó Daniel, optimista—. Has tirado el teléfono. Solo podría llevarlos a un aparcamiento con el que no se nos puede relacionar.

—El móvil es un callejón sin salida —aceptó Alex—, pero si tienen a Kevin...

La duda asomó a los rasgos de Daniel. Val seguía teniendo una expresión más condescendiente.

—¿Crees que lo pueden haber matado? —preguntó Daniel, casi susurrando.

—Esa sería la mejor opción —respondió ella sin rodeos. No sabía cómo atenuar el golpe ni veía forma de andarse con paños calientes—. Si está muerto, ya no pueden hacerle más daño. Y nosotros estamos a salvo. Si está vivo... —Respiró hondo y recobró la compostura—. Como os estoy diciendo, tenemos que irnos de aquí.

Val seguía sin estar convencida.

—¿De verdad crees que traicionaría a Danny?

—Escucha, Val, a mí ni se me ocurriría cuestionar tu conocimiento de todo lo que sea remotamente femenino. Ese es tu mundo. Este es el mío. No exagero si digo que todos acaban cediendo. No importa lo fuerte que sea Kevin ni lo mucho que quiera a su hermano. Tardará más o menos, pero al final les dirá dónde estamos. Y, por su bien, espero que no tarde demasiado.

Pero tardaría, y Alex era muy consciente de ello. Por accidentada que hubiera sido siempre su relación con Kevin, había aprendido a confiar en él, a conocerlo. Le conseguiría el tiempo que necesitaba para llevar a Daniel y Val a algún lugar seguro. En parte porque era cierto que quería a su hermano y en parte por orgullo. Nunca entregaría a Deavers lo que quería sin luchar. Kevin les haría sudar cada palabra que pudieran sonsacarle.

Se alegró de que no le correspondiera a ella hacer hablar a Kevin. Estaba segura de que habría sido el caso más difícil que hubiera afrontado jamás. Si había alguien capaz de lograrlo, de llevarse a la tumba sus secretos, esa persona era Kevin Beach. Quizá habría acabado con el perfecto historial de Alex.

Durante un segundo pudo visualizarlo con toda claridad: Kevin sujeto a la mesa de última tecnología del viejo laboratorio, con ella de pie junto a él. ¿Cómo habría enfocado el caso? Si las cosas hubieran resultado de un modo levemente distinto, si su sujeto pakistaní no hubiera murmurado el nombre de Wade Pace, la situación que estaba imaginando podría haber sido su realidad.

Desechó la imagen mental y miró a Daniel y Val. Alex percibía que su propia tensión, la intensidad y la oscura certeza con las que hablaba, por fin estaban haciendo mella en Daniel, al menos.

—Si han atrapado a Kevin… ¿qué crees que puede haber pasado con Einstein? —preguntó Val, todavía escéptica pero con una chocante debilidad en sus ojos de lapislázuli.

Alex hizo una mueca de dolor. ¿Por qué había llegado a importarle tanto un animal, aparte de todo lo demás? Menuda estupidez.

—No hay tiempo para conjeturas —dijo—. ¿Tienes algún sitio al que ir, Val? ¿Algún sitio del que Kevin no sepa nada?

—Tengo un millón de sitios. —Val endureció los rasgos. De pronto su rostro perfecto pareció pertenecer a una hermosa muñeca, fría y vacía—. ¿Y tú?

—Nuestras opciones son un poco más limitadas, pero algo se me ocurrirá. Recoge las cosas que quieras conservar, porque no será seguro volver aquí. ¿Puedo quedarme la peluca?

Val asintió con la cabeza.

—Gracias. ¿Tienes algún otro coche aparte del que hemos estado usando?

Kevin se había llevado el monovolumen de los McKinley cuando se marchó con Einstein, poco después de medianoche.

—Tengo otros dos aquí. El que dices no es mío. Lo trajo Kevin.

Val pivotó despacio, con elegancia, y luego se contoneó con calma en dirección a las escaleras. Alex no pudo saber a ciencia cierta si subía a hacer las maletas o a dormir un poco. Val no creía lo que le estaba diciendo.

La mente de Alex estaba atareada en cien direcciones distintas. Tendrían que conseguir un coche nuevo muy deprisa y abandonar el que conocía Kevin. Había una infinidad de detalles que considerar y muy poco tiempo para hacerlo.

Alex dio media vuelta y regresó corriendo a la habitación de invitados. Ella también tenía que hacer las maletas.

Y pensar. No había planeado esta situación. Debería haberlo hecho.

Daniel la siguió por el pasillo.

—Dime lo que tengo que hacer —pidió mientras cruzaban la puerta.

—¿Puedes guardarlo todo en las bolsas de lona? Yo... tengo que pensar unos minutos. Hoy no podemos permitirnos ningún error. Deja que me concentre, ¿vale?

—Por supuesto.

Alex se tumbó en la cama y cruzó los dos brazos por encima de la cara. Daniel trabajó guardando silencio en la esquina, y el sonido no la distrajo. Alex intentó recorrer todas las jugadas que les quedaban, todo lo que Kevin no sabía.

No había mucho. Ni siquiera podía pasar a recoger a Lola, porque el hotel para mascotas lo había escogido Kevin.

Inspiró de nuevo para centrarse y apartó el pensamiento. No tenía tiempo de estar triste.

Tendrían que pasar una temporada en moteles pequeños. Solo efectivo. Por suerte, tenía mucho dinero del que Kevin se había apropiado, procedente del narcotráfico. Podrían pasar desapercibidos.

Pero, por supuesto, era lo que Carston esperaba. Su cara y la de Daniel acabarían en un cartel policial enviado por e-mail a todas sus paradas potenciales en mil quinientos kilómetros a la redonda. Como ya habían difundido la historia de Daniel, quizá la pintarían a ella como su prisionera. Sería difícil convencer al público de la versión opuesta, dada la diferencia de tamaño entre Alex y Daniel.

Podrían acampar en el coche que encontraran, como ya habían hecho. El escrutinio sería intenso. Cuando la gente de Carston localizara el vehículo de Kevin, rastrearían todo coche de segunda mano vendido, todo anuncio clasificado, todo vehículo robado a menos de doscientos kilómetros de distancia. Cualquier descripción que encajara con esos casos iría a parar a una lista, y si un policía informaba de haber visto ese vehículo, la gente de Carston no andaría muy atrás.

Quizá fuese el momento de regresar a Chicago. Quizá Joey Giancardi no la matara nada más verla. Quizá estuviera dispuesto a algún trato, a que ella se pusiera a su servicio personal a cambio de dos reconstrucciones faciales. O quizá oliera su desesperación y supiera que podía hacer fortuna vendiéndola a la gente que la estaba buscando.

Ella tenía identidades desconocidas para Kevin, pero Daniel no. Los documentos que se había llevado de la Batcueva móvil de Kevin no serían seguros.

A menos que Daniel se moviera rápido.

Se destapó la cara y se incorporó.

—¿Crees que has comprendido los principios básicos de este juego del escondite?

Daniel se volvió con dos bolsas transparentes de munición en las manos.

—Puede que los más básicos de entre los básicos.

Alex asintió.

—Pero eres listo. Y hablas español bastante bien, ¿verdad?

—Me defiendo. ¿Quieres ir a México?

—Ojalá pudiera. No creo que México sea seguro del todo para tu cara, ya que has estado allí muchas veces, pero hay muchos escondrijos buenos en Sudamérica. Y la vida es barata, así que tardarás en quedarte sin dinero. No podrás mimetizarte, pero hay un montón de expatriados.

Daniel titubeó un segundo y luego metió la munición con delicadeza en una bolsa de lona. Fue junto a ella.

—Alex, estás usando mucho la segunda persona. ¿Estás… hablando de que nos separemos ahora mismo?

—Estarás más seguro fuera del país, Daniel. Si agachas la cabeza en algún lugar tranquilo de Uruguay, puede que nunca te…

—Entonces, ¿por qué no podemos ir juntos? ¿Es porque estarán buscando a una pareja, si…, si Kevin habla?

Alex contrajo los hombros, en un ademán que era mitad encogimiento y mitad defensivo.

—Es porque no tengo pasaporte.

—¿Y no crees que estarán esperando a que Daniel Beach se suba a un avión?

—No serás Daniel Beach. Tengo un par de identidades de las de Kevin. Tardarán un tiempo aún en preguntarle por sus identidades falsas, si es que se les ocurre hacerlo. Deberías poder coger un vuelo a Chile esta noche sin problemas.

De pronto la expresión de Daniel se endureció, bordeando la ira. Le dio un aspecto parecido al de Kevin, y Alex se sorprendió de lo mucho que la entristeció verlo.

—¿Entonces qué, me salvo yo solo? ¿Te dejo atrás?

Otro semiencogimiento.

—Como has dicho, estarán buscando a una pareja. Yo me escurriré por los agujeros de la red.

—Te estarán buscando a ti, Alex. No pienso…

—Vale, vale —interrumpió ella—. Déjame pensar un poco más. Algo se me ocurrirá.

Daniel le sostuvo la mirada durante un largo segundo. Muy despacio, sus rasgos se suavizaron hasta que volvió a parecer él mismo. Por último, dejó caer los hombros y cerró los ojos.

—Lo siento —susurró Alex—. Siento que esto no haya funcionado. Siento que Kevin…

—No dejo de esperar que entre por la puerta —reconoció Daniel, abriendo los ojos y clavándolos en el suelo—. Pero tengo la corazonada… de que no va a pasar.

—Lo sé. Ojalá me equivocara.

Los ojos de Daniel subieron un instante hacia los de Alex.

—Si la situación fuera la inversa, él haría algo. Encontraría la manera. Pero no hay nada que pueda hacer yo. No soy Kevin.

—Kevin se vería en la misma situación que nosotros. No sabría dónde te tienen retenido. Y, aunque lo supiera, estaría muy superado en número y armamento. No podría hacer nada.

Daniel negó con la cabeza y se dejó caer en la cama.

—No me preguntes cómo, pero nada de eso lo habría detenido.

Alex suspiró. Probablemente Daniel tenía razón. Kevin habría tenido algún informador secreto, o quizá otro ángulo de cámara, o alguna forma de colarse en el sistema informático de Deavers. No se rendiría y huiría. Pero Alex tampoco era Kevin. No podía ni siquiera envenenar a Carston antes de que se diera cuenta. Ya estaba sobre aviso, de eso estaba segura.

—Déjame pensar —repitió—. Intentaré encontrar una salida.

Daniel asintió.

—Pero juntos, Alex. Nos marchamos juntos o nos quedamos juntos.

—¿Aunque así nos pongamos los dos en peligro?

—Aun así.

Alex volvió a tumbarse en la cama y escondió de nuevo la cara bajo los brazos.

Si existiera alguna forma perfecta de que escaparan los dos, ya la habría intentado. De hecho, si estaba allí era solo porque la opción de huir había fallado. Y la opción de atacar acababa de fracasar también. La perspectiva no era muy optimista.

Era curioso cómo una no reparaba en lo mucho que tenía que perder hasta que desaparecía. Sí, Alex sabía que iría hasta el final con Daniel y había aceptado esa desventaja. Pero ¿quién habría dicho que terminaría echando de menos a Kevin? ¿En qué momento había pasado a ser su amigo? Ni siquiera amigo, porque los amigos se eligen. Más bien un pariente, como el hermano al que se intenta evitar en las reuniones familiares. Alex nunca había tenido nada similar, pero aquello debía de ser lo que se sentía, el dolor de perder algo que nunca se había deseado pero con lo que se contaba de todos modos. La arrogante confianza de Kevin había hecho que se sintiera casi a salvo de un modo que no había experimentado en años. El equipo de Kevin era el equipo ganador. Su invulnerabilidad constituía la red de seguridad.

O, al menos, así había sido.

Y el perro. Como pensara un instante más en el perro, no serviría para nada. No podría hacer funcionar su cerebro hacia ninguna clase de solución.

La imagen de Kevin en su mesa pasó de nuevo por el negro interior de sus párpados. Si al menos supiera que ya estaba muerto, sería distinto. Ojalá pudiera creer que no estaba sufriendo una intensa agonía en ese mismo instante. Seguro que era lo bastante listo para haberse dejado preparada una salida. ¿O quizá estaba tan seguro de sí mismo que en sus planes no tenía cabida el fracaso?

Creía conocer lo suficiente de Deavers a partir de sus movimientos hasta la fecha para estar segura de que no desperdiciaría la oportunidad, si veía alguna forma de obtener ventaja de ella.

Deseó con sinceridad que la situación fuera la inversa. Si la hubieran capturado a ella, habría podido optar por una salida rápida e indolora, sin proporcionar a Deavers y Carston ninguna información sobre los demás. Aunque Kevin se hubiera equivocado en algo, aunque hubiera fallado de algún modo, seguía siendo el mejor cualificado para mantener vivo a Daniel. Y a Val también, ya puestos. A corto plazo, Val sería la que más fácil tendría la huida, pero ni Carston ni Deavers parecían de los que renunciaban a un testigo.

Si Kevin hubiera estado en el lugar de Alex, tratando de urdir un plan, ¿qué habría hecho?

Alex no tenía ni idea. Kevin disponía de recursos que ella no conocía, recursos que no podía replicar. Pero, aun así, escapar habría sido su única opción. Quizá más adelante volviera para intentarlo de nuevo, pero en ese momento no podría seguir enfrentándose al equipo bélico del probable próximo vicepresidente de Estados Unidos. Lo que tocaba era desaparecer y reagruparse.

O, en su caso, desaparecer y tratar de seguir desaparecida.

La atroz imagen de Kevin en la mesa no se le iba de la cabeza. El problema de ser una interrogadora profesional era que conocía con todo detalle las distintas opciones que podrían estar poniendo en práctica con él en esos momentos. Era imposible no contar los minutos, no imaginar cómo estaría progresando el interrogatorio.

Daniel no hacía ruido. Le había costado poco recoger, en parte porque no habían desempaquetado del todo allí, no se habían puesto cómodos. Habían sabido desde el principio que quizá tuvieran que marcharse en cualquier momento, ya fuese por otro desastre o simplemente porque dejaran de ser bienvenidos en casa de Val.

Alex podía adivinar cómo debía de sentirse Daniel. No querría creer que todo hubiera salido tan mal. No querría creer que Kevin pudiera estar muerto ni que la muerte hubiera pasado a ser su mejor desenlace. Recordaría que Kevin había entrado por el tejado en plena noche para salvarlo y se sentiría culpable por no poder hacer lo mismo. Más que culpable: impotente, débil, furioso, responsable, cobarde… Todo lo que también ella estaba empezando a sentirse.

Pero no podía hacer nada por Kevin. Y si él estuviera en su lugar, tampoco podría hacer nada por ella. No sabría dónde la tenían prisionera. Los malos no habrían elegido ningún lugar conocido por Alex o Kevin. Tenían un millar de opciones disponibles. Y si hubiera alguna forma de saber dónde se ocultaban, sin duda no descuidarían la seguridad. Kevin sería tan incapaz de hacer nada como ella.

No debería perder el tiempo pensando en lo imposible. Tenía que concentrarse.

Tenía que operar bajo la suposición de que Kevin seguía vivo y los malos no tardarían en saber que tanto ella como Daniel también seguían vivos y estaban cerca. Sabrían el nombre y la dirección de Val. Sabrían la marca, modelo, color y probablemente hasta el número de matrícula de los dos únicos coches que tenían disponibles de momento. Había que distanciarse de tantos de esos datos como fuera posible.

Alex se incorporó despacio.

—Más vale que carguemos el coche y nos marchemos.

Daniel estaba apoyado en la pared, junto al montón de bolsas, con los brazos cruzados. Tenía los ojos ribeteados de rojo. Asintió con la cabeza.

Val no estaba a la vista cuando salieron al gran salón, cargados de bolsas. El espació parecía más frío, más grande, sin el perro en él. Alex fue con paso ligero hacia la puerta principal.

No hablaron en el ascensor ni caminando hacia el coche. Alex dejó las bolsas junto al maletero y sacó las llaves del bolsillo.

Un quedo sonido rasposo rompió el breve silencio. Parecía llegar desde muy cerca, detrás o quizá debajo del coche.

«Soy idiota», pensó Alex mientras se echaba a tierra agazapada al lado de la bolsa que deseaba con desesperación que contuviera las pistolas pero que casi con toda seguridad contenía el material médico. Sabía lo precaria que era su situación y, aun así, había entrado en el garaje desarmada.

Había confiado en que Kevin aguantara más. Estúpida.

Daniel cargaba con las bolsas más pesadas. En el momento en que Alex posó la mano en la que tenía delante, supo que contenía el material de primeros auxilios, que ya no iba a servirle de nada. Por lo menos llevaba puestos los anillos y el cinturón. Tendría que estar cerca. Nada de resistirse al principio. Eso si no le pegaban un tiro nada más verla, claro.

No pasó ni un segundo completo mientras Alex hacía esos cálculos. Al primer ruido lo siguió enseguida otro, un suave gimoteo que sin duda procedía de debajo del coche. El sonido la transportó de vuelta a otro momento de pánico, a un porche oscuro en Texas. No era un sonido humano.

Alex se agachó más y bajó la cabeza hasta casi tocar el suelo de asfalto del garaje. La sombra oscura que había debajo del sedán se arrastró hacia ella.

—¿Einstein? —dijo tras dar un respingo.

—¿Einstein? —repitió Daniel detrás de ella.

Alex gateó hasta el lado del coche del que más cerca estaba el perro.

—Einstein, ¿estás bien? Ven aquí, chico.

El perro se arrastró hacia ella hasta salir de debajo del vehículo. Alex le pasó las manos por el lomo y las patas.

—¿Estás herido? —dijo con voz suave—. Tranquilo, yo me ocuparé.

Tenía el pelaje apelmazado y húmedo en varios sitios, pero cuando Alex se miró las manos no las tenía rojas, solo sucias. Einstein tenía algunos cortes en las zarpas y jadeaba como si estuviera deshidratado, exhausto o ambas cosas.

—¿Está bien? —preguntó Daniel, cerca detrás de ella.

—Creo que sí. Pero parece que ha tenido una noche dura.

—Ven aquí, chico —dijo Daniel, agachándose. Einstein se levantó y Daniel lo cogió en brazos. El perro le lamió la cara una y otra vez.

—Llévalo arriba. Yo cargo estas cosas en el coche y voy.

—Vale. —Daniel titubeó y luego inhaló una bocanada entrecortada—. Era todo verdad.

—Sí.

Alex abrió el maletero sin alzar la mirada. Oyó cómo Daniel se volvía y se alejaba. Los jadeos de Einstein fueron remitiendo.

Tardó poco en dejarlo todo listo para su partida. El garaje estaba silencioso y desierto, como siempre. Quizá fuera la planta privada de Val dentro del aparcamiento. Quizá todos aquellos coches fuesen suyos. Alex no se sorprendería del todo si así fuera.

¿No debería alegrarse de que el perro estuviera bien? Una parte de ella debía de haber esperado equivocarse, estar exagerando. Que todo fuese solo un error.

Cuando regresó a la sala de estar, Val estaba en el suelo con el perro. Einstein se había acurrucado en su regazo, con la cabeza apoyada en el hombro de Val, y Daniel estaba arrodillado junto a ellos.

Val miró a Alex, todavía con su cara de muñeca dura.

—Ahora es cuando puedes soltarme eso de «Te lo dije».

—¿Necesitas ayuda para salir de aquí? —preguntó Alex.

—Ya he tenido que desaparecer otras veces. Fue hace tiempo, pero es algo que no se olvida.

Alex asintió con la cabeza.

—Lo siento, Val.

—Yo también —repuso Val—. ¿Crees que... vas a llevarte al perro?

Alex parpadeó, sorprendida.

—Sí.

—Ah. —Val hundió la cara en el pelaje de Einstein—. Déjame un minuto —añadió, con voz que salió amortiguada.

—Claro —dijo Alex. Tenían unas pocas horas. Aquel lugar sería lo último que revelaría Kevin. Había enviado al perro de vuelta para avisarlos. Estaba luchando por ellos.

Además, a Alex aún le quedaba una improbable fuente de información, y pensó que debía comprobarla mientras siguiera teniendo acceso a una conexión a internet de alta velocidad. Se sentó frente al ordenador que había en la isla de la cocina.

Carston había tenido la boca bastante cerrada hasta entonces, pero quizá por fin se le hubiera escapado algo. Como mínimo, Alex debería poder estimar la hora a la que habían capturado a Kevin. Tenía que haber una llamada telefónica que se lo indicara. O quizá algún desplazamiento. El experto en ese campo era Carston, no Deavers.

Fue sencillo comprobar el rastreador. El vehículo de Carston estaba en su oficina, como solía en días laborables. Pero podía haber cogido otro coche. Comprobó el canal de audio y supo que Carston estaba en el despacho. Volvió atrás para escuchar sus conversaciones.

Encontró algo revelador. Carston ya llevaba un tiempo en la oficina. Lo normal era que entrara a las seis, pero la actividad había empezado a alrededor de las tres y media de la madrugada. Alex quiso darse de tortas por no revisar la grabación antes de salir aquella mañana.

La primera llamada de Carston fue breve. Solo un «Estoy aquí» y un «¿Cuál es la situación?». No era difícil sacar conclusiones a partir de ahí. Alguien había despertado a Carston con la noticia y él había acudido a la oficina. Sin tráfico, llegar solo le habría llevado diez minutos. Añadiendo el tiempo de vestirse, cepillarse los dientes y demás, debería haber recibido esa llamada entre las dos y media y las tres y cuarto.

Miró el reloj del ordenador para calcular desde cuándo tenían preso a Kevin. Al principio tendrían que haberlo reducido, y luego esperar a que recobrara el conocimiento si lo habían dejado inconsciente. Después tendrían que haber decidido un curso de acción y llamar a un especialista...

¿Sería la segunda llamada de Carston? A las 3.45, Carston había vuelto a llamar por teléfono.

—¿Cómo vamos a proceder?... No me gusta... Bien, bien, si es la mejor opción... ¿Qué?... Ya sabes lo que opino de eso... Como bien dices, es problema tuyo... Quiero informes periódicos.

Carston nunca era muy hablador, y era posible que las palabras tuvieran mil interpretaciones posibles, pero Alex no pudo evitar aplicarles la suya.

No, Kevin no estaba muerto.

Después venía un largo intervalo de silencio. Escritura en teclado, pasos, respiración y nada más. Ninguna llamada. No parecía que hubiera salido del despacho en ningún momento. Casi alcanzaba a oír la ansiedad de Carston, y la ponía a ella más ansiosa de lo que ya estaba. ¿Dónde estaban esos informes? ¿Le estarían llegando por e-mail?

A lo mejor había suerte. A lo mejor tenían que traer al especialista desde lejos. Quizá solo estuvieran reteniendo a Kevin, dejando que anticipara los acontecimientos. Era una vertiente del juego, una carta que ella había empleado alguna vez: dejar que el sujeto aguardara, visualizara, temiera. Dejar que perdiera la pelea en su cabeza antes de empezarla.

En el caso de Kevin, no era probable. Sabían que Daniel estaba vivo. Sospecharían que contaba con más ayuda en la ciudad. No querrían dejar tiempo a los cómplices de Kevin para que escaparan.

El reloj también corría para Carston y Deavers. Habían hecho la llamada. Habían oído a Alex descolgar y luego desconectar. No había vuelto a llamar para ver si Kevin había marcado por error. Se había librado del teléfono. Concluirían que el socio de Kevin ya estaba huyendo.

Como ella debería estar haciendo.

Alex emergió de su profundo ensimismamiento y cayó en la cuenta de que Daniel estaba sentado en otro taburete a su lado, viendo cómo iban cruzando las reacciones por su cara. Val estaba apoyada en la encimera junto a la pila, con Einstein a sus pies, observándola también.

—Solo un momentito más —les dijo, e hizo que el ordenador avanzara rápido por el largo silencio del despacho de Carston. No quería perderse nada, pero tampoco podía permitirse escuchar los espacios vacíos en tiempo real.

Detuvo la reproducción al empezar a oír su voz, y luego retrocedió al punto justo. Carston había vuelto a llamar. Su tono de voz era completamente opuesto al que había empleado antes. Fue un cambio tan brusco que le dio escalofríos. Se preguntó si había pulsado donde no era y estaba escuchando una grabación anterior.

Llegó el sonido de su voz de abuelo bonachón.

—No te despierto, ¿verdad? ¿Cómo has dormido? Sí, perdona, es que me ha caído una pequeña emergencia encima. He tenido que venir al despacho… No, no anules los planes. Llévate a Livvy al zoo. Mañana hará más calor… Sabes que no tengo elección en estas cosas, Erin. Lamento no poder acudir hoy, pero no puedo hacer nada… Livvy se lo pasará en grande sin mí. Me lo puede contar todo esta noche, cenando. Sacad muchas fotos… No puedo prometer nada, pero espero estar libre a la hora de cenar… No seas así, anda… Sí, ya sé que te dije que sería una semana ligerita, pero ya sabes cómo es este trabajo, cariño. Nunca hay garantías. —Un suspiro enorme—. Te quiero. Dale a Livvy un beso de mi parte. Te llamo cuando esté libre.

Alex se estremeció al oír que colgaba. ¿Carston creía que todo habría terminado a la hora de cenar? ¿O solo estaba aplacando a su hija?

Más silencio, más tecleo. Debía de estar recibiendo los informes de forma electrónica. Kevin era el centro de todo, Alex estaba segura. ¿Estaría confesando ya? No tenía ni idea.

No hubo nada más hasta que llegó al presente. Comprobó el rastreador. Carston no iba a ningún sitio. Deavers debía estar ocupándose de su problema.

Sin dejar de escuchar por los auriculares, Alex apoyó la cabeza en los brazos cruzados sobre la isla. Carston volvía a teclear.

Se lo imaginó en su escritorio, con cara de póquer mientras enviaba órdenes o preguntas. ¿Estaría carcomido por la ansiedad? ¿La tensión le perlaría de sudor aquella calva blanquecina? No, Alex estaba convencida de que tendría una actitud fría y precisa, no más alterada que si tecleara una solicitud de productos de papelería.

Carston sabría qué preguntas hacer, aunque Deavers no lo supiera. Podría gestionar la operación entera desde su silla de escritorio ergonómica. Vería cómo torturaban a Kevin hasta la muerte y luego saldría corriendo hacia su reserva para cenar, sin pensárselo dos veces.

La súbita ira que la asaltó estuvo a punto de dejarla sin aliento.

Lo que estaba ocurriendo no tenía nada que ver con la seguridad nacional ni con salvar vidas. Carston estaba ejecutando una venganza privada para un hombre que seguramente sí sería la clase de persona que debería estar en una mesa de interrogatorio. Carston había cruzado la línea entre las operaciones encubiertas, cuya necesidad al menos podía debatirse, y los actos por completo criminales mucho tiempo atrás, y no parecía haberle afectado en nada. Quizá fuese así desde siempre. Quizá todo lo que Alex había hecho por él, todos los actos inhumanos que había emprendido en nombre de la seguridad pública, hubieran sido una estafa.

¿Tan intocable se creía? ¿Hasta el punto de pensar que sus decisiones ocultas nunca podrían llegar a afectar a su vida pública? ¿Se creía inmune? ¿No se daba cuenta de que también él tenía sus «debilidades»?

Había cosas peores que ser envenenado.

A Alex se le trabó el aliento. Una alternativa inesperada, algo que nunca antes había considerado, se abrió en su mente. Era una opción casi inalcanzable y lo sabía. Había mil cosas que podían salir mal, un millón de formas de cagarla. Sería casi imposible, incluso si tuviera un año para planificar hasta el último detalle.

Notó la mano de Daniel en su espalda. A través de los auriculares, oyó que preguntaba con inquietud:

—¿Alex?

Levantó la mirada muy despacio. La mantuvo fija en Daniel, evaluando. Examinó a Val del mismo modo.

—Dadme diez minutos más —dijo.

Volvió a apoyar la frente en los brazos y se concentró de nuevo.

28

Alex expuso su plan hablando deprisa, subrayando un poco más de lo necesario los detalles de los que estaba segura. Intentó que sonara elaborado, como si tuviera plena confianza en él. Daba la impresión de que Daniel estaba creyendo en su versión, escuchaba atento y asentía de vez en cuando, pero Alex no podía leer a Val en absoluto. Tenía los ojos fijos en Alex, pero era casi como si pudiera verle el fondo de la cabeza a través de su semblante. Su expresión era educada pero ausente.

Alex explicó la conclusión, que no era tan a prueba de fallos como le habría gustado, y notó que no estaba siendo tan elocuente con el desenlace como lo había sido con los preliminares. Miraba la cara de Einstein, que tenía apoyada en la pierna, en vez de a los rostros humanos, y lo acariciaba cada vez más a menudo según crecía su incomodidad. Al intentar terminar con un toque positivo, se extendió un poco más de lo que habría debido. Estaba a mitad de frase cuando Val la interrumpió.

—No —dijo.

—¿No? —repitió Alex. Lo había enunciado como pregunta, pero ya estaba resignada.

—No. No pienso participar. Vas a hacer que te maten. Está bien que quieras rescatar a Kevin, pero sé realista, Alex. Esto no va a funcionar.

—Podría. No se lo esperan. No estarán preparados.

—Da igual que estén preparados o no. Son más que suficientes para compensarlo. Pongamos que te sale un buen disparo y te cargas a uno. El siguiente te acertará a ti.

—Ni siquiera sabemos cuánta gente habrá allí.

—Exacto —dijo Val, categórica.

—Val, a ti no van a prestarte atención. Serás solo una auxiliar anónima. Esa gente ve a centenares de asistentes cada día. Para ellos serás invisible.

—No he sido invisible en mi vida.

—Sabes a qué me refiero.

Val la miró con una cara perfectamente calmada.

—No.

Alex tomó aire. Sabía que no era justo involucrar a Val. Tendría que ingeniárselas sin ella.

—Muy bien —dijo, deseando que su voz sonara más firme—. Entonces lo haré yo sola.

—Alex, no puedes —insistió Daniel.

Alex le dedicó una débil sonrisa.

—Puedo. No sé lo bien que me saldrá, pero tengo que intentarlo, ¿no?

Daniel la miró, indeciso. Alex notaba que tenía ganas de discutir. Quería decirle que no, que no tenía que intentarlo, pero eso significaría marcharse y dejar que Kevin muriera sufriendo. Daniel estaba en un dilema imposible. Teniendo aunque fuera una ínfima esperanza, ¿cómo podía rechazarla y huir?

—Juntos podremos completar la primera parte —le dijo Alex—. No hacen falta más de dos personas.

—Pero en el momento en que te separes de Carston, te dará la puñalada trapera.

Alex se encogió de hombros.

—Pues tendré que convencerlo de que mi amenaza es firme. Si cree que traicionarme significa la muerte de la rehén, puede que juegue limpio.

—No sabrás cómo está jugando. No estarás preparada.

—Val no quiere arriesgar la vida. ¿Quieres discutirlo con ella?

Val observó el titubeo de Daniel con los ojos entornados.

—No —respondió él—. Pero puedo hacer yo su parte. Cambiemos los papeles. Val, mi parte sí que podrías hacerla, ¿verdad?

Alex cerró los ojos con fuerza y volvió a abrirlos despacio.

—Daniel, sabes que no funcionaría. Aunque no fueras el hermano gemelo de Kevin, hablamos de las personas que pusieron tu cara en las noticias.

—Val puede hacerme un apaño, ¿verdad, Val? ¿Podrías cambiarme el aspecto lo suficiente?

La expresión de Val se transformó de repente; parecía más involucrada. Estudió el rostro de Daniel con atención.

—En realidad…, creo que podría. —Se volvió hacia Alex—. Tampoco es que nadie vaya a buscarlo allí. Créeme, en mí se fijaría mucha más gente, incluso disfrazada de asistente anónima. Creo que puedo cambiarlo lo suficiente para que nadie lo mire dos veces.

—No dudo de tu capacidad, Val…, pero son gemelos.

—¿Me dejas intentarlo? —pidió, con un tono de súplica muy poco propio de ella impregnando su voz—. Quiero ayudar a Kevin. —Cuando dijo su nombre, Einstein levantó la cabeza—. Es solo que no quiero morir en el intento. Déjame hacer algo.

Einstein volvió a apoyar la cabeza en la pierna de Alex.

—Supongo que puedo dejar que lo intentes. Pero es una pérdida de tiempo y ya nos queda poco.

—No me llevará mucho.

—¿Y estarías dispuesta a ocuparte de la parte de Daniel?

—Claro, esa es fácil. No habrá nadie disparándome.

Alex torció el gesto.

¿Qué era lo que se estaba planteando allí? Sin duda habría gente disparando a Alex, eso ya lo había aceptado. Pero si Val lograba disimular lo suficiente el aspecto de Daniel, y Alex no concebía que hubiera forma de lograrlo, entonces también podrían disparar a Daniel. Se recordó todos los motivos por los que tenían que rescatar a Kevin. Conocía demasiada información crítica. Si contaba a los malos todo lo que sabía sobre Alex y Daniel, en qué coches iban, de qué escondites disponían y cómo operaba Alex, a la Agencia no le costaría demasiado dar con ellos. Y con Val también. Lo más probable era que todos murieran igualmente.

Que murieran como cobardes, huyendo.

Pero los motivos eran lo de menos. Si existía alguna forma de liberar a Kevin de lo que estaba ocurriéndole, tenía que hacerlo. Tenían un vínculo que Alex ni siquiera se había dado cuenta de que estuviera formándose. Kevin era su amigo. Su segunda debilidad. Estaban haciéndole daño en ese mismo instante, mientras ella se quedaba sentada pensando. Tenía que detenerlos.

—Ponte a ello, Val. Esta primera parte me llevará dos horas, si tengo suerte. Cuando termine, volvemos a valorar la situación.

Aunque Alex había vivido en Washington D.C. casi una década, nunca había visitado el Zoológico Nacional. Siempre lo había considerado una atracción para niños, pero aquel día parecía estar repleto de adultos libres de descendientes.

Aun así, Alex vio muchos, muchos niños. Tenía que haberlos a millares, parloteando con vocecillas agudas y enredándose entre las piernas de sus padres. Ninguno parecía superar los cinco años, por lo que Alex dedujo que aún no había terminado el curso escolar, aunque no podía faltar mucho.

Intentó recordar cuánto tiempo hacía desde su primera reunión con Carston, pero no lograba hacer un recuento de los días que tuviera sentido. Por aquel entonces, a Daniel aún le quedaban unas tres semanas para las vacaciones. Y había pasado más tiempo…, ¿verdad? Quizá el centro de Daniel terminara antes que los demás.

La primera parada de Alex fue la cola de alquiler en la zona de servicios al cliente. No había mucha gente. La mayoría de los visitantes habrían llegado más temprano, con el fresco de la mañana. Se aproximaba la hora de comer y caía un sol de justicia casi en vertical. Habría quienes se marcharan para evitar los altos precios de la comida dentro del parque. Quienes se fueran a casa a echar la siesta.

Alex tenía bastante información sobre Erin y Olivia, obtenida en su totalidad del perfil de Facebook de Erin. Era el mismo lugar donde, meses antes, había encontrado la fotografía de Olivia que llevaba colgada al cuello.

Sabía que la niña tenía tres años y medio. Era lo bastante pequeña como para ir todavía en una silla de paseo. Alex conocía el aspecto de Erin desde todos los ángulos, y tenía una idea bastante exacta de la ropa que le gustaba llevar. Sabía que Erin no era madrugadora y no debía de haber llegado al zoo a primera hora. Sabía que lo que más ilusión le hacía a Olivia era ver los osos panda.

Alex pagó nueve dólares en efectivo por una silla de paseo, depositó en ella su mochila y entró en el parque. Estiró el cuello en todas las direcciones, oteando. Tenía sentido que estuviera buscando a alguien, quizá a su hermana y los sobrinos, o a su marido y su hijo. Había otros muchos visitantes buscando a sus grupos. No destacaba.

Erin y Livvy ya habrían pasado por los osos panda y quizá estuvieran pensando en comer algo. Analizó el mapa que le habían dado con la silla. Probaría primero enfrente de los simios y luego cerca de los reptiles.

Caminó deprisa, sin hacer caso de los desvíos ni de las zonas de observación.

Erin tenía la piel clara de una pelirroja, como su padre. Había publicado fotos suyas con la piel quemada y protestado por sus pecas. Llevaría sombrero y con toda probabilidad una manga larga fina. Tenía el cabello brillante y largo hasta media espalda. Sería fácil de distinguir.

Alex buscó entre las multitudes mientras las cruzaba a buen paso, a la caza de una mujer y una niña, descartando las que iban con amigos, parejas o varios niños. Estuvo un rato siguiendo a una mujer que llevaba el pelo recogido bajo un ancho sombrero de paja y empujaba una silla de paseo, pero entonces la criatura bajó para caminar junto a ella y vio que era un niño.

Dio una vuelta rápida alrededor de los grandes felinos y se dirigió hacia la zona donde se podía acariciar a los animales. No dejó de cuidar la imagen que daba, mapa en mano y buscando atenta a sus acompañantes. También llevaba sombrero de paja sobre la peluca rubia oscura y unas anchas gafas de sol. Se había puesto una camiseta lisa, vaqueros estilo *boyfriend* y el híbrido entre deportivas y bailarinas que le permitiría correr si era necesario. Nada en ella perduraría demasiado en la memoria de nadie.

Mientras buscaba llamaron su atención varias tonalidades de cabello pelirrojo, pero saltaba a la vista que muchas de ellas eran artificiales. En otras ocasiones, pertenecían a mujeres demasiado mayores para ser Erin, o demasiado jóvenes, o llevando niños de más. Distinguió a una que recorría el sendero hacia la exhibición del Amazonas, con una larga trenza entre dorada y roja que se balanceaba bajo un sombrero blanco de pescador. La mujer empujaba una silla muy parecida a la de Alex, de plástico color canela con la capota verde oscura. Llevaba un top sin mangas y tenía los brazos muy pecosos. Alex se apresuró a seguirla.

La mujer no avanzaba rápido y Alex tardó poco en adelantarla. Mantuvo la cabeza baja y echó un vistazo rápido a la silla cuando pasó a su lado.

La niña encajaba. Tenía la cara vuelta hacia el otro lado, pero el pelo rubio y denso como Livvy. Su tamaño también era el correcto.

Alex siguió adelante y llegó a la exposición antes que la madre y la hija. Dejó su silla de paseo en el espacio reservado junto a los servicios y limpió la barra con disimulo usando el borde de su camiseta antes de coger su mochila y echársela al hombro. Estando razonablemente segura de que la mujer era Erin y de que llevaba una silla propia, no le hacía falta otra.

Localizó a la mujer y la niña rezagadas en el camino. Las había alcanzado un grupo numeroso que fluía alrededor de ellas por ambos lados. Alex vio con más claridad la cara de la mujer y concluyó que era sin duda la hija de Carston. Erin se había parado para dar de beber a Olivia de un vaso con pajita.

Empezaba a haber más gente en el camino. Hacía calor y la peluca estaba produciéndole sudor y picores en la cabeza. El sombrero de paja no ayudaba.

Alex reparó en un banco vacío que había unos tres metros por delante de Erin y Livvy. Por detrás del primer grupo llegaba otro también grande. Si medía bien el tiempo, podía interceptar a Erin en el banco mientras pasaba la segunda multitud.

Alex regresó con aire decidido sobre sus pasos, vigilando desde detrás de sus gafas oscuras por si había alguien prestándole atención. El primer grupo, al parecer una familia extensa y ruidosa de varios niños pequeños, muchos padres y una anciana en silla de ruedas, la envolvió un momento. Alex se abrió paso entre ellos y luego aflojó un poco el ritmo.

El segundo grupo, formado solo por adultos con toda la pinta de turistas extranjeros de excursión, a juzgar por las riñoneras que llevaban muchos de ellos, llegó a la altura de Erin cuando Alex estaba ya casi en el banco. Alex avanzó entre ellos hasta quedar justo delante de su presa. Mientras Erin pasaba a treinta centímetros del banco, Alex se volvió para esquivar a un anciano y fingió dar un tropezón. Estiró el brazo y asió la mano de Erin sobre la barra de la silla. Su palma aplastó la pera de fluido transparente y la vació de un fuerte apretón.

—¡Eh! —exclamó Erin, girándose.

Alex se agachó y retrocedió, girando un poco por detrás del visitante más próximo. Erin se quedó frente a frente con el septuagenario calvo.

—Discúlpenme —dijo él a las dos inseguro, sin saber muy bien cómo se había enredado con ellas. Se apartó de Alex y rodeó a Erin y la silla.

Alex vio que Erin parpadeaba una vez, y después otra. Sus párpados parecieron engancharse al cerrarse por segunda vez. Alex saltó hacia delante, agarró a Erin por la cintura mientras empezaba a derrumbarse y la empujó hacia el banco, sobre el que cayeron las dos juntas. Alex se dio un golpe en el codo contra el respaldo de madera. Le dejaría un moratón, pero sería fácil de cubrir. Erin era más alta y pesaba más que Alex, por lo que no pudo evitar que cayeran las dos de lado sobre el asiento. Alex soltó una carcajada algo enloquecida, para que si había alguien mirándolas pudiera pensar que estaban haciendo el tonto.

La niñita canturreaba para sí misma en la silla de paseo. No parecía haber reparado en que su transporte ya no se movía. Alex se desenredó de la madre y acercó la silla, colocándola de forma que Olivia mirara en dirección opuesta a Erin.

Erin estaba repantigada en el banco, con la cabeza caída sobre el hombro derecho y la boca abierta.

Pasó por delante de ellas una tercera aglomeración de visitantes. Ninguno se detuvo. Alex estaba trabajando a toda prisa, por lo que no podía fijarse bien en las reacciones de los demás, pero nadie había dado la alarma hasta el momento.

Caló más el sombrero de pescador a Erin para disimular sus rasgos inertes. Sacó la botellita de perfume del bolsillo lateral de su mochila, rodeó con el brazo la capota de la silla y pulsó el rociador durante dos segundos. El canturreo cesó y al momento Alex notó un leve golpe en la estructura plástica de la silla cuando la espalda de la niña cayó contra el respaldo.

Con toda la tranquilidad que pudo, Alex dio unas palmaditas en el hombro de Erin, se levantó y estiró los músculos.

—Voy a por algo de comer, tú descansa un poco —dijo, mientras alisaba la peluca bajo su sombrero por si se le había revuelto al fingir el tropiezo.

Miró a su alrededor, oculta tras las gafas de sol. No vio a nadie prestando atención a la pequeña escena que había compuesto. Asió la barra de la silla de paseo e inició el regreso hacia el aparcamiento. Al principio mantuvo un paso suave. Miró hacia las jaulas de los animales como hacían todos los demás. A medida que se alejaba del banco, empezó a acelerar. Era una madre con cosas que hacer por la tarde.

Dejó la silla fuera del servicio anexo a la oficina de información y cogió a Olivia en brazos. La niña debía de pesar unos quince kilos, pero con el cuerpo flácido parecían más. Alex intentó colocar a la niña inconsciente en la misma postura que había visto usar a otros padres, a horcajadas contra una cadera y con la cabeza acunada en el hombro. No creyó que le hubiera quedado bien, pero tenía que irse de todas formas. Apretó los dientes y salió por la puerta tan deprisa como pudo. Le habría gustado haber aparcado más cerca, pero al cabo de poco tiempo, con la camiseta empapada de sudor, llegó al coche.

Alex no había tenido tiempo de procurarse un asiento para niños. Miró alrededor con disimulo para comprobar si la observaba alguien, pero en aquella zona del aparcamiento había bastantes coches, los recién llegados estaban aparcando muy lejos y los que se marchaban pronto del zoo ya lo habían hecho. Estaba sola.

Dejó a la niña en el asiento trasero y le puso el cinturón de seguridad. Luego la tapó con una manta para que no se la viera desde fuera.

Alex se irguió y volvió a comprobar que no hubiera testigos. No encontró a nadie cerca, nadie que la viera. Sacó una jeringuilla del bolsillo interior de su mochila y se inclinó para administrar la droga a la niña dormida. Había calculado la dosis para alguien que pesara entre quince y veinte kilos. Debería mantener inconsciente a Olivia durante unas dos horas.

Arrancó el motor y dio potencia al aire acondicionado. Empezó a respirar de nuevo, con la sensación de estar haciéndolo por primera vez desde que había entrado en el zoológico.

La fase uno había sido un éxito. Erin despertaría al cabo de unos cuarenta y cinco minutos. Alex estaba segura de que, para entonces, ya habría un equipo médico atendiéndola. Al despertar, daría la alarma sobre su hija desaparecida. Primero buscarían en el zoo y luego llamarían a la policía. Alex debía estar en posición cuando Erin comprendiera que alguien se había llevado a su hija, que la niña no se había perdido mientras su madre sufría algún tipo de convulsión. Alex estaba segura al ochenta y cinco por ciento de a quién llamaría Erin en primer lugar.

Deseó con todas sus fuerzas que Val hubiera terminado de practicar su magia cuando Alex llegara al nuevo escondite para saber exactamente qué plan llevarían adelante, aunque no tenía decidido qué resultado prefería. Ir ella sola sería un suicidio. Pero llevarse a Daniel… ¿no sería homicidio-suicidio?

Quizá Val confiara demasiado en sus habilidades. Quizá Daniel solo se pareciera a sí mismo con peluca.

Alex podía hacerlo en solitario. Solo tenía que dejar muy claro lo que le sucedería a Olivia si Alex no seguía con vida al final de la noche. Con eso bastaría para tener controlado a Carston, ¿verdad?

No quería pensar en todo lo que podía poner en funcionamiento Carston. Las trampas que podía tender para apresar a Alex en el mismo instante en que recuperara a su nieta.

Alex llamó a Val cuando estuvo cerca del edificio nuevo, y al entrar al garaje subterráneo la encontró esperando en los ascensores con un carro parecido al del servicio de habitaciones de los hoteles. Aparte de Val, el garaje estaba vacío. Alex no vio ninguna cámara, pero cubrió la visión del interior del coche con su cuerpo mientras abría la puerta trasera. Ni Val ni Alex dijeron nada. Alex dejó a la niña dormida en la parte inferior del carro y le recolocó la manta para disimular su forma.

El ascensor era más normal que el que llevaba al ático de Val. Era solo una caja plateada, como en la mayoría de los edificios donde había vivido Alex. La inquietó pensar que en cualquier momento el aparato podía parar y abrir sus puertas, revelando su presencia. Val debía de estar pensando en términos similares. Tenía la mano sobre el botón del decimosexto piso, como si mantenerlo pulsado les garantizara un servicio exprés.

Mientras el ascensor subía, Alex se fijó por primera vez en la expresión de Val. Estaba… un poco demasiado estimulada. Alex confió en que no estuviera teniendo un subidón acelerado por la sensación de poder.

Las puertas del ascensor se abrieron a un pasillo vacío. Era un edificio caro, con molduras lujosas y suelos de mármol, pero daba una impresión pedestre comparado con la otra residencia de Val.

Val empujó el carro por el corto pasillo, indicando por gestos a Alex que se adelantara.

—Número dieciséis-cero-nueve, al fondo. No está cerrado —dijo, y su tono ansioso volvió a despertar las suspicacias de Alex. Aunque quizá, si Val se enajenaba lo suficiente, cambiaría de opinión y la acompañaría al acontecimiento principal.

Alex entró en el apartamento con prisa: había mucho que organizar y debía ser rápida. Apenas percibió la acostumbrada distribución de sala de estar abierta con cocina, las ventanas con las cortinas echadas o la gama de tonos beis. Sí que reparó en una puerta abierta al fondo, que daba a un dormitorio bien iluminado con una cama doble extraancha, y fue hacia ella. Apoyadas contra la colcha de flores vio varias de sus bolsas de lona.

Estaba a mitad de camino hacia la puerta cuando por fin pudo captar todo el espacio y sus ojos se enfocaron en el hombre que estaba de pie en la cocina, poco iluminada.

Aunque sí había esperado encontrar *algo*, no por ello se ahorró el susto. Saltó hacia atrás y sus pulgares buscaron por acto reflejo las pequeñas trampillas de sus anillos envenenados.

—¿Y bien? —preguntó el hombre.

Era alto, llevaba un traje negro barato y esperaba conteniendo una sonrisa.

—Ahí lo tienes —dijo Val desde atrás, y Alex hasta pudo oír su sonrisa engreída sin girar la cabeza.

El hombre tenía un aire nórdico con su piel clara y el pelo rubio, casi blanco. La barba, también rubia, estaba afeitada y pulcra, y a Alex le recordó a un profesor universitario. Tenía las cejas tan blanquecinas sobre la piel que casi eran invisibles y alteraban por completo la apariencia de sus ojos y su frente. Tenía el pelo liso, corto y bien peinado a los lados de la cabeza, pero la parte de arriba era pálida, brillante y calva del todo.

Modificaba la forma percibida de su cabeza y le echaba diez años encima. Llevaba unas gafas de fina montura plateada y tenía los mofletes sorprendentemente redondeados. El rasgo que más destacaba eran sus ojos brillantes, de un azul gélido, enmarcados por unas pestañas casi blancas.

—Pareces un villano de James Bond —dijo Alex sin poder contenerse.

—¿Eso es bueno? —preguntó Daniel, y su voz también estaba cambiada. Sonaba como entrecortada y un poco balbuciente.

A Alex se le cayó el alma a los pies cuando examinó la transformación más de cerca. Si no fuera buscando una versión modificada de Daniel, habría pasado de largo al cruzarse con ese hombre por la calle. E incluso si buscara a Daniel, solo su altura lo habría marcado como candidato. Mientras la desesperación caía a plomo en su estómago, Alex comprendió que en el fondo había esperado que Val fracasara.

—Val ha hecho un buen trabajo —dijo, y empezó a moverse de nuevo—. Vamos a acomodar a Olivia.

Einstein estaba olisqueando alrededor de la niña tapada con la manta. Dio un tenue gemido, incómodo.

—¿Pero es lo bastante bueno? —insistió Daniel mientras sacaba a la niña de debajo del carro y la acunaba contra su pecho.

—Déjame pensarlo mientras me ocupo de esto —dijo Alex, eludiendo la respuesta.

Daniel dejó a Olivia sobre la colcha de flores y le apartó los sudados mechones de pelo de la frente. Alex solo tardó unos segundos en colgar las bolsas de la vía intravenosa. Una casi transparente, otra blanca y opaca y, por último, una muy pequeña que contenía un fluido de color verde oscuro. Insertó el catéter a Olivia usando la aguja más pequeña que tenía y abrió las llaves de las bolsas.

—Aparta un poco —le pidió a Daniel.

Alex abrió la cámara de un teléfono móvil que le había dado Val (se lo había dejado olvidado un «amigo», le había dicho) y sacó unas cuantas fotografías de Olivia durmiendo. Después las revisó y encontró una que decidió que serviría.

—Esta es la parte que menos me gusta del plan —dijo Daniel entre dientes.

Alex levantó la mirada y vio el sufrimiento en sus rasgos. Quedaba extraño en su cara nueva.

—Esperemos que Carston sienta lo mismo.

El ceño de Daniel se arrugó más. Alex le cogió de una mano y lo sacó de la habitación. La postura en que tenía la boca resaltaba la forma redondeada de sus mejillas.

—¿Qué te ha hecho en la cara? —le preguntó.

Daniel se metió dos dedos en la boca y sacó un trocito de plástico.

—Me cuesta un poco hablar llevándolos puestos. —Con un suspiro, volvió a meter el plástico y se le redondeó de nuevo el moflete.

Val los esperaba en la gran sala de estar, con los ojos todavía iluminados por su éxito.

—Esa niña no va a despertarse, ¿verdad? —preguntó.

—Verdad.

—Bien. No tendría ni idea de qué hacer con un niño. Bueno, ¿qué opinas? Está muy cambiado, ¿verdad?

Alex volvió a mirar a Daniel y sus hombros se vinieron abajo. También parecía más grueso, cualidad en la que no se había fijado hasta entonces. Todo parecía muy auténtico.

—Crees que no es suficiente, ¿verdad? —dijo Daniel.

—Es suficiente —respondió Val en lugar de Alex—. Y lo sabe. Por eso está tan apagada. Preferiría poner en peligro mi vida antes que la tuya.

Daniel miró a Alex, esperando su contestación.

—Val tiene razón. Menos en lo de poner en peligro su vida. No quiero arriesgar ninguna.

Val dio un bufido.

Daniel cogió la mano de Alex y la atrajo hacia él.

—Todo saldrá bien —musitó—. Podemos conseguirlo juntos. Tus planes siempre funcionan. Seguiré tus instrucciones al pie de la letra y lo lograremos, te lo prometo.

Alex apretó los párpados con fuerza, intentando obligar a las lágrimas a regresar por sus conductos.

—No lo sé, Daniel. ¿Qué estoy haciendo?

Daniel le dio un beso en la coronilla.

—Dejadlo ya —interrumpió Val—. Me estáis poniendo celosa, y eso nunca es aconsejable.

Alex abrió los ojos y se apartó, mientras frotaba el traje de Daniel con la mano por si se había dejado algo de maquillaje.

—Veo que has tenido tiempo de traerme lo que necesitaba de la Batcueva. Esta caja de herramientas es perfecta.

—Más que perfecta. Mira el quinto cajón desde arriba. Lo demás está guardado como me habías pedido —le dijo Daniel—. ¿Quieres repasarla antes de que la meta en el coche?

—Buena idea.

La caja plateada debía de formar parte de la utilería que Kevin guardaba en su almacén móvil. Tenía ruedecitas y un asa extensible como las maletas pero, al contrario que estas, estaba compuesta de cajones que se abrían hacia fuera. Alex revisó deprisa los de arriba, identificando la situación de las distintas drogas por los anillos de color en sus jeringuillas, que reposaban en las bandejas de goma donde solía guardarlas. El siguiente cajón contenía diversos bisturíes y cuchillas de afeitar. No iba a necesitar tantos, pero la idea era que el cajón pareciera lleno. A continuación estaban las bolsas de salino y tubos, junto con agujas y catéteres de distintos tamaños. El siguiente compartimento era más profundo. En él estaban sus bombonas presurizadas y varios productos químicos elegidos al azar de entre las reservas de Kevin.

El penúltimo cajón era el importante. Dentro había otra bandeja de jeringuillas, estas vacías, y parecía menos hondo que los demás. Recorrió con los dedos su borde inferior y... por supuesto que Kevin iba a tener algo como eso. Podía encajar las uñas y levantar el falso fondo. Echó un vistazo a lo que había debajo.

—Esperemos que Carston esté preparado para una actuación digna de Oscar —murmuró para sí misma.

Revisó el último cajón, que también era el más hondo y en el que Daniel había guardado sus posesiones más ostentosas, como el soplete, la cizalla y las pinzas, además de varias herramientas aleatorias que había añadido Daniel del almacén de Kevin.

Había otra cosa más que necesitaba, un diminuto conjunto de cables del que Alex se había apropiado en su visita a la Batcueva local. Lo sacó de su mochila y lo escondió en la tercera bandeja del primer cajón, bajo una jeringuilla. Quería tenerlo bien a mano.

Alex se enderezó.

—Perfecto. Gracias.

—Tú —dijo Val señalando a Daniel—, vete al punto de reunión. Tú —añadió, moviendo su dedo índice hacia la cara de Alex—, vamos a arreglarte y marchando, que el tiempo vuela.

Señaló una puerta doble que había al fondo de la estancia.

—Voy en treinta segundos —prometió Alex.

Val puso los ojos en blanco.

—Muy bien, tened vuestra escenita de despedida.

Dio media vuelta y cruzó las puertas.

—Alex... —empezó a decir Daniel.

—Espera.

Volvió a cogerle de la mano y lo llevó fuera del apartamento, tirando de la caja de herramientas con la mano libre. Daniel llevaba la gran bolsa de primeros auxilios al hombro. Einstein intentó seguirlos y gimoteó cuando Alex le cerró la puerta en los morros.

Cruzaron el silencioso pasillo hasta el ascensor y Alex dio al botón. Cuando las puertas se separaron, Daniel entró y ella lo siguió, aunque dejando un pie sobre el hueco para que no se cerrara. Soltó el asa de la caja de herramientas y levantó las manos para envolver la cara de Daniel.

—Escúchame —dijo sin levantar la voz—. En la guantera del coche tienes un sobre de papel manila. Dentro hay dos identidades completas: pasaportes, permisos de conducir y dinero.

—Ahora ya no me parezco mucho a Kevin.

—Lo sé, pero la gente envejece y el pelo se cae. Puedes tirar las gafas, afeitarte y volver a teñirte el pelo de castaño. Y, si esto sale mal, tendrás que hacer todas esas cosas. Luego vas al aeropuerto más cercano y subes en el primer vuelo que salga de Norteamérica, ¿entendido?

—No voy a dejarte atrás.

—Cuando digo «si esto sale mal», me refiero a que ya no estaré para que me esperes.

Daniel se la quedó mirando con aquella extraña versión nueva de su cara de preocupación.

—¿Entendido? —repitió Alex.

Daniel titubeó un momento y al cabo asintió con la cabeza.

—Bien —dijo ella, tratando de evidenciar que la discusión estaba zanjada. El asentimiento de Daniel no transmitía mucho convencimiento, pero no había tiempo para insistir más—. Esta noche tienes que estar callado. No hables con nadie si no es necesario. Piensa como un subordinado. Solo estás para conducir el coche y llevar las bolsas, ¿vale? Esto lo haces solo por cobrar a final de mes. Nada de lo que está ocurriendo te importa un bledo. Da igual lo que veas: no te afecta. No tienes ninguna respuesta emocional. ¿Entendido?

Daniel asintió con seriedad.

—Sí.

—Si la cosa se pone fea, tendrá sentido que salgas corriendo. Nada de esto es problema tuyo.

—Bien —aceptó él, pero esa vez con menos decisión.

—Toma. —Alex se quitó el anillo dorado. Era el más grande de los dos. Apartó los brazos de Daniel de su cuerpo y le probó el anillo en todos los dedos. Como le había pasado a Kevin, entraba solo en el meñique, pero al menos con Daniel pudo pasarlo de los nudillos. Con un poco de suerte, no parecería demasiado ajeno al personaje—. Ten pero que muchísimo cuidado con esto —le advirtió—. Desliza esta tapita si tienes que usarlo. Y hagas lo que hagas, no toques la púa. Si no estás a punto de usarlo, tenlo cerrado. Pero si intentas escapar y alguien se mete en medio, solo tienes que poner el aguijón en contacto con su piel.

—Entendido.

Alex escrutó en los sorprendentes ojos azules, buscando a Daniel tras su irreconocible, y por otra parte extrañamente sencillo, disfraz. Se le habían terminado las instrucciones que darle, y los sentimientos que ansiaba compartir con él no parecían tener palabras que los describieran.

—No... No sé cómo podría volver a mi antigua vida —dijo, intentando explicarlos—. Ahora ya no sabría cómo hacerlo, si tuviera que ser sin ti. Que seas mi debilidad es lo mejor que me ha ocurrido jamás.

Daniel esbozó la más tenue de las sonrisas, que no se reflejó en sus ojos.

—Yo también te quiero —susurró.

Alex intentó devolverle la sonrisa.

Daniel le puso las manos en los hombros y le dio un largo beso. Luego volvió a sonreír, con una expresión familiar y desconocida al mismo tiempo. Alex se alejó un paso de él.

—Te dije que allí estaría cuando necesitaras refuerzos —le recordó Daniel.

Las puertas del ascensor se cerraron.

29

En esa ocasión no hubo peluca para Alex, sino solo un corte rápido que dejó su pelo real como si de verdad tuviera un estilo. Corte *pixie*, así es como creía que lo llamaba la gente. El color era un rubio medio que le iluminaba el tono del cutis y le favorecía la forma de la cara de un modo que su pelo real no había hecho desde… Ni se acordaba de la última vez que había tenido un pelo atractivo.

—De verdad —dijo Alex—, ¿fuiste a una escuela de estética?

Val le estaba poniendo rímel con mano firme de cirujano.

—No. Nunca me ha gustado mucho la escuela. Siempre me recordó un poco a la cárcel, y no iba a apuntarme a más de eso. Pero sí que me gustaba jugar con mi apariencia, tener una cara para cada estado de ánimo. Practico mucho.

—Creo que tienes un don. Si ser la mujer más hermosa del planeta te aburre alguna vez, podrías abrir un salón de belleza.

Val mostró sus dientes relucientes.

—Nunca pensé que querría tener una amiga. Es más divertido de lo que creía.

—Lo mismo digo. Por curiosidad, y no hace falta que respondas, pero ¿Val es de Valerie?

—Valentine. O Valentina. Cambia según el humor y las circunstancias.

—Ah —dijo Alex—. Te encaja mejor.

—Es muy mío —aceptó Val—. No es el nombre que tenía al nacer, por supuesto.

—¿El de quién lo es? —murmuró Alex.

Val asintió.

—Es de cajón. Mis padres no me conocían de nada cuando escogieron nombre para mí. Por supuesto el que eligieron no encajaba conmigo.

—Nunca me lo había planteado así, pero en realidad tiene sentido. Mi madre escogió un nombre para una chica mucho más… femenina.

—Los míos evidentemente asumieron que yo iba a ser muy aburrida. Tardé poco en sacarlos de su error.

Alex soltó una breve risita. Como solía ocurrirle últimamente, el sonido transportaba un pánico apenas disimulado. Era agradable hablar como imaginaba que lo hacía la gente corriente, intentar olvidar que aquella podía ser la última charla amistosa y normal que iba a tener jamás, pero no podía mantener los pensamientos centrados en temas intrascendentes.

Val le dio unas palmaditas en la cabeza.

—Saldrá bien.

—No hace falta que finjas tener fe en el plan. Eso es solo para los pringados que vamos a meternos en la línea de fuego.

—No es mal plan —le aseguró Val—. Es solo que no soy de las que corren riesgos. Nunca lo he sido. —Se encogió de hombros—. Si fuera valiente, lo haría.

—No ha sido justo pedírtelo.

—No, sí que lo ha sido. Y sí que… me importa Kevin. Una parte de mí aún no se cree que de verdad le esté pasando lo que dices que le pasa. Siempre me ha parecido invulnerable. Es lo que me atrae de él. Como te decía, no soy valiente, así que me fascina la gente que sí lo es. Pero la otra parte de mí…

Val se apartó un momento y el pincelito con brillo de labios tembló de repente. Seguía teniendo la cara perfecta, pero había vuelto a ser aquella cara de muñeca. Exquisita, pero vacía.

—Val, ¿estás bien?

Val parpadeó y su rostro volvió a la vida.

—Sí.

—Te irás de aquí después de hacer tu parte, ¿verdad?

—No lo dudes. Tengo muchos amigos que pueden protegerme. A lo mejor voy a visitar a Zhang. Seguro que sigue siendo igual de estirado, pero tiene una casa increíble en Pekín.

—Pekín parece un sitio encantador.

Alex medio suspiró. Si sobrevivía a aquella noche, haría todo lo posible para conseguir un pasaporte. Se fundiría todos los ahorros que le quedaban y todo el dinero de drogas de Kevin, si era necesario. Salir del alcance inmediato del gobierno estadounidense era como una versión práctica del paraíso.

—Si… —Aunque habría sido más realista decir «cuando», pensó Alex—. Si no sabes nada de ninguno de nosotros al amanecer, ve a ver a Zhang. Si puedo, te llamaré desde una cabina.

Val sonrió un poco.

—Tienes mi número. —Hizo un mohín—. ¿Sabes? Conozco a un tío… Es posible que pueda conseguir un chaleco de perro de asistencia.

Alex la miró un momento y notó que empezaba a perder la compostura. Con el plan nuevo, el plan suicida, no había modo realista de que Alex mantuviera a Einstein a salvo.

—Es una idea excelente. Así me quedo mucho más tranquila —dijo, pero las palabras positivas no se reflejaron en sus rasgos.

Val estiró un pie descalzo y acarició con él el lomo de Einstein, que dio un coletazo contra el suelo de mármol, aunque sin demasiado entusiasmo.

—Muy bien —anunció Val en tono más animado—. Ya estás lista. Voy a ponerme mis trapitos y nos vamos.

Mientras Val se perdía de vista en el vestidor, Alex comprobó su cara. Val había hecho otro trabajo de primera clase. Alex estaba bonita pero no impresionante. El pelo era a todas luces suyo, lo que era importante: sin duda esa noche iban a someterla a escrutinio y una peluca sería lo primero en delatarla. Tenía un aspecto más o menos creíble para el papel que había elegido. Habría estado más cómoda sin ningún maquillaje, claro, porque era como había visto presentarse siempre a la gente que desempeñaba ese rol concreto, sin alardes ni vanidad. Pero pensar así era solo lastre de su pasado.

Se arrodilló en el suelo al lado de Einstein. El perro la miró con unos ojos inequívocamente suplicantes. Alex le acarició el hocico y le rascó las orejas.

—Haré todo lo que pueda —le prometió—. No volveré sin él. Si la cago, Val cuidará de ti. Todo irá bien.

Los ojos de Einstein no cambiaron. No aceptaban excusas ni premios de consolación. Solo suplicaban.

—Lo intentaré —dijo.

Le apoyó la frente contra la oreja un momento. Luego, con un suspiro, se puso en pie. Einstein dejó caer la cabeza sobre las patas y resopló su propio suspiro.

—¿Val? —llamó Alex.

—Dos segundos —respondió Val.

Su voz llegó de lejos, como si estuviera al otro lado de un campo de fútbol. El cuarto de baño de aquel piso estaba bien, al estilo de los de una suite cara de hotel, pero no era descabellado como el de la otra casa de Val. Quizá en el piso los excesos se hubieran reservado para el vestidor.

Oyó que se cerraba la puerta y levantó la mirada. Tuvo una breve punzada de sorpresa por el cambio y luego asintió con la cabeza.

—Es más o menos lo adecuado —dijo con aprobación.

—Gracias —respondió Val—. En algunas facetas del espionaje sí que podría defenderme.

La ropa que llevaba Val no era discreta. Llevaba puesto una especie de vestido largo y holgado que la tapaba desde el cuello hasta las muñecas y el suelo, similar a un sari pero cubriendo más superficie de piel. Tenía unas piezas como pañuelos que caían en cascada a su alrededor, ocultando la forma de su cuerpo. Parecía sacado de un desfile de moda vanguardista, y posiblemente así fuera. Sería fácil de recordar. Pero desde detrás, lo único que se distinguía del cuerpo de Val era que era alta. Se había puesto una peluca abundante y oscura, con tirabuzones que saltaban rebeldes en todas las direcciones. También llamaba la atención a la vez que escondía la forma de su cabeza y le cubría partes de la cara. Con las gafas de sol negras y anchas que tenía en la mano, quedaría bien oculta.

—¿Vamos? —preguntó Val.

Alex respiró hondo y asintió.

Alex aparcó el Jaguar verde y hortera de Val en una zona de pago de la colina desde la que se dominaba un gran bloque de oficinas de hormigón gris sucio. Val había insistido en llevar el coche verde, que, cómo no, era un regalo de otro admirador. Le dijo que era el único que no echaría de menos si tenía que sumergirlo en un lago.

Desde ese ángulo, Alex llegaba a ver la entrada al garaje subterráneo. En realidad daba un poco de pena que Carston nunca se hubiera mudado a una oficina mejor. Quizá le apetecía tener un entorno deprimente. Quizá lo viera adecuado al trabajo que hacía y le gustara que las cosas concordasen. Facilitar la labor a Alex no debía de haber figurado entre sus propósitos, pero estaba bien que hubiera resultado así.

Val y ella se quedaron sentadas en el Jaguar más de una hora, aunque Val salió una vez para meter dinero en el parquímetro. No hablaron. La mente de Alex estaba a kilómetros de distancia, haciendo horas extras para encontrar agujeros en su plan y tratar de taponarlos tan bien como pudiera. Había demasiadas cosas dejadas al azar, y Alex odiaba el azar.

Supuso que la mente de Val estaría en Pekín. Era un buen sitio al que huir. Tal vez Val incluso estuviera a salvo allí. Alex deseó que Daniel y ella estuvieran embarcando en un vuelo a Pekín en aquel mismo instante.

Seguro que Daniel no estaba disfrutando de la espera más que ella. Estaría en el parque, sin nada que hacer hasta que llegara Alex y sin forma de saber lo que ocurría. Al menos ella tenía a Val para acompañarla, aunque ninguna de las dos fuese muy buena compañía en esos momentos.

Por fin captó un movimiento abajo y se enderezó en el asiento. La barrera a franjas blancas y rojas de la boca del garaje estaba alzándose para dejar salir a alguien. Las dos últimas alarmas habían sido furgonetas de reparto, pero esa vez salía del garaje un coche oscuro. Alex arrancó el motor y avanzó hasta la calle. Alguien hizo sonar el claxon detrás de ella, pero no le dedicó ni una mirada. No apartó los ojos del coche. Desde aquella distancia, encajaba con el BMW negro de Carston. Eran poco más de las cuatro, demasiado pronto para que hubiera funcionarios terminando sus turnos.

El coche negro era la primera gran oportunidad de Alex. Una vez convencida de que su hija estaba desaparecida, Erin Carston-Boyd habría llamado a su padre presa del pánico, ¿verdad? Sabía que tenía alguna clase de empleo gubernamental importante. Lo consideraría poderoso y capaz. No iba a jugárselo todo a la carta de la policía si su hija estaba secuestrada. ¿Debería haber tardado tanto? La última vez que Alex había podido comprobarlo, no había llegado ninguna llamada y Carston seguía en su despacho. Gestionando el interrogatorio de Kevin, sin duda.

Alex creía que Carston iría al encuentro de su hija. Parecía la única reacción razonable, pero ¿y si Carston tenía alternativas? ¿Y si enviaba a un equipo de operaciones especiales en su lugar? ¿Era una persona tan fría? Si tenía que serlo…, probablemente sí.

Y Deavers seguramente podría ocuparse él solo del interrogatorio unas pocas horas, ¿verdad?

El estilo de Alex al volante fue mucho más ofensivo que defensivo mientras avanzaba esquivando coches, negándose a detenerse incluso ante el más rojizo de los semáforos en ámbar. Conocía las dos mejores rutas desde la oficina de Carston hasta el zoológico, desde donde daba por hecho que habría llamado Erin. ¿La aterrorizada madre abandonaría el último lugar donde había visto a su hija antes de asegurarse de que no estaba escondida entre el follaje? Si la llamada procedía de una comisaría de policía, para lo que había varias opciones viables, Carston podría elegir entre muchas más rutas distintas.

Demasiadas cosas dejadas al azar.

El BMW bajaba por la calle correcta, la que ella habría escogido para llegar cuanto antes al zoo. Su conductor también iba saltándose un poco las normas. Alex se aproximó con cautela desde detrás de otros dos coches. No quería asustarlo.

Era el coche de Carston. La matrícula coincidía. Podía verse lo que parecía la cabeza casi calva de Carston.

Buscó ojos en el espejo retrovisor, pero Carston debía de estar concentrado en la carretera. Alex maniobró para cambiar al carril contiguo.

Supuso que debería alegrarse de que esa parte estuviera saliendo según lo previsto. Pero se sentía como si alguien le estuviera taladrando el fondo del estómago y le dieron arcadas mientras se ponía a la altura del coche de Carston, porque, si esa parte funcionaba, tendría que seguir adelante con el resto del plan.

El semáforo de delante se puso en ámbar. Hubo coches que aceleraron para pasar, pero Carston estaba frenando. Sabía que había demasiada distancia. El vehículo anterior a Carston también redujo. Alex podría haber llegado hasta la línea en su carril, porque el coche de delante había girado a la derecha, pero se detuvo justo al lado de Carston.

Saludó con la mano, con la cara vuelta hacia el perfil del hombre. Hizo amplios aspavientos a propósito, para que los captara su visión periférica.

Carston miró de soslayo al percibir el movimiento, muy abstraído y con la frente arrugadísima de preocupación. Tardó un segundo en darse cuenta de lo que estaba viendo. En ese breve instante de confusión, antes de que pudiera pisar el acelerador, sacar una pistola o llamar por teléfono, Alex levantó el móvil. Tenía en pantalla la imagen ampliada de la cara dormida de la niña.

Carston echó el cerrojo a su expresión mientras empezaba a atar cabos.

Rápidamente, Alex salió de su coche y fue a la puerta del copiloto del de Carston. No miró atrás para ver cómo Val pasaba al asiento del conductor, pero oyó cerrarse la puerta por detrás. Alex esperó con los dedos en la manecilla de la puerta del BMW hasta que oyó el chasquido de los seguros al abrirse. Se sentó al lado de Carston. Toda la conversación muda había durado menos de dos segundos. Quizá los coches de detrás se sorprendieran, pero habrían olvidado el intercambio en el siguiente semáforo.

—Gira a la izquierda —le dijo a Carston mientras Val seguía hacia la derecha, en dirección este. El Jaguar desapareció al doblar la esquina.

Carston tardó poco en recuperarse. Puso el intermitente y cambio al carril izquierdo, casi chocando contra una furgoneta que cruzaba el semáforo. Alex cogió el móvil de Carston del portavasos, lo apagó y se lo guardó en el bolsillo.

—¿Qué quieres? —preguntó él. Su voz sonó tranquila, pero Alex distinguió la tensión en su falta de tonalidad.

—Necesito tu ayuda.

Él se tomó un momento para procesarlo.

—Gira a la derecha en la próxima esquina.

Carston obedeció con esmero.

—¿Quién es tu compañera?

—Alguien a sueldo. No te incumbe.

—Esta vez de verdad te creía muerta.

Alex no respondió.

—¿Qué le has hecho a Livvy?

—Nada permanente. Todavía.

—Solo tiene tres años —dijo Carston con un temblor en la voz muy poco propio de él.

Alex se giró para mirarlo con incredulidad, pero fue en vano porque Carston no apartó los ojos de la carretera que tenían delante.

—¿En serio? ¿Esperas que me preocupe por los civiles a estas alturas?

—Ella no te ha hecho nada.

—¿Y qué te habían hecho a ti los tres inocentes de Texas, Carston? Déjalo —añadió al ver que él abría la boca para contestar—. Está claro que era una pregunta retórica.

—¿Qué quieres de mí?

—A Kevin Beach.

Hubo otro largo silencio mientras Carston reorganizaba sus ideas.

—Vas a girar a la izquierda después de la siguiente manzana —ordenó Alex.

—¿Cómo has…? —Carston negó con la cabeza—. No lo tengo yo. Está en poder de la CIA.

—Sé quién lo tiene. Y sé que Deavers está siguiendo tus instrucciones para interrogarlo —añadió, de farol—. El caso lo lleva tu especialista. Estoy segura de que sabes dónde están trabajando con él.

Carston seguía mirando inexpresivo por el parabrisas.

—No entiendo lo que está pasando —murmuró.

—Pues hablemos de las cosas que sí entiendes —repuso Alex en tono lóbrego—. Te acordarás de un preparado que Barnaby y yo creamos para ti, llamado «Plazo límite».

La piel macilenta de Carston empezó a motearse de manchas moradas en las mejillas y el cuello. Alex sostuvo en alto su teléfono y los ojos de Carston pasaron a él por acto reflejo. La foto estaba otra vez a su tamaño original y la vía intravenosa en el brazo de su nieta aparecía en primerísimo plano. Había una bolsa de salino, la de nutrientes y otra bolsa más pequeña, de color verde oscuro, sujeta por debajo.

Carston miró la foto durante un segundo entero antes de volver a concentrarse en la carretera.

—¿Cuánto tiempo? —preguntó entre dientes.

—He sido generosa. Doce horas. Ha pasado una. Esta operación no debería durar más de cuatro, como mucho. Al terminar, Livvy será devuelta sana y salva a su madre.

—¿Y yo habré muerto?

—Si te soy sincera, es bastante poco probable que ninguno de los dos salgamos indemnes. Todo depende de lo buen actor que seas, Carston. Por suerte para ti, ambos sabemos lo convincente que puedes ser.

—¿Qué pasa si mueres y no es por mi culpa?

—Mala suerte para Livvy. Y para su madre, claro. El proceso está en marcha. Si te importa tu familia, harás todo lo posible para sacarme con vida.

—Podrías estar de farol. Nunca has sido tan despiadada.

—Las políticas cambian. La gente cambia. ¿Quieres que te cuente un secreto?

Le dejó un momento para responder, pero Carston siguió mirando adelante con la mandíbula tensa.

—Kevin Beach no estaba en Texas cuando Deavers envió a su escuadrón de la muerte. Estaba yo. —Dejó las dos últimas palabras un momento en el aire antes de seguir. Carston no era el único con dotes de actor—. No soy la persona que conocías, Carston. Te sorprendería saber de qué soy capaz ahora. La siguiente a la derecha.

—No sé qué pretendes conseguir con esto.

—Muy bien, hablemos de ello—dijo Alex—. ¿Dónde está Kevin?

Carston no vaciló.

—Está en unas instalaciones al oeste de la ciudad. Antes era un complejo para interrogatorios de la CIA, pero llevaban años sin usarlo. Oficialmente, está abandonado.

—¿Dirección?

Carston la recitó de memoria sin titubear.

—¿Cómo es la seguridad?

Carston la miró de reojo y la observó durante un segundo antes de responder.

—No tengo esa información. Pero, conociendo a Deavers, hay más de la necesaria. Habrá tirado la casa por la ventana. Kevin Beach le da un miedo atroz. Por eso se le ocurrió toda la farsa del hermano. «Riesgo cero», decía. —Carston dejó escapar una breve y amarga risita, sin el menor rastro de humor.

—¿Sabe cómo es mi cara?

Los ojos de Carston volvieron a ella, sorprendidos.

—¿Vas a entrar?

—¿Me reconocerá? —insistió Alex—. ¿Cuánto ha visto de mi expediente? ¿Le enseñaste el vídeo del metro?

Carston apretó los labios.

—Desde el principio, acordamos mantener nuestras... situaciones separadas. Solo nos pasamos la información imprescindible. Hace años pudo tener acceso a tu viejo expediente de reclutamiento y tus informes de algunos interrogatorios. Quizá conserve copias de eso, pero nada más reciente. La única foto de ese archivo era del funeral de tu madre. Eras muy joven, llevabas el pelo más largo y oscuro... —Se detuvo, en apariencia ensimismado—. Deavers no es una persona detallista. Me extrañaría que te asociara con esa foto. Ya no te pareces mucho a la Juliana Fortis de diecinueve años.

Alex esperó que tuviera razón.

—Hay en juego algo más que mi vida —le recordó.

—Soy consciente. Y..., hasta ahí, aceptaría la apuesta. Pero no sé qué crees que harás una vez estés dentro.

—Haremos, Carston, haremos. Y lo más probable es que caigamos acribillados.

—¿Y lo pagará Livvy? Eso es inaceptable —dijo con un gruñido.

—Pues dame opciones.

Carston inspiró una gran bocanada de aire y Alex lo miró. Parecía agotado.

—A ver qué te parece esto —le dijo. Estaba funcionando a base de intuición. Había escuchado la irritación de Carston hacia un «él» concreto en sus llamadas telefónicas, y creía poder aventurar de quién se trataba. A fin de cuentas, era el plan de Deavers el que había fallado estrepitosamente, una y otra vez—. ¿Sería exacto describirte como descontento con la manera en que Deavers ha llevado esta operación conjunta?

Carston dio un grave sonido inarticulado por respuesta.

—¿Tú y Deavers estabais en desacuerdo sobre cómo proceder?

—Podría decirse así.

—¿Cree que confías en él para dirigir el interrogatorio de Kevin Beach?

—No. A estas alturas, diría que no cree que confíe en él ni para subirse bien la bragueta.

—Háblame de tu especialista en interrogatorios.

Carston torció el gesto.

—No es de los míos. Es un lacayo de Deavers, y es imbécil. Ya avisé a Deavers de que alguien como Beach moriría antes de confesar nada a un interrogador normal. Puedes respirar tranquila, si es lo que te preocupa. No van a doblegarlo. Beach no ha dicho nada sobre ti, salvo que te mató. Y no creo ni que insistieran con el tema. Lo cierto es que yo también me lo había creído.

Alex estaba sorprendida.

—Entonces, ¿no me reemplazaste?

Carston negó con la cabeza.

—Lo intenté. No te mentí sobre eso al principio, ¿te acuerdas? ¿Aquello de «lo escaso que es el verdadero talento»? —Carston suspiró después de citarse—. Deavers tiene dominado al departamento desde hace mucho tiempo, desde que «perdí a un activo peligroso». La CIA ha bloqueado mi proceso de reclutamiento y lo ha cerrado todo menos el laboratorio. Lo que estamos produciendo ahora podría crearlo cualquier farmacéutico medio decente. —Meneó la cabeza—. Se comportan como si el motivo de que seas peligrosa no fuesen ellos.

—¿Sigues fingiendo que no participaste en esa decisión?

—Si lo hice, estoy recibiendo mi castigo ahora. —Carston miró taciturno por el parabrisas.

—¿Deavers se extrañaría de que estuvieras reclutando talento por tu cuenta y riesgo?

Carston siempre había sido rápido. Apretó los labios y asintió mientras se extendía en la respuesta.

—Durante medio segundo o así. Después, se enfurecería y punto. Él es partidario al cien por cien del programa tal y como está, pero sabe que yo cada vez tengo más dudas. No, no se extrañaría tanto.

—¿No te gusta la forma de actuar de Pace? Por lo pragmático que parece, tendríais que llevaros bien.

—Conque lo has deducido. Imaginé que lo harías. Pero seguro que no lo habrías logrado si Pace no se hubiera excedido en su reacción al principio. Lo maquiavélico no me molesta, la estupidez sí. A veces se cometen errores, pero Pace tiene por costumbre sumar a un error otro más grave. Y luego un tercero. Es quien nos ha metido a todos en este lío.

—¿Qué me estás diciendo, Carston? ¿Que estamos en el mismo bando? Todo el mundo comete errores, como bien dices, pero no deberías volver a confiar en mi credulidad.

—No espero que me creas, pero es lo que hay. No tengo nada que ganar con el proyecto actual. Si Pace triunfa, beneficiará a Deavers. Terminará de director de la CIA. En cambio, la obra de mi vida están desmantelándola ya. Estamos más en el mismo bando de lo que crees.

—Si te quedas más tranquilo diciéndolo, por mí bien. No cambia nuestro plan.

—Entramos juntos —pensó Carston en voz alta—. Tú eres mi protegida secreta. Yo insisto en que reemplaces al carnicero de Deavers. Hasta ahí, puede funcionar. No sé lo que crees que pasará a continuación.

Alex intentó disimular su estremecimiento al oír la palabra «carnicero». Todo el plan dependía de cuánto quedara de Kevin.

—Ya veremos —respondió, intentando mantener la voz calmada.

—No, no me lo digas. Es mejor así. Pero más vale que tengas un plan.

Alex no respondió. Su plan no era lo bastante sólido.

—Por pura curiosidad —dijo, para distraer a Carston de su reacción—, ¿cuándo murió Dominic Haugen?

—Dos semanas después de que destruyeran el laboratorio de Jammu.

Alex asintió. Era como había sospechado. Barnaby se había enterado de algo y había iniciado sus preparativos.

—Tengo una idea —ofreció Carston.

—Esto va a ser bueno.

—¿Qué te parecería fingir que estás herida? ¿Un brazo en cabestrillo, tal vez? Tuvimos una situación en Turquía hace nueve días, en la que obtuvimos información gracias a un cabo muy listo. Justo la clase de persona a la que me habría interesado reclutar, pero entonces se torció todo. El cabo no sobrevivió al intento de rescate de la fuerza hostil. Pero podría ser que esa información en realidad la hubiera adquirido el activo que estoy desarrollando en secreto, que sí salió de allí con vida.

Alex lo miró. Carston levantó una mano en señal de rendición.

—Vale, no tenemos por qué hacerlo a mi manera. Era solo una idea. Deavers conoce la historia y serviría para anclar el hecho de que te lleve conmigo, para que parezca menos improvisado.

—Creo que puedo hacerme unas heridas —dijo Alex secamente.

Habían repasado la historia unas cuantas veces antes de llegar al punto de reunión, y Carston había descrito con detalle la sala de interrogatorios. No pintaba muy bien; Alex sintió que sus posibilidades de sobrevivir se les iban escapando de entre los dedos.

Carston se metió en el aparcamiento contiguo al pequeño parque municipal y detuvo el BMW al lado del único otro coche que había, siguiendo las instrucciones de Alex. Aunque se lo esperaba, Alex se sobresaltó al ver al rubio grandullón aguardándolos en el banco del parque.

Aquella era la primera prueba, y si Daniel no la superaba habría que cancelar todo lo demás. Seguro que Carston había visto las fotos de Daniel en las noticias, por separadas que mantuvieran sus operaciones él y Deavers. Vigiló a Carston por el rabillo del ojo, evaluando su reacción. Tenía el rostro inexpresivo.

—¿Quién es este? —preguntó.

—Tu nuevo ayudante.

—¿Es necesario?

—Apaga el motor.

Daniel se levantó y caminó deprisa hacia ellos. Alex siguió observando a Carston, buscando el menor cambio en su semblante mientras Daniel se aproximaba.

—No puedo estar vigilándote todo el tiempo, Carston —dijo Alex con dulzura—. Abre el maletero.

Carston y ella esperaron en silencio mientras Daniel trasladaba el equipamiento del maletero del sedán al del BMW. Cuando terminó, se quedó esperando junto a la puerta de Carston.

—Sal —dijo Alex.

Despacio y con las manos siempre a la vista, Carston abrió la puerta y bajó del coche. Mientras Alex salía, reparó en cómo estudiaba Carston a Daniel. Intentó evaluarlo ella también de manera objetiva. Era un hombre fornido y parecía capaz de defenderse, hasta con las gafas y la panza adicional. Bajo esas circunstancias, tendría sentido que Carston fuese cauto y hasta que se asustara un poco, aunque lo ocultó bien.

Daniel estaba siguiendo las instrucciones de Alex y teniendo la boca cerrada. Solo cruzó una breve mirada con ella, y mantuvo neutra su expresión. Tenía la mandíbula un poco hacia fuera, como cuando había intimidado a los chavales borrachos en Oklahoma City. Le daba un aspecto peligroso, pero también un poco más similar al de Kevin. ¿Carston habría visto fotos de Kevin?

Daniel se quedó junto a la puerta del conductor, con los brazos sueltos a los lados, preparado.

—Las manos en el techo —ordenó Alex a Carston—. Ni un movimiento hasta que vuelva.

Carston adoptó la postura de un sospechoso retenido contra un coche patrulla. Agachó la cabeza, pero Alex notó que estaba examinando lo que podía ver de Daniel en el reflejo de la ventanilla. No dio muestras de reconocerlo, pero Alex no podía saber si estaba escondiendo alguna reacción. La distrajeron un poco las luces del aparcamiento, que arrancaban brillos a las calvas de los dos en los mismos puntos.

—Te presento al señor Thomas —dijo a Carston—. Si intentas delatarme, escapar o hacerme daño, habrás muerto en aproximadamente dos segundos y medio.

En la sien de Carston estaba formándose una gota de sudor. Si eso era fingido, Alex estaba impresionada de verdad.

—No voy a hacer nada que ponga en peligro a Livvy —replicó él.

—Bien. Vuelvo enseguida. Voy a hacerme unas heridas.

Los relucientes ojos azules de Daniel volaron fugaces a ella al pronunciar la palabra «heridas», pero al momento los obligó a volver a Carston.

Todas sus cosas estaban bien ordenadas en el maletero del BMW. Abrió la cremallera de la bolsa de lona para primeros auxilios y hurgó deprisa hasta encontrar lo que necesitaba. Acto seguido cortó un poco de gasa y de esparadrapo. Recogió su bolso y se marchó, dejando abierto el maletero. Los servicios públicos estaban al otro lado del pequeño parque infantil. Alex entró en el de señoras y encendió la luz. No había encimera y todo llevaba sucio días, quizá semanas, así que Alex se dejó el bolso el hombro. Usó el áspero jabón en polvo para limpiarse el perfecto trabajo de maquillaje de Val. Era mejor así. Ir maquillada no encajaba en el personaje, y la franja de piel falsa habría puesto en alerta a cualquiera que la mirase de cerca. Sus cardenales y vendas llamarían la atención, claro, pero también la harían menos reconocible. Sería menos probable que la gente se fijara en el rostro de debajo.

Por una vez, se alegró de ver lo que quedaba de sus ojos morados y la forma amarillenta que había adoptado el cardenal de su mejilla. Se notaba demasiado que el pegamento de la mandíbula era obra de un aficionado, pero una persona normal la llevaría vendada de todos modos.

No había toallas, solo un secador eléctrico roto. Usó la camiseta para secarse la cara y a continuación fijó la gasa a su mandíbula y su oreja, tomándose su tiempo para esmerarse y que pareciera puesta por un médico. La camiseta negra y las gruesas mallas servirían: la ropa cómoda era habitual en su trabajo, y la bata de laboratorio que tenía en el maletero le daría la apariencia profesional que buscaba.

Mientras regresaba al coche en la creciente penumbra, oyó que Carston intentaba trabar conversación con Daniel, pero él lo miraba desde arriba con los labios sellados.

Alex sacó del maletero la bata de laboratorio, se la puso y la alisó por delante con las palmas de las manos. Cuando quedó satisfecha, cerró el maletero y abrió la puerta trasera.

—Descansa, Lowell —dijo a Carston, que se irguió con reparo—. Tú vienes detrás conmigo. Conducirá el señor Thomas.

—Es un tipo taciturno —comentó Carston mientras se agachaba y entraba por la puerta abierta.

—No está aquí para entretenerte, sino para mantenerte a raya.

Alex cerró la puerta detrás de Carston y dio la vuelta al coche para subir por el otro lado. Carston la miró fijamente.

—Tu cara… Es un trabajo muy realista, Jules. Sutil. Ahora mismo no parece que lleves ningún maquillaje.

—He desarrollado muchas habilidades nuevas, y soy la doctora Jordan Reid. Por favor, dirige al señor Thomas hacia nuestro destino. Cuando falten cinco minutos para llegar, te devolveré el teléfono.

Cruzó la mirada con Daniel por el retrovisor. Daniel movió la cabeza a los lados un ápice. Carston no había dicho nada que hiciera creer a Daniel que lo había reconocido durante el tiempo que habían pasado solos.

Daniel arrancó el motor. Carston le dijo la dirección y añadió unas breves indicaciones. Daniel asintió una vez.

Carston se volvió hacia Alex y preguntó:

—Supongo que hay alguien con Livvy, ¿verdad?

—Las suposiciones nunca son buenas, ya lo sabes.

—Si hago todo lo que pueda, Jules, si me esfuerzo al máximo… —empezó a decir Carston, con una repentina aspereza en la voz—. Por favor. Por favor, deja marchar a Livvy. Haz la llamada, o lo que tengas que hacer. Incluso si…, incluso si tú no sales de allí. Sé que tienes todo el motivo del mundo para hacerme daño, pero, por favor, a la niña no. —Hacia el final, ya solo susurraba. Alex se habría inclinado a creer que estaba hablando de corazón, en la medida en que lo tuviera.

—No puedo hacer nada por ella si no salgo con vida. Lo siento, Carston. Ojalá hubiera podido hacer las cosas de otra manera, pero no tenía tiempo ni recursos.

Carston contrajo las manos sobre su regazo y se las quedó mirando.

—Más vale que sepas lo que haces.

Alex no respondió. Carston sabría entender lo que significaba el silencio.

—Si caemos —siguió diciendo él con voz más fuerte—, al menos llévate por delante a ese cabrón de Deavers. ¿Podrás hacerlo?

—Me preocuparé de poder.

—Faltan unos cinco minutos.

—Vale, toma.

Alex devolvió su teléfono a Carston, que lo encendió y, al cabo de un momento, seleccionó un número de la agenda. La línea dio dos tonos por el altavoz del coche.

—¿Por qué me interrumpes? —respondió un hombre. Hablaba en voz baja, casi susurrando, pero Alex distinguió un tono grave de barítono. Sonaba enfadado.

Carston también estaba enfadado.

—Doy por sentado que no ha habido progresos.

—No tengo tiempo para esto.

—Ninguno de los dos tenemos tiempo para esto —replicó Carston, brusco—. Ya me he cansado. Estaré en la puerta en dos minutos. Asegúrate de que nos reciban a mí y a mis ayudantes.

—¿Qué…? —empezó a preguntar Deavers, pero Carston le colgó.

—Belicoso —comentó Alex.

—Es nuestra forma normal de interactuar.

—Eso espero.

—Cumpliré con mi parte, Jules. Si Livvy no estuviera implicada, creo que hasta me lo pasaría bien. No sabes lo harto que estoy de ese necio pomposo.

El edificio al que llegaron habría tenido aspecto de abandonado de no ser por los dos coches que había aparcados al lado de la entrada. El pequeño aparcamiento estaba protegido por escarpados montículos artificiales en tres lados, y el modesto edificio de hormigón de una sola planta ocupaba el cuarto. La fachada del edificio solo era visible desde dentro del aparcamiento. La propiedad estaba oculta en el centro de kilómetros y más kilómetros de almacenes y bloques de oficinas al estilo soviético, todos sin duda propiedad de alguna rama del gobierno y todos vacíos en apariencia, como también lo había estado el laberinto de carreteras entre ellos. Alex dudó que alguien pudiera llegar allí por casualidad, y se alegró de haber tenido a Carston para guiarlos. Esperaba que Daniel hubiera prestado atención. Ella había procurado memorizar la ruta, pero dudaba que fuese a estar para ayudarlo a encontrar el camino de vuelta.

En las ventanas pequeñas y cubiertas no se veían luces, pero Alex ya lo esperaba. La planta visible no era más que camuflaje.

Carston bajó del coche y dio la vuelta para sostener la puerta a Alex, metido ya en su papel. Alex estuvo a punto de sonreír, recordando los tiempos en los que ella había sido «la protagonista». En fin, era el personaje que iba a interpretar esa noche. Tendría que ir metiéndose también en el papel.

Daniel sacó la caja de herramientas de acero del maletero y la llevó sobre sus ruedas hacia ella. Posiblemente ya habría alguien observándolos, aunque Alex no avistó ninguna cámara.

—Ten cuidado con eso —regañó a Daniel con dureza mientras le quitaba el asa.

Se alisó el puño izquierdo y se quitó una mota de polvo imaginaria de la manga. Daniel fue a situarse un poco por detrás del hombro derecho de Carston. Alex reparó en el anillo dorado que llevaba en el dedo meñique. No casaba mucho con su personaje, pero todo lo demás sí: hasta en el tenebroso aparcamiento, su traje negro era perfecto, conservador, nada caro, como los que todo agente del FBI del país tendría en su armario. No llevaba placa, pero, por supuesto, no se esperaría que alguien que trabajase de asistente en el departamento fuera identificado. No era una organización de las que expedían insignias.

Alex cuadró los hombros y se encaró hacia el oscuro edificio, intentando asimilar el hecho de que probablemente nunca volvería a ver aquel aparcamiento tan espantoso.

30

Por aquí, doctora Reid —dijo Carston mientras los llevaba a una puerta gris sin indicativos.

Daniel lo siguió de cerca, dando la espalda a Alex, que apuraba el paso detrás de ellos intentando seguirles el ritmo con sus piernas más cortas.

Carston no llamó a la puerta. Se limitó a quedarse justo delante de ella, expectante, como si ya hubiera pulsado el timbre.

La puerta se abrió un segundo después de que Carston se plantara allí. El hombre que había dentro llevaba un traje parecido al de Daniel, aunque tan nuevo que todavía brillaba. Era más bajito que Daniel y más ancho de hombros. Llevaba un bulto evidente bajo el brazo izquierdo.

—Señor —dijo el hombre, e hizo un saludo militar a Carston.

Llevaba el pelo rapado por los lados y corto por arriba, lo que hizo suponer a Alex que estaría más cómodo en uniforme. Pero su apariencia seguía formando parte del camuflaje. Los uniformes estarían en la planta de abajo.

—Necesito hablar con Deavers de inmediato.

—Sí, señor, ya nos ha informado de su llegada. Por aquí.

El soldado dio una brusca media vuelta y regresó al interior.

Alex siguió a Daniel a un apagado espacio de oficina: moqueta gris, unos pocos y angostos cubículos y sillas de aspecto incómodo. La puerta se cerró detrás de ella con un golpe sólido y un agorero chasquido. No cabía duda de que alguien seguiría observándolos, de modo que no pudo permitirse girar la cabeza para ver la cerradura. Tendría que confiar en que la tuvieran para impedir la entrada, no la salida. El soldado apenas había tardado en abrirla para ellos.

Su guía giró hacia un pasillo mal iluminado, los hizo pasar ante más habitaciones oscuras con puertas abiertas y se detuvo al final. Allí había una puerta cuya placa rezaba: MATERIAL DE LIMPIEZA. Metió la mano en su manga izquierda y sacó un cordel en espiral con una llave. Abrió la puerta y entró el primero.

La estancia solo se veía a la luz de un letrero de salida de emergencia que coronaba la puerta opuesta a la que acababan de cruzar. Contra las paredes había fregonas y cubos, cabía suponer que para aparentar. El soldado abrió la puerta de emergencia, que daba a una caja forrada de metal sin más características. Un ascensor. Alex se lo esperaba, y deseó que Daniel estuviera controlando sus expresiones.

Se unieron al soldado en el ascensor. Cuando Alex se volvió hacia la puerta, vio que solo había dos botones. El hombre pulsó el inferior y al momento Alex notó que se iniciaba el descenso. No podía estar segura, pero tuvo la impresión de que bajaron al menos el equivalente a tres pisos. No es que fuese necesario del todo, pero desde luego desconcertaba. Aunque el edificio no se hubiera usado para el mismo tipo de interrogatorios de los que ella solía ocuparse, la rutina seguiría incluyendo hacer que el sujeto se sintiera alarmado y aislado.

Y funcionaba: Alex notó crecer las dos sensaciones.

El ascensor se detuvo de sopetón y las puertas se abrieron a una antesala bien iluminada. Se parecía al control de seguridad de un aeropuerto, solo que mucho menos concurrido y más incoloro. Había otros dos hombres, en su caso con los uniformes azul oscuro del ejército, un detector de metales normal con una mesa corta y hasta las bandejitas de plástico para las hebillas de cinturón y las llaves de coche. Los uniformes sugirieron a Alex que aquellos dos debían de ser hombres de Pace.

En aquella sala, las cámaras de vigilancia eran más que evidentes.

Carston se adelantó, impaciente y seguro de sí mismo. Dejó en la bandeja su móvil y un puñado de monedas. Luego pasó por el marco rectangular. Daniel se apresuró a dejar las llaves del coche en otra bandeja, seguirlo y luego recoger las pertenencias de Carston y devolvérselas antes de volver a guardarse las llaves.

Alex llevó rodando la caja de herramientas de acero al lado del detector.

—Me temo que esto tendrán que registrarlo a mano —dijo mientras pasaba por el marco—. Tengo muchas herramientas de metal. Por favor, vayan con cuidado. Hay algunas frágiles y otras presurizadas.

Los dos soldados se miraron, con obvia incertidumbre. Observaron su cara dañada y luego la caja de herramientas. El más alto se arrodilló para abrir el cajón de arriba mientras el más bajo volvía a mirarle la cara.

—Por favor, vayan con cuidado —repitió Alex—. Esas jeringuillas son delicadas.

El soldado más bajo miró cómo su compañero levantaba la bandeja superior de jeringuillas y encontraba otra idéntica debajo. Devolvió la primera a su sitio con delicadeza, sin comprobar las otras dos que había más abajo. Abrió el segundo cajón y dirigió una mirada rápida a su compañero. E inmediatamente a Carston.

—Señor, no podemos permitir las armas más allá de este punto.

—Pues necesitaré mis bisturíes, por supuesto —dijo Alex, dejando que se filtrara algo de irritación en su tono—. No vengo a jugar al Scrabble.

Los soldados volvieron a mirarla y sus ojos empezaron a iluminarse de comprensión.

«Sí —quiso decirles Alex—, soy esa clase de invitada».

Quizá le leyeran las palabras en el semblante. El alto se levantó.

—Necesitaremos autorización para esto.

Dio media vuelta y desapareció por la puerta doble metálica que tenían detrás.

Carston soltó un enorme suspiro de exasperación y se cruzó de brazos. Alex compuso una cara de impaciencia. Daniel estaba muy quieto junto al hombro derecho de Carston, inexpresivo. Lo estaba haciendo bien. Nadie le prestaba la menor atención. Para los soldados, era uno de esos sujetamaletines anónimos, que era precisamente lo que Alex quería. Hasta el momento, Val había tenido razón: a ella le habrían hecho mucho más caso.

Pasaron solo unos minutos antes de que las puertas volvieran a abrirse. El soldado alto regresó con otros dos hombres.

Era fácil adivinar cuál era Deavers. Era más menudo y flaco de lo que había sugerido su voz, pero se manejaba con evidente autoridad. No se preocupaba de hacia dónde caminaban los otros dos hombres, sino que esperaba que lo evitaran a él. Llevaba un traje negro de buena confección, varios niveles salariales en precio y estilo por encima de los de Daniel y el guarda de la puerta. Tenía el pelo de color gris acero, pero denso aún.

Por su falta de formalidad, Alex supuso que el hombre que llegaba detrás de Deavers sería el interrogador. Iba vestido con una camiseta arrugada y pantalones negros que parecían de hospital. Su cabello lacio y castaño estaba grasiento y desaseado, y lucía buenas ojeras bajo los ojos inyectados en sangre. Aunque a todas luces había tenido un día largo, había fuego en esos ojos cuando se fijó en la bata de laboratorio de Alex y después en su caja de herramientas, con el cajón de bisturíes todavía abierto.

—¿Qué es todo esto, Carston? —rugió.

Ni Carston ni Deavers lo miraron. Mantenían los ojos fijos el uno en el otro.

—¿Qué crees que estás haciendo? —preguntó Deavers controlando el tono.

—No permitiré que ese chapucero mate al sujeto si tengo una opción mejor.

Deavers miró a Alex por primera vez. Ella trató de proyectar calma, pero notó que se le aceleraba el corazón bajo el atento examen de Deavers, que se tomó su tiempo con las heridas de la cara.

Deavers se volvió de nuevo hacia Carston.

—¿Y de dónde has sacado tan de repente esa opción mejor?

Por lo menos, no la había reconocido de inmediato. Y casi ni había mirado a Daniel. Los dos hombres volvían a estar concentrados el uno en el otro, con el antagonismo chispeando en su línea visual como una corriente eléctrica.

—He estado desarrollando alternativas para salvar el programa. Esta alternativa se ha demostrado más que capaz.

—¿Cómo?

Carston levantó un centímetro el mentón.

—Uludere.

La corriente pareció interrumpirse con la palabra. Deavers dio un inconsciente paso atrás y resopló, irritado. Volvió a mirar el rostro vendado de Alex y luego a su adversario.

—Tendría que haber sabido que pasaba algo más en Turquía. Carston, no tienes autoridad para hacer esto.

—Llevo un tiempo infrautilizado. Solo intento aportar más valor.

Deavers frunció los labios y volvió a lanzar una mirada a Alex.

—¿Es buena?

—Ahora lo verás —prometió Carston.

—Pero estoy en un punto crítico —protestó el interrogador—. No puede retirarme del caso ahora.

Carston lo fulminó con la mirada.

—Cállese, Lindauer. Esto le viene grande.

—Muy bien —concedió Deavers a regañadientes—. Veamos si tu mejor opción nos consigue lo que necesitamos.

La sala era tal y como la había descrito Carston. Sencillas paredes de hormigón, sencillo suelo de hormigón. Una puerta, un espejo unidireccional que comunicaba con la sala de observación y una lámpara redonda incrustada en el techo.

En algún momento, en aquella sala habría habido un escritorio, dos sillas y un flexo muy brillante. Allí se habría interrogado a los sujetos, se les habría arengado, amenazado y presionado, pero no se habría pasado de ahí.

Una mesa de quirófano reemplazaba ahora al escritorio. Parecía sacada de una película de la Primera Guerra Mundial: era una losa sólida de acero inoxidable, sin acolchar y con las ruedas de una camilla de hospital. En la esquina había una silla plegable. Las instalaciones no eran ni por asomo tan funcionales como las modernas suites del departamento, pero saltaba a la vista que aquel interrogatorio era extraoficial hasta para la división más encubierta del gobierno.

Mantuvo clínica su inspección y rezó para que Daniel tuviera el control sobre sí mismo que iba a necesitar.

Daniel había acompañado a Carston y los demás a la sala de observación, y era invisible para ella tras el cristal. Antes de que el grupo se separara, ni Deavers ni ninguno de los demás le habían mirado la cara. Alex deseó con desesperación que no hiciera nada que trocase su indiferencia en sospecha.

Kevin estaba tendido en la mesa bajo la única luz, con esposas en las muñecas y los tobillos. Estaba desnudo y su cuerpo brillaba por el sudor y la sangre. Tenía largas ampollas de quemaduras trazando líneas más o menos paralelas que le bajaban por el pecho. En sus costillas había finos tajos, con pellejos de bordes blanqueados, posiblemente con ácido. Las plantas de sus pies estaban cubiertas de ampollas y blanqueadas también. Lindauer había echado ácido en esas quemaduras. Le faltaba otro dedo del pie izquierdo, el siguiente al de su primer muñón.

Las herramientas de Lindauer estaban tiradas por el suelo, embadurnadas de sangre y de sus sucias huellas dactilares. Alex sabía que por ahí abajo también debía de haber un dedo del pie, pero no lo encontró a primera vista.

Había esperado una instalación limpia y clínica, que era a lo que estaba acostumbrada. Aquello era puro salvajismo. Arrugó la nariz, asqueada.

Kevin estaba alerta. No la perdió de vista mientras entraba detrás del interrogador, pero mantuvo un control férreo sobre sus rasgos.

Con una precisión que pretendía burlarse de la poco profesional conducta laboral de Lindauer, se agachó sobre su caja de herramientas y sacó varias de sus bandejas de jeringuillas.

—¿Qué es esto? —preguntó Kevin con voz rasposa. Alex levantó la mirada y vio que se dirigía al espejo, no a ella—. ¿Creéis que una chavalita va a doblegarme? Y yo pensando que este borrego era lo más bajo que podíais caer. En serio, tíos, nunca dejáis de decepcionarme.

Lindauer, que se había empeñado en estar en la sala, se inclinó furioso sobre la mesa. Metió un dedo en un corte que atravesaba una quemadura del pecho de Kevin, que gruñó y tensó la mandíbula.

—No se preocupe, señor Beach. La chavalita es solo para darle un descanso. Recupere fuerzas. Yo volveré después, y entonces tendremos una conversación productiva.

—Ya basta, *doctor* —restalló Alex—. He aceptado que se quede a observar, pero tenga la amabilidad de apartarse de mi sujeto ahora mismo.

Lindauer lanzó una mirada al espejo como si esperara apoyo. Al no obtener más respuesta que el silencio, frunció el ceño, resentido, y fue a sentarse en la única silla. Después de hacerlo se derrumbó un poco, Alex no habría sabido decir si por el agotamiento o por la deshonra.

Alex dio la espalda a Lindauer y sacó unos guantes azules de látex. El pequeño objeto metálico que había transferido con disimulo a la palma de su mano mientras tanto quedó oculto bajo el guante derecho.

Se acercó al borde de la mesa y usó un pie para despejar con aprensión una franja de suelo en el desastre que había dejado Lindauer.

—Hola, señor Beach. ¿Cómo se encuentra?

—Listo para unas cuantas rondas más, cielo. Parece que a ti ya te ha dado caña alguien, ¿eh? Espero que se divirtiera.

Mientras Kevin escupía las palabras entre dientes, Alex empezó a examinarlo, primero enfocando una linterna pequeña en sus ojos y luego revisando las venas de sus brazos y manos.

—Está un poco deshidratado, creo —comentó Alex. Miró hacia el espejo mientras volvía a posar la mano derecha de Kevin sobre la mesa y aprovechaba para dejarle la fina llave bajo la palma—. Esperaba que hubiera una vía intravenosa ya en marcha. Tengo salino y agujas, pero ¿pueden traerme un portasuero? Si no, bastará con algún tipo de barra.

—Ya se nota que te van las buenas barras, ya —dijo Kevin.

—No hace falta ponerse grosero, señor Beach. Ahora que he venido, esto va a ser mucho más civilizado. Acepte mis disculpas por las condiciones en que se encuentra. Todo esto es muy poco profesional.

Dio un soplido despectivo y dedicó a Lindauer la mirada de soslayo más hiriente que fue capaz.

—Cariño, si esto es la técnica del poli bueno, lo siento, pero no eres mi tipo.

—Le aseguro, señor Beach, que no soy el poli bueno. Soy una especialista, y debo advertirle que no juego a las idioteces con las que le ha hecho perder el tiempo este... *interrogador.* —La inflexión dejó claro su deseo de haber utilizado una palabra menos halagadora—. Nos pondremos a ello de inmediato.

—Eso, cariño, pongámonos a ello, así me gusta. —Kevin se esforzaba para hablar en voz alta y tono burlón, pero Alex era consciente de lo mucho que le estaba costando.

La puerta se abrió detrás de ella. Por el espejo, Alex vio que el soldado alto le llevaba un portasuero. Hasta el momento solo había contado otros cuatro hombres aparte de Deavers y Lindauer, pero tenía que haber más ocultos.

—Déjelo en la cabecera de la mesa, muchas gracias —dijo sin volverse para mirarlo y con voz displicente. Se agachó para coger la jeringuilla que le interesaba.

—¿Ahora vas a hacerme un baile? —murmuró Kevin.

Alex lo miró con frialdad mientras erguía la espalda.

—Esto será solo una muestra de lo que vamos a hacer esta noche —le contestó mientras rodeaba la mesa.

Dejó la jeringuilla al lado de su cabeza mientras colgaba la bolsa de solución salina y los tubos. La puerta se cerró, pero Alex no dejó de mirar a Kevin. Volvió a examinar sus venas y eligió el brazo izquierdo. Él no se resistió. Mientras le insertaba la aguja con cuidado, buscó la llave que le había dado, pero no estaba visible. Recogió el cuchillo más grande que vio por el suelo y lo dejó al lado del brazo derecho de Kevin.

—Verá, yo no necesito armas tan rudimentarias. Tengo algo mejor. Opino que lo justo es permitir que el sujeto comprenda a qué se enfrenta antes de empezar a intensidad máxima. Dígame lo que piensa.

—Voy a decirte lo que pienso, condenada… —Kevin se lanzó a una avalancha de insultos que dejó a la altura del betún todas sus anteriores descripciones creativas. Ese hombre tenía un don.

—Valoro su coraje, créame, de verdad —respondió Alex cuando Kevin hubo terminado. Ya tenía la aguja de la jeringuilla contra el punto de inyección de la vía—. Pero debe saber que se esfuerza en vano. Se acabó el recreo.

Clavó la aguja a través del plástico y hundió el émbolo.

La reacción fue casi inmediata. Alex oyó que la respiración de Kevin se aceleraba y al momento empezaron los chillidos.

La cabeza de Lindauer se alzó de golpe. El interrogador no habría obtenido ninguna respuesta como aquella de Kevin, por mucho que se hubiera esforzado. Oyó movimiento tras el cristal cuando los espectadores se acercaron a él y un murmullo de voces. Creyó distinguir un tono sorprendido que le resultó gratificante. Aunque lo cierto era que todo se debía a la actuación de Kevin.

Alex sabía cómo debía de estar sintiéndose con la fuerza renovada corriendo por sus venas y todo el dolor desaparecido. Le había administrado más del doble de la dosis más alta de «Sobrevive» que había empleado jamás consigo misma, teniendo en cuenta su masa y su necesidad superiores. Los berridos que estaba dando Kevin eran primarios, casi triunfales. Esperó que nadie más reparara en el matiz y que Kevin recordara que los daños en su cuerpo seguían siendo muy reales, los notara todavía o no.

Esperó solo cinco minutos dando golpecitos con el pie en el suelo y mirándolo impasible mientras Kevin interpretaba su papel, con gritos que mantuvo fuertes y constantes. Quería que tuviera las drogas en su sistema todo el tiempo posible. Cuando remitieran, Kevin quedaría incapacitado.

—Eso es, señor Beach —dijo mientras inyectaba suero fisiológico normal y corriente en el punto de la vía, y a continuación le dio el pie que necesitaría—: Creo que ahora nos entendemos mutuamente, así que estoy deteniendo el dolor. ¿Quiere que hablemos?

Kevin tardó más en recuperarse de lo que debería, lo que no era de extrañar porque no conocía las drogas de Alex. Fingió emerger despacio, y Alex se alegró de que Daniel estuviera cerca de Carston con el anillo impregnado de veneno listo. Solo Carston se daría cuenta del engaño.

Kevin aún seguía jadeando al cabo de un minuto, y hasta tenía lágrimas cayendo por los lados de la cara. Para Alex era fácil olvidar que era un profesional de la infiltración porque nunca lo había visto trabajando sobre el terreno, pero debería haber sabido que clavaría su actuación.

—Bueno, señor Beach, ¿qué quiere hacer ahora? ¿Seguimos con la intensidad máxima o le gustaría hablar antes?

Kevin giró la cabeza para clavar en ella su mirada, unos ojos muy abiertos que expresaban un miedo convincente.

—¿Quién eres? —susurró.

—Una especialista, como le he dicho. Creo que este *caballero* —dijo ella con sarcasmo, señalando a Lindauer con un gesto de la cabeza— tenía unas preguntas para usted.

—Si hablo —dijo Kevin, aún susurrando—, ¿te irás?

—Por supuesto, señor Beach. Yo no soy más que un medio hacia un fin. Cuando mis superiores estén satisfechos, no tendrá que volver a verme jamás.

Lindauer se había quedado boquiabierto, pero Alex estaba preocupada. Tenían que seguir adelante, pero, al mismo tiempo, ¿creería alguien que Kevin pudiera venirse abajo con tanta facilidad?

Kevin gimió y cerró los ojos.

—No van a creerme —dijo.

Alex no sabía cómo podía haberlo hecho Kevin, pero tenía la impresión de que las esposas de su mano derecha ya no estaban cerradas sobre su muñeca. Entre las dos partes del brazalete se atisbaba un levísimo desajuste. No creía que pudiera verlo nadie aparte de ella.

—Yo le creeré, si me dice la verdad. Cuénteme lo que quiere confesar.

—Sí que tuve ayuda…, pero… no puedo…

Alex le cogió una mano con las dos suyas, como si quisiera reconfortarlo. Notó que la llave caía en su palma.

—Sí que me lo puede decir. Pero, por favor, no intente ganar tiempo. Tengo poca paciencia.

Le dio unas palmaditas en la mano y pasó alrededor de su cabeza para revisar la vía intravenosa.

—No —murmuró con un hilo de voz—, no intento eso.

—De acuerdo —contestó ella—. ¿Qué es lo que quiere decirme?

Dejó caer su mano sobre la mano izquierda de Kevin y le metió la llave entre los dedos.

—Tuve ayuda… de un topo en la organización.

—¿Qué? —exclamó Lindauer con la voz ahogada.

Alex le dedicó una mirada asesina y se volvió hacia el espejo.

—Su hombre es incapaz de controlarse. Quiero que lo retiren de aquí —dijo muy seria.

Por toda la sala resonó un crujido electrónico. Alex miró hacia arriba buscando el altavoz, pero no lo localizó.

—Continúe —ordenó la voz incorpórea de Deavers—. Si incurre en alguna otra falta de disciplina, será escoltado fuera de la sala.

Alex frunció el ceño a su propio reflejo y se volvió para inclinarse sobre Kevin.

—Necesito un nombre —insistió.

—Carston —susurró él.

«¡No!».

Con los nervios ya crispados y tensos, Alex tuvo que reprimir el impulso de darle un bofetón. Pero, claro, Kevin no tenía forma de saber cómo había llegado Alex hasta allí.

Oyó un alboroto en la sala de observación y se apresuró a hablar en voz más alta.

—Me cuesta mucho creerlo, señor Beach, dado que el señor Carston es el motivo de que esté aquí yo con usted. No me habría hecho venir si pretendiera evitar la verdad. Sabe de lo que soy capaz.

Kevin la miró enfadado un instante bajo sus párpados entrecerrados y volvió a gemir.

—Es el nombre que me dio mi contacto. Solo puedo decirte lo que me dijo él.

«Pues nada, problema resuelto», pensó ella con sarcasmo.

Ni su afirmación ni la de Kevin habían acabado con el revuelo. Seguía oyendo voces levantadas y algo de movimiento. Lindauer también estaba distraído, mirando hacia el cristal.

Alex volvió a intentarlo. Sacó una jeringuilla y se metió el pequeño dispositivo que había debajo de ella en el bolsillo.

—Discúlpeme si opino que todo esto ha sido demasiado fácil…

—No, espera —dijo Kevin entre resuellos, subiendo un poco la voz—. El tipo era un enviado de Deavers, él ya sabe de quién hablo.

Bueno, quizá eso revolviera un poco las aguas. Mejor que estuvieran sobre la mesa los dos apellidos.

Pero seguían sin lograr detener lo que fuese que estaba ocurriendo en la sala de observación. Alex tenía que actuar. Lo único bueno que tenía el inesperado alboroto detrás del cristal era que no podían estar mirándola a ella con mucho detenimiento. Se acababa el tiempo.

—Señor Lindauer —llamó con brusquedad sin mirar en su dirección. Vio por el espejo que también estaba angustiado por lo que ocurría en la estancia contigua. Su cabeza giró de golpe hacia ella—. Me preocupa que los grilletes del tobillo estén demasiado apretados. Necesito que la circulación del sujeto sea óptima. ¿Tiene usted la llave?

Kevin adivinó lo que estaba intentando. Tensó los músculos, preparado. Lindauer se aproximó con paso vivo al pie de la mesa. En la sala de observación había una voz que se imponía a gritos a todas las demás.

—No sé de qué me habla —protestó Lindauer, con la mirada fija en los tobillos y los pies destrozados de Kevin—. Esto no le está cortando la circulación, y no sería seguro aflojárselos. No sabe qué clase de hombre tiene delante.

Alex se acercó a él y se dispuso a hablar en voz baja para que Lindauer tuviera que inclinarse hacia ella. Dentro de su bolsillo, situó el dedo pulgar sobre el diminuto condensador del emisor de pulso electromagnético.

—Sé exactamente qué clase de hombre tengo delante —murmuró.

Activó el condensador con la mano izquierda y clavó la jeringuilla en el brazo de Lindauer con la derecha.

La luz del techo parpadeó un momento y estalló. Los añicos de las bombillas tintinearon contra la lámina de metacrilato de la lámpara. Por suerte, el pulso no hizo que explotara el metacrilato, o la piel expuesta de Kevin habría sufrido las consecuencias. La sala se quedó a oscuras.

El pulso electromagnético no había sido tan intenso como para afectar a la habitación contigua. A través del espejo llegaba una luz mortecina, y vio siluetas moviéndose al otro lado pero no distinguió a quiénes o a qué pertenecían ni lo que estaba ocurriendo.

Lindauer logró dar solo medio chillido antes de caer al suelo entre convulsiones. Alex oyó que Kevin también estaba en movimiento, aunque sus sonidos eran mucho más tenues y decididos que los retorcimientos de Lindauer.

Alex sabía con exactitud dónde encontrar su caja de herramientas en la oscuridad. Se volvió para arrodillarse junto a ella, abrió de un tirón el penúltimo cajón, vació la bandeja de jeringuillas en el suelo y palpó hasta encontrar el compartimento oculto que había al fondo.

—¿Ollie? —susurró Kevin. Por el sonido, se había levantado de la mesa y estaba cerca del portasuero.

Alex sacó las dos primeras pistolas con las que dieron sus dedos y anduvo a trompicones hacia el sonido de su voz. Topó con el pecho de Kevin, que levantó los brazos para sostenerla y que no cayera hacia atrás. Alex le apretó las pistolas contra el estómago mientras sonaban dos balazos en la otra sala. El cristal no se partió, por lo que no estaban disparando hacia la sala de interrogatorios. Hubo un tercer y un cuarto disparo.

—Danny está ahí dentro —susurró Alex mientras él le arrebataba las pistolas de las manos.

Se dejó caer de rodillas mientras Kevin se apartaba y gateó hacia la caja de herramientas. Sacó las otras dos pistolas, la familiar forma de su PPK y otra que no reconoció al tacto. Había dado a Kevin su SIG Sauer por error.

No importaba. Había cumplido los principales objetivos de su estrategia: liberar a Kevin y ponerle una pistola cargada en las manos. Después de eso, la función primaria de Alex pasaba a ser de apoyo. Solo le quedaba esperar que la nueva estrella del espectáculo estuviera en suficiente buena forma para cumplir con lo que necesitaba que hiciera. Si ese sádico de Lindauer le había hecho demasiadas heridas…, bueno, en ese caso estaban todos muertos.

Lindauer ya tenía su merecido. Era probable que aún viviera, pero no aguantaría mucho más. Y no iba a disfrutar en absoluto del resto de su vida.

No había transcurrido ni un segundo entero cuando resonó otro disparo ensordecedor por la pequeña estancia de hormigón, y en esa ocasión sí que llegó el crujido amortiguado del cristal de seguridad al quebrarse.

Unas grietas de luz amarilla se extendieron como telarañas por el espejo cuando hubo cuatro disparos de respuesta en rápida sucesión. Los siguientes no alteraron el astillado patrón de luz: de nuevo, no iban dirigidos a la sala de interrogatorios. Los ocupantes de la estancia contigua seguían disparándose entre ellos.

Avanzó sin levantarse, con las pistolas apuntadas hacia el rectángulo fracturado por si llegaba alguien a través de él. Pero el movimiento tuvo lugar en su lado cuando una sombra oscura embistió contra el mosaico de fragmentos de cristal y lo atravesó hacia la siguiente habitación.

Los hombres de la sala de observación estaban solo a tres metros de Alex, mucho más cerca que las pacas de heno que tan fáciles le habían parecido mientras practicaba. Apoyó las manos en la mesa de acero y disparó a los uniformes que llenaban la sala. No se permitió reaccionar al hecho de que no veía a Daniel ni a Carston. Había dicho a Daniel que se arrojara al suelo cuando empezaran los disparos. Solo estaba siguiendo sus instrucciones.

Empezó a retumbar una andanada de disparos, pero ninguno iba dirigido a ella. Los soldados estaban vaciando sus cargadores contra el hombre desnudo y ensangrentado que había irrumpido entre ellos con una descarga de balazos. Todavía quedaban seis uniformados de pie, y Alex se apresuró a derribar a tres de ellos antes de que repararan en que el ataque llegaba desde dos frentes. Al caer, dejaron visible al hombre trajeado a quien habían estado protegiendo. Los ojos de Deavers estaban girando hacia ella mientras apuntaba, y su cuerpo ya estaba en movimiento cuando la bala salió despedida del arma de Alex.

Ella no pudo estar segura de haber hecho algo más que rozarlo mientras se arrojaba al suelo para ponerse fuera de su alcance.

No lograba ver la posición de Kevin, pero los otros tres soldados ya estaban en el suelo. Desde donde estaba ya no le quedaba nada a lo que apuntar.

Alex corrió hasta el marco del espejo, aplastando trozos de cristal con los zapatos, y pegó la espalda contra la pared junto a él.

—¿Ollie? —llamó Kevin con voz firme y controlada.

El alivio le ardió por todo el cuerpo al oírlo.

—¿Sí?

—Está despejado. Ven aquí. Danny ha caído.

El hielo surcó la misma ruta que acababa de abrir el calor.

Soltó las pistolas en los bolsillos, se envolvió las manos con los pliegues de su bata de laboratorio y se izó sobre la dentada repisa del espejo. El suelo estaba saturado de cuerpos en uniformes oscuros, con salpicaduras de color rojo en todas las superficies claras contra las que pudieran destacar: las caras, el suelo, las paredes. Kevin se estaba quitando de encima un cuerpo que sin duda había utilizado como escudo. Seguía habiendo movimiento, y más de un estertor. Por tanto, no estaba despejado del todo, pero Kevin debía de pensar que tenía la sala bajo control y estaba claro que la necesidad era urgente.

Daniel estaba en el rincón derecho del fondo. Alex vio la franja de pelo casi blanco en su pálido cuero cabelludo, pero estaba casi oculto del todo por dos cuerpos de uniforme que parecían haberle caído encima. Carston estaba en el suelo a poca distancia, con crecientes manchas de sangre en su camisa blanca, resultado de múltiples heridas. Su pecho aún se movía.

Alex tardó menos de un segundo en absorber la situación, moviéndose mientras la evaluaba en línea recta hacia Daniel.

—Deavers está vivo —murmuró al pasar junto a Kevin, y en su visión periférica vio que asentía y empezaba a moverse acuclillado hacia la esquina izquierda de la sala.

Había muy poca sangre en el soldado que había caído cruzado sobre el pecho de Daniel, pero su cara tenía una enfermiza tonalidad púrpura y en sus labios había burbujas de color rosa. Una mirada rápida al otro hombre, tendido sobre las piernas de Daniel, le reveló los mismos síntomas. Los dos estaban muriendo por el veneno del anillo de Daniel. En la boca del primer hombre burbujeó más espuma sanguinolenta mientras intentaba apartar su cuerpo paralizado de Daniel.

Una parte de Alex estaba muy lejos de lo que estaba ocurriendo, la parte que necesitaba hiperventilar y gritar y enloquecer. Obligó al hielo de su pavor a mantenerla concentrada y clínica. Ya habría tiempo más tarde para los ataques de histeria. Tenía que comportarse como una médica de campaña, rápida y certera.

Por fin sacó rodando al hombre de encima del pecho de Daniel y de repente hubo sangre por todas partes. Arrancó la camisa empapada en rojo de Daniel y le costó demasiado poco encontrar la fuente. Toda su formación y toda su experiencia como cirujana de urgencias a sueldo le decían que llegaba demasiado tarde.

Era un disparo perfecto, justo en la parte superior izquierda del pecho. Quienquiera que hubiese apretado el gatillo sabía muy bien lo que hacía. Era uno de los pocos disparos que derribaban a una persona al instante, a través del corazón, muerto antes de caer al suelo. Posiblemente muerto antes de registrar el dolor siquiera.

No había nada que ella hubiera podido hacer, ni aunque no se hubiera separado de él. Había permitido que Daniel la acompañara para protegerla, y esa decisión lo había matado con tanta efectividad como el balazo en su corazón.

31

No tendría que haber sucedido así. Las armas tendrían que haber estado apuntadas hacia Alex y Kevin. En la confusión, nadie había disparado a Alex ni una sola vez; estaba intacta. Se suponía que Daniel iba a estar de fondo, invisible. No había motivo para desperdiciar un disparo perfecto en un asistente anónimo. Ese tirador tan hábil tendría que haber estado apuntando a Alex.

Sabía desde el principio que el plan tenía muchos fallos, pero ni siquiera había soñado que saldría del tiroteo indemne. El superviviente debía ser Daniel.

Una hilera de rostros sin nombre, los gánsteres a los que no había podido salvar, surcó su mente. Uno de ellos sí tenía nombre: Carlo. Había muerto exactamente del mismo modo. Alex no había podido hacer nada. ¿Qué era lo que había dicho Joey G.? «A veces se gana y a veces se pierde». Pero ¿cómo iba a vivir Alex con una pérdida como aquella?

La histeria iba alcanzando la superficie. Solo la gélida conmoción mantenía a raya el paroxismo del duelo. La pausa conge-

lada se hizo infinita, cristalina, con todos los detalles defini-
dos. Entreoyó el sonido de una pelea en algún lugar muy
alejado de ella y a Kevin gritando: «¿Dónde está ahora tu
perímetro de seguridad, Deavers?». Olió el fétido almizcle
de las víctimas de su anillo y el hedor cálido y vivo de la sangre fresca. Escuchó la respiración trabajosa de Carston, mo-
ribundo detrás de ella.

Y de pronto, el sonido de otro débil resuello muy cerca,
al lado de su cabeza agachada.

Sus ojos, que ni sabía que tenía cerrados, se abrieron de
golpe. Conocía ese sonido.

Frenética, se arrancó el guante de la mano y lo extendió
tenso sobre el agujero en el pecho de Daniel. Vio con incredulidad cómo su pulmón tiraba del látex al intentar absorber aire
a través de él. Levantó el borde del guante para la exhalación,
dejando circular el aire, y luego volvió a estirarle el guante contra la piel para que inhalara.

Daniel estaba *respirando*.

¿Cómo podía ser? El disparo debía de haber evitado su
corazón de algún modo, aunque parecía perfectamente dirigido.
Evaluó la situación deprisa y comprendió que en realidad no
había tanta sangre como había creído. No la suficiente para
tratarse de un agujero en el corazón. Y Daniel respiraba, cosa
que no haría si la bala hubiera acertado.

Le metió la otra mano bajo el hombro, buscando con deses-
pero una herida de salida. Sus yemas encontraron el desgarrón
en la chaqueta de Daniel y metió dos dedos primero en el tejido
y luego en el agujero de su espalda en un intento de taponar el
flujo de aire. No lo notó más grande que el agujero de su pecho.
La bala lo había atravesado limpiamente.

—¡Kevin! —Su alarido acusó todo el pánico que estaba
demasiado entumecida para sentir—. Necesito mi caja de herramientas. ¡Ya!

Más movimiento, pero no levantó la mirada para comprobar si era Kevin ayudándola o un victorioso Deavers acercándose para matarla. Descubrió que ni siquiera la preocupaba que fuese Deavers, que no tenía miedo de nada de lo que pudiera hacerle. Porque si Kevin había caído y no era capaz de llevarle deprisa las cosas que necesitaba, Daniel podía morir en escasos minutos.

Tenía más material necesario en el coche, pero no tenía ni idea de cómo llevar a Daniel a la superficie.

Sonó un estrépito metálico junto a su hombro derecho.

—Bolsas con autocierre —pidió, desesperada—. Cajón de abajo, a la izquierda. Y la cinta debería estar por arriba.

Kevin depositó las cosas que necesitaba en el pecho de Daniel, junto a la mano de Alex. A toda prisa, durante una exhalación, reemplazó el guante por la bolsa de plástico y ordenó a Kevin que la fijara fuerte con cinta por tres lados. No tenía nada que pudiera actuar como válvula para liberar el exceso de aire, por lo que tuvo que dejar abierto el cuarto lado. Debería apretarse contra el agujero con las inhalaciones y luego dejar salir el aire que soltara.

—Dale la vuelta hacia mí. Tengo que sellar la herida de salida.

Kevin ladeó a su inconsciente hermano con mucho cuidado. Alex esperó que la postura liberara algo de presión en el pulmón sano de Daniel. Tuvo que romper el contacto con la herida mientras Kevin movía el cuerpo, y luego durante el precioso segundo que le costó usar un bisturí para cortar la camisa y la chaqueta. Fijó con esparadrapo una segunda bolsa de plástico a la piel de Daniel mientras analizaba el charco de sangre que había debajo. Tampoco era tanta. Por algún milagro, la bala ni siquiera había rozado su corazón ni ningún vaso importante. La herida de salida parecía limpia y no vio fragmentos de hueso. Si conseguía que siguiera respirando, podía mantenerlo vivo una hora más.

La voz de Kevin interrumpió su frenética planificación.

—Carston sigue vivo. ¿Qué quieres que haga con él?

—¿Es posible salvarlo? —preguntó Alex mientras comprobaba la vía respiratoria de Daniel y la presión. Había perdido demasiada sangre y entrado en choque. Alex aún le notaba el pulso en la muñeca, pero era cada vez más débil. Cogió dos jeringuillas y le inyectó ketamina y otro analgésico.

—Lo dudo. Demasiados daños. Diría que le quedan solo unos minutos. Ah, hum, eh. Lo siento, ¿vale?

El tono de Kevin había cambiado al final. Ya no estaba hablando con ella.

—¿Está lúcido? —preguntó Alex. Palpó los brazos y piernas de Daniel, buscando más heridas.

—¿Jules? —dijo Carston con voz áspera y débil.

—Kevin, trae aquí la mesa de operaciones. Tenemos que subir a Daniel al coche. —Respiró hondo—. Lowell, no te preocupes. No he envenenado a Livvy, por supuesto que no. Solo está sedada. Volverá con su madre por la mañana, regrese yo o no.

Mientras tranquilizaba a Carston, sin apartar la mirada de Daniel, oyó cómo Kevin se marchaba y volvía. Hubo un fuerte chirrido metálico cuando empujó la mesa por el marco del espejo y un golpe húmedo cuando cayó sobre los cuerpos del suelo. Alex se mordió el labio mientras continuaba trabajando en Daniel, sacando de su boca los plásticos del disfraz para que no se atragantara con ellos y quitándole con cuidado las lentillas de los ojos. ¿Cuánto quedaba para que Kevin se viniera abajo? Aún tenía unos buenos cincuenta minutos para disfrutar de las drogas que bañaban su sistema, pero no afectarían a lo que podía soportar de verdad su cuerpo. Debía tener en mente que no era el mismo Kevin, el que lo podía todo. No podía forzarlo tanto. Pero ¿cómo hacerlo? Daniel necesitaba velocidad. Si lograba llevarlo hasta el coche…

—Estoy… orgulloso de ti, Jules —dijo Lowell Carston en quedos resuellos—. Te las has ingeniado para conservar el alma. Impresionante…

La última palabra se prolongó con una exhalación tenue y entrecortada. Alex siguió escuchando, pero solo hubo silencio a su espalda.

Había sobrevivido a Carston, una gesta por la que nunca habría apostado. En vez de la sensación triunfal que había esperado siempre, tuvo sentimientos encontrados. Quizá el regocijo llegara más tarde, cuando desapareciera el pánico que la atenazaba.

—¿Es seguro levantarlo? —preguntó Kevin.

—Muy poco a poco. Procura que su pecho se mueva lo menos posible. Yo voy a las piernas.

Entre los dos y con cuidado, subieron a Daniel a la superficie plateada. Alex volvió a cogerle la muñeca, intentando obligar mentalmente a su pulso a permanecer discernible.

—Dame dos segundos, Ollie —dijo Kevin mientras empezaba a desvestir al soldado que había caído sobre las piernas de Daniel, el que menos sangre tenía encima—. ¿Cuántos más hay arriba?

Alex echó un vistazo a las caras del suelo. Le pareció reconocer al guardia más bajito del detector de metales.

—Por lo menos falta uno seguro. Estaba en la puerta. Y arriba parecía todo vacío, pero tampoco había visto antes a muchos de estos.

Kevin ya se había puesto los pantalones y unos calcetines sobre sus pies destrozados, y estaba probándose los zapatos. Le venían pequeños. Arrancó los que llevaba el otro soldado envenenado. Le estaban un poco grandes, pero Kevin apretó mucho los cordones.

—Vas a tener que recortarlos —dijo Alex.

Kevin se abotonó la camisa blanca y se puso encima le chaqueta oscura de la Armada, descartando la corbata.

—Haré lo que tenga que hacer cuando salgamos de esta. Quítate la bata, está ensangrentada.

—Es verdad —convino ella, y metió los cañones de las pistolas en la banda elástica de su malla, por detrás. La banda apenas tenía la fuerza suficiente para sostener ambas pistolas en su sitio. Alex se desembarazó de la bata y dejó que cayera al suelo.

—Vale, vamos a pasar la mesa al otro lado de los cadáveres y luego deberías poder manejarla tú en el pasillo. Yo me adelantaré y eliminaré a quien quede.

A los pocos segundos, Alex estaba llevando a Daniel sobre ruedas pasillo abajo, a media carrera, mientras Kevin desaparecía esprintando de algún modo en la oscuridad. Llegó a la sala del detector de metales y vio a Kevin esperándola, manteniendo abierta la puerta del ascensor. La habitación estaba vacía: debían de haber acudido todos a la sala de observación al empezar los disparos. Alex se metió a toda prisa en el ascensor.

Kevin pulsó el botón y las puertas se cerraron sin hacer ruido tras ella. Alex se quedó mirando la mano derecha de Kevin sobre el botón, su mano preferente, y una repentina oleada de comprensión hizo que estallara en una risotada semidelirante.

Kevin le lanzó una mirada.

—Contente, Ollie.

—No, no, verás, es su corazón, Kev. Está donde no debe, en el lado derecho. Por eso ha fallado el tirador. —Contuvo otra carcajada—. Está vivo porque es tu opuesto.

—Cierra el pico —ordenó Kevin.

Alex asintió una vez con la cabeza e inspiró para recobrar la compostura.

El ascensor se detuvo y la puerta se abrió hacia el almacén de productos de limpieza. La puerta exterior estaba cerrada. Kevin pasó la mesa sobre el borde del ascensor y avanzó hasta la puerta.

Alex esperaba que la abriera poco a poco, pero en lugar de eso la arrojó contra la pared, con un fuerte golpetazo.

—¡Socorro! —vociferó—. ¡Necesitamos ayuda aquí abajo!

Y de inmediato avanzó, deprisa y con sigilo. Alex oyó unos pasos más fuertes que se aproximaban desde la siguiente habitación; solo dos pies, estaba segura. Empujó a Daniel haciendo el menor ruido posible.

Kevin estaba en posición antes de que el guardia doblara la esquina. El hombre pasó corriendo a su lado, pistola en mano pero baja a un lado, apuntando hacia el suelo. El arma de Kevin, en cambio, estaba alzada. Disparó al guardia en la nuca. El hombre se derrumbó. Kevin dio un paso adelante y le metió otra bala en la cabeza por si acaso.

El pasillo era demasiado estrecho para poder maniobrar con la camilla alrededor del cadáver. Kevin lo recogió del suelo con las dos manos. Alex hizo lo que pudo para ayudar, pero sabía que Kevin cargaba con la mayor parte del peso. No sabía cómo podía estar funcionando todavía a ese nivel, y temía que acabara matándose en el intento.

No había más guardias.

—Llévalo al coche —ordenó Kevin—. Deja que termine aquí arriba.

Nadie intentó detenerla, nadie le disparó desde una ventana oscura mientras salía corriendo al aparcamiento. El cielo ya estaba negro del todo. La única farola, cerca de la puerta, proyectaba solo un círculo de mortecina luz amarilla hacia los coches aparcados. Alex hurgó en los bolsillos de Daniel hasta encontrar las llaves de Carston. Abrió el maletero a distancia y corrió hacia su botiquín de primeros auxilios con esteroides.

Sabía exactamente dónde estaba el material de campaña. Había esperado que Kevin o ella, o quizá los dos, recibieran disparos, y se había preparado en consecuencia. No necesitaba el torniquete ni las gasas hemostáticas, pero tenía varios parches oclusivos que funcionarían mucho mejor que sus bolsas de plástico para bocadillos. También tenía una manta isotérmica, más salino y diversos antibióticos intravenosos potentes. Las balas eran cosas muy sucias y habría riesgo de infección… si lograba mantener vivo a Daniel tanto tiempo.

Sabía que no podría. Veinticuatro horas como mucho, con el material del que disponía. La desesperación hizo que le temblaran las manos mientras iba rasgando los paquetes.

Kevin llegó a su lado. Metió un objeto rectangular pesado, negro y plateado, en el maletero.

—El disco duro en el que se guardan las grabaciones de las cámaras —le explicó—. Yo meto a Daniel detrás.

Alex asintió, llenándose los brazos de remedios temporales.

Cuando se metió en el hueco para pies del asiento trasero del coche, vio que Kevin lo había hecho todo bien. Daniel estaba tumbado sobre el costado izquierdo. Tenía la cabeza levantada sobre el reposacabezas del asiento del conductor, que Kevin había arrancado de su sitio… con violencia, al parecer. Alex volvió a comprobar la vía respiratoria y el pulso de Daniel. Todavía se lo podía distinguir en la carótida. La ketamina lo mantendría inconsciente un tiempo. No sentía ningún dolor. Su cuerpo sufriría la mínima tensión posible, dadas las circunstancias.

El coche empezó a moverse. Notó que Kevin procuraba conducir con suavidad, pero no iba a ser suficiente.

—Para —le dijo—. Déjame un minuto para ponerlo todo en el sitio.

Kevin pisó el freno.

—Date prisa, Ollie.

Solo le llevó unos segundos reemplazar sus sellos improvisados por los de verdad. Le puso una vía intravenosa con movimientos rápidos y enganchó la bolsa en la parte de arriba del respaldo.

—Listo. —Al hablar, apenas consiguió reconocer su propia voz. Sabía que no podía hacer nada más y la desesperación empezaba a anegarla—. Puedes seguir.

—No te me rindas ahora, Oleander —gruñó Kevin—. Eres más fuerte que yo. Sé que puedes hacerlo.

—Pero no puedo hacer nada más —replicó con la voz ahogada—. Ya lo he hecho todo, y no basta.

—Va a salir de esta.

—Necesita un centro de urgencias de primer nivel, Kevin. Necesita un cirujano torácico y un quirófano. ¡Yo no puedo limpiarle las heridas ni intubarle el pecho en el asiento de atrás de un *puto BMW!*

Kevin no dijo nada.

Las lágrimas resbalaron por las mejillas de Alex, pero aún no eran de desconsuelo. Eran de rabia, rabia hacia la injusticia, hacia las limitaciones de su situación, hacia ella misma por aquel fracaso definitivo.

—Si lo dejamos en un hospital… —empezó a decir entre sollozos.

—Se lo estaríamos regalando en bandeja a los malos. Estarán vigilando los hospitales.

—Va a morir —susurró ella.

—Mejor eso que terminar en una sala como esa de la que acabas de rescatarme.

—¿No acabamos de matar a los malos?

—Pace sigue al mando, Ollie, hasta que se ponga el parche correcto. Y con el nivel general de estrés que debe de haber ahora mismo, igual hasta empieza a fumar otra vez. Si no muere…, incluso sin sus socios, no le falta músculo al que dar órdenes. Nada de hospitales.

Alex agachó la cabeza, derrotada.

Pasaron los segundos. Alex los contó a partir del tenue pero rítmico pulso en el cuello de Daniel. Tendría que estar conduciendo ella. No sabía cómo era posible que Kevin siguiera activo, pero ni siquiera parecía aturdido por su suplicio, ni ralentizado en lo más mínimo por sus muchas heridas. Era una máquina. Por lo menos, Daniel compartía esa misma constitución férrea…, pero buscar excusas para la esperanza en esos momentos era un poco absurdo.

—Si… —empezó a decir Kevin, pensativo.

—Habla.

—Si pudiera llevarte a una especie de quirófano…, si pudiera conseguirte lo que necesites…, ¿podrías hacer de cirujana torácica?

—No es mi especialidad, pero… supongo que podría ocuparme de lo más básico. —Alex negó con la cabeza—. Kev, ¿de dónde vamos a sacar un quirófano en condiciones? Si estuviéramos en Chicago, bien, quizá conociera a alguien, pero…

Kevin soltó una sola carcajada, que sonó más a ladrido.

—Ollie, tengo una idea.

Alex no sabía qué hora era. Podían ser las tres de la madrugada, o las cuatro. Estaba hecha polvo y agotada, pero también nerviosa y agitada. La mano que sostenía su séptima taza desechable de café tiritaba tanto que la superficie de la bebida parecía un mar tempestuoso en miniatura. En fin, bien estaba. Ya no necesitaba unas manos firmes.

Joey Giancardi. Alex nunca habría creído que podría pensar con tanto cariño en su antiguo jefe mafioso, pero esa noche lo bendijo con toda su alma. Si no hubiera recibido el equivalente a un cursillo intensivo de traumatología con la mafia, no habría podido salvar a Daniel. Cada matón y cada gánster a los que había curado le había proporcionado aunque fuera un pelín de experiencia, que sumados le habían permitido hacer de médica de urgencias y cirujana esa noche. Quizá debería enviar a Joey una tarjeta de agradecimiento.

Se pasó la temblorosa mano libre por el pelo y de pronto se descubrió deseando ser fumadora, como Pace. Los fumadores parecían siempre muy serenos con un cigarrillo en la mano. Necesitaba algo que la bajara, que ralentizara su agitado corazón, pero el único consuelo físico a su alcance provenía de la taza de potingue negro que sostenía, y no era que estuviera ayudándola mucho a relajarse.

El doctor Volkstaff roncaba en un maltrecho sofá embutido entre dos grandes vitrinas contra la pared del fondo de su área de trabajo. Se había demostrado sorprendentemente capaz, pese su edad y la especialidad que practicaba. Habían tenido que improvisar buena parte del material que necesitaban en aquel quirófano, pero el doctor tenía inventiva y conocía sus herramientas, y a Alex la inspiraba la desesperación. Habían formado un buen equipo. Hasta se las habían ingeniado bastante bien para montar una válvula de Heimlich provisional que parecía estar funcionando a la perfección. Los tranquilos pitidos del monitor cardíaco de Daniel eran el sonido más relajante que Alex había oído en la vida, aunque no tuviera ni una posibilidad contra la sobreestimulación cafeínica de su sistema nervioso. Sin pensar, dio otro sorbo de café.

Daniel tenía buen color y la respiración uniforme. Era cierto que compartía todas las características físicas de Kevin, al parecer, y estaba diseñado para la supervivencia. El doctor Volkstaff dijo que nunca había visto una operación menos problemática, y eso que había tratado muchas lesiones de pulmón en sus tiempos, aunque en general fueran heridas perforantes. Era posible que Daniel pudiera salir de allí por su propio pie al día siguiente.

Dejó la taza con cuidado en la encimera y luego cerró sus temblorosas manos en puños mientras volvía despacio al taburete que había junto a la cama de Daniel y se sentaba. En realidad, eran dos camillas unidas con cuerdas elásticas. Nada de lo que había en aquel lugar era ni de lejos lo bastante largo para Daniel.

Al cabo de un momento, dejó apoyada la cabeza contra el fino acolchado cubierto de plástico y cerró los ojos.

Pensó en lo que habían logrado esa noche, en lo que casi le había costado la vida de Daniel.

Deavers y Carston estaban muertos. Quizá no quedara nadie vivo, aparte de Wade Pace, que supiera de su existencia. Y Pace tenía las horas contadas. O eso esperaba.

Kevin roncaba en el suelo, con una vieja colchoneta para perros bajo la cabeza como almohada. Alex le había administrado la dosis más alta de analgésicos que vio segura y el doctor Volkstaff le había limpiado las heridas cuando Daniel estuvo fuera de peligro. Lo que más convenía a Kevin después de eso era dormir.

Val ya debería haber dejado a Livvy en un centro de atención inmediata, elegido por su ausencia de cámaras exteriores, junto a la nota de disculpa gramaticalmente incorrecta y lacrimosa que había redactado Alex. Se preguntó si la policía seguiría buscando a la secuestradora muy en serio. Livvy estaba ilesa y no recordaba nada del tiempo que había pasado apartada de Erin. La policía de Washington estaría demasiado ocupada para seguir la pista a una madre enloquecida que había creído que esa niñita era clavada a una versión más mayor de su propia hija, a la que se había llevado dos años antes su padre después de separarse. Tenía que haber unos cuantos casos de niños desaparecidos que cuadraran con la vaga información que les había proporcionado Alex. Información que mantendría a las autoridades mirando en la dirección errónea. Quizá conectaran el secuestro de Livvy con la muerte de su abuelo el mismo día, pero era probable que no. La muerte violenta de Carston tenía toda su propia plétora de posibles móviles que investigar. A ojos de las autoridades, no sería más que una terrible coincidencia.

Los poderes fácticos en la sombra, los que manejaban los hilos de los títeres, no tendrían más remedio que encubrirlo todo. Para ellos, sobre todo destacaría un hecho: el segundo al mando de la CIA y el director de un programa de operaciones encubiertas que en teoría no existía se habían tiroteado entre ellos y a un puñado de soldados estadounidenses. Seguro que los titiriteros demolerían el complejo entero incluso antes de poder buscar sentido a las pruebas que contuviera. Lo atribuirían todo a un terrible accidente, un derrumbamiento fruto de un fallo de estructura, qué desgracia.

Alex pensó en lo último que le había dicho Kevin antes de perder el sentido: «Puedes hacerlo, Ollie. Sé que le salvarás la vida. Porque tienes que hacerlo. Y luego todos estaremos a salvo. Esto no volverá a pasarle a Danny, así que *haz que salga vivo*».

Se preguntó si de verdad Kevin tenía tanta fe en ella o si solo intentaba impedir que entrara en pánico. Pero ¿se habría permitido caer en la inconsciencia si no creyera sus propias palabras?

—¿Alex?

Alzó la cabeza tan deprisa que las ruedas del taburete en el que estaba retrocedieron unos centímetros. Bajó de un salto y se agachó sobre Daniel para coger la mano que buscaba con debilidad la suya.

—Estoy aquí. —Comprobó el portasuero con una breve ojeada. Daniel ya debía de haber eliminado la ketamina de su sistema, pero llevaba un analgésico intravenoso que evitaría que estuviera demasiado incómodo.

—¿Dónde estamos?

—A salvo, de momento.

Abrió los ojos poco a poco. Les costó un momento encontrarla y luego otro enfocar la mirada.

Desde dos o tres horas antes, Alex había albergado una confianza razonable en que volvería a abrir los ojos, pero el familiar color entre gris y verde estuvo a punto de dejarla sin aliento de todos modos. Notó que se le inundaban de lágrimas los suyos.

—¿Estás herida? —preguntó él.

Alex aspiró por la nariz.

—No tengo ni un rasguño.

Daniel sonrió un poco.

—¿Kevin? —preguntó.

—Está bien. Lo que oyes son sus ronquidos, no una motosierra.

Las comisuras de su boca descendieron mientras se le volvían a cerrar los ojos.

—No te preocupes por él. Se recuperará.

—Tenía… muy mal aspecto.

—Es más duro de lo que debería ser posible, un poco como tú.

—Lo siento. —Daniel suspiró—. Me dispararon.

—Sí, ya me había fijado.

—Carston le quitó la pistola al tío que estaba a mi lado cuando Deavers sacó la suya —explicó Daniel, separando los párpados solo una rendija—. Se movía rápido para su edad. Estaban gritándose, pero todos los soldados estaban de parte de Deavers.

Alex asintió.

—Eran las órdenes que tenían.

—Deavers dio la orden y uno disparó a Carston y luego a mí. Carston cayó de rodillas pero se puso a disparar. Yo no llevaba pistola, así que agarré los tobillos que tenía cerca con tu anillo.

—Lo hiciste bien.

—Quería coger una pistola, pero los tíos a los que di con el anillo me cayeron encima. No podía levantarlos. Me funcionaban mal los brazos.

—Es muy posible que el del pecho te salvara la vida, en realidad. Taponó la herida hasta que pude llegar.

Daniel volvió a abrir los ojos.

—Creía que estaba muerto.

Alex tuvo que tragar saliva.

—Si te soy sincera, durante un rato yo también.

—Quería aguantar hasta que llegaras. Quería decirte unas cosas. Me sentí fatal cuando creí que no podría.

Alex le acarició la mejilla.

—Está bien. Lo conseguiste. Aguantaste.

Últimamente empezaba a dársele mejor todo eso de reconfortar. Había cambiado mucho desde que conoció a Daniel.

—Solo quería que supieras que no me arrepiento de nada. Agradezco cada segundo que he pasado contigo, hasta los malos. No habría querido perdérmelos, Alex, por nada del mundo.

Alex puso su frente contra la de él.

—Yo tampoco.

Estuvieron un largo momento sin moverse. Alex escuchó el sonido de la respiración de Daniel, los pitidos regulares de sus monitores y los potentes ronquidos de Kevin de fondo.

—Te amo —musitó Daniel.

Alex soltó una carcajada, un ruido breve y agitado que se correspondía con los temblores de sus manos.

—Sí, eso ya lo tenía más o menos claro, me parece. Sí que me ha costado, ¿eh? Pero en fin, de todas formas, yo también te amo.

—Por fin hablamos el mismo idioma.

Alex volvió a reír.

—Estás temblando —dijo él.

—Demasiada cafeína. Necesito desintoxicarme.

Fuera seguía habiendo la calma de la noche cerrada, por lo que el ruido de un coche aparcando por detrás del edificio era difícil de pasar por alto. Alex se sorprendió de lo poco que reaccionaron sus nervios. Estaba al borde del agotamiento, lo notaba. Solo sintió cansancio mientras se enderezaba y liberaba sus manos. Sacó la PPK de su espalda.

—De verdad que espero que sea Val —murmuró.

—Alex… —susurró Daniel.

—No te muevas ni un milímetro, Daniel Beach —respondió ella, susurrando también—. Me he tirado demasiado rato curándote para que ahora vayas y te abras algo. Solo estoy siendo cauta. Vuelvo enseguida.

Corrió hacia la puerta trasera y miró por un lado de la cortinilla. Era el coche que esperaba, el espantoso Jaguar verde, con Val al volante. Vio a Einstein levantado en el asiento del copiloto.

Alex sabía que debería provocarle sensaciones más fuertes saber que todo había terminado, que tenían atados casi todos los cabos sueltos. Debería estar exultante, aliviada, agradecida, hasta derramando lágrimas de puro gozo. Pero su cuerpo no daba para nada más. Cuando se pasara el efecto del café, caería en coma.

—Es Val, como decía —informó a Daniel en voz baja mientras dejaba la pistola al borde de su cama improvisada.

—Pareces a punto de desmayarte.

—Pronto —convino ella—. Pero aún no.

—¿Alex? —llamó Val sin levantar la voz mientras entraba por la puerta.

—Sí.

Einstein entró corriendo en la habitación, moviendo la cabeza en todas las direcciones para buscar a Kevin. Se detuvo y dio un gemidito al encontrarlo en el suelo. Inclinó la cabeza a un lado y luego le dio dos lametones en la cara. Los ronquidos de Kevin se entrecortaron.

Alex esperaba que Einstein se quedara hecho un ovillo al lado de su mejor amigo pero, moviendo la cola con brío, giró y corrió hacia ella. Le subió las patas a las caderas para poder lamerle la cara. Alex tuvo que apoyarse en la cama de Daniel para que no la derribara.

—Calma, Einstein.

Einstein dio un breve ladrido, casi como en respuesta. Luego apoyó las cuatro patas en el suelo y trotó de vuelta hacia Kevin, se acomodó a su lado y le lamió el cuello una y otra vez.

Alex se quedó de piedra al oír hablar a Kevin. Las drogas que le había inyectado deberían haber impedido que despertara durante…, bueno, en realidad no estaba segura del todo de cuánto era. Tenía el cerebro demasiado cansado hasta para una simple suma.

—Hola, socio, hola, hola —dijo, con el mismo tono de siempre, demasiado alto. Su voz tenía un vigor incompatible con lo que debía de estar pasando su cuerpo—. ¿Me echabas de menos? Buen chico. Les contaste lo que pasó. Sabía que lo harías.

—¿Kev? —murmuró Daniel. Alex le apoyó la mano con fuerza en la frente cuando hizo ademán de incorporarse.

—¿Danny? —casi gritó Kevin. Volkstaff bufó y rodó de lado.

Kevin apoyó los codos, haciendo una mueca.

—Creo que no deberías moverte… —empezó a decir Alex y entonces, cuando Kevin no le hizo caso, exclamó—: ¡Eh, al menos no te pongas de pie!

—Estoy bien —gruñó Kevin.

—Lo que estás es idiota —le regañó Val—. ¿Quieres quedarte quieto aunque sea dos segundos?

Val ya no llevaba su extraño y vanguardista pseudosari de desfile de moda, sino pantalón de deporte y camiseta. Se marchó dando zancadas por una puerta marcada como Vestíbulo. Kevin esperó, desconcertado, arrodillado en el suelo de linóleo con una mano apoyada en la pared. Val regresó casi al momento empujando una silla de oficina con ruedas y luciendo una expresión furiosa. De haberle quedado a Alex una brizna de energía, habría suspirado de envidia. Con el pelo recogido en una coleta, sin maquillaje y habiendo dormido lo mismo o menos que los demás, Val estaba imponente.

—No me parece que aquí vaya a haber sillas de ruedas, pero de momento esto debería servir —dijo Val—. Siéntate.

Aunque su voz sonaba muy molesta, ofreció a Kevin sus manos para ayudarlo a levantarse. Él bufó y trastabilló al tocar el suelo con las plantas de los pies, pero, tan pronto como se hubo sentado, volvió a intentar usarlas para acercarse rodando a Daniel.

—¡Que pares ya! —exclamó Val. Llevó la silla por la habitación mientras Kevin se esforzaba en mantener los pies separados unos centímetros del suelo. Val se detuvo cuando Kevin estuvo justo al lado de Alex, que se apartó un paso para dejarle espacio.

Kevin miró los ojos abiertos de Daniel y su buen color con extrañeza. Le dio unas palmaditas cautelosas en el pelo, claramente reacio a tocar cualquier otra parte de su cuerpo.

—Parece que tu chica de los venenos lo ha conseguido —dijo con hosquedad—. Pero no sé si me hace tanta ilusión ese rollo de sueco calvo que te traes.

—Idea de Val.

Kevin asintió, distraído por un instante.

—No tendrías que haber venido a rescatarme. No quería que lo hicieras.

—Tú lo habrías hecho por mí.

—Eso es distinto. —Negó con la cabeza cuando Daniel empezó a discutir—. Pero ¿te pondrás bien? —Kevin miró a Alex para que respondiera ella.

Alex soltó aire por la nariz y asintió.

—Tiene pinta de que se recuperará del todo. No sé qué pasa con vosotros dos. ¿Estáis seguros de que vuestra madre no tuvo una aventura de una noche con un superhumano producto de la ingeniería genética?

Cuando la mano de Kevin salió disparada hacia ella, el primer instinto de Alex fue pensar que se había pasado de la raya con el chiste sobre su madre. Pero antes de que tuviera tiempo de prepararse para un golpe, Kevin la agarró a lo bruto y la envolvió en un incómodo abrazo de oso. Alex se encontró medio sentada en su regazo, con los brazos atrapados bajo los de Kevin, y no pudo hacer nada cuando él decidió darle un buen beso en los labios, que terminó resonando con un húmedo «muac».

—¡Eh! —se quejó Daniel—. ¡Aparta esa cara de mi chica de los venenos!

Alex ladeó la cabeza con esfuerzo, por fin sintiendo algo de nuevo: náuseas.

—¡Puaj, no te me acerques, psicópata!

Oyó que Val reía.

Kevin logró que la silla de oficina diera una vuelta completa sobre su pie, todavía con Alex encima.

—Eres un genio, Ollie. No puedo creer que lo hayas conseguido.

—Ve a morrearte con Volkstaff, que ha hecho la mitad del trabajo.

Kevin no la soltaba. Era como si ni se diera cuenta de que Alex estaba intentando, hasta con violencia, zafarse de él.

—¡Menuda actuación! ¡Es que no me creo que entrarais allí andando y me sacarais! Nunca vuelvas a decirme que no eres de operaciones encubiertas, porque, cielo, ¡tú eres lo que los de operaciones encubiertas sueñan con ser!

Einstein gimió y Alex sintió que sus fauces se cerraban con delicadeza en torno a su muñeca. El perro tiró, intentando ayudarla a escapar. Kevin no pareció enterarse.

Sabía dónde estaban las peores heridas de Kevin. No tardaría en valerse de ese conocimiento si era necesario.

—¡Suéltame!

—Kevin —dijo Daniel, con la voz medida pero glacial—. Como no bajes a Alex ahora mismo, voy a dispararte con su pistola.

Kevin por fin bajó los brazos. Alex se apartó de él y los dos se volvieron, ansiosos, hacia Daniel.

—No te muevas —dijeron a la vez.

Alex volvió a respirar cuando se cercioró de que Daniel no había intentado coger la pistola de verdad.

—¿Volkstaff? —preguntó Daniel—. Me suena ese apellido... ¿Dónde estamos?

—¿No te acuerdas del doctor Volkstaff? —se extrañó Kevin—. Salvó la vida de mi mejor amigo cuando íbamos a quinto, la vez que cayó en la trampa para osos. No puedes haberte olvidado.

Daniel parpadeó.

—¿Tommy Velasquez cayó en una trampa para osos? —preguntó, perplejo.

Kevin sonrió.

—Tommy no era mi mejor amigo. —Acarició la cabeza de Einstein y el perro frotó la cara contra el muslo de Kevin, todavía delirante de puro júbilo.

—Espera, espera... ¿Volkstaff? —repitió Daniel, cayendo por fin en la cuenta—. ¿Me has traído al veterinario?

Alex le puso una mano en la frente.

—Chist. Era donde teníamos que venir. Volkstaff es una estrella del rock. Te ha salvado la vida.

—Venga, venga —interrumpió la voz cazallera de Volkstaff—. Yo he sido un mero asistente, doctora Alex. No intente atribuirme el mérito de salvar a Daniel.

Volkstaff estaba sentado en el sofá, alisándose los rebeldes mechones canosos que componían un halo irregular alrededor de su cabeza. A Alex le recordó a Barnaby, y comprendió por qué había estado tan cómoda trabajando con aquel anciano amistoso que, por lo visto, seguía bastante comprometido con la familia Beach.

—Ha sido un honor trabajar con usted, doctora —siguió diciendo Volkstaff mientras daba tumbos hacia ellos. Alex lo vio frágil por la edad, pero no había mostrado ninguna debilidad en toda la larga noche. El veterinario sonrió a Daniel—. Me alegro de verte despierto, hijo. —Y bajó la voz a un susurro teatral—. Has encontrado a una de las buenas, chaval. No la cagues con esta.

—Ah, lo sé muy bien, señor.

Alex frunció el ceño. Ella no había dicho nada de sus sentimientos por Daniel y él había estado inconsciente. ¿Tan evidentes eran siempre?

Volkstaff se volvió.

—¡Qué pastor alemán más precioso! No puede ser Einstein, ¿verdad? Han pasado muchos años.

—Su nieto, en realidad —le dijo Kevin.

—¡Qué maravilla! —Se agachó para acariciar al perro en la oreja—. Qué preciosidad.

Einstein le lamió la mano. Esa noche rebosaba buena voluntad para toda la especie humana.

—Y ahora, Kevin —añadió Volkstaff, enderezándose—, ¿quieres poder caminar de nuevo? Porque, si es así, debes tener esos pies elevados, y todos necesitáis descanso. No te atrevas a mirarme así, jovencito. Puedes usar mi sofá, ese de ahí. Hum, señorita…

Los ojos de Volkstaff se desorbitaron un poco al fijarse en Val por primera vez. Alex le había advertido que más tarde llegaría el cuarto miembro de su grupo, pero estaba claro que el hombre no se había esperado a una modelo de Victoria's Secret.

—Puede llamarme Valentine —ronroneó Val.

—Sí, gracias, esto… Señorita Valentine, ¿sería tan amable de llevar a Kevin al sofá y ayudarlo a acostarse? Exacto, gracias.

Alex miró, sintiéndose entumecida de nuevo, con la cabeza desconectada del resto del cuerpo, mientras Val medio volcaba a Kevin de la silla al sofá. Tenía una expresión irritada y lo trató con malos modos, pero Alex vio que de repente se agachaba para darle un beso en la frente.

—Y usted, doctora…

Alex se volvió despacio para mirar a Volkstaff.

—Hay más sofás en la sala de espera. Vaya a usar uno. Es una orden.

Alex titubeó, bamboleándose, mirando a Daniel.

—¡Pero cómo sois los dos! —dijo Val mientras volvía desde el sofá de Kevin—. Duerme antes de que te desmayes, Alex. Yo me he tumbado unas horas. Le tendré un ojo echado.

—Si cambia cualquier cosa en sus monitores, si hay la más leve variación…

—Te traeré a rastras tirando de tu muy mejorado pelo —prometió Val.

Alex se inclinó y dio un beso suave a Daniel.

—Volkstaff y yo las hemos pasado canutas para arreglarte —murmuró contra sus labios—. No fastidies nuestro trabajo.

Los labios de Daniel rozaron los de Alex al hablar.

—Ni se me ocurriría. Sé buena chica y duerme un poco como te ha ordenado mi viejo veterinario familiar.

—Debo señalar que estoy en la plenitud de la vida —objetó Volkstaff.

—Venga —dijo Val de pronto al oído de Alex—. Vamos mientras aún puedas andar. Seguro que podría llevarte, pero no me da la gana.

Alex dejó que Val la guiara a través de la puerta y por un pasillo sin iluminar. Se concentró en mover los pies y nada más. Su entorno era solo una oscura neblina. Val tuvo que ayudarla a acostarse en el sofá, pero Alex habría sido igual de feliz en el suelo. La negrura se la llevó mientras aún descendía.

32

Fue una mañana rara.

Para Alex, también fue una mañana muy corta. Todo estaba tranquilo en la vacía clínica veterinaria y nadie la molestó. Más tarde se enteró de que Volkstaff había llamado a sus empleados, cancelado todas las consultas y puesto un letrero en la ventana que decía: CERRADO POR EMERGENCIA FAMILIAR.

Era un lugar extraño en el que sentirse segura, un sitio desconocido en el que no había preparado trampas ni defensas.

Pero las cosas habían cambiado. Su único propósito real había sido rescatar a Kevin, pero sus acciones de la noche anterior también habían supuesto un cambio significativo en la posición de todos.

Kevin estaba tan enérgico como siempre, aunque volviera a estar castigado en la silla de oficina, con los pies vendados sobre un taburete con ruedas. Val desapareció en el momento en que vio a Alex para aprovechar su turno en el sofá. Daniel tenía los ojos cerrados para ignorar a su hermano, pero no tardó en «despertar» cuando oyó la voz de Alex. Al parecer, Volkstaff había salido a traer comida. Los demás habían guardado un *bagel* y crema de queso para Alex.

Cuando Alex hubo terminado de examinar a Daniel —que estaba recuperándose mejor de lo que podría creer nadie que no hubiera trabajado con Kevin Beach—, cogió el desayuno y el periódico que había traído Volkstaff junto con los *bagels*. Leyó como loca mientras masticaba. Habían llegado a portada, aunque solo lo sabían los presentes en la clínica.

—Me parece muy decepcionante, Ollie —protestó Kevin, usando una escoba para remar con su silla en círculos por toda la estancia—. Habría sido más divertido dispararle.

El gran titular del día era la muerte por aneurisma de Wade Pace. Los periodistas apenas habían respetado un minuto de silencio antes de lanzarse a especular sobre qué estrategia emplearía el presidente Howland para elegir a su nuevo compañero de cartel en las siguientes elecciones.

—Bueno, pero pudiste disparar a Deavers.

—Pero estaba demasiado preocupado por Daniel para disfrutarlo de verdad —rezongó él.

Kevin había estado muy lacónico en su explicación de cómo lo había capturado Deavers. Alex lo notaba avergonzado, pero no creía que tuviera motivo. ¿Cómo iba a estar nadie preparado para los extremos a los que su paranoia había empujado a Deavers? Más de cuarenta hombres, desplegados en tres perímetros concéntricos, el último a más de kilómetro y medio de la posición de Deavers. En el momento en que Deavers pulsó el botón del pánico, los perímetros se replegaron sobre él. Kevin sostenía que, si hubiera hecho caso a su instinto y llevado un lanzacohetes, habría podido escapar.

No había nada más en las noticias, nada sobre un violento tiroteo en un búnker subterráneo a las afueras de la ciudad. Ni una palabra sobre un desaparecido subdirector de la CIA. Ni una mención de Carston, ni siquiera del relativamente público secuestro de su nieta. Quizá en los titulares del día siguiente.

Kevin lo dudaba mucho.

—Será una explosión de gas o algo parecido. La historia de verdad van a enterrarla tan honda que acusarán a Jackie Kennedy de ser la tiradora de Dallas antes que dejar que se sepa algo de todo esto.

Era muy posible que tuviera razón.

No podían estar seguros del todo, claro, y seguirían comportándose con cautela, pero la presión había menguado en gran medida. Alex sabía que sentiría la liviandad como una capa de helio bajo la piel, si es que alguna vez lograba convencerse de creer la buena suerte que habían tenido.

Después de comer, Volkstaff quitó los puntos de la oreja a Alex y alabó la buena mano de Daniel cuando se enteró de que habían sido obra suya. Alex se sorprendió de lo mucho que el anciano de pelo blanco se mostraba dispuesto a aceptar sin más. Ninguno había intentado explicar sus insólitas heridas ni se había molestado en inventar una historia de tapadera, pero Volkstaff no hacía preguntas y no mostraba ninguna curiosidad. No comentó que se suponía que Kevin había muerto en la cárcel, aunque por lo visto, como le había dicho Daniel en voz baja, hasta había acudido a su funeral. Solo les preguntó por viejos amigos de la infancia de los hermanos y, con más interés, por los animales a los que habían conocido los tres. Aunque Alex apenas había aprendido a identificar siquiera el amor, le pareció que empezaba a enamorarse de Volkstaff también un poquito.

Aun así, no podían quedarse a vivir en la clínica veterinaria para siempre. Volkstaff tenía otros pacientes. Después de discutir opciones durante unos minutos, Val sorprendió a Alex al ofrecerse a alojarlos de nuevo, otra vez en su palacete del ático, ya que volvía a ser seguro. Pagando, por supuesto. Kevin parecía el más anonadado por la oferta.

—Que no se te suba a la cabeza —le dijo Val—. Al que quiero en casa es al perro. Y en realidad, Alex y Danny me caen bien, casi tanto como no puedo soportarte a ti.

Y entonces lo besó, durante el tiempo suficiente como para incomodar a todos los demás. Volkstaff se giró de espaldas por educación, pero Alex se los quedó mirando. Nunca le entraría en la cabeza qué podía ver Val en Kevin.

—Entonces... —empezó a decir Kevin.

Alex se volvió hacia él y dejó de organizar un momento; aún no estaba del todo en la fase de hacer las maletas. Kevin estaba en el umbral de la habitación que siempre habían compartido Alex y Daniel en casa de Val, con el brazo izquierdo apuntalado contra el travesaño del marco. Por un instante, sin venir a cuento, Alex tuvo celos de la gente alta en general. No era infrecuente en los últimos tiempos, rodeada siempre de gigantes como estaba. Apartó el sentimiento a un lado.

—Entonces, ¿qué?

—¿Cómo ha ido la visita de hoy? ¿Qué opináis Volkstaff y tú?

No le hizo falta preguntar dónde se había metido Daniel: el volumen de su habitual serenata en la ducha le habría dado problemas si los vecinos vivieran más cerca. Aún no se le había pasado la fase de Bon Jovi, y esos días tenía un cariño especial a *Shot Through the Heart**. Alex no le veía la gracia, pero intentaba no dejar que la sacara de quicio.

—El veterinario cree que Daniel está para darle el alta. Yo coincido. Los Beach tenéis una genética envidiable. —Meneó la cabeza, todavía sin terminar de creerse lo deprisa y a concien-

---

* «Disparado en el corazón». *[N. del T.]*

cia que había sanado Daniel—. Ah, y quiere echar un vistazo a tus pies.

Kevin torció el gesto.

—Mis pies están bien.

—No dispares a la mensajera. Y lo digo literalmente.

El ceño fruncido de Kevin se desvaneció dejando su expresión normal, pero se quedó de pie en la puerta, mirándola.

—Entonces… —lo imitó Alex.

—Entonces…, ¿sabes más o menos hacia dónde vais a ir?

Alex hizo un movimiento de hombros que podía significar cualquier cosa.

—Aún nada muy concreto.

Como una cobarde, volvió a su desgastada bolsa de lona y repasó de nuevo sus productos químicos almacenados, comprobando que todos estuvieran bien protegidos frente a zarandeos. Tuvo que reconocer que era posible que estuviera pasándose con la organización. Quizá no hiciera falta que estuvieran ordenados alfabéticamente. Pero había tenido mucho tiempo libre y, aparte de buscar posibles alojamientos en internet, se aburría como una ostra. Daniel se había opuesto a que lo examinara más de cuatro veces al día.

—¿Has hablado de ello con Danny?

Alex asintió, aún de espaldas a él.

—Dice que le parece bien donde yo quiera ir.

—Tiene pensado quedarse contigo, supongo.

Kevin lo dijo con un tono indiferente, pero Alex sabía que debía de haberse esforzado para que así fuera.

—No he hablado de esa parte concreta con él, pero sí, parece darse por hecho.

Kevin se quedó callado un momento, y a Alex no le quedaba nada más que pudiera hacer con la bolsa. Se giró despacio para mirarlo.

—Ya —dijo Kevin—. Me parecía que al final la cosa iría así.

Tenía la expresión indiferente. Solo sus ojos revelaban la profundidad de su dolor.

Alex no quería contarle la historia entera, pero le daba remordimientos callársela.

—Si te sirve de algo, parece dar por hecho también que te vendrás.

Las cejas de Kevin se relajaron desde la posición comprimida que era normal en él.

—¿En serio?

—Sí. No creo que ahora mismo conciba más separaciones.

Kevin bajó la barbilla.

—Es comprensible. El chaval ha pasado por mucho.

—Se está reponiendo bastante bien.

—Cierto, pero no conviene traumatizarlo otra vez. No quiero que recaiga.

Alex sabía dónde quería llegar Kevin. Reprimió a la vez un suspiro y una sonrisa, intentando mantener neutral el semblante.

—Así es —dijo en su voz de doctora seria—. Lo mejor sería mantener su entorno tan estable como sea posible, aparte de todos los cambios inevitables.

Kevin no reprimió su suspiro. Soltó uno enorme y se cruzó de brazos.

—Seguro que será un coñazo de mucho cuidado, pero supongo que puedo quedarme cerca hasta que se adapte.

Alex no pudo resistirse a apretarle un poco las tuercas.

—Seguro que no querrá que te molestes. Sobrevivirá.

—No, no, se lo debo al chaval. Haré lo que tengo que hacer.

—Te lo agradecerá.

Kevin le sostuvo la mirada, primero con una expresión sincera, y al instante avergonzada. El momento pasó y Kevin sonrió de oreja a oreja.

—¿Qué zona general estás mirando? —preguntó.

—Estaba pensando en el sudoeste, o quizá las Montañas Rocosas. Ciudad de tamaño medio, asentarnos en algún barrio periférico. Lo habitual.

No los buscaba nadie, al menos que ellos supieran, pero Alex siempre había sido partidaria de guardar la ropa, por si acaso. De todas formas iba a tener que usar un nombre falso, porque Juliana Fortis estaba legalmente muerta.

Daniel dejó de cantar y al poco volvió a arrancarse, amortiguado por una toalla.

—Sé una ciudad que podría servir.

Alex meneó la cabeza despacio. Seguro que Kevin ya había alquilado una casa y preparado sus nuevas identidades. Pues ella pensaba elegir su propio nombre de todos modos.

—Cómo no.

—¿Qué te parecería Colorado?

Epílogo

Adam Kopecky dejó los archivos del día en el escritorio y alargó el brazo hacia el teléfono con la sonrisa ya puesta. Tenía el mejor empleo del mundo.

Trabajar como asistente de producción para el programa de telerrealidad itinerante de un chef famoso podía significar muchas cosas, pero para Adam significaba un horario flexible, un despachito tranquilo y un flujo casi constante de positividad.

Estaba al cargo de gestionar las visitas a los distintos restaurantes familiares que aparecerían en el programa de su chef y, aunque a veces le daban envidia Bess y Neil, que siempre estaban de viaje probando hasta el último tugurio que encontraban, creía que su puesto encajaba mejor con su temperamento. Además, Bess y Neil tenían que comer un montón de porquería para encontrar los diamantes en bruto y Neil había engordado al menos diez kilos en el último año de programa. Adam se había montado un escritorio para trabajar de pie, con la esperanza de que su cometido más estático no lo afectara del mismo modo. Y además, por exigencias del programa, nadie sabía quiénes eran Bess y Neil, por lo que a nadie le emocionaba demasiado hablar con ellos.

Los jueves por la tarde eran el momento favorito de Adam. Ese día llamaría a los elegidos.

El programa iba a rodarse en la región de Denver el mes siguiente, y los afortunados ganadores eran un asador de Lakewood, una pastelería en el mismo centro y luego el caso aparte, un bar con parrilla que estaba más cerca de Boulder que de Denver. Adam no las había tenido todas consigo, pero Bess había insistido en que el Escondrijo sería lo más destacado del episodio. A ser posible, tendrían que rodar allí un viernes por la noche. El bar se llenaba de los locos del karaoke de la zona. Adam odiaba el karaoke, pero Bess era muy convincente.

«No es lo que crees, Adam —le había prometido—. Este sitio brilla tanto que el chef va a tener que entrar con gafas de sol. Desde fuera no parece gran cosa, pero tiene estilo. Un *je ne sais quoi* y todo eso. Además, los dueños son fotogénicos que no veas. El cocinero se llama Nathaniel Weeks y está buenísimo, créeme. Sé que es muy poco profesional, pero hasta le entré y todo. Me di contra una pared. La camarera me sopló que está casado. Los buenos siempre están pillados, ¿verdad? Pero tiene un hermano que también está bueno, parece ser. Hace de portero en el bar por las noches. A lo mejor me quedo por aquí con el chef para rodar este episodio».

Bess había sacado unas cuantas fotos con su iPhone. Tal y como había mencionado, el exterior era muy del montón. Podría haber sido cualquier otro lugar del oeste. Estilo *saloon*, madera oscura, rústico. Casi todas las demás fotografías eran de platos de comida que parecía tener demasiada clase para un local tan poco notable. Varias de las fotos debían de ser del cocinero que tanto le había gustado: alto, barbudo, con abundante pelo rizado. A Adam tampoco le pareció tan atractivo, pero ¿qué sabía él? Quizá a Bess le fueran los leñadores. De fondo salía muchas veces una mujer bajita con el cabello corto y oscuro, pero nunca de cara a la cámara. A lo mejor era la esposa del chef. Adam tenía los nombres de todos los propietarios, sacados de la licencia para vender alcohol. Nathaniel Weeks era el cocinero, así que Kenneth debía de ser el hermano portero y Ellis la esposa.

Adam seguía teniendo reparos, pero el Escondrijo también obtuvo el entusiasta visto bueno de Neil. La mejor comida que había probado en tres temporadas, decía.

Siempre tenían un par de candidatos de reserva, que para ese programa eran una cafetería de Parker y un restaurante que solo servía desayunos en Littleton, pero Adam pocas veces tenía que contactar con ellos. Por término medio, el programa incrementaba la facturación de los negocios en un porcentaje considerable los dos primeros meses después de la emisión, y seguía creciendo durante el resto del año. Había hasta un grupo de aficionados que intentaban seguir al chef en sus viajes y comer en todos los restaurantes que aparecían en el programa. El chef siempre dejaba bien los sitios donde grababa y el programa tenía una audiencia de casi un millón de espectadores cada domingo por la noche. Era la mejor publicidad del mundo, y encima gratuita.

De modo que Adam estaba preparado para la reacción que obtuvo en la barbacoa de Lakewood, llamada el Silbido del Cerdo. En el instante en que dijo el nombre del programa, la propietaria se puso a chillar. A Adam le pareció oír hasta los golpes de sus pies contra el suelo por los saltitos que daba. Era como presentarse en casa de alguien con uno de esos salarios para toda la vida que sorteaban algunas marcas.

Cuando la propietaria se calmó, Adam pasó a darle su charla de siempre, pidiéndole que anotara la fecha en el calendario, proporcionándole la información de contacto que necesitaría, explicándole el tipo de acceso que iba a requerir el programa y demás. Mientras tanto, ella no dejó de dar las gracias a Adam y, de vez en cuando, gritaba la noticia a gente que acababa de entrar en la habitación.

Adam había hecho esa misma llamada más de ochocientas veces ya, pero siempre lo dejaba con una amplia sonrisa y sintiéndose como Papá Noel.

La llamada a la pastelería fue parecida, pero, en lugar de gritos, el repostero jefe tenía una risa espontánea y contagiosa que Adam no pudo evitar que se le pegara. La llamada duró más que la primera, pero al final él pudo recobrar la compostura, a diferencia del repostero.

Se había dejado el Escondrijo para el final, sabiendo que un karaoke en viernes por la noche sería un poco más complicado de organizar. Adam opinaba que se apartaba demasiado de la tónica del programa, pero supuso que podrían rodar a la hora de la cena y luego las actuaciones, montarlo todo junto y a ver qué funcionaba y qué no.

—El Escondrijo —respondió una voz femenina de contralto al descolgar el teléfono—, ¿en qué puedo ayudarle?

De fondo, Adam oyó los sonidos que esperaba: el entrechocar de los platos limpios puestos a secar, los golpes de cuchillo de los preparativos y el murmullo de unas pocas conversaciones que habían bajado la voz por la llamada telefónica. Pronto ganarían mucho volumen.

—Hola —saludó Adam con entusiasmo—. ¿Puedo hablar con la señora Weeks, Ellis Weeks, o con alguno de los señores Weeks?

—Soy la señora Weeks.

—Estupendo. Me llamo Adam Kopecky y la llamo en nombre del programa *El Gran Viaje de la Cocina Americana*.

Esperó. A veces la gente tardaba un momento en procesarlo. Se preguntó si la señora Weeks sería de las que chillaban o de las que se quedaban sin aliento. Quizá fuese de las que lloraban.

—Sí —respondió la señora Weeks, sin alterarse—. ¿En qué puedo ayudarle?

A Adam se le escapó una risita incómoda. A veces pasaba. No todo el mundo conocía el programa, aunque en tiempos recientes se había hecho muy famoso.

—Bueno, somos un programa de telerrealidad sobre cocina que sigue los viajes del chef…

—Sí, conozco el programa. —La voz de la mujer tenía un matiz de impaciencia—. ¿Y en qué puedo ayudarle?

Adam se quedó un poco desconcertado. La reacción de la mujer sugería alguna extraña clase de sospecha, como si pensara que todo aquello era una estafa. O quizá algo peor. Adam no habría sabido terminar de definirlo muy bien.

Se apresuró a sacarla de su error.

—La llamo porque el Escondrijo ha sido seleccionado para nuestro programa. Nuestros espías —añadió con una ligera risita— volvieron contando maravillas de su menú y su entretenimiento. Tenemos entendido que están causando furor en la zona. Nos gustaría reseñar su establecimiento para que sepan de él todos los que aún no lo conocen.

Seguro que con eso se la ganaría. Como propietaria de la tercera parte del restaurante, tenía que estar echando cuentas mentales sobre las posibilidades financieras. Esperó al primer gritito.

Nada.

Seguían oyéndose los platos, los cortes, los murmullos y, a lo lejos, un par de perros ladrando. De lo contrario, habría creído que la llamada se había cortado. O que la mujer le había colgado el teléfono.

—¿Señora Weeks?

—Sí, sigo aquí.

—Bueno, pues…, hum, enhorabuena. Estaremos por la región la primera quincena del mes que viene, y tenemos cierta flexibilidad para adaptarnos a sus horarios. Tengo entendido que los viernes por la noche son el mejor momento, así que quizá deberíamos organizarlo para...

—Disculpe, ¿señor Kopecky, decía que se llamaba?

—Sí, pero llámeme Adam, por favor.

—Lo siento, Adam, pero aunque nos... halaga, no creo que vaya a ser posible que participemos.

—Oh —dijo Adam. Le salió a medio camino entre un respingo y un gruñido.

Algunas veces le había ocurrido que no pudieran encajar los horarios por imponerse circunstancias de peso irrenunciables, como bodas, funerales o trasplantes de órganos, pero el sueño nunca moría sin ir precedido de un esfuerzo considerable por parte de los dueños y seguido por una gran decepción. Una pobre mujer de Omaha se había pasado cinco minutos de reloj llorando al teléfono.

—Muchas gracias por pensar en nosotros —continuó la mujer, como si aquello no fuese más que la invitación a una fiesta de cumpleaños en el patio de un familiar lejano.

—Señora Weeks, no estoy seguro de que comprenda lo positivo que podría ser esto para su negocio. Puedo enviarle unas estadísticas, y le sorprenderá la diferencia que puede suponer para su balance anual aparecer en nuestro programa.

—No, si no lo dudo, señor Kopecky...

—¿Qué pasa, Ollie? —interrumpió una voz. Esa era profunda y muy, muy fuerte.

—Disculpe un momento —dijo la señora Weeks a Adam, y luego su voz llegó un poco distorsionada—. Yo me ocupo —contestó al hombre gritón—. Llaman del programa ese, el del *Viaje de la Cocina Americana* o como se llame.

—¿Y qué quieren?

—Sacar el Escondrijo en antena, por lo visto.

Adam inhaló despacio. A lo mejor, alguno de los otros propietarios tenía la reacción apropiada.

—Ah —dijo la voz grave, en un tono que recordó a Adam al de la primera respuesta de la mujer. Inexpresivo.

¿Cómo podía algo así no ser una buena noticia? Adam tenía la sensación de que estaban jugando con él. ¿Sería aquella la idea que Bess y Neil tenían de una broma pesada?

—¿De verdad? —preguntó alguien desde más lejos. Era otra voz profunda, pero más entusiasta que la anterior—. ¿Quieren que salgamos en el programa?

—Sí —respondió la señora Weeks—, pero no te…

Unos pocos aplausos interrumpieron lo que fuese que iba a decir la mujer. Adam no se tranquilizó. No notaba ningún cambio inmediato al otro lado de la línea.

—¿Quieres que hable yo con él, Ollie? —preguntó la voz del que gritaba.

—No, ve a ocuparte de ellos —contestó la señora Weeks—. A Nathaniel podría hacerle falta una copa de algo fuerte. Y puede que a los camareros también. Yo me ocupo de esto.

—A sus órdenes.

—Disculpe la interrupción, señor Kopecky —dijo la señora Weeks, de nuevo con voz clara—. Y de verdad que le agradezco la oferta. Lamento mucho que no vaya a poder ser.

—No lo entiendo. —Adam captaba la decepción en su propio tono, y estaba seguro de que ella también la notaría—. Podemos ser flexibles, como le decía. Nunca…, nunca he hablado con nadie que no estuviera interesado.

La voz de la mujer llegó más animada, tranquilizadora, amable.

—Y nos interesaría muchísimo, si fuera posible. Verá… —Una breve pausa—. Hay un asuntillo, un problema legal que tenemos encima. Una historia de gravámenes con la exnovia de mi cuñado. ¿Fue un préstamo empresarial, un regalo personal…? Blablablá, ya me entiende. Es todo un poco delicado…, y salpica, ya sabe, así que ahora mismo no queremos tener ninguna prensa, buena o mala. No podemos asomar mucho la cabeza. Espero que sepa comprenderlo. De verdad que nos halaga mucho.

De fondo se oía al hermano gritón discutiendo con alguien, más ladridos y unos murmullos más quedos que sonaban a protestas.

Eso estaba mejor. Un motivo concreto, aunque Adam no acabara de entender qué impacto negativo podía tener el programa en un caso legal…, bueno, a no ser que creyeran que tendrían que pagar un porcentaje del valor del local, o algo por el estilo.

—Lo lamento mucho, señora Weeks. ¿Quizá en algún otro momento? Puedo darle mi…

—Por supuesto. Muchísimas gracias. Me pondré en contacto con usted si en algún momento estamos en posición de aceptar.

Se cortó la conexión. La mujer ni siquiera había dejado que Adam le diera su número de teléfono.

Adam miró los papeles que tenía delante unos segundos, intentando sacudirse una sensación muy similar a la de que lo rechazaran después de haber invitado a la feúcha de la clase al baile de graduación por caridad.

Transcurrieron unos minutos mientras Adam miraba el teléfono. Al final, meneó la cabeza y abrió la carpeta de los candidatos de reserva. La cafetería de Parker sí que agradecería de verdad que la eligieran. Adam necesitaba oír unos buenos chillidos.

AGRADECIMIENTOS

Esta historia no podría haberla escrita yo sola, y estoy inmensamente agradecida a todas las personas que me dedicaron tanto de su tiempo, paciencia y experiencia.

La ayuda más valiosa me la prestaron la doctora Kirstin Hendrickson de la Escuela de Ciencias Moleculares de la Universidad Estatal de Arizona y su colega, el doctor Scott Lefler. La doctora Hendrickson pasó una cantidad increíble de tiempo buscando formas realistas en las que yo pudiera matar, torturar y manipular químicamente a mis personajes ficticios, y le agradezco muchísimo su ayuda.

Mi profesional de la enfermería favorito, Judd Mendenhall, también me ayudó mucho a mantener a Daniel Beach con vida al explicarme los detalles de un neumotórax y ocurrírsele la solución veterinaria.

Sin la excepcional ayuda del doctor Gregory Prince con la biología molecular y los anticuerpos monoclonales, no podría haber dado a Alex el pasado que merecía.

Y mi más sentido agradecimiento a las siguientes personas maravillosas: Tommy Wittman, agente especial retirado de la

Agencia de Alcohol, Tabaco y Armas de Fuego, que me dio un excelente cursillo acelerado sobre máscaras antigás; Paul Morgan y Jerry Hine, cuya colaboración en la mecánica de construir una trampa mortífera funcional daba hasta un poco de miedo; el sargento Warren Brewer del Departamento de Policía de Phoenix, que revisó mis trapicheos de drogas; S. Daniel Colton, excapitán del cuerpo jurídico de las Fuerzas Aéreas, por su experiencia que tanto me sirvió al crear el pasado de Kevin, y el sargento primero de la armada John E. Rowe, que siempre está dispuesto a hablar conmigo de armas o de cualquier otro tema por el que tenga curiosidad.

Y muchas gracias también a aquellas de mis fuentes que prefieren mantener el anonimato. También os agradezco vuestra ayuda.

Todo mi amor a los sospechosos habituales: mi muy comprensiva familia, que tanta paciencia tiene con mis rachas insomnes y maníacas de escritura; mi amable y brillante editora, Asya, que no me llama loca ni siquiera cuando lo estoy; mi agente ninja, Jodi, que inspira temor en todo aquel que se le opone (y a veces en quienes no); mi agente cinematográfica con superclase, Kassie, que es quien quiero ser de mayor, y mi socia en la productora, Meghan, que lleva todo el peso de Fickle Fish para que no se derrumbe en mi ausencia. Y, por supuesto, mi corazón se llena de amor por toda la gente que coge mis libros y les da una oportunidad. Gracias por dejar que os cuente historias.

Y, por último, gracias a Pocket, mi hermoso y no muy listo pastor alemán que, a la menor insinuación de peligro, inmediatamente se encoge detrás de mis piernas. Que nunca me querrá igual que quiere a mi marido. Que sigue sin entender los principios básicos del juego de ir a buscar la pelota. También te quiero, mi enorme, tontorrón y precioso gallina.

STEPHENIE MEYER se licenció en Literatura Inglesa en la Brigham Young University. Es autora de la saga *best seller Crepúsculo,* de la que se han vendido 155 millones de libros en todo el mundo. En 2008 publicó *The Host,* su primera novela para adultos, que entró directamente en el número uno de las listas de más vendidos de *The New York Times* y *The Wall Street Journal* y fue llevada al cine en 2013. Meyer vive con su marido y sus tres hijos en Arizona.